KB017500

두 도시 이야기

A Tale of Two Cities

두 도시 이야기

찰스 디킨스 지음 · 김소영 옮김

허밍버드
Hummingbird

차례

작가 서문

나는 아이들, 친구들과 함께 윌키 콜린스* 씨의 연극 〈얼어붙은 바다〉를 공연하다 처음 이 이야기의 주제를 떠올렸고, 나만의 인물을 통해 풀어내 보고 싶은 강한 갈망에 휩싸였다. 그래서 특별한 관심과 주의를 기울여, 내 상상과 관찰력 있는 관객 한 명에게 발표한다는 마음으로 그려보았다.

줄거리를 자꾸 생각하다 보니 점점 현재의 형태로 만들어졌다. 글을 쓰는 내내 이야기에 완전히 사로잡혔던 나는 매 페이지에서 일어나는 사건과 괴로움을 마치 나 자신이 겪고 고통 받는 듯이 체험할 수 있었다.

혁명 전과 혁명 기간 동안 프랑스 사람들의 모습이 언급된 부분은 (아무리 작은 부분이라도) 믿을 수 있는 증인의 도움으로 충실히 재현되었다. 내 희망 중 하나는 그 끔찍한

---

* 디킨스와 동시대의 극작가이자 그와 두터운 친분을 나눈 사이였다.

시절에 대한 이해를 돕는 대중적이고 생생한 매체에 뭔가를 보태는 일이었다. 칼라일 씨의 훌륭한 저서*가 전달하는 철학에 감히 보탤 순 없겠지만 말이다.

1859년 11월 런던의 타비스톡 하우스에서,
찰스 디킨스

---

* 토머스 칼라일의 《프랑스혁명사The French Revolution: A History》(1837)를 말한다.

제1부

되살아남

제1장
시대

최고의 시간이면서 최악의 시간이었다. 지혜의 시대였지만 어리석음의 시대이기도 했다. 믿음의 신기원이 도래함과 동시에 불신의 신기원이 열렸다. 빛의 계절이면서 어둠의 계절이었다. 희망의 봄이었지만 절망의 겨울이기도 했다. 우리는 모든 것을 다 가진 것 같다가도 모든 것을 다 잃은 것 같았다. 다 함께 천국으로 향하다가도 지옥으로 떨어지는 것만 같았다. 지금도 물론 그런 식이지만, 언론과 정계의 목소리 큰 거물들은 좋은 쪽이든 나쁜 쪽이든 그 시대가 극단적으로만 보여지길 원했다.

당시 영국에는 턱이 큰 왕과 얼굴이 밋밋한 왕비가 있었고, 프랑스에는 턱이 큰 왕과 얼굴이 아름다운 왕비가 있었다. 재정을 관리하는 두 나라 각료들의 눈에는 그저 모든 것이 안정되어 보였다. 또한 앞으로도 계속 그러리라는 믿음에 추호의 의심도 없었다.

기원후 1775년을 맞았으나 영국 사람들은 예나 지금이나 미신을 좋아했다. 영국의 한 군인이 미래를 볼 수 있다며 런던과 웨스트민스터사원을 꿀꺽 삼킬 사우스콧 부인*의 신비로운 출현을 예언한 바 있었다. 그 사우스콧 부인은 최근에 행복한 스물다섯 번째 생일을 맞이했다고 한다. 콕레인의 유령•이 강신술을 통해 모습을 드러낸 지도 불과 12년밖에 지나지 않았다. 작년에 (좀 비슷하고 덜 신비로운) 다른 유령들이 그런 방식으로 강신술사를 통해 뜻을 전했었다. 최근 북미 대륙회의✦의 소식이 대영제국에 도착했는데, 사실 콕레인의 유령들이 보내주는 비밀스러운 전갈보다는 옛 식민지에서부터 들려온 세속적인 소식들이 인류에게 좀 더 쓸모 있었다.

방패와 삼지창을 든 여인▲의 자매 나라 프랑스는 영적 세계에 그만한 관심은 없었다. 그저 열심히 종이돈을 찍어 내고 탕진하며 순조롭게 나락으로 굴러떨어지는 중이었다. 성직자들의 가호 아래, 프랑스는 한 젊은이를 상대로 손을 잘라 버리고 혀를 펜치로 끊어 내며 산 채로 화형에 처하는 인도적인 처우를 제공하는 일을 낙으로 삼았다. 비 오는 날 약

---

* 스스로 선지자라고 칭했던 영국의 한 여인.

• 1760년대 초 고리대금업자 윌리엄 켄트가 아내가 죽은 후 처제 패니와 사랑에 빠져 콕레인의 한 숙소에서 잠시 묵었는데, 숙소 주인 리처드 파슨즈는 패니가 천연두로 죽은 후 콕레인의 숙소에서 긁거나 두드리는 소리가 들려왔고 자신의 딸이 패니의 유령에 씌었다고 주장했다. 켄트가 체포되고 종교계에도 큰 파문을 일으켰으나, 이는 켄트의 돈을 값지 못해 피소된 파슨즈가 딸과 꾸며 낸 사기극임이 밝혀졌다.

✦ 1774년 북아메리카 식민지 13개 중 조지아를 제외한 12개 주 대표들이 영국 본국의 과세 및 탄압에 대응책을 마련하기 위한 회의. 영국 왕과 의회는 강경 대응으로 일관했고, 결국 이듬해 제2차 대륙회의에서 자신들의 독립을 선언했다.

▲ 영국을 상징하는 여신 브리타니아.

50미터 정도 떨어진 곳에서 진행되던 지저분한 수도승 행렬 앞에 감히 무릎을 꿇는 예를 표하지 않던 청년은 그렇게 사형당했다. 그가 고문당하며 죽는 순간, 프랑스와 노르웨이의 숲에서는 '숙명'이라는 이름의 나무꾼이 눈여겨본 나무들이 자라고 있었을 것이다. 아마 훗날 그것들을 벌목하여 자르고 다듬어 움직이는 나무 판을 만든 다음 자루와 칼날 따위를 붙여 역사에 무시무시하게 기록될 단두대를 완성할 것이다. 또 그 순간, 파리 근교 거친 땅의 한 시골집 헛간 안에 허름한 흙투성이 수레 한 대가 비를 피해 보관되어 있었을 것이다. 돼지들이 킁킁거리고 닭과 오리 떼가 둥지를 틀어 대는 그 수레를, '죽음'이라는 이름의 농부가 혁명의 그날에 사형수 호송차로 쓰려 눈여겨 두었을 것이다. '숙명'과 '죽음'은 끊임없이 일하고 있었으나 그들의 숨죽인 발소리를 아무도 듣지 못했다. 누가 그들을 알아채고 주위에 알려도 그저 무신론자나 반역자로 의심받을 뿐이었다.

영국이라고 국가다운 질서나 보호가 있는 것은 아니었다. 매일 밤 무장 괴한들의 과감한 도둑질이나 노상강도가 수도인 런던에서조차 빈번했기에 여행을 떠나는 가정에는 도난 방지를 위해 집 안 가구들을 가구점 창고에 맡기도록 공식적으로 권장되었다. 대낮에 일하는 상인들 중 하나가 야밤에는 강도로 돌변하는 자였는데, '두목' 노릇을 하며 거래처를 약탈하다 누군가가 알아보자 그의 머리에 대담히 총을 갈기고 사라진 일이 있었다. 7인조 도적이 우편 마차를 습격한 사건도 있었다. 경비가 그중 셋을 쏴 죽였으나 '그의 실탄들이 실패한' 나머지 넷에게 살해당했다. 그 후 우편물들은 별다른 방해 없이 잘 약탈되었다고 한다. 용감한 우리의 지도자 런던 시장마저 대낮의 턴햄 그린 공원에서 노상강도 한 명을 만나 모두가 지켜보는 앞에서 탈탈 털리고 말았다. 런던 교도소에서는 죄수들이 교도관들과 싸움이 붙어 정의의 수호자라는 교도관들이 죄수들에게 나팔총을 들이댔고, 귀족의 성 접견실에서는 좀도둑들이 고귀하신 분의 다이아몬드 십자가 목걸이를 낚아채 가는 일이 잦았다. 세인트 자일스 지구*의 폭도들이 장물을 수색하러 온 군인들에게 발포하고 군인들이 총으로 맞대응하는 일도 그저 일상다반사였다. 그 와중에 쓸모없이 바쁘기만 한 런던의 교수형 집행자는 눈코 뜰 새 없이 형을 집행했다. 그는 화요일에 가택침입으로 체포된 한 놈을 토요일에 교수대에 매달고, 이어 뉴게이트 교도소로 가서 열댓 놈들의 손에 인두를 지진 후 웨스트민스터 홀 앞에서는 불온한 전단지를 불태워야 했다.● 오늘은 말도 못하게 잔인한 살인자의 사형을 집행하러

　＊ 당시 런던의 빈민가로 악명 높았던 구역.
　● 당시 영국 식민지인 미대륙의 독립이 타당하다고 주장하는 전단지가 뿌려졌는데 그것들을 모아 처리하는 것도 교수형 집행자의 일이었다.

가야 했고, 내일은 어떤 농부 아들에게 6펜스를 빼앗다가 잡혀 들어온 불쌍한 좀도둑을 교수대에 매달 예정이었다.

여러모로 뜻깊은 1775년을 전후로 이 모든 사건과 비슷한 많은 일들이 일어나고 또 다가오고 있었다. 그 뒤에서 '나무꾼'과 '농부'가 아무도 모르게 자신의 일을 해 나갈 동안 턱이 큰 두 얼굴, 밋밋하거나 아름다운 두 얼굴은 요란스럽게 자신들의 고고하고 신성한 권리를 행사했다. 1775년 한 해는 그 위대한 인물들과 또 다른 흔하고 하찮은 존재들을—이 이야기에 나오는 등장인물들처럼— 각자의 앞에 놓인 새로운 길로 인도하고 있었다.

제2장
우편 마차

11월 말의 금요일 밤이었다. 이 이야기에 등장하는 첫 번째 사람이 걷고 있던 길은 도버*로였고, 그 옆에서 덜컹거리며 굴러가던 도버 우편 마차는 도버로 위 슈터스힐*을 힘겹게 오르는 중이었다. 그도 다른 승객들처럼 마차 옆에서 발이 푹푹 빠지는 진흙탕 언덕을 올라가고 있었다. 그들은 걷기에 취미가 없었지만 어쩔 수 없었다. 무거운 마차를 무리해서 끌던 말들이 가파른 진흙탕을 오르는 길에 벌써 세 번이나 쉰 데다 감히 고삐를 거부하고 블랙히스로 돌아가고 폭동을 일으켰던 것이다. 물론 마부와 경비가 그런 폭동을 받아 줄 리 만무했다. 채찍의 매운맛을 몇 번 맛본 말들은 다시 정신을 차리고 고분고분하게 길에 들어섰다.

말들은 머리를 푹 숙이고 꼬리를 떨며 두꺼운 진흙 속에서 허우적거렸다. 힘겹게 푸르릉대며 발굽으로 진흙을 짓이기는 말들의 굵은 관절들은 우지끈 부러질 듯 위태로워 보

---

* 프랑스와 해협을 사이에 두고 마주 보는 영국 켄트주의 항구도시.
● 길이 험하고 강도들이 출몰하는 위험한 지역으로 유명했던 언덕.

였다. 마부가 말들을 잠시 멈춰 서게 하고 흥분을 잠시 가라앉히려 불안한 목소리로 "워어!"라고 소리쳤는데, 가까이 있던 우두머리 말이 마치 마차는 언덕을 오를 수 없다고 단호하게 의사를 표현하듯이 머리를 거칠게 흔들었다. 그럴 때마다 가뜩이나 마음이 불안했던 승객들은 화들짝 놀랐다.

언덕의 모든 움푹 팬 곳에서부터 안개가 음산한 연기처럼 피어올라 마치 쉴 곳을 찾지 못해 헤매는 유령처럼 언덕을 에워싸고 있었다. 축축하고 차가운 안개는 천천히 공기 위로 겹겹이 파문을 그리며 올라가 마치 거친 바다 위의 파도처럼 퍼져 나갔다. 안개는 등불의 시야 안 모든 사물을 덮어 버릴 정도로 두꺼워 2킬로미터 정도밖에 길이 보이지 않았다. 그 안에서 허우적대는 말들은 마치 이 안개를 직접 만들기라도 하듯 뜨거운 김을 뿜어냈다.

앞서 등장한 한 남자 외에 다른 두 손님도 우편 마차 옆에서 터벅터벅 비탈길을 오르고 있었다. 세 남자 모두 긴 장화를 신고 귀까지 꽁꽁 싸매어 누가 누군지 알아볼 수가 없었다. 옷가지들로 가려진 얼굴처럼 마음도 서로에게 감춰져 있었다. 당시 여행자들은 누가 언제 강도로 돌변할지 몰라 짧은 시간 안에 마음을 열고 서로를 대하기가 어려웠다. 게다가 모든 여관이나 선술집에는 주인부터 하찮은 마구간에서 일하는 아이들까지 도적들이 심어 둔 첩자가 적어도 한 명은 있었기에 도무지 방심할 수가 없었다. 1775년 11월의 한 금요일 밤, 우편 마차가 슈터스힐을 힘겹게 오르는 동안 도버 우편 마차의 경비원도 내내 강도 걱정을 하고 있던 차였다. 그는 마차 뒤쪽에 있는 전용 막대형 발판에 서서 발을 구르며, 한쪽 눈과 한쪽 손으로 자기 앞에 있는 무기 상자를 지켰다. 무기 상자에는 단검, 장전된 나팔총 그리고 여섯에서 여덟 개쯤 되는 권총이 층층이 쌓여 있었다.

도버 우편 마차에는 평소처럼 훈훈한 분위기가 감돌았다. 경비원은 승객을 의심했고, 승객은 다른 승객과 경비원을 의심했다. 모두가 모두를 의심하는 가운데 마부도 자신의 말들 이외엔 아무도 믿지 않았다. 그러나 그 말들조차 이 여행을 견딜 수 없을 만큼 약했고 마부도 성경에 맹세할 만큼 그 사실을 잘 알았다.

"워어!" 마부가 말들에게 소리쳤다. "한 번만 더 힘내면 꼭대기다, 망할 놈들아. 이 고생을 하면서 네놈들을 몰고 가야 한다니! 조!"

"여기 있네!" 경비원이 대답했다.

"지금 몇 시쯤 됐어?"

"11시 10분."

"젠장!" 화가 난 마부가 소리쳤다. "그런데 아직 슈터스힐 꼭대기도 아니라고! 쯧! 이랴! 끌어라 이놈들!"

다시 한번 단호하게 우두머리 말이 자기주장을 내세웠지만, 곧 더 단호한 채찍 앞에 고분고분해졌다. 우두머리 말은 마차를 단호하게 끌어 보기로 결심했고 나머지 세 마리 말들도 그 뒤를 따랐다. 도버 우편 마차가 다시 한번 힘겹게 언덕을 올랐고 옆에 있던 승객들도 장화로 진흙을 뭉개며 따라갔다. 마차가 멈추면 승객들도 멈춰 서서 마차 옆에 가까이 머물렀다. 그들은 안개 속으로 마차보다 앞서갈 생각은 하지 않았다. 이렇게 짙은 안개와 어둠 속에서 누구라도 앞장선다면 그는 노상강도로 의심받고 총을 맞을 것이다.

마지막 분투로 우편 마차는 겨우 언덕의 정상에 도착할 수 있었다. 말들이 한숨 돌리려고 잠시 멈춰 선 사이, 경비원이 마차에서 내려와 언덕 내리막길에서 미끄러지지 않도록 바퀴를 고정하고 승객들이 다시 탈 수 있도록 마차 문을 열었다.

"잠깐, 조!" 마부가 좌석에서 내려다보며 걱정스러운 목소리로 경비원을 불렀다.

"무슨 일이야 톰?"

둘은 조용히 귀를 기울였다.

"누가 말을 타고 오고 있는 것 같은데, 조."

"그냥 오는 게 아니라 질주해 오는데, 톰." 경비원은 잡고 있던 문을 놓고 잽싸게 자기 자리로 뛰어오르며 말했다. "거기 여러분, 얼른 마차로 다시 타시오!"

그러고는 서둘러 나팔총을 장전하고 전투태세를 취했다.

이 책에 계속 등장하고 있던 우리의 주인공은 막 마차 계단을 오르는 참이었고 나머지 두 승객도 그 뒤를 바싹 따르고 있었다. 주인공은 몸 절반은 마차 안에, 절반은 밖에 걸친 상태였고, 나머지 승객들은 아직 길 위에 서서 마부와 경비원을 번갈아 보며 그들의 지시를 기다리고 있었다. 마부와 경비원도 승객들과 눈길을 나누며 숨죽이고 있었고, 맨 앞의 말도 귀를 쫑긋 세우고 그들을 바라보았다.

요란하고 힘겹게 언덕을 오르던 마차가 멈춰 서자 주위는 밤의 정적에 더해 쥐 죽은 듯 조용했다. 숨을 헐떡이는 말들의 진동에 마차도 긴장한 듯 몸체를 떨었다. 승객들의 심장도 밖으로 박동 소리가 들릴 듯 크게 뛰었고, 숨을 몰아쉬다가도 급히 멈추는 침묵과 긴장감을 바깥에 흐르는 정적이 청각적으로 대변하고 있었다.

질주하는 말발굽 소리가 빠르게 언덕을 올랐다.

"소—호!" 경비원이 자기가 낼 수 있는 가장 큰 소리로 내질렀다. "거기! 멈추지 않으면 발포한다!"

갑자기 말발굽 소리가 멈추고 철벅거리고 허둥대는 소리가 나더니 안개 너머로 한 남자의 목소리가 들려왔다.

"거기 도버 우편 마차요?"

"뭔 상관이야!" 경비원이 소리쳤다. "당신 누구야?"

"거기 도버 우편 마차가 맞소?"

"아니 그게 왜 궁금하지?"

"만약 맞는다면 승객을 찾고 있소."

"누구?"

"자비스 로리 씨요."

우리의 주인공인 승객이 나와 자기가 그 사람이라고 말하자 경비원, 마부 그리고 나머지 승객 두 명이 그를 의심스러운 눈빛으로 쳐다봤다.

"거기서 움직이지 말고 기다려." 경비원이 안개 속 목소리를 향해 외쳤다. "내가 실수하면 당신 생전에는 바로잡을 수 없는 실수가 될 테니까. 로리 씨, 얼른 똑바로 대답하시오."

"무슨 일입니까?" 떨리는 목소리로 우리의 주인공이 대답했다. "날 찾는 게 누구요? 혹시 제리인가?"

("저놈이 제리라면 나는 제리 목소리가 맘에 안 들어." 경비원이 혼자서 중얼거렸다. "듣기 싫은 쉰 목소리군, 제리라는 놈.")

"네, 로리 씨."

"무슨 일인가?"

"멀리 T 회사에서 전하는 급한 전갈입니다."

"경비원, 아는 사람이라서 괜찮습니다." 로리가 계단을 내려오자 뒤에서 기다리던 예의 바른 두 승객이 잽싸게 그가 내려올 수 있도록 도운 다음, 마차에 냉큼 올라가 문을 닫고 창문을 닫았다. "제리를 가까이 오라고 하세요. 위험한 사람이 아닙니다."

"아니라면 참 좋겠지만 어떻게 장담한담." 경비원이 낮게 중얼거렸다. "어이, 거기!"

"여기 있소!" 제리가 아까보다 더 쉰 목소리로 대꾸했다.

"천천히 다가온다, 알아들어? 혹시 안장에 권총이라도 있다면 손대지 않는 게 좋아. 난 성급한 실수를 잘하는데 내가 한 번 실수할 때마다 총알이 날아다니니까. 어디 한번 이리 와봐."

말 탄 남자의 형상이 안개 속에서 모습을 드러내며 천천히 승객이 서 있는 마차 옆으로 걸어 나왔다. 제리는 경비원에게서 눈을 떼지 않은 채 몸을 굽혀 로리에게 작게 접힌 종이 한 장을 건넸다. 기수와 지쳐 보이는 말 모두 머리부터 발굽까지 진흙투성이었다.

"여기, 잠깐만요!" 승객이 조용하고 은밀하게 경비원을 불렀다.

경비원은 경계를 늦추지 않고 계속 말 탄 남자를 노려보며, 오른손은 나팔총 손잡이에, 왼손은 탄창에 얹은 채 짧게 대답했다. "네."

"걱정할 것 없습니다. 전 텔슨 은행 사람입니다. 런던의 텔슨 은행을 아시죠? 파리로 출장 가는 길입니다. 여기 이 돈으로 나중에 한잔하시죠. 잠깐 이걸 읽어 봐도 되겠습니까?"

"빨리 읽으신다면야 괜찮습니다."

승객은 마차의 불빛 아래 편지를 열어 처음에는 혼자서만 읽고 그다음에 큰 소리로 다시 읽었다.

"'도버에서 아가씨를 기다리길.' 이것 보시오, 경비원. 짧은 전갈이에요. 제리, 가서 이렇게 전하게. '되살아남'이라고."

제리가 다시 안장에 올랐다. "그것참 별난 답장입니다." 유난히 더 쉰 목소리로 그가 대답했다.

"그렇게 전하면, 내가 직접 쓴 거나 다름없는 답장으로 받아들이고 잘 알아들을 걸세. 부디 조심히 가게나."

인사를 하고 난 후 승객은 다시 마차 문을 열고 안으로 들어갔다. 다른 승객들은 급히 시계나 지갑을 장화에 감추고 자는 척하느라 그를 도와줄 수 없었다. 그저 골치 아픈 일은 피하고 싶었던 것이다.

내리막길에 접어들면서 두꺼운 안개 띠가 덜컹거리는 마차를 에워쌌다. 우편 마차는 그 속을 다시 힘겹게 덜컹거리며 나아갔다. 경비원은 나팔총을 도로 무기 상자에 챙겨 놓고 그 안의 다른 무기들을 확인했다. 그 후에는 벨트에 여분의 권총들을 확인하고, 앉은 자리 밑 작은 상자에 공구 몇 개, 왜 두세 자루 그리고 부싯돌이 들어 있는지 확인했다. 경비원은 만반의 준비가 되어 있었다. 가끔 마차의 등불이 바람에 꺼져 버리곤 했는데, 지금 당장 불씨가 꺼진다고 해도 그는 마차 안으로 들어가 (운이 좋으면) 5분 안에 지푸라기에 불씨가 닿지 않도록 부싯돌과 철편으로 안전하고 간단하게 다시 켤 수 있었다.

"톰!" 조가 나지막하게 마차 지붕 너머로 톰을 불렀다.

"여어, 조."

"아까 그거 들었어?"

"들었지, 조."

"무슨 소리인지 알아들었어?"

"전혀, 뭔 소리인지."

"그렇지, 역시." 경비원이 말했다. "나도 그랬어."

그동안 안개와 어둠 속에 혼자 남아 있던 제리는 잠깐 말에서 내렸다. 지친 말을 쉬게 하기보다는 얼굴에 묻은 진흙을 좀 닦고 물 2리터 정도는 받아 낼 수 있을 것 같은 그의 넓은 모자챙 위의 물을 털기 위해서였다. 그는 진흙투성이 팔로 말굴레를 들고 서 있다가, 우편 마차의 바퀴 소리도 사라지고 다시 고요한 밤의 정적이 찾아오고 나서야 언덕 내리막으로 발걸음을 옮겼다.

"네 녀석, 템플바*에서부터 그렇게 달려왔으니 평지에 도착할 때까지는 좀 힘들겠어." 제리가 걸걸하게 쉰 목소리로 늙은 암말을 흘깃 보며 혼자 중얼거렸다.

"'되살아남'이라, 그것참 별나고 희한한 말이야. 그리 좋지는 않을 것 같다, 제리. 안 그래, 제리? 죽었던 것들이 다시 튀어나온다니 끔찍한데!"

---

* 런던의 서쪽 입구, 웨스트민스터 시와 경계를 이루는 부분에 있던 크고 화려하게 조각된 문.

제3장
밤 그림자

  사람이란 존재 모두가 서로에게 깊은 비밀과 수수께끼가 될 수 있다는 것은, 사실 생각해 보면 경이로운 일이다. 깊은 밤 도시 입구에 들어설 때마다, 나는 어둠 속 조밀하게 모여 있는 집들 안에 숨겨진 비밀들을 엄숙히 떠올려 본다. 각각의 집, 그 안 방 하나하나 내밀하게 숨겨진 비밀들, 제각각의 가슴속에서 뛰고 있는 수십만 개의 심장들이 곁의 가까운 이들에게도 털어놓지 못할 그 비밀들! 그 지독함은 어떻게 보면 죽음과도 비슷하다. 난 더 이상 좋아하는 책을 넘길 수도 없고, 끝까지 읽겠다는 헛된 희망도 품지 않는다. 인생이라는 그 깊이를 알 수 없는 물속을 들여다볼 수 없고, 그 속에 잠겨 있을 보물과 이런저런 것들에 잠시 반사된 빛이 순간 일렁이는 장면 또한 볼 수 없다. 나는 그저 한쪽만 읽었을 뿐인 그 책이 순식간에 영원히 닫혀 버리는 것이다. 영원히 하얗게 얼어붙은 수면 위로 빛이 부서지면 나는 무심히 물가에 서서 그 광경을 볼 수밖에 없다. 내 친구도, 이웃도, 내 영혼의 동반자, 사랑하는 이조차 그렇게 죽는다. 죽음은 개개인이 숨기고 있던 비밀을 영원한 수수께끼로 만들고 나의 비밀 또한 예외는 아니다. 과연 런던의 묘지에 잠든 이들이 바쁘게 하루를 살아가는 자들보다 더 비밀스러울까, 아니면 나 스스로가 그들에게 더 비밀스러운 존재일까?

이처럼 비밀은 우리 모두를 동등하게 만든다. 전령인 제리도 왕이나 수상, 런던에서 제일가는 부자 상인과 다를 바 없이 많은 비밀을 품고 살아간다. 덜컹거리며 굴러가던 오래되고 비좁은 우편 마차에 우그려 앉은 세 승객도 마찬가지다. 그들은 말 여섯 마리가 끄는 마차에 있거나, 옆 사람들과 마을 하나 정도의 거리를 둘 만큼 넓은 예순 마리의 말이 끄는 마차에 있는 것처럼 서로에게 완전히 미스터리 같은 존재였다.

제리는 지금까지 달려온 길을 이제 천천히 되돌아가고 있었다. 목을 축이러 자주 술집에 들렀지만, 눈 아래까지 모자를 눌러쓴 채 홀로 조용히 잔을 들이켤 뿐이었다. 그의 칠흑 같은 두 눈은 서로 떨어지면 불안하기라도 한 듯 몰렸는데 그에게 아주 잘 어울렸다. 오래된 모자는 세모꼴의 침 뱉는 통을 연상케 했다. 깊게 눌러쓴 모자 밑 그리고 턱과 목을 두르며 무릎까지 늘어진 스카프 너머로 그의 두 눈이 매섭게 빛났다. 목을 축일 때는 왼손으로 스카프를 잡은 다음 오른손으로 잔을 들고 입에 털어 넣었다. 그러고는 곧바로 다시 얼굴을 가렸다.

"아니야, 제리, 아니라고." 걸음을 옮기며 제리가 혼자 중얼거렸다. "당치도 않아, 제리. 넌 정직한 상인이잖아. 이런 걸 내가 전해야 하다니! 되살아났다고? 혹시 취해서 한 소리인가? 그랬던 게 분명해!"

전갈 탓에 몹시 당혹스러웠던 제리는 몇 번이나 모자를 벗고 머리를 긁어 댔다. 완전히 대머리인 정수리를 빼고는 뻣뻣한 검은 털이 크고 널찍한 코까지 여기저기 숭숭 나 있었다. 그 머리털들은 대장장이가 벽에 박는 못들인 양 날카롭고 삐쭉삐쭉했다. 세상에서 말뚝박기를 가장 잘하는 사람이라도 그를 뛰어넘기 전에 겁을 먹고 주저했을 것이다.

제리는 템플바 옆 텔슨 은행의 문 앞에서 야간 보초를 서고 있던 경비에게 전갈을 전하기 위해 말을 재촉했다. 경비는 은행 안의 중요한 사람들에게 다시 그 전갈을 전할 것이다. 되살아난다는 전갈처럼 밤의 그림자는 죽었다가 되살아나는 망자들의 무수한 형상같이 보였다. 제리가 부리는 암말도 그 그림자들 앞에서 몇 번이나 주저했다.

그동안 우편 마차는 승객 셋을 태운 채 덜컹거리고 흔들리고 덜커덕거리기도 하면서 길고 울퉁불퉁한 길을 나아갔다. 그들의 졸린 눈과 방황하는 망상 속에서도 밤의 그림자는 어김없이 그 모습을 드러냈다.

텔슨 은행의 많은 고객이 이 마차에 실린 우편물을 통해 돈을 출금했다. 그 우편 마차 안에서 로리 씨는 옆에 있는 승객에게 부딪히거나 마차가 심하게 덜컹일 때마다 구석으로 몰리지 않으려고 가죽끈에 한쪽 팔을 걸어 놓은 채, 고개를 꾸벅거리며 졸고 있었다. 마차의 작은 창문 너머로 비치는 희미한 마차 등불 아래로 반대편에 앉은 덩치 큰 다른 승객을 반쯤 감은 눈으로 보며 로리 씨는 이 우편 마차가 바쁜 날의 텔슨 은행으로 변하는 상상을 했다. 마차 안에서 덜컹거리며 흔들리는 쇠붙이들은 그의 상상 속에서 동전들이 짤랑이는 소리가 되었고, 국내외 많은 고객을 보유한 텔슨 은행이 현금화한 수표들보다 세 배 이상 많은 금액이 5분 안에 현금화되고 있었다. 상상 속에서 로리 씨는 수많은 재화와 (그가 이미 많이 알고 있는) 비밀이 담긴 텔슨 은행 지하의 금고가 눈앞에서 열리는 광경을 보았다. 큰 열쇠 꾸러미와 희미한 촛불 하나를 들고 로리 씨는 그가 숨겨 둔 모든 것이 예전 그대로의 모습으로 안전하게, 확실하게 있음을 확인했다.

로리 씨는 거의 항상 은행을 생각했고, 또한 마차도 (마치 진통제를 먹은 후에도 희미한 고통의 존재를 인식하듯) 늘 의식했지만, 밤새 떨쳐 낼 수 없었던 생각이 하나 더 있었다. 자신이 무덤에서 누군가를 파내러 가는 길이라는 상상.

밤새 몇 개 얼굴이 그의 앞에 떠올랐지만, 묻혀 있던 사람의 얼굴이 그중 어느 것이었는지 밤 그림자는 알려주지 않았다. 그 얼굴들은 모두 마흔다섯 살의 한 남자였지만, 표정 하나하나며 지쳐 보이는 정도가 모두 달랐다. 당당함, 원망스러움, 반항스러움, 고집스러움, 복종, 슬픔 등 다양한 표정의 얼굴이 하나씩 차례대로 나타났다. 어떤 모습은 두 뺨이 쑥 꺼져 있기도 하고, 시체같이 창백하거나 양손이며 몸뚱이가 썩어 있기도 했다. 하지만 그 모든 모습은 머리카락이 나이에 맞지 않게 하얗게 세어 버린 한 얼굴에서 비롯된 것이었다. 꿈속에서, 로리 씨는 그 유령에게 수백 번 물었다.

"얼마나 묻혀 있었지?"

대답은 항상 같았다. "거의 18년이지."

"누가 찾아 줬으면 하는 희망은 다 버렸나?"

"아주 예전에."

"되살아난 걸 알고 있나?"

"그들이 그렇게 말하더군."

"되살아나고 싶지 않나?"

"잘 모르겠네."

"그녀를 데려올까? 아니면 그녀를 만나러 갈 텐가?"

이 질문에 대한 답은 매번 다르고 모순되기도 했다. 어떤 때는 망설이며 대답했다. "잠깐! 너무 일찍 만나게 된다면

난 죽어 버릴지도 모르네." 가끔은 애정 어린 눈물을 흘리며 대답했다. "그녀에게 데려가 주게." 가끔은 혼란스럽다는 듯이 쏘아보다 대답했다. "난 모르는 사람이네. 무슨 말인지 모르겠군."

이런 가상의 대화가 끝나면 로리 씨는 삽으로, 열쇠로, 지금은 또 손으로 땅을 파고 또 파서 유령을 무덤 속에서 파내는 상상을 했다. 무덤에서 파내어진 자의 얼굴과 머리카락에 붙어 있던 흙이 갑자기 먼지로 변해 바스러지면, 그 모습에 소스라치며 꿈에서 깼다. 그는 창문을 내리고 안개비를 얼굴로 느끼며 다시 현실로 돌아오려 애썼다.

그가 눈을 뜨고 바깥의 안개비, 흔들리는 등불의 빛 그리고 마차가 지나가며 뒤로 물러나는 것처럼 보이는 풍경을 바라보고 있을 때도, 마차 밖의 어두운 밤 그림자가 마차 안의 밤 그림자 위로 드리웠다. 템플바 옆의 진짜 은행, 어제 진짜 일어났던 일들, 진짜 은행 금고, 그가 받은 진짜 전갈 그리고 그가 다시 보낸 진짜 전갈은 아직 모두 그 자리에 있을 것이다. 그러다 그 유령의 얼굴이 다시 나타나고 로리 씨는 그에게 또 물을 것이다.

"얼마나 묻혀 있었지?"

"거의 18년이지."

"되살아나고 싶지 않나?"

"잘 모르겠네."

꿈속에서 땅을 파고, 또 파다가, 다른 승객 중 한 명이 몸을 짜증스럽게 뒤척이는 모습을 보고 로리 씨는 얼른 창문을 닫았다. 그리고 다시 한쪽 팔을 가죽끈에 단단히 고정시키고 잠든 다른 두 승객에 대해 생각했다. 그러다가 그들에게서 벗어나 다시 은행과 무덤을 맴돌았다.

"얼마나 묻혀 있었지?"

"거의 18년이지."

"누가 찾아 줬으면 하는 희망은 다 버렸나?"

"아주 예전에."

그가 쏟아지는 아침 햇살에 잠을 깨었을 때 이미 밤 그림자는 모두 사라지고 없었지만, 마치 현실에서 누가 직접 말한 것을 들은 듯 로리 씨의 귀에 그 말이 또렷이 맴돌았다.

창문을 내리고 떠오르는 태양을 바라보았다. 들판이 눈에 들어왔다. 어젯밤에 일하던 말의 등에서 내려놓았을 법한 쟁기가 놓여 있었다. 그 너머로 멀리 고요한 숲이 보이고 선명한 붉은빛과 금빛 나뭇잎이 달린 나무들도 보였다. 땅은 아직 차갑고 축축했지만 투명한 하늘 위로 밝고 아름다운 태양이 온화하게 떠올랐다.

"18년이라니!" 로리 씨가 태양을 보며 중얼거렸다. "하느님 맙소사! 산 채로 18년 동안이나 묻혀 있었다니!"

제4장
준비

우편 마차가 아침에 무사히 도버에 도착하자 로얄 조지 호텔의 지배인이 예를 갖춰 마차 문을 열어 주었다. 겨울에 런던에서 우편 마차를 타고 무사히 온 용감한 여행객은 응당 환영받을 만했다.

그런데 환영받을 만한 승객은 한 명밖에 남아 있지 않았다. 다른 두 명은 이미 오는 도중에 각자의 목적지에 내린 후였다. 축축하고 더러운 지푸라기, 불쾌한 냄새와 어둠으로 가득하고 곰팡이 낀 마차는 마치 큰 개의 우리 같았다. 부스스한 코트에 늘어진 모자를 쓴 로리 씨도 두 다리에 진흙을 잔뜩 묻히고 지푸라기를 털어 내는 모습이 큰 개와 비슷했다.

"지배인, 내일도 칼레*로 가는 우편 배가 있소?"

"네, 손님. 날씨가 이대로 좋고 바람이 괜찮으면 배가 뜰 예정입니다. 오후 2시쯤 물때가 좋죠. 침실을 준비할까요?"

"밤이 되기 전엔 자러 가지 않을 거라오. 하지만 침실은

---

* 도버해협에 면해 영국으로 가는 주요 항구가 있는 프랑스의 도시.

준비해 주고 이발사를 불러 주시오."

"그 후엔 아침 식사를 준비할까요? 네, 알겠습니다. 이쪽으로 오시지요. 거기, 여기 계신 손님의 짐을 들고 콩코드 특실로 안내해 드리게! 방에서 손님 장화 벗는 것도 도와드리고. (손님, 방에 석탄 난로가 준비되어 있습니다.) 방으로 이발사도 불러오고. 빨리!"

콩코드 특실은 항상 우편 마차를 타고 옷을 머리부터 발끝까지 둘둘 싸매고 오는 손님을 위해 준비되어 있었다. 그래서 특실로 들어가는 손님은 매번 똑같은 모습인데, 나올 때는 각양각색의 인간이 나온다는 이유로 이 특실은 로얄 조지 호텔에서 관심이 집중되는 객실이었다. 낡았지만 깔끔한, 큰 소매와 주머니 덮개가 달린 갈색 양복을 입은 환갑의 신사가 방에서 나와 아침 식사를 하러 나섰을 때, 그 방의 집사, 두 배달원, 여러 하녀와 지배인 등은 그를 구경하려 콩코드 특실과 응접실 사이에서 서성이고 있었다.

그날 아침 응접실에는 갈색 양복을 입은 신사 외에 다른 손님이 없었다. 아침 식사가 차려질 탁자는 난로 옆에 있었다. 그는 난로의 불빛을 정면으로 받으며 마치 초상화의 모델처럼 가만히 앉아 식사를 기다렸다.

두 손을 각각 양 무릎에 올린 그는 매우 단정하고 꼼꼼해 보였다. 덮개가 있는 조끼 주머니 안에서 큰 회중시계 소리가 마치 타오르는 불꽃의 경박함과 덧없음을 비웃고 자신의 무게와 영원함을 설교하듯 낭랑하게 째깍거렸다. 신사의 멋진 다리에는 딱 떨어지는 갈색 고급 양말이 잘 어울렸고 그도 그 사실을 알고 있었다. 신발과 버클은 평범했지만 깔끔했고, 두상에 딱 맞는 조금은 특이하고 반짝이는 금발 가발을 쓰고 있었다. 머리카락보다는 실크나 유리로 만든 듯 보였다. 셔츠는 양말만큼 근사하진 않았지만, 근처 해변에 부서지는 바다의 끝자락, 아니면 그 위를 떠돌며 태양 빛에 반사되는 보트의 돛만큼이나 하얬다. 그의 얼굴은 차분하고 점잖았으나 촉촉한 두 눈은 가발 밑으로 환하게 빛났다. 그렇게 빛나는 두 눈으로 텔슨 은행의 과묵하고 진중한 표정에 익숙해지기까지 그동안 많은 노력이 필요했을 것이다. 두 뺨은 생기를 잃지 않았고 얼굴에는 주름이 조금 있었으나 근심은 적어 보였다. 아마 텔슨에서 일하며 주로 다른 사람의 문제를 해결해 주는 역할을 맡다 보니, 그런 간접적인 근심은 옷을 입고 벗듯 쉽게 털어 낼 수 있었을 것이다.

잠시 초상화의 모델처럼 앉아 있던 로리 씨는 이윽고 곯아떨어졌다. 아침 식사가 도착한 덕분에 잠에서 깬 그는 의자를 탁자로 당기며 웨이터에게 물었다.

"오늘 언제일지 모르지만 한 아가씨가 도착하면 맞이해 줄 수 있습니까? 자비스 로리를 찾을 수도 있고, 아니면 그냥 텔슨 은행 직원을 찾을지도 모릅니다. 혹시 오면 알려 주시오."

"그렇게 하지요. 런던에 있는 텔슨 은행 말입니까?"

"그렇소."

"알겠습니다. 저희는 런던과 파리를 오가는 귀사의 직원을 많이 모십니다. 텔슨 은행 직원은 출장을 많이 다니는 모양이더군요."

"네, 영국만큼이나 프랑스에서도 일이 많죠."

"그렇군요. 선생님께선 여행을 많이 안 하시죠, 그렇죠?"

"요즘은 별로 안합니다. 우리가…… 제가, 프랑스를 가 본 지 15년이나 되었네요."

"그렇습니까? 제가 여기 오기도 전이겠군요. 지금 직원들이 일하기도 전입니다. 조지 호텔의 주인은 다른 분이었죠."

"그런 걸로 알고 있습니다."

"텔슨같이 큰 회사는 15년 전이 아니라 한 50년 전부터 번창했었을 거라는 내기를 한다면, 제가 돈을 걸 만하겠죠?"

"150년이라고 말하고 한 세 배 걸어도 괜찮을 거요."

"역시 그렇군요!"

입과 눈을 동시에 쩍 벌린 채 웨이터는 탁자에서 물러났다. 그는 냅킨을 오른팔에서 왼팔로 옮기고 편한 자세로 서서 로리 씨가 먹고 마시는 모습을 지켜보았다. 모든 웨이터가 이때까지 그렇게 해 온 것처럼 망루에서 적을 감시하듯, 웨이터는 그렇게 서 있었다.

아침 식사를 마친 후에 로리 씨는 해변에 산책을 하러 나갔다. 좁다랗게 휘어진 꼴의 도버는 해변에서는 보이지 않았지만, 백악질 절벽을 향해 뻗어 있는 모양이 꼭 모래에 머리를 처문은 타조 꼴이었다. 해변은 바다가 아무렇게나 돌멩이를 던져 놓은 사막이었다. 바다는 파괴를 좋아했고 또 즐겼다. 마을을 덮치고, 절벽을 덮치고, 미친 듯이 해안을 쓸어내렸다. 집들 사이사이로 비린내가 너무 강해서, 병든 사람들이 민간요법으로 바닷물에 몸을 담그듯 병든 물고기들이 공기에 몸을 담그러 왔다고 해도 이상할 게 없었다. 항구에 어업 활동은 활발하지 않았으나 밤에 수상한 사람들은 많이 어슬렁거렸다. 물이 밀려오는 무렵에 특히 그랬다. 일을 전혀 하지 않은 상인들이 갑자기 큰돈을 손에 쥐기도 했고, 특이하게도 동네 사람들은 가로등 켜는 사람을 무척 싫어했다.*

오후가 되면서 건너편 프랑스의 해안이 보일 만큼 좋았던 날씨가 바다 안개로 흐려졌다. 로리 씨의 기분도 마찬가지로 흐려 보였다. 날이 어두워지자 그는 응접실의 난로 앞에 앉

---

* 당시 도버항에 어둠을 틈타 드나들던 밀수업자들이 많았음을 암시한다.

아 아침에 그랬듯 저녁 식사를 기다렸다. 난롯불 속에서 붉게 타오르는 석탄을 바라보며 그는 다시금 땅을 파고 또 파내는 상상에 잠겼다.

저녁 식사 후 좋은 클라레 한 병은 붉은 석탄을 파던 사람을 일에서 벗어나게 해주는 것 외에는 아무런 해가 없다. 그는 그 자리에 오랫동안 앉아 있었다. 보르도산 적포도주 한 병을 거의 다 비운 한 노신사가 자신이 지을 수 있는 가장 기쁜 표정으로 마지막 한 잔을 따랐을 때, 마차의 바퀴가 달그락거리며 호텔 앞뜰로 들어서는 소리가 들렸다.

그는 입을 대지 않은 잔을 내려놓았다. "아가씨가 도착했군!"

몇 분 지나지 않아 웨이터가 들어와, 런던에서 온 마네트 양이 텔슨 은행에서 오신 신사를 뵙길 청한다고 전했다.

"벌써?"

마네트 양은 오는 길에 가벼운 식사를 해서 저녁 식사가 필요 없고, 텔슨 은행에서 오신 분만 괜찮다면 지금 당장 만나고 싶다고 했다.

마지막으로 잔을 털어 넣은 텔슨 은행의 신사 주위로 잔잔한 절박함이 감돌았다. 그는 특이한 가발을 귀 위로 다시 고쳐 쓰고 웨이터를 따라 마네트 양의 방으로 향했다. 넓고 어두운 방은 장례식장처럼 검은 말총 가구들과 무겁고 어두운 색 탁자들로 꾸며져 있었다. 방 한가운데 놓인 탁자 위의 긴 촛불 두개는 반복된 기름칠로 번들거리는 모든 탁자들의 표면에 거울져서 마치 검은 마호가니 목재로 만들어진 깊은 무덤에 파묻힌 듯했다. 누군가가 파내지 않는 이상 그 양초에 불꽃이 일렁일 일은 없을 것이다.

조심스럽게 낡은 터키 양탄자 위로 발걸음을 옮기던 로리 씨는 방이 너무 어두워 순간 마네트 양이 여기가 아닌 다른 방에 있을지 모른다고 생각했다. 그러나 두 긴 양초를 지나자 탁자 하나와 난롯불 사이에 서서 그를 기다리고 있는 젊은 아가씨가 나타났다. 열일곱이 채 안 되어 보이는 그녀는 승마용 망토를 두르고 막 벗은 듯한 여행용 짚 모자의 끈을 한 손에 들고 있었다. 로리 씨가 작고 가녀린 몸, 빛나는 금발을 본 순간 그녀의 호기심에 가득 찬 푸른 눈이 그를 맞이했다. 젊고 매끄러운 이마가 찡그려지면서 혼란, 궁금함, 두려움 그리고 예민함이 모두 느껴졌다. 그가 그녀를 바라보았을 때, 과거 폭풍우가 쏟아지고 바다가 날뛰었던 그날, 그 추웠던 날 영국과 프랑스를 잇는 해협 너머에서 자신이 품에 안고 있던 아이가 생생하게 떠올랐다. 마네트 양의 뒤쪽 거울 표면에 서렸던 김이 스치듯 그 추억도 빠르게 스쳐 갔다. 그 거울 테두리에는 부서지고 몇몇은 머리가 떨어진 검은 큐피드들이 여신들에게 과일 바구니를 건네는 형상이 조각되어 있었다. 로리 씨는 마네트 양에게 예를 갖춰 인사했다.

"앉으실까요, 선생님." 낭랑하고 듣기 좋은 목소리가 답했다. 외국 억양이 섞여 있었지만 아주 조금이었다.

"아가씨의 손에 입을 맞춥니다." 로리 씨는 구식에 가까운 예절로 인사하고 자리에 앉았다.

"선생님, 어제 은행에서 편지를 받았어요. 어떤 정보, 아니 발견된 사실이……."

"어떻게 말하든 괜찮습니다. 뭐든 말해 보세요, 마네트 양."

"제가 한 번도 뵙지 못한……, 오래전에 돌아가신 저희 아버지가 남기신 유품에 대해서……."

로리 씨는 의자를 당겼다. 불안한 눈으로 검은 큐피드들을 바라보았지만, 엉터리 과일바구니나 나르는 그들이 할 수 있는 건 없었다.

"제가 파리로 가서 은행에서 나온 한 신사분을 만나야 한다고 하더군요."

"바로 접니다."

"그럴 것 같았어요."

마네트 양이 한 무릎을 살짝 굽혀 (당시 젊은 아가씨들이 인사하는 방식이었다) 인사했다. 연장자의 연륜과 지혜를 존경한다는 표시였다. 로리 씨도 그녀에게 다시 허리 굽혀 인사했다.

"그래서 은행에 답장했어요. 저는 고아인 데다 같이 갈 친구가 없으니, 혹시 은행에서 여행 중 절 보호해 주실 분을 보내주시면 감사하겠다고 했죠. 이미 선생님은 런던에서 떠났다고 했지만, 가는 길에 절 이곳에서 만나 달라는 전갈을 받으셨다고 알고 있어요."

"이 일을 맡게 되어서 기뻤습니다." 로리 씨가 말했다. "제가 도와드릴 수 있다면 더없이 좋지요."

"고맙습니다, 선생님. 정말 감사하게 생각하고 있어요. 은행에서는 선생님께서 자세히 설명해 주실 거라고 했고, 또 제가 아직 듣지 못한 그 소식에 대해 마음의 준비를 해야 된다고 했어요. 전 최대한 그렇게 했고요. 그래서 얼른 무슨 일인지 듣고 싶어요."

"그러실 겁니다." 로리 씨가 말했다. "그렇죠. 그러니까……."

잠시 뜸을 들이다 가발이 귀에 닿는 부분을 조금 매만진 후 로리 씨가 말을 이었다. "어떻게 시작해야 할지 참 어렵군요."

그는 어떻게 이야기를 시작할지 몰라 마네트 양의 두 눈을 바라보았다. 어린 아가씨는 이마에 특이한—특이하지만 귀엽고 개성 있는―주름을 짓고 있었다. 그녀는 무심코 하는 행동인 듯, 아니면 순간 지나가는 그림자를 잡으려는 듯 한 손을 들었다.

"선생님, 혹시 우리 만난 적이 있나요?"

"그랬던가요?" 로리 씨가 어색한 웃음을 지으며 두 손을 앞으로 뻗었다.

마네트 양의 눈썹 사이와 그녀의 더없이 가녀리고 섬세한 코 위로 주름이 깊어졌다. 그녀는 옆에 놓여 있던 의자에 조심스럽게 앉았다. 생각에 잠긴 듯했던 그녀가 다시 그를 바라보자 로리 씨는 바로 말을 이었다.

"지금은 영국에 살고 계시니까, 마네트 양도 여느 영국 아가씨들 중 한 분이라 생각하고 말을 하겠습니다. 괜찮겠습니까, 마네트 양?"

"좋으실 대로요."

"마네트 양, 저는 직업인입니다. 저는 그저 해야 할 일을 하러 온 것이죠. 제 말을 들으시면서, 그저 말하는 기계가 앞에 있다고 생각하고 들으셨으면 합니다. 정말이지 전 그저 말을 전하는 기계 그 이상은 아니니까요. 마네트 양이 괜찮으시다면, 저희 은행 고객 중 한 분에 관한 이야기를 들려드리려 합니다."

"이야기요!"

그는 마네트 양의 말을 짐짓 잘못 들은 척 빠르게 말을 이었다. "네, 고객 말입니다. 은행에서는 의뢰인을 고객이라 부릅니다. 제가 말씀드릴 고객은 프랑스에서 오신 신사분이 셨고, 과학에 조예가 깊었죠……. 박사였습니다."

"보베 출신 아니었나요?"

"그랬죠, 보베에서 온 박사였습니다. 아가씨의 아버지 되시는 마네트 선생님처럼 이분도 보베에서 오신 분이었습니다. 그리고 아가씨의 아버지처럼 이분도 파리에서는 유명한 분이셨죠. 그곳에서 저도 그분과 친분이 있었습니다. 개인적인 건 아니고 일에 관련된 친분이었죠. 제가 프랑스 지사에서 일할 때였으니 20년 가까이 흘렀네요."

"언제……, 혹시 그때가 언제였는지 여쭤봐도 될까요?"

"한 20년쯤 전 일입니다. 그분은 영국 아가씨와 결혼했고, 전 그의 신탁관리인이었죠. 당시 프랑스의 많은 사업가와 가족의 재산이 전적으로 텔슨 은행의 관리를 받았습니다. 그런 이유로 저도 많은 고객의 관리인으로 일해 왔고 지금도 그렇습니다. 이러한 관계는 전적으로 사무적일 뿐이에요, 마네트 양. 우정이 아닙니다. 감정도 없고 특별한 관심도 없어요. 그저 제가 맡은 일을 하며 이 고객에서 저 고객으로 옮겨 갈 뿐입니다. 요약하자면, 전 사적인 감정이 없습니다. 그저 기계라 생각하시면 됩니다. 그러니……."

"하지만 이건 저희 아버지 이야기잖아요." 그녀의 깊게 주름진 이마 아래 두 눈이 로리 씨를 향했다. "그리고 생각났어요. 아버지 뒤를 이어 2년 후 어머니까지 돌아가셨을 때, 선생님이 절 영국에 데리고 오셨죠. 선생님이셨던 게 거의 확실해요."

마네트 양의 망설이던 작은 손이 로리 씨를 향했다. 그는 그 손을 잡고 입을 맞췄다. 그리고 다시 어린 아가씨를 의자에 앉혔다. 왼손으로 의자 등받이를 잡고, 오른손으로는 자신의 턱을 쓰다듬고 가발을 고쳐 썼다. 의자 옆에 계속 서서, 앉은 채로 자신을 올려다보는 그녀의 얼굴을 바라보며 로리 씨는 다시 한번 강조했다.

"마네트 양, 그건 제가 맞습니다. 그리고 저에게 개인적인 감정은 없고, 모두 다 사무적인 관계였다는 것도 사실입니다. 그래서 그 이후로 마네트 양을 보러 가지 않은 겁니다. 그럴 수 없었죠. 마네트 양은 그때부터 텔슨 은행의 피후견인이었고, 전 은행의 다른 일로 바빴습니다. 사사로운 감정이라니! 그런 걸 느낄 시간도 여유도 없어요. 마네트 양, 전 거대한 돈 기계를 위해 일하는 데에 제 평생을 바쳤습니다."

자신의 직업에 대한 이토록 이상한 설명을 마치고, 로리 씨는 두 손으로 머리 위 금발의 가발을 (이미 납작할 대로 납작해서 그럴 필요가 전혀 없었지만) 납작하게 눌렀다. 그는 말을 이었다.

"지금까지가, 아가씨가 말한 대로, 아가씨의 가여운 아버지에 대한 이야기였습니다. 하지만 이다음 이야기는 다릅니다. 만약 그때 아가씨의 아버지가 죽은 게 아니라면……, 놀라지 말아요! 아니, 잠시만요!"

마네트 양은 당연히 펄쩍 뛰었다. 그녀의 두 손이 로리 씨의 팔목을 쥐었다.

"이제," 로리 씨가 달래듯 말했다. 그는 의자 등받이를 잡고 있던 왼손을, 그를 붙잡고 떨고 있던 그녀의 손가락들 위에 올렸다. "진정해요, 마네트 양. 이건 사무적인 문제입니다. 그러니까……."

마네트 양의 모습에 로리 씨는 어떻게 이야기를 계속할지 몰라 잠시 망설이다 이내 말을 이었다.

"그러니까, 만약 마네트 씨가 죽지 않고 갑자기 조용히 사라진 것이었다면—누가 그를 어디론가 데려가 버려서, 찾기 어렵지 않은 곳이지만 그 누구도 찾을 수 없었다면—마네트 씨의 적이 그 어떤 용감한 이들도 입에 담기조차 두려워할 정도로 프랑스에서 권력을 휘두르는 자였다면—예를 들어 아무나 교도소에 원하는 기간 동안 처넣어 버릴 수 있는 그런 권력 말입니다—그리고 아내, 왕비나 신하들, 아니면 교회에서 마네트 씨의 행방을 애타게 찾아도 소용없었다면,

이 모든 게 맞는다면 아마 마네트 양의 아버지는 그 가여운 보베 출신 박사와 같은 일을 겪었을 겁니다."

"제발 더 자세히 이야기해 주세요."

"그럼요, 그럴 겁니다. 정말 괜찮겠어요?"

"전 지금 선생님이 알려 주시지 않은 그 불확실함 말고는 모두 견딜 수 있어요."

"차분히 말씀하시는군요……. 아가씨는 차분한 사람이에요. 그게 좋습니다!" 로리 씨가 말했지만, 마음에서 우러나온 말처럼 들리진 않았다. "사무적인 일이라고 생각해 주셨으면 좋겠습니다. 해결해야 할 일이라고 생각해 주세요. 이 박사의 부인은 용감한 여성이었지만, 아기를 낳기 전까지 많은 고통을 겪어야 했습니다……."

"그 아기는 딸이었죠, 선생님."

"딸이었죠. 그…… 그러니까……, 이건 그저 사무적인 이야기예요. 놀라지 말아요, 마네트 양. 그러니까 이 부인께서는 아기가 태어나기 전까지 너무 고생이 심하셨기 때문에 사랑하는 아기에게 이런 일들을 겪게 하고 싶지는 않았던 겁니다. 그래서 아버지가 돌아가셨다고 알게 하길 원했던 거예요, 아니, 무릎 꿇지 말아요! 왜 무릎을 꿇으세요!"

"진실을 알려 주세요. 제발, 자애로우신 선생님, 진실이요!"

"이……, 이건 사무적인 일이에요, 아가씨. 이러시면 제가 당황스럽습니다. 이렇게 당황스럽게 하시면 제가 어떻게 일을 합니까? 우리 이성적인 생각 한번 해봅시다. 그러니까, 9펜스 곱하기 9라든지, 20기니면 몇 실링이 되는지 우리 이야기해 봅시다. 그러면 제가 아가씨의 이성에 대해 좀 안심할 수 있을 것 같습니다."

마네트 양은 그 질문에 답하지는 않았지만 로리 씨가 그녀를 다시 의자에 앉혀 준 다음에도 동요하지 않고 가만히 앉아 있었다. 그의 손목을 붙잡고 있던 손의 떨림도 잦아드는 듯 보였다. 자비스 로리 씨는 그녀가 조금 안정되었음을 알았다.

"그래요, 잘하고 있어요. 용기를 내야 합니다! 이건 일이에요! 뭐가 중요한지 생각해야 해요. 마네트 양, 당신의 어머니도 이 일을 겪으셨어요. 그녀는 아가씨의 아버지를 찾는 데 성공하진 못했지만 절대 포기하진 않았습니다. 그녀는 두 살배기 아기를 남기고 세상을 떠나야 했지만—얼마나 마음이 아팠을까요—당신은 이토록 아름답고 행복한 아가씨로 자라났죠. 당신의 어머니는, 당신이 아버지가 교도소에 가서 죽었는지 살았는지, 그 수많은 시간 속에 어떻게 망가졌을지 두려워하거나 걱정하며 살아가길 원하지 않았어요."

로리 씨는 말을 이으며 동경과 안쓰러움이 섞인 눈으로

마네트 양의 넘실거리는 금발 머리를 내려보았다. 그는 이 일로 그녀의 머리에 새치가 생기지 않을까 염려했다.

"부모님께 그리 큰 재산은 없었다는 걸 마네트 양도 알고 있을 겁니다. 보유하고 있던 재산은 이미 어머님이나 마네트 양에게 안전하게 전달되었죠. 그래서 재산이나 현금에 대한 새로운 발견은 없었습니다. 그러나……."

자신의 손목을 잡고 있던 그녀의 손에 힘이 들어가자 로리 씨는 잠시 말을 멈췄다. 좀 전에 로리 씨의 눈길을 끈 매력적인 이마는 이제 고통과 공포로 깊게 주름졌다.

"그러나 그가……, 발견되었습니다. 살아계세요. 많이 달라졌을 거라 예상합니다. 아마 많이 망가졌을 수도 있겠지만, 희망을 가져봅시다. 아직, 살아계시니까요. 아가씨의 아버지는 파리의 예전 하인 집으로 옮겨졌고, 우리는 그곳으로 갈 예정입니다. 전 그의 신분을 확인하러, 마네트 양은 그의 인생, 사랑, 사명, 쉼과 평안을 회복시키기 위해 가는 겁니다."

마네트 양의 몸을 휩쓸고 간 전율이 로리 씨에게도 전해졌다. 아직도 놀라움에서 벗어나지 못한 그녀가 작고 또박또박한 목소리로 꿈꾸듯 말했다.

"아버지의 유령을 보러 가는 거예요! 아버지가 아니에요……. 아버지의 유령이에요!"

로리 씨가 자신의 팔을 잡고 있던 그녀의 손을 조용히 쓰다듬었다. "자, 괜찮습니다. 생각해 봐요. 이제 제일 좋은 소식과 제일 나쁜 소식을 알았잖아요. 억울한 일을 당한 가여운 그분에게 가는 겁니다. 순조로운 항해, 순조로운 여행이 될 거예요. 사랑하는 아버지의 곁으로 곧 가는 겁니다."

마네트 양은 아까와 같은 어조였으나 속삭이듯 목소리가 작아졌다. "난 자유로웠어요, 행복했어요. 사는 동안 아버지의 유령에 시달리지 않았다고요!"

"하나 더 있습니다." 그녀의 주의를 끌기 위해 단어 하나하나에 힘을 주며 로리 씨가 말했다. "아버지는 지금 자신을 다른 이름으로 부르고 있다고 합니다. 자신의 이름을 오래전에 잊어버린 건지 아니면 이름을 숨겨야 했는지는 전혀 중요하지 않습니다. 그토록 오랫동안 교도소에 갇혀 있었던 게 그의 의지였는지 아니면 실수였는지 물어보는 것도 별 도움이 안 될 겁니다. 위험할 수도 있으니 그런 건 안 물어보는 게 좋겠죠. 그런 이야기는 꺼내지 말고, 얼마 동안은 그를 프랑스에서 데리고 나오지 않는 게 좋습니다. 저는 영국인이라서 안전하고, 텔슨 은행 또한 프랑스 정부와의 관계를 생각하면 함부로 손대지 못하는 위치에 있지만, 이 문제에는 저도 텔슨 은행도 관여할 수 없습니다. 이 일에 대한 그 어떤 서류도 전 소지하고 있지 않지요. 이것은 완전히 비밀 작전이에요. 여기에 관련된 모든 정보는 '되살아남'이라는 한 문장 하나로 축약되어 있습니다. 그 문장이야 어떻게든 해석이 가능하니까요. 마네트 양, 왜 그러시죠? 아니, 내 말을 전혀 듣지 않고 있군. 마네트 양!"

조용히 미동조차 하지 않은 채 의자에 앉아 있는 그녀는 완전히 넋이 나가 보였다. 두 눈은 그대로 노신사를 향한 채 이마에 얹힌 표정은 마치 조각되었거나 낙인찍힌 듯 움직이지 않았다. 그녀가 로리 씨의 팔을 꽉 붙잡고 있어서 행여나 다칠까 봐 팔을 뺄 수도 없었다. 로리 씨는 가만히 서서 큰 소리로 도움을 청할 수밖에 없었다.

호텔 직원들이 오기에 앞서 드세 보이는 한 여자가 먼저 달려왔다. 로리 씨는 정신없는 와중에도 그녀가 빨간 머리에 몸에 딱 붙는 붉은 옷을 입어 온통 붉은빛인 데 놀랐다. 그녀의 올림머리는 마치 군인 모자나 큰 나무 숟가락, 혹은 치즈 덩어리처럼 보였다. 그녀는 거칠고 투박한 손으로 로리 씨의 가슴팍을 쳐서 벽 쪽으로 밀어냄으로써 그를 붙잡고 있던 마네트 양의 손을 떼어 냈다.

('아니 꼭 남자 같군!' 벽에 부딪침과 동시에 로리 씨가 한 생각이었다.)

"아니, 뭣들 하고 있어?" 거친 여자가 호텔 직원들에게 성질을 부리며 말했다. "거기서 쳐다보고만 있지 말고 가서 물건을 가져와야 하지 않아? 내가 대단한 구경거리는 아니잖아? 얼른 가서 가져오지 못해? 각성제, 차가운 물, 식초를 얼른 가져오지 않으면 내가 뭔 짓을 할지 몰라!"

직원들이 재빨리 흩어지자 그녀는 조심스레 마네트 양을 소파에 누이고선 "우리 귀한 아가씨!"라든가 "우리 강아지!"라고 마네트 양을 불러 가며 부드럽고 익숙한 손길로 간호했다. 마네트 양의 금발을 어깨 뒤로 넘겨 주는 그녀의 손길에 자부심과 자상함이 담겨 있었다.

"거기 갈색 옷 입은 양반!" 여자가 로리 씨 쪽으로 거칠게 몸을 돌리며 말했다. "아가씨가 까무러치지 않게 좀 잘 말할 수는 없었어요? 여기 창백한 얼굴이랑 차가운 손 좀 봐요. 은행에서 일하는 사람들은 다 그 모양이에요?"

로리 씨는 까다로운 질문에 당황한 나머지 그저 애처로운 동정심과 부끄러움으로 멀리서 바라만 볼 수밖에 없었다. 방 안의 직원들을 "내가 뭔 짓을 할지 몰라!" 따위의 수수께끼 같은 협박으로 쫓아 버린 거친 여자는 천천히 마네트 양이 의식을 회복할 수 있도록 도와주고, 아가씨의 힘없는 고개를 자신의 어깨에 기대도록 했다.

"이제 좀 괜찮아졌으면 좋겠습니다." 로리 씨가 말했다.

"그렇다 해도 갈색 옷 양반은 별 도움이 안 될 것 같네요. 아이고 우리 사랑스러운 아가씨!"

"저 그리고," 애처로운 동정심과 부끄러움으로 잠시 망설이던 로리 씨가 말했다. "혹시 마네트 양과 프랑스에 같이 가실 수는 없겠지요?"

"퍽이나 그러겠어요!" 드센 여자가 대답했다. "내가 바다를 건너갈 운명이었다면 하느님이 날 영국 섬나라에 살게 하셨겠어요?"

자비스 로리 씨에게는 또다시 까다로운 질문이었다. 그는 대답을 생각해 보기 위해 자리를 피했다.

제5장
술집

큰 포도주 통 하나가 길에 떨어져 부서졌다. 수레에서 포도주 통을 꺼내다가 생긴 사고였다. 포도주 통이 빠르게 굴러가면서 통을 감싼 고리들이 터졌고, 통은 술집 문 바로 앞에 깔린 돌에 부딪히며 호두 껍데기처럼 산산조각 났다.

근처에서 일하거나 멍하게 있던 사람들이 하던 일을 모두 멈추고 바로 달려와 흘러나온 포도주를 마셔 댔다. 길에 깔린 돌들은 보행자들을 일부러 다치게 할 요량인 양 이상한 모양에, 사방으로 모서리가 튀어나와 있었는데 이 돌들이 흘러나온 포도주를 작은 웅덩이들로 모이게 했고 각 웅덩이 크기에 맞게 사람들이 모였다. 무릎을 꿇고 두 손으로 포도주를 퍼마시는 사람도 있었고, 손에 담은 포도주가 손가락 사이로 흘러내리기 전에 얼른 포도주를 마시려고 어깨를 숙인 여자들 입에 건네주는 사람도 있었다. 오래된 사기 컵을 포도주 웅덩이에 담그는 사람이 있는가 하면, 머리에 두르고 있던 수건을 풀어 포도주를 적신 다음 아기 입에 흘려 넣어 주는 여자도 있었다. 반면에 어떤 사람들은 포도주가 웅덩이에 계속 남아 있도록 진흙 더미로 둑을 쌓아 올리는가 하면, 창문 위에서 아래로 내려다보는 사람들의 지시를 따라 여기저기로 흘러 나가는 포도주 줄기들을 막으려고 뛰어다녔다. 포도주에 적셔져 붉게 물든 나무통 조각을 빨아 먹거나 씹는 사람들도 눈에 띄었다. 포도주가 빠져나갈 만한 하수 시설이 없었으나, 사람들이 모두 먹어 치워 버려 포도주는 물론 길가의 흙도 같이 사라져 버렸다. 모르는 사람이 봤다면 어떤 청소부가 와서 이 가난한 거리를 닦아 주고 갔다고 생각했을 것이다.

이 포도주 잔치가 벌어지는 동안 거리에는 남녀노소 할 것 없이 그들의 웃음소리와 떠드는 소리가 시끄럽게 거리를 울렸다. 그들은 거칠게 행동하기보다는 이 잔치를 즐기려 노력했다. 이곳에서 사람들은 함께 즐기고 싶게 만드는 특별한 동지애를 느꼈다. 그래서 운이 더 좋거나 걱정이 없는 사람들은 서로 장난스럽게 껴안고, 건배하고, 악수를 했으며, 심지어 수십 명이 모여 같이 손을 잡고 춤을 추기도 했다. 마침내 길바닥의 포도주가 동이 나고 사람들이 포도주를 마시려 긁어놓은 손가락 자국이 드러났을 때, 잔치는 갑자기 시작됐던 것처럼 갑자기 끝나 버렸다. 땔감을 자르다가 톱을 내려놓고 온 사람은 다시 일하러 돌아갔고, 아이들과 자신의 메마른 손가락 발가락의 고통을 덜기 위해 뜨거운 재를 냄비에 담아 둔 채 문지방에 놓아두고 왔던 여자는 다시 냄비를 가지러 갔다. 지하실에 있다가 겨울 태양 아래로 기어 나온, 기름 낀 머리카락에 얼굴이 홀쭉하고 소매가 없는 옷을 입고 있던 남자들은 다시 안으로 들어갔다. 거리에 다시 찾아온 그 본연의 우울함은 햇살보다 더 자연스러웠다.

포도주는 파리 생탕투안* 교외의 좁은 길을 붉게 물들였다. 많은 손과 맨발, 나막신도 붉게 물들었다. 나무를 톱질하던 남자의 손이 목재에 붉은 자국을 남겼고, 아기를 돌보던 여자가 두른 낡은 머릿수건에 닿은 이마가 붉게 물들었다. 게걸스럽게 나무통 조각을 씹어 대던 사람들의 입가는 호랑이처럼 붉었다. 키가 큰 광대 하나가 쓰고 있던 지저분하고 긴 취침용 모자도 포도주로 엉망진창이었다. 그는 손에 흙과 포도주를 잔뜩 묻혀 '피'라고 벽에 갈겨썼다.

그만큼 붉은 피가 이 길바닥에 흩뿌려지고 이곳의 많은 사람을 그 붉은빛으로 얼룩지게 할 날도 멀지 않은 곳에서 다가오고 있었다.

그리고 이제 생탕투안의 성스러운 얼굴로부터 잠깐의 반짝임은 사라지고 짙고 두터운 먹구름이 몰려왔다. 추위, 더러움, 질병, 교육의 부재, 가난은 마치 성스러운 존재를 기다

---

* 당시 파리 외곽의 우범 지역.

리는 영주, 막강한 권력을 지닌 귀족과도 같았다. 모두 그랬지만, 가난은 특히 그랬다. 젊음을 되찾아 주는 마법의 방앗간이 아닌, 인생이라는 현실의 방앗간에서 갈리고 또 갈려진 사람들이 모서리마다 떨고 있었다. 그들은 마을의 모든 건물 입구를 들락거렸고, 바람에 펄럭이는 그들의 낡고 해진 옷자락이 건물의 창문 너머로도 보였다. 이들을 혹사시킨 방앗간은 젊음을 갈아 노인으로 만들어 버리는 곳이었던지, 동네 아이들도 얼굴이 몹시 나이 들어 보이고 목소리가 거칠었다. 아이들과 어른들 얼굴 위로 세월이 쟁기질한 고랑과 앞으로 생길 고랑 하나하나에 한숨과 굶주림이 메워졌다. 굶주림은 정말 어디에나 있었다. 높은 집, 기둥과 빨랫줄에 널린 낡은 옷가지들도 굶주림이었고, 그 낡은 넝마에 지푸라기, 헝겊, 나무, 종이 따위로 얼기설기 꿰매진 것도 굶주림이었다. 한 남자가 톱질하던 장작용 나무에서도 굶주림의 조각들이 튀었다. 연기가 나오지 않는 굴뚝 위에서 굶주림이 내려다보고 있었고, 온갖 쓰레기에서 동물 내장 하나 없이 먹을 것은 하나도 보이지 않는 더러운 거리 위에서 굶주림이 시작되었다. 상한 빵 쪼가리 몇 개가 놓인 빵집 선반에 그리고 죽은 개로 소시지를 만드는 정육점의 선반에 새겨진 글귀도 굶주림이었다. 굶주림은 돌아가는 원통 안에서 구워지는 밤 몇 알 사이에서 메마른 뼈 소리를 내며 달그닥거렸고, 기름 몇 방울에 요리된 감자튀김이 담긴 보잘것없는 한 끼 그릇 안에서 잘게 부서졌다.

이곳은 굶주림과 어울리는 동네였다. 범죄와 악취가 가득한 더럽고 좁고 구불거리는 길에서 나뭇가지처럼 또 다른 더럽고 좁고 구불거리는 길이 뻗어 나갔다. 그 길 위는 넝마와 수면 모자를 걸친 가난한 사람들과 그 넝마와 수면 모자에서 나오는 고약한 냄새로 가득했다. 모든 것이 음울하고 아파 보였다. 절박한 상황 속 사람들에게는 궁지에 몰렸을 때 저항하는 야생동물 같은 본능이 있었다. 짓밟히고 절망한 그들이었지만, 두 눈에서는 불길이 일고 억누르려 꽉 다문 두 입술은 하얗게 변했다. 그들의 찌푸려진 이마는 그들이 매달리게 될지도 모르는 혹은 그들이 다른 누군가를 매달게 될지도 모르는 교수대의 밧줄을 연상케 했다. 거의 모든 가게의 간판이 가난을 연상케 했다. 소고기 가게나 돼지고기 가게 모두 기름기 하나 없는 고기 한 점의 그림에, 빵집 또한 맛없어 보이는 거친 빵 한 조각 그림뿐이었다. 술집 간판에 대충 그려진 사람들은 묽은 와인과 맥주의 양이 얼마 되지 않는다며 불평하며 언짢은 표정으로 비밀스럽게 모여 있었다. 번창한 듯 보이는 가게들은 무기와 도구를 파는 가게들뿐이었다. 무기상 간판에 그려진 칼과 도끼는 날이 번뜩였고 대장장이의 망치는 튼튼하고 강해 보였다. 총포사 간판에 그려진 총은 금방이라도 누군가를 쏴 죽일 것 같았다. 생탕투안의 보수가 되지 않은 돌길은 여기저기 진흙탕투성이였다. 도보가 따로 있지 않고 그저 문 앞에서 길이 끊길 뿐이었다. 폭우가 쏟아질 때면 낙숫물이 지붕의 홈통에서부터 길 한가운데로 흐르다 결국 넘쳐 집 안으로 들이치기도 했다. 길 양옆으로는 띄엄띄엄 가로등 역할을 하는 등불이 끈과 도르래로 고정되어서 밤이 되면 사람이 유등을 내려 불을 댕긴 후 다시 올려놓았다. 미약한 불빛으로 애처롭게 흔들리는 심지들이 바다 한가운데 떠 있는 배 안에 켜진 등불 같았다. 이곳은 어찌 보면 바다 한가운데 있는 것이나 다름없이 위험했고, 이곳 사람들은 폭풍우 한가운데 있는 배와 선원들처럼 위태로웠다.

길가의 등불 켜는 자를 오랫동안 지켜본 이 지역의 수척한 거렁뱅이들이 굶주림과 무료함을 이기지 못하고 등불 대신 사람을 저 끈과 도르래에 매달아 그 내면의 어두움을 드러낼 방법을 상상하는 때가 오고 있었다. 하지만 아직 그날은 오지 않았고 아름다운 깃털과 노래를 뽐내는 새들은 아무런 눈치조차 채지 못했다. 프랑스 전역에 불어오는 바람에 허수아비들의 넝마는 그저 의미 없이 흔들릴 뿐이었다.

술집은 길모퉁이에 있었는데, 다른 가게에 비해 모양새며 규모가 여러모로 나은 편이었다. 노란 조끼에 초록색 바지를 맞춰 입은 술집 주인은 쏟아진 포도주가 만든 난장판을 보며 가게 밖에 나와 서 있었다. "내 알 바 아니지." 어깨를 으쓱하며 그가 말했다. "도매상에서 배달 온 사람들이 그런 거니 또 배달해 달라고 하면 그만이야."

그때 그의 눈이 벽에 낙서하고 있던 키 큰 청년을 향했고, 그는 바로 길 건너편을 향해 소리 질렀다.

"어이, 가스파르, 거기서 무슨 짓이야?"

그쪽 부류 사람들이 으레 그렇듯 그 사람은 매우 과장된 몸짓으로 자신이 쓴 우스갯소리를 가리켰다. 물론 그쪽 부류 사람들이 으레 그렇듯 그가 쓴 우스갯소리는 주인에게 전혀 통하지 않았다.

"뭐야? 정신병원에 들어가고 싶어?" 술집 주인이 길을 건너와 손에 쥔 진흙으로 벽을 문질렀다. "공공 거리에서 뭐 하는 짓이야? 아니, 이딴 걸 쓸 곳이 여기밖에 없어?"

술집 주인이 낙서를 지우던 손(우연히 그럴 수도 있고, 아닐 수도 있다)으로 항의하듯 청년의 가슴팍을 쳤다. 장난스런 청년은 가게 주인의 손을 자기 손으로 붙잡고 화려한 춤사위같이 재빠르게 높이 뛰어올랐다. 바닥으로 내려오다 더러운 한쪽 신발이 벗겨지자 한 손으로 신발을 주워 술집 주인에게 내밀었다. 잔인하게 현실적인 것까지는 아니더라도 재치가 많아 보이는 청년이었다.

"얼른 신어, 신발 신어." 술집 주인이 말했다. "가게에서 한 잔하면서 신든가." 그러면서 가게 주인은 장난꾸러기 청년의 옷에 진흙 묻은 손을 닦았다. 어차피 그 때문에 진흙으로 더럽혀진 손이니까. 가게 주인은 길을 건너 다시 술집으로 들어갔다.

술집 주인은 목이 두껍고 군인같이 생긴 서른 살 난 남자였다. 추운 날씨였지만 코트를 입지 않고 한쪽 어깨에 걸친 걸로 봐서 열을 쉽게 받는 사람인 듯했다. 셔츠 소매를 둥둥 걷어 올려서 그을린 갈색 팔이 팔꿈치까지 드러났다. 그는 머리 위에 아무것도 쓰지 않고 짧고 짙은 갈색 고수머리를 드러내고 있었다. 피부는 까무잡잡하고, 선량해 보이는 두 눈 사이는 멀리 떨어져 있었다. 전체적으로 사람 좋아 보이기는 했지만 동시에 고집스러워 보이기도 했다. 분명 결단력 있고 목적의식이 확고한 사람일 것이다. 좁은 다리에서 마주치고 싶지는 않은 사람이었다. 절대 길을 비켜 줄 리가 없을 테니까.

술집 주인이 다시 가게로 들어왔을 때 그의 아내 드파르주 부인은 가게 계산대 뒤에 앉아 있었다. 남편과 비슷해 보이는 나이에 통통하고, 무엇을 보는지 알 수 없는 신중하고 날카로운 눈빛을 발하는 여자였다. 큰 손에 반지를 가득 끼고, 차분한 얼굴에 튼튼한 골격, 차분한 태도. 드파르주 부인은 자신이 맡아 하는 일에 실수라고는 전혀 없을 것같이 철두철미해 보였다. 추위에 민감한 그녀는 모피를 두르고 있었다. 머리에 커다란 밝은색 숄을 감고 있었으나 큰 귀고리는 숄에 감춰지지 않았다. 그녀는 이쑤시개로 이를 쑤시려고 하고 있던 뜨개질감을 잠시 내려놓은 상태였다. 왼손으로 오른쪽 팔꿈치를 받치고 이를 쑤시느라 드파르주 부인은 남편이 들어와도 아무 말 하지 않았다. 다만 다듬어진 검은 눈썹을 올리며 헛기침을 한 번 했는데, 남편이 나간 사이 새로운 손님이 들어왔으니 가게 안 손님들을 둘러보라는 신호였다.

가게 주인은 지시대로 눈을 굴려 나이가 지긋한 신사와 젊은 아가씨가 구석에 앉아 있는 것을 보았다. 다른 손님들 중 둘은 카드놀이를, 다른 둘은 도미노를 하고 있었고, 다른 셋은 계산대 옆에 선 채 몇 잔 안 되는 포도주를 두고 시간을 끌고 있었다. 계산대 뒤를 지나며 그는 나이 지긋한 신사가 젊은 아가씨에게 표정으로 말하는 것을 알아챘다. '이자가 우리가 찾던 사람입니다.'

"아니 이 사람이 도대체 여기서 뭐하는 거야?" 드파르주가 홀로 중얼거렸다. "난 그쪽을 모르는데."

그리고 그는 그 두 사람을 못 본 척하며 계산대에서 술 마시는 세 손님의 대화에 끼어들었다.

"밖은 어떻소, 자크?" 셋 중 하나가 드파르주에게 물었다. "흘린 포도주는 사람들이 다 먹어 치웠나?"

"한 방울도 남김없이, 자크." 드파르주가 대답했다.

자크라는 이름이 오가는 대화를 들으며 이를 쑤시던 드파르주 부인이 눈썹을 더 높게 올리며 헛기침했다.

"좀처럼 흔하진 않지." 셋 중 두 번째 남자가 드파르주에게 말했다. "저 불쌍한 짐승들이 포도주 맛을 볼 기회 말이야. 시커먼 빵이나 죽음밖에 모르는 놈들. 그렇지 않소, 자크?"

"그렇소, 자크." 드파르주가 대답했다.

똑같은 이름이 오가는 두 번째 대화를 들으며 드파르주 부인은 계속 차분하게 이를 쑤시면서 눈썹을 한 번 더 올리고는 헛기침했다.

셋 중 나머지 남자가 빈 잔을 내려놓고 입술을 다시면서 말했다.

"아, 더 안된 일이지! 이제 그것들은 그 쓴맛만 기억하며 힘든 삶을 이어가겠지, 자크. 내 말이 맞지 않소, 자크?"

"맞는 말이네, 자크." 드파르주가 대답했다.

자크라는 이름이 세 번째 오간 순간 드파르주 부인은 눈썹을 계속 높인 채 이쑤시개를 내려놓고 자리에서 약간 부산히 움직였다.

"잠깐! 기다리시오." 그녀의 남편이 웅얼거리듯 말했다. "여러분, 여기 내 아내일세!"

세 손님은 모자를 벗어 흔들며 드파르주 부인에게 인사했다. 그녀도 머리를 숙이며 답한 후 그들을 빠르게 훑어보았다. 그리고 아무 일 없다는 듯 술집을 한 번 쓱 보고는 다시 차분하게 뜨개질을 계속했다.

"여러분," 그녀의 남편이 계속 그녀를 주시하며 말을 이었다. "좋은 하루 보내시게나. 내가 없을 때 물어봤다던, 그 가구가 간단히 마련되어 있는 방은 5층에 준비되어 있다네. 여기서 왼쪽으로 나가면 작은 안뜰과 연결된 계단 입구가 보일 걸세." 드파르주가 손으로 그쪽을 가리켰다. "여기 내 가게 창문이랑 가깝지. 그런데 지금 생각해 보니 당신들 중 거기 한 번 들렀던 사람이 있으니 길을 안내하면 되겠어. 잘들 가시게나!"

그들은 포도주값을 치르고 가게를 떠났다. 아내가 뜨개질하는 모습을 조심스레 지켜보던 드파르주에게, 나이 지긋한 노신사가 구석에서 걸어 나와 잠깐 할 말이 있다고 청했다.

"그럼요, 선생님." 드파르주가 대답하고, 조용히 노신사와 문 쪽으로 걸어갔다.

그들의 대화는 아주 짧았으나 아주 명확했다. 첫마디가 나오자마자 드파르주는 대화에 집중했다. 그가 고개를 끄덕이며 밖으로 나가기까지 1분이 채 걸리지 않았다. 노신사는 그 후 젊은 아가씨에게 다가갔고 그들 또한 밖으로 나갔다. 차분한 눈썹으로 부지런히 뜨개질 중이던 드파르주 부인은 아무것도 못 본 척했다.

자비스 로리 씨와 마네트 양은 술집에서 나온 뒤 뒤쪽 안 뜰 입구에서 드파르주 씨를 만나 합세했다. 방금 세 손님에 게 안내한 바로 그 입구였다. 어둡고 냄새나는 그 정원은 수 많은 사람이 거주하는 여러 집의 공동 출입문 역할을 했다. 음울한 타일이 깔린 입구가 음울한 타일이 깔린 계단으로 연결되어 있었다. 드파르주 씨는 한쪽 무릎을 꿇고 예전 주 인의 아이의 손에 입을 맞췄다. 예를 갖춘 행동이었지만 부 드럽진 않았다. 불과 몇 초 만에 그의 표정은 완전히 바뀌어 있었다. 쾌활하고 개방적인 표정의 남자가 아니었다. 그는 이 제 비밀스럽고, 분노에 차 있고, 위험한 남자였다.

"계단이 높아서 조금 힘듭니다. 천천히 올라오는 게 좋아 요." 계단을 오르며 드파르주가 굳은 목소리로 로리에게 말 했다.

"그는 혼자 있소?" 로리가 작은 소리로 물었다.

"혼자냐구요! 세상에, 누가 그와 같이 있겠습니까!" 드파 르주가 역시 낮은 목소리로 답했다.

"그럼 그는 항상 혼자 있는 거요?"

"그렇습니다."

"그가 원해서?"

"그에게 필요해서죠. 제가 처음 그를 봤을 때부터 그 상태입니다. 그 사람들이 절 찾아와서 이 사람을 돌보는 건 꼭 비밀스럽게 해야 한다고 했죠."

"그는 많이 달라졌습니까?"

"달라졌냐고요!"

드파르주는 멈춰 서서 손으로 벽을 치며 욕을 내뱉었다. 그 어떤 대답도 그것보다 더 강하게 전달될 수 없었으리라. 로리는 나머지 두 사람과 계단을 오르며 더욱더 암울해졌다.

파리의 더 낡고 붐비는 지역의 이렇게 오래된 계단은 오늘날 매우 상태가 안 좋을 것이다. 그러나 당시 그런 것에 익숙하지 않은 사람들에게는 실로 역겨운 수준이었다. 거대하고 지저분한 둥우리 같은 높은 건물 안, 공용 계단을 중심으로 문과 방으로 분리된 모든 세대들은 제각각 계단참에 쓰레기 더미를 쌓아 놓고 각자의 창문으로도 쓰레기를 던져 댔다. 가난과 궁핍이 쓰레기를 쌓아두진 않지만, 통제 불가능하고 절망적인 부패 덩어리는 공기를 오염시켰다. 쓰레기와 가난이 결합된 악취는 참기 힘들 정도였다. 이런 분위기 속, 먼지와 악취가 가득한 가파르고 어두운 갱도 옆에 길이 있었다. 매 순간 커져 가는 불안감에 마네트 양이 힘들어 보여서, 또 나쁜 생각들이 자신의 머릿속을 맴도는 탓에, 자비스 로리는 두 번이나 멈춰 쉬어야 했다. 멈춰 쉰 곳은 애처로울 정도로 형편없는 통풍구 옆이었는데, 얼마 남지 않은 맑은 공기도 빠져나가고 탁하고 독기 어린 악취만 다시 기어 들어 오는 듯했다. 녹슨 창살 너머로는 무질서한 동네의 모습이 눈이 아닌 냄새와 공기가 닿는 맛으로 느껴졌다. 이곳에서 노트르담의 높은 첨탑 사이의 더 가깝고 낮은 건물들이 있는 곳에서는 건강한 삶이나 건전한 가치의 흔적은 전혀 찾아볼 수 없었다.

결국, 그들은 층계 맨 위에 다다른 후 세 번째로 쉬었다. 다락으로 오르려면 아직 더 가파르고 좁은 위쪽 계단이 남아 있었다. 술집 주인은 늘 조금 앞서서 마치 젊은 아가씨가 자신에게 질문할까 두려운 듯 로리 옆에 머물렀다. 그는 몸을 돌려 어깨 위에 걸친 코트 주머니를 더듬어 조심스럽게 열쇠를 꺼냈다.

"저기, 문을 잠가 놓습니까?" 로리가 놀라 물었다.

"아, 네." 드파르주의 암울한 대답이었다.

"온갖 힘든 일을 겪은 노인을 꼭 이렇게 가둬 놓을 필요가 있습니까?"

"필요 있는 건 지금 열쇠를 여기 꽂아 돌리는 일이죠." 드파르주가 로리의 귀에 대고 작은 소리로 대답했다. 그는 잔뜩 인상을 쓰고 있었다.

"어째서?"

"어째서라니요! 이 노인이 그토록 오랜 시간 갇혀서 살았기 때문이오. 문이 열려 있으면 공포에 미쳐서 난리 치거나 스스로를 찢어발기거나 죽거나 뭔 짓을 할지 누가 어떻게 압니까."

"그럴 수가 있을까요!" 로리가 탄식했다.

"그럴 수가 있을까요!" 드파르주가 씁쓸하게 되뇌었다. "그렇죠. 우리가 살고 있는 이 아름다운 세상에서는 그럴 수도 있고, 그런 일들이 실제로 일어나기도 합니다, 실제로 말이에요! 이 하늘 아래에서 매일 말입니다. 악마 만세 아닙니까. 어서 갑시다."

그들의 대화는 조용하고 낮은 목소리로만 이루어져 젊은 아가씨의 귀에는 한 마디도 들어가지 않았다. 그러나 오가는 감정들 속에서 그녀를 떨게 했다. 마네트 양의 얼굴 위에 드러난 깊은 불안과 두려움, 공포를 보며 로리는 몇 마디 위로의 말을 건네지 않을 수 없었다.

"용기를 내요, 아가씨! 이건 우리가 해야 할 일입니다! 최악의 순간은 곧 끝날 겁니다. 그저 방으로 발을 옮기면 제일 힘든 건 끝나요. 그다음에는 당신이 아버지께 드릴 수 있는 좋은 것들, 안도와 행복이 시작될 겁니다. 여기 우리의 친구 드파르주 씨가 도와줄 겁니다. 우리의 좋은 친구 드파르주 씨 말이에요. 어서 와요, 우리가 해야 할 일을 생각해요!"

그들은 천천히 그리고 조용히 계단을 올랐다. 계단이 짧아서 그들은 금방 꼭대기에 다다랐다. 계단 맨 위에서 꺾이는 모퉁이를 하나 도는 순간 그들은 갑작스레 세 남자와 마주했다. 그 남자들은 방문 옆에 고개를 숙이고 모여, 벽에 간 금이나 구멍을 통해 방 안을 들여다보고 있었다. 뒤로 발걸음 소리가 들리자 그들은 그제야 몸을 돌려 일어났다. 술집에서 술을 기울이며 서로 하나의 이름으로 부르던 남자들이었다.

"여러분이 급작스레 오셔서 저들을 잠시 잊고 있었네요." 드파르주가 설명했다. "이보게들, 이제 가 봐. 우리는 여기 볼 일이 있네."

세 남자는 자리에서 물러나 조용히 계단을 내려갔다.

그들이 있던 층에는 그 외 다른 문은 보이지 않았다. 술집 주인은 그들만 남자, 곧장 문 앞으로 갔다. 조금 화가 난 로리가 작은 목소리로 항의했다.

"마네트 씨를 구경거리로 삼고 있었소?"

"그저 당신처럼 엄선된 몇 사람들에게만 보여주는 겁니다."

"그거 괜찮은 거요?"

"괜찮은 것 같습니다만."

"엄선된 사람이 대체 누구요? 어떻게 엄선하는 거요?"

"그저 진실된 사람을 고릅니다. 저처럼 이름이 자크인 자들은 마네트 씨를 보는 게 도움이 되지요. 더는 할 말이 없습니다. 선생님은 영국 사람이라 잘 모르실 겁니다. 여기서 잠시만 기다리십쇼."

드파르주는 일행에게 뒤로 물러나 기다리라고 손짓한 후, 몸을 구부려 벽의 금 간 곳을 통해 방 안을 들여다보았다. 곧 그는 고개를 들고 문을 두세 번 두드렸는데 그저 인기척을 내기 위한 것 같았다. 같은 이유로 그는 열쇠로 문을 서너 번 긁은 후에야 열쇠 구멍에 열쇠를 대충 집어넣고 시끄러운 소리를 내며 돌렸다.

문은 안쪽으로 천천히 열렸다. 드파르주가 방 안을 보며 무어라 말을 던지자 희미하게 대답하는 소리가 들렸다. 몇 음절 되지 않는 말이 서로 오갔다.

드파르주는 어깨너머로 일행에게 들어오라고 신호했다. 로리는 바닥으로 꺼질 듯한 그 딸의 허리를 한쪽 팔로 단단히 안았다.

"해⋯⋯, 해야 할 일입니다. 우리가 끝내야 할 업무라고요." 로리의 두 뺨을 타고 업무와 상관없는 감정이 흘렀다. 그는 재촉했다. "들어갑시다. 들어가요!"

"무서워요." 그녀가 떨면서 말했다.

"무섭다고요? 뭐가요?"

"저 사람이요, 제 아버지가요."

드파르주의 오라는 신호와 그녀의 상태 때문에 절박해진 로리는 그녀의 팔을 자신의 목에 두르고 그녀를 살짝 안아 방으로 데리고 들어갔다. 그는 그녀를 문지방 안쪽에 겨우 앉히고 자신의 몸에 기대는 그녀를 붙잡아 주었다.

드파르주는 열쇠를 꺼내 문을 닫고 안쪽에서 잠근 후 다시 열쇠를 꺼내 손에 쥐었다. 이 모든 일을 하면서 자신이 최대한 낼 수 있는 거칠고 시끄러운 소음을 만들었다. 마지막으로 그는 방을 가로질러 창문이 있는 쪽으로 갔다. 그리고 그곳에서 잠시 멈추고 고개를 돌렸다.

땔감과 잡다한 것들을 보관하기 위해 만들어진 다락방은 침침하고 어두웠다. 지붕창처럼 보이는 창문은 사실 지붕으로 통하는 문이었고, 길에서 짐을 들어 올릴 수 있는 도르래가 위에 달려 있었다. 유리가 없고 양 문이 가운데서 만나 닫히는 프랑스식 문이었다. 추위를 막기 위해 한쪽 문은 단단히 닫혔고 다른 한쪽만 약간 열려 있었다. 그 틈새로 들어오는 빛이 너무 적어 한눈에 방 안에 있는 것들을 보기가 어려웠다. 이런 어둠 속에서 어떤 세심한 일을 하려면 오랜 적응 시간이 필요할 것이다. 그러나 이 다락방에서는 그런 세심한 일이 벌어지고 있었다. 등은 문을 향하고 얼굴은 술집 주인이 서 있는 창문 쪽을 향한 채, 백발이 성한 노인 한 명이 낮은 벤치에 앉아 몸을 구부려 바쁘게 구두를 만들고 있었다.

제6장
구두장이

"안녕하세요!" 몸을 굽혀 구두를 만들고 있는 백발 노인을 내려다보며 드파르주가 인사했다.

백발 노인이 고개를 들어 잠시 바라보다, 마치 멀리서 들려오듯 아주 작은 목소리로 답했다.

"안녕하세요!"

"아직도 바쁘게 일하고 계시네요?"

긴 침묵이 지나고서야 노인은 다시 고개를 들어 대답했다. "네, 일하고 있습니다." 이번에는 노인의 초췌한 두 눈이 고개를 다시 숙이기 전에 질문한 사람을 훑었다.

목소리는 측은하고 끔찍할 정도로 쇠약했다. 오랜 감금과 고문의 영향 탓이리라 의심할 여지가 없었지만, 신체적인 쇠약함 때문에 그런 건 아니었다. 개탄스럽게도 고독과 말동무의 부재에서 비롯된 것이었다. 그것은 마치 오래전에 만들어진 소리의 마지막 가냘픈 메아리 같았다. 그 소리에서는 인간의 목소리에 내재한 생동감과 공명이 완전히 사라져, 한때 아름다웠던 빛깔이 흐리고 보잘것없는 얼룩으로 전락한 걸 보는 듯 했다. 낮고 억압된 그 소리는 마치 땅 밑에서 울려오는 것 같았다. 광야를 외롭게 헤맨 굶주린 여행가가 쓰러져 죽기 직전에 고향과 벗을 떠올리는, 절망적이고 가망이 없는 듯 들렸다.

몇 분간 계속 조용히 구두를 만들던 노인이 피곤한 눈을 들었다. 관심이나 호기심이 아닌, 사전에 알고 있는 유일한 방문자가 여전히 서 있다는 것을 기계적으로 인식하는 것이었다.

"저는," 드파르주가 구두장이에게서 눈을 떼지 않고 말했다. "문을 좀 더 열고 햇빛을 들이려고 합니다. 괜찮겠어요?"

구두장이는 일을 멈추고 공허한 표정으로 그 말을 듣는 둥 마는 둥 한쪽 바닥을 내려다보다가 곧 다른 쪽 바닥을 내려다보았다. 그런 후 그의 시선은 자신에게 말을 건 사람에게 다시 향했다.

"뭐라고 했소?"

"좀 더 밝아도 견딜 수 있겠어요?"

"견뎌야지요, 그렇게 한다면." (그는 견딘다는 말에 희미하게 강세를 두고 말했다.)

이미 조금 열려 있던 문의 반쪽이 더 열리고, 그 각도로 잠시 고정되었다. 널따란 빛 한 줄기가 다락방에 들어와 무릎에 미완성인 구두를 올려 둔 채 일손을 멈춘 구두장이를 비췄다. 그의 발밑과 벤치 위에 그가 쓰던 도구 몇 개와 가죽 조각들이 널려 있었다. 그리 길지 않은 하얀 턱수염은 삐뚤빼뚤했고 얼굴은 메말랐으며 두 눈은 극도로 번뜩였다. 메마르고 공허한 얼굴에 짙은 눈썹, 헝클어진 흰 머리칼이 두 눈을 더욱 커 보이게 해, 원래 큰 눈이 비정상적으로 도드라져 보였다. 목에서부터 단추가 풀려 있는 누렇고 낡은 셔츠 안으로 마르고 고단해 보이는 그의 몸이 드러났다. 노인과 그의 낡은 코트, 헐렁한 양말 그리고 다른 해진 옷가지들은 햇빛과 공기를 오랫동안 쐬지 못해 양피지처럼 모두 누렇게 색이 바래 있었다. 서로의 경계가 불분명할 정도였다.

두 눈과 빛 사이를 가리는 노인의 손에 드러난 뼈는 거의 투명해 보였다. 일을 멈추고 가만히 앉은 노인은 줄곧 공허한 눈빛이었다. 소리와 장소를 연결하는 법을 잊은 듯 노인은 꼭 그의 양옆을 먼저 살핀 후에야 앞에 선 사람을 바라보았다. 이런 행동을 하지 않고는 말을 하지 않았고, 그 후에는 무슨 말을 해야 할지 잊어버리는 듯했다.

"오늘 그 구두를 완성하실 겁니까?" 드파르주가 로리에게 오라고 손짓하며 노인에게 물었다.

"뭐라고 했소?"

"오늘 그 구두를 완성할 생각이시냐고요."

"그럴 생각인지는 모르겠습니다. 그런 것 같네요. 잘 모르겠습니다."

하지만 그 질문이 다시 일을 떠오르게 했는지 구두장이는 도로 몸을 굽혀 구두를 만드는 일에 몰두했다.

로리는 마네트 양을 문 옆에 놓아둔 채 조용히 앞으로 나왔다. 그가 드파르주 옆에 1~2분간 서 있자 구두장이가 고개를 들었다. 드파르주 외에 다른 사람이 서 있는 것을 보고 동요하진 않았으나 로리를 보며 떨리는 손가락을 입에 대 보였다. (노인의 입술과 손톱은 모두 흐린 납빛이었다.) 그리고 다시 노인은 떨리는 손을 내려 구두 만드는 일에 집중했다. 순식간에 일어난 일이었다.

"보시다시피 손님이 왔습니다." 드파르주가 말했다.

"뭐라고 했소?"

"여기 손님이 왔습니다."

구두장이가 이번에는 구두에서 손을 떼지 않은 채 고개를 들었다.

"여길 보세요!" 드파르주가 말했다. "여기 좋은 구두를 볼 줄 안다는 손님이 왔습니다. 구두를 어서 보여 주세요. 자, 여기 있습니다, 선생님."

로리가 구두를 받았다.

"여기 선생님께 이게 어떤 구두인지, 누가 만들었는지 말해 보세요."

구두장이가 대답하기까지 평소보다 긴 침묵이 흘렀다.

"뭐라고 물어보셨는지 잊었습니다. 뭐라고 하셨죠?"

"그러니까, 여기 계신 선생님께 이 구두에 대해 설명 좀 해 줄 수 없습니까?"

"이건 아가씨들 구두예요. 젊은 아가씨들이 신는 구두지요. 요즘 유행하는 겁니다. 유행을 본 적은 없지만, 여기 제 손에 견본 패턴이 있지요." 구두를 보는 노인의 눈에 자부심이 스쳤다.

"만든 사람의 이름은요?" 드파르주가 말했다.

이제 손에 쥐고 있을 만한 구두가 없는 구두장이는 왼 손바닥에 오른손을 놓았다가, 다시 오른 손바닥에 왼손을 놓았다가, 수염 난 턱을 쓰다듬기도 하면서 한순간도 가만히 있질 않았다. 말을 끝내면 이내 공허한 자신의 세계에 빠져 버리는 노인의 관심을 끄는 일은 이미 쓰러진 쇠약한 사람을 다시 깨우려고 하거나 혹은 무언가를 밝히길 바라며 죽어 가는 사람의 혼을 붙잡으려 하는 것만큼이나 어려웠다.

"제 이름을 물어봤나요?"

"그랬죠."

"105호, 북쪽 탑입니다."

"그게 다입니까?"

"105호, 북쪽 탑입니다."

한숨도 신음도 아닌 소리를 내뱉으며 구두장이는 다시 침묵이 깨지기 전까지 일에 몰두했다.

　"원래부터 구두장이는 아니었죠?" 로리가 그를 지그시 쳐다보며 물었다.

　노인의 지친 눈이 마치 질문을 전가하듯 드파르주에게 향했다. 드파르주의 대답이 없자, 그의 두 눈은 바닥을 바라보다 다시 질문자에게 향했다.

　"원래부터 구두장이는 아니었냐고요? 네, 원래부터 구두장이는 아니었죠. 저……, 저는 여기서 배웠습니다. 혼자서 배웠죠. 허락을 받고……."

　구두장이는 몇 분간 허공을 바라보며 계속 두 손을 만지작거리다 다시 천천히 로리를 바라보았다. 로리를 다시 보며 그는 마치 방금 잠에서 깨어난 것처럼 화들짝 놀라며 간밤의 대화를 이어 가듯 말을 이었다.

　"허락을 받고 구두 만드는 걸 스스로 공부했죠. 허락을 받기까지 시간도 많이 걸리고 많이 힘들었습니다. 그때부터는 계속 구두를 만들었죠."

　노인은 로리가 가지고 있던 구두를 되돌려 받기 위해 손을 뻗었다. 로리는 계속 구두장이의 얼굴을 바라보며 말했다.

　"마네트 씨, 저는 전혀 기억이 안 납니까?"

　구두가 바닥에 떨어졌다. 그는 자신에게 질문한 남자를

가만히 앉아 바라보았다.

"마네트 씨," 로리가 자신의 손을 드파르주의 팔에 얹었다. "이 사람이 전혀 기억이 안 납니까? 이 사람을 보세요. 절 보세요. 마네트 씨, 머릿속에 떠오르는 오래전 은행 직원, 오래전 일들, 오래전 하인, 오래전 기억이 없어요?"

여러 해 동안 감금되어 있던 남자는 로리와 드파르주를 번갈아 쳐다보았다. 그를 뒤덮었던 검은 안개를 뚫고, 오랫동안 잊혔던 총명함이 그의 이마 위로 떠오르기 시작했다. 구름에 뒤덮여 희미해지다가 또다시 사라졌지만, 그곳에 있었다. 벽에 기대어 노인이 보이는 곳까지 힘겹게 발걸음을 옮긴 젊은 아가씨의 표정도 노인의 표정과 똑같았다. 그녀는 지금 그곳에 서서 그를 보고 있다. 처음에는 그를 피하기 위해 혹은 그 모습을 보지 않기 위해 공포에 떨며 올린 두 손을, 이제는 그에게 내밀고 있었다. 유령 같은 얼굴을 자신의 따뜻하고 젊은 가슴으로 안아 주기 위해, 자신의 사랑으로 그를 삶과 희망으로 이끌기 위함이었다. 그녀의 젊고 아름다운 얼굴에 그와 동일하면서도 더 강렬한 표정이 드러났는데, 마치 빛줄기가 옮겨 가듯 그의 얼굴 표정이 그대로 그녀의 얼굴로 옮겨 간 듯했다.

노인의 머릿속에 다시 어둠이 내렸다. 두 사람을 보는 그는 점점 집중하지 못했고, 그의 암울한 두 눈은 다시 발밑으로 향하며 예전으로 돌아갔다. 결국, 그는 깊고 긴 한숨을 한 번 내쉬며 떨어진 구두를 줍고 다시 일에 몰두했다.

"알아보겠습니까?" 드파르주가 로리에게 작은 소리로 물었다.

"잠깐이었지만, 확실합니다. 처음엔 절망적이라고 생각했는데, 조금 전 한순간 제가 예전에 잘 알았던 그 얼굴을 확실하게 보았어요. 조용히, 우리 물러납시다. 조용하게!"

마네트 양이 다락 벽에서 물러나 구두장이가 앉아 있던 벤치에 가까이 다가갔다. 허리를 굽혀 작업하는 동안 손을 뻗으면 만질 수 있는 거리의 사람도 의식하지 못하는 노인의 현실이 안타까웠다.

아무 말도 오가지 않았고, 아무 소리도 나지 않았다. 그녀는 그저 노인이 몸을 굽혀 일하는 동안 그 옆에서 유령처럼 서 있었다.

한참 있다가 노인은 손에 든 연장을 구두장이들이 쓰는 칼로 바꿔야 했다. 그 칼은 마네트 양이 서 있는 곳이 아니라 그의 옆에 놓여 있었다. 그가 칼을 집어 들고 몸을 숙여 다시 구두를 만들기 시작했을 때, 그녀의 드레스 자락이 눈에 들어왔다. 노인은 고개를 들어 그녀의 얼굴을 보았다. 두 구경꾼이 앞으로 나갔으나, 마네트 양이 다가오지 않아도 된다는 뜻으로 손을 들어 보였다. 그들은 행여나 노인이 칼로 아가씨를 해할까 두려웠지만, 그녀는 그런 걱정이 없었다.

　노인은 두려운 눈빛으로 그녀를 바라보다가 잠시 침묵하고는 무언가 말하려 입술을 움직였으나 소리가 나지 않았다. 잠깐 짧은 숨을 힘겹게 내쉬던 그가 소리 내어 말했다.

　"무슨 일이오?"

　그녀는 두 뺨에 눈물을 흘리며 자신의 두 손에 입 맞춘 후 그에게 향해 보냈다. 그리고 그의 망가진 머리를 끌어안 듯 자신의 가슴에 두 손을 끌어모았다.

　"간수 따님이 아닙니까?"

　그녀가 한숨을 쉬었다. "아니에요."

　"누구신지?"

　말을 꺼내기가 아직은 두려웠던 그녀는 벤치 위 노인 곁에 앉았다. 노인은 몸을 움츠렸지만, 그녀는 자신의 손을 그의 팔에 얹었다. 그녀의 손이 닿은 순간 기묘한 떨림이 그의 몸에 퍼져 가는 것이 눈에 보였다. 노인은 그녀를 바라보며 조용히 칼을 내려놓았다.

　마네트 양의 길고 구불거리는 금발이 옆으로 넘겨져 그녀의 목덜미에 늘어져 있었다. 손을 천천히 조금씩 움직여 구두장이는 그녀의 금발을 들어 보았다. 그 와중에 그의 생각은 또다시 방황했고, 깊은 한숨을 한 번 내쉰 뒤 또다시 일에 몰두하기 시작했다.

하지만 그 일도 오래 할 수 없었다. 그녀가 그의 팔에 얹었던 손을 이번엔 그의 어깨에 얹은 것이다. 그 손이 실제로 존재하는지 확인이라도 하듯 두세 번 의심스러운 눈치로 바라보던 구두장이는 하던 일을 내려놓았다. 그는 자신의 목을 두르고 있던 조그맣게 접힌 헝겊 조각이 달린 검게 변한 끈을 풀었다. 그는 조심스레 무릎 위에 놓고 헝겊 조각을 풀었다. 그 안에는 몇 가닥 되지 않는 머리카락이 들어 있었다. 많아 봤자 한두 가닥 되는 금발 머리카락이었다. 아주 오래전, 그의 손가락에 감았던 머리카락이었다.

구두장이는 다시 한 손으로 그녀의 금발을 들어 올려 가까이 보았다. "똑같아. 어떻게 이럴 수가 있지? 언제였던가? 무슨 일이 있었지?"

그의 이마에 강렬한 표정이 드러남과 동시에 그는 그녀의 이마에도 같은 표정이 드러나 있음을 깨달았다. 구두장이는 그녀를 더 잘 볼 수 있도록 빛이 드는 곳으로 그녀를 이끌었다.

"내가 끌려가던 밤, 그녀가 내 어깨에 머리를 묻었어요. 그녀는 내가 사라지는 것을 두려워했지만, 난 두렵지 않았어. 내가 북쪽 탑에 끌려갔을 때 그들이 내 소매에서 이 머리카락들을 찾았지. '나에게 남겨 줄 수 없겠습니까? 내 몸이 자유로워지는 데는 절대 도움이 안 되겠지만, 적어도 내 영혼은 자유롭게 해 줄 거요.' 그게 내가 한 말이었어. 분명히 기억하고 있다네."

이 말을 뱉어 내기까지 그는 몇 번이나 입술을 움직이며 단어의 조합을 만들어 내기 위해 애썼다. 느렸지만 분명하게, 그는 말했다.

"어떻게 이런 일이……? 당신이었소?"

그가 갑자기 그녀를 붙잡자 지켜보던 두 남자는 다시 한 번 놀라 그를 저지하려 했다. 그러나 그녀는 그의 손아귀 안에 차분히 앉아 조용히 말할 뿐이었다. "부탁이에요, 여러분. 가까이 오지 마세요. 아무 말도 마세요. 가만히 있으세요!"

"들어 봐!" 노인이 탄식하며 외쳤다. "누구 목소리였지?"

그의 외침과 함께 두 손이 그녀에게서 떨어지더니 대신 자신의 하얀 머리칼을 미친 듯이 잡아 뜯었다. 구두장이 일을 제외한 모든 것이 그에게서 죽은 것처럼 그 난리도 곧 마무리되었다. 그는 헝겊 조각을 도로 접어 목에 걸기 위해 애쓰면서도 그녀에게서는 눈을 떼지 못했다. 그는 음울하게 고개를 흔들었다.

"아니, 아니야. 아가씨는 너무 어려요. 너무 활기 넘치잖소. 그럴 리가 없지. 나 같은 죄수가 어떤지 한번 보시오. 그녀가 알던 손이 아니고, 그녀가 알던 얼굴도 아니고, 그녀가 한번 들어 본 목소리도 아니라오. 아니, 아니야. 그녀……

그리고 그는…… 북쪽 탑에서 느리게 흘러가던 그 세월 전에…… 아주 오래전이었지. 이름이 뭡니까, 천사 같은 아가씨?"

노인의 목소리며 행동이 한결 부드러워진 것을 보고 감동한 딸은 구두장이 앞에 무릎을 꿇고 두 손을 그의 가슴팍에 얹었다.

"오, 선생님, 제가 제 이름을 알려 드리고, 저희 어머니가 누구신지, 아버지가 누구신지 그리고 제가 왜 그들의 그 안타까운 사정을 몰랐는지 모두 말씀드릴 수 있을 날이 올 거예요. 하지만 지금, 여기서는 말씀드릴 수 없어요. 제가 지금 부탁드릴 수 있는 건 그저 절 쓰다듬어 주시고 축복해 주시는 거예요. 입 맞춰 주세요, 입맞춤요! 세상에, 세상에!"

노인의 차가운 백발이 그녀의 빛나는 금발과 뒤섞이자, 자유의 빛이 그 위에 내리쬐듯 따뜻하게 빛났다.

"만일 제 목소리가―그럴지 모르겠지만 그러길 바라는 마음이에요―당신에게 한때 아름다운 음악처럼 들렸던 그 목소리를 생각나게 한다면, 울어요, 울어 주세요! 제 머리카락을 만질 때, 당신의 젊고 자유로웠던 그날 당신 가슴에 기댔던 사랑스러운 이의 머리칼이 생각난다면 우세요, 울어 주세요! 혹시라도 제가 우리 집에서 도리와 마음을 다해 당신을 돌봐드리겠다고 말할 때 당신의 가련한 심장이 시들어가는 동안 사람 없이 오래 비어 있던 그 집이 떠오른다면, 울어도 좋아요, 울어 주세요!"

그녀는 그의 목을 끌어안고 아이를 달래듯 가슴팍에 그를 품었다.

"제가 당신에게 당신의 고통은 이제 끝났고, 제가 당신을 구하러 왔고, 우리가 영국으로 가서 평화롭게 살 거라고 말할 때, 보람 있는 삶이 초토화됐고, 조국 프랑스가 얼마나 당신에게 사악했는지 떠오른다면 우세요, 울어 주세요! 그리고 제가 제 이름을 알려 드리고, 살아 있는 아버지와 돌아가신 어머니에 대해, 가여운 어머니가 아버지의 고통을 알려 주지 않아서, 아버지를 위해 밤새워 울지 않은 그 딸이 이제 와서 존경스런 아버지께 무릎을 꿇고 용서를 구한다고 말씀드린다면, 우세요, 울어 주세요! 어머니를 위해, 저를 위해 울어 주세요! 멋진 신사분들, 세상에 하느님! 제 얼굴에 그의 성스러운 눈물이 흘러요. 그의 흐느낌이 제 마음에 와닿아요. 세상에, 보세요! 하느님 감사합니다. 감사합니다, 하느님!"

노인은 그녀의 두 팔 속에 안겼고, 그의 얼굴은 그녀의 가슴에 묻혀 있었다. 너무나 감동적인 장면이었고, 그전에 겪어야 했던 엄청난 불의와 고난을 알기에 지켜보던 두 남자는 눈물을 감추려 얼굴을 가렸다.

조금 지나 다락방이 다소 조용해지고, 폭풍우가 지나가고 고요가 찾아오듯 ―삶이라 불리는 폭풍우도 결국에는 잠잠해져서 안식과 정적이 된다는 인간 세상의 상징이기도 했다―노인의 거친 숨을 몰아쉬던 가슴이 진정되고 몸의 떨림이 가라앉았을 때, 지켜보던 두 남자가 앞으로 나서 아버지와 딸을 바닥에서 일으켰다. 그는 천천히 바닥으로 쓰러졌고, 지쳐서 무기력하게 누웠다. 그의 머리가 팔 위에 얹히도록 하며 그녀도 바닥에서 그 곁을 지켰다. 그녀의 넘실거리는 금발이 커튼처럼 노인의 얼굴을 빛에서 보호했다.

"아버지에게 무리가 되지 않는 선에서," 코를 몇 번 풀고 가까이 다가선 로리 씨를 향해 손을 내밀며 마네트 양이 말을 이었다. "당장 파리를 떠날 준비가 된다면, 그래서 지금 당장 저 문으로부터 벗어날 수 있다면……."

"하지만 생각해 보세요, 아버지가 여행을 힘들어하시지 않겠어요?" 로리 씨가 물었다.

"아버지를 이렇게 고통스럽게 하는 이 도시에 계속 머무시게 하는 것보다는 덜 힘드실 것 같아요."

"맞는 말입니다." 옆에서 무릎을 꿇고 앉아 있던 드파르주가 말했다. "그것도 그렇고, 다른 많은 이유를 생각해 봐도 마네트 씨는 프랑스를 벗어나시는 게 최선입니다. 제가 마차와 말들을 준비할까요?"

"그게 우리가 할 일이군요." 로리가 재빠르게 직업인의 면모를 되찾으며 말했다. "할 일이 있다면, 제가 맡아서 하겠습니다."

"그럼 여기에 저와 아버지만 있어도 될까요?" 마네트 양이 물었다. "보시다시피 아버지도 이제 이성을 많이 되찾으셨고, 저희 단둘이 있더라도 걱정하실 필요는 없어요. 안 그런가요? 아무 방해도 받지 않도록 문을 잠그고 나가시면, 다시 오셨을 때도 아버지는 틀림없이 지금처럼 차분하게 계실 거예요. 어쨌든 선생님들께서 돌아오실 때까지 제가 아버지를 돌보고 있을게요. 그리고 바로 아버지를 모시고 떠나는 거예요."

로리와 드파르주 모두 내키지 않아 둘 중 한 명이 남으려 했지만, 마차와 말, 게다가 여행 서류까지 모두 준비하려면 시간이 없었다. 하루가 거의 저물어 가고 있어서 서둘러야 했다. 결국, 그들은 일을 분담하기로 하고 같이 문을 나섰다.

날이 점점 어두워졌고 딸은 아버지 곁의 딱딱한 바닥에 머리를 누이고 그를 바라보았다. 점점 깊어지는 어둠 가운데, 벽 틈으로 불빛이 반짝일 때까지 두 사람은 조용히 누워 있었다.

로리 씨와 드파르주는 여행을 위한 모든 준비를 마쳤다. 그들은 여행용 망토와 담요, 빵과 고기, 포도주와 따뜻한 커피를 가지고 왔다. 드파르주는 이 물품들과 들고 있던 등불을 구두장이의 벤치에 올려놓았다. (다락방에는 벤치와 간단한 나무 침대 외에는 다른 가구가 없었다.) 그들은 노인을 깨운 후 그가 일어설 수 있도록 부축했다.

아무리 똑똑한 사람이라도 그의 얼굴에 떠오르는 두렵고 공허한 표정을 통해 머릿속에 담긴 수수께끼를 해석할 수는 없을 것이다. 지금 일어나고 있는 일들을 그가 얼마나 인식하는지, 다른 사람들이 자신에게 한 말을 기억하는지, 자신이 자유로운 걸 알고 있는지, 어떤 현명한 사람도 답할 수 없었다. 그들은 그에게 말을 걸어 보려 했지만 그가 혼란스러워하고 대답하는 데 시간도 무척 오래 걸렸다. 그의 이런 모습에 놀라 그들은 그저 더는 자극하지 않고 내버려 두기로 했다. 그는 예전에는 보이지 않던 행동, 즉 가끔 두 손으로 머리를 거칠게 감싸 쥐는 행동을 보였다. 그러나 그는 딸의 목소리만 들려도 즐겁게 반응했으며, 딸이 말할 때면 그녀를 향해 몸을 돌리기까지 했다.

오랫동안 누군가의 지시를 강제로 따르는 게 익숙했던 그는 주는 대로 마시고 먹었으며 시키는 대로 옷을 입고 망토를 둘렀다. 그는 자기 딸이 팔짱을 낄 때 기쁘게 수긍했고, 두 손으로 그녀의 손을 잡았다.

그들은 계단을 내려가기 시작했다. 앞장선 사람은 등불을 든 드파르주였고, 맨 뒤에 서서 행렬을 마무리하는 사람은 로리 씨였다. 몇 계단 내려가지 않아 노인이 멈춰 서서 가만히 지붕을 응시하고, 벽을 둘러보았다.

"이곳이 기억나시나요, 아버지? 이 계단을 올라왔을 때가?"

"뭐라고?"

하지만 그녀가 질문을 반복하기도 전에 그는 질문을 다시 듣고 대답이라도 하는 양 웅얼거렸다.

"기억나느냐고? 아니, 기억나지 않는군. 하도 오래전 일이라서."

교도소에서 이곳으로 어떻게 오게 되었는지는 전혀 기억하지 못하는 듯 보였다. "105호, 북쪽 탑." 노인이 중얼대며 두리번거렸다. 그를 오랜 시간 가두어 둔 교도소 요새의 벽을 찾고 있는 듯했다. 그들이 정원에 도착했을 때, 노인은 도개교가 내려오길 예상하듯 본능적으로 발걸음을 돌렸다. 도개교가 아닌 마차가 기다리고 있는 모습을 보자, 그는 딸의 손을 뿌리치고 또다시 두 손으로 머리를 감싸 쥐었다.

문 앞에는 아무도 없었다. 수많은 창문이 있었지만, 거기서 내다보는 사람은 한 명도 없었다. 거리에는 쥐새끼 한 마리 얼씬거리지 않아 부자연스러운 고요함이 주위를 감돌고 있었다. 단 하나, 자리를 지키는 영혼은 드파르주 부인이었다. 그녀는 문틀에 몸을 기대고 뜨개질을 하며 아무것도 못 본 체하고 있었다.

죄수가 마차에 타고 그의 딸이 뒤따랐다. 로리 씨가 마차에 타려 할 때, 만들다 만 구두와 도구를 가져다 달라는 노인의 애처로운 부탁이 그의 발길을 붙잡았다. 드파르주 부인이 자신이 가져다주겠다고 남편에게 말하고는 계속 뜨개질을 하며 정원의 어둠 속으로 몸을 감췄다. 그녀는 재빨리 물건들을 가져와 건네주고, 바로 다시 문틀에 기대 뜨개질을 하며 아무것도 못 본 척했다.

드파르주가 마차 위 마부석에 오르며 외쳤다. "관문으로 갑시다!" 마부가 채찍을 휘두르자 희미하게 흔들리는 가로등 아래로 마차가 달려 나갔다.

그들은 흔들리는 가로등이 비추는 거리의— 잘사는 동네는 밝았고, 못사는 동네는 더 침침했다— 불 켜진 상점들, 시끌벅적 몰려다니는 사람들, 환한 카페, 극장 문 등을 지나 도시의 관문 중 하나에 도착했다. 초소에는 등불을 든 군인들이 있었다. "거기 여행자들, 서류를 보여 주시오!"

"여기 있습니다, 군인 나리." 드파르주가 마차에서 내려 군인을 옆으로 데려가며 말했다. "이건 저기 앉아 있는 머리 하얀 남자의 서류입니다. 저 남자와 저들은 제가 맡고 있는데, 거기서……." 그리고 드파르주는 목소리를 낮추었다.

군인들이 들고 있던 등불들 사이에 잠시 소요가 있다가, 제복 입은 손에 들린 등불 하나가 마차 안으로 다가왔다. 팔 주인은 안에 앉은 백발 노인을 평소보다 더 유심히 관찰했다. "알겠소. 통과하시오!" 군인이 말했다. "안녕히 계십쇼." 드파르주가 답했다. 짧은 등불의 선이 희미해지고 또 흐려져 머리 위에서 별무리가 반짝일 때까지 마차는 달리고 또 달렸다.

움직이지 않는 영원한 그 별빛 아래, 학자들이 말하길, 어떤 별은 이 작은 땅과 너무 멀어서, 무엇이든 고통 받거나 죽는 우주의 한 점인 이곳에서 발견되는지조차 알 수 없는 그 별빛 아래, 밤 그림자는 크고 어두웠다. 추위와 뒤척임 속에서, 그 그림자는 밤새도록 자비스 로리의 귀에 다시 한번 속삭이고 있었다. 한때 묻혔다가 다시 파내어진 남자의 반대편에 앉아서, 그가 잃어버린 것들은 어떤 것이고, 얼마나 되찾을 수 있을까 생각해 보던 로리의 귀에 그림자가 속삭이는 질문은 예전에 했던 그것이었다.

"되살아나고 싶지 않나?"

그리고 대답도 예전에 들었던 그것이었다.

"잘 모르겠네."

제2부

금실

제1장
5년 후

템플바 옆 텔슨 은행은 그 옛날 1780년에도 매우 구식이었다. 그곳은 몹시 비좁고, 어둡고, 보기 흉하고, 불편하기까지 했다. 은행 운영진들 또한 구식이라 그 비좁음, 어두움, 추함, 불편함에 자부심을 가졌다. 그들은 은행에 구식 요소가 많다는 점을 널리 알리고 싶어했고, 그런 불쾌한 면이 없다면 존경받을 만하지 않다는 강한 확신에 가득 차 있었다. 그건 결코 수동적인 믿음이 아니었다. 그 확신은 텔슨의 은행가들이 더 편한 다른 회사와 경쟁하기 위한 능동적인 무기였다. 텔슨에서는 (그들에 따르면) 여분의 공간도, 밝은 조명도, 화려한 장식도 필요 없었다. 그딴 건 녹스 또는 스눅스 브라더스에나 필요했지, 텔슨 은행은 그런 도움이 없어도 훌륭했다!

만약 운영진의 아들 한 명이 텔슨을 재단장하자는 이야기를 꺼냈다면 그는 곧바로 호적에서 파였을 것이다. 그런 면에서 텔슨 은행은, 오랫동안 반대가 심했으나 더 존경받은 법과 관습을 개선하려는 자국민을 종종 처벌해 버리는 영국과 비슷했다.

이렇게 시간이 지나면서 텔슨 은행은 불편함의 완벽한 화신으로 자리 잡았다. 말도 안 될 정도로 완강하고 낡은 대문을 삐걱거리는 소리와 함께 힘주어 밀고 발밑 계단 두 개를 내려가면 보잘것없는 작은 가게에 왔다고 느끼게 된다. 작은 창구 두 개 뒤에서 이보다 더 늙을 수 없는 노인들이 아주 더러운 창문 옆에서 서명을 확인하고 사시나무 같이 손을 떨며 수표를 찍어 주었다. 플리트 거리의 진흙으로 더럽혀진 가뜩이나 작은 창문은 쇠창살과 템플바의 무거운 그림자로 더욱 어두침침해 보였다. 만약 은행의 '대표'를 만나야 하는 일이라면, 뒤쪽 유치장 같은 곳으로 안내된다. 주머니에 두 손을 꽂은 그가 올 때까지 지금까지 잘못 살아온 인생을 반성하며 우울한 땅거미 안에서 눈도 깜빡이지 못하고 기다려야 했다. 손님들의 돈은 낡은 목재 서랍 속에서 나오거나 아니면 그 서랍으로 다시 들어갔는데, 서랍이 여닫힐 때마다 날리는 먼지들이 코를 통해 목으로 들어갔다. 은행에서 발행되는 수표는 다시 넝마 조각으로 썩어 가는 듯* 퀴퀴한 냄새를 풍겼다. 손님들이 맡긴 은붙이들은 시궁창 옆에 보관되어 하루나 이틀이 지나면 금방 시커멓게 변색되어 버렸다. 각종 중요한 문서들은 주방

---

* 당시 영국에서는 낡은 헝겊으로 종이를 만들기도 했다.

이나 세탁실을 개조한 금고에 들어갔고, 양피지의 지방은 은행 안의 공기 속으로 모조리 날아가 버렸다. 가족의 서류가 든 상자는 2층에 있는, 큰 식탁이 있지만 결코 식사가 이루어진 적이 없던 방에 보관되어 있었다. 1780년에도 오래된 연인에게 혹은 아이들에게 받은 첫 번째 편지가, 창문 너머로 보이는 템플바에 걸려 있는 처형당한 사람 머리의 ―실로 고대 아비시니아*나 아샨티 왕국에서나 볼 수 있었던 비정하고 잔인하고 흉포한 관습이었다―무시무시한 시선으로부터 안전하게 숨을 수 있었다.

그러나 그 당시엔 뭔가 죽여서 일을 끝내 버리는 것이 여러 분야의 상업과 직업군에서 흔히 있는 일이었고, 텔슨 은행에서는 더욱 그랬다. 죽음은 자연이 가진 만병통치약인데 법조계에서 쓰지 못할 이유가 있을까? 누구든 서류를 위조하거나, 부도수표를 발행하거나, 다른 사람의 편지를 열어 보면 사형에 처해졌다. 누구든 40실링 6펜스처럼 작은 돈을 훔쳐도 사형에 처해졌다. 누구든 텔슨 은행 앞에서 말을 훔치거나 위조화폐를 만들면 사형에 처해지고 온갖 범죄에 관련된 수표의 4분의 3을 다룬 사람도 사형에 처해졌다. 이런 방식은 새로운 범죄를 예방하는 데 도움이 되기보다는 오히려 그 반대였을 것이다. 그러나 이렇게 각각의 사건을 문제

---

* 에티오피아의 옛 이름.

없이 간단하게 마무리하고 끝낼 수 있었다. 전성기 때의 텔슨 은행은 더 큰 사업체나 동시대인들처럼 많은 생명을 앗아갔다. 만약 사형당한 사람의 머리를 모두 템플바에 매달았다면, 머리들이 드리우는 그림자에 은행의 맨 아래층에는 아예 햇빛이 들지 못했을 것이다.

텔슨 은행의 어두운 선반과 장식장들이 가득한 비좁은 사무실에서 일하는 늙은이들은 자신들의 업무를 심각하게 생각했다. 은행 런던 지점에서 젊은이를 고용하면 그가 늙을 때까지 어딘가에 숨겨 놓았다. 마치 치즈를 숙성시키듯 젊은 직원이 생기면 어디 어두운 곳에 가둬 놓고 푸른곰팡이 같은 게 돋아나 텔슨 맛이 풍부해질 때까지 기다렸다. 그는 두꺼운 책에 묻혀 일하거나 반바지와 각반이 마치 기득권층의 모든 무게인 듯 거드름 피우며 돌아다니는 모습만 다른 이들에게 보이는 것이 허락되었다.

은행 밖에서 일하던 한 사람이 있었는데—특별히 부르지 않으면 절대 은행 안으로 들어올 일이 없던—그는 주로 곤란한 일을 해결하거나 짐꾼 혹은 전령으로 일했다. 그는 살아 있는 은행의 간판이었다. 은행 업무 시간에는 자리를 비우는 법이 절대 없었고, 굳이 어디를 가야 한다면 그를 똑닮은 열두 살 장난꾸러기 아들이 자리를 대신했다. 사람들은 텔슨 은행이 대인배의 자세로 이 사람을 고용한다는 사실을 알고 있었다. 텔슨 은행은 그 자리를 위해 항상 누군가를 고용했고, 시간과 운명이 이 사람을 그 자리로 이끌었던 것이다. 성이 크런처인 이자는 하운즈디치 지구의 동 교구 교회에서 대리인을 통해 젊은 날의 악행을 끝내고[*] 그때 받은 제리라는 이름을 사용했다.

바람이 많이 불던 3월의 어느 아침 7시 반, 이곳은 화이트프라이어스[•]의 동쪽에 위치한 행잉소드 골목에 있는 크런처 씨의 아파트. 때는 기원후[+] 1780년이었다. (크런처 씨는 기원후를 항상 '안나 도미노스'라고 불렀는데, 안나라는 이름의 여인이 도미노 게임을 발명한 해에 기독교의 새로운 시간이 시작되었다고 생각하는 모양이었다.)

크런처 씨의 아파트가 있던 동네는 좋지 않았고 아파트는 작은 창문이 뚫린 벽장까지 방으로 친다면 겨우 방 두 개라고 할 정도로 작았다. 그러나 집은 무척 깔끔하게 유지되었다. 바람 부는 3월의 이른 아침이었음에도 침실은 이미 깨끗하게 청소된 상태였고 컵과 접시는 눈처럼 깨끗한 하얀 식탁보 위에 가지런히 놓여 있었다.

크런처 씨는 집에서 어릿광대 옷 같은 조각보 이불을 덮

---

[*] 세례를 받았음을 뜻한다.
[•] 플리트 거리부터 템스강까지의 지역.
[+] 기원후를 뜻하는 A. D는 라틴어 안노 도미니(Anno Domini)의 약자로 '주님의 해'란 뜻이다.

고 잤다. 그는 깊게 잠들었지만, 조금씩 몸을 뒤척이며 깨기 시작했다. 그의 삐죽삐죽한 머리카락들이 침대 시트를 갈가리 찢을 것만 같았다. 마침내 그는 몸을 일으키며 짜증 난 목소리로 외쳤다.

"망할, 저 여편네가 또 시작이야!"

단정하고 부지런해 보이는 한 여자가 구석에서 무릎을 꿇고 있다가 일어났다. 두려워하며 허둥대는 모습에서 '저 여편네'가 그녀임을 알 수 있었다.

"뭐 하는 거야!" 크런처 씨가 침대 밑의 장화를 찾으며 말했다. "또 그 짓 하고 있었지, 아니야?"

그렇게 아침을 시작한 크런처 씨는 그녀에게 장화를 집어던지는 것으로 아침 인사를 마무리했다. 진흙이 잔뜩 묻은 장화는 그가 돈을 벌기 위해 어떤 부류의 일을 하는지 말해주었다. 은행에서 집에 돌아올 때는 깨끗했던 장화가 다음 날 아침이 다가오면 진흙으로 더럽혀져 있었다.

"뭐야," 크런처 씨가 목표물에 장화를 맞추지 못한 채 말했다. "도대체 뭘 하는 거야, 이 여편네가?"

"그저 기도하고 있었을 뿐이에요."

"기도하고 있었다고! 착한 척하고 있네! 거기 쪼그려 앉아서 날 저주하고 있었지?"

"당신을 저주하던 게 아니에요. 당신을 위해서 기도했어요."

"아니야, 그럴 리 없어. 설사 그렇다 해도 어림도 없지. 아들아, 저기 성인군자 네 엄마를 좀 봐라. 아비가 잘되는 꼴을 못 보고 저주를 퍼붓는구나. 네 엄마는 참 부지런하기도 하지. 참 신실하지 않니, 아들아. 저렇게 쪼그려 앉아서 하나뿐인 아들 입에 들어가는 빵과 버터를 빼앗아 달라고 기도나 하는구나."

작은 크런처 씨(아직 잠옷을 입고 있던)는 기분이 나빠진 얼굴로 자기 어머니를 쳐다봤다. 자기 입에 들어가는 빵을 저주하는 건 참지 못할 일이었다.

"그딴 기도가, 이 오만한 여편네야," 크런처 씨가 횡설수설하며 소리쳤다. "무슨 가치라도 있을 거라 생각해? 그딴 기도가 몇 푼이나 한다고!"

"여보, 이건 마음에서 우러나오는 거예요. 그 이상 가치를 매길 순 없어요."

"그 이상 가치가 없다고?" 크런처 씨가 말했다. "그럼 몇 푼 되지도 않겠네. 뭐 얼마가 되었든 간에 날 저주할 생각은 하지 마. 당신이 그렇게 음흉하게 일을 꾸며 날 재수 없게 만들 생각도 하지 말고. 정 그렇게 쪼그려 앉아서 기도해야 한다면, 당신 남편이랑 아들을 위해서 기도하란 말이야, 저주하지 말고. 아내라는 여편네가, 내 아들의 엄마라는 여편네가 이런 저주만 퍼붓지 않았더라도 내가 지난주에 그렇게 운 없이 돈을 잃지는 않았을 텐데. 젠―장할!" 크런처 씨는 말하면서도 계속 옷을 입고 있었다. "지난주는 정직한 상인이 다시 겪을 수 없는 최악의 운이었다고. 아들아, 옷 입어라. 내가 장화 닦는 동안 네 엄마를 잘 지켜보고 있으렴. 만약 또 무릎을 꿇으려고 하면 날 불러야 한다. 그리고 경고하는데," 그가 아내를 보며 말을 이었다. "날 이런 식으로 괴롭힐 생각 하지 마. 난 흔들리는 마차처럼 쇠약하고, 술이랑 아편을 섞어 마신 것처럼 피곤하고, 미칠 듯이 온몸이 당길 만큼 아프다고. 그런데도 아직 필요한 돈을 다 못 구했다고. 내 생각엔 당신이 아침부터 밤까지 내가 돈을 못 벌게 방해하고 있는 것 같단 말이지. 다신 그럴 생각하지 말라고, 이 여편네야. 알아들어! 아 맞다, 당신은 신실한 여자였지? 아니야? 남편이나 아들이 안되길 바라진 않잖아, 안 그래? 안 그러냐고!" 거칠게 돌아가는 숫돌에서 불꽃이 튀듯 온갖 비꼬는 소리를 던지며 으르렁대던 크런처 씨는 장화를 마저 닦으며 일터로 나갈 준비를 했다. 그동안, 제 아버지보다는 조금 덜 삐죽삐죽한 머리칼에 제 아버지처럼 두 눈이 몰린 아들이 아버지가 말한 대로 제 어머니를 감시했다. 아들은 자기 방에서 단장하다 몇 번이나 갑자기 튀어나오면서 소리쳤다. "거기 쪼그려 앉으려 했죠, 어머니. 아버지! 여기 좀 봐요!" 아이는 계속 가여운 여인을 따라다니며 비열한 웃음과 허위 경보로 괴롭혔다.

크런처 씨는 아침 식사를 할 때까지도 기분이 몹시 안 좋았다. 부인이 식사 기도를 하자 그는 버럭 화를 냈다.

"지금 뭐 하는 거야, 이 여편네야! 또 시작이야?"

그의 아내는 단지 "식사 기도"였다고 설명했다.

"하지 마!" 마치 아내의 기도 때문에 식탁 위의 빵이 사라지기라도 할 듯 주위를 두리번거리며 크런처 씨가 외쳤다. "집에서나 밖에서나 식사 기도는 필요 없어. 내 양식까지 없어지게 할 셈이야! 입 다물어!"

안 좋게 끝난 파티에서 밤을 새운 듯 눈이 벌겋게 충혈되고 뚱한 표정이던 제리 크런처 씨는 짐승처럼 으르렁대고 불안해하며 아침 식사를 했다. 그는 9시쯤에 마음을 진정시킨 후, 자기 본연의 모습을 감추고 최대한 존경받는 직장인처럼 꾸미고서 일터로 향했다.

그가 하는 일은 전문직이라고 보기 어려웠지만, 그는 스스로를 "정직한 상인"이라고 부르기를 좋아했다. 망가진 의자를 잘라 만든, 등받이가 없는 의자 하나가 그의 유일한 장비였다. 그의 아들 작은 제리가 매일 아침 아버지와 함께 출근하면서 의자를 챙겨 와 템플바와 가장 가까운 은행 창문 밑에 놓아두었다. 그는 제일 처음 지나가는 마차에서 짚 한 움큼을 가져와 발치에 놓고 두 발을 추위와 습기로부터 보호했다. 그렇게 의자와 짚 무더기가 놓인 곳이 크런처 씨의 그날 일터였다. 그곳에서 크런처 씨는 템플바만큼이나 템플과 플리트 거리 사람들에게 흉물로 잘 알려져 있었다.

제리는 바람 부는 3월의 아침 8시 45분부터 일을 시작했다. 출근하는 텔슨 은행의 늙은 은행원들에게 삼각 모자를 까딱이며 인사하기에 딱 좋은 시간이었다. 그의 아들은, 템플바 근처를 떠돌며 자기보다 작은 아이들을 찾아내어 신체적, 정신적 괴로움을 주러 갈 때를 제외하고는 항상 아버지 옆에 서 있었다. 서로 닮은 큰 제리와 작은 제리는 서로의 눈이 몰린 만큼이나 서로 머리를 맞대고 아침의 플리트 거리에 마차들이 오가는 광경을 구경하고 있었는데, 그 꼴이 꼭 원숭이 두 마리 같았다. 지푸라기 하나를 질겅질겅 씹다가 뱉는 큰 제리의 모습에, 그런 아버지와 플리트 거리의 모든 것을 반짝이는 눈으로 관찰하는 작은 제리의 모습이 더해져 더욱더 한 쌍의 원숭이같이 보였다.

은행 안에서 일하는 정규직 전령이 머리를 빼꼼 내밀고 그를 불렀다.

"여기 짐꾼이 필요합니다!"

"야호, 아버지, 일찍부터 일감이 있네요!"

아버지를 보낸 후, 작은 제리는 나무 의자에 앉아 아버지가 씹던 지푸라기를 보며 생각에 잠겼다.

"항상 녹투성이야! 아버지 손가락은 항상 그래!" 작은 제리가 중얼거렸다. "아버지는 어디서 그렇게 녹을 묻혀 오는 거지? 여기엔 녹이 슬 만한 것이 없는데!"

제2장
구경거리

"자네, 올드 베일리*를 잘 알지, 그렇지 않나?" 늙은 은행원 중 하나가 짐꾼으로 온 제리에게 물었다.

"아이고 그럼요," 제리가 조심스레 대답했다. "베일리라면 알고 있죠."

"그렇군. 그리고 로리 씨도 안단 말이지."

"알고말고요, 선생님. 베일리보다 로리 씨를 더 잘 압니다." 제리는 언급된 장소를 들락날락하는 증인같이 주춤거리며 대답했다. "정직한 상인으로서 제가 베일리를 알거나 알고 싶은 것보다는 로리 씨를 훨씬 더 잘 알죠."

"잘됐군. 증인들이 들어가는 문을 찾아서, 문지기에게 로리 씨에게 전하는 이 쪽지를 보여 주게. 그럼 자네를 들여보내 줄 걸세."

"법정 안으로요, 선생님?"

"법정 안으로 말이네."

---

* 영국 중심부에 있는 중앙형사재판소. 옆에는 뉴게이트 교도소가 있다. 거리의 이름을 따서 올드 베일리라고 불린다.

크런처 씨의 두 눈이 서로 '무슨 일이지?' 하고 상의하듯 더 몰리는 것 같았다.

"저는 법정 안에서 기다리면 됩니까?" 상의 끝에 나온 질문이었다.

"잘 듣게. 문지기가 로리 씨에게 이 쪽지를 전해 줄 것이고, 자네는 무슨 수를 써서라도 로리 씨가 자네를 보게 만들어 자네가 그곳에 서 있다는 사실을 알리면 되네. 그곳에서 그가 자네를 필요로 할 때까지 기다리는 게 자네의 할 일이야."

"그렇게만 하면 됩니까?"

"그렇네. 그는 전령이 필요할 거야. 그리고 자네가 그 목적으로 거기 있다는 걸 알려 줘야 하네."

늙은 은행원이 쪽지를 접어 이름을 쓰고 봉인할 때까지 크런처 씨는 조용히 바라보며 기다리다 말했다.

"오늘 아침에는 위조범들이 재판을 받나 보죠?"

"반역죄지!"

"사지가 찢기겠군요," 제리가 말했다. "야만적인 놈들!"

"그게 법이네." 의아한 표정의 은행원이 쓴 돋보기가 제리를 향했다. "법이 그렇지."

"사람을 그렇게 망가뜨리는 법은 좀 심한 것 같습니다. 죽이는 것도 심한데 그렇게 고문해서 죽이는 건 너무 심하죠."

"전혀." 늙은 은행원이 대답했다. "법에 대해선 말조심하게. 자네의 폐와 목소리나 더 신경 쓰고, 법은 법대로 알아서 하도록 놔두게. 내가 충고하지."

"축축한 날씨 때문에 그렇죠, 선생님. 가슴이며 목이며 고생입니다." 제리가 말했다. "제가 먹고살려고 하는 일들이 얼마나 축축한 것들인지 선생님의 판단에 맡기겠수다."

"그래, 그래." 늙은 은행원이 말했다. "우리는 모두 다른 방식으로 먹고살지. 어떤 사람은 축축한 것도 견디고, 어떤 사람은 메마른 것도 견딘다네. 여기 편지를 챙기게. 어서 가게나."

제리는 편지를 받아 챙겼다. 그는 은행원에게 예의 바르게 허리 굽혀 인사했으나 '인정머리라곤 없는 깡마른 늙은이 같으니' 하고 속으로 중얼거렸다. 그는 아들에게 목적지를 알려주고 길을 나섰다.

그 당시 교수형은 타이번*에서 이루어졌기에, 뉴게이트 교도소의 바깥길에는 아직 그 악명이 전해지지 않았던 때였다. 그러나 교도소는 온갖 악행과 방탕함이 난무하는 끔찍한 곳이었다. 교도소 안에 돌던 질병은 죄수들을 통해 종종 법정까지 전해져 재판장을 끌어내리기도 했다. 판사가 사

---

* 몇 세기 동안 런던에서 교수대로 공개 처형을 할 때 주요 장소로 쓰인 런던 외곽 지역 마을.

형을 선고했지만 전염병 때문에 사형수보다 먼저 세상을 떠나게 된 적도 있었다. 그 외 사람들에게도 올드 베일리는 창백한 여행객을 수레나 마차를 태워 다른 세상으로 가는 끔찍한 길로 끊임없이 내보내는 죽음의 여인숙으로 유명했다. 그 사형수들이 4킬로미터쯤 되는 공공 거리를 지날 때면 몇 안 되는 선한 시민들이 나와서 구경했다. 사형은 처음엔 강력하고 좋은 계몽 효과가 있었다. 올드 베일리의 현명하고 오래되었으면서도 유명한 전통으로는 누구도 예상하지 못할 정도로 효과가 강한 형들이 있었고, 마찬가지로 유명한 전통인 태형 기둥이 있었는데, 여기서 사람이 얻어맞는 모습을 직접 보면 굳었던 마음이 풀리고 너그러워진다고들 했다. 조상 대대로 내려오는 비책 중 하나인 피 묻은 돈(사형에 해당하는 큰 죄인을 고발한 사람들에게 주는 보상금)이 광범위하게 거래되면서 이 땅에서 일어날 수 있는 가장 끔찍한 돈과 얽힌 범죄로 이어지기도 했다. 이 모든 것을 종합해 볼 때, 올드 베일리는 '지금껏 해 왔던 방식이 제일 옳은 방식이다'라는 격언의 적절한 예로 볼 수 있었다. 안타깝게도 누군가 대충 쓴 듯한 그 말은, 지금껏 해 왔던 방식과 다른 것은 무조건 틀리다는 뜻이기도 했다.

이런 무시무시한 일이 빈번한 이곳에서, 전령은 은밀히 이동할 수 있는 자신의 능력을 이용해 여기저기 모여 병균을

퍼뜨리는 사람들 틈으로 증인들이 드나드는 문을 찾은 후, 문에 달린 구멍을 통해서야 쪽지를 전달할 수 있었다. 당시 사람들은 연극 구경을 가듯 올드 베일리의 재판을 돈을 내고 구경하러 가거나 베들램*의 정신병자를 보러 갔는데, 전자의 관람료가 훨씬 더 비싼 탓에 올드 베일리의 대문은 경비가 삼엄했다. 물론, 범죄자가 입장하는 문은 예외적으로 언제나 활짝 열려 있었다.

얼마 동안 기다린 후에야 문이 내키지 않는 듯 빼꼼 열렸고, 제리 크런처 씨는 그 틈에 겨우 몸을 끼워 넣어 법정으로 들어갈 수 있었다.

"무슨 재판을 하고 있소?" 그가 옆에 서 있던 사람에게 작은 소리로 물었다.

"아직 재판은 안 해요."

"다음 재판은요?"

"반역죄일 거요."

"사지를 찢어 버리는 그거, 맞습니까?"

"그럼요!" 남자가 흥분한 듯 말을 이었다. "우선 사다리 같은 데 목을 매달았다가, 그다음에 내려서 얼굴 바로 앞에서 배를 갈라 내장을 꺼내 눈앞에서 불 지른 다음, 그다음에 목이 날아가고 사지가 찢겨 나갈 거요. 그렇게 집행되죠."

★ 런던의 베들레헴 정신병원.

"그러니까, 유죄로 확정된다면 말이지요?" 제리가 질문에 조건을 붙이며 물었다.

"아, 당연히 유죄로 확정될 거요." 상대방이 말했다. "별걱정을 다 하십니다."

크런처 씨의 시선은 쪽지를 손에 들고 로리 씨를 향해 가는 문지기로 향했다. 로리 씨는 가발을 쓴 여러 신사와 함께 의자에 앉아 있었다. 그곳에서 멀지 않은 곳에는 피고의 변호사인 가발 쓴 신사 하나가 앞에 서류 뭉치들을 잔뜩 쌓아놓은 채 앉아 있었다. 바로 맞은편에 다른 가발 쓴 신사도 하나 앉아 있었는데, 양 주머니에 손을 넣은 채 크런처 씨가볼 때마다 천장만 뚫어져라 바라보았다. 제리는 몇 번 시끄럽게 기침하고 턱을 매만지며 손을 휘저은 후에야 로리 씨의 관심을 끌 수 있었다. 일어나서 제리를 찾던 로리 씨는 그를 향해 조용히 고개를 끄덕인 후 다시 자리에 앉았다.

"저자는 이 사건과 무슨 상관이 있소?" 방금 대화한 남자가 물었다.

"제가 알 턱이 없죠." 제리가 말했다.

"그럼 당신은 무슨 상관이 있는지 혹시 물어봐도 됩니까?"

"그것도 제가 알 턱이 없죠." 제리가 말했다.

판사가 입장하자 법정에 있던 사람들이 크게 술렁이다 잠잠해졌고, 제리와 남자의 대화도 멈췄다. 현재 관심의 중심은 피고석이었다. 간수 두 명이 그곳에 서 있다가 나가서 죄수를 데려와 법정에 세웠다.

천장만 노려보던 가발 쓴 신사를 제외하고 그곳의 모든 사람이 피고를 바라보았다. 그들에게서 나오는 숨결이 바다, 바람 혹은 불길처럼 그에게 몰려왔다. 기둥 주위와 구석에서 그를 보기 위해 사람들이 애를 썼다. 뒷줄의 구경꾼들은 피고의 머리카락 하나 놓치지 않으려고 자리에서 일어났다. 법정 바닥층에서 구경하던 사람들은 그를 보기 위해 앞사람 어깨를 짚는 것도 마다하지 않았다. 까치발을 들고, 발판이 될 만한 것에 올라가고, 허공에 발을 디디면서까지 그의 모든 것을 보고 싶어했다. 마치 뉴게이트 교도소의 담장 못이 살아 움직이는 것같이 삐죽삐죽한 머리 덕분에 바닥층 사람들 중에서도 눈에 띄는 제리도 그곳에 서서 오는 길에 마신 맥주 냄새 가득한 숨결을 피고에게 뿜었다. 그 숨결은 다른 사람들이 내뿜는 또 다른 맥주, 진, 차, 커피 등의 냄새에 섞여 그의 뒤에 있던 큰 창문들 표면에 탁한 김이 서리게 했다.

모두들 눈알을 굴리며 쳐다보던 피고는 키가 크고 잘생겼으며 그을린 두 뺨에 다갈색 눈을 가진 스물다섯 살쯤 되는 청년이었다. 그는 젊은 신사같이 보였다. 평범한 검은색 아니면 몹시 어두운 회색 옷을 입고 있었다. 길고 어두운색 머리를 목 뒤로 넘겨 리본으로 묶었는데, 멋내기 위해서가 아니라 방해가 돼서 그런 듯했다. 몸을 아무리 가려도 감정은 항상 드러나기 마련이므로, 그의 그을린 얼굴은 초조함으로 창백해 보였다. 영혼은 태양보다 강렬하다는 증거였다. 그 부분 이외엔 침착해 보이던 젊은이는 재판관에게 허리 굽혀 인사하고 조용히 서 있었다.

뚫어지게 응시하고 입김을 내뿜으며 사람들이 이 남자에게 갖는 관심은 인간성을 고취시킬 만한 것이 아니었다. 만약 그가 이보다 덜 끔찍한 형벌을 받을 위기에 있었다면—야만적인 그 집행 과정에서 하나라도 빠졌다면—사람들은 흥미를 많이 잃었을 것이다. 저 형상이 그토록 치욕스럽게 훼손된다는 것이 구경거리였고, 불사의 존재가 그토록 끔찍하게 도살되고 산산이 찢겨진다는 것에서 희열이 비롯됐다. 여러 구경꾼이 스스로를 속이는 다양한 기술과 능력으로 자신들의 관심을 어떻게든 포장하든, 그들 관심의 뿌리 깊은 곳엔 병적인 도취가 있었다.

법정에서는 정숙하시오! 어제 찰스 다네이는 우리의 인자하시고, 걸출하시고, 기타 여러모로 훌륭하신 우리의 왕자, 우리의 군주인 영국 왕을 배신해 여러 번에 걸쳐 여러 가지 수단과 방법으로 반란을 꾀하고, 프랑스 왕 루이가 앞서 언급된 우리의 인자하시고, 걸출하시고, 기타 여러모로 훌륭하신 우리의 왕자, 우리의 군주인 영국 왕에 대항해 일으킨 전쟁을 도와주고, 앞서 언급된 프랑스 왕 루이의 영토와 앞서 언급된 우리의 인자하시고, 걸출하시고, 기타 여러모로 훌륭하신 우리의 왕자, 우리의 군주인 영국 왕의 영토를 오가며, 우리의 인자하시고, 걸출하시고, 기타 여러모로 훌륭하신 우리의 왕자, 우리의 군주인 영국 왕이 캐나다와 북미에 어떤 병력을 보낼 준비를 했는지 사악하고, 거짓되고, 반역적이고, 그 외에도 다른 악한 방법으로 앞서 언급된 프랑스 왕 루이에게 알려 준 혐의에 (딸깍이는 소음이 끊이지 않았다) 무죄를 주장한 바 있다. 온갖 법률 용어로 가뜩이나 삐죽삐죽한 머리가 더 삐죽해지고 있던 제리가 아주 만족스럽게 이해할 수 있는 내용은 이만큼이었다. 앞에 언급되고 또다시 자꾸 언급된 찰스 다네이가 피고석에 서 있는 사람이며, 배심원단이 선서하고, 검사가 발언 준비를 하고 있다는 것 또한 알 수 있었다.

혐의를 받고 있는 남자는 이미 그곳 모든 사람의 상상에 의해 목이 매달리고, 목이 날아가고, 사지가 찢기고 있었으나 (그도 그것을 알고 있었다) 주저하거나 과장된 행동을 취하지 않았다. 그는 조용하고 신중했다. 주의 깊게 법정 절차를 따랐다. 그는 앞에 있는 나무 판 위에 두 손을 짚고 서 있었는데 그곳에 놓인 허브 이파리 하나 움직이지 않을 정도로 차분했다. 교도소의 악취와 열병이 전염되는 일을 예방하기 위해 법정 곳곳에는 식초와 허브가 뿌려져 있었던 것이다.

죄수의 얼굴에 빛을 비추기 위해 그의 머리 위에는 거울이 걸려 있었다. 가엾거나 악한 많은 죄수들의 얼굴이 이곳에 얼굴을 비췄다가 거울 안에서도 지구상에서도 사라졌다. 바다가 그 속의 망자들을 내놓듯 만약 이 거울이 예전의 그림자들을 모두 다시 비춘다면 이 법정 안은 유령 가득한 흉가가 되었을 것이다. 거울이 의미하는 불명예와 악명이 문득 젊은 피고에게도 스친 모양이었다. 그가 몸을 움직이자 거울에 반사된 빛줄기가 얼굴에 닿았다. 얼굴을 들어 거울에 비친 자신의 얼굴을 보자, 그는 얼굴을 붉히며 오른손으로 나무 판 위에 놓여 있는 허브 이파리들을 쓸어 버렸다.

그러면서 그는 왼쪽으로 얼굴을 돌렸다. 그의 눈높이에 어떤 두 사람이 판사와 가까운 자리에 앉아 있었는데, 그들을 보자마자 그의 표정이 너무 확연하게 달라졌기 때문에 그를 주목하던 모든 시선도 동시에 그 두 사람을 향했다.

방청객이 본 두 사람 중 한 명은 스무 살을 갓 넘겨 보이는 젊은 아가씨였고, 나머지 한 명은 그녀의 아버지로 보이는 노신사였다. 그는 완전히 하얗게 세어 버린 머리와 형용

할 수 없는 강렬한 얼굴 때문에 무척 비범해 보였다. 활동적이라기보다는 자기 성찰과 사색을 즐기는 듯한 모습 탓에 언뜻 노인으로 보였지만 그가 침묵을 깨고 웃음 지을 때—지금처럼 딸과 이야기를 나눌 때면—그는 인생의 황금기를 지나지 않은 잘생긴 남자로 변했다.

그의 딸은 곁에 앉아 한쪽 팔로 아버지의 팔짱을 끼고 다른 쪽 손은 아버지의 팔 위에 얹고 있었다. 그녀는 이곳에서 느껴지는 두려움과 죄수에 대한 가여움 때문에 아버지 옆에 가까이 붙어 앉았다. 마음을 사로잡힐 정도의 공포와 오직 피고가 처한 상황을 가엽게 여기는 동정심이 그녀의 이마 위로 매우 뚜렷하게 떠올랐다. 그 모습이 너무나 자연스럽고 강렬해서 피고에 대해 아무런 동정심이 없던 구경꾼들까지 감동받을 지경이었다. 구경꾼들은 서로 속삭였다. "저들은 누구야?"

자기 나름대로 상황을 관찰하느라 정신이 팔려 손에 묻은 녹을 빨아 먹고 있던 전령 제리도 그들이 누군지 궁금해 목을 길게 뻗었다. 주위 사람들이 서로 전한 그 질문은 앞으로 밀려와 제일 가까이에 있던 직원에게도 전달되었고, 직원이 다시 전한 대답은 그보다는 천천히 전달되며 돌아와 마침내 제리도 대답을 들을 수 있었다.

"증인들이랍니다."

"어느 쪽 증인이요?"

"반대쪽이요."

"어느 반대쪽이요?"

"피고의 반대쪽이죠."

판사의 눈도 대중이 보고 있던 곳을 향했다. 그는 증인들을 불러 증인석에 세운 후, 자신의 의자에 등을 기대고 자신의 손에 목숨이 달린 젊은이를 차분하게 바라보았다. 교수대 줄을 감고, 도끼날을 갈고, 단두대에 못을 박기 위해 검사가 일어섰다.

제3장
실망

배심원들 앞에 선 검사가 말했다. 그들 앞에 선 피고는 나이는 젊지만 여러 해 동안 사형이 마땅한 반역을 저질렀고, 또 그가 우리 공공의 적과 내통한 일은 어제오늘 일이 아닌 작년, 재작년부터 계속 저질러 온 짓이다. 그가 솔직하게 밝히지 않는 비밀스러운 이유로 영국과 프랑스를 오랫동안 오가고 있었으며, 그가 모의한 반역적인 행동들이 성공했다면 (다행히 모두 성공하지 못했지만) 그의 악함과 죄는 드러나지 않았을 거라고, 하지만 운명이 용감하고 정직한 한 남자의 마음을 움직여 이자의 음모를 낱낱이 밝히고 우리 국왕폐하의 국무상과 존경하는 추밀원에 고발하게 했고, 그 선한 애국자가 배심원들 앞에 서게 될 것이다. 또 그 애국자의 마음와 자세는 전체적으로 숭고했고, 그는 피고의 친구였으나 선악이 교차하던 천우의 기회를 통해 피고의 악행을 발견했으며 동시에 조국의 신성한 제단에 이 반역자를 불사르기로 결심했다. 만약 고대 그리스와 로마처럼 영국에도 사회의 은인을 기리기 위해 동상이 세워지는 법안이 있었다면

이 빛나는 시민의 동상도 세워졌을 텐데, 지금은 그런 법안이 없는 관계로 동상은 세워지지 않을 것이다. 시인들이 노래한 미덕(배심원들도 당연히 외우고 있을 그 많은 구절이라고 검사가 말했으나 멋쩍은 표정의 배심원들은 전혀 아는 바 없었다)은 역시 전해지는 것이고, 조국을 사랑하는 애국심은 더욱더 그렇다. 이 완벽하고 흠잡을 데 없는, 그 어떤 칭찬도 무색한 증인의 훌륭한 본보기가 피고의 하인에게까지 닿아 그 주인의 책상 서랍과 주머니를 뒤져 비밀문서들을 찾아내게 만들었다. 본인(검사)은 자기 주인을 배신하기까지 한 이 존경스러운 하인에 대한 비난도 감당할 준비가 되어 있고, 본인(검사)은 이 하인을 본인(검사)의 형제자매처럼 여기며, 본인(검사)의 부모처럼 존경하므로 배심원단 또한 그럴 것이라는 확신이 있다. 이 두 증인과 그들이 찾아낸 증거에 따르면, 피고가 국왕 폐하의 육군과 해군의 현재 위치와 대비 상황을 기록한 목록을 소지하고 있었기에 적대 세력과 상습적으로 내통하며 기밀 정보를 넘긴 건 의심할 여지 없는 사실이다. 이 목록이 피고의 글씨체로 쓰여졌음은 입증할 수 없지만 일관된 필체로 작성된 것으로 보아 기소될 것을 염려한 피고의 교묘한 수법으로 보인다. 그리고 이 증거가 5년 전에 작성된 것으로 보아 피고는 이미 영국과 미국의 전쟁이 발발하기 몇 주 전부터 이 치명적인 작전을 수행해 왔던 것으로 보인다. 이런 정황들을 참고해, 충직하고 (검사도 그걸 알고 있었다) 책임감 있는 (배심원들도 그걸 알고 있었다) 배심원단 여러분은 피고가 유죄임을 분명히 알아야 하며 좋든 싫든 그의 악행을 끝내야 한다. 이자의 머리가 날아가기 전에 배심원단들 그 누구도 편안히 베개에 머리를 누이고 잠에 들지 못할 것이고, 그들의 아내들이 편안히 베개에 머리를 누이고 잠자는 것도 참지 못할 것이고, 그들의 아이들이 베개에 머리를 댄다는 생각조차 하기 힘들 것이고, 한마디로 전혀 잠을 못 이룰 것이다. 검사는 그가 생각해 낼 수 있는 모든 선한 것의 이름을 걸고 배심원단이 피고에게 사형을 선고하길 요구하며, 자신은 피고가 이미 죽고 사라진 것이나 다름없이 여긴다는 엄숙한 말로 발언을 마무리했다.

검사의 발언이 끝나자, 구름 같은 푸른 파리 떼처럼 흥분한 방청객들이 피고의 앞날을 두고 부산을 떨며 웅성거렸다. 소요가 다시 가라앉은 후, 흠잡을 데 없는 애국자가 증인석에 올라왔다.

발언을 끝낸 검사를 이어 검사보가 존 바사드라는 이름의 증인을 심문했다. 증인의 증언은 검사의 설명과 같았다. 사실, 너무 똑같다는 점이 문제라면 문제였다. 증인은 그 훌륭한 마음의 짐을 내려놓고 증인석을 내려오려 했으나, 서류 뭉치를 앞에 쌓아 놓고 있던, 로리 씨와 그리 멀지 않은 곳에 앉아 있던 가발 쓴 신사가 몇 개의 질문을 하길 청했다. 반대편에 앉은 가발 쓴 신사는 아직도 천장만 바라보고 있었다.

증인은 혹시 첩자였습니까? 아닙니다, 바사드는 코웃음 치며 대답했다. 어떻게 생계를 유지했죠? 부동산이 좀 있습니다. 부동산은 어디에 있죠? 그는 정확히 기억해 내지 못했다. 어떤 부동산입니까? 그건 알 바 없습니다. 물려받았나요? 그는 그렇다고 대답했다. 누가 물려줬죠? 먼 친척입니다. 얼마나 먼 친척이었나요? 좀 많이요. 교도소에 갇혔던 적이 있습니까? 당연히 없습니다. 채무 때문에 갇힌 적도요? 그게 이 일과 무슨 상관인지 모르겠네요. 다시 묻겠습니다, 채무 때문에 교도소에 갇혔던 적이 한 번도 없습니까? 한 번도? 있습니다. 몇 번이나 갇혔었죠? 두세 번요. 대여섯 번은 아닙니까? 그럴 수도 있습니다. 직업이 뭐라고 했습니까? 신사입니다. 걷어차인 적이 있습니까? 그런 적도 있을 겁니다. 자주요? 아니요. 걷어차여 아래층으로 굴러떨어진 적이 있습니까? 당연히 없지요. 한 번 계단 꼭대기에서 걷어차였지만, 계단에서 굴러떨어진 건 제 잘못이었습니다. 주사위 게임에서 속임수를 쓰다 그렇게 걷어차였습니까? 술 취한 거짓말쟁이가 그런 식으로 이야기한 것 같지만, 사실이 아니었습니다. 사실이 아니었다고 맹세할 수 있습니까? 확실하게 맹세합니다. 도박에서 속임수를 써서 생계를 유지한 적이 있습니까? 절대 없습니다. 도박으로 생계를 유지한 적이 있나요? 다른 신사들이 하는 만큼만 합니다. 피고에게서 돈을 빌린 적이 있습니까? 네. 갚았습니까? 아니요. 마차, 여인숙, 정기선에서 만나서 억지로 피고에게 말을 걸었을 뿐, 사실 피고와의 친분은 그리 두텁지 않은 것 아닙니까? 아닙니다. 정말로 피고가 이 목록을 소지하고 있는 걸 목격했습니까? 확실합니다. 목록에 대해 더 알고 있는 것이 있었습니까? 없습니다. 혹시 목록을 직접 가져왔던 건 아닙니까? 아닙니다. 이 증언의 대가로 뭐든 받기로 한 것이 있습니까? 아니요. 정부에서 피고를 함정에 빠뜨리면 보상금이나 직업을 보장해 준다고 한 적이 있습니까? 당연히 없습니다. 혹시 함정 말고 다른 사주를 받은 일은요? 세상에, 그런 적 없습니다. 맹세합니까? 몇 번이고 맹세할 수 있습니다. 순수한 애국심을 제외하면 증언하게 된 다른 동기는 없습니까? 전혀 없습니다.

고결한 하인 로저 클라이의 증언은 빠르게 진행되었다. 4년 전 그는 단순한 선의로 피고에게 고용된 바 있었다. 칼레 정기선에서 피고를 만나 유능한 하인이 필요한지 물었고 피고가 그를 고용했던 것이다. 그는 무상으로 일하기 위해 피고에게 유능한 하인으로 써 달라고 한 것이 아니었다. 그는 그런 건 생각조차 해 보지 않았다. 곧 그는 피고에 대한 의심이 생겨 자세히 지켜보았는데 여행 중 옷을 정리하다가 피고의 주머니에서 비슷한 목록을 몇 번이나 보게 되었다. 그래서 하인은 피고의 책상 서랍에서 그 목록을 꺼내 신고했다. 물론 하인이 먼저 넣어 놓은 목록은 아니었다. 그는 이 똑같은 목록들을 피고가 칼레에서 프랑스 신사들에게 보여주는 모습을 목격했고, 불로뉴와 칼레 두 곳에서 비슷한 목록들을 프랑스 신사들에게 보여주는 것도 보았다. 하인은 조국을 사랑했기에 가만있을 수 없어 신고를 했다. 그는 은 주전자를 슬쩍한 적은 없었다. 겨자 항아리를 건드린 적은 있지만, 순은도 아니고 은도금 주전자일 뿐이었다. 하인은 방금 증언한 자와 7년 혹은 8년 동안 알고 지냈지만, 그건 우연일 뿐이고 그렇게 대단한 우연도 아니라 특별할 것도 없었다. 그의 동기가 단지 애국심 때문인 것도 흥미로운 우연이라 부르지 않았다. 그는 그저 진정한 영국 사람이었고 자기 같은 사람들이 많아지길 바랐다.

푸른 파리 떼가 다시 웅성거리고, 검사가 자비스 로리 씨를 불렀다.

"자비스 로리 씨, 당신은 텔슨 은행의 직원입니까?"

"그렇습니다."

"1775년 11월의 한 금요일 저녁, 우편 마차를 타고 런던과 도버 사이를 여행한 건 은행 일 때문이었습니까?"

"그렇습니다."

"우편 마차에 다른 손님들도 있었나요?"

"두 명 있었습니다."

"그날 밤, 그들이 도로 중간에 우편 마차에서 내렸습니까?"

"그랬습니다."

"로리 씨, 피고를 보세요. 피고가 혹시 그 두 손님 중 한 명이었습니까?"

"피고가 그중 한 명이었다고 확실히 말할 수는 없습니다."

"피고가 그 두 손님 중 한 명과 닮았습니까?"

"둘 다 옷으로 꽁꽁 싸매고 있었기 때문에 그리고 밤이 너무 어둡고 우리가 서로 이야기를 나눠 보지 않았기 때문에 그것 또한 확실하게 말씀드릴 수가 없습니다."

"로리 씨, 다시 한번 피고를 보세요. 피고가 그 손님들처럼 옷으로 꽁꽁 싸매고 있었다고 가정할 때, 혹시 그 키나 몸집으로 봐서 그 손님들 중 한 명이 절대 아니었다고 말할 수 있습니까?"

"아니요."

"로리 씨, 피고가 그 손님들 중 한 명이 아니었다고 맹세할 수 있습니까?"

"아니요."

"그럼 피고가 그들 중 한 명일 수도 있었다고 말하는 겁니까?"

"그렇습니다. 그러나 제가 기억하는 한 그 둘은—저도 그랬지만—노상강도를 많이 두려워하고 있었습니다. 피고는 누군가를 두려워할 사람처럼 보이지 않습니다."

"로리 씨, 일부러 두려운 척하는 사람을 본 적이 있습니까?"

"그런 적은 있습니다."

"로리 씨, 피고를 다시 한번 봐 주십시오. 피고를 혹시 예전에 만난 적이 있습니까?"

"만난 적이 있습니다."

"언제입니까?"

"그 며칠 후 프랑스에서 영국으로 다시 돌아오는 길이었습니다. 칼레에서 영국으로 향하는 정기선에서 피고를 만났고, 여정을 함께 했습니다."

"피고는 몇 시에 배에 탔습니까?"

"자정이 조금 넘은 시각이었습니다."

"한밤중이었군요. 그렇게 야심한 시각에 탑승한 손님은 피고뿐이었습니까?"

"어쩌다가 그렇게 된 것 같습니다."

"'어쩌다가'라는 말은 불필요합니다. 로리 씨, 그렇게 야심한 시각에 탑승한 승객은 피고뿐이었습니까?"

"그렇습니다."

"혼자서 여행 중이었습니까, 로리 씨? 아니면 동행이 있었습니까?"

"두 명의 동행이 있었습니다. 노신사와 젊은 아가씨였죠. 지금 여기 계십니다."

"이곳에 계신다고요. 피고와 이야기를 나눈 적이 있습니까?"

"거의 없습니다. 날이 매우 궂었고, 뱃길이 멀고 험했죠. 저는 이 해안에서 저 해안까지 거의 소파에만 누워 있었습니다."

"마네트 양!"

아까 모든 사람의 눈이 집중되었던 젊은 아가씨에게 또다시 모든 눈길이 집중되었다. 그녀는 앉아 있던 자리에서 일어났다. 그녀의 아버지도 함께 일어나 그녀의 손을 자신의 팔에 끼웠다.

"마네트 양, 피고를 봐 주십시오."

이렇게도 젊고 아름다운 여성과 동정심 가득한 그녀의 두 눈을 마주하는 것은, 피고에게는 군중을 마주하는 것보다 훨씬 더 힘든 일이었다. 호기심에 가득 찬 사람들의 눈길 때문이 아니라 자신의 무덤 가장자리에 선 그녀를 마주한 것 같아 그는 차분히 서 있기가 힘들 정도였다. 그의 떨리는 오른손이 상상 속의 꽃밭을 가꾸듯 허브 잎을 솎아 내고 있었다. 숨을 다시 고르려는 그의 노력 때문에 입술은 파르르 떨리고 얼굴은 창백해졌다. 파리 떼들이 다시 들끓어 오르기 시작했다.

"마네트 양, 피고를 본 적이 있습니까?"

"네, 있습니다."

"어디서요?"

"방금 언급된 정기선에서, 같은 일시에 만났습니다."

"마네트 양이 방금 언급된 젊은 아가씨군요?"

"아, 불행히도 제가 그 아가씨예요!"

그녀의 동정심에서 비롯된 구슬픈 목소리에 "주어지는 질문에만 대답하고, 다른 말은 하지 마시오"라는 날카롭게 쏘아붙이는 덜 매력적인 판사의 목소리가 섞였다.

"마네트 양, 혹시 도버해협을 건너는 동안 피고와 이야기를 나눈 적이 있습니까?"

"네, 있습니다."

"말해 보십시오."

법정의 깊은 고요함 가운데 그녀가 조용히 입을 열었다.

"저 신사분께서 정기선에 타셨을 때……."

"피고 말입니까?" 판사가 미간을 찌푸리며 물었다.

"네, 판사님."

"그럼 피고라고 말하십시오."

"피고가 정기선에 탔을 때, 그는 제 아버지가……." 그녀가 곁에 선 그녀의 아버지에게 사랑스러운 눈길을 돌리며 말했다. "얼마나 지치고 쇠약한 상태인지 알아차렸습니다. 아버지의 건강이 너무 좋지 않아 밖으로 모시기도 힘들어서 객실 계단 가까이 있는 갑판에 아버지가 몸을 누이실 침대를 마련했죠. 그리고 전 그 옆 갑판 위에 앉아서 아버지를 돌봐 드렸어요. 저희 네 명 이외에 다른 승객들은 없었습니다. 피고는 친절하게도 제게 허락을 구한 후, 바람과 폭우로부터 아버지의 침상을 가릴 수 있는 더 좋은 방법을 조언해 줬습니다. 제가 만든 가리개보다 더 좋은 방법을 말이에요. 항구를 벗어나면 바람이 어떻게 불지 몰라서 갈팡질팡하고 있었는데, 피고가 대신 도와주었습니다. 제 아버지께 피고는 무척이나 친절하고 따뜻했고, 저는 그게 진심임을 알았어요. 그렇게 저희는 이야기를 나누기 시작했습니다."

"잠깐 말을 끊겠습니다. 피고가 배에 혼자 탔습니까?"

"아니요."

"몇 명의 사람들과 함께였습니까?"

"프랑스 신사 두 분과 함께였습니다."

"그들이 서로 이야기를 나눴습니까?"

"그들은 마지막 순간까지 서로 이야기를 하다가, 프랑스 신사분들은 보트로 갈아타고 갔습니다."

"그들이 혹시 어떤 서류를 주고받던가요, 이렇게 생긴 목록들이나?"

"종이 몇 장이 오가는 걸 보았지만, 어떤 서류였는지는 모릅니다."

"이런 모양과 크기였습니까?"

"그럴 수도 있지만, 정말 모릅니다. 그들은 등불을 조명으로 삼으려고 객실 계단 꼭대기에 서 있어서 제가 있던 곳과 매우 가까웠지만, 서로 속삭이듯 조용히 말했고 또 등불도 어두웠기 때문에 저는 무슨 대화를 나누는지 전혀 듣지도 보지도 못했습니다. 그저 종이를 들여다보는 모습만 목격했습니다."

"그럼, 피고와 어떤 대화를 나눴는지 계속해 보십시오, 마네트 양."

"피고는 솔직하고 털털하게 대화하려 애썼어요, 제가 도움이 필요한 상황이었기 때문에…… 제 아버지께 친절했고, 선했고, 도움을 주었죠. 저는," 그녀는 눈물을 터뜨렸다. "오늘 제가 그 은혜를 원수로 갚게 되지 않았으면 좋겠어요."

푸른 파리 떼가 웅성거렸다.

"마네트 양, 만약 그렇게 내키지 않으면서도 증언을 하는 것이 당신의 의무임을, 꼭 해야만 하는 의무이고 피해 갈 수 없는 의무임을 피고가 완전히 이해하지 못한다 해도 여기 있는 다른 모든 사람이 이해할 겁니다. 계속하십시오."

"피고는 사람들을 곤경에 빠뜨릴지도 모르는 아슬아슬하고 어려운 일 때문에 가명으로 여행 중이라고 말했습니다. 그 일 때문에 며칠 안에 다시 프랑스로 가야 하고, 계속 일정한 간격을 두고 프랑스와 영국을 오랫동안 자주 오가야 된다고 했어요."

"피고가 미국에 대해서도 말한 것이 있습니까, 마네트 양? 자세히 말해 주십시오."

"그는 미국과 영국의 전쟁이 어떻게 일어나게 되었는지 설명해 주려 했습니다. 그리고 그가 볼 때는 영국이 잘못하고 어리석었다고 말했어요. 그리고 농담처럼 덧붙이길, 역사는 조지 워싱턴*의 이름을 조지 3세*만큼이나 높게 평가할 거라고 말했습니다. 하지만 누군가를 해하려고 한 말이 아니었어요. 웃으며 한 말이고, 그저 시간을 때우기 위한 농담이었습니다."

★ 미국의 초대 대통령.
● 미국독립전쟁 당시의 영국 국왕.

연극의 흥미로운 장면에서 주인공이 짓는 강렬한 표정은 그걸 보던 많은 사람을 자기도 모르게 똑같이 따라 하게 만든다. 증언을 이어 가면서도 가끔 판사가 증언을 받아 적을 수 있도록, 혹은 양측 변호사들의 반응을 살피기 위해 말을 잠깐씩 멈추던 마네트 양의 찌푸려진 이마에는 보기 고통스러울 정도로 불안함과 염려가 드러나 있었다. 법정 안 네 모서리를 모두 채운 구경꾼들도 같은 표정이었다. 판사가 조지 워싱턴에 대한 몹시 위험한 그 발언을 받아 적다 말고 고개를 들어 눈을 사납게 굴릴 때, 법정 안의 대부분 이마들은 거울을 비추듯 증인석의 이마와 같은 모양이었다.

검사는 존경하는 재판장님에게 형식상 절차와 확인을 위해 젊은 아가씨의 아버지, 마네트 박사에게 질문할 필요가 있다고 말했고, 그에 따라 마네트 박사에게 질문이 던져졌다.

"마네트 박사, 피고를 보십시오. 저자를 만난 적이 있습니까?"

"한 번 있습니다. 런던의 제 숙소를 방문했을 때죠. 3년쯤, 아니면 3년 반 정도 된 일입니다."

"피고가 당신과 함께 정기선을 탄 사람이 맞는지, 당신 딸과 이야기 나눈 사람이 맞는지 확인할 수 있습니까?"

"검사님, 그건 잘 모르겠습니다."

"잘 모를 수밖에 없는 어떤 특별한 이유가 있습니까?"

마네트 박사가 낮은 목소리로 답했다. "있습니다."

"마네트 박사, 당신은 재판도 없이, 기소 과정도 거치지 않고, 당신의 조국에서 오랜 시간 투옥당한 그런 불행한 일을 겪은 적이 있습니까?"

마네트 박사가 모든 이의 심금을 울리는 목소리로 대답했다. "오랜 투옥 생활이었습니다."

"논란의 그 당시는 막 석방된 상태였지요?"

"그랬다고 합니다."

"그 당시 기억은 없습니까?"

"전혀 없습니다. 갇힌 채 구두 만드는 일에만 열중하던 때부터―언제였을까 기억도 나지 않죠―사랑하는 여기 제 딸과 함께 런던에 살고 있는 저 자신을 알아차렸을 때까지, 머릿속 기억은 백지상태입니다. 하느님의 은혜로 정신이 돌아왔을 때 제 딸을 알아볼 수 있었지만, 어떻게 알아볼 수 있었는지도 사실 설명하기 어렵습니다. 그 과정에 대한 기억이 전혀 없으니까요."

검사가 다시 자리에 앉았고, 아버지와 딸도 함께 다시 자리에 앉았다.

그때 중요한 정황 증거 하나가 대두되었다. 검사는, 피고가 신원 불명의 공범과 함께 5년 전 11월 금요일 밤 도버 우편 마차를 타고 한밤중 길 어딘가에서 내린 후, 온 길을 약

20킬로미터 정도 되돌아가 주둔지와 조선소에 가서 정보를 수집했다는 혐의를 입증하고 싶어했다. 검사가 부른 증인이 그 시각 주둔지와 조선소가 있는 마을의 호텔 응접실에서 누군가를 기다리는 그를 보았다고 말했다. 피고 측 변호사가 반대 심문을 했으나 그 증인은 피고를 그 외에는 한 번도 본 적이 없었다는 사실 말고는 별 성과가 없었다. 그때 가발을 쓰고 천장만 계속 쳐다보던 그 신사가 작은 종이에 단어 한두 개를 쓰고 구긴 다음 변호사에게 던졌다. 잠시 쉬는 시간 동안 종이를 열어 본 변호사는 큰 호기심 어린 눈으로 피고를 주의 깊게 바라보았다.

"증인이 본 사람이 피고가 확실합니까?"

증인은 확실하다고 했다.

"혹시 피고와 매우 닮은 사람을 본 적이 있습니까?"

피고와 착각할 정도로 닮은 사람은 (증인이 말하길) 없었다.

"그럼, 여기 제 박식한 친구*를 봐 주십시오." 방금 전 종이를 구겨 던진 사람을 가리키며 변호사가 말했다. "그리고 그다음엔 피고를 한번 봐 주세요. 어떻습니까? 무척 닮지 않았나요?"

피고와 비교했을 때, 그 박식한 친구의 부주의하고 깔끔

---

* 영국에서 변호사가 다른 변호사를 칭하는 표현.

하지 못한, 어찌 보면 방탕해 보이기도 한 차림을 감안하면 증인뿐만이 아니라 그곳의 모든 사람이 놀랄 정도로 그와 피고는 닮은 모습이었다. 존경하는 재판장님에게는 박식한 친구의 가발을 벗겨 보라는 간청이 들어와 그는 못마땅한 듯 허락했다. 그러자 피고와의 유사함은 더욱더 도드라졌다. 존경하는 재판장님은 스트라이버 씨(피고 측 변호사)에게 이제 카턴 씨(그의 박식한 친구)를 재판할 차례냐고 물었다. 스트라이버 씨가 답하길, 그건 아니다, 하지만 증인에게 이런 일이 한 번 일어났으면 두 번 있을 수도 있는 일인지, 만약 자신의 조급함을 좀 더 일찍 알았더라면 과연 그런 증언을 했을지, 이걸 보고 나서도 그런지 등등을 묻고 싶다고 했다. 그렇게 변호사는 이 증인의 신뢰성을 사기그릇처럼 부숴 버리고 이 사건에서 그의 역할을 쓸모없는 목재처럼 산산조각 내어 버렸다.

이때 크런처 씨는 증언들을 들으며 점심을 먹지 않아도 될 만큼 손가락의 녹을 뜯어 먹고 있었다. 이제 스트라이버 씨가 배심원단 앞에서 꼭 맞는 옷처럼 피고를 위해 변론하는 것을 들을 차례였다. 애국자 바사드는 사실 누군가에게 고용된 첩자이며 배신자이고, 그가 얼마나 부끄러운지도 모르는 피의 인신매매범인 데다가 저주받은 유다 이래 이 땅에 존재할 수 있는 최악의 범죄자 중 하나인지―사실 그렇게 보이긴 했다―고결한 하인 클라이는 사실 바사드의 친구이자 동업자이며, 얼마나 그럴 만한 범죄자인지, 이 위조범들과 거짓말쟁이들의 날카로운 눈에 피고가 어떻게 희생양으로 걸려들었는지 변론했다. 또 어떤 연유로 프랑스 출신인 피고의 가족사 때문에 양국 해협을 자주 오가야 했는데, 그 가족사를 밝히면 그에게 가깝고 소중한 사람들에게 피해가 갈지 몰라 그의 목숨을 걸고 비밀을 지킬 수밖에 없다는 것과 그저 젊은 두 남녀가 나눌 수도 있는 순수한 의로움과 예의를 보여 준 젊은 아가씨의 증언이 이렇게 왜곡되고 뒤틀려도―그저 말도 안 되는 농담이라고밖에 볼 수 없는 허황된 조지 워싱턴에 대한 이야기를 제외하고는― 아무것도 입증하지 못했다고 설명했다. 변호사는 이어, 그저 인기를 위해 대중의 저급한 증오심과 두려움을 이용하려 하는 검사의 이런 시도가 얼마나 정부에 독이 되는 일인지 성토했다. 또 그 왜곡된 증거들, 이 나라의 국사범 재판에 널리고 널린 그런 악하고 나쁜 증거들을 제외하면 검사의 주장이 얼마나 근거 없는 주장인지 설명했지만, 그때쯤 존경하는 판사님은 이 자리에 앉아 더 이상 그런 모욕을 견딜 수 없다며 (그리고 마치 변호사의 모든 말이 사실이 아닌 듯 엄한 표정을 지으며) 개입했다.

그러자 스트라이버 씨는 그가 선택한 몇 명의 증인을 세웠고, 그 후 크런처 씨는 스트라이버 씨가 배심원에 맞춰 잘 입힌 옷을 뒤집는 검사의 주장을 들었다. 그는 바사드와 클라이는 사실 그가 생각하는 것보다 백배는 더 나은 사람들이고, 피고는 백배 더 나쁜 사람이라고 말했다. 마지막으로, 존경하는 재판장님이 직접 나서 그 뒤집힌 옷을 다시 원래대로 뒤집는 발언을 했으나, 전체적으로 봐서 그의 목적은 그저 피고를 위한 수의를 다듬고 매만지는 것이었다.

그리고 이제 배심원단이 결정을 위해 서로 논의하기 시작했고, 방청석의 파리 떼는 또다시 들끓어 올랐다.

오랫동안 천장만 바라보던 카턴 씨는 사람들이 웅성거리던 그때까지도 표정 하나, 자세 하나 바꾸지 않고 그대로 앉아 있었다. 그동안 그의 박식한 친구 스트라이버 씨는 앞에 서류 뭉치를 쌓아 놓고 가까이 앉은 사람들과 귓속말을 나누기도 하고, 가끔 배심원단을 향해 불안한 눈길을 던지기도 했다. 구경꾼들이 서로 모이기도 하고 이리저리 움직이는 동안, 판사마저 자리에서 일어나 구경꾼들이 자기가 어디 아픈가 하고 생각하든 말든 법대를 천천히 오르락내리락하는 동안, 이 한 남자는 해진 법복을 입고 아까 벗었던 가발을 대충 다시 쓴 채 여전히 등을 기대고 앉아 주머니에 손을 꽂고 하루 종일 그랬듯 천장만 뚫어져라 보고 있었다. 특히 무심해 보이는 그의 행동이 그를 처신사나워 보이게 했을 뿐 아니라 의심할 여지 없이 피고와 닮은 모습조차 달라 보이게 했다(물론 피고와 비교되던 그때는 이자의 순간적인 성실함으로 그 유사함이 강화되긴 했었다). 그래서 구경하던 많은 사람이 지금 그 모습을 본 후, 두 사람이 그렇게 닮았다고 보긴 어렵다고 서로 말했다. 크런처 씨도 옆에 있던 남자에게 그렇게 말하며 덧붙였다. "저 사람은 의뢰인이 거의 없다는 데 반 기니 걸죠. 누가 일을 맡길 것 같지 않아요, 그렇죠?"

그러나 카턴 씨는 보이는 것보다 훨씬 더 능숙하게 주위 상황을 파악하는 편이었는데, 마네트 양의 고개가 그녀 아버지의 가슴으로 떨어졌을 때도 제일 먼저 알아채고 소리 내어 도움을 청한 이도 바로 카턴 씨였다. "경관! 여기 아가씨를 돌봐 주시오. 여기 신사분을 도와 그녀를 데리고 나가시오. 여기 아가씨가 쓰러지려 하는 게 안 보입니까!"

그녀가 실려 나가는 장면을 보며 많은 이들이 딱하게 생각했고, 그녀의 아버지 또한 가엾게 여겼다. 감금되었던 나날들을 다시 떠올리는 것은 그에게 큰 고통이었음이 분명했다. 질문을 받을 때 그는 강한 내면의 동요를 보였고, 그 이후로 짙은 구름처럼 그를 더 늙어 보이게 하는 사색과 음울함에 계속 감싸여 있었다. 그가 법정을 나서던 그때, 돌아앉아 상의하던 배심원단이 잠시 멈추고 그들의 대표를 통해 발언했다.

배심원단이 아직 결론을 내리지 못해 잠시 퇴정하겠다는 것이었다. 판사는 (조지 워싱턴 생각을 하고 있었을지도 몰랐다) 그들이 서로 동의하지 못했다는 데에 약간의 놀라움을 표했지만 감시 감독하에 퇴정을 허락하고, 판사 자신도 퇴정했다. 재판은 하루 종일 이어져, 이제 법정 안에 등불이 밝혀지기 시작했다. 배심원단이 다시 들어오려면 좀 오래 걸릴 거라고 사람들이 수군거렸다. 방청객들은 가벼운 식사를 하러 법정을 나섰고 피고도 피고석 뒤편으로 물러나 자리에 앉았다.

아가씨와 그녀의 아버지가 나갈 때 따라나섰던 로리 씨는 다시 들어와 제리에게 손짓했다. 장내가 덜 혼잡해져 제리는 쉽게 그에게 다가갈 수 있었다.

"제리, 혹시 배고프면 뭘 좀 먹고 와도 되지만 자리를 계속 지켜야 하네. 배심원단이 다시 입장하는 소리를 들어야 하니까. 한순간도 뒤처질 수 없어. 평결이 나오면 바로 은행에 알려야 하네. 자네는 내가 아는 전령 중 가장 빠르니 내가 돌아가기 훨씬 전에 템플바에 먼저 도착할 거야."

제리의 이마는 손가락 마디가 들어갈 만한 폭이었다. 그는 말을 잘 알아들었고, 또 보답의 실링 또한 잘 받았다는 경례의 표시로 손가락 마디를 이마에 가져다 대었다. 그때 카턴이 다가와 로리 씨의 팔을 툭 쳤다.

"아가씨는 좀 어떻습니까?"

"많이 고통스러워하고 있습니다만, 아버지가 곁에서 위로해 주고 있고 또 지금은 법정에서 나가 있으니 조금씩 나아지는 중입니다."

"피고에게도 그렇게 전하겠습니다. 존경받는 은행가께서는 모두가 보는 앞에서 피고에게 말을 거는 행동을 하기가 좀 어려우실 테니."

마치 속으로 그렇게 생각하고 있던 걸 들킨 듯 얼굴이 붉어진 로리 씨를 뒤로하고 카턴 씨는 법정 분리대 밖으로 나섰다. 법정 밖으로 향하는 문이 그쪽이었고, 제리는 눈도, 귀도, 머리도 쫑긋 세운 채 그를 따라나섰다.

"다네이 씨!"

피고인이 바로 앞으로 나왔다.

"증인 마네트 양의 소식이 궁금하시겠죠. 그녀는 이제 많이 괜찮아졌답니다. 아까 그때가 제일 심각했던 거죠."

"저 때문에 그렇게 되어 정말 죄송합니다. 혹시 저 대신 마네트 양께 제 진심 어린 사과를 전해 주실 수 있습니까?"

"전해 드릴 수야 있죠, 원하신다면 그러죠."

카턴 씨의 태도는 거의 건방져 보일 정도로 무심했다. 그는 반쯤만 피고인 쪽으로 몸을 돌린 채 법정 분리대에 팔꿈치를 대고 몸을 비스듬히 기댔다.

"해 주시길 원합니다. 정말 감사합니다."

"평결은," 여전히 몸을 반쯤 돌린 채 카턴이 말했다. "어떨 것 같나요, 다네이 씨?"

"최악을 생각하고 있습니다."

"현명한 생각이죠, 거의 그럴 가능성이 크기도 합니다. 하지만 저렇게 퇴정까지 하는 걸 보면 우리 측에도 승산은 있다고 봅니다."

법정 문 앞에서 기웃거리는 행동은 허용되지 않았으므로 제리는 대화를 더 들을 수 없었다. 제리는 그들이 ―얼굴은 너무나 비슷하지만 태도는 너무나 다른― 서로의 옆에 서서, 머리 위의 거울에 둘의 얼굴이 반사되는 모습을 보며 자리를 나섰다.

양고기 파이와 맥주가 있어도 도둑과 난봉꾼으로 가득한 아래쪽 길에서의 한 시간 반은 더디게 흘러갔다. 목이 쉰 전령은 배를 좀 채우고 나무 판 위에 불편하게 앉아 졸고 있다가, 법정으로 통하는 계단 위로 시끄럽게 몰려가는 거친 사람들의 물결에 같이 휩쓸려 갔다.

"제리! 제리!" 로리 씨는 벌써 문 앞에서 그를 찾고 있었다.

"여기요! 다시 올라오기 힘드네요. 저 여기 있습니다!"

로리 씨가 사람들 사이로 종이 한 장을 건넸다. "어서! 종이 챙겼나?"

"네."

종이에 휘갈겨 쓰여진 단어는 '무죄 석방'이었다.

"지금 다시 '되살아남'이라는 전갈을 보낸다면," 제리가 돌아서며 중얼거렸다. "이번에는 무슨 뜻인지 알아들었을 텐데요."

제리는 올드 베일리를 완전히 벗어나기 전까지 말하거나, 생각하거나, 아니면 다른 그 어떤 것도 할 새가 없었다. 거세게 쏟아져 나오는 군중 때문에 거의 깔려 죽을 뻔한 것이다. 당황한 파리 떼가 썩은 고기를 찾아 흩어지듯 사람들의 웅성거림이 거리를 덮치고 있었다.

제4장
축하

하루 종일 들끓던 사람들이 쏟아져 나가고 그 밑에 가라앉아 있던 마지막 앙금들이 희미한 등불로 밝혀진 법정 복도에서 걸러지고 있었다. 마네트 박사, 그의 딸 루시 마네트, 피고의 변호를 의뢰한 로리 씨 그리고 변호사 스트라이버 씨가 찰스 다네이—지금 막 석방된—를 에워싸고 그가 죽음을 모면하게 된 것을 축하했다.

밝은 불 아래에서 봤다면, 허리가 꼿꼿하고 지적인 얼굴의 마네트 박사가 파리의 한 다락방에 갇혀 있던 구두장이와 동일 인물이라는 사실을 알아보기 힘들었을 것이다. 그러나 그의 낮고 슬픈 목소리를 한 번도 들어 보지 못한 사람도, 딱히 아무런 이유 없이 그를 뒤덮는 멍한 공허함을 목격하지 않은 사람도, 그의 얼굴을 한두 번만 보면 누구든 다시 보지 않을 수가 없었다. 어떤 외적 원인이—재판과 같이—그의 오랜 고통을 다시 떠오르게 할 때면 마네트 박사는 영혼 깊은 곳에서부터 암울해졌지만 가끔은 아무 이유 없이 그 상태에 빠지기도 했다. 실제로 480킬로미터 이상 떨어진 바스티유 교도소의 그림자가 여름 태양을 등지고 그에게 드리워진 듯한 그런 음울함을, 마네트 박사의 사정을 모르는 사람들은 이해하지 못했다.

오로지 그의 딸만이 그의 마음에서 비롯된 짙은 암울함에서 그를 다시 데려올 능력이 있었다. 루시 마네트는 그의 고통 전 과거와 고통 후 현재를 이어 주는 금실이었다. 그녀의 목소리, 그녀의 얼굴에서 뿜어지는 빛, 그녀의 손길 그 모두가 마네트 박사에게 거의 늘 강렬하고 유익한 영향을 끼쳤다. 그녀의 능력이 통하지 않았던 적도 몇 번 있었으므로 절대적으로 매번 발휘되는 것은 아니었다. 하지만 그동안 그런 일이 드물었기 때문에 더는 그럴 일이 없을 것이라고 그녀는 믿고 있었다.

다네이 씨는 마네트 양의 손에 정열과 감사를 담아 입을 맞춘 후, 스트라이버 씨를 향해 따뜻한 감사의 말을 건넸다. 스트라이버 씨는 서른을 조금 넘긴 나이였지만 그보다 스무 살은 더 들어 보였다. 뚱뚱하고, 시끄럽고, 불그스름한 얼굴에 화통하고 섬세한 면이라곤 찾아볼 수 없었던 스트라이버는 사람들 무리나 그들의 대화에 (도덕적으로든, 육체적으로든) 어깨를 들이밀며 끼어드는 습관이 있었다. 인생에서 출세하는 데엔 큰 도움이 되는 습관이었다.

여전히 가발을 쓰고 법복을 입은 채, 그는 자신의 의뢰인에게 다가가기 위해 가여운 로리 씨를 아예 무리에서 밀어내 버렸다. "일이 잘 해결되어 다행입니다, 다네이 씨. 그건 정말 고약한 혐의였습니다. 끔찍하게 고약했죠. 하지만 그렇게 고약하다고 해서 모두 승소하는 건 아니니까요."

"정말 평생 갚아도 못 갚을 빚을 졌습니다……. 두 가지 의미로 말입니다." 의뢰인이었던 다네이가 변호사의 손을 잡으며 말했다.

"전 다네이 씨를 위해 최선을 다했을 뿐입니다. 제가 아닌 다른 누구라도 그렇게 했으리라 믿습니다."

누군가 "다른 누구보다 스트라이버 씨가 최고입니다"라고 말해야 할 상황이었기 때문에, 로리 씨가 그 말을 했다. 진심에서 우러나왔다기보다는 다시 대화에 합류하고 싶었던 것이다.

"그렇게 생각하십니까?" 스트라이버 씨가 말했다. "좋습니다! 로리 씨도 하루 종일 그곳에서 보셨으니 아시리라 생각합니다. 일을 좀 아시는 분 아닙니까."

"그런 이유로," 로리 씨가 말했다. 박식한 변호사가 좀 전에 대화에서 밀어내 버렸다가 다시 대화에 동참시켜 준 다음이었다. "마네트 박사님께서 이제 이 모임을 파하고 모두 집에 돌아가라고 말해 주셨으면 합니다. 루시 양도 몸이 안 좋아 보이고, 다네이 씨도 힘든 하루를 보내셨죠, 우리는 지

쳤고요."

"그건 로리 씨 이야기죠." 스트라이버가 말했다. "전 밤에 할 일이 아직 남아 있습니다. 제 이야긴 아니죠."

"제 이야기가 맞습니다." 로리 씨가 대답했다. "그리고 다네이 씨와 루시 양의 이야기이기도 하지요, 안 그렇습니까, 루시 양?" 그는 그녀에게 질문을 던지며 그녀의 아버지를 힐끔 보았다.

다네이를 아주 유심히 보던 마네트 박사의 얼굴이 굳어져 있었다. 그의 집중한 얼굴은 증오와 불신, 심지어 두려움으로 인해 점점 찌푸려졌다. 기묘한 표정을 한 그의 머릿속에서 생각들이 흩어졌다.

"아버지." 루시가 그의 손에 자기 손을 부드럽게 올리며 말했다.

그는 천천히 그림자를 털어 버리고 그녀를 바라보았다.

"이제 집으로 갈까요?"

긴 한숨을 쉬며 그가 대답했다. "그래."

무죄로 석방된 피고인은 친구들에게 어쩌면 오늘 밤 풀려나지 않을 것 같다는 말을 했기 때문에, 친구들은 뿔뿔이 흩어졌다. 복도에 켜졌던 불이 거의 모두 꺼지고 철문이 요란한 소리를 내며 닫히자, 이 암울한 곳에는 적막만 감돌았다. 내일이면 아침 교수대, 형틀, 태형 기둥, 낙인찍을 달군 쇠 등에 관심 많은 사람들로 다시 채워질 것이다. 아버지와 다네이 씨 사이에서 걸으며, 루시 마네트는 바깥으로 나가 해크니 마차*를 불렀다. 아버지와 딸은 마차를 타고 떠났다.

스트라이버 씨는 나머지 사람들을 복도에 내버려 둔 채 탈의실로 향했고, 무리에 합류하지도, 말 한 마디 섞지도 않았지만 내내 어두운 그림자 속에서 벽에 몸을 기대고 서 있던 한 남자가 조용히 그들을 따라 빠져나와 마차가 떠나가는 광경을 지켜보았다. 그리고 그는 로리 씨와 다네이 씨가 서 있던 포장도로 쪽으로 걸어갔다.

"그래서 로리 씨, 이제는 다네이 씨와 말을 섞어도 되는 모양이죠?"

아무도 낮의 재판 중 카턴 씨가 한 활약에 대해서는 언급하지 않았다. 누구도 아는 사람이 없었던 것이다. 그는 법복을 벗고 있었는데 차라리 입었을 때 모습이 더 나아 보였다.

"직업 정신을 가진 자들 마음속에서 어떤 고민들이 들끓는지, 선한 마음과 직업상 필요 사이에서 어떻게 갈등하는지 안다면 놀랄지도 모릅니다, 다네이 씨."

얼굴이 붉어진 로리 씨가 따뜻한 목소리로 말했다. "그때 했던 이야기군요. 우리 같은 직원들은 그저 회사를 섬길 뿐

---

* 승객을 여섯 명까지 태울 수 있는, 바퀴가 네 개 달리고 말 두 마리가 끌던 마차.

우리 마음대로 할 수 있는 것이 없습니다. 우리 자신보다는 회사를 우선으로 생각하게 되죠."

"알죠, 압니다." 카턴 씨가 대충 대꾸했다. "부끄러워하지 마세요, 로리 씨. 다른 사람만큼이나 선하신 분이라는 건 의심의 여지가 없습니다. 아니, 감히 말하자면 더 나을지도 요."

"당연히 그렇습니다." 로리 씨가 개의치 않고 말을 이었다. "저희 대화에 상관하실 바가 아닌 것 같네요. 제가 연배가 많이 높으니 하는 말입니다만, 당신 일이 아니니 신경 쓰지 마십시오."

"제 일이라니요! 세상에, 전 일 같은 거 없습니다." 카턴 씨가 말했다.

"일이 없다니 안타깝네요."

"저도 그렇게 생각하죠."

"혹시 일이 생기면," 로리 씨가 말을 이었다. "가서 업무를 보시면 되겠습니다."

"맙소사, 아니요! 그러고 싶지 않네요." 카턴 씨가 대답했다.

"아니 이 사람!" 그의 태도에 화가 난 로리 씨가 언성을 높였다. "일이란 유익하고, 존경받을 만한 일이오. 직업을 가지다 보면 때론 하고 싶은 일도, 하고 싶은 말도, 참고 자제할 줄 알아야 한단 말입니다. 여기 온화한 신사 다네이 씨는 그런 상황을 이해하실 겁니다. 다네이 씨, 편안한 밤 되시길 바랍니다. 하느님의 가호가 함께하길! 오늘부터 늘 행복하고 건승하시길 바랍니다, 여기 마차!"

자기 스스로에게도, 물론 변호사에게도 조금 화가 난 채 로리 씨는 마차에 올라타 텔슨 은행으로 향했다. 포트와인* 냄새를 풍기며 취한 듯 보이던 카턴은 소리 내어 웃고는, 다네이 쪽으로 몸을 돌렸다.

"이렇게 당신과 제가 함께 있다니 희한한 우연이네요. 야밤에 당신과 똑같이 생긴 사람과 단둘이 길바닥에 서 있으니 이상하죠?"

"저는 아직," 찰스 다네이가 대답했다. "이 세상에 머물러 있는 것도 이상하게 느껴집니다."

"이상할 것 없소. 방금 전만 해도 저승 문턱에 있었을 테니. 약한 소리 하시네."

"저 스스로가 정말 약한 것 같다는 생각도 드네요."

"그럼 밥 먹으러 가지 않고 뭐 해요? 난 저 돌대가리들이 당신을 두고—이승에 보낼지 저승에 보낼지—고민할 때 먹고 왔죠. 여기 가까운 곳에 잘하는 곳이 있으니 보여 주겠소."

---

* 포르투갈산 포도주.

다네이의 팔을 잡아 자기 팔에 끼우고, 카턴은 그를 데리고 루드게이트힐로 내려가 플리트 거리의 포장된 도로에 있는 술집으로 갔다. 그들은 작은 방으로 안내되었고, 소박하고 맛 좋은 식사와 포도주에 다네이는 금방 원기를 회복했다. 그동안 카턴은 포트와인 병 하나를 끼고 특유의 반쯤 건방진 태도로 식탁 반대편에 앉아 있었다

"이제 이승에 속한 기분이 좀 드나요, 다네이 씨?"

"아직 시간과 공간이 무서울 정도로 혼란스럽지만, 그런 기분은 좀 드는 것 같습니다."

"그런 기분, 엄청난 만족감 아닙니까!"

그가 쓸쓸하게 말하며 그의 잔을, 그 큰 잔을 다시 가득 채웠다.

"저 같은 경우는 이승에 속한 기분을 잊어버리는 게 큰 소원이죠. 전 여기서 득 볼 게 없습니다―이런 술 빼고는―저도 이 땅에 무슨 득이 되겠습니까. 그런 점에서 우리는 별로 안 닮았군요. 그래요, 사실 우리는 닮은 점이 전혀 없지 않습니까, 당신과 난."

찰스 다네이는 오늘의 일로 가뜩이나 혼란스러운 데다가 자신과 똑같이 생겼으나 행동이 거친 자와 함께 있으니 모든 것이 꿈처럼 몽롱했다. 그는 적절한 대답을 찾지 못해 결국 아무 말도 하지 않았다.

"이제 그쪽이 식사도 다 했으니," 카턴이 냉큼 말했다. "우리 건배할까요, 다네이 씨? 뭘 위해 건배할까요?"

"건배요? 뭘 위한다고요?"

"아니, 건배하고 싶잖아요. 뭘 위해 건배하고 싶은지 다 압니다. 그렇죠? 다 알고 있어요."

"그럼 마네트 양을 위하여!"

"그럼 마네트 양을 위하여!"

건배한 잔을 들이켜며 동석한 자의 얼굴을 빤히 바라보던 카턴은, 빈 잔을 어깨 뒤로 냅다 던져 버렸다. 벽에 부딪힌 유리잔은 산산조각이 났고, 카턴은 종을 울려 잔 하나를 더 주문했다.

"밤에 마차를 태워 보내기엔 너무 아름다운 아가씨 아닙니까, 다네이 씨!" 카턴이 새 잔을 다시 채우며 말했다.

다네이가 옅게 찌푸리며 짧게 대답했다. "그렇죠."

"저렇게 예쁜 아가씨가 가여워하고 눈물도 흘려 주다니! 기분이 어때요? 그 동정심과 자애로움에 목숨을 걸고 재판받을 만합디까, 다네이 씨?"

다네이는 다시 한번 아무 대답이 없었다.

"아가씨는 제가 당신의 전갈을 전했을 때 정말 기뻐했어요. 기뻐하는 모습을 보인 건 아닌데, 왠지 그런 것 같았어요."

그 말에 다네이는 이 불쾌한 동석자가 사실 스스로의 의지로 오늘 자신이 처한 곤경에서 빠져나올 수 있도록 도와 줬다는 것을 다시금 깨달았다. 다네이는 화두를 돌려 그에게 고맙다고 말했다.

"감사를 바란 것도 아니고, 그럴 자격도 없소." 무심한 대꾸가 들려왔다. "첫째, 난 별로 한 일이 없고, 둘째, 내가 왜 그랬는지도 모르겠으니까. 다네이 씨, 뭐 하나 물어봅시다."

"그게 제가 보답할 수 있는 최소한이라면 뭐든 물어보십시오."

"당신 생각엔 내가 당신을 좋아하는 것 같소?"

"정말, 카턴 씨," 묘하게 당황한 듯한 다네이가 대답했다. "저도 저 스스로 그런 질문은 아직 해 보지 않았습니다만……."

"지금 스스로에게 물어보면 되잖소."

"당신은 그런 척 행동하지만, 사실 절 안 좋아하는 것 같네요."

"나도 안 좋아하는 것 같소." 카턴이 대답했다. "당신 꽤나 똑똑하다는 생각이 드는군."

"그렇다 해도," 다네이가 종을 울리기 위해 일어나며 말했다. "당신에게 술 한 잔 못 살 이유는 없습니다. 서로 피 보지 않고 이쯤에서 헤어지지 못할 이유도 없길 바라고요."

카턴이 "그딴 건 없죠!"라고 대꾸했고, 다네이는 종을 울렸다. "당신이 다 사는 거요?" 카턴이 물었다. 상대방이 그렇다고 대답하자, 카턴이 웨이터에게 말했다. "똑같은 포도주 한 파인트 더 가지고 오고, 10시에 와서 깨워 주게."

계산서 지불이 끝나고, 찰스 다네이는 일어나 카턴에게 인사했다. 그에 대한 답인사도 하지 않은 채, 카턴은 도전적인 태도로 일어나 협박 같은 질문을 던졌다. "마지막으로, 다네이 씨, 내가 취한 것 같나?"

"술을 좀 마신 것 같군요, 카턴 씨."

"마신 것 같다고? 내가 마신 걸 알잖아."

"꼭 그렇게 말해야 한다면, 마신 걸 알죠."

"그럼 내가 왜 이러는지도 알겠군. 난 삶이 지긋지긋한 노역자요. 나는 이 땅 위에 있는 그 누구도 좋아하지 않고, 그 누구도 날 좋아하지 않지."

"참 안타깝군요. 그 재능을 더 좋은 곳에 쓰면 좋겠는데."

"그럴지도 모르고, 아닐지도 몰라요, 다네이 씨. 그런 멀쩡한 얼굴로 잘난 척하지 마시오. 무슨 일을 겪게 될지 모르니까, 잘 가시오!"

혼자 남게 되자, 이 이상한 존재는 양조를 손에 들고 벽에 걸린 거울 앞으로 가서 거기 비치는 자신의 모습을 자세히 살펴보았다.

"저 남자가 정말 좋냐?" 그가 스스로의 모습을 보며 중얼거렸다. "널 닮은 사람이 뭐가 좋지? 넌 좋아할 만한 구석이 하나도 없는데. 알잖아. 아, 젠장! 변한 네 모습을 좀 봐! 저자를 보면 네가 변하기 전의 그 모습이 어땠는지, 네가 어떤 사람이 될 수 있었는지 생각이 나지! 저자와 바꿀 수만 있다면, 그 푸른 두 눈이 그를 보던 것처럼 널 보게 되고 그 동요한 얼굴이 널 보며 가여워할까? 자, 그냥 말해 봐! 넌 그놈이 싫잖아."

그는 마음을 달래려고 포도주 한 파인트를 몇 분 안에 모두 들이켰다. 팔을 베고 잠든 그의 머리카락이 탁자 위로 흩어지고, 녹아 가는 촛농이 긴 수의처럼 그 위로 한 방울씩 떨어졌다.

제5장
자칼

그때 당시는 술을 많이 마시는 분위기였고, 대부분의 남자가 코가 삐뚤어지도록 마셔 댔다. 시간이 지나며 그런 습관은 아주 줄어들었기 때문에, 그 시기 완벽한 신사라는 평판을 손상하지 않는 하룻밤에 마시는 포도주와 펀치의 적당한 양이라는 기준은 오늘날 터무니없는 과장처럼 보일 것이다. 그 바카날리안* 성향의 정도로는, 박식한 변호사도 여느 전문가 못지않았다. 이미 저돌적으로 들이미는 특유의 방식으로 큰 규모의 수익성 좋은 법률사무소를 운영하고 있던 스트라이버 씨 또한 법조계에서 그러하듯 주량에서도 동료들에게 뒤지지 않는 편이었다.

스트라이버 씨는 한때 올드 베일리와 하급 형사 법원에서 가장 많이 찾는 변호사였지만, 지금은 그가 오르는 중인 사다리 밑부분과 조심스레 거리를 두기 시작했다. 이제 올드 베일리와 하급 형사 법원은 자기들이 제일 좋아하는 변호사

---

* 술을 관장하는 고대 로마의 남신 바쿠스에서 파생된 말로, 흥청망청 마셔 대는 잔치를 뜻한다.

를 보기 위해 그를 소환하는 수밖에 없었다. 스트라이버 씨는 대신 매일 킹스벤치 법원*에 출석해 큰 해바라기가 정원의 다른 여러 꽃 사이에서 해를 따라 움직이듯 자신의 불그스레한 얼굴을 수많은 가발 사이로 쑥 내밀고 수석 재판관의 얼굴에 들이밀려고 애썼다.

한때 법정에서 스트라이버 씨는 언변 좋고, 비양심적이고, 항상 준비되어 있고, 대담하긴 하지만, 변호사에게 가장 중요하고 도드라지는 기술, 즉 쏟아지는 진술 가운데에서 본질을 파악하는 기술은 없다고 평가되었던 적이 있었다. 하지만 이후 그의 기술도 눈에 띄게 향상되었고, 더 많은 일을 맡게 될수록 골자와 핵심을 찾아내는 능력도 커져 갔다. 얼마나 늦은 시간까지 시드니 카턴과 흥청거리며 술잔을 기울이든, 그는 아침이 되면 바로 요지를 찾아낼 준비가 되어 있었다.

시드니 카턴은 게으르고 미래가 없는 사람이었지만 스트라이버의 가장 가까운 협력자였다. 그 둘이 힐러리 텀*과 마이클마스+ 사이에 마신 술을 한곳에 부으면 국왕의 배도 띄울 수 있을 정도였다. 스트라이버가 사건을 맡는 곳 그 어디든 카턴도 항상 두 손을 주머니에 꽂고 천장만 쳐다보며 함

* 영국의 상급법원 중 하나.
● 영국 법정 연도에서 1~4월을 가리킨다.
✦ 10~12월을 가리킨다.

께 앉아 있었다. 둘은 같은 지역구에서 연수를 받기도 했는데, 그곳에서도 밤늦게까지 진탕 마시고 놀다가 대낮에 허랑방탕한 고양이처럼 몰래 비틀거리며 거처로 돌아가는 카턴의 모습을 누군가 보았다는 소문도 있었다. 결국, 이 일에 관심이 많던 사람들 사이에서, 시드니 카턴은 절대 사자가 될 수는 없겠지만 굉장히 유능한 자칼*이고, 그 겸손한 능력으로 스트라이버에게 정보와 인력을 제공하고 있다는 말이 돌기 시작했다.

"10시입니다, 손님." 술집 종업원이 들어와 카턴을 깨웠다. "10시라고요, 손님."

"무슨 일이야?"

"10시가 되었어요, 손님."

"뭐라고? 밤 10시라고?"

"네, 손님께서 깨워 달라고 부탁하셨죠."

"아! 기억난다. 그래 좋아, 그래 좋아."

다시 자려는 덧없는 몇 번의 노력이 그를 깨우기 위해 능수능란하게 5분 동안이나 불씨를 뒤적거리던 종업원에 의해 수포로 돌아갔다. 카턴은 일어나 머리에 모자를 대충 쓰고 걸어 나가 템플 쪽으로 향했다. 술에서 깨기 위해 킹스벤

---

* 옛 영국에서 자칼은 사자를 위해 대신 사냥해 준다고 믿어 '사자의 앞잡이'라고 불리기도 했다.

치워크*와 페이퍼빌딩● 사이 포장된 도로를 두 번 왔다 갔다 한 그는 스트라이버의 사무실로 발걸음을 옮겼다.

스트라이버와 카턴의 한밤중 회의에 절대 참여하지 않는 사무원은 집에 가고 없었다. 대신 스트라이버가 문을 열어 주었다. 그는 슬리퍼를 신고, 헐렁한 잠옷 목 부분을 풀어 헤친 채 편하게 있었다. 그의 눈가는 다소 야생적이고, 피곤해 보이고, 그슬린 듯했는데 그가 종사하던 직업군의 사람들 중 개방적인 간을 가진 사람이라면 누구나 그런 눈이었다. 제프리스✦의 초상화부터 그 이래 모든 음주의 시대 동안 그려진, 예술이라는 이름으로 포장되어 있는 초상화들에서도 그런 눈을 찾을 수 있었다.

"좀 늦었군, 기억창고." 스트라이버가 말했다.

"항상 오는 시간이지. 한 시간하고도 15분쯤 늦었나."

그들은 벽에 책이 꽂혀 있고 바닥에 너저분하게 서류들이 널려 있으며 불이 지펴진 난로가 활활 타오르는 작은 방으로 들어갔다. 난로 위에서 물 주전자가 김을 내뿜으며 끓었고, 널린 서류들 한가운데 놓은 탁자 위에는 충분한 양의 포도주, 브랜디, 럼, 설탕, 레몬 등이 준비되어 있었다.

"벌써 한 병 끝낸 거 같군, 시드니."

★ 법조인들의 사무실이 많이 몰려 있던 템플의 거리 중 하나.
● 템플 안쪽의, 법조인들의 사무실이 모여 있던 건물들 중 하나.
✦ 사형선고로 악명 높았던 영국의 수석 재판관.

"두 병이었던 것 같은데. 오늘 그 의뢰인이랑 같이 식사했는데……, 아니 식사하는 걸 지켜봤는데, 뭐 둘 다 같은 거지!"

"오늘 다네이 씨를 확인할 때 얼굴이 얼마나 닮았는지 비교해 보자는 생각은 정말 훌륭했네. 어떻게 그런 걸 생각해냈지? 언제부터 알고 있었나?"

"그냥 그자가 좀 잘생긴 편이라고 생각했는데, 나도 운이 좋았다면 그자와 좀 닮게 크지 않았을까, 그런 생각이 들었지."

스트라이버 씨는 그의 인덕 가득한 배가 흔들릴 정도로 껄껄 웃었다.

"자네와 그런 운이라니, 시드니! 자 이제 일해야지, 일하자고."

자칼은 우울한 표정으로 옷 단추를 끄르며 다른 방으로 건너갔다가, 차가운 물이 담긴 큰 주전자, 세숫대야 그리고 수건 한두 개를 들고 다시 돌아왔다. 수건을 물에 담갔다가 비틀어 물을 약간 짜낸 다음, 자신의 이마 위에 거칠게 대충 접어 올리고 탁자 옆에 앉았다. "이제 준비됐어!" 그가 말했다.

"오늘 밤 일은 그리 많지 않네, 기억창고." 스트라이버 씨가 서류 뭉치들을 훑으며 유쾌하게 말했다.

"얼마나 되는데?"

"그냥 두 세트뿐이군."

"어려운 것부터 줘 봐."

"여기 있네, 시드니. 잘해 보자고!"

　사자는 술상 옆에 있던 소파에 등을 뉘며 편히 기댔고, 자칼은 서류들이 잔뜩 널린 다른 쪽 책상에 앉아 일을 시작했는데, 그 위로 손 뻗으면 닿을 만한 곳에 술병과 잔이 준비되어 있었다. 두 사람 모두 넉넉한 술상 앞에 앉아 있었지만 사용법은 서로 달랐다. 사자는 허리춤에 손을 넣고 기대어 난롯불을 쬐면서, 생각날 때마다 비교적 간단한 사건을 다루고 있는 서류 뭉치들을 뒤적였다. 그에 비해 자칼은 인상을 잔뜩 쓰고 집중한 표정으로 일에 너무 몰두한 나머지 술잔을 잡으려고 손을 뻗으면서도 눈은 그대로 종이 위를 머물렀다. 그래서 술잔을 입으로 가져가기 전에 몇 분 동안 더듬어 봐야 할 때도 있었다. 서류를 검토하다 두 번 혹은 세 번 정도 골치 아픈 문제에 부딪히기도 했는데, 그럴 때는 자리에서 일어나 새로 수건에 물을 적셔 와야 했다. 물 주전자와 세숫대야를 향한 순례길에서 돌아올 때마다 그의 이마의 수건은 형언할 수 없을 정도로 희한한 꼴이었고, 그런 꼴로 진지하게 일에 몰두하는 모습은 더욱 우스꽝스러워 보였다.

　시간이 조금 흐른 뒤 자칼이 사자가 수임할 만한 작은 식사를 준비해 그의 앞에 대령했다. 사자가 조심스럽게 또 유심히 그 식사를 검토하고, 어떤 부분이 구미가 당기는지 고른 후 의견을 덧붙이면 자칼은 그대로 반영했다. 식사가 모두 의논된 후에 사자는 다시 허리춤에 손을 넣고 드러누워 생각에 잠겼다. 그러면 자칼은 힘내기 위해 잔을 가득 채워 자신의 목을 축이고, 두 번째 식사를 준비하러 갔다. 두 번째 식사 또한 같은 과정으로 사자에게 대령했는데, 시계가 새벽 3시를 알릴 때까지 식사는 계속되었다.

"이제 우리 일을 마쳤으니 펀치 한 잔 가득 따라 보게, 시드니." 스트라이버 씨가 말했다.

자칼은 머리에서 다시 뜨뜻해진 수건을 치우고, 몸을 한 번 흔들고, 하품하고, 몸을 부르르 떤 다음 시키는 대로 했다.

"오늘 검찰 측 증인을 심문할 때 정말 잘했어, 시드니. 질문 하나하나 다 괜찮았다고."

"난 항상 잘하는데, 안 그런가?"

"부정하진 않겠네. 오늘 기분이 왜 그런가? 펀치 좀 털어 넣고 기분 풀어 보게."

내키지 않는 듯 투덜대면서도 자칼은 또 시키는 대로 했다.

"그 옛날 슈루즈베리 학교*의 그 옛날 시드니 카턴이지." 스트라이버가 과거와 현재의 카턴을 생각하는 듯 그를 향

---

* 영국 슈루즈베리에 있는 유서 깊은 기숙학교.

해 고개를 끄덕이며 말했다. "그 옛날 시소 같은 시드니였지. 기분이 오르락내리락, 한순간 활기차다가, 다음 순간 낙심해 버리네!"

"아," 카턴이 한숨 쉬며 대꾸했다. "그래, 그때와 같은 시드니, 그때같이 운도 지지리 없지. 그때도 난 다른 친구들 숙제나 해 주고 내 숙제를 한 적은 거의 없어."

"왜 그랬지?"

"누가 알아. 그냥 내가 그랬던 거지, 뭐."

카턴은 주머니에 손을 넣은 채 다리를 앞으로 쭉 뻗고 난롯불을 바라보았다.

"카턴," 난로의 쇠살대가 지속적인 노력이 결실이 되는 용광로라 옛 슈루즈베리의 옛 시드니를 위해 해야 하는 일은 그 안으로 넣는 것인듯, 그의 친구가 그를 난로 쪽으로 들이밀며 말했다. "자네는 항상 그래 왔지만 너무 게을러. 생기와 목적이 없다고. 나를 보게."

"아, 귀찮아!" 시드니가 가벼운 웃음과 함께 대꾸했다. "가르치려 들지 말게!"

"내가 지금 이 자리에 어떻게 왔겠나?" 스트라이버가 말했다. "내가 어떻게 일하지?"

"내게 돈 주고 일을 시킬 때도 있지, 뭐. 하지만 날 고치거나 분위기를 바꿔 보려고 시간 낭비할 필요 없네. 자네가 하고 싶은 일이라면 자네가 하게. 항상 앞장서 왔고, 나는 그 뒤에 서 있었으니까."

"그 앞자리를 위해 내가 얼마나 많은 노력을 했는데. 나는 그렇게 태어나지 않았으니까, 아닌가?"

"자네가 태어날 때 안 가 봤으니 모르지. 그렇지만 내가 보기에 자네는 그렇게 태어난 것 같아." 이 말을 하며 카턴이 다시 한번 크게 웃자 스트라이버도 웃었다.

"슈루즈베리 전에도, 슈루즈베리에서도 그리고 슈루즈베리를 졸업하고 나서도 지금까지," 카턴이 말을 이었다. "자네는 항상 그 자리에 있었고, 나는 내 자리에 있었을 뿐이네. 우리가 파리 학생 구역*에 공부하러 가서 프랑스 말을 배우고, 프랑스 법도 배우고, 별 도움 안 되는 다른 프랑스 부스러기까지 알아 왔을 때도 그랬지. 자네는 항상 어딘가에 있었고, 나는 항상 아무 곳에도 없었어."

"그래서 그게 누구 잘못인가?"

"내 영혼을 걸고 말하는데, 자네 잘못이 아닌지는 잘 모르겠네. 자네는 항상 움직이고 경쟁하고 어깨를 들이밀고 통과하고 있었지, 내 녹슬고 지친 인생에선 상상도 못할 그런 높은 기준들을 향해서 말이야. 아무튼, 날이 밝아 오는데 옛날이야기나 하고 있으니 우울하군. 내가 가기 전에 다

---

* 소르본 대학이 있는 파리의 라탱 지구.

른 이야기를 좀 해 보게."

"그럼, 그 예쁜 아가씨 증인에 대해 이야기해 보지 뭐!" 스트라이버가 잔을 들어 보이며 말했다. "이건 좀 유쾌한 대화인 것 같나?"

그런 것 같지는 않았다. 카턴은 다시 우울함에 빠졌다.

"예쁜 증인이라." 그가 잔을 들여다보며 말했다. "오늘 하루 종일 증인들에 시달렸지. 누가 예쁜 증인이라는 건가?"

"그림처럼 아름다운 그 박사의 딸, 마네트 양 말이야."

"그녀가 예쁘다고?"

"예쁘지 않나?"

"않지."

"아니, 이 사람아, 법정의 모든 사람이 그녀에게 완전히 반했다고!"

"썩을 법정의 모든 사람이 반하건 말건 무슨 상관이야! 올드 베일리가 미인을 볼 줄 안다고 누가 그래? 그냥 금발 인형이었다고!"

"혹시, 시드니 자네," 그를 날카로운 눈으로 바라보던 스트라이버 씨가 그의 붉으락푸르락하는 얼굴에 천천히 손을 대며 말했다. "혹시, 이건 내 생각인데, 그때 그 금발 인형을 딱하게 보고 있다가 인형이 쓰러지려는 걸 빨리 발견한 게 아닌가?"

"빨리 발견했지! 인형이든 아니든 여자가 남자 바로 코앞에서 졸도하는데, 그건 돋보기가 없어도 볼 수 있네! 자네 말을 인정하지만, 아름답다는 건 인정할 수 없어. 그리고 난 이제 다 마셨으니 자러 가겠네."

사무실 주인이 계단으로 내려가는 그를 밝혀 주려고 촛불을 들고 따라 나오니 지저분한 창문 너머로 보이는 밖은 추워 보였다. 그가 밖으로 나섰을 때 공기는 차고 슬펐으며, 칙칙하고 흐린 날씨, 어둡고 탁한 강물, 그 모든 풍경이 마치 생명이 남아 있지 않은 사막 같았다. 멀리 사막에서 모래 폭풍이 밀려오듯, 아침 바람에 원을 그리며 날아다니는 먼지들이 도시를 뒤덮기 시작했다.

마음속 공허함과 주위를 에워싼 사막을 보며, 이 남자는 고요한 테라스를 가로질러 가다 멈춰 섰다. 잠시 눈앞에 펼쳐진 광야 위로 명예로운 야망, 자제, 인내의 신기루가 떠올랐다. 신기루 속 아름다운 도시는 사랑과 은혜가 그를 우러러보고 상쾌한 바람이 불어오는 회랑, 생명의 열매들이 맺혀 영글어 가는 정원 그리고 반짝이며 흐르는 희망의 샘물이 있는 곳이었다. 하지만 그다음 순간 신기루는 사라졌다. 집에 들어와 건물 제일 높이 있는 그의 방에 도착했을 때, 그는 입은 옷 그대로 정돈되지 않은 잠자리에 몸을 던졌다. 그의 베개는 쓸모없는 눈물로 축축해졌다.

슬프고 슬프게도 태양은 떠올랐다. 좋은 재능과 감정을 가졌지만 사용할 수 없어 썩히고 있는 한 남자는, 자기 스스로를 돌보지 못하고 행복을 만들어 갈 수도 없는 그 남자는 스스로의 우울한 그림자를 의식하고 있었지만, 그저 그것이 자신을 좀먹어 가도록 내버려 두었다.

제6장
수백 명의 사람들

마네트 박사가 사는 조용한 집은 소호 광장에서 멀리 떨어지지 않은 거리 모퉁이에 있었다. 반역죄에 대한 재판이 끝난 지도 4개월이라는 시간이 흐르고, 그 흐르는 시간이 사람들의 관심과 기억도 먼바다로 쓸어 가 버린 후였다. 어느 화창한 일요일 오후, 자비스 로리 씨는 자신이 사는 클러큰웰에서부터 볕이 좋은 거리를 따라 걸으며 마네트 박사와 식사하러 가고 있었다. 직업에 몰두하는 병이 몇 번 재발하고 난 후 그는 마네트 박사와 친구가 되었고, 그 조용한 거리 모퉁이는 그의 인생에서 즐겁고 화창한 한 부분이 되었다.

이 화창한 일요일 이른 오후에, 로리 씨는 세 가지 습관 때문에 소호 쪽으로 걸어갔다. 첫째로 그는 화창한 일요일이면 저녁 식사 전에 마네트 박사 그리고 루시와 함께 걷곤 했다. 둘째로 혹시 날이 궂은 일요일이면 그는 그들 가족의 친구로서 함께 대화를 나누고, 책을 읽고, 창밖을 내다보는 등 같이 하루를 보냈다. 셋째로 그는 마침 풀어야 할 까다로운 문제 하나가 있었는데, 박사의 가족과 함께 보내는 시간은 문제를 풀 좋은 기회였다.

박사가 사는 모퉁이 집보다 더 고즈넉한 곳은 런던에서 찾아볼 수 없었다. 집 앞을 가로지르는 도로도 없었고, 창문 너머로 펼쳐지는 아름다운 마을 전경은 도심의 복잡함에서 벗어나 휴식과 푸근함을 느끼게 했다. 그때만 해도 옥스퍼드로 북쪽에는 건물이 얼마 없었기 때문에 버려진 밭에 숲이 우거지고 들꽃이 자랐으며 산사나무 꽃도 활짝 피었다. 그 결과 전원의 공기는 정착하지 못한 떠돌이 빈민처럼 교구에 갇히는 대신 상쾌하고 자유롭게 소호를 채웠다. 멀지 않은 곳에선 많은 남향 벽 아래 복숭아가 계절을 따라 영글어 갔다.

여름의 빛은 이른 시간에도 모퉁이를 환하게 비쳤다. 도로 온도가 올라가는 시간이 되면 모퉁이는 그늘이 졌지만, 너무 어둡지 않고 태양 빛 사이로도 볼 수 있을 만큼 적절했다. 서늘한 이곳은 조용하지만 쾌활했고, 정신없고 시끄러운 거리에서 벗어나 아름답게 울리는 메아리를 즐길 수 있는 안식처였다.

평온한 정박지에는 고요한 배가 어울리듯, 이 평화로운 길모퉁이에도 그런 집이 있었다. 낮에는 가게 몇 개가 문을 열고 장사하지만, 낮에도 거의 소음이 없고 밤에는 완벽한 고요가 들어서는 큰 건물에서, 마네트 박사는 두 개 층을 사용했다. 플라타너스의 푸른 잎사귀가 바스락대는 안뜰을 지나야만 뒤쪽 건물로 갈 수 있었는데, 그곳에는 교회 오르간을 만들고 금은세공도 하는 가게가 있었다. 그 옆으로는 좀 이상하게 생긴 거인의 금빛 팔이 현관 벽에서 뻗어 나와, 마치 스스로를 누런빛이 돌도록 흠씬 때리고 방문자 또한 그렇게 해 주겠다고 협박하는 것 같았다. 이런 가게들과 그 위에 혼자 세 들어 산다고 소문만 나 있던 사람이나 아래층에 회계 사무실을 가지고 있다고 주장하는 어리숙한 마차장식 기술공 모두 거의 모습도 보이지 않고 소리도 들리지 않을 만큼 이곳은 고요했다. 가끔 길을 헤매던 코트 입은 기술자가 현관으로 잘못 들어서거나 외부인이 와서 기웃거리기도 하고, 안뜰 너머로 희미하게 땡그랑 소리가 나거나 황금 거인의 쿵쿵거리는 소리도 들렸지만, 그런 경우는 아주 드물었고 일요일 아침부터 토요일 밤까지는 주로 집들 뒤 플라타너스 나무에 둥지를 튼 참새 소리나 모퉁이의 메아리 소리만 들렸다.

마네트 박사는 예전의 명성과 사정이 알려지면서 현재의 명성 또한 되살아나 환자들이 다시 찾아오고 있었다. 그의 과학 지식과 기발한 실험에서 드러나는 철두철미한 성격 그리고 뛰어난 기술이 또한 여러 의뢰인을 끌어모아 그는 원하는 만큼 돈을 벌 수 있었다.

이것이 자비스 로리 씨가 어느 화창한 일요일 오후에 평온한 모퉁이의 집 초인종을 누를 때 알고, 생각하고, 알아챘던 것이었다.

"마네트 박사님 계십니까?"

곧 오신다고 했다.

"루시 양도요?"

곧 오신다고 했다.

"미스 프로스 양도 계십니까?"

아아 계실 텐데, 하녀는 미스 프로스의 거취를 파악하는 것이 거의 불가능했기 때문에 확실하게 대답할 수가 없었다.

"그럼 제 집이라 생각하고 위층으로 올라가 보겠습니다." 로리 씨가 말했다.

박사의 딸은 자신이 태어난 나라에 대해서는 아무것도 알지 못했지만, 프랑스 사람답게 작고 평범한 것으로도 아름다운 물건을 만들어 낼 수 있는 훌륭하고 좋은 재주를 타고났다. 집 안에는 간단한 가구 몇 가지가 전부였지만 조그만 장식품들이 많이 있어, 비싸진 않아도 세련되고 멋진 물건들로 사랑스럽게 꾸며져 있었다. 방을 구성하는 가장 큰 것에서부터 가장 작은 것까지, 모든 물건들의 배치, 색채 구성, 우아하지만 절제된 장식 그 모두가 마네트 양의 섬세한 손길, 맑은 눈 그리고 타고난 감각의 결과물이었다. 그 자체로도 보기에 좋았고 만든 사람의 취향을 잘 반영해 주었다. 서서 구경하던 로리 씨에게 마치 탁자와 의자들이 마네트 양의 목소리로 "실내장식이 마음에 드시나요?"라고 물어보는 것 같았다.

층마다 방이 세 개 있었고, 사람들이 오가는 방문은 환기를 위해 모두 열려 있었다. 로리 씨는 이 방 저 방을 오가며 들여다보고는 모든 것이 마네트 양을 닮은 것을 보며 웃음 지었다. 첫 번째 방이 단연 최고였는데 그곳은 루시의 새들, 꽃, 책, 책상, 작업대 그리고 수채화 물감이 든 상자가 있는 방이었다. 두 번째 방은 식당으로 쓰이던 마네트 박사의 회의실, 세 번째 방은 플라타너스의 잎사귀 그림자가 흔들리는 마네트 박사의 침실이었는데 한구석에 더 이상 사용되지 않는 구두장이의 벤치와 도구 상자가 있었다. 파리 생탕투안 교외의 술집 옆, 음울한 건물 5층에 놓여 있던 모습 그대로였다.

"이상하지." 돌아보기를 잠시 멈추고 로리 씨가 말했다. "고통스러웠던 시간이 떠오를 텐데 저걸 아직까지 놔두다니!"

"뭐가 그리 이상하실까?" 갑자기 들려오는 질문에 그가 소스라쳤다.

그건 바로 거칠고 손아귀가 억센 붉은 여자, 미스 프로스였다. 로리는 도버의 로얄 조지 호텔에서 그녀를 처음 알게 됐고, 그 이후로 잘 지내고 있었다.

"그러니까 제 생각은……." 로리 씨가 뭔가 말하려 했다.

"풉! 생각을 하긴 해요?" 미스 프로스가 로리 씨의 말을 막으며 말했다. 그리고 날카로운 어조로, 그러나 악의는 없다는 걸 보여 주듯 그에게 물었다. "잘 지내시죠?"

"잘 지냅니다. 물어봐 주셔서 감사합니다." 유순한 목소리로 로리 씨가 대답하고 물었다. "잘 지내십니까?"

"자랑할 정도는 아니고요." 미스 프로스가 말했다.

"그래요?"

"아! 그럼요!" 미스 프로스가 대답했다. "저희 아가씨 때문에 좀 속상하긴 하죠."

"그래요?"

"아니 제발 '그래요' 말고 다른 말 좀 생각해 봐요, 짜증나 죽겠네." 미스 프로스가 말했다. 그녀의 인내심은 (덩치와는 상관없이) 좀 적은 편이었다.

"그럼, 정말요?" 로리 씨가 말을 정정했다.

"정말요도 듣기 싫지만," 미스 프로스가 대꾸했다. "아까보단 낫네요. 네, 저 진짜 속상하다고요."

"무슨 일인지 여쭤봐도 되겠습니까?"

"우리 아가씨와 어울리지도 않는 사람들이 아가씨를 보려고 수십 명씩 찾아오는 게 너무 싫어요." 미스 프로스가 말했다.

"그런 이유로 수십 명이 옵니까?"

"수백 명이죠." 미스 프로스가 대답했다.

이 여자는 (그녀가 태어나기 전부터 많은 사람이 그랬듯) 자기가 처음 말한 것이 통하지 않으면 더 과장해서 말하는 성격이었다.

"세상에!" 그녀의 심기를 건드리지 않는 말을 찾으려 애쓰며 로리 씨가 탄식했다.

"전 아가씨가 열 살 때부터 월급을 받으면서 아가씨랑 살았죠. 아니, 아가씨가 나랑 살았죠. 아가씨가 월급을 안 줘도 됐는데, 진짜예요, 내가 아가씨를 돌보면서 혼자 먹고살 수 있었다면 돈을 받지 않았을 거예요. 정말 힘든 일이죠." 미스 프로스가 말했다.

로리 씨는 뭐가 '정말 힘든' 일인지 이해가 안 돼 고개를 흔들었다. 그렇게 고개를 흔드는 건 모든 것에 들어맞는 요정 망토처럼 모든 상황에 적합한 몸짓이었다.

"애완동물만큼의 가치도 없는 온갖 것들이 온다니까요." 미스 프로스가 말했다. "이게 다 댁이 시작해서……."

"제가 시작했다고요, 미스 프로스?"

"아가씨의 아버지를 다시 회생시킨 게 댁 아닌가요?"

"아! 그걸 시작이라고 본다면야." 로리 씨가 말했다.

"뭐 그럼 그게 끝은 아니잖수? 그러니까, 댁이 박사님을 되살려 오는 일을 시작했을 때, 그것만으로도 힘들었죠. 마네트 박사님을 탓하고 싶은 건 아니지만 박사님은 그렇게 좋은 따님을 둘 자격이 없어요. 뭐 그게 박사님 잘못이겠어요, 그런 일을 겪으면 누구든 그렇게 될 수밖에 없죠. 그런데 정말 두 배 세 배 힘든 건 박사님한테 사람들이 잔뜩 몰려와 (그건 이해할 수 있어요) 우리 아가씨를 나한테서 빼앗아 가려는 거예요."

미스 프로스는 질투가 아주 심한 여자처럼 보였지만, 이제는 로리 씨도 그녀의 그 별난 모습 뒤에는 박애적인 사람—오로지 여자들만 그럴 수 있는—이 있다는 것을 알고 있었다. 이런 여자들은 오직 순수한 사랑과 존경의 마음으로, 자기가 잃어버린 젊음, 자기가 갖지 못했던 미모, 자기의 태생으로는 절대 이룰 수 없었던 업적, 자신의 어두컴컴한 삶에서 결코 볼 수 없었던 밝은 희망을 섬기기 위해 스스로를 충실한 종으로 낮추었다. 그는 마음에서 우러나오는 진실된 헌신보다 더 나은 건 없음을 알 만큼 충분히 세상을 살았다. 그는 이기적인 동기가 전혀 없는 그런 마음을 귀하게 여기며 존경했다. 사후 세계의 보상을 생각해 보자면—

우리 모두가 어느 정도는 그런 생각을 하니까—텔슨 은행에 돈을 예치하는 자연 미인이나 꾸민 미인들보다 미스 프로스가 훨씬 천사에 어울리는 듯했다.

"우리 아가씨와 어울리는 사람은 이전에도, 앞으로도 단 한 남자뿐이에요." 미스 프로스가 말했다. "그건 바로 제 동생 솔로몬이에요. 그가 인생에서 실수만 좀 하지 않았다면 말이죠."

여기서 다시, 미스 프로스의 개인사를 캐물은 결과, 로리 씨는 그녀의 남동생 솔로몬이 그녀가 가진 모든 것을 빼앗아 가망도 없는 곳에 투자하고, 그녀를 그렇게 영원한 가난 속에 버려두고도 양심의 가책 하나 느끼지 못하는 무자비한 악당이라는 결론을 내릴 수 있었다. 동생 솔로몬을 향한 미스 프로스의 굳은 믿음(동생은 그저 사소한 실수를 한 것뿐이라고)은 로리 씨에게 중요한 문제로 다가왔고, 그녀에 대한 마음속 평판에도 영향을 끼쳤다.

"우리가 지금 이렇게 단둘이 있고, 또 우리는 모두 고용된 사람들이니," 그들이 다시 응접실로 돌아와 다정하게 앉은 후, 그가 물었다. "하나 물어봅시다. 박사님이 부시 양과 대화하거나 할 때, 혹시 구두장이로 일했던 일을 말한 적이 있었나요?"

"전혀요."

"그런데도 저 벤치와 도구들을 아직 곁에 둡니까?"

"아!" 그녀의 머리를 흔들며 미스 프로스가 대답했다. "박사님이 그때의 일을 생각하지 않는 건 아니에요."

"자주 생각하시는 것 같습니까?"

"그런 것 같아요." 미스 프로스가 말했다.

"혹시 그럼 미스 프로스가 상상해 봤을 때……."

"상상 같은 거 안 해요. 상상력 따위 없어요." 미스 프로스가 말을 끊었다.

"정정하겠습니다, 혹시 추측해 봤을 때……, 가끔 추측은 하시죠?"

"종종요." 미스 프로스가 대답했다.

"추측해 봤을 때," 웃음기가 빛나는 두 눈으로 그녀를 다정히 바라보며 로리 씨가 물었다. "마네트 박사님이 이렇게나 오랜 시간이 지났지만 왜 자신이 투옥되었는지, 누가 자신을 교도소로 보냈는지 기억하고 있는 것 같습니까?"

"아가씨가 알려 준 것 말고 제가 추측해 본 것은 없어요."

"아가씨가 뭘 알려 줬는데요?"

"아가씨는 아마 그런 것 같다고 했어요."

"제가 질문이 많다고 언짢아하지 마세요. 저는 그저 따분한 직업인이고, 당신은 능력 있는 직업인이니까요."

"따분하다고요?" 미스 프로스가 온화하게 되물었다.

그 수식어를 사용한 걸 후회하며 로리 씨가 대답했다. "아니요, 아닙니다. 당연히 아니지요. 다시 본론으로 들어가겠습니다. 마네트 박사님이 의심할 여지 없이 결백하고, 또 그렇다는 것을 우리 모두 알고 있는데, 그런 의문이 대두되지 않는 것이 놀랍지 않습니까? 아주 옛날 저도 같이 일한 적이 있고 지금 우리는 친한 사이지만, 저랑 그 이야기는 하지 않을 겁니다. 그러나 그가 헌신적으로 사랑하는, 또 그를 헌신적으로 사랑하는 아름다운 딸에게요? 미스 프로스, 전 그저 단순한 호기심에서 당신과 이 이야기를 하는 게 아닙니다. 전 진심으로 신경을 쓰고 있습니다."

"그래요! 제가 이해하기로는, 제가 이해해 봤자지만요," 그의 겸손한 어조에 마음이 누그러진 미스 프로스가 말했다. "박사님은 그 주제 자체를 두려워하세요."

"두려워한다고요?"

"생각해 보면 왜 그런지는 간단하죠. 끔찍한 기억이잖아요. 그리고 박사님은 교도소에서 자신의 일부분을 잃어버렸어요. 어떻게 그렇게 되었는지, 어떻게 자신을 되찾았는지는 모르지만 그렇게 자신을 또 잃어버리지 않을 거라는 확신이 없을지도 몰라요. 그것만으로도 말하기 쉬운 주제는 아니잖아요. 제 생각은 그래요."

바로 로리 씨가 듣고 싶었던, 통찰력이 엿보이는 대답이었다. "맞습니다." 그가 말했다. "다시 떠올리기 두려울 테죠. 하지만 제 마음 한구석에 꿈틀대는 의심이 있습니다, 미스 프로스. 과연 마네트 박사님이 그런 억압된 마음으로 항상 살아가는 게 좋을까요. 그래요, 바로 이런 의심과 불편함 때문에 이렇게 물어보고 싶었습니다."

"어쩔 수 없죠." 미스 프로스가 머리를 흔들며 말했다. "박사님은 그 선을 건드리면 순식간에 다른 사람으로 돌변해요. 그냥 놔두는 편이 낫죠. 한마디로, 좋든 싫든 그냥 놔둬야 해요. 가끔은, 박사님이 한밤중에 일어나서 방을 이리 왔다, 저리 갔다 해요. 아가씨 말로는, 박사님의 마음이 옛날 교도소에 있던 때로 돌아가 교도소 방에서처럼 이리 왔다, 저리 갔다 한다네요. 그럼 아가씨가 달려가서, 박사님이 다시 지쳐 주무실 때까지 그 옆에서 함께 이리 왔다, 저리 갔다 하죠. 하지만 박사님은 자기가 왜 그러는지는 따님한테 한 마디도 꺼내지 않아요. 아가씨도 아무 말 하지 않는 게 낫다고 생각하죠. 아가씨의 사랑과 함께하는 시간들이 다시 박사님을 돌려놓을 때까지 그저 조용히 함께 이리 왔다, 저리 갔다 하는 거예요."

미스 프로스는 자신의 상상력을 부정했지만, 이리 왔다, 저리 갔다 한다는 말을 반복하던 그녀는 실로 하나의 슬픈 생각에 사로잡힌다는 것이 어떤 고통인지 이해하고 있었다.

충분한 상상력이었다.

이 모퉁이는 메아리가 잘 울리는 곳이라고 설명한 바 있었다. 이리 왔다, 저리 갔다라는 말이 신호탄이라도 된 듯, 그들을 향해 오는 발소리들이 선명하게 울려 퍼졌다.

"저 사람들이에요!" 미스 프로스가 자리를 박차고 일어나며 말했다. "이제 좀 있으면 수백 명의 사람들이 올 거예요!"

이 모퉁이는 음향적으로 정말 특이한 부분이 있어서 소리가 신기하게 들렸다. 로리 씨는 열린 창문 옆에 서서 아버지와 딸이 올라오는 발걸음 소리를 들었지만, 마치 그들이 절대 가까워지지 않는 것 같았다. 그들이 다른 곳으로 가 버린 것처럼 울림이 멈췄다가, 다른 발걸음 소리가 울리기 시작하고, 가까이 오는 것처럼 느껴질 무렵 또다시 사라졌다. 마침내 아버지와 딸의 모습이 보였고, 미스 프로스는 미리 대문으로 나가 그들을 맞을 준비를 했다.

거칠고, 붉고, 우울한 모습의 미스 프로스였지만 그녀가 섬기는 아가씨가 계단을 올라오자 모자를 벗겨 주고 손수건 모서리로 옷매무새를 다듬으며 먼지를 털고 아가씨가 입고 있던 소매 없는 망토를 개켜 놓은 후 세상에서 가상 멋지고 허영심 많은 여자가 자기 머리를 매만지듯 큰 자부심을 갖고 아가씨의 머리를 정돈해 주었다. 그렇게 아가씨를 돌보는 미스 프로스의 모습도 보기 좋았고, 미스 프로스를 껴안으며 고맙다고 말하는 마네트 양의 모습도 보기 좋았다. 아가씨는 미스 프로스가 자기를 위해 너무 고생한다고 불평했다. 진심으로 그렇게 말했다가는 미스 프로스가 마음에 상처를 입고 방에 들어가 울 게 뻔했기 때문에 오로지 농담으로 한 말이었다. 미스 프로스에게 그렇게 루시를 응석받이처럼 받아 주면 안 된다고 말하고 있지만, 사실 그의 말투나 두 눈으로 보아 자기 딸을 아끼는 일에 더하면 더했지 결코 덜하지 않을 마네트 박사도 보기 좋았다. 그들을 보며 활짝 웃고 있던, 작은 가발을 쓴 로리 씨도 물론 보기 좋았다. 그는 인생 말년에 이렇게 마음 머물 곳으로 그를 이끌어 준, 노총각을 위한 운명의 별들에 감사했다. 그는 수백 명의 사람들이 이 광경을 보러 올까 궁금해 기다렸으나 아무도 오지 않았다.

식사 시간이 되어도 수백 명의 사람들은 나타나지 않았다. 집안일로 말하자면 미스 프로스는 주로 아래층을 관리했는데 항상 허투루 끝내는 법이 없었다. 그녀가 준비한 소박한 식사는 정말 맛있고 정갈한 데다가 반은 영국, 반은 프랑스 입맛에 맞게 요리해 이보다 더 나을 수는 없었다. 수단도 좋고 붙임성도 좋았던 미스 프로스는 소호와 주변 지역을 쏘다니며 가난한 프랑스 사람을 찾아냈는데, 1실링과 반크라운에 넘어간 그들이 그녀에게 신묘한 요리법을 전수해 주었다. 갈리아의 몰락한 후손들*에게서 얻어 낸 경이로운 비법들 덕분에, 집안에서 일하는 여자들 사이에서 미스 프로스는 정원에서 오리, 토끼, 채소 한두 개를 가지고 오라고 해서는 원하는 대로 바꿔 버리는 마법사나 신데렐라의 요정 할머니로 통했다.

일요일이면 미스 프로스는 박사님과 함께 식사했으나, 다른 날에는 정해지지 않은 시간에 아래층에서 먹거나 위층 자기 방에서 식사하길 원했다. 그녀의 푸른색 방은 아가씨를 제외하고는 아무도 들어갈 수 없었다. 그러나 일요일에는 아가씨의 즐거운 얼굴과 자신을 기쁘게 해주려는 노력에 보답하기 위해 미스 프로스가 식사 준비에 특별히 신경을 썼기에 식사 시간 또한 유쾌하고 즐거웠다.

몹시 더운 날이어서, 식사 후에 바깥 플라타너스 아래에서 포도주를 마시자고 루시가 제안했다. 모든 것이 그녀를 위한 것이고 또한 그녀를 중심으로 돌아갔으므로 그들은 플라타너스 밑으로 갔고, 루시는 손님 로리 씨를 위한 특별한 포도주를 들고 내려갔다. 그녀는 플라타너스 밑에 앉아 이야기를 나누는 동안 그의 포도주 잔을 맡아 잔이 비지 않도록 계속 포도주를 채웠다. 비밀에 싸인 뒤편 건물과 집들의 끝자락이 그들이 대화하는 광경을 살짝 훔쳐보았고, 그

---

* 17세기부터 영국에 정착해 살던 프랑스 신교도.

들의 머리 위로 플라타너스 나뭇잎들이 바람에 술렁였다.

그때까지도 수백 명의 사람들은 모습을 드러내지 않았다. 루시 일행이 플라타너스 밑에 앉아 있을 때 다네이 씨가 나타났지만, 그 한 사람뿐이었다.

마네트 박사와 루시는 그를 따뜻하게 맞이했다. 그러나 미스 프로스는 갑자기 머리와 온몸에 경련이 일어나는 증세가 나타나 다시 집에 들어가야 했다. 이런 증세가 자주 보였는데, 그녀는 친구들에게 "이놈의 발작"이라고 설명했다.

마네트 박사의 상태는 최상이어서, 오늘은 특별히 젊어 보이기까지 했다. 그럴 때 그와 루시는 더 닮아 보였다. 루시가 박사의 어깨에 기대고 박사의 팔은 그녀가 앉은 의자 뒤에 놓여 있었는데, 그렇게 닮은 두 사람이 나란히 앉아 있는 모습이 보기 좋았다.

박사는 평소와 사뭇 다르게 활기차 보였고 여러 주제를 놓고 하루 종일 말을 많이 했다. "저기, 마네트 박사님," 그들과 함께 나무 밑에 앉아 있던 다네이 씨가 물었다. 대화 주제가 런던의 오래된 건물이었기에 자연스레 나온 질문이었다. "런던 타워를 구경해 보신 적이 있나요?"

"루시와 함께 가 본 적이 있지만 가볍게 돌아보고만 왔습니다. 흥미로운 곳이라는 걸 알 수 있을 정도만 보고 왔죠. 그 정도였어요."

"기억하시겠지만 저는 그곳에 있었죠." 다네이가 웃으며 말했지만 조금 흥분했는지 얼굴이 붉어졌다. "물론 관광객들에게 보여 주는 그런 부분 말고 다른 방식으로 말입니다. 제가 그곳에 있을 때 사람들이 이상한 이야기를 들려주었습니다."

"어떤 이야기였죠?" 루시가 물었다.

"탑을 수리하던 일꾼들이 오래전에 지어졌고 이제는 잊힌 지하 교도소를 발견했어요. 그곳의 안쪽 벽을 구성하는 돌 하나하나 모두 그곳에 갇혀 있던 죄수들이 새겨 놓은 글귀들로 가득했습니다. 날짜, 이름, 불평, 기도 등이었죠. 구석에 있는 돌 하나에는, 나중에 사형당한 듯 보이는 죄수가 마지막으로 새겨 놓은 글자 세 개가 있었어요. 날카롭지 않은 어떤 도구로 급하게, 떨리는 손으로 새겨 놓은 것 같았는데, 처음에는 D. I. C라고 보였어요. 그러나 자세히 살펴보니 마지막 글자가 G였답니다. 많은 사람이 죄수의 이름이 아닐까 생각했지만 그런 머리글자를 가진 죄수는 기록이나 전설에서도 찾아볼 수 없었으므로 글자들이 무슨 뜻인지 알 수가 없었죠. 오랜 시간이 지나고서야 누군가가 그 글자들이 머리글자가 아닌 DIG, '파내다'라는 한 단어가 아닐까 생각했습니다. 그래서 문구가 새겨진 곳 밑의 바닥을 아주 자세히 관찰했는데, 과연 그 돌 밑에 있던 타일, 바닥재 같은 것을 들춰 보니 타 버린 종이와 작은 가죽 가방 같은 것의 재가 섞여 있었다고 합니다. 그 알려지지 않은 죄수가 뭘 적었는지 결코 알 수는 없겠지만, 그가 뭔가 남겼고, 그것이 간수의 손에 들어가지 못하게 숨겨져 있던 건 분명하죠."

"아버지," 루시가 외쳤다. "어디 편찮으신 거예요!"

갑자기 마네트 박사가 펄쩍 뛰며 두 손으로 머리를 감싸쥐었다. 그의 행동과 모습에 모두가 깜짝 놀랐다.

"아니, 아니란다. 아픈 게 아니야. 굵은 빗방울이 떨어져서 놀란 거야. 어서 들어가야겠구나."

바로 다음 순간 그는 다시 본래 모습으로 돌아온 듯했다. 정말 하늘에서 굵은 빗방울이 떨어지고 있었고 마네트 박사도 자기 손등에 떨어진 빗방울을 보여 줬지만, 그는 방금 들은 그 교도소에서 발견된 것에 대해서는 한 마디도 하지 않았다. 그렇게 그들이 모두 집에 들어가는 중에 직업으로 단련된 날카로운 로리 씨의 눈이 다네이를 향한 마네트 박사의 얼굴이 이상하게 일그러지는 것을 봤다, 혹은 본 것 같다고 생각했다. 법원 복도에서 다네이를 향해 짓던 그 표정이었다.

그러나 마네트 박사가 순식간에 제정신으로 돌아왔기 때문에 로리 씨는 직업으로 단련된 자기 눈이 잠시 착각한 것이라고 믿었다. 잠깐 현관에 있는 거인의 팔 밑에 멈춰 서서 자신은 아직 (앞으로도 그럴 것 같지만) 빗방울같이 작은 것에도 쉽게 놀라는 것 같다고 말하는 마네트 박사를 보니, 그 위에 달린 거인의 팔보다 그가 더 안정되어 보였다.

티타임이었다. 차를 끓이는 미스 프로스에게 다시 한번 "이놈의 발작"이 찾아왔지만 수백 명의 사람들은 아직 찾아오지 않았다. 카턴 씨가 놀러 왔지만, 그는 그저 두 번째 방문자였다.

몹시 더운 밤이어서 문과 창문을 모두 열어 놓아도 열기를 견디기가 힘들었다. 차를 모두 마시고 그들은 열려 있는 창문 중 하나 옆에 모여 앉아 짙은 황혼을 바라보았다. 루시는 아버지 옆에, 다네이는 그녀 옆에 앉아 있었고 카턴은 창틀에 몸을 기대고 있었다. 길고 하얀 커튼이 몰려오는 폭풍우 바람에 날려 유령의 날개처럼 천장에서 펄럭였다.

"아직도 빗방울이 떨어지는군. 굵고 묵직하고 성글게 말이야." 마네트 박사가 말했다. "폭풍이 천천히 다가오고 있네."

"확실히 다가오고 있네요." 카턴이 말했다.

뭔가 기대하며 기다리는 사람들이 주로 그렇게 하듯, 또 어두운 방에서 번개를 구경하려고 기다리는 사람들이 항상 그렇게 하듯, 그들은 목소리를 낮춰 이야기했다.

거리는 폭풍우가 쏟아지기 전에 황급히 피신하기 위해 달려가는 사람들로 몹시 부산했다. 사람들 발소리의 메아리가 울리다 사라졌지만 모퉁이에는 오가는 발걸음 하나 없었다.

"군중 속의 고독이군요!" 그 소리를 함께 귀 기울여 듣다가 다네이가 말했다.

"대단하지 않나요, 다네이 씨?" 루시가 물었다. "가끔 저녁에 여기 앉아 있다가 드는 생각이 있는데……, 그 생각의 그림자만 스쳐도 몸서리치게 되네요, 특히 오늘같이 어둡고 숙연한 밤에는……."

"같이 몸서리쳐 봅시다. 이야기해 봐요."

"아무것도 아니라고 생각하실 거예요. 이런 건 그냥 떠올리는 사람에게만 인상적으로 느껴지는 법이니까요. 아무한테도 말하지 마세요. 저는 가끔 저녁에 이곳에 혼자 앉아 귀 기울여 보는데, 들려오는 이 발소리들이, 곧 우리의 삶으로 몰려왔다가 떠나갈 사람들의 발걸음 소리같이 들릴 때가 있어요."

"만약 그렇다면 오늘 우리 삶에 들어오는 사람들 수가 엄청난데요." 시드니 카턴이 특유의 꽁함으로 대꾸했다.

발걸음은 끊임없이 이어졌고 소리는 점점 더 급해졌다. 모퉁이는 발소리들을 반복해서 메아리치게 했다. 어떤 소리는 창문 밑에서 들려오는 듯했고, 어떤 소리는 방 안에서도 들려오는 듯했다. 어떤 소리는 다가오고, 어떤 소리는 떠나가고, 어떤 소리는 동시에 멈추기도 했다. 모두 멀리 있는 거리에서 나는 소리였다. 시야에 들어오는 발걸음은 없었다.

"이 발소리는 우리 모두를 향한 운명인가요, 마네트 양? 아니면 우리가 좀 나눠 가져야 하나요?"

"글쎄요, 다네이 씨. 바보 같은 상상이라고 말씀드렸는데 물어보신 건 당신이에요. 이 생각이 들었을 때 저는 혼자 있었기 때문에 이 발걸음 소리를 내는 사람들이 저와 아버지의 인생으로 몰려온다고 상상했죠."

"제 삶에 몰려오라고 하고 싶군요!" 카턴이 말했다. "전 문지도 따지지도 않을 겁니다. 마네트 양, 지금 뭐가 우리에게 몰려오고 있네요, 저기 보입니다, 번개 옆에요." 창문 옆에 앉아 있던 그에게 번개가 번쩍이자 그가 마지막 말을 덧붙였다.

"그들 소리도 들어 봐요!" 천둥이 우르릉거리자 그가 또 덧붙였다. "저기 오고 있죠, 빠르게, 사납게 맹렬하게요!"

그가 말한 건 사납게 포효하며 쏟아지는 폭우였다. 그 소리에 목소리가 묻혀 카턴은 말을 멈췄다. 엄청난 강수량에 천둥 번개를 동반한, 기억에 남을 만한 폭우였다. 하늘이 부서지는 소리, 번쩍거리는 불빛 그리고 비가 쉴 새 없이 반복되며 달이 뜨는 자정까지 계속되었다.

긴 장화를 신고 등불을 든 제리의 경호를 받으며 로리 씨가 클러큰웰로 향하는 길에 나섰을 때 세인트폴성당*의 종탑에서 1시를 알리는 종소리가 맑은 공기 속으로 울려 퍼졌다. 소호와 클러큰웰을 잇는 길은 으슥한 곳이 여러 군데 있어서 노상강도를 염려한 로리 씨는 매번 제리에게 경호를 부탁했다. 비록 제리는 두 시간도 전에 퇴근했지만 말이다.

"대단한 밤이었다네, 제리." 로리 씨가 말했다. "무덤에서 죽은 사람들이 튀어나올 정도로 대단한 밤이었어."

"선생님, 전 그렇게 죽은 사람들이 튀어나오는 밤은 본 적이 없지만 앞으로도 그런 밤은 없었으면 좋겠네요." 제리가 대답했다.

"잘 가시오, 카턴 씨." 로리 씨가 인사했다. "잘 가시오, 다네이 씨. 우리 이렇게 모여 이런 밤을 볼 수 있는 그날이 언제 또 올까요!"

그날은 다시 오리라. 맹렬히 포효하는 군중들이 그들에게 몰려올 날 또한 오고 있었다.

＊ 런던 루드게이트힐에 있는 성공회 대성당.

제7장
도시의 나리

나리께선 왕실에서 권력이 막강한 귀족들 중 한 분으로, 2주에 한 번 파리에 있는 자신의 화려한 그랜드 호텔에서 연회를 열었다. 나리는 내실에 있었는데, 그곳은 접견실에 모여 나리를 떠받드는 사람들에게는 성역 중의 성역, 신성하고도 신성한 곳으로 여겨졌다. 나리는 따뜻한 초콜릿을 들이켤 참이었다. 그는 다른 많은 것을 쉽게 삼킬 수 있었고, 그래서 불만 많은 사람들은 그가 프랑스마저 삼켜 버리려 한다고 말했다. 그런데 나리가 모닝 초콜릿을 삼키기 위해서는 요리사를 제외하고도 건장한 사내 네 명이 동원되었다.

그렇다. 화려하게 꾸민 장정 네 명이 필요했다. 그 중 고귀하고 순결한 나리의 취향을 닮아 주머니에 금시계 두 개 정도 들어있지 않으면 살 수 없는 우두머리는 나리의 입술에 초콜릿을 대령했다. 첫 번째 하인은 나리의 신성한 목전에 초콜릿이 든 주전자를 들고 서 있었고, 두 번째 하인은 작은 도구를 들어 초콜릿을 저으며 거품을 내었다. 세 번째 하인은 나리가 좋아하는 냅킨을 들고 있었고, 네 번째 하인(금

시계 두 개를 주머니에 넣고 있는)은 초콜릿을 따랐다. 천국 아래 그의 사회적 지위를 생각하면 나리는 초콜릿을 삼키는 데 필요한 하인 네 명 중 한 명도 해고할 수 없었다. 하인 셋이 주는 초콜릿을 마시는 것은 가문의 이름을 크게 더럽히는 일이었다. 하인 둘이 주는 초콜릿을 마시느니 그는 차라리 죽어 버렸을 것이다.

지난밤 나리는 멋진 희극과 오페라를 보며 밖에서 저녁 식사를 했다. 나리는 거의 매일 밤 매력적인 사람들에게 둘러싸여 외식을 했다. 나리는 예의 바르고 감수성이 대단했기 때문에, 성가신 나라의 대소사나 국가 기밀을 논할 때 모든 프랑스 사람들의 요구보다 희극과 오페라가 더 큰 영향을 미쳤다. 이런 식으로 굴러가는 다른 나라들처럼 프랑스도 나라 꼴이 잘 돌아가고 있었다. 이를테면 나라를 팔아먹은 푼수 스튜어트*가 통치하던 영국의 후회되는 시기처럼.

나리는 일반 공무에 관해 숭고한 신념이 하나 있었는데, 그것은 그저 모든 것이 알아서 흘러가도록 내버려 두는 것이었다. 특정 공무에 관해서도 숭고한 신념이 하나 있었는데, 모든 것이 그의 권력과 주머니를 향해야 한다는 것이었다. 일반적이든 특정하든 그의 쾌락에 대해서도 또 다른 숭고한 신념이 있었는데, 세상은 그의 쾌락을 위해 만들어졌

---

* 1660년부터 1685년까지 재위한 영국 왕 찰스 2세를 뜻한다. 사촌인 프랑스 왕 루이 14세에게 돈을 받고 밀약을 맺어 국력을 약화시킨 바 있다.

다는 것이었다. 나리가 속한 계층의 성경은 (그저 단어 하나만 바꿨을 뿐, 대단하게 다르지 않았다) 이렇게 읽혔다. "나리 가라사대, 땅과 거기 충만한 것이 다 내 것임이라."

그러나 나리는 자신의 사적인 그리고 또 공적인 사정에 저급한 문제가 생기고 있다는 점을 천천히 알아차리고 징세 도급인과 부득이하게 친분을 쌓게 되었다. 공적 재정 문제나 사적 재정 문제에 관해 나리는 아는 것이 하나도 없었기 때문에 대신 그 문제들을 해결할 수 있는 사람이 필요해서였다. 징세 도급인들은 부자였고 나리는 몇 대를 걸친 사치와 그 비용들로 점점 가난해졌다. 그래서 나리는 수녀원에 있는 여동생을 수녀들이 쓰는, 그녀가 걸칠 수 있는 것들 중에 가장 싸구려 천 쪼가리인 머릿수건을 걸칠 때가 되기전에 데리고 나와서 출신이 변변찮지만 굉장한 부자인 징세 도급인에게 상품을 주듯 시집보냈다. 징세 도급인은 이제 황금 사과가 위에 달린 지팡이를 짚고 접견실에 다른 사람들과 함께 있었다. 그 사람들뿐만 아니라 모든 인류가 징세 도급인에게 굽실거리며 엎드렸다. 물론 나리같이 혈통이 우월한 귀한 분들은 굽실거릴 생각 없이 그저 무시했다. 그의 아내조차 자신의 남편을 고상하게 업신여겼다.

징세 도급인은 사치를 즐겼다. 그의 마구간에는 말 서른 마리가 있었고, 집에는 남자 하인 스물네 명과 아내를 돕는 하녀가 여섯 있었다. 시간이 날 때마다 훔치고 빼앗는 것 외엔 아무것도 안 하는 것처럼 보이던 그는 처가 식구들이 사회도덕을 들먹이며 자신을 무시하든 말든 적어도 그날 나리의 호텔에 모인 사람들 중에서는 제일 솔직한 자였다.

호텔 방들은 겉보기에도 아름답고 당시 최고 기술과 최신 감각으로 꾸밀 수 있는 모든 장식이 동원되었으나 장사가 잘되지 않았다. 주위에 넝마와 수면 모자들을 뒤집어쓴 허수아비들이 어슬렁거리니 (많이 멀지는 않았지만, 빈민가와 그랜드 호텔은 노트르담대성당에서 같은 거리만큼 떨어져 있어서 첨탑에서는 빈민가와 호텔이 모두 보였다) 매우 손해 보는 사업이었을 것이다. 그러나 나리네는 신경도 쓰지 않았다. 군대를 전혀 모르는 육군 장교, 배라면 일자무식인 해군 장교, 시사에 대해 아무것도 모르는 정치인, 호색한의 눈과 문란한 입 그리고 더 문란한 삶을 사는 뻔뻔한 성직자. 이들 모두가 그들에게 주어진 여러 소명에 적합하지 않았으나 적합한 척 끔찍한 거짓 삶을 살고 있었다. 그러나 그들은 나리만큼이나 혹은 비스무리하게 좋은 출신이라 뭔가 뜯어낼 수 있는 모든 공직을 차지했다. 그렇게 알려진 사람들이 기십 명이었다. 나리나 국가에 인맥이 없는, 그러나 역시 진실된 삶과는 단절되어 진실된 목적지와 곧은길을 가지지 않는 사람들도 그만큼 많았다. 존재하지도 않는 상상 속 질

병에 보잘것없는 약을 처방해서 떼돈을 버는 의사들은 나리의 호텔 접견실에 있는 귀족 환자들을 만나 미소 지었다. 나라의 모든 크고 작은 악을 근절하기 위한 방법을 찾아냈다고 주장하는 이론학자들은 실제로 문제를 해결하기 위해 성실히 연구하는 대신 나리의 연회에 와서 자기 말을 들어줄 사람이라면 누구든 붙잡고 주절거렸다. 나리가 불러 모은 이 멋진 사람들의 모임에서, 말로 세상을 개조하고 하늘에 오르려고 카드로 바벨탑을 쌓는 신앙심 없는 철학자들이 연금술에 관심 많은 신앙심 없는 화학자들과 이야기를 나누었다. 사람이라면 자연스레 관심을 두는 주제에 무관심한 걸로 잘 알려진—그 당시에도 그랬고 그 후로도 그랬지만—훌륭한 품종의 우아한 신사들은 나리의 호텔 안에서 멋들어진 모습으로 지쳐 있었다. 나리에게 충성하는 사람들 속에 뒤섞인 첩자들—그들 중 반이 족히 그랬다—이 그 신사들이 뒤로하고 온 파리의 화려한 저택에 염탐을 갔더라도 그곳의 천사 같은 안주인들 중에서 어머니처럼 보이거나 행동하는 부인을 찾기 어려웠을 것이다. 실제로, 성가신 생물 하나를 이 세상에 낳아 놓는 행동을 빼고는—그것만으로 어머니라는 이름을 얻을 수는 없었다—어머니처럼 보이거나 행동하는 건 유행이 아니었다. 그래서 평민 여자들이 유행에 뒤처지는 육아를 하는 동안, 환갑인 멋쟁이 할머니들은 스무 살처럼 입고 행동했다.

비현실이라는 문둥병도 나리를 뵈러 이곳에 온 모든 인간을 흉하게 망가뜨렸다. 가장 바깥쪽 방에 있던 대여섯 사람은 지난 몇 년 동안 일이 뜻대로 돌아가지 않는다는 모호한 불안감을 느낀 예외적인 사람들이었다. 일이 제대로 돌아가게 하기 위한 좋은 방법으로, 그중 세 명이 경련자들*이라는 기묘한 종파 중 하나의 회원이 되었다. 그들은 나리를 더 나은 미래로 안내할 아주 명료한 표지판을 만들어 내기 위해서 입에 거품을 물어야 하는지, 분노해야 하는지, 포효해야 하는지, 아니면 그 자리에서 몸이 뻣뻣해져야 하는지 서로 의논했다. 이런 데르비시*들을 제외한 나머지 세 명은 만사를 '진실의 중심'에 대한 이야기로 해결하는 영적 모임에 급격히 빠져들었다. 그 종교는 사람이 진실의 중심에서 벗어나 버렸는데—이 부분은 다른 설명이 필요하지 않았다—더는 그 진실을 두르는 테두리 밖으로 벗어나지 못하도록 금식하고 성령을 영접해 다시 그 중심으로 돌아가야 한다는 이야기였다. 그 영적 모임의 사람들이 성령과 많은 대화를 한 결과 이 세상에 많은 유익이 되었다고 하지만, 실제로 달라진 건 없었다.

---

* 1727년 프랑스 생메다르에서 시작된 종교적 경련을 믿는 광신도들의 모임.
● 예배 때 빙글빙글 돌거나 격렬하게 춤추거나 노래 부르는 이슬람교 수도승.

마음에 위안이 되는 부분이 있다면 나리의 그랜드 호텔에 온 모두가 완벽하게 차려입었다는 것이었다. 만약 이 세상이 끝나는 심판의 날에 옷차림도 심판된다면 여기에 있는 모든 사람이 영원한 정답이었을 것이다. 분칠해 위로 올린 곱슬곱슬한 머리, 화장으로 가리고 보존된 섬세한 얼굴, 언뜻 봐도 용맹해 보이는 검, 후각을 고결하게 만드는 은은한 향 등은 정말 영원히 계속될 것만 같았다. 훌륭한 품종의 우아한 신사들은 작은 펜던트가 달린 장신구를 매달고 다녔는데, 그들이 힘없이 움직일 때마다 이 황금 족쇄들이 서로 부딪치면서 귀중하고 작은 종들처럼 쟁그랑거렸다. 쟁그랑거리는 종소리에 더해 비단, 양단, 고급 아마포가 바스락거리는 소리가 멀리 생탕투안 내 맹렬한 굶주림을 부채질하는 바람 속에 너풀거렸다.

옷차림은 모든 것을 제자리에 있게 하는 강력한 부적과 액막이였다. 튀일리궁*에서부터 나리를 포함한 왕실 사람들 그리고 법정의 법조인들과 사회의 모든 사람(가난뱅이들을 제외하고)까지 끝나지 않을 가장무도회를 위해 차려입었다. 평범한 사형집행인조차 가장무도회를 준비했다. 그는 매력적으로 보이기 위해서 '머리를 곱슬거리게 하고, 분칠하고, 금빛 레이스가 달린 코트를 입고 흰 비단 스타킹에 굽 있는

---

* 16세기 프랑스 왕비 카트린 드 메디시스가 지은 성. 루이 14세는 베르사유궁전이 완공되기 전에 튀일리궁에서 생활했다.

구두'를 신어야 했다. 그렇게 앙증맞은 차림으로 교수대와 거열형을 위한 바퀴—도끼를 쓰는 경우는 드물었다—앞에서 사회를 보던 그는 파리 선생이라고 불렸다. 오를레앙* 선생과 다른 지방의 사형집행인들이 성공회 방식으로 지어 준 이름이었다. 1780년 나리의 연회에 있던 사람 중 그 누가 의심이나 했을까. 곱슬거리는 머리를 하고, 분칠하고, 금빛 레이스가 달린 코트를 입고, 흰 비단 스타킹에 굽 있는 구두를 신은 사형집행인에 근간을 둔 체제가 별처럼 영원하지 않으리라는 것을!

초콜릿을 마심으로써 하인들의 짐을 덜어 준 후, 나리는 성스럽고도 성스러운 방의 문을 열게 하고 앞으로 나아갔다. 그 앞에서 사람들이 굴복하고 비굴하게 굴고 굽실대고 아첨하며 비참한 굴욕을 당하는 모습이란! 그들은 훗날 천국에 가서 인사할 힘이 몸과 마음에 남아 있지 않을 만큼 나리께 몸을 굽히며 안녕을 빌었다. 이것이 나리의 추종자들이 천국 문턱에도 가지 못한 이유들 중 하나였을 것이다.

격려의 말과 미소를 하사하거나 행복해 보이는 한 노예에게 속삭이고 또 다른 노예에게는 손을 흔들기도 하면서, 나리께서는 사근사근하게 걸어 방을 지나 진실의 변방까지 간다음, 몸을 돌려 다시 돌아왔다. 마침내 초콜릿의 정령들이

---

* 파리에서 남서쪽으로 130킬로미터 정도 떨어진 프랑스의 도시.

그를 성역에 가둘 시간이 되어 그는 내실로 되돌아갔고, 그 후 나리는 더는 보이지 않았다.

연회가 끝나자 바람에 실린 작은 떨림은 수많은 바스락거림의 태풍으로 변했고 귀중하고 작은 종들도 딸랑이며 아래층으로 내려갔다. 곧 모든 사람이 떠나고 한 사람만 남아 있었다. 한쪽 팔 밑에 모자를 끼고 한 손에는 코담뱃갑을 가지고 있던 그는 출구 쪽에 걸린 거울들 사이로 천천히 걸어 나갔다.

"네 놈을," 나가는 길에 마지막 하나 남은 문 앞에 멈춰 서서 그는 성역이 있는 방향으로 몸을 돌리며 말했다. "악마에게 바쳐 버리겠다!"

발에서 먼지를 털듯 손가락에 있는 담뱃가루를 털어 버리고, 그는 조용히 아래층으로 내려갔다.

예순 살쯤 돼 보이고 멋지게 차려입은 그는 태도가 오만하고 얼굴이 정교한 가면 같아 보이는 남자였다. 투명하게 보일 정도로 창백한 얼굴은 생김새가 뚜렷했고 표정은 딱 하나인 듯했다. 양쪽 콧구멍 위로 코가 아주 조금 찌그러진 것만 빼면 아주 잘생긴 편이었는데, 그의 표정 변화는 오로지 그 두 찌그러진, 혹은 눌린 콧구멍으로만 나타났다. 그 부분은 색깔이 변하기도 하고, 미약하게 떨리며 커졌다가 좁아졌다 하기도 했는데, 그럴 때면 그의 모든 모습이 잔인하고 음흉해 보였다. 주의 깊게 관찰해 보면 가늘고 긴 입술과 두 눈이 그를 더욱더 그렇게 보이게 했다. 그러나 얼굴로만 보자면 비범하고 잘생긴 사람이었다.

얼굴의 주인은 아래층을 통해 정원으로 가서 자신의 마차를 타고 떠났다. 연회에서 그에게 말을 건 사람들은 많지 않았다. 그는 조금 거리를 두고 서 있었고, 나리께서는 그에게 그리 친절한 모습을 보이지 않았다. 이런 상황에서 그는 자기 마차 앞에서 평민들이 깔리기 전에 아슬아슬하게 피하며 흩어지는 모습들이 오히려 기분 좋게 느껴졌다. 마부는 적에게 돌진하듯 마차를 몰았는데 그런 극심한 난폭함에도 마차 안 주인은 표정 하나 바뀌지 않았다. 벙어리의 시대이고 귀먹은 도시였어도, 보도가 따로 없는 좁은 길에서 귀족들이 거칠게 마차를 몰아 천민들을 위험에 처하게 하고 불구로 만들어 버리는 잔인한 관습에 대해서는 항의가 들려왔다. 그러나 그 일을 두 번 생각할 만큼 신경 쓰는 사람들은 별로 없었고, 다른 모든 일이 그러하듯 결국 가난한 사람들은 어려움이 닥쳐도 그들이 알아서 해결할 수밖에 없었다.

거칠게 덜컹거리고 달그락거리는 소리와 함께 길모퉁이를 휩쓸며 질주하는 마차 앞으로 여자들이 비명을 지르고 남자들은 길에 있던 아이들과 서로를 움켜잡았다. 지금은 쉽게 이해될 수 없는, 배려를 포기한 비인간적인 행동이었다. 결국, 분수대 옆 길모퉁이를 휩쓸고 가던 마차의 바퀴 하나가 소름 끼치게 덜컹거렸고, 여러 명의 큰 울음소리가 들려왔다. 말들이 뒷걸음치며 멈췄다.

뒷걸음치는 말들이 아니었다면 마차는 멈추지 않고 계속 달렸을 것이다. 치여 다친 사람이 있어도 마차는 그냥 가던 길을 달려갔다. 그러지 않을 필요가 있을까? 놀란 마부가 얼른 마부석에서 내려왔고, 열 사람이 말굴레를 붙잡고 있었다.

"무슨 일이냐?" 안에 타고 있던 귀족이 차분하게 내다보았다.

긴 수면 모자를 쓴 키 큰 남자가 말발굽 사이에서 꾸러미 같은 것을 끌어내어 분수대 아래 내려놓았다. 그는 진흙탕에서 무릎을 꿇고 야생동물처럼 울부짖었다.

"죄송합니다, 후작 나리!" 해진 옷을 입은 남자가 굽신거리며 말했다. "아이가 죽었습니다."

"저자는 왜 저런 끔찍한 소리를 내고 있나? 저자의 아들인가?"

"죄송합니다, 후작 나리, 네……, 정말 안된 일입죠."

길이 8~10제곱미터 정도 되는 공터로 넓어졌기 때문에, 분수대는 길에서 조금 떨어진 곳에 위치하고 있었다. 갑자

기 키가 큰 남자가 바닥에서 일어나 마차로 달려오자, 후작 나리는 바로 검의 손잡이를 잡았다.

"내 아들을 죽였어!" 두 팔을 머리 위로 뻗은 남자가 발악하며 소리를 지르고 후작을 노려보았다. "죽였다고!"

사람들이 가까이 다가와 후작 나리를 쳐다보았다. 그를 보고 있던 많은 눈에는 조심스러움과 간절함 이외에 아무것도 드러나지 않았다. 눈에 띄는 위협과 분노는 없었고 사람들은 아무 말도 하지 않았다. 처음의 울음소리가 잦아든 후 그들은 줄곧 침묵을 지키고 있었다. 아까 후작에게 말을 꺼낸 그 굽신거리는 남자의 목소리는 단조롭고 극도의 복종으로 길들여져 있었다. 후작 나리는 쥐구멍에서 나온 쥐 떼를 보듯 그들을 모두 둘러보았다.

그는 지갑을 꺼냈다.

"그대들 같은 사람들은 정말 놀랍다." 그가 말했다 "자기 자신도, 자식들도 돌보지 못하다니. 하나나 여럿이나 항상 가는 길에 방해만 되는구나. 내 말이 다쳤으면 어쩔 뻔했느냐. 봐라! 이걸 저자에게 주어라."

그는 금화 한 닢을 꺼내 마부에게 넌시자, 주위의 모든 얼굴이 목을 앞으로 길게 빼고 금화가 땅에 떨어지는 것을 보았다. 키가 큰 남자가 다시 한번 섬뜩하게 울부짖었다. "죽었다고!"

곧 사람들이 길을 비켜 주자 그 사이로 다른 한 남자가 와서 울부짖는 남자를 붙잡았다. 자신을 붙잡은 남자를 보고 비참한 아비는 그의 어깨에 몸을 던진 채 흐느끼며 울면서 손가락으로 분수대를 가리켰다. 그곳에서 몇몇 여자들이 움직이지 않는 그의 아들 위로 몸을 구부려 조심스레 옮기고 있었다. 그녀들 또한 남자들처럼 침묵했다.

"알아, 다 안다고." 나중에 온 남자가 말했다. "용감해져야 해, 가스파르! 이런 삶을 사느니 그 작은 녀석한테 차라리 잘된 일이야. 고통을 느낄 새도 없이 순식간에 갔을 거야. 살았다면 한 시간이라도 행복하게 살았겠어?"

"거기 네 녀석은 철학자군." 미소 지으며 후작이 말했다. "이름이 무엇이냐?"

"드파르주라고 합니다."

"직업은?"

"포도주를 팔지요, 후작 나리."

"이걸 가져가라, 포도주 파는 철학자여." 후작이 그를 향해 금화를 한 닢 더 던지며 말했다. "원하는 대로 써라. 그쪽 말들은 괜찮은가?"

모인 사람들을 두 번 볼 생각조차 하지 않은 채 후작 나리는 그저 사소한 물건을 망가뜨려 돈을 내고 온, 또 그만큼의 돈이 있는 신사처럼 가벼운 마음으로 의자에 기대 다시 마차를 출발시켰다. 그때, 그의 마차로 날아와 바닥에 쨍그랑 떨어지는 금화가 마음의 평온을 깼다.

"멈춰라!" 후작 나리가 말했다. "말을 멈춰라! 누가 저걸 던졌는가?"

그는 포도주를 파는 드파르주가 방금 서 있던 곳을 보았으나 그곳에는 흐느끼는 아비가 바닥에서 얼굴로 기어 다니고 있었고, 그 옆으로는 그을리고 덩치 큰 한 여자가 서서 뜨개질을 하고 있었다.

"개 같은 것들!" 후작이 부드러운 목소리로 말했다. 코 옆이 씰룩이는 걸 빼고는 그의 표정에는 변화가 없었다. "내 지금 당장이라도 너희를 마차로 깔아뭉개 이 땅에서 몰살시킬 수도 있다. 어떤 못된 놈이 마차에 이걸 던졌는지 알았다면 그리고 그놈이 여기 가까이 있었다면 이 바퀴로 으스러뜨렸으리라."

오랫동안 나쁜 경험을 통해 저런 자가 그들에게 합법적으로나 다른 방법으로나 무슨 짓을 할 수 있는지 알고 있었기 때문에, 가뜩이나 주눅 들어 있던 사람들은 목소리도 내지 못하고 손을 올리지도 눈을 들지도 못했다. 그러나 뜨개질하던 여인만은 변함없이 눈을 들고 후작의 얼굴을 똑바로 노려보았다. 그걸 알아채기에는 너무 품위 있었던 후작의 경멸을 담은 눈길이 그녀와 그곳에 서 있던 다른 쥐 떼 위로 지나갔다. 그리고 그는 다시 의자에 앉아서 명령했다. "가자!"

그의 마차가 떠났고, 그 뒤를 다른 마차들이 돌풍을 일으키며 줄지어 따라갔다. 장관, 이론학자, 징세 도급인, 의사, 변호사, 성직자 등 화려하게 빛나는 가장무도회의 행렬이었다. 쥐들이 구멍에서 구경하러 나와 몇 시간 동안이나 그곳에 머물며 지켜보았다. 군인들과 경찰들이 그들과 구경거리 사이를 오가며 만든 장벽 뒤로 그들이 슬금슬금 와서 그 너머로 훔쳐보았다. 죽은 아이를 분수대 밑에서 조심스레 옮기던 여자들이 분수대에 앉아 흐르는 물과 마차들의 행렬을 구경할 때, 눈에 잘 띄게 서서 뜨개질하던 여자가 아직도 운명의 여신처럼 부단히 뜨개질을 계속하고 있을 때, 아버지는 그의 죽은 아들을 안고 어딘가로 가 버린 지 오래였다. 분수대의 물이 흐르고, 날랜 강물이 흐르고, 하루가 흘러 저녁이 되고, 이 도시 안의 많은 인생도 규칙대로 죽음으로 흐르고 있었다. 시간과 대세는 사람을 기다려 주지 않았고, 쥐들은 어두운 구멍에서 옹기종기 모여 잠이 들고, 저녁 식사에서는 가장무도회가 시작되고, 모든 것이 그렇게 제 갈 길대로 흘러갔다.

제8장

시골의 나리

많지는 않아도 옥수수의 밝은색이 돋보이는 아름다운 풍경이었다. 옥수수가 있을 자리를 대신한 얼마 안 되는 호밀이 심어진 곳, 얼마 안 되는 완두콩과 콩이 심어진 곳 그리고 밀의 대용품이 될 거친 채소들이 심어진 곳이 있었다. 이곳을 경작하는 남자와 여자처럼 이 식물들도 실의에 빠져 마지못해 살아가는 것처럼 보였다. 다 포기하고 그저 시들어 버리고 싶은 것처럼.

후작 나리는 그의 여행용 마차(쓸모없는 짐들이 아니었으면 훨씬 가벼웠을)를 타고 가는 길이었다. 말 네 마리와 기수 둘이 모는 마차는 가파른 언덕을 힘겹게 오르고 있었다. 후작 나리의 두 뺨이 붉게 물들고 있었지만, 그것은 그의 고매한 품종 때문이 아니었다. 그 불그스레함은 후작의 마음에서 우러나오는 것이 아니라 그가 통제할 수 없는 외적 요소에서 비롯된 것이었다. 바로 지는 태양이었다.

마차가 언덕 꼭대기에 다다랐을 때 노을이 환하게 여행 마차를 비추었다. 마차 안 승객은 온통 핏빛으로 물들었다.

"곧 사라질 것이다." 후작 나리가 자신의 손을 보며 말했다. "곧."

이미 낮게 떠 있던 태양은 금방 지평선으로 넘어갔다. 마차의 제동장치가 바퀴에 모두 맞춰진 후 마차는 언덕을 미끄러지며 내려갔다. 타는 냄새와 먼지구름 속에서 붉은빛은 빠르게 사라졌다. 후작과 태양은 함께 내려갔고, 제동장치가 제거되었을 때는 이미 아무 빛도 남아 있지 않았다.

그러나 가난한 시골, 우뚝 선 넓은 언덕의 발치에 있는 작은 마을, 교회 첨탑, 풍차, 사냥을 위한 숲, 교도소로 쓰이는 큰 바위 절벽 위 요새는 여전히 확실하게 남아 있었다. 밤이 깊어 가면서 이 모든 것이 어두워지는 가운데 후작은 고향으로 돌아온 사람처럼 주위를 두리번거렸다.

마을에는 가난한 거리가 하나 있었고, 그 위로 가난한 맥주 양조장, 가난한 가죽 공방, 가난한 술집, 역마를 바꿔 타는 가난한 마구간, 가난한 분수대 등 가난한 시설들이 있었다. 이곳 사람들 또한 모두 가난했다. 그중 많은 사람이 분수대에서 잎사귀나 풀같이 땅에서 난 보잘것없는 먹을거리들을 씻고 있는 동안, 다른 사람들은 집 문 앞에 앉아 식사 준비를 위해 얼마 되지 않는 양파나 그 비슷한 걸 채 썰고 있었다. 무엇이 그들을 가난하게 만들었는지 알려 주는 표지는 어디에든 있었다. 국가에서 걷는 세금, 교회에서 걷는 세금, 귀족들이 걷는 세금, 지역 세금과 일반 세금 등을 여기서도 내고 저기서도 내는 게 이 작은 마을의 엄중한 규율이었다. 마을이 남아나는 것이 신기할 정도였다.

보이는 아이들은 얼마 없었고 개도 없었다. 이곳에 사는 남자들과 여자들은 이 땅 위 인생에서 선택할 수 있는 것이 두 가지 있었다. 방앗간 밑 작은 마을에서 최악의 삶을 유지하든지, 아니면 바위 절벽 위 교도소에 갇혀 죽든지.

후작보다 앞서간 전령이 그리고 마차 기수가 내려친 저녁 공기 위로 뱀처럼 휘감기는 채찍 소리가 후작의 도착을 알렸다. 복수의 여신들의 호위를 받으며 온 듯한 후작 나리는 여행 마차를 역참 대문에 세워 놓았다. 그곳은 분수대와 가까워서, 농민들은 그를 구경하려 일손을 놓고 있었다. 후작도 그들을 보았다. 그는 알지 못했지만, 그들의 고통에 찬 얼굴과 몸은 서서히 말라비틀어지고 있었다. 프랑스 사람은 작고 마르고 야위었다고, 영국 사람이 앞으로 100년도 넘게 믿게 될 편견이 여기에서 비롯되었다.

왕실의 나리께 머리를 조아리던 후작처럼, 그의 앞에 복종하며 조아리는 얼굴들로 후작이 눈길을 던졌다. 후직이 이 사람들과 다른 점이 있다면, 이들은 그의 비위를 맞추려는 게 아니라 그저 고통스러워 조아릴 뿐이었다. 그때 머리가 회색이고 늙어 보이는 도로 수리공이 사람들에게 다가

왔다.

"저자를 여기로 데려와라!" 후작이 전령에게 말했다.

그자가 모자를 손에 든 채 끌려왔고, 파리의 분수대에서 사람들이 그랬던 것처럼 이곳의 다른 사람들이 무슨 일인지 보고 듣기 위해 모여들었다.

"도로에서 지나가면서 날 본 적이 있느냐?"

"그렇습니다, 나리. 황공하게도 나리가 절 지나치셨죠."

"언덕에 올라오는 길에 그리고 언덕 꼭대기에서, 둘 다?"

"그렇습니다, 나리."

"뭘 그렇게 뚫어지게 보았느냐?"

"한 남자를 봤습니다요, 나리."

그는 몸을 약간 굽히고 자신의 낡은 파란색 모자로 마차 밑을 가리켰다. 그의 동료들도 마차 밑을 보려고 몸을 구부렸다.

"이 돼지 같은 놈, 무슨 남자 말이냐? 마차 밑은 왜 보았느냐?"

"죄송합니다, 나리, 바퀴 사슬에 매달려 있는 자였습니다, 제동장치 말입니다."

"누가?" 후작이 캐물었다.

"나리, 그 남자 말입니다."

"악마에게 던져 버릴 멍청이들! 그자 이름이 뭐냐? 너는 이 지역 사람들을 모두 알고 있지 않느냐. 누구냐?"

"자비를 내려 주십쇼, 나리! 이 지역 사람이 아니었습니다. 이제껏 살면서 한 번도 보지 못한 사람이었습니다요."

"사슬에 매달려 있었다고? 목이 졸려 죽으려고?"

"너그럽게 봐주십쇼, 저도 그게 궁금합니다, 나리. 그자의 머리가 매달려 있었는데……, 이렇게요!"

그는 몸을 마차 쪽으로 나란히 돌려 뒤로 몸을 눕히고는 뒤통수가 땅에 닿지 않도록 하며 얼굴은 하늘로 향했다. 그런 다음 다시 일어나 모자를 더듬거리며 허리 굽혀 절했다.

"어떻게 생긴 자이더냐?"

"나리, 제분소 주인보다 더 하얀 자였습니다. 먼지를 뒤집어썼고, 유령처럼 하얗고, 유령만큼 키가 컸습니다!"

그가 설명한 모습에 모여 있던 사람들이 크게 술렁였다. 그래도 사람들의 눈은 다른 이들과 시선을 교환하지 않고 계속 후작을 향했다. 그의 양심에 거리낄 만한 유령이 있나 보고 싶었을지도 모른다.

"실로, 잘하는 짓이다." 해충 같은 것들이 자신에게 덤벼봤자 어림없다는 걸 잘 알고 있는 후작이 빈정거렸다. "내 마차 밑에 그런 도둑이 따라온 걸 보면서도 한 마디 입을 열지 않았다니, 이놈! 가벨, 이자를 저리 치우시오!"

가벨은 우체국장이었지만 세금을 징수하는 역할도 맡고

있었다. 그는 온갖 알랑방귀를 뀌며 심문을 거들고 싶어했고, 심문을 보조하는 사람에 알맞은 격식을 차려 수리공의 옷깃을 잡고 있었다.

"이놈! 저리 가거라!"

가벨이 말했다.

"오늘 밤 수상한 자가 당신 마을에서 묵으려 하거든 붙잡아 악의가 없는지 확인하시오, 가벨."

"나리, 명령을 받들 수 있어서 황공합니다."

"여기 있던 자는 달아났느냐? 그 망할 놈은 어디 있느냐?"

그 망할 놈은 지금 어떤 친구들을 여섯 명쯤 데려와 파란 모자로 마차 밑 사슬을 가리키며 설명 중이었다. 여섯 명쯤 되는 또 다른 친구들이 바로 와서, 그를 숨 고를 새도 없이 바로 후작 나리에게로 데려갔다.

"이 얼간이 같은 녀석아, 우리가 마차에 제동장치를 맞추기 위해 멈췄을 때 그자가 도망가더냐?"

"나리, 그는 산비탈로 몸을 던졌는데, 강물에 뛰어드는 사람처럼 머리부터 떨어졌습니다."

"확인해 보시오, 가벨." 그러고 나서 후작은 마부에게 소리쳤다. "가자!"

사슬을 훔쳐보고 있던 여섯 사람은 아직 양 떼처럼 바퀴 근처에 몰려 있었는데, 갑작스럽게 출발해 버린 바퀴에 뼈와

피부를 다치지 않은 것이 다행이었다. 다칠 만한 것이 많지 않았기에 망정이지, 그렇지 않았다면 그리 운 좋지 못했을 것이다.

마차는 맹렬한 기세로 마을을 출발해 오르막길을 달렸지만 가팔라지는 언덕 탓에 점점 속도가 느려졌다. 결국, 걸음걸이 속도만큼 느려진 마차는 여름밤의 여러 가지 달콤한 향 사이로 흔들리고 덜컹거리며 나아갔다. 복수의 여신들 대신 수천 마리 날벌레 떼가 기수들을 에워싸자 그들은 벌레를 쫓기 위해 조용히 채찍을 휘둘렀다. 시종은 말들 옆에서 걸었고, 어두침침한 앞쪽으로 먼저 달려가는 전령의 소리가 들려왔다.

언덕이 가장 가파른 지점에는 작은 묘지와 십자가가 있었는데 십자가에는 새로 만든 큰 예수님의 형상이 달려 있었다. 경험이 없는 서툰 조각가가 나무로 만든 보잘것없는 조각이었으나, 끔찍하게 야위고 수척한 그 모습은 현실에서, 혹은 자기 삶에서 그 형상을 보고 연습한 것이 분명했다.

점점 더 나빠지기만 할 뿐 최악에 도달하지 않는 큰 고통의 상징, 이 괴로워 보이는 십자가 앞에 한 여사가 무릎을 꿇고 있었다. 고개를 돌려 마차가 가까이 오는 것을 본 그녀는 얼른 일어나 마차의 문 앞으로 갔다.

"나리시군요, 나리! 청원이 있습니다."

초조한 외침에 그는 얼굴색 하나 변하지 않은 채 밖을 내다보았다.

"어떻게, 그런! 무엇이냐? 허구한 날 청원이군!"

"나리. 제발 부탁입니다! 제 남편, 숲지기 말입니다."

"네 남편 숲지기가 뭐 어쨌단 말이냐? 허구한 날 같은 일이구나. 그가 세금을 못 내고 있느냐?"

"모두 냈지요, 나리. 제 남편은 죽었습니다."

"그래! 그래서 조용하구나. 그를 다시 살려주랴?"

"아아, 아닙니다, 나리! 그이는 바로 저기 수북한 잡초 밑에 묻혀 있어요."

"그래서?"

"나리, 저기 수북한 잡초들이 많이 보이십니까?"

"그래, 그래서?"

그녀는 늙은 여자처럼 보였지만, 실제로는 젊었다. 마디가 굵고 정맥이 드러난 거친 손을 몇 번이고 꽉 움켜쥐는 그녀에게서 강렬한 비통함이 느껴졌다. 그녀는 누군가의 가슴에 손을 얹는 것처럼 마차 문에 한 손을 얹고 마차가 사람의 가슴이라서 그 손길을 느끼기라도 한다는 양 부드럽고 다정하게 어루만졌다.

"나리, 제 말을 들어주세요! 제 청원을 들어주세요! 제 남편은 굶주리다 죽었습니다. 많은 사람이 굶주리다 죽고, 또 더 많은 사람이 굶주리다 죽을 거예요."

"그래, 그래서? 내가 그들을 다 먹여 살리란 말이냐?"

"나리, 하느님은 아십니다. 하지만 그걸 원하는 게 아니에요. 제 청원은, 그저 제 남편 이름이 쓰인 작은 목판이나 석판이 그가 묻힌 곳에 놓이는 겁니다. 그렇지 않으면 이곳은 곧 잊힐 테고, 저도 굶주림으로 죽고 나면 아무도 찾지 못할 거예요. 그럼 저도 또 다른 수북한 잡초 밑에 묻히게 되겠죠. 나리, 그런 무덤이 너무 많습니다, 너무 많아지고 있고, 굶주리는 자들도 너무 많아요, 나리! 나리!"

시종이 그녀를 문에서 치워 낸 후, 마차는 다시 기운차게 굴러갔다. 기수들이 속도를 높였고, 그 뒤로 여자가 멀어졌다. 나리는 다시 복수의 여신들의 호위를 받으며 성까지 남은 한두 리그*를 빠르게 줄여 가고 있었다.

여름밤의 공기는 후작 주위로 달콤하게 퍼졌고, 비가 내리자 그 공기는 멀지 않은 곳의 분수대에서 먼지투성이에 넝마를 뒤집어쓰고 노동에 지친 사람들 주위에도 공평하게 퍼졌다. 파란 모자가 없으면 아무것도 아닌 도로 수리공은 아직도 들어 주는 사람들에게 계속 마차 밑 유령 이야기를 하고 있었다. 이야기에 점점 질린 그들이 하나둘씩 자리를 떴고 마을의 작은 창문들 너머로 등불이 반짝이기 시작했

---

* 4.8킬로미터 정도 되는 거리 단위.

다. 창문이 어두워질수록 더 많은 별이 나타났는데, 창문 안의 등불이 꺼지지 않고 하늘로 날아간 것처럼 보였다.

지붕이 높은 큰 집과 그 위의 많은 나무들의 그림자가 후작 나리의 마차를 맞이했다. 그림자가 횃불의 빛으로 바뀌고 마차가 멈추자 그의 성의 큰 대문이 열렸다.

"내가 기다리는 찰스는 영국에서 도착했는가?"

"아직입니다, 나리."

제9장
고르곤의 머리

후작의 성은 바닥에 돌을 깐 넓은 안뜰이 앞에 있고 나선의 돌계단 한 쌍이 정문 앞 테라스에서 모이는 육중하고 견고한 건물이었다. 무거운 돌로 만든 긴 난간에 돌로 만든 항아리, 돌로 만든 꽃 그리고 돌에 새겨진 사람 얼굴과 사자 얼굴 등, 200년 전 이 건물이 지어졌을 때 고르곤의 머리*가 둘러보고 간 것처럼 모든 것이 돌로 장식되어 있었다.

마차에서 내린 후작 나리는 폭이 넓은 층계의 얕은 계단들을 올라갔고 그 앞을 횃불 든 하인들이 밝혔다. 그 빛이 어둠을 뚫자 멀리 나무가 우거진 곳에 있는 마구간 지붕 위에서 부엉이가 크게 항의하는 소리가 들려왔다. 그 외에는 쥐 죽은 듯 고요했기 때문에 계단과 정문 앞에서 횃불이 타들어 가는 소리가 탁 트인 밤공기에서가 아닌 밀폐된 실내에서 울리는 듯했다. 분수대의 물이 돌바닥에 벌어지는 소리를 빼면 부엉이 소리가 유일한 소음이었다. 오랫동안 참았던 숨을 길고 낮게 내쉬고는 다시 숨을 참는 듯한 어두운

---

* 고르곤은 그리스신화에 나오는 괴물로 무시무시한 이 모습을 직접 본 사람이나 동물은 모두 돌로 변해 버린다고 한다.

밤 중 하나였다.

후작의 등 뒤로 대문이 큰 소리를 내며 닫히고 그는 멧돼지를 잡을 때 쓰는 창, 검 그리고 사냥용 칼 들로 음울하게 장식된 현관 복도를 가로질렀다. 지금은 죽고 없는 많은 농민이 그들의 나리가 화날 때마다 그 무게를 경험하던, 묵직한 승마용 회초리들과 채찍들이 현관의 음울함을 더했다.

캄캄한 데다가 밤에는 문을 잠가 놓는 큰 방들을 피하면서, 후작 나리는 횃불을 들고 앞장선 하인과 함께 복도의 한 문으로 통하는 계단으로 올라갔다. 이 문을 열면 그의 침실을 포함한 방이 세 개 있는 개인실이 있었는데, 그곳은 천장이 높고 바닥은 카펫이 깔리지 않아 차가웠으며 겨울이면 장작을 땔 수 있는 난로 옆에는 큰 개 장식을 놓았고 그 밖에 호화로운 이 시대, 이 나라의 후작에 걸맞은 온갖 호화스러운 사치품들이 있었다. 루이 혈통 중 영원히 계속될 것 같았던 루이 14세 시대에 유행했던 우아한 가구들이 먼저 눈에 들어왔지만, 그 외에도 프랑스 역사의 다른 오랜 페이지들을 떠올리게 하는 다양한 장식품들이 있었다.

세 번째 방에는 두 사람을 위한 저녁 식사가 식탁 위에 준비되어 있었다. 성에는 지붕이 뾰족한 탑이 넷 있었는데 그 중 한 곳에 있는 둥근 방이었다. 작고 천장이 높은 이 방의 창문은 활짝 열려 있었지만 그 위로 돌색 목재 비늘살이 드리워져 밤의 어둠이 돌색 굵은 선과 교대로 그어진 검은색의 가느다란 수평선으로만 나타났다.

"내 조카는," 차려진 식탁을 보며 후작이 말했다. "아직 오지 않았다고 하던데."

아직 도착하시진 않았지만, 함께 도착하실 줄 알았다는 대답이 돌아왔다.

"아! 아마 오늘 밤엔 도착하지 않을 것 같네. 그래도 상을 치우지는 말게. 15분 안에 식사하러 올 테니."

15분 안에 식사할 준비를 마친 후작 나리는 엄선된 음식들이 호화롭게 차려진 저녁 식사 앞에 혼자 앉았다. 그는 창문 맞은편에 놓인 의자에 앉아 수프를 먹고는 보르도산 포도주가 담긴 잔을 입에 갖다 대려 하다가 잔을 다시 내려 놓았다.

"저게 무엇이냐?" 돌색과 검은색의 수평선들을 유심히 바라보며 그가 차분하게 물었다.

"저것 말입니까, 나리?"

"가리개 밖에 말이다. 가리개를 젖혀 보아라."

하인은 시키는 대로 했다.

"뭐가 있느냐?"

"나리, 아무것도 아닙니다. 밤과 나무 외에는 아무것도 없습니다."

가리개를 활짝 젖히고 공허한 어둠 속을 내다보던 하인이 대답했다. 하인은 그 공허함을 뒤로하고 돌아서서 후작의 지시를 기다렸다.

"좋다." 후작이 태연하게 말했다. "다시 닫아라."

그것 또한 시키는 대로 했다. 후작은 다시 식사를 계속했다. 식사를 반쯤 마쳤을 때, 마차 바퀴 소리가 들려와 그는 손에 포도주 잔을 든 채 식사를 멈췄다. 경쾌하게 굴러가는 듯한 바퀴 소리가 성 앞까지 다가왔다.

"누가 왔는지 확인해 보아라."

손님은 나리의 조카였다. 이른 오후 그는 나리의 마차를 몇 리그쯤 뒤에서 따라오고 있었다. 그는 간격을 빠르게 좁혔지만, 길에서 나리를 만날 수 있을 만큼 빨리 오진 못했다. 그는 역참에서 나리가 들르셨다는 이야기를 들었다.

그가 전해 들은 (나리가 지시한) 이야기는, 저녁 식사를 준비해 놓을 테니 성에 와 주면 좋겠다는 내용이었다. 그래서 그리 오래되지 않아 도착한 것이다. 이 조카는 영국에서 찰스 다네이라는 이름으로 알려져 있었다.

나리는 그를 기품 있게 맞이했지만 악수를 하지는 않았다.

"어제 파리를 떠나셨다고요?" 찰스가 식탁에 자리를 잡으며 나리에게 물었다.

"어제. 너는?"

"저는 바로 오는 길입니다."

"런던에서?"

"네."

"오는 데 오래 걸렸구나." 후작이 미소 지으며 말했다.

"오히려 바로 오는 길이었는데요."

"아 미안하구나! 그러니까 내 말은, 오는 데 걸린 시간이 아니라 이곳에 오기로 결심하기까지 말이다."

"지체될 만한," 조카가 잠시 말을 멈추다 대답했다. "여러 일들이 있었습니다."

"물론 그랬겠지." 숙부가 능숙하게 대답했다.

하인이 머무는 동안 그 이외의 대화는 이어지지 않았다. 커피가 나오고 단둘이 남게 되었을 때, 조카가 숙부의 정교한 가면 같은 얼굴과 두 눈을 똑바로 쳐다보며 입을 열었다.

"숙부께서도 예상하셨겠지만, 제가 돌아온 까닭은 저를 처음 곤경에 처하게 한 그것 때문입니다. 절 예상치 못한 큰 위험에 처하게 하지만 성스러운 물건이고, 그것이 만약 저를 죽음으로 이끌더라도 전 감내할 수 있습니다."

"죽음으로 이끈다니." 숙부가 말했다. "죽은 것도 아닌데 그렇게까지 말할 필요는 없지 않느냐."

"잘 모르겠습니다, 숙부님." 조카가 말했다. "그 일로 제가 죽음의 문턱까지 들어선다 한들 숙부님이 절 위해 신경이나 쓰시겠어요."

코 옆이 쑥 들어가고 눈과 입술을 이루는 가느다란 선들이 길어진 잔인한 후작의 얼굴은 조카의 말이 맞음을 의미하는 불길한 징조였다. 숙부는 당치 않다는 듯 품위 있게 몸짓했으나, 그저 귀족들이 별 의미 없이 예의를 보이는 행동이라 믿을 수는 없었다.

"제가 아는 선에서 확실한 건," 조카가 말을 이었다. "숙부께서 제가 처한 그 의심스러운 상황이 더 의심스럽게 보이도록 뒤에서 손을 쓰셨다는 겁니다."

"아니, 아니야, 아니란다." 숙부가 유쾌하게 말했다.

"하지만 어떻게 되었든 간에," 깊은 불신의 눈으로 숙부를 응시하며 조카가 말을 이었다. "필요한 방법을 모두 동원하셔서 저를 막으려 하실 것을 알고 있습니다."

"애야, 그건 내가 한 말이다." 숙부의 코 양 끝이 미세하게 떨렸다. "내가 오래전에 한 말을 다시 기억해 주었으면 좋겠구나."

"기억납니다."

"고맙다." 후작이 대답했다. 물론 매우 다정하게.

악기가 울리듯 그의 목소리의 흔적이 허공에 남아 울리는 것 같았다.

"사실, 숙부님." 조카가 계속 말했다. "제가 지금 프랑스 교도소에 있지 않은 건 제겐 잘된 일이지만 숙부님께는 안된 일인 것 같습니다."

"무슨 말인지 잘 모르겠구나." 커피를 홀짝이며 숙부가 물었다. "설명을 해 주겠니?"

"왕실의 신뢰를 잃지 않으셨다면, 그 지난 일에 발목을 잡히지 않으셨다면, 편지 한 장으로 절 어떤 요새에 영원히 가두어 버릴 수 있었을 테니까요."

"가능하지." 숙부가 매우 차분하게 말했다. "가문의 영광을 위한 일이라면, 너에게 그런 폐를 끼치게 될지도 모르겠구나. 이해해 다오!"

"항상 그렇듯 그저께 연회에서도 별 소득이 없으셨다고 들었습니다. 제게는 잘된 일이죠."

"네게 잘된 일인 것 같진 않구나, 얘야." 후작이 세련되고 고상하게 말했다. "그렇게 확신하지는 마라. 가끔은 그렇게 아등바등하는 것보다 교도소에 앉아 고독하게 생각을 해 보는 쪽이 네 미래에 더 도움이 될지도 모른단다. 하지만 지금 와서 이 이야기가 무슨 소용 있겠니. 나는, 네가 말했듯이, 불리한 위치에 있다. 잘못을 바로잡을 수 있는 작은 수단, 가문의 힘과 영광을 위한 조심스러운 도움들에서 비롯된 사소한 혜택들이 네게 불편함을 좀 끼칠 수는 있겠지만, 이제 그 혜택은 관심을 갖고 끈덕지게 요구하지 않으면 가질 수도 없게 되었단다. 너무 많은 사람이 원하는데 정작 그 혜택이 주어지는 사람들은 (상대적으로) 너무 적지 않니! 프랑스는 원래 이렇지 않았지만, 점점 나빠지는구나. 우리의 가까운 조상들만 해도 주위 천한 것들의 삶과 죽음을 좌지우지하는 권한을 누렸단다. 이 방에서, 많은 개가 끌려 나가 목이 매달렸어. 옆방(내 방)에서는 어떤 자가 건방지게 자기 딸을 거칠게 다루지 말아 달라고* 하다가 그 자리에서 단검에 찔렸지. 우리는 많은 특권을 잃었단다. 요즘은 새로운 철학이 유행이라서 우리가 그 같은 특권을 주장했다가는 정말 불편한 일을 당하게 될지도 몰라(그럴 것 같지는 않다만 그럴 수도 있다는 거다). 우리에게는 정말 나쁜 일이다. 정말 나쁜 일이야!"

후작은 코담배 가루 한 꼬집을 들이마신 후 머리를 흔들었다. 그와 그 가문이 번영해야 하는 이 나라에 대해 최대한 우아하게 낙심한 모습이었다.

"예나 지금이나 우리는 그렇게 특권을 주장하죠." 조카가 우울하게 말했다. "그래서 우리 이름은 프랑스에서 사람들이 가장 경멸하는 이름이 되어 버렸고요."

"그러길 바라자꾸나." 숙부가 말했다. "상류 계층을 향한 증오는 하위 계층이 본의 아니게 보이게 되는 존경이란다."

---

* 봉건시대 유럽에서 농민의 신부는 결혼하기 전 영주와 첫날밤을 보내야 하는 풍습이 있었다.

"이 나라에서," 조카는 계속 우울한 목소리로 말을 이었다. "절 존경의 눈으로 바라보는 사람은 아무도 없습니다. 그들 눈에 담긴 건 복종할 수밖에 없는 노예의 두려움뿐이에요."

"칭찬으로 받아들이거라." 후작이 말했다. "우리가 가문의 장엄함을 유지하다 보면 따라오는 위엄인 것을! 하!" 그는 다시 코담배를 약간 들이마시며 가볍게 다리를 꼬았다.

그러나 조카가 식탁에 팔꿈치를 괴고 허탈한 듯 생각에 잠겨 손으로 두 눈을 가리자, 후작은 무심해 보이고 정교한 가면을 쓰고 있는 사람치고는 날카로움과 친밀함, 혐오가 함께 강하게 밴 눈으로 조카를 곁눈질했다.

"결국, 끝까지 남는 철학은 억압뿐이란다, 조카야." 후작이 말했다. "노예들의 복종과 두려움에서 생기는 어두운 존경심이 그들을 채찍 앞의 순한 개들로 유지해 주지." 그가 고개를 들어 위를 올려다보며 말을 이었다. "이 건물 지붕이 계속 하늘을 가려 주는 한은 말이다."

지붕이 하늘을 가리고 있을 날들은 후작이 생각하는 것처럼 많이 남아 있지 않았다. 만약 누가 후작에게 몇 년 후 이 성이 어떻게 되는지 그리고 다른 성 50채가 어떻게 되는지 그 모습을 그날 밤 보여 줬다면, 그는 불타 버리고 약탈당하고 쓰러진 잿더미들 중 자기 성이 어느 것인지 알아보지도 못했을 것이다. 그가 말한 지붕 말고도 하늘을 가릴 방법은 또 하나 있었다. 수십만 장총에서 날아오는 탄환이 눈에 박히면 영원히 하늘을 볼 수 없었다.

"그동안 네가 못하겠다면," 후작이 말했다. "가문의 영광과 평온은 내가 지키겠다. 그런데 많이 피곤하겠구나. 오늘 밤은 여기까지만 할까?"

"조금 더 괜찮습니다."

"그럼 한 시간만 더 이야기하자꾸나."

"숙부님." 조카가 말했다. "우리는 지금까지 잘못해 왔고, 그 대가를 치르고 있는 겁니다."

"우리가 잘못했다고?" 후작이 미심쩍다는 듯 웃으며 우아하게 조카를 가리켰다가 또 자신을 가리키며 되물었다.

"우리 가문, 영광스러운 우리 가문의 명예는 숙부께도, 제게도, 그 의미는 다르겠지만 정말 중요합니다. 아버지가 살아 계실 때만 해도 우리는 온갖 악행을 저지르며 우리의 쾌락, 그게 뭐가 되었든 그것을 방해하는 모든 인간을 해치고 다녔죠. 아버지뿐 아니라 숙부님도 그러지 않으셨습니까? 아버지의 쌍둥이 형제, 공동 상속자이며 다음 후계자인 숙부님을 어떻게 아버지와 갈라놓고 말할 수 있겠습니까?"

"죽음이 우리를 갈라놓았지!" 후작이 말했다.

"그리고 죽음이 절 이 끔찍한 체계에 가둬 놓았습니다." 조카가 대답했다. "그 책임은 제 것인데 그 안에서 전 아무런 힘도 없어요. 자비심을 갖고 지난 잘못들을 고쳐 나가라고 하신, 사랑하는 어머니의 그 눈빛과 유언을 지키고 싶은데 힘과 도움이 부족해 괴롭습니다."

"그 힘과 도움을 내게서 얻거라, 조카야." 후작이 집게손가락으로 그의 가슴을 찌르며 말했다. 그들은 벽난로 앞에 서 있었다. "다른 곳에서 찾아봐야 소용없단다. 알아 두렴."

한 손에 코담배 상자를 들고 조카 옆에 조용히 서 있는 후작의 창백한 얼굴 위에 그려진 모든 선은 잔인하게, 교활하게 그리고 굳게 경직되어 있었다. 그는 집게손가락이 작은 단검의 끝이라도 되는 양 한 번 더 우아하게 조카의 가슴을 찌르고 또 몸을 그으며 말했다.

"조카야, 나는 내가 살아온 이 방식을 영원히 남기고 죽을 거다."

그렇게 말하고, 후작은 코담배 가루 마지막 한 꼬집을 빨아들인 후 상자를 주머니에 집어넣었다.

"이성적으로 생각하는 게 좋아." 그가 식탁 위에 놓인 작은 종을 울리며 덧붙였다. "너의 타고난 운명도 받아들여야지. 그렇지만 헤매고 있구나, 샤를."

"가문의 유산과 프랑스는 제게 없는 것이나 다름없습니다, 숙부님." 조카가 슬프게 말했다. "포기하겠어요."

"그것들이 처음부터 네 것이더냐? 프랑스는 몰라도, 가문의 유산이? 보잘것없어 말할 가치도 없는 그것들이 네 것이라고?"

"아직 제 유산을 주장할 생각은 없습니다. 그러나 내일이라도 숙부께서 물려주신다면……."

"나를 위해서라도 내일 그럴 일은 없을 것 같구나."

"……아니면 20년 후에 물려받게 되면……."

"그렇게 말해 주니 고맙다." 후작이 말했다. "그래도 그렇게 오래 사는 편이 차라리 낫겠구나."

"저는 상속을 포기하고, 여기가 아닌 다른 곳에서 다른 일을 하며 살겠습니다. 포기하는 게 어렵겠습니까. 고통과 폐허뿐인 광야 그 이상도 아닌 이곳인데요!"

"하!" 호화로운 방을 둘러보며 후작이 말했다.

"이 방들은 보기에 충분히 아름답지만, 대낮의 하늘 아래 드러나는 본질은 낭비, 부패, 갈취, 빚, 융자, 박해, 굶주림, 벌거벗은 그리고 고통스러움이 쌓아 올린, 허물어지고 있는 탑일 뿐이에요."

"하!" 후작은 만족스럽다는 듯이 코웃음 쳤다.

"만약에 유산이 제 것이 된다면, 저보다 자격을 더 갖춘 사람에게 넘길 겁니다. 그 사람은 이 탑을 천천히 (천천히 하는 것이 가능하다면) 무너뜨려서, 견딜 수 있는 한계까지 착취당했지만 그곳을 떠날 수도 없는 불쌍한 사람들이 다음 세대에는 덜 고통받도록 무게를 덜어 줄 겁니다. 하지만 전 자격이 없습니다. 이 집, 이 땅 모두가 저주받았으니까요."

"그리고 너는?" 숙부가 물었다. "궁금해서 물어보는 것이니 이해해 다오. 너는 그런 새로운 철학을 가지고 어떻게 우아하게 살아갈 거냐?"

"저는 프랑스의 여느 사람들이 하는 일 그리고 귀족들도 언젠가는 해야 할 일을 하며 살아야겠죠. 바로 노동 말입니다."

"예를 들어 영국에서 말이냐?"

"네. 영국에서 가문의 이름을 더럽힐 일은 없을 겁니다. 더는 가문의 이름을 쓰지 않을 테니까요."

식탁에서 울린 종소리는 옆에 딸린 침실에 불을 밝혔다. 그들이 대화를 나누고 있는 방문으로 밝게 새어 들어오는 빛을 향해 후작이 눈길을 돌리고 물러가는 하인들의 발소리에 귀 기울였다.

"그곳에서 무탈히 잘 지낸 걸 보니 영국이 아주 좋은 모양이구나." 후작이 미소 지으며 침착한 얼굴로 조카에게 말했다.

"제가 잘 살고 있는 건 숙부님 덕이라는 걸, 지난번에도 말씀드렸듯이 잘 알고 있어요. 영국은 그저 제 피난처입니다."

"그곳은 많은 사람의 피난처라고 잘난 체하는 영국놈들

이 그러더구나. 그곳으로 망명한 한 동포를 알고 있느냐? 의사라던가?"

"네."

"딸이 하나 있다지?"

"네."

"그렇군." 후작이 말했다. "피곤해 보이는구나. 잘 자라!"

고상하게 머리를 굽히는 후작의 얼굴에 감도는 의미심장한 웃음 그리고 기이하게 울리는 그의 말이 조카의 눈과 귀에 강한 자극으로 닿았다. 그때 후작의 눈가에 있는 가느다랗고 곧은 선들, 얇고 긴 입술 그리고 코 양 끝의 자국과 빈정대는 태도가 그를 수려한 악마같이 보이게 했다.

"그래." 후작이 다시 말했다. "딸 하나를 둔 박사라. 그렇구나. 그렇게 새로운 철학이 시작되었구나. 피곤하겠다. 잘 자거라!"

숙부의 얼굴에 대고 따져 묻느니 차라리 성 바깥에 돌로 새겨진 얼굴들 중 하나를 골라 따져 묻는 게 더 말이 통했을 것이다. 조카는 문 쪽으로 걸어가며 허무한 듯 숙부의 얼굴을 바라보았다.

"잘 자라!" 숙부가 말했다. "아침에 다시 보자꾸나. 푹 쉬어라! 불을 밝혀 우리 조카님을 방으로 모셔라!" 하인에게 지시하고 후작이 돌아서며 혼잣말로 덧붙였다. "그리고 우리 조카님을 침대에서 불살라 버리든가." 후작은 작은 종을 다시 울려 자신을 방으로 모실 하인을 불렀다.

하인들이 왔다 가고, 후작은 헐렁한 잠옷으로 갈아입은 후 방을 이리저리 걸으며 잘 준비를 했다. 밤은 낮의 열기로 아직 더웠다. 부드러운 슬리퍼를 신어 발소리도 내지 않고, 후작은 우아한 호랑이처럼 방에서 부스럭거리며 움직였다. 그는 사람에서 호랑이로 변하려는, 아니면 호랑이에서 막 사람으로 변하려는 이야기 속 못된 마법사처럼 보였다.

그는 호화스러운 침실 이 끝에서 저 끝까지 걸으며 머릿속에 떠오르는 오늘 일들을 생각했다. 해 질 녘 천천히 언덕을 오르던 마차, 지는 해, 내리막길, 방앗간, 바위 절벽 위 교도소, 골짜기에 자리 잡은 마을, 분수대의 농민들 그리고 파란 모자로 마차 밑을 가리키던 도로 수리공이 떠올랐다. 분수대를 생각하자 파리의 분수대가 생각났다. 그 아래에는 작은 아이가 놓여 있었고, 몸을 굽히던 여자들이 있었고 또 두 손을 든 키가 큰 사내가 외쳤었다. "죽었다고!"

"이제 좀 시원하구나." 후작 나리가 말했다. "잠을 잘 수 있겠군."

큰 벽난로에 타오르는 불 하나를 남겨 놓고, 그는 주위의 얇은 커튼들을 모두 내리고, 밤이 스스로 침묵을 깨는 긴 한숨, 바람 소리를 들으면서 잠자리에 들었다.

무겁게 느껴지는 세 시간 동안 성의 바깥벽에 새겨진 얼굴들이 공허한 어둠을 노려보고 있었다. 그 세 시간 동안 마구간의 말들은 우리를 흔들었고, 개는 짖어 댔고, 부엉이는 시인들이 지정해 준 소리와는 사뭇 다른 소리를 내며 울었다. 시키는 대로 말하지 않는 것이 그것들의 고집스러운 관습이었다.

그 세 시간 동안 성에 새겨진 사자와 사람의 얼굴도 공허하게 밤을 노려보았다. 죽은 어둠이 온 대지를 감쌌고, 죽은 어둠이 쉬쉬하는 숨결에 길 위로 먼지가 날렸다. 어둠은 보잘것없는 잡초가 무성한 묘지도 덮어 어디가 어디인지 알 수 없었다. 십자가에 매달려 있던 사람은 그곳에서 내려왔는지 보이지도 않았다. 마을에서는, 세금을 내는 사람이나 걷는 사람이나 모두 깊은 잠에 빠져 있었다. 배곯은 자들이 보통 그렇듯 성대한 연회를 하는 꿈을 꾸고 있었을 수도, 아니면 혹사당하는 노예나 황소가 그렇듯 편안하게 쉬는 꿈을 꾸고 있었을 수도 있다. 야윈 마을 사람들은 꿈에서는 모두 배불렀고 자유로웠다.

마을 안의 분수대는 보이지도 들리지도 않게 흘렀고, 성의 분수대 물도 보이지도 들리지도 않게 떨어졌다. 시간의 샘에서 흘러내리는 순간들처럼, 분수대의 물도 어두운 세 시간 동안 흘러 사라졌다. 그러다가 두 분수대의 잿빛 물이 으스스하게 빛나기 시작했고, 성의 돌로 새겨진 얼굴들도 눈을 뜨기 시작했다.

날은 밝아지고 또 밝아져 태양이 고요한 나무들 위로 스치며 언덕 위로 빛을 부어내렸다. 그 빛 속에서 성안 분수대의 물은 핏빛으로 변했고 돌로 새겨진 얼굴들도 진홍빛으로 붉어졌다. 새들의 노래가 크고 높게 울렸다. 후작 나리가 주무시는 침실의 커다란 창문 앞, 비바람을 맞아 낡은 창틀에서 어린 새 한 마리가 젖 먹던 힘까지 짜내어 달콤한 노래를 부르고 있었다. 놀란 눈에 아래턱을 내리고 입을 쩍 벌린 석상 하나는 그 광경에 경탄한 듯 보였다.

이제 해가 완전히 떠오르자 마을도 분주해지기 시작했다. 창문이 열리고, 삐걱거리는 문에서 빗장이 벗겨지고, 사람들은 아직은 싸늘하고도 달콤한 아침 공기에 덜덜 떨며 문을 나섰다. 그렇게 마을 사람들은 좀처럼 덜어지지 않는 노역을 시작했다. 어떤 이는 분수대로, 어떤 이는 들판으로 나섰다. 남녀 할 것 없이 이쪽에서는 땅을 파고 캐고, 저쪽에서는 비실대는 가축을 돌보고, 뼈만 남은 소들을 몰아 풀을 발견할 수 있을 만한 들판으로 나갔다. 교회 십자가 앞에 두 명이 무릎을 꿇고 있었는데, 그중 한 명이 몰고 온 소가 발치의 잡초를 뜯으며 아침 식사를 하고 있었다.

성은 원래 그렇듯 마을보다 천천히 그러나 확실히 잠에서 깨어났다. 외로이 벽에 걸려 있던 멧돼지를 잡을 때 쓰는 창과 사냥용 칼 들이 아침 햇살에 옛날처럼 붉어지다가 예리하게 빛났다. 이제 문과 창문이 활짝 열렸다. 말들도 마구간 입구에서 쏟아져 들어오는 빛과 신선한 공기에 어깨 너머를 돌아보았고, 나뭇잎들도 창문의 쇠창살 너머로 반짝이며 흔들렸다. 산책하고 싶은 개들은 뒷걸음치며 묶인 사슬을 잡아당겼다.

이 모든 소소한 일들이 하루 일과에 속했고, 또 다른 아침이 돌아옴을 뜻했다. 그러나 성의 큰 종이 울리고, 사람들이 계단 위를 뛰어 오르내리고, 테라스에서 사람들이 다급하게 움직이고, 여기저기서 쿵쿵거리며 달려가는 발소리와 급하게 말안장을 얹어 달려 나가는 것도 그랬던가?

어떤 바람이, 이미 마을 너머 언덕 위에 와서 까마귀들도 건드리려 하지 않는 도시락을 돌무더기에 얹어 놓고 일하던 도로 수리공에게 이 난리를 전해 주었을까? 멀리 그 소식을 물고 가던 새들이 파종을 하듯 그에게 소식의 씨앗 하나를 떨어뜨렸을까? 어찌 됐든 도로 수리공은 이 더운 아침부터 무릎까지 먼지를 뒤집어쓰며 자기 목숨이 달린 듯 언덕 아래로 내달렸다. 그는 분수대에 도착할 때까지 쉬지 않고 뛰었다.

마을 사람들은 모두 분수대에 힘없이 모여 낮은 목소리

로 수군거리고 있었지만, 암울한 호기심과 놀라움 이외의 감정은 없어 보였다. 그들이 급하게 끌고 와서 아무 곳에 매어 둔 소들은 그저 멍하게 둘러보거나 아니면 오는 길에 주워 먹은, 더는 씹을 필요도 없는 되새김질거리를 우물거리며 누워 있었다. 성에서 온 몇몇 사람들, 역참에서 온 몇몇 사람들 그리고 세금을 걷으러 다니는 몇몇 사람들이 어느 정도의 무기를 가지고 길 반대편에 모여 서 있었는데 그들도 뭘 해야 할지는 몰랐다. 도로 수리공은 벌써 50명 정도 되는 친구들 사이에 들어가 파란 모자로 자신의 가슴을 치고 있었다. 이게 다 무슨 일일까? 그 와중에 가벨은 말에 탄 하인 뒤에 날쌔게 올라타더니 (그럼으로써 말의 짐을 두 배로 만들며) 독일의 시 〈레오노라〉*의 새로운 판본처럼 훌쩍 달려 떠나 버렸다. 이 모든 것이 무슨 뜻이었을까?

이미 많은 석상이 있는 그 성에 석상이 하나 더 늘었다는 뜻이었다.

고르곤이 밤사이 그 성에 와서 그동안 모자랐던 돌 얼굴을 하나 더 만들어 주고 간 것이다. 이 성이 200년 동안 기다렸던 바로 그 얼굴이었다.

그 얼굴은 후작 나리의 베개에 뉘어 있었다. 그것은 정교한 가면 같았는데, 소스라치게 놀라며 분노한 표정 그대로

---

* 독일 시인 고트프리트 뷔르거가 1773년에 쓴 시. 레오노라의 죽은 연인으로 행세하는 유령이 번개 치는 무시무시한 밤에 말을 타고 나타나 그녀를 데려가 버린다.

굳어 있었다. 석상의 심장에는 단검이 꽂혀 있었고 단검 손잡이에 달린 종이에는 이렇게 휘갈겨 쓰여 있었다.

"얼른 이자를 무덤으로 데려가라. 자크로부터."

제10장
두 약속

한 달이 열두 번 지나 1년이 흘렀고, 찰스 다네이는 영국에서 프랑스 문학에 정통한 프랑스어 선생으로 일하고 있었다. 오늘날 같았으면 교수가 됐겠지만, 그 당시 그는 그저 개인 교사였다. 그는 세계 곳곳에서 사용하는 언어를 공부할 여유와 관심이 있는 젊은이들을 가르쳤고, 또 그러면서 세상에 대한 지식과 이야기에 대한 감각을 키워 갔다. 그는 그런 이야기를 유창한 영어로 번역할 수도 있었고, 또 유창한 영어로 통역할 수도 있었다. 당시 그 같은 스승은 쉽게 찾아볼 수 없었다. 그런 소양을 갖춘 귀족들이나 왕족들은 선생을 할 만한 사회계층이 아니었고, 텔슨 은행에 잔고가 없는 몰락한 귀족들도 요리사나 목수 일을 하진 않았다. 학생들의 시간을 유쾌하고 유익하게 해 주는 개인 교사로서, 단순한 사전적 지식을 넘어선 작품을 만들던 세련된 번역가로서, 아직 젊은 다네이는 곧 널리 알려졌고 좋은 평판을 쌓았다. 나아가 그는 많은 사람이 관심을 가지기 시작하던 그의 조국 프랑스 정세에 대한 지식도 상당했다. 인내하고 정진해 온 끝에 성공을 이루고 있었다.

런던에서 다네이는 금으로 포장된 도로만 걷길 기대해 본 적도, 장미꽃잎이 깔린 침대에 눕길 기대해 본 적도 없었다. 그런 높은 기대가 있었다면 이처럼 성공하지는 못했을 것이다. 다만 그는 노동을 기대했고, 할 수 있는 노동을 찾았고, 그 노동에 최선을 다했을 뿐이었다. 그래서 그는 성공할 수 있었다.

찰스 다네이는 자기 시간의 일부를 케임브리지 대학에서 보냈다. 세관을 통과해 들어온 그리스어나 라틴어 서적이 아닌 유럽 서적을 밀수해 대학의 묵인하에 학부생을 가르쳤다. 그리고 나머지 시간은 런던에서 보냈다.

항상 여름이던 에덴동산 시절부터 추운 겨울이 대부분인 위도가 낮은 땅에서 사는 오늘날에 이르기까지, 남자의 세상은 항상 한길로만 흘러갔는데, 찰스 다네이의 길도 마찬가지였다. 바로 여인을 향한 사랑의 길이었다.

다네이는 위험에 처했던 그 순간부터 루시 마네트를 사랑해 왔다. 그는 그녀의 동정 어린 목소리처럼 달콤하고 사랑스러운 소리를 들어 본 적이 없었다. 죽음의 문턱에 서서 그렇게 부드럽고 아름다운 얼굴을 마주한 적도 없었다. 그러나 그는 그녀에게 아직 그런 마음을 이야기해 본 적이 없었다. 저 멀리 파도치는 바다를 건너, 먼지 이는 길을 지나

우뚝 서 있는 지금은 버려진 석조 성—이제는 꿈속 안개로 변해 버린 성—에서 암살이 일어난 지 벌써 1년이 지났지만, 그는 자신의 마음을 그녀에게 아직 한 마디도 못하고 있었다.

자신이 말하지 못하는 이유를 그 스스로도 잘 알았다. 여름이 다시 찾아온 어느 날, 대학에서 일을 마치고 늦게 런던에 도착한 그는 소호의 조용한 모퉁이로 향해 마네트 박사에게 자신의 마음을 털어놓을 기회를 잡으려 했다. 여름날이 거의 저물어 가고 있었고, 이때쯤 루시는 미스 프로스와 외출 중임을 그는 이미 알고 있었다.

박사는 창가에 놓인 안락의자에 앉아 독서 중이었다. 예전 고통의 시간 동안 그를 지탱해 주기도 했지만 그 고통을 더 선명하게 만들기도 했던 그의 기운이 천천히 회복되어 있었다. 마네트 박사는 이제 확실히 힘이 넘쳤고, 강한 결단력과 추진력을 가진 혈기 왕성한 사람이었다. 다시 기운을 찾은 그는 처음 정신이 돌아왔을 때처럼 가끔 변덕스럽고 급작스러운 행동을 보이기도 했지만, 그런 경우는 자주 일어나지 않았고 또 점점 더 뜸해졌다.

그는 많이 연구하고, 적게 자고, 큰 피로도 쉽게 견뎌 내고 또 한결같이 쾌활했다. 자신을 향해 들어오는 찰스 다네이를 보고, 마네트 박사는 읽던 책을 내려놓고 손을 내밀었다.

"찰스 다네이! 다시 봐서 반갑네. 지난 사나흘 동안 우리는 자네가 다시 돌아오길 기다리고 있었다네. 스트라이버 씨와 시드니 카턴도 어제 왔는데, 둘 다 자네가 올 때가 지났다고 했지."

"절 신경 써 주시는 두 분께 감사하군요." 다네이가 그들에게는 조금 차갑게, 그러나 마네트 박사에게는 무척 따뜻하게 대답했다. "마네트 양은……."

"잘 지내고 있지." 마네트 박사가 말을 끊었다. "자네가 와서 모두 기뻐할 걸세. 루시는 집안일로 잠시 나갔는데, 곧 다시 돌아올 거야."

"마네트 박사님, 루시 양이 집에 없는 걸 알고 있었습니다. 박사님께 드릴 말씀이 있어 일부러 그녀가 집을 비운 시간에 온 겁니다."

잠시 적요한 침묵이 흘렀다.

"그래?" 거북한 기색이 역력한 마네트 박사가 말했다. "의자를 여기로 가지고 와서 말해 보게."

다네이는 마네트 박사의 말을 따라 의자를 가지고 왔지만, 말을 꺼내기가 쉽지 않았다.

"마네트 박사님, 저는 지난 몇 년하고도 반을 마네트 박사님 댁과 이렇게 가까이 지낼 수 있어 행복했습니다." 침묵

끝에 마침내 다네이가 입을 열었다. "제가 이제 말씀드릴 이
야기가 우리의 친분에⋯⋯."

마네트 박사가 손을 들어 그의 말을 멈췄다. 잠시 동안 그
렇게 들고 있던 손을 다시 내리며 박사가 물었다.

"혹시 루시 이야기인가?"

"그렇습니다."

"어느 때나 그 아이 이야기를 하는 건 내게 힘든 일이야.
자네가 그런 투로 그 아이에 대해서 말하는 걸 듣는 것도
정말 힘들다네, 찰스 다네이."

"마네트 박사님, 전 그저 열렬한 흠모, 진실된 경의 그리
고 깊은 사랑을 말하고 싶을 뿐입니다!" 다네이가 예의를 갖
춰 말했다.

루시의 아버지가 다시 대답하기 전까지 침묵이 흘렀다.

"자네 말을 믿네. 믿으니까 들어 보겠네."

마네트 박사가 그 주제를 불편해하는 기색이 역력해 찰스
다네이는 말을 꺼내기가 망설여졌다.

"계속 이야기해도 되겠습니까?"

또 다른 침묵이 흘렀다.

"그래, 계속해 보게."

"제가 무슨 말을 할지 예상은 하시겠지만, 제가 오랫동안
간직한 내밀한 마음과 희망, 두려움 그리고 불안을 모르시

면 저의 말이 얼마나 진실된지, 저의 감정이 얼마나 진실된지 아실 수 없습니다. 친애하는 마네트 박사님, 저는 따님을 애틋하게, 소중하게, 사심 없이 헌신적으로 사랑합니다. 이 세상에 사랑이라는 것이 있다면 제가 따님을 사랑합니다. 박사님도 사랑을 해 보셨죠. 절 보실 때 박사님의 옛사랑을 생각해 주세요!"

얼굴을 돌리고 앉은 마네트 박사의 두 눈이 바닥을 향하고 있었다. 다네이의 마지막 말에 그는 다시 황급히 손을 뻗고 외쳤다.

"안 돼! 내버려 두게! 부탁이니 다시 옛사랑을 생각나게 하지 말게!"

그의 외침은 고통스러운 울부짖음 같아 그 소리가 멈춘 후에도 찰스 다네이의 귀에 오래도록 맴돌았다. 그의 손짓이 말을 멈춰 달라는 호소같이 보였다. 다네이가 그 호소를 받아들였고 오랫동안 침묵이 흘렀다.

"미안하네." 잠시 후 마네트 박사가 진정된 목소리로 말했다. "자네가 루시를 사랑하는 것을 의심하지 않는다네. 그건 안심해도 좋아."

마네트 박사는 의자에 앉은 채 다네이 쪽으로 몸을 돌렸지만, 그를 보거나 눈을 들진 않았다. 그는 손으로 턱을 괴고 있었고, 흰머리가 얼굴 위로 그림자를 드리웠다.

"루시에게 말해 보았나?"

"아니요."

"편지는?"

"써 본 적이 없습니다."

"아비인 나를 위해 그 마음을 여태껏 참아 주었던 걸 모른 척한다면 그건 인색한 일이지. 아비로서 고마워하고 있네."

마네트 박사는 손을 내밀었으나 시선은 여전히 다른 곳을 향해 있었다.

"이해합니다." 다네이가 공손히 말했다. "어떻게 이해 못 하겠습니까, 마네트 박사님. 전 두 분을 매일 보며 알았습니다. 박사님과 마네트 양 사이에 있는 특별하고 감동적인 사랑과 그 사랑을 자라게 한 안타까운 상황이 다른 아버지와 아이의 친밀함 속에서는 찾아보기 힘든 것이라는 걸요. 알고 있습니다, 마네트 박사님─어떻게 모르겠습니까─이제 장성한 딸의 아버지를 향한 사랑과 효심 안에는 아버지를 향한 아기 같은 사랑과 의존도 있다는 걸요. 또 어린 시절엔 부모님이 계시지 않았기 때문에, 아버지를 잃은 그때의 신실함과 애정이 지금의 열정적이고 한결같은 마음과 합해져 그 모든 마음으로 아버지께 헌신하고 있죠. 저는 마네트 양의 눈에 박사님은 항상 성스러운 존재라는 것을 정말 잘 알고 있습니다. 박사님이 죽음에서 부활하신다 해도 지금보다 더 성스럽게 여겨지진 않을 겁니다. 그녀가 박사님께 안기며 매달릴 때, 박사님의 목을 두르는 손에 아기의, 소녀의 그리고 여성의 손 모두가 포함된 것도 알고 있습니다. 박사님을 사랑함을 통해 그녀는 자신의 나이였던 어머니를 보고 또 사랑하고, 제 나이였던 박사님을 보고 또 사랑하고, 상심했던 어머니를 사랑하며, 박사님의 끔찍했던 고통과 축복받은 회복을 통해 박사님을 사랑하는 사실 또한 모두 알고 있습니다. 처음 박사님 댁에서 박사님을 알게 되었을 때부터 저는 느끼고 있었습니다."

그녀의 아버지는 고개를 숙인 채 말이 없었다. 호흡이 조금 빨라졌지만, 그 외에는 동요한 기색을 억누르고 있었다.

"친애하는 마네트 박사님, 저는 늘 그 모든 걸 알고 있었고, 마네트 양과 박사님을 감싸는 성스러운 빛을 늘 보고 있었습니다. 그래서 저는 남자의 본성이 허락하는 한 참고, 또 참아 왔죠. 저는 제 사랑이 마네트 양과 박사님 사이에 끼어든다면 그만큼 숭고하지 못한 것으로 부녀의 역사를 건드리게 되리라 믿었고, 지금도 그렇게 믿고 있습니다. 그래도 저는 마네트 양을 사랑합니다. 제가 얼마나 그녀를 사랑하는지 천국이 제 증인입니다!"

"그 말을 믿네." 그녀의 아버지가 슬프게 대답했다. "나도 지금까지 그렇게 생각해 왔다네. 자네 말을 믿네."

"하지만," 그 슬픈 목소리가 질책같이 들린 다네이가 말을 이었다. "제 운명이 언젠가 너무나 기쁘게 그녀를 아내로 맞게 해 준다 해도, 제가 그녀와 박사님 사이를 갈라놓을 거라고 생각하지 마십시오. 제가 그럴 생각이 조금이라도 있었다면 지금 이렇게 말씀드릴 수도, 드리지도 않았을 겁니다. 또 그런 게 얼마나 형편없고 비열한 행동인지 저도 이미 알고 있습니다. 많은 시간이 지난 후라도 제가 마음속에 그런 생각을 조금이라도 숨길 요량이라면—훗날 숨기게 될 거라면—저는 지금 이 손을 건드리지도 못할 겁니다."

그렇게 말하며 다네이는 자신의 손을 마네트 박사의 손에 얹었다.

"친애하는 마네트 박사님, 저는 박사님처럼 프랑스를 스스로 떠나왔고, 박사님처럼 프랑스의 혼란과 억압과 불행 때문에 쫓겨났고, 박사님처럼 스스로의 노력으로 조국과 떨어져서 더 나은 미래를 위해 살아가고 있어요. 저는 그저 박사님과 운명을 나누고, 삶과 보금자리를 나누고, 죽을 때까지 박사님께 충실하고 싶습니다. 박사님의 딸이자, 동반자이자, 벗인 루시의 특권을 나눠 가지려는 것이 아니라, 그녀가 그것을 더 많이 누리고, 박사님과 더욱더 가까워지도록 돕고 싶은 것입니다."

찰스 다네이의 손길이 아직 박사의 손 위에 머물고 있었다. 잠시 그 손길에 차갑지 않게 응한 마네트 박사는 의자 팔걸이에 손을 내려놓고 대화가 시작된 후 처음으로 눈길을 들었다. 이따금 드러나는 어두운 의심과 고통 탓에 떠오르는 표정을 억누르고 있던 그의 얼굴에는 힘든 기색이 역력했다.

"자네의 남자답고 진정 어린 말 진심으로 고맙네, 찰스 다네이. 나도 마음을 모두 열어 보려 하네, 거의 모두 말일세. 루시가 자네를 사랑한다고 믿을 이유가 있나?"

"없습니다. 지금까지는 없습니다."

"내가 그걸 확인해 주길 원해서 이 대화를 청한 건가?"

"전혀 아닙니다. 몇 주 동안 그 이야기를 꺼낼 용기도 없을 겁니다. 내일 (실수로든 아니든) 그 용기를 가져 볼까 합니다."

"내게서 조언을 원하나?"

"아닙니다, 박사님. 하지만 박사님께서 그게 옳다고 생각하시면 제게 해 주실 말씀이 있을지도 모른다는 생각은 했습니다."

"내가 약속을 해 주길 바라나?"

"그렇습니다."

"어떤 약속인가?"

"박사님이 아니면 저는 희망이 없다는 걸 잘 이해하고 있습니다. 또, 마네트 양이 지금 절 그 순수한 마음에 품어 주더라도—그럴 거라 믿을 정도로 뻔뻔하지는 않습니다만—아버지께 느끼는 사랑에 저는 상대도 안 될 겁니다."

"만약 그렇다면, 그 외에 다른 뭔가가 있다는 말인가?"

"아버지가 어떤 구혼자의 편을 들고 말한다면, 마네트 양은 세상 그 어떤 것과 자신을 제쳐 두고 아버지의 말씀을 우선시할 겁니다." 다네이는 겸손하지만 단호하게 말했다. "그러니 그런 말은 하지 마시길 간곡히 부탁드립니다."

"그렇게 하겠네. 찰스 다네이, 사랑하는 가까운 사이에서도, 먼 사이에서처럼 비밀이 생긴다네. 가까운 사이의 비밀은 미묘하고, 예민하고, 이해하기도 어렵지. 그런 면에서 내 딸 루시는 나에게 수수께끼야. 그 애의 마음을 나도 알 수가 없다네."

"혹시, 박사님 그녀에게 지금……." 그가 망설이자, 마네트 박사가 말을 이었다.

"그녀를 만나러 오는 구혼자가 있냐고?"

"그게 제가 묻고 싶었던 말입니다."

그녀의 아버지는 잠시 생각해 본 후 대답했다.

"카턴 씨는 여기서 본 적이 있을 테고, 스트라이버 씨도 종종 온다네. 구혼자가 있다면 그 둘 중 하나일 수밖에 없네."

"아니면 둘 다겠군요." 다네이가 말했다.

"둘 다일 거라는 생각은 안 해 봤네. 그럴 것 같지는 않네. 내게서 약속을 원한다고 했지. 말해 보게."

"만약에 마네트 양이 언제라도 박사님께 와서, 제가 지금 박사님께 말씀드리듯 절 향한 자신의 마음을 털어놓게 된다면, 박사님께서 제가 지금 말한 것에 대한 증인이 돼 주시고 또 제 말을 믿는다고 말씀해 주셨으면 합니다. 저에 관한 나쁜 말은 안 하실 정도로 절 좋게 봐 주고 계신다면 좋겠습니다. 그것 외에는 부탁드릴 약속이 없습니다. 제게 조건을 요구하셔도 당연한 일이니 조건을 알려 주시면 곧바로 따르겠습니다."

"내 약속하지." 마네트 박사가 말했다. "그리고 조건은 없네. 자네 목적은 자네가 말한 것처럼 순수하고 진실되어 보이네. 또 나와 내 또 다른 분신 같은 내 딸 사이의 끈을 약하게 하는 게 아니라 지속해 주려 하는 것이 자네 뜻인 걸 믿네. 만일 루시가 내게 와서 자네 없이 행복할 수 없다고 하면, 나는 그 아이를 자네에게 주겠네. 만약에……, 찰스 다네이, 혹시 만약에……."

젊은이는 감사의 뜻으로 마네트 박사의 손을 잡았다. 두 손이 서로를 잡았을 때 박사가 말을 이었다.

"……내 딸이 진정으로 사랑하는 자에게 대항하는 어떤 생각이나 의도나 불안이 있다면―행여 남자에게 책임이 없는 잘못이라 하더라도—그것들은 루시를 위해 모두 없어져야 하네. 그녀는 내 전부야, 내 고통보다, 그 어떤 잘못보다 소중한 내 딸이라고. 이런! 쓸데없는 이야기를 하고 있군."

그렇게 갑자기 마네트 박사는 다시 침묵에 빠져들었고, 말을 멈춘 채 지은 굳은 표정은 너무나 기이했다. 다네이는 박사와 맞잡은 자신의 손이 차가워진다고 느꼈다. 마네트 박사의 손은 천천히 풀려 떨어졌다.

"내게 뭔가 말했는데," 마네트 박사가 미소 지으며 물었다. "뭐라고 했나?"

찰스 다네이는 뭐라고 대답할지 몰라 망설이다가 곧 조건에 대해 말하고 있었다는 걸 기억해 냈고 안심하며 말했다.

"저를 이렇게 믿어 주시니 저도 거기에 보답하고 싶습니다. 기억하실지 모르지만, 제가 지금 쓰는 이름은 제 어머니의 이름을 조금 바꾼 것이고 제 진짜 이름이 아닙니다. 제가 왜 영국에 와 있는지 말씀드리고 또 제 진짜 이름도 알려 드리고 싶습니다.

"그만!" 보베에서 온 박사가 외쳤다.

"그렇지만 꼭 알려 드리고 싶습니다. 박사님이 절 더 믿으실 수 있고 저는 비밀을 숨기지 않아도 되니까요."

"그만하라고!"

잠깐 동안 박사는 두 손으로 자기 귀를 막기까지 했고,

다음 순간에는 두 손을 다네이의 입술에 갖다 대었다.

"지금 말고 내가 물어볼 때 말해 주게. 만약 일이 잘되고, 루시가 자네를 사랑한다고 하면, 결혼하는 날 아침에 알려 주게. 약속할 수 있나?"

"물론입니다."

"손을 이리 주게. 루시는 곧 집에 올 거고, 오늘 밤엔 그 아이가 우리 둘을 안 보는 게 낫겠어. 잘 가게! 하느님의 가 호가 있기를!"

찰스 다네이가 마네트 박사를 떠났을 때 어둠이 내려 있 었고, 한 시간 후 루시가 집에 왔을 때는 어둠이 더 짙어져 있었다. 서둘러 혼자 방으로 들어간 그녀는—미스 프로스 는 바로 위층으로 올라갔다—안락의자가 비어 있는 것을 보고 놀랐다.

"아버지!" 그녀가 마네트 박사를 불렀다. "아버지 어디 계 세요!"

아무 대답도 들려오지 않았지만, 그의 침실에서 낮은 망 치 소리가 들려왔다. 조용히 건넛방으로 가서 문으로 들여 다본 그녀는 온몸의 피가 차가워졌다. 그녀는 공포에 휩싸 여 울면서 달려 나왔다. "어떻게 하지! 어떻게 하지!"

하지만 고민은 잠시뿐이었다. 그녀는 다시 황급히 방으로 들어가 문을 두드리며 작은 소리로 아버지를 불렀다. 그녀가 부르는 소리에 망치 소리가 멎었고, 마네트 박사가 루시에게로 걸어 나왔다. 그리고 그들은 오랫동안 이리 왔다가, 저리 갔다가 하며 방을 걸어 다녔다.

그날 밤 루시는 침대에서 나와 마네트 박사가 잘 자는지 확인했다. 그는 깊게 잠들어 있었고, 구두장이 도구들과 미처 완성하지 못한 구두도 그대로 있었다.

제11장
배우자의 기준

"시드니." 여느 때와 다름없는 밤, 혹은 아침, 스트라이버 씨가 그의 자칼에게 말했다. "펀치 한 통만 더 만들어 봐. 할 말이 있다네."

시드니는 그날 밤에, 지난밤에도, 그 전날 밤에도, 그 전전 날 밤에도 그리고 그 뒤로 이어지는 많은 밤들 동안 두 배로 일했다. 긴 휴정기 전에 스트라이버 씨의 서류를 전부 처리하기 위해서였는데, 마침내 스트라이버의 사무실에 밀렸던 일들이 모두 깔끔하게 정리되어 이제 대기와 법정에 안개가 흩뿌려지고 방앗간에 곡식이 들어오는 11월이 될 때까지 남은 일은 없었다. 과도한 업무 때문에 시드니는 별로 활기가 넘치지도 않았고 정신이 말짱하지도 못했다. 밤을 새우기 위해 평소보다 훨씬 더 잦은 물수건질이 필요했고 또 그만큼 더 많은 양의 포도주를 물수건질 전에 마셔야 했다. 상태가 몹시 좋지 않던 그는 머리에 터번처럼 감겨 있던 수건을 벗어 지난 여섯 시간 동안 수건을 담갔다 뺐다 한 세면 세숫대야에 던졌다.

"펀치 한 통 더 만들고 있나?" 통통한 스트라이버가 허리춤에 손을 놓고 기대 누워 있던 소파에서 두리번거리며 물었다.

"만들고 있다네."

"자, 이제 여길 보게! 자네가 다소 놀랄 만한 이야기를 해주지. 자네가 생각하는 것만큼 내가 날카로운 사람이 아니라는 걸 보여 주게 될지도 모르겠군. 나는 결혼할 거네."

"그런가?"

"그렇다네. 돈 때문에 결혼하는 것도 아니야. 어떤가?"

"별로 할 말이 없네. 그녀는 누구야?"

"맞혀 봐."

"내가 아는 여자인가?"

"맞혀 보라고."

"새벽 5시에 지금 내 머릿속이 타 들어가고 펑펑 터지고 있는데 그걸 맞히고 있을 여유는 없다네. 맞혀 보게 하려면 저녁을 사든가."

"뭐 그럼, 바로 말해 주지." 스트라이버가 천천히 몸을 일으켜 앉으며 말했다. "시드니, 자네처럼 무감각한 개에게 이걸 어떻게 설명해야 할지 몰라 좀 슬프다네."

"그리고 자네는," 펀치를 제조하느라 바쁜 시드니가 대꾸했다. "정말이지 감수성 풍부하고, 시적이고……."

"무슨 소리야!" 거만하게 웃으며 스트라이버가 말했다. "뭐, 내가 로맨스에 대해 잘 알고 있다고 (잘 알게 되고 싶다만) 말할 수는 없지만, 자네 같은 사람보다는 더 부드러운 남자라고."

"자네 말은, 더 운 좋은 남자라는 거군."

"내 말은 그게 아니네. 내 말은 그러니까 나는 좀 더……, 좀 더……."

"기사도 정신이 있다는 거겠지." 카턴이 제의했다.

"그래! 기사도 정신이라고 말하겠네. 내 말은, 그러니까 내가 남자답다는 걸세." 스트라이버가 펀치를 만들고 있는 친구에게 뽐내며 말했다. "자네보다 여자들의 세계에서 좀 더 잘 보이려 하고, 잘 보이려 노력하고, 잘 보이려면 어떻게 해야 하는지 더 잘 알고 있지."

"계속해 보게." 시드니 카턴이 말했다.

"아니, 하지만 계속하기 전에," 스트라이버가 강요하듯 머리를 흔들며 말했다. "이건 짚고 넘어가야겠네. 자네는 나만큼이나, 혹은 나보다 더 자주 마네트 박사님 댁에 놀러 갔었지. 그런데 자네가 그렇게 뚱하게 굴어서 난 정말이지 창피했네! 말도 없고 우울하고 처량한 표정이나 하고, 세상 부끄럽고 창피하게 뭐 하는 건가, 시드니!"

"법조인으로서 부끄러움을 안다는 건 큰 장점이지." 시드니가 대꾸했다. "나한테 감사하게."

"그런 식으로 어물쩡 넘길 생각은 하지 말게." 대답을 강요하며 스트라이버가 말했다. "아니야, 시드니, 이걸 자네에게 말해 주는 건 내 의무일세—그리고 다 자네 잘되라고 얼굴에 대고 하는 말이야—자네는 그런 모임에 정말 안 맞는 사람이네. 누가 자넬 좋아하겠어."

시드니는 자신이 만든 펀치 한 잔을 들이켜고 웃었다.

"날 보게!" 스트라이버가 자신을 들이대며 말했다. "나는 이미 여러모로 자리 잡아 그렇게 잘 보이려고 할 필요가 자네보다 없는 사람이야. 그런데 왜 그러겠나?"

"잘 보이려고 하는 걸 못 본 거 같은데." 카턴이 중얼거렸다.

"바로 그게 정치이기 때문이지. 난 그걸 원칙으로 삼고 있네. 그리고 날 봐! 난 잘나가고 있잖나."

"결혼 계획에 대해선 왜 더 말하지 않는가." 카턴이 무심하게 대답했다. "그 이야기나 계속해 보게. 내 얘기 말고. 내가 구제 불능이란 걸 아직도 모르겠나?" 그렇게 말하는 카턴은 조금 화가 나 보였다.

"자네가 구제 불능일 필요는 없네." 그의 친구가 대답했지만 그리 달래는 말투는 아니었다.

"내가 아는 한 나는 아무짝에도 쓸모없네." 시드니 카턴이 말했다. "그래서 그 아가씨는 누군가?"

"자, 내가 이름을 말할 때 너무 불편해하지 말게, 시드니." 스트라이버가 친한 척하며 말을 골랐다. "자네가 하는 말 중에 반은 진심이 아니고, 진심이라 하더라도 별로 중요하지 않다는 걸 아니까. 자네가 예전에 내게 이 아가씨에 대해 조금 안 좋은 말을 해서 하는 말이네."

"내가 그랬나?"

"확실히 그랬지. 바로 이 방에서 말이야."

시드니 카턴은 자신의 펀치를 보았다가 득의양양한 친구를 바라보고, 펀치를 마시고 또다시 득의양양한 친구를 바라보았다.

"자네가 그녀를 금발 인형이라고 부른 적이 있었지. 만약 자네가 그런 것에 대해서 섬세함이나 조심스러움을 아는 사람이었다면 그렇게 말하는 게 조금 서운했을지도 모르겠네. 하지만 자네는 그런 사람이 아니잖은가. 그런 감각은 전혀 없지. 그림 볼 줄 모르는 사람이 내 그림을 보고 말하거나 음악을 들을 줄 모르는 사람이 내 음악에 대해 말하는 것에 신경 쓰지 않듯, 자네가 한 그 말을 생각해도 나는 그렇게 서운하지 않다네."

카턴은 친구를 보며 펀치 한 잔을 단숨에 털어 넣었다.

"이제 다 알게 되었군, 시드." 스트라이버가 말했다. "난 운명을 믿지 않네. 그녀는 아름답고, 나는 이제 행복하게 살기로 했네. 전반적으로 봐서 나는 행복하게 살 만한 여유는 있는 것 같아. 그녀는 돈 잘 벌고, 잘나가고, 유명한 남편을 얻는 걸세. 그녀에겐 행운이지만, 그녀는 그런 행운을 가질 자격이 있지. 자네 놀랐는가?"

여전히 펀치를 마시고 있던 카턴이 대답했다. "내가 놀랄 이유라도 있나?"

"인정해 주는 건가?"

아직도 펀치를 마시고 있던 카턴이 대답했다. "내가 인정 못할 이유라도 있나?"

"좋아!" 그의 친구 스트라이버가 말했다. "생각했던 것보다 잘 받아들이는군. 생각보다 내 돈 걱정은 덜 해 주고 말이야. 하지만 자네는 자네의 오랜 친구가 의지의 남자인 걸 알고 있으니까. 그래, 시드니, 나는 이제 이렇게 사는 게 지겹네. 남자에겐 돌아갈 수 있는 (그리고 가기 싫으면 안 가도 되는) 가정이 있는 게 좋은 것 같아. 마네트 양이라면 그 누구를 만나더라도 보여 줄 만하고 또 나를 돋보이게 하겠지. 그래서 결혼을 결심한 걸세. 그리고 시드니 자네, 자네 미래에 대해서 한마디 하겠네. 지금 자네는 알다시피 상태가 좋지 않아. 정말 좋지 않다고. 자네는 돈의 가치도 모르고, 그저 대충 살다가 망가져서 나중에는 가난해지고 병들겠지.

자네는 간병인에 대해서 진지하게 생각해 봐야 하네."

잘나가는 아버지가 아들에게 말하듯 이야기를 이어 가던 스트라이버는 평소보다 두 배나 더 뚱뚱하고 네 배나 더 못생겨 보였다.

"자, 내가 조언 하나 하지." 스트라이버가 말을 이었다. "자네 미래를 직시하게. 나는 다른 방식으로 내 미래를 직시했고, 자네는 자네 방식으로 미래를 직시하라는 말일세. 결혼을 하게나. 자네를 돌봐 줄 누군가를 찾으란 말이야. 자네가 여자랑 같이 시간을 보내기 싫은 마음도, 이해하기 싫은 마음도, 결혼하기 싫은 마음도 모두 털어 버려. 누군가를 찾아보게. 재산 좀 있고 적당히 괜찮은 여자 말이야―복부인이나, 하숙을 치는 여자도 괜찮지―그리고 건강이 나빠질 때를 대비해서 결혼을 하게. 그게 자네가 해야 하는 일이야. 생각해 보게, 시드니."

"생각해 보겠네." 시드니가 대답했다.

제12장
세심한 남자

박사의 딸에게 너그럽게 자신의 재산을 나눠 주기로 결정한 스트라이버 씨는, 휴정기 동안 긴 휴가를 떠나기 전에 그녀가 얼마나 행복한 사람인지 알려 주기로 마음먹었다. 그는 그 문제에 대해서 다소 고민해 본 후 우선 지금 그녀에게 이 사실을 이야기해 예심을 통과해 놓기로 했다. 그다음에 마이클마스 텀 전에 결혼할 건지 아니면 힐러리 텀이 되기 전 성탄절 휴가 기간 동안 결혼할 건지 결정할 생각이었다.

그녀와의 결혼을 두고 그는 자신의 승소 가능성을 전혀 의심하지 않았다. 평결은 그에게 유리할 게 뻔했다. 현실적인 증거만 두고—이런 일에는 오로지 현실적인 증거만 논의할 가치가 있었다—배심원단과 논쟁한들 그가 꿀리는 부분은 하나도 없었다. 원고 측 증인은 바로 그 자신이었고 증거는 의심할 여지가 없었다. 피고의 변호단은 서류를 내던져 버렸고, 배심원단은 따로 회의할 필요도 없었다. 재판 판결을 내린 후, 스트라이버 재판장은 이보다 더 쉬운 사건은 없을 거라 확신했다.

따라서 스트라이버 씨는 긴 휴가의 시작과 함께 마네트 양에게 복스홀 정원에서 데이트를 하자고 정식으로 요청했지만 실패했다. 그래서 라넬라 정원으로 초대했지만, 그것 또한 실패했다. 그는 결국 소호로 가서 자신의 숭고한 마음을 고백하는 수밖에 없었다.

그래서 긴 휴가가 막 시작됐을 때, 스트라이버 씨는 거리 위 사람들을 밀치며 템플에서 소호로 향했다. 그 누구든 템플바의 세인트 던스턴* 쪽에서 자기보다 약한 모든 사람을 밀치며 소호로 돌진하는 그를 보았더라면 그가 얼마나 강한 사람인지 알 수 있었으리라.

그는 텔슨 은행을 지나가다가, 자신이 그곳의 고객이고 또 로리 씨가 마네트 박사의 가족과 친하게 지내는 것이 생각나 로리 씨에게 소호의 미래가 얼마나 밝은지 알려 주려고 은행에 들어가 보기로 마음먹었다. 그는 삐꺽거리는 문을 밀고, 걸려 넘어질 뻔한 계단 두 개를 지나고, 두 늙은 은행원을 지나서, 곰팡내 나는 뒷방으로 밀치고 들어갔다. 그곳에서 로리 씨는 숫자를 적기 위해 줄이 그어진 큰 장부들 앞에 앉아 있었고, 사무실 창문에도 숫자를 적기 위한 듯 수직으로 쇠창살들이 쳐져 있었다. 그곳에서는 구름 아래 모든 것이 숫자로 더해질 수 있는 듯했다.

---

* 제2차세계대전 중 파괴되기 전까지 런던 브릿지와 런던 타워 그 중간에 있던 성당이었다.

"여기요!" 스트라이버 씨가 말했다. "안녕하십니까? 그동안 잘 지내셨고요!"

스트라이버의 대단한 특징 중 하나는 어느 장소든 어느 공간이든 비좁게 만들어 버리는 것이었다. 텔슨 은행에 비해 그가 너무 거대했기 때문에 먼 구석에 있는 늙은 은행원들은 그가 자신들을 벽 쪽으로 밀어 버리기라도 한 듯 원망스러운 눈으로 올려다보고 있었다. 비교적 먼 곳에서 고상하게 서류를 읽고 있던 은행 이사도 스트라이버가 자신의 조끼에 머리를 들이밀기라도 한 듯 불쾌한 기색으로 고개를 숙였다.

신중한 로리 씨는 그 상황에 가장 알맞은 목소리로 인사하며 악수를 했다. "안녕하십니까, 스트라이버 씨? 잘 지내셨어요?" 로리가 악수하는 방법은 조금 특이했는데, 그건 은행 대표가 있을 때 텔슨 직원들이 고객과 악수하는 방식이었다. 로리는 텔슨 회사 전체를 대표하듯 고고하고 인간미 없이 악수하고 있었다.

"뭘 도와드릴까요, 스트라이버 씨?" 로리가 사무적으로 물었다.

"아, 아닙니다. 로리 씨를 뵈러 온 겁니다. 개인적으로 드릴 말씀이 있어서요."

"아 그렇군요!" 로리 씨가 귀 기울이기 위해 몸을 굽혔으나 정작 눈은 멀리 은행 대표를 향해 있었다.

"저는 말입니다," 스트라이버 씨가 비밀 이야기를 하듯 책상 위로 두 팔을 뻗었다. 두 사람이 사용할 수 있는 큰 책상이 그의 앞에서는 반쪽 크기로 보였다. "저는 당신의 작고 어여쁜 친구 마네트 양께 청혼하러 가는 길입니다, 로리 씨."

"오, 저런!" 로리 씨가 턱을 매만지며 자신의 손님을 의심스레 바라보았다.

"'오, 저런'이라니요, 선생님?" 스트라이버가 뒤로 물러서며 되물었다. "오, 저런, 로리 씨? 무슨 뜻입니까, 로리 씨?"

"제 뜻은," 효과적인 사무적인 태도를 취할 줄 아는 로리가 말했다. "당연히 당신에 대한 호의이고 감사이며, 또 당신에게 굉장히 좋은 일이라는 겁니다. 그리고—그냥 한마디로 당신이 듣고 싶어하는 그 뜻입니다. 그런데—사실, 스트라이버 씨, 아시겠지만……." 로리는 잠시 멈추고, 이렇게 말하는 자기 자신도 진심으로 어쩔 수 없다는 듯 고개를 희한하게 흔들었다. "당신은 정말, 너무 뚱뚱하지 않습니까!"

"아니!" 스트라이버가 눈을 부릅뜨고 시비 걸듯 한 손으로 책상을 내리치며 숨을 크게 들이마셨다. "누가 들으면, 로리 씨, 제가 죽을죄라도 지은 줄 알겠습니다!"

로리 씨는 그 말에 수긍하듯 귀 양옆으로 작은 가발을 고쳐 쓰고 펜의 깃을 물어뜯었다.

"젠장, 선생님!" 스트라이버가 그를 노려보며 말했다. "제가 자격이 없습니까?"

"오, 이런, 아닙니다! 당연히 아니지요, 당연히 자격이 있습니다!" 로리 씨가 말했다. "자격으로 말하자면 당신은 자격이 있죠."

"제가 성공 못했습니까?" 스트라이버가 물었다.

"오! 성공한 걸로 말하자면 당신은 성공했죠." 로리 씨가 말했다.

"전도유망하고요?"

"전도유망한 걸로 치자면," 인정해 줄 수 있는 말이 또 하나 있어 기쁜 로리 씨가 얼른 대답했다. "두말하면 잔소리 아닙니까."

"그럼 도대체 무슨 뜻으로 그런 말씀을 하셨죠, 로리 씨?" 낙심한 기색이 역력한 스트라이버가 물었다.

"아니! 그러니까……, 혹시 지금 그쪽으로 가는 길이었습니까?" 로리 씨가 물었다.

"곧바로요!" 스트라이버가 통통한 주먹으로 책상을 쿵 내리쳤다.

"저 같으면 안 갈 겁니다."

"왜요?" 스트라이버가 말했다. "자, 이제 사실대로 말해 주셔야겠습니다." 그가 삿대질하며 말을 이었다. "직업의식이 있는 분이니 모든 행동 뒤에 이유가 있겠죠. 얼른 말해 보십시오. 왜 안 가신다는 겁니까?"

"왜냐하면," 로리 씨가 말했다. "그렇게 해 봤자 내가 성공할 이유가 없으니까요."

"젠장!" 스트라이버가 외쳤다. "쐐기를 박으시는군요."

로리 씨의 눈길이 멀리 앉은 대표를 향했다가, 다시 화난 스트라이버에게로 향했다.

"여기 직업의식이 있다는 분이, 연륜도 많으시고 경험도 많으시고 은행에서 일하시는 분이," 스트라이버가 말했다. "완전히 성공할 만한 중요한 이유 세 개까지 수긍하시고선, 이유가 없다니요! 어깨 위에 달린 게 머리가 맞습니까!" 머리가 달리지 않은 채로 이야기하면 그나마 이해하겠다는 투로 스트라이버 씨가 말했다.

"제가 말한 성공은, 아가씨와의 관계에서의 성공입니다. 그리고 성공을 할 만한 이유는, 아가씨가 받아들이고 이해할 이유를 말한 거고요. 친애하는 스트라이버 씨, 아가씨 말입니다." 로리 씨가 스트라이버의 팔을 부드럽게 치며 말했다. "아가씨요. 아가씨가 제일 우선입니다."

"그럼 지금 제게 하시는 말씀은, 로리 씨," 스트라이버가 양 팔꿈치를 들이밀며 말했다. "지금 우리가 말하고 있는 아가씨가 얼굴만 예쁜 바보라고 생각하신다는 겁니까?"

"그게 아니죠. 스트라이버 씨." 로리 씨의 얼굴이 붉어졌다. "아가씨를 모욕하는 말이라면 그게 누구 입술에서 비롯되든 참지 않을 겁니다. 그리고 이 책상 앞에서 아가씨에 대한 험담을 자제하지 못할 정도로 거칠고 난폭한 자가 있다면—그런 자가 없길 바라지만—그자를 가만히 놔두지 않을 테고 텔슨 은행도 절 말릴 수 없을 겁니다."

자기가 화낼 차례가 와도 끓어오르는 분노를 참으며 침착하게 말해야 하는 스트라이버 씨의 혈관은 위험할 정도로 팽창했다. 평상시에는 질서 정연하던 로리 씨의 혈관도 자신이 화낼 차례가 되자 그보다 더 나을 것 없는 비슷한 상황으로 변했다.

"이게 제가 하고 싶은 말입니다, 스트라이버 씨." 로리 씨가 말했다. "오해 없으시길 바랍니다."

스트라이버 씨는 이로 자의 끝을 물어뜯다가 나중엔 이로 자를 튕겼다. 아마 이가 아팠을 것이다. 어색한 침묵을 깨고 그가 말했다.

"이건 제게 낯선 일입니다, 로리 씨. 제게 소호로도 가지 말고 구혼자로 나서지도 말라고 말씀하시다니요. 킹스벤치 법정의 변호사, 이 스트라이버에게 말입니까?"

"제 조언을 원하십니까, 스트라이버 씨?"

"네, 조언해 주십시오."

"좋습니다. 그럼 조언할 테니 새겨들으십시오."

"제가 그저 할 수 있는 말은," 짜증 섞인 웃음과 함께 스트라이버가 말했다. "이건 정말—하, 하!—과거도, 현재도, 미래도 다 망쳐 버린다는 겁니다."

"이제 제 말을 들어 보세요." 로리 씨가 말을 이었다. "저는 직업의식만 투철한 사람이라 이 일에 대해 무슨 의견을 말할 처지가 못됩니다. 직업의식만 투철한 사람이라 이런 일은 전혀 모르니까요. 하지만 연장자로서, 어린 마네트 양을 품에 안고 온 사람으로서, 그녀와 그녀 아버지의 신뢰를 받고 또 그들을 많이 사랑하는 친구로서 말하는 겁니다. 제 말을 듣고 싶어 오신 건 스트라이버 씨입니다, 기억하시죠? 자, 이래도 제가 틀린 말을 하는 것 같습니까?"

"설마요!" 스트라이버가 휘파람을 불며 대답했다. "상식이 통하는 제삼자의 의견을 찾기가 정말 어려운 것 같습니다. 그저 저 자신만 믿을 수밖에요. 어떤 부분에서 전 감각을 믿는데, 선생님은 허황된 걸 믿으시는군요. 낯설기는 하지만, 그래도 선생님 말씀이 맞을 수도 있겠죠."

"제가 뭘 믿는지는 제가 알아서 할 문제입니다, 스트라이버 씨. 그리고 기억하십시오." 로리 씨의 얼굴이 다시 빠르게 붉어졌다. "나는 절대—여기가 텔슨 은행이든 말든—다른 신사분이 제 신념에 대해 왈가왈부하도록 내버려 두지 않을 겁니다."

"아이고! 큰 실례를 했습니다!" 스트라이버가 말했다.

"사과를 받아들이겠습니다. 감사합니다. 그리고 스트라이버 씨, 제가 하려던 말은 이겁니다. 당신이 틀렸다는 걸 받아들이기 고통스러운 만큼, 마네트 박사님도 당신에게 솔직하게 말하기가 고통스러우실 테고 마네트 양이 솔직하게 말하는 건 훨씬 더 고통스러울 겁니다. 제가 기쁘고 영광스럽게도 마네트 박사님의 가족과 친하게 지내는 것을 아시죠. 제가 당신에게 무슨 약속을 하거나 대변해 드릴 수는 없겠지만, 만약 괜찮으시면 제가 조금 더 알아보고 판단한 다음에 다시 조언을 해 드리겠습니다. 그때 가서 제 조언이 마음에 안 드시면, 그때 소호에서 시험해 보셔도 될 겁니다. 하지만 그때 제 조언이 마음에 드셔서 따르신다면 많은 사람이 고통받지 않을 수 있겠죠. 어떠십니까?"

"얼마나 런던에서 더 기다려야 합니까?"

"오! 몇 시간 걸리지 않을 겁니다. 오늘 저녁에라도 소호에 갔다가 당신 사무실에 들르도록 하죠."

"그럼 조언을 따르겠습니다." 스트라이버가 말했다. "당장 알고 싶을 만큼 불안하지 않으니 지금 소호에는 가지 않겠습니다. 조언을 따를 것이고, 오늘 저녁에 알아봐 주시길 기다리겠습니다. 좋은 하루 보내십시오."

그런 다음 스트라이버 씨는 뒤돌아 휘몰아치듯 은행을 나가 버렸는데 그가 만든 돌풍에 늙은 두 은행원이 휘청거려 몸이 흔들리지 않게 젖 먹던 힘까지 짜내야 했다. 이 존경받는 쇠약한 노인들은 사람들에게 항상 몸을 굽혀 인사하는 모습으로 비쳐서, 많은 사람이 말하길 이들은 떠나는 손님의 등에 대고 몸을 굽힌 후에 그다음 손님이 들어올 때까지 계속 그러고 있을 거라고 했다.

변호사 스트라이버는 은행원이 아무 도덕적 근거 없이 그런 말을 할 사람이 아니라는 걸 알 만큼은 똑똑했다. 그는 그런 일을 받아들일 준비는 안 되어 있었지만, 큰 알약을 삼키듯 참고 받아들였다. "자, 이제," 스트라이버가 템플 전체에 대고 삿대질하며 말했다. "당신들이 다 틀렸다고 내가 증명해 보이면 되는 일이야."

그건 그의 마음에 큰 안정을 주는, 올드 베일리식 전략이었다. "아가씨, 나보고 틀렸다고 하면 안 돼." 스트라이버 씨가 말했다. "그건 나만 할 수 있는 거니까."

그리하여 로리 씨가 그날 밤 10시쯤 되는 늦은 시간에 스트라이버 씨의 사무실에 도착했을 때, 그는 책과 서류에 묻혀 있었다. 그는 아침에 이야기한 건 이제 관심도 없다는 듯 행동했고, 오히려 로리 씨가 왔을 땐 놀란 모습까지 보였다. 그는 바쁘고 정신없는 척하고 있었다.

"자!" 마음씨 좋은 특사가, 30분 동안 모른 척하는 스트라이버를 붙잡고 이야기를 하려 애쓰다 마침내 말했다. "그래서 소호에 다녀왔습니다."

"소호에요?" 스트라이버 씨가 차갑게 되물었다. "오, 맞아요! 아이고, 저도 참!"

"그리고 의심할 여지 없이," 로리 씨가 말했다. "제 말이 맞는다는 것을 확인했지요. 그래서 제 입장은 마찬가지고, 제가 드린 조언도 그대로입니다."

"그것참," 스트라이버 씨의 말투는 더없이 친절했다. "당신께도, 가여운 그녀의 아버지께도 안된 일입니다. 가족 간에서도 나누기 참 힘든 문제라는 걸 알고 있습니다. 더는 말씀하지 않으셔도 됩니다."

"무슨 말인지 모르겠습니다만." 로리 씨가 말했다.

"제가 아무 말 하지 않는 편이 좋겠죠." 스트라이버가 그를 달래듯, 그러나 단호하게 고개를 끄덕이며 말했다. "상관없어요, 상관없죠."

"하지만 상관있습니다." 로리 씨가 뒷말을 재촉했다.

"아닙니다. 정말로 상관없습니다. 아무런 의미가 없는데 의미가 있다고 생각했고, 기릴 만한 야망이 없는데 기릴 만한 야망이라 생각했던 제 잘못이죠, 피해 본 사람은 없으니 그걸로 됐습니다. 젊은 여자들은 옛날에도 그런 비슷한 실수들을 했고, 나중에 가난해지고 잊혔을 때 후회하죠. 이타적인 관점에서 보면, 현실적으로 제가 불리한 이 결혼이 성사되지 못해 안타깝습니다. 이기적인 관점에서 보면, 결혼이 성사되지 않아 오히려 제게는 잘된 일이죠. 현실적으로 저는 잃을 게 많으니까요. 제가 얻을 건 하나도 없다는 건 말할 필요도 없겠습니다. 손해 본 사람은 한 명도 없습니다. 제가 마네트 양에게 청혼했던 것도 아니고, 우리끼리 하는 이야기지만, 돌이켜 보면 제가 그렇게까지 해야 되는 일이었는지도 사실 의문입니다. 로리 씨, 머리가 텅텅 빈 여자들의 쓸모없는 허영심이나 경솔함을 통제할 수는 없습니다. 통제하려고도 하면 안 됩니다, 항상 실망만 돌아올 테니까요. 자, 이제 더 이야기하지 맙시다. 그들을 생각하면 안된 일이지만 저한테는 만족스러운 결과니까요. 제 이야기를 들어 주시고 조언해 주신 점 정말 대단히 감사하게 생각합니다. 저보다 마네트 양을 더 잘 아시겠죠. 로리 씨 말이 맞습니다. 안될 일이었어요."

너무 경악스러웠던 나머지 로리 씨는 어울리지 않게 마음이 너그럽고, 인내하고, 선의를 띤 척하는 표정으로 자신을 문 쪽으로 밀어붙이는 스트라이버 씨를 그저 멍하게 바라볼 수밖에 없었다. "그저 좋게 생각합시다, 친애하는 로리 씨." 스트라이버가 말했다. "더는 말할 것도 없습니다. 제 이야기를 들어 주셔서 다시 한번 감사합니다. 안녕히 가십시오!"

로리 씨는 자기도 모르는 사이에 떠밀려 밤거리로 쫓겨났다. 스트라이버 씨는 소파 위에 누워, 천장을 보며 윙크했다.

제13장
세심하지 못한 남자

어딜 가든 눈에 띄는 일이 잘 없었던 시드니 카턴은 마네트 박사 집에서도 확실히 눈에 띄는 일이 없었다. 그는 1년 내내 자주 그곳을 방문했는데 항상 뚱하고 우울한 모습으로 어딘가에 있었다. 그는 하고 싶은 말이 있을 때는 말을 잘했다. 그러나 그의 안에 있는 빛은 좀처럼 무관심과 무감각의 구름이 드리운 치명적인 어둠을 뚫고 새어 나오는 법이 없었다.

그러나 그는 집 주위의 길와 보도에 깔린 무의미한 돌들에 다소 관심을 보였다. 포도주를 마셔도 일시적이나마 기쁨이 생기지 않으면, 많은 밤을 그는 막연하고 우울하게 방황하며 지새웠다. 새벽에 드러나는 그 고독한 형상은 아침 첫 햇살이 교회 첨탑과 높은 건물들에 부서져 짙은 그림자를 남길 때까지도 그곳에 남아 있었다. 아마 아침의 고요함을 통해 이미 잊혔거나 손에 닿을 수 없는 더 좋은 것들을 마음속에서 떠오르게 하려는 것 같았다. 최근에는 그가 템플 법정의 버려진 침대에서 자는 일도 그 어느 때보다 드물었다. 몇 분도 안 되게 눈을 붙이고 나면 그는 바로 다시 일어나 그 동네를 맴돌았다.

8월 어느 날, 스트라이버 씨가 (그의 자칼에게 "결혼하는 거에 대해 다시 한번 생각해 봐야겠다"라고 통보한 후) 데번셔주*로 휴가를 떠났을 때, 그리고 도시의 길가에 핀 꽃들의 모습과 향기가 악인에게는 선의를, 병자에게는 희망을, 노인들에게는 젊음의 기운을 느끼게 해 줄 때쯤, 시드니의 두 발은 계속 그 길 위를 밟으며 걸어가고 있었다. 갈 곳 없이 떠돌던 발걸음이 어떤 목적 때문에 활기를 띠고 있었고, 그 목적을 달성하기 위해 가고 있었다. 그는 마네트 박사의 집 앞에 도착했다.

그는 위층으로 안내되었고 그곳에서 혼자 일하고 있는 루시를 보았다. 그녀는 그와 편한 사이가 아니었기 때문에 약간 당황한 듯 인사했고, 그는 그녀의 탁자 가까이에 앉았다. 그러나 인사치레로 몇 마디 나누던 중, 그의 얼굴을 올려다본 루시는 어떤 변화를 눈치챘다.

"어디 아프신 것 같아요, 카턴 씨!"

"아닙니다. 그러나 마네트 양, 제가 사는 방식이 몸에 그리 좋지는 않죠. 이렇게 방탕하게 사는데 무슨 기대를 하겠습니까?"

---

* 영국 남서쪽에 있는 지방, 데번이라고도 알려져 있다.

"그렇게만—이렇게 물어봐서 죄송하지만—살아야 한다면 안타까운 일이지 않나요?"

"물론 안타까운 일이죠!"

"그럼 왜 바꾸지 않는 거죠?"

다시 그를 상냥하게 바라보던 그녀는 그의 눈에 눈물이 맺힌 걸 보고 놀랐다. 대답하는 그의 목소리도 눈물로 메어 있었다.

"너무 늦었습니다. 지금보다 나아지진 않을 겁니다. 더 바닥으로 떨어지고, 더 나빠지겠죠."

그는 그녀의 탁자에 팔꿈치를 괴고 손으로 그의 눈을 가렸다. 뒤이은 침묵에 탁자가 가늘게 떨렸다.

그녀는 그가 그렇게 무너지고 괴로워하는 모습을 본 적이 없었다. 그도 그것을 알고 있었기에 그녀를 보지 않고 말했다.

"용서해 주세요, 마네트 양. 드릴 말씀을 생각하니 마음이 먼저 무너져 내리는군요. 제 말을 들어 주시겠습니까?"

"그게 도움이 된다면요, 카턴 씨. 그걸로 더 행복해지실 수 있다면 저도 정말 기쁠 거예요!"

"이토록 따뜻한 마음씨라니!"

잠시 후 그는 얼굴을 가렸던 손을 내리고 차분히 말을 꺼냈다.

"제 말에 겁먹지 마십시오. 제가 말하는 그 어떤 것 때문이라도 주눅 들지 마시고요. 저는 어려서 죽은 사람 같습니다. 살아오는 동안 내내 그랬죠."

"아니에요, 카턴 씨. 더 좋은 날이 꼭 올 거라 믿어요. 자신을 훨씬, 훨씬 더 자랑스럽게 여길 날이요."

"그렇게 말씀해 주셔서 감사합니다, 마네트 양, 저는 아니라는 걸 알지만—비록 제 비참한 가슴이 아니라고 말해 주고 있지만—그래도 절대 잊지 못할 겁니다!"

그녀가 얼굴이 창백해진 채 몸을 떨고 있어 그는 그녀를 안심시켜 주었다. 카턴 그 자신에 대한 굳은 절망이 이 대화를 그 어떤 대화와도 다르게 만들었다.

"마네트 양, 만약 오늘 당신이 당신 앞에 서 있는 남자의 사랑에 화답해 주신다면—방탕하고, 망가지고, 술에 찌든, 가여운 남자 말입니다—이날 이 시간 그는 행복이야 하겠지만, 당신에게 고통과 슬픔, 후회를 초래하고, 당신을 시들게 하고, 부끄럽게 하고 그리고 자신과 함께 구렁텅이로 빠지리라는 것을 잘 알고 있을 겁니다. 당신이 제게 애정을 가질 수 없다는 것도 잘 알고요. 하지만 그 마음을 갈구하진 않습니다. 그럴 수 없어 차라리 감사한 마음입니다."

"그런 마음 없이는 당신을 구할 수 없나요, 카턴 씨? 제가 당신을—이렇게 말하는 걸 용서해 주세요!—더 나은 길로 이끌 수는 없나요? 이렇게 제게 털어놓으신 그 마음에 보답할 길은 정녕 없는 건가요? 제게만 털어놓으신 비밀이란 걸 알아요." 그녀가 겸허하게 말했다. 그녀는 잠시 망설이다가 진심 어린 눈물을 흘리며 말을 이었다. "이 말을 아무에게도 하지 않을 것도 알고 있어요. 이 모든 것을 당신을 도와줄 수 있는 방향으로 돌릴 수는 없나요, 카턴 씨?"

그가 고개를 저었다.

"그럴 수는 없습니다, 마네트 양, 그럴 수 없어요. 제 말을 조금만 더 들어 주시는 걸로 당신이 해 주실 수 있는 건 충분합니다. 당신은 제 영혼이 꾸는 마지막 꿈이었다는 걸 알아주셨으면 합니다. 저는 이미 타락했지만, 당신이 당신의 아버지와 함께 있는 그 모습과 당신이 보금자리로 꾸민 이 집을 볼 때마다 제 안에서 영원히 사라진 줄 알았던 오래된 그림자가 다시 꿈틀거렸습니다. 제가 당신을 알게 된 날부터, 두 번 다시 절 괴롭게 하지 못할 줄 알았던 그 슬픔이 절 괴롭히기 시작했습니다. 영원히 사라진 줄 알았던, 그 오래전 용기를 북돋아 주는 목소리도 다시 제 귀에 속삭이기 시작했고요. 막연하게 새로 노력하고, 새로 시작하고, 게으름과 육욕을 떨쳐 버리고 한때 포기했던 싸움을 다시 해봐야겠다는 생각도 들었습니다. 꿈이었죠. 모두가 꿈이었고, 결국 아무것도 남지 않는, 잠에서 깨면 누워 있던 제자리인 그런 꿈이었어요. 하지만 그런 꿈을 꿀 수 있었던 건 당신 덕분이었다는 걸 알아주시길 바랍니다."

"정녕 아무것도 남지 않는 건가요? 제발요, 카턴 씨, 다시 생각해 보세요! 다시요!"

"아닙니다, 마네트 양. 처음부터 지금까지 저는 제가 그럴 자격이 없다는 것을 알고 있었습니다. 그렇지만 제 마음에도 약한 부분이 있고 그것은 여전히 약하여, 당신이 알아주기를 바라는 겁니다. 잿더미 같던 제게 당신이 어떤 놀라운 방법으로 피워 준 그 불꽃이 있다는 걸요……. 그러나 저와 마찬가지인 그 불꽃은 아무것도 재촉하지 못하고, 아무것도 밝히지 못하고, 아무런 도움도 되지 않은 채 그저 타들어 가겠지요."

"그건 제 잘못이에요, 카턴 씨. 절 알기 전보다도 더 당신을 불행에 빠뜨린……."

"그렇게 말씀하지 마세요, 마네트 양. 누군가 절 구해 줬다면 그건 바로 당신일 겁니다. 제가 잘못된다 한들 당신에게 잘못은 없어요."

"당신이 말하는 그 마음이 어떻게든 제 영향을 받는다면—그러니까 제 말은, 쉽게 말해서—제가 제 영향으로 당신을 도울 수는 없는 건가요? 제가 당신에게 좋은 영향을 끼칠 수 있는 힘이 전혀 없을까요?"

"제가 이제 와서 할 수 있는 제일 좋은 일을, 마네트 양, 저는 그 일을 하러 이곳에 왔습니다. 잘못된 방향으로 흘러가는 제 인생의 남은 시간 동안, 당신께 제 마음을 열어 드렸다는 이 기억을 세상 끝날 때까지 간직하고 살아가려 합니다. 당신이 가엾게 여기고 동정할 만한 무언가가 제 안에 남아 있었다는 것도요."

"제 온 마음을 담아 열렬히 애원하고 또 애원하는 건, 당신이 더 나은 일들을 할 수 있다고 믿는 거예요, 카턴 씨!"

"제가 그것을 더는 믿지 않길 애원해 주세요, 마네트 양. 저는 이미 이런 사람이라는 걸 잘 알고 있습니다. 제가 당신을 고통스럽게 하고 있군요. 얼른 말을 끝내겠습니다. 제가 훗날 이날을 떠올릴 때, 제 인생에서 마지막으로 털어놓는 비밀이 당신의 맑고 순수한 가슴에만 머물고 다른 누구와도 공유되지 않을 거라 생각하게 해 주시겠습니까?"

"그게 당신에게 위로가 된다면, 그렇게 할게요."

"당신에게 가장 가까운 그 사람에게도요?"

"카턴 씨," 그녀가 불안한 기색으로 잠시 멈췄다가 다시 대답했다. "비밀은 제 것이 아니에요. 당신 것이죠. 당신의 비밀을 존중할 것을 약속해요."

"고맙습니다. 그리고 또다시, 하느님의 가호가 있기를."

그는 그녀의 손에 입 맞추고 문 쪽으로 걸어갔다.

"마네트 양, 제가 이 이야기를 지나가는 말처럼 다시 꺼낼지도 모른다는 걱정은 하지 마세요. 다시 이 이야기를 떠올리게 하지도 않을 겁니다. 제가 죽으면 그것 또한 더없이 확실해지겠지요. 제가 죽는 그 순간에 당신의 마음속에 제 진실된 모습과 이름, 실수, 불행 또한 담아 주신 걸 기억하겠습니다. 그 추억을 주신 당신께 감사하며, 또 축복하며, 그 신성하고 아름다운 추억을 되새기며 죽을 것입니다. 그리고 가벼운 마음으로 행복하게 세상을 떠나겠지요."

지금까지 보여 왔던 모습과는 너무 달라 보이는 그가 지금까지 살아온 타락하고 낭비된 삶이 가여워, 루시는 슬프게 흐느꼈다. 그는 그녀에게서 등을 돌리고 서 있었다.

"울지 마세요!" 그가 말했다. "마네트 양, 전 당신이 마음 아파할 가치도 없는 사람입니다. 한두 시간만 지나도 저는 제가 그렇게 경멸하면서도 어울리는 천한 친구들과 천한 습관에 젖어 들 테고, 차라리 거리를 기어 다니는 거렁뱅이들에게 더 당신이 눈물 흘려 줄 가치가 있을 겁니다. 울지 마세요! 앞으로도 저는 겉으로 보기에 그대로겠지만, 제 마음속에서 당신을 바라보는 저는 항상 지금 이 모습일 겁니다. 제가 마네트 양께 부탁드리는 게 하나 있다면, 그런 제 마음을 믿어 달라는 것 하나입니다."

"믿을 거예요, 카턴 씨."

"그게 제가 원하는 전부입니다. 이제 당신과 아무런 닮은 점도 없고, 당신과의 사이에 좁혀지지 않을 그 거리를 잘 아는 이 방문자는 가 보겠습니다. 이런 말이 소용없다는 건 알지만 이건 제 영혼에서 우러나는 진심입니다. 저는 당신을 위한 일이라면 그리고 당신에게 소중한 그 누구를 위한 일이라면 무엇이든 하겠습니다. 제가 하는 일이 좀 더 나은 것이라 희생하며 다른 사람들을 도와줄 수 있는 일이라면, 전 당신과 당신에게 소중한 그들을 위해 기꺼이 희생할 겁니다. 가끔 조용히 생각에 잠길 때 이런 저의 간절하고 진실된 마음을 기억해 주세요. 당신에게 새로운 인연이 닿을 때가 머지않아 올 겁니다. 그 인연은 당신이 사랑하는 이 보금자리에 당신을 더 애틋하고 강하게 붙잡아 주고, 당신을 영원히 축복하고 기쁘게 하겠죠. 아아 마네트 양, 언젠가 당신의 아름다움을 꼭 닮은 그리고 당신 아버지의 행복한 얼굴을 닮은 아이들이 당신 발치에서 올려다보는 날이 온다면, 당신이 사랑하는 모든 것을 위해 목숨을 바치려는 남자가 있었다는 걸 때때로 기억해 주세요."

그리고 그가 마침내 말했다.

"그럼 안녕히. 하느님의 축복이 함께하길!"

그렇게 그는 그녀를 떠났다.

제14장
정직한 상인

제러마이아 크런처 씨는 플리트 거리에 놓인 자신의 의자에 까불거리는 아들과 함께 앉아서 날마다 엄청나게 다양한 모습의 사람들이 바쁘게 오가는 광경을 보고 있었다. 한창 분주한 시간에는 플리트 거리 어디에 앉더라도 눈에 들어오는 사람들의 행렬이 둘 있었는데, 하나는 태양과 함께 서쪽으로, 다른 하나는 태양을 피해 동쪽으로 향하다가 결국 둘 다 붉고 보랏빛이 감도는 지평선으로 사라졌다. 그 두 거대한 행렬에 혼이 나가지 않고 귀가 먹지 않을 사람은 없었다!

크런처 씨는 몇백 년 동안 한 시냇물 옆만 지킨 시골 농부처럼―제리는 그의 냇물은 절대 마르지 않을 거라 생각하지만―지푸라기를 씹으며 그 행렬을 지켜보고 있었다. 그가 거둬들이는 수입의 어느 정도는 겁 많은 여인들(대부분 머리끝부터 발끝까지 차려입은 중년 여인들)이 텔슨 은행에서 그 반대편까지 길을 건너도록 도와주는 데서 왔기 때문에, 그는 자기 냇물이 영원히 마르지 않기를 바랐다. 그가 함께 길을 건너는 순간은 짧았지만, 그는 그 틈을 타 부인들에게 관심을 표했고, 그들의 훌륭한 건강을 위해 건배하는 영광을 누리고 싶다고 말했다. 그가 그 영광을 누릴 수 있도록 그녀들이 술값만큼의 돈을 선물했고, 그게 바로 크런처가 개인 비상금을 조달하는 방식이었다.

한 시인이 공공장소에 놓인 작은 의자에 앉아 행인들을 보며 사색에 잠겨 있을 때였다. 크런처 씨 또한 공공장소의 의자에 앉아 있었지만, 그는 시인이 아니었으므로 최소한의 사색만 하며 주위를 둘러보았다.

이제는 사람들도 거의 없고 발걸음을 서두르는 여인도 없어 그의 장사가 잘 안 되고 있었기 때문에 가슴속에 크런처 부인이 어디 구석에 '털썩 무릎 꿇고' 있는 건 아닌가 하는 강력한 의심이 피어오르던 차였다. 그때, 플리트 거리 서쪽으로 지나가는 특이한 한 무리가 그의 눈길을 끌었다. 장례 행렬인 듯했고, 주위에 성난 사람들이 모여 있는 모습도 보였다.

"제리야." 크런처가 아들을 돌아보며 말했다. "저기 누구를 묻으러 가는 길인가 보다."

"야호 신난다!" 작은 제리가 외쳤다.

작은 제리의 의미심장한 환호가 기분이 나빴던 큰 제리는, 기회를 보다가 작은 제리의 귀싸대기를 갈겼다.

"그게 뭔 뜻이냐? 신나긴 뭐가 신나? 아주 그냥 아비도 파묻으시겠다, 이 호래자식아? 이놈 이거 몹쓸 놈이네!" 크런처 씨가 아들을 쳐다보며 말했다. "야호 신난다니! 그런 소리 한 번만 더 했다간 귀싸대기가 남아나지 않을 줄 알아. 알겠냐?"

"제가 뭘 했다고 그래요." 작은 제리가 뺨을 문지르며 따졌다.

"아무것도 하지 마, 그럼." 크런처 씨가 말했다. "아무것도 하지 말고 있어. 저기 위에 앉아서 사람들 구경이나 해."

아들은 순종했고 사람들이 몰려왔다. 그들은 거무칙칙한 말과 거무칙칙한 장례 마차를 둘러싸고 고함치며 야유하고 있었다. 장례 마차에 앉은 사람은 한 명뿐이었는데 그 자리에 어울리는 거무칙칙한 상복 차림이었다. 그러나 마차 주위로 커져 가는 소란 탓인지 그 자리를 그리 달가워하는 모습은 아니었다. 마차를 둘러싼 사람들은 그를 조롱하고, 그를 향해 찌푸리고, 으르렁대며 소리치고 있었다. "야! 첩자다! 야! 거기! 첩자!" 그 외에도 입에 담기에는 너무나 험한 추모의 말이 많았다.

크런처 씨는 항상 장례 행렬에 지대한 관심을 보였다. 장례 행렬이 텔슨 은행 앞을 지날 때면 그는 늘 신경을 곤두세웠고 엉덩이가 가벼워졌다. 그래서 이렇게 예외적인 조문객이 따르는 행렬에는 대단히 흥분할 수밖에 없었다. 그는 자기 쪽으로 달려오는 첫 번째 남자를 붙잡고 물었다.

"거기, 무슨 일이요? 뭔 일 났소?"

"나도 모르죠." 남자가 말했다. "첩자다! 야하! 거기! 첩자!"

크런처는 다른 남자에게 물었다. "누구 장례요?"

"몰라요." 열정과 진심을 담아 두 손을 입에 모으고 소리치던 남자가 대답했다. "첩자! 야하! 거기! 처—업자!"

마침내 그는 이 사건에 대해 좀 더 아는 사람을 만나게 되었고, 그로부터 이 장례 행렬이 로저 클라이라는 자의 장례임을 알 수 있었다.

"그가 간첩이었소?" 크런처 씨가 물었다.

"올드 베일리 간첩이었다네요." 정보원이 대답했다. "야아! 거기! 야! 올드 베일리 처—업자!"

"아니, 그런 일이!" 그도 목격한 그때의 재판을 떠올리며 제리가 외쳤다. "나도 본 적이 있는 사람인데. 그자가 죽었소?"

"죽었다마다요." 남자가 대답했다. "더 죽을 수도 없고요. 끌어내라, 첩자를! 첩자를 끌어내라!"

아무 생각 없이 몰려가던 군중에게 그 제안은 너무나 적절했기 때문에, 그들은 기꺼이 제안을 받아들이며 큰 소리로 끌어내라, 끌어내라며 구호를 외쳤다. 군중이 장례 마차와 영구 마차에 너무 가까이 모여들자 두 마차는 멈출 수밖에 없었다. 사람들이 마차 문을 열자마자 안에 앉아 있던 상주는 옥신각신 끝에 그들의 손에 붙들렸지만, 몸이 날쌘 그는 기회를 틈타 상복, 상모, 흰 손수건 그리고 예의상 흘리던 눈물까지 모두 벗어 버린 채 홱 옆길로 달아났다.

사람들이 상주가 버리고 간 것들을 매우 기쁜 마음으로 갈기갈기 찢어서 던져 버리는 동안 상인들은 황급히 가게 문을 잠갔다. 당시의 군중은 막을 길이 없는 끔찍한 괴물이었다. 어느새 영구 마차를 열고 관을 꺼내려는 사람들에게, 관을 들고 장지까지 모두 함께 즐겁게 행진하자고 그들보다 똑똑한 한 천재가 제안했다. 현실적인 지도가 필요했던 군중은 이 제안 또한 환호하며 반겼다. 곧 마차 안에는 여덟 명, 밖에는 열두 명이 올라타고, 영구 마차 지붕에는 온갖 기발한 방법을 동원하여 최대한의 사람들이 올라탔다. 제리 크런처 씨도 제일 먼저 올라탄 사람 중 하나였는데, 혹시 텔슨 은행에게 들킬까 봐 마차 한구석에서 삐죽삐죽한 머리를 숨기고 있었다.

장례를 담당한 장의사가 예식의 이런 변화에 잠시 항의했다. 하지만 누구라도 그를 던져 버릴 수 있는 강이 위험할 정도로 가까이에 있었고, 불량한 장의사를 정신 차리게 하려면 냉수마찰이 특효약이라는 몇몇 사람들의 말에 그의 항의는 짧고 미약하게 끝났다. 이제 다시 구성된 행렬은 이러했다. 굴뚝 청소부가 영구 마차를 몰고―원래 마부가 바로 옆에서 그를 주시하며 지시하고 있었다―떠돌이 파이 상인이―역시 그 옆에 선생님 한 분을 모시고―장례 마차를 몰았다. 행렬이 스트랜드*를 모두 지나기 전에 당시 길거리 공연으로 인기가 많던 곰 재주 부리는 사람이 끌려와 행렬을 장식하는 데 동원되었다. 재주 부리던 거무칙칙한 곰은 장례 행렬의 분위기를 내는 데 일조했다.

맥주를 들이켜고, 담배를 피우고, 고래고래 노래하면서 슬픔을 마구 비웃던 이 무질서한 행렬은 지나가는 곳마다 더 많은 사람을 끌어모으고 가게 문을 죄다 닫게 했다. 행렬의 목적지는 멀리 들판에 있는 세인트 판크라스 구교회*였다. 시간이 지나 행렬이 도착했고, 모든 사람이 장지로 몰려갔다. 마침내 군중은 자신들이 원하는 방식대로 고인 로저 클라이를 환송하고 크게 만족해했다.

고인의 장례가 끝나고 이제 재미가 없어지자, 아무나 지나가는 사람을 붙잡아 올드 베일리의 첩자라 부르면서 마구 괴롭혀 보자고 또 다른 한 천재가 (존전의 그 천재였을지

---

* 런던 트라팔가 광장과 템플바를 잇는 런던 중심의 큰 거리.
● 런던 중심부 소머즈타운에 있는 유서 깊은 성공회 교회.

도 모른다) 제안했다. 그 재밌는 놀이를 위해, 이들은 살면서 올드 베일리 근처에도 못 가 봤을 무해한 사람들을 쫓아가 밀치며 괴롭히기 시작했다. 놀이는 쉽고 자연스럽게 창문을 깨고 술집을 약탈하는 짓으로 이어졌다. 몇 시간이 지나 여러 공원 정자가 무너지고 난간이 뜯겨 공격적인 이들의 무기로 사용되고 있었을 때 근위대가 출동했다는 소문이 돌았다. 사람들은 조금씩 흩어졌는데, 근위대는 왔을 수도 있고, 안 왔을 수도 있었다. 하지만 이것이 군중이 흩어지는 방법이었다.

크런처 씨는 군중의 놀이에 동참하지 않았다. 그는 교회 정원에 남아 장의사들과 위로와 인사를 나누었다. 그는 이곳에 오면 마음이 놓였다. 크런처는 가까운 술집에서 파이프를 얻어 와 난간을 바라보며 담배를 피웠다. 그리고 묘지를 바라보며 생각에 잠겼다.

"제리." 크런처 씨가 평소처럼 혼잣말을 했다. "그날 너도 클라이를 봤지. 너도 봤겠지만, 그는 앞날이 창창한 젊은이였어."

그는 담배를 다 피우고 나서도 그곳에 더 머물다가, 뒤돌아 자리를 떠났다. 텔슨 은행이 문을 닫기 전에 다시 돌아가 자리를 지켜야 했다. 죽음에 대한 사색이 그의 간을 건드렸는지, 아니면 건강이 그전부터 안 좋았는지, 그도 아니면 그저 유명한 사람에게 관심을 표하고 싶었는지는 중요하지 않았다. 그는 돌아가는 길에 자신의 의사—의술로 명망 높았던—에게 들렀다.

작은 제리는 아버지가 계시지 않는 동안 충실히 자리를 지켰고, 돌아온 아버지에게 아무 일도 없었다고 보고했다. 은행이 문을 닫고, 늙은 은행원들이 퇴근하고, 밤 경비가 세워지자 크런처 씨와 아들은 저녁 식사를 하러 집으로 향했다.

"자, 이제 잘 들어!" 크런처 씨가 집으로 들어서며 아내에게 말했다. "만약 정직한 상인으로서 내가 하는 일이 오늘 밤 잘못되기라도 하면, 그건 당신이 저주의 기도를 퍼부었기 때문이라고 간주하겠어. 내 눈으로 당신이 기도하는 모습을 본 것처럼 가만히 안 둘 거야!"

낙심한 크런처 부인이 고개를 저었다.

"아니, 지금 내 눈앞에서 기도하는 거야?" 크런처 씨가 불안한 듯 화를 냈다.

"아무 말도 안 했어요."

"그래, 그럼. 아무 생각도 하지 마. 생각하는 척 기도하려 들겠지. 날 배신하려면 뭔 짓인들 못하겠어. 다 그만둬."

"알았어요, 여보."

"알았어요, 여보." 크런처 씨가 식사를 위해 앉으며 비꼬듯 따라 했다. "바로 그거야! '알았어요, 여보.' 그 말만 해.

그 말만 하라고."

크런처 씨가 이런 뚱한 말들을 하는 별다른 이유는 없었다. 그저 사람들이 종종 그렇게 하듯, 그도 그게 삶의 불만을 표현하는 일상의 방식이었다.

"당신이나, 그 맘에 없는 말이나," 크런처 씨가 마치 큰 굴을 껍데기에서 바로 후루룩 삼키듯 버터 바른 빵을 베어 물며 말했다. "그래, 알았어! 믿어 보지."

"오늘 밤에도 나가는 거예요?" 그가 또 한입을 베어 무는 동안 경우 바른 아내가 물었다.

"응, 나갈 거야."

"같이 가도 돼요, 아버지?" 아들이 천진난만하게 물었다.

"안 돼, 이놈아. 나는—엄마도 알겠지만—낚시 가는 거야. 내가 하는 일이 그거지. 낚시하러 가는 거라고."

"낚싯대가 좀 녹슬어 있던데요. 그렇지 않아요, 아버지?"

"신경 *꺼거라*."

"물고기 잡으면 집에도 가져오시나요, 아버지?"

"못 잡아 오면, 내일 먹을 게 없겠지." 그가 고개를 흔들며 대답했다. "궁금한 것도 많구나. 나는 네가 곤히 잠들 때까지 안 나갈 거다."

그는 크런처 부인을 매우 주의 깊게 감시하면서, 그녀가 자기에게 안 좋은 생각이나 기도를 할 시간이 없도록 계속

시비 걸며 나머지 저녁 시간을 보냈다. 그는 같은 이유로 계속 어머니와 대화를 하라고 아들에게도 강요했고, 그가 생각해 낼 수 있는 모든 불만과 비난을 그녀에게 쏟아부었다. 그는 부인이 홀로 사색할 여유를 한순간도 주지 않았고 그럼으로써 이 불쌍한 여인을 힘든 삶으로 몰아넣었다. 그 어떤 신실한 사람이 와서 기도한들, 이자가 아내에게 갖는 불신보다 열정적이지는 않을 것이다. 그것은 마치 유령을 믿지 않는다는 사람이 귀신 이야기를 듣고 공포에 질린 모습이었다.

"그리고 말해 두는데!" 크런처 씨가 말했다. "내일 고기는 없을 줄 알아! 내가 정직한 상인으로 일해 번 돈으로 고기 한두 점을 사 오더라도 건드릴 생각 말고 빵이나 먹어. 내가 정직한 상인으로 일해 번 돈으로 맥주를 사 온들 너희는 물이나 마시란 말이야. 로마에 가면 로마법을 따라야지. 안 그러면 로마가 너희에게 잘해 줄 거 같아? 내가 로마라고, 로마."

그의 투덜거림이 다시 시작되었다.

"얼굴을 처박고 먹고 마시는 꼴이라니! 여편네가 기도나 한답시고 매정하게 난리 치는데 음식과 마실 것은 왜 이 모양인지 모르겠어. 당신 아들 좀 보라고. 당신 아들 아니야? 저 나뭇가지처럼 말라빠진 꼴이란. 아들 하나 통통하게 살찌우는 게 지상 과제인지도 모르면서 당신이 그러고도 어미야?"

이 말이 작은 제리의 아픈 구석을 건드렸다. 아들은 어머니께 지상 과제를 생각해 달라고, 다른 일은 내버려 두더라도 아버지가 애정을 담아 조심히 지적하시는 어미의 역할에 충실해 달라고 애원했다.

그렇게 크런처 씨 가족의 저녁이 지나갔다. 작은 제리는 자러 가라는 지시를 받았고, 그의 어머니도 비슷한 명을 받고 순종했다. 그는 이른 밤을 혼자 담배를 피우며 보냈고 거의 새벽 1시가 될 때까지 길을 나서지 않았다. 으스스하고 야심한 시각이 되어서야 자리에서 일어나 주머니에서 열쇠를 꺼내 자물쇠로 잠겨 있던 찬장을 열었다. 그곳에서 그는 자루 하나, 크기가 적당한 쇠지레, 밧줄과 쇠사슬 따위의 낚시 도구를 꺼냈다. 그는 능숙하게 도구들을 챙겨 들고, 크런처 씨 부인에게 마지막으로 불만의 소리를 날린 후, 불을 끄고 밖으로 나섰다.

떠밀려 잠자리로 왔을 때 옷을 갈아입는 척만 했던 작은 제리는 곧 아버지를 따라나섰다. 어둠에 숨어 그는 아버지를 따라 방을 나오고, 계단을 내려가, 현관을 통과해, 길로 나갔다. 다시 집으로 돌아올 일은 걱정할 필요가 없었다. 세입자가 많은 이 건물의 문은 밤새도록 열려 있기 때문이다.

소명에 따르는 아버지의 정직한 기술과 신비를 연구할 멋진 꿈에 부풀어, 작은 제리는 서로 가까이 붙어 있는 자신의 두 눈처럼 건물 입구, 담, 문가에 몸을 바싹 붙이고 존경하는 아버지를 보고 있었다. 존경하는 아버지는 북쪽으로 향했는데, 얼마 가지 않아 아이작 월튼*의 한 제자와 합류해 둘이 함께 터덜터덜 걸어갔다.

출발한 지 반 시간이 채 지나지 않아 그들은 깜박이는 가로등을 지나고 깜박이며 졸고 있는 경비원도 지나 으슥한 길로 접어들었다. 그곳에서 또 다른 낚시꾼이 합류했는데, 무척이나 은밀하게 이루어진 동행이었다. 만약 작은 제리가 미신을 믿었다면, 앞서 등장한 낚시 대가의 제자가 갑자기 둘로 나뉘었다고 생각했을 것이다.

세 사람은 계속 걸었고 작은 제리도 계속 따라갔다. 그러다 그들은 길을 위에서 굽어보는 둑 발치에 멈춰 섰다. 둑 위에는 낮은 벽돌담이, 그 위로 쇠 난간이 둘러져 있었다. 둑과 벽돌담의 그림자 속에서, 그들은 길을 벗어나 한쪽에 높이가 2~3미터 정도 되는 벽이 서 있는 막다른 골목으로 들어갔다. 한구석에서 웅크린 채 골목을 엿보던 작은 제리의 눈에 들어온 것은, 축축하고 구름에 싸인 달빛 아래에서 존경하는 아버지의 윤곽이 날렵하게 철문을 타고 올라가는 모습이었다. 곧 그가 문을 넘어갔고, 두 번째 낚시꾼이 넘어

＊《조어대전》이라는 책을 쓴 낚시의 대가인 영국 작가.

갔고, 세 번째 낚시꾼도 넘어갔다. 그들은 문 안쪽으로 조용히 착지했고, 무슨 소리가 나나 듣는 모양인지 그곳에서 잠시 머물렀다. 그런 다음 그들은 손과 무릎으로 기어가기 시작했다.

이제 작은 제리의 차례였다. 그는 숨죽이고 문으로 다가갔다. 구석에 웅크려 문틈으로 들여다보자 풀이 무성한 곳을 기어가는 세 낚시꾼의 모습이 눈에 들어왔는데—이곳은 교회의 넓은 공동묘지였다—비석이 하얀 유령처럼, 교회의 탑이 거대한 거인의 유령처럼 그들을 바라보았다. 세 낚시꾼은 조금 더 기어가다가 멈추고 몸을 일으켰다. 그리고 낚시질을 시작했다.

처음에 그들은 삽으로 낚시를 했다. 곧 존경하는 아버지가 큰 코르크 따개 같은 것을 다루는 모습도 보였다. 들고 있는 도구가 뭐든 간에 세 사람은 열심히 일했고, 그 와중에 교회의 시계탑 종소리가 무시무시하게 울리자 깜짝 놀란 작은 제리는 아버지처럼 머리가 뻣뻣하게 솟은 채 달아났다.

하지만 오랫동안 아버지의 일을 알고 싶어했던 그는 도망가다 멈추고 되돌아왔다. 작은 제리가 다시 철문 사이로 들여다보았을 때 낚시꾼들은 여전히 열심히 낚시질 중이었는데, 마침 입질이 오는 모양이었다. 땅에서 뭔가 파내는 소리와 불평이 섞여서 들려왔고, 어떤 무거운 물체를 드는지 굽힌 허리가 버거워 보였다. 천천히 무거운 물체가 땅 위를 뚫고 표면 위로 올라왔다. 작은 제리는 그것이 무엇인지 아주 잘 알았지만, 그것을 보는 순간 그리고 그의 존경하는 아버지가 그것을 비틀어 열려는 모습을 보는 순간, 그런 광경을 처음 본 작은 제리는 공포에 질려 다시 도망갔다. 이번에는 2킬로미터 가까이 멀어지고도 멈추지 않았다.

숨을 고를 필요가 없었다면 작은 제리는 절대 멈추지 않았을 것이다. 그는 마치 유령과 경주해 이기려고 마음먹은 사람처럼 달렸다. 그가 본 관이 쫓아오고 있는 것만 같았다. 좁은 면을 밑으로 하고 우뚝 서서, 쿵쿵 뛰어와 그를 따라잡을 것이므로─아마 그의 팔을 움켜잡을 것이다─그는 달아나야 했다. 예측할 수도 없었고, 어디에나 있는 것 같았다. 유령은 이 밤의 모든 것을 끔찍하게 만들었다. 작은 제리는 유령이 꼬리와 날개가 떨어지고 퉁퉁 부은 아이들의 연 같은 모습으로 콩콩거리며 뛰어나올 것만 같아 어두운 골목을 피해 큰길로만 내달렸다. 유령은 문 입구에도 숨어서 끔찍한 어깨를 문에 비비고 있었고, 문돌쩌귀가 돌아갈 때마다 유령의 웃음소리가 들려왔다. 유령은 길의 그림자에서도 솟아 나와서 바닥에 누워 있다가 달려가는 작은 제리의 발을 걸어 넘어지게 했다. 내내 유령이 쫓아와 자신을 따라잡는 상상에서 벗어날 수 없었던 작은 제리는 집 대문에 도착했을 때는 거의 초죽음 상태였다. 유령은 그때조차 그를 내버려 두지 않았다. 제리를 따라 계단을 오르고 방에 있는 침대로 기어 들어와, 잠든 그의 가슴을 무겁게 짓눌렀다.

날이 새고 해가 뜨기 전, 좁은 방에서 가위에 눌리던 제리는 거실로 아버지가 들어오는 기척에 잠에서 깼다. 아버지가 크런처 부인의 양쪽 귀를 잡고 그녀의 뒤통수를 침대 머리 판에 대고 치는 모습을 보며 작은 제리는 아버지의 일이 뭔가 잘못되었음을 알 수 있었다.

"내가 가만히 안 두겠다고 했지." 크런처 씨가 말했다. "내가 말했잖아."

"여보, 제발, 여보!" 아내가 애원했다.

"당신이 사업의 앞길을 막았고, 그래서 나와 동업자들이 고통받는 거야. 내 말 잘 들으랬잖아, 도대체 왜 안 듣는 거야?" 제리가 말했다.

"난 좋은 아내가 되려고 했을 뿐이에요, 여보." 가여운 여인이 눈물을 흘리며 항의했다.

"남편 사업을 방해하는 게 좋은 아내가 할 짓이야? 남편 사업을 욕보이는 게 남편을 받드는 일이야? 남편 일에 대해 반항하는 게 남편에게 순종하는 길이야?"

"제가 결혼 서약을 할 때 당신이 이 끔찍한 일을 하고 있었던 건 아니잖아요, 여보."

"나서지 마." 크런처가 쏘아붙였다. "정직한 상인의 안주인 노릇이나 해. 여편네 같은 생각으로 남편이 언제 일을 했는지 안 했는지 판단하려 들지 말라고. 남편을 받들고 순종하는 아내는 남편이 무슨 일을 하든 내버려 두는 법이야. 당신이 독실한 여자라고? 만약 당신이 독실하다면 독실하지 않은 여자를 데리고 와! 템스강 바닥에 널린 통나무도 당신보다는 더 자기 할 일을 잘 알 거야. 맞아야 정신을 차리지!"

낮은 목소리로 오가던 말다툼은 정직한 상인이 진흙 묻은 장화를 벗어 던지고 바닥에 드러누워 버리면서 끝났다. 그가 녹이 묻은 두 손을 머리 뒤에 넣고 베개 삼아 잠든 모습을 보고, 그의 아들도 다시 누워 잠이 들었다.

아침 식사로 나온 물고기는 없었고, 다른 음식도 별로 없었다. 기운도 없고 인내심도 없던 크런처 씨는 크런처 부인이 혹시나 식사 기도를 하는 눈치라도 보이면 언제든지 바로잡기 위해 옆에 던질 무쇠 냄비 뚜껑을 올려 두었다. 그는 평소대로 양치질과 세수를 하고, 아들과 함께 가짜 직장으로 길을 나섰다.

플리트 거리는 화창하고 분주했다. 한쪽 팔 밑에 의자를 끼고 아버지 옆에서 걸어가던 작은 제리는, 지난밤 유령에 쫓겨 어둠과 고독 속에서 달아나던 작은 제리와는 사뭇 달랐다. 날이 밝아 오면서 까불거리던 모습이 돌아왔고, 한때 느꼈던 공포는 밤과 함께 사라진 것 같았다. 이렇게 화창한 아침에는 플리트 거리와 런던의 많은 사람이 그랬을 것이다.

"아버지." 의자를 들고 아버지와 한 팔 간격 거리를 둔 채 걷던 작은 제리가 말했다. "부활자*가 뭐예요?"

크런처 씨가 발길을 멈추고 대답했다. "내가 그걸 어떻게 알아?"

"아버지는 뭐든 다 아실 줄 알았죠." 천진한 소년이 대답했다.

"흠! 뭐." 다시 걸음을 옮기던 크런처 씨는 삐죽삐죽한 머리를 드러내며 모자를 벗었다. "부활자는 상인이야."

"뭘 파는 상인인데요, 아버지?" 작은 제리가 쾌활하게 물었다.

"자기 상품이지." 크런처 씨가 곰곰이 생각하다 대답했다. "과학에 관련된 상품이란다."

"사람 시체죠, 그쵸, 아버지?" 작은 제리가 발랄하게 물었다.

"그런 비슷한 것 같구나." 크런처 씨가 말했다.

"아버지, 저도 크면 부활자 같은 사람이 되고 싶어요!"

크런처 씨의 마음이 풀어졌지만, 그는 훈계하듯 고개를 어설프게 저었다. "그건 네가 얼마나 재능을 키우는지에 달려 있다. 열심히 재능을 키우고, 다른 사람한테 꼭 필요한 말

---

* 시체를 해부용으로 팔려고 새로 매장한 무덤을 찾아다니던 시체 도굴꾼을 달리 이르던 말.

만 할 정도로 입이 무거우면, 그때 가서 어떤 능력을 발휘할지 아무도 모르는 일이지." 신이 난 작은 제리가 템플바의 그림자 밑에 의자를 놓기 위해 몇 야드 앞서가는 모습을 보며 크런처 씨는 스스로에게 말했다. "정직한 상인 제리, 저 녀석이 네 축복이 되고 지 어미의 흠도 메워 줄 수 있겠어!"

제15장
뜨개질

드파르주의 술집에는 사람들이 평소보다 일찍 와서 잔을 기울이고 있었다. 새벽 6시밖에 되지 않은 이른 시간인데도 누렇게 뜬 얼굴들이 창살 너머로 가게 안 사람들의 얼굴을 엿보고 있었다. 장사가 잘될 때 드파르주가 파는 포도주는 아주 묽었는데, 지금 파는 포도주는 특별히 더 묽은 편이었다. 게다가 신 포도주, 혹은 더욱더 시어지고 있는 포도주는 그것을 마시는 사람들을 더 우울하게 만들었다. 드파르주가 압착하는 포도에서는 활기 넘치는 바카날리안의 불꽃이 튀지 않았다. 그 어두운 찌꺼기 안에 숨어 있는 것은 검게 타들어 가는 불씨였다.

드파르주의 술집에서 이렇게 이른 시간부터 술판이 벌어진 지 벌써 사흘째였다. 월요일에 시작되었고, 이제 수요일 아침이 오고 있었다. 술잔을 기울이는 사람보다 우울을 토로하는 사람들이 더 많았다. 영혼을 구제해 줄 포도주를 살 돈이 없는 많은 사람이 문을 여는 시간부터 들어와 앉아 이야기를 듣고, 속삭이고, 어슬렁거렸던 것이다. 그들은 포도주를 한 통이나 주문한 사람들처럼 그곳에 머물렀다. 포도주 대신 대화로 목을 축이며, 게걸스러운 표정으로 이 자리, 저 자리 그리고 이 구석, 저 구석을 오가고 있었다.

평소보다 손님이 많은데도 술집 주인의 모습은 보이지 않았다. 가게 문지방을 넘는 그 누구도 그를 찾지 않았고, 아무도 그에 관해 묻지 않았으며, 왜 드파르주 부인만이 자리를 지키며 앞에 동전 그릇을 놔두고 앉아 있는지 궁금해하지 않았다. 그릇 안에 들어 있는 동전은 그것들이 원래 들어 있던 낡은 주머니처럼 찌그러지고 닳아 있었다.

왕의 궁전에서부터 범죄자의 교도소까지 높고 낮은 모든 장소를 들여다보는 첩자는 무관심과 따분함이 이 술집에서 보이는 전부라고 생각할 것이다. 카드로 하는 게임은 맥없이 늘어지고, 도미노를 하던 사람들은 공상에 빠져 도미노로 탑을 쌓고, 술 마시던 사람들은 떨어진 포도주 방울로 그림을 그리고, 드파르주 부인은 이쑤시개로 소매에 무늬를 만들다가, 멀리 있는 뭔가가 보이거나 들리는 듯 허공을 바라보고 있었다.

생탕투안의 술집은 정오가 될 때까지 이런 모습이 이어졌다. 정오 무렵, 먼지를 뒤집어쓴 두 남자가 생탕투안 길의 흔들리는 가로등 아래를 지나갔다. 한 명은 드파르주였고, 다른 한 명은 파란 모자를 쓴 도로 수리공이었다. 먼지 속에서 목이 말랐던 두 사람은 술집으로 들어갔다. 그들의 도착은 생탕투안의 가슴에 불꽃 같은 것을 일으켜 생탕투안의 많은 창문과 문을 밝혔다. 그러나 그들을 따라오는 사람은 없었고, 그들이 술집에 들어설 때까지 말을 거는 사람도 없었다. 다만 그곳의 모든 눈이 두 사람을 향했다.

"안녕하세요, 여러분!" 드파르주가 말했다.

그의 말은 모두의 혀를 풀리게 하는 신호였을 것이다. 마치 합창하듯 대답이 들려왔다. "안녕하세요!"

"날씨가 안 좋아요, 여러분." 드파르주가 머리를 절레절레 흔들며 말했다.

그 말과 동시에 모두의 눈이 그의 옆에 선 남자로 향했다가 다음 순간 모두 시선을 내리고 잠잠해졌다. 자리에서 일어나 밖으로 나간 한 남자를 제외하고 말이다.

"여보." 드파르주가 큰 소리로 드파르주 부인을 불렀다. "도로를 수리하는 이분하고 몇 리그를 같이 여행했는데, 이름이 자크라고 하신대. 하루 반나절 동안 파리에서 벗어나 있는 동안—우연히—만났지. 이름이 자크이신 이 도로 수리공은 참 사람 좋은 분이야. 한 잔 드려 봐, 여보!"

두 번째 남자가 일어나 나갔다. 드파르주 부인은 자크라고 불린 도로 수리공에게 포도주를 건넸고, 그는 파란 모자를 벗어 사람들에게 인사하고 잔을 들었다. 도로 수리공은 셔츠 가슴팍에 거친 갈색 빵을 넣고 다녔는데, 그는 잔을 들면서도 사이사이 빵을 먹었다. 드파르주 부인이 앉아 있던 계산대 근처에서 그가 먹고 마시는 동안, 세 번째 남자가 자리에서 일어나 밖으로 나갔다.

드파르주도 포도주 한 잔으로 목을 축이고—그러나 포도주는 그에게 흔한 것이었으므로 손님보다는 덜 마시고—시골에서 온 손님이 아침 식사를 마칠 때까지 서서 기다렸다. 그는 아무도 쳐다보지 않았고, 그를 쳐다보는 사람도 이제 없었다. 다시 부지런히 뜨개질을 시작한 드파르주 부인도 그를 보지 않았다.

"다 드셨소?" 드파르주가 적절한 때를 맞춰 물었다.

"네, 고맙습니다."

"따라오시오, 그럼! 내가 말했던 숙소를 보여 주지. 안성맞춤일 거요!"

두 사람은 술집을 나와 길로, 길에서 벗어나 안뜰로, 안뜰에서 가파른 계단으로, 계단에서 다락방으로 올라갔다. 그 다락방은 전에 백발 노인이 낮은 벤치에 몸을 굽히고 앉아 아주 바쁘게 구두를 만들던 곳이었다.

지금 그곳에 백발 노인은 없었다. 대신 술집에서 차례대로 자리를 떠난 세 남자가 모여 있었다. 백발 노인과 그들 사이에 무슨 연관이 있다면, 그들이 예전에 벽 틈을 통해 노인을 본 적이 있다는 점이었다.

드파르주는 조심히 문을 닫고 목소리를 낮추어 말했다.

"자크 1호, 자크 2호, 자크 3호! 이 사람은 나, 자크 4호가 만나러 갔던 증인이라네. 이 사람이 모두 말해 줄 걸세. 자크 5호, 말해 보시오!"

도로 수리공이 손에 든 파란 모자로 검댕이 묻은 이마를 닦으며 말했다. "어디부터 시작하면 좋을까요? 선생님?"

"일이 처음 시작된 곳에서부터 말해 보게." 드파르주가 현명하게 대답했다.

"제가 그를 본 건," 도로 수리공이 이야기를 시작했다. "1년 전 여름이었을 겁니다. 그 사람은 후작의 마차 밑 쇠사슬에 매달려 있었죠. 자, 잘 들어 봐요. 저는 도로 보수를 마치고 돌아가는 길이었고, 해는 지고 있었고, 후작의 마차가 언덕을 올라오는데, 그가 쇠사슬에 매달려 있는 거예요, 이렇게요."

도로 수리공은 예전에 후작에게 설명할 때처럼 온몸으로 묘사하기 시작했다. 마치 없어서는 안 될 오락거리처럼 1년 내내 마을 사람들 앞에서 이야기하고 설명하던 그의 목격담은 이때쯤 완벽해졌을 것이다.

자크 1호가 말을 끊고 물었다. 전에 그자를 본 적이 있소?

"아니요." 도로 수리공이 다시 자리에서 일어나며 대답했다.

자크 3호가 따졌다. 그 후 어떻게 그자를 알아봤소?

"키가 크더군요." 도로 수리공이 손가락으로 코를 만지며 작은 소리로 말했다. "후작 나리가 그날 저녁에 물었죠, '말해 봐라, 그는 어떻게 생겼더냐?' 저는 유령처럼 컸다고 대답했죠."

"난쟁이처럼 작다고 말하지 그랬소." 자크 2호가 말했다.

"제가 뭘 알았겠습니까? 그땐 일이 일어나기 전이었고, 그자가 나한테 무슨 일인지 말한 것도 아니었으니까요. 자, 들어 보세요! 그런 상황에서도 전 증언을 안 했죠. 후작 나리가 작은 분수대 옆에 서서 절 손가락으로 가리키며 말했어요, '데려와라! 저 악한을!' 하지만 여러분, 전 아무것도 알려 주지 않았어요."

"그의 말이 맞네, 자크." 중간에 말을 자른 자크에게 드파르주가 중얼거리듯 말했다. "계속해 보시오!"

"계속하고말고요!" 도로 수리공이 알 수 없는 표정으로 말했다. "키 큰 남자가 사라지고, 수배되고……, 그리고 얼마가 지났더라? 아홉 달? 열 달? 열한 달?"

"숫자는 중요하지 않소." 드파르주가 말했다. "그는 잘 숨어 있었지, 그런데 결국 운이 없어 발견됐소. 계속 말해 보시오!"

"해 질 무렵인가, 저는 다시 언덕에서 일하고 있었어요. 도구를 챙겨서 언덕 아랫마을에 있는 집에 가려고 내려가는데, 벌써 어둡더라고요. 그때 제가 눈을 들어 보니 언덕 너머로 군인 여섯 명이 보였죠. 그들 사이로 팔이 묶인 키 큰 남자가 끌려가고 있었어요—팔이 몸 옆으로 묶여서는—이렇게요!"

결코 빼놓을 수 없는 모자의 도움으로, 도로 수리공은 양팔꿈치가 호송 줄로 엉덩이 쪽에 단단히 묶여 몸 뒷부분에 매듭이 있는 남자의 모습을 표현했다.

"군인들이 죄수를 끌고 가는 모습을 보려고 전 돌무더기 옆에 비켜서 있었어요(인적이 드문 길이라 어떤 구경거리든 재미있으니까요). 처음에 그들이 다가올 때 전 그저 군인 여섯이 키 큰 남자를 끌고 가는 줄로만 알았어요. 해를 등지고 와서 제 눈에는 검은 그림자로만 보였으니까요. 해가 지는 쪽에서 보면 그 윤곽이 붉게 물들었겠죠. 또 그들의 그림자가 길 반대쪽 움푹 팬 능선에서부터 언덕까지 길게 늘어지니 꼭 거인들의 그림자 같았어요. 먼지를 뒤집어쓴 터라 다가올 때마다 먼지구름이 이는 거예요. 털썩, 털썩하면서요. 그런데 제게 좀 가까이 왔을 때, 제가 그 키 큰 남자를 알아봤고, 그도 절 알아본 듯했어요. 아, 제가 그를 처음 본 날처럼 그가 언덕에서 뛰어내려 탈출할 수 있었다면 얼마나 좋앉을까요. 바로 그곳이었는데!"

그는 마치 지금 그곳에 있는 듯 설명했고, 그가 두 눈으로 본 사실임은 의심할 여지가 없었다. 아마 살아오면서 본 구경거리가 많이 없었을지도 모른다.

"저는 키 큰 남자를 알아본 내색을 안 했고, 그도 절 알고 있다는 내색을 하지 않았어요. 하지만 우리는 눈길을 주고 받으면서 서로 인지하고 있었죠. '가자!' 대장처럼 보이는 자가 마을을 가리키며 말했어요. '이놈을 얼른 무덤에 묻어야지!' 그 말과 함께 군인들이 그의 걸음을 재촉했죠. 전 따라갔어요. 너무 꽉 묶인 팔은 퉁퉁 부은 상태였고, 나무 신발은 크고 불편한 데다, 한쪽 다리마저 절었어요. 다리를 절어 느릴 수밖에 없는데, 군인들이 총으로 재촉하는 거예요, 이렇게요!"

그는 소총의 뭉툭한 끝에 밀려 앞으로 억지로 나아가는 남자의 모습을 흉내 냈다.

"미친 사람들이 경주하듯 언덕을 내려가니 넘어질 수밖에요. 군인들은 웃으면서 그를 일으켜 세웠어요. 얼굴에서는 피가 나고 먼지투성이였지만 만질 수도 없었죠. 그래서 그들은 또 웃었어요. 그렇게 그를 마을로 데려갔고, 마을의 모든 사람이 그를 보러 달려왔어요. 군인들은 그를 방앗간 너머에 있는 교도소로 데리고 갔죠. 밤의 어둠 속에서 교도소 문이 열리고 그를 삼키는 장면을 온 마을 사람들이 봤죠, 이렇게요!"

그는 입을 최대한으로 벌렸다가, 위아래 이가 딱 마주치는 소리를 내며 입을 닫았다. 극적인 효과를 위해 계속 입을 다물고 있는 그에게 드파르주가 말했다. "계속 말해 보게, 자크."

"온 마을 사람들 모두," 도로 수리공이 발끝으로 서서 목소리를 낮추며 말했다. "집으로 돌아갔어요. 온 마을이 분수대 옆에서 수군거리고, 온 마을이 잠들고, 온 마을이 그 불행한 자가 나오는 꿈을 꿨어요. 바위 절벽 위 교도소의 쇠창살 안에 갇혀, 죽을 때까지 다시 나오지 못하는 모습을 꿈에서 봤죠. 아침에 저는 도구를 어깨에 짊어지고 검은 빵한 조각을 먹으면서 일하러 가는 길에 일부러 교도소 옆을 돌아서 갔어요. 그곳에서 그를 봤죠. 그 높은 바위 절벽 위, 높은 강철 우리에 갇혀 있는 그가 내려다보고 있는 거예요. 손이 자유롭지 못해 제게 손을 흔들진 못했겠죠. 감히 그에게 인사할 수도 없었어요. 죽은 사람처럼 절 바라보고 있었으니까요."

드파르주와 다른 세 사람은 어두운 표정으로 서로를 쳐다보았다. 시골에서 온 도로 수리공의 이야기를 듣는 동안 그들은 암울하고, 울화가 나고, 복수심에 가득 찬 모습이었다. 그들의 태도는 비밀스러웠지만 위압적이기도 해서, 마치 엄격한 재판 위원회 같은 공기가 그들을 감싸고 있었다. 자크 1호와 2호는 오래된 나무 침대에 앉아 각각 손으로 턱을 괴고 도로 수리공을 주시했다. 한쪽 무릎을 구부리고 앉은 자크 3호 역시 도로 수리공을 주시하며 자신의 입과 코 주변의 미세한 신경망을 떨리는 손으로 매만졌다. 드파르주는 그가 창문의 빛이 들어오는 곳에 세워 놓은 도로 수리공과 다른 자크들 뒤에 선 채, 그들을 번갈아 바라보았다.

"계속해 보게, 자크." 드파르주가 말했다.

"그는 며칠 동안 강철 우리에 갇혀 있었어요. 마을 사람들은 그를 몰래 보고 갔죠. 그들도 무서웠을 거예요. 하지만 마을 사람들은 늘 멀리서 바위 절벽 위 교도소를 쳐다봤어요. 저녁에 일과가 끝나고 분수대에 모여 잡담을 할 때면 모든 얼굴이 교도소를 향했죠. 전에는 모두 역참을 향했던 얼굴이 교도소로 향한 거예요. 마을 사람이 분수대에서 속삭이길, 그가 사형선고를 받았어도 사형당하지는 않을 거라고 했어요. 아이가 죽어서 분노하고 미쳐 버릴 수밖에 없었다는 탄원서가 파리에서 제출되어서 말이에요. 왕한테 누가 직접 탄원서를 들고 갔다는 말도 있었어요. 하지만 제가 뭘 아나요? 가능한 이야기이니 그럴 수도 있고, 아닐 수도 있죠."

"그럼 잘 듣게, 자크." 1호가 굳은 목소리로 말을 잘랐다. "왕과 왕비에게 탄원서가 제출되었네. 자네만 빼고 여기 있는 모든 사람이 봤지. 왕이 왕비 옆에 앉아 마차를 타고 길을 지나가다가 그 탄원서를 받은 장면을 말이네. 여기 자네 눈앞에 있는 드파르주가 목숨을 걸고 말 앞으로 달려 나갔지. 탄원서를 손에 들고 말이야."

"그리고 다시 한번 잘 듣게, 자크!" 무릎을 꿇고 앉아 있던 3호가 말했다. 먹을 것이나 마실 것이 아닌 다른 어떤 것에 굶주린 듯, 뭔가를 몹시도 욕망하는 듯한 기색으로 그의 손가락은 여전히 미세 신경 위를 헤매고 있었다. "근위대가, 기병과 보병 모두가 그를 에워싸고 두드려 팼지. 알겠나?"

"알겠습니다, 여러분."

"그럼 계속해 보게." 드파르주가 말했다.

"그럼 계속하겠습니다. 한편 마을 사람들은 분수대에서 이런 얘기도 속삭였죠." 시골 남자가 말을 이었다. "그가 우리 마을에 끌려온 이유는 이곳에서 처형하기 위함이고, 그는 확실히 처형될 거라고요. 그가 후작을 죽였고, 후작은 소작민, 농노―뭐가 됐든―들의 아버지라서 존속살인범으로 처형될 거라는 말까지 했어요. 한 노인이 분수대에서 말하길, 칼을 휘둘렀던 그의 오른손은 눈앞에서 불태워지고, 팔, 가슴, 다리에 상처를 내고 그 안에 끓는 기름, 녹인 납, 뜨거운 송진, 왁스 그리고 유황을 넣을 거래요. 그리고 마지막으로 네 마리 힘센 말로 사지를 찢어 버린다고 했어요. 이 모든 게 지난 루이 15세를 암살하려 한 자에게 실제로 집행된 벌이라고 노인이 그러더군요. 하지만 그 노인이 거짓말을 한들 누가 알겠어요? 저는 배운 사람이 아니니까요."

"다시 한번 잘 듣게, 자크!" 불안한 손과 욕망에 가득 찬 남자가 말했다. "그 죄수의 이름은 다미앵이었네. 그리고 그 모든 일이 대낮 파리의 대로에서 일어났지. 그 많은 사람 중에서 무엇보다 눈에 띈 건 잘 차려입은 귀족 부인들이 눈을 크게 뜨고 끝까지 집중해서 관람하는 모습이었네. 땅거미가 내릴 때까지 계속 집행되던 형벌을 끝까지 보고 갔지, 두 다리와 팔을 잃고도, 여전히 숨이 붙어 있을 때까지 말이야! 그리고 끝났지. 아니, 자네 몇 살인가?"

"서른다섯입니다." 예순 살같이 보이던 도로 수리공이 대답했다.

"자네가 열 살하고 조금 더 먹었을 때 일어난 일이지. 봤을 수도 있겠네."

"그만!" 조바심이 난 드파르주가 단호하게 말했다. "악마 만세! 계속해 보게."

"자 그래서! 어떤 사람들은 이렇다고 수군대고, 어떤 사람들은 저렇다고 수군대면서 대화의 주제는 늘 같았어요. 다른 이야기는 하지도 않았죠. 분수대에서 떨어지는 물도 그 장단에 맞춰 떨어지는 것 같았어요. 결국, 모든 마을 사람이 잠든 일요일 밤에 군인들이 교도소에서 내려왔어요. 그들의 총이 돌바닥에 부딪히며 행진하는 소리가 골목마다 울렸죠. 인부들이 땅을 파고, 망치질하고, 군인들은 웃고 노래했어요. 아침이 되어서 보니 분수대 옆에 12미터 정도 높이의 교수대가 세워져 있었어요. 물을 더럽히면서요."

도로 수리공은 하늘 어딘가 있는 교수대가 눈에 보이기라도 하는 듯 손가락으로 가리키며 낮은 천장 너머를 바라보았다.

"모두가 일손을 놓고, 모두가 그곳에 모였어요, 아무도 소를 몰고 나가지 않아서 소들도 그곳에 계속 있었죠. 정오가 되자 군인들이 북을 울렸어요. 밤새 군인들이 교도소로 행진해 갔고, 그는 많은 군인에게 둘러싸여 있었어요. 전처럼 묶였는데 이번에는 입에 재갈도 물렸더군요. 얼굴을 두른 끈이 너무 꽉 묶여 있어 그는 마치 웃고 있는 것처럼 보였어요." 도로 수리공이 엄지손가락 두 개를 입 양 끝에 집어넣고 귀 쪽으로 잡아당기며 설명했다. "교수대 위에는 칼이 고정되어 있었는데 날이 허공을 찌르듯 위로 향했더군요. 그는 그렇게 12미터 정도 높이에 목이 매달려……, 계속 매달려 있었어요. 물을 더럽히면서요."

그 광경을 회상하던 도로 수리공의 얼굴에 땀이 맺히기 시작했다. 그가 파란 모자로 얼굴을 훔치는 동안 자크들은 서로를 쳐다보았다.

"여러분, 그건 무서운 일이에요. 어떻게 여자와 아이들이 그곳에서 물을 길을 수 있겠어요! 저녁이 오면 누가 그 그림자 밑에 모여 이야기할 수 있겠어요! 제가 그림자 밑이라고 했나요? 해가 지려 하는 월요일 저녁에, 제가 마을을 떠나는 길에 언덕에서 돌아보니, 그 그림자는 교회를 가로지르고, 방앗간을 가로지르고, 교도소를 가로지르고⋯⋯, 이 모든 땅을 가로질러 하늘이 땅과 맞닿은 곳까지 뻗어 있었어요!

굶주린 자크 3호가 다른 세 사람을 바라보며 손가락을 물어뜯었다. 그의 손가락은 갈망으로 파르르 떨렸다.

"그게 다입니다, 여러분. 저는 해 질 무렵에 마을을 떠나(떠나라는 말을 들어서요) 밤새 걷고 다음 날 오후까지 걸었습니다. 여기 있는 동지를 만날 때까지요(만나라는 말을 들어서요). 이분과 동행하면서 말을 타기도 하고 걷기도 했죠. 어제 그때 이후와 지난밤 내내 말입니다. 그래서 이렇게 절 보게 되신 거죠!"

무거운 침묵 끝에 자크 1호가 말했다. "좋소! 당신은 믿을 만하게 행동했고, 또 믿을 만하게 이야기를 들려주었소. 잠깐 문 밖에서 기다려 주겠소?"

"문제없습니다." 도로 수리공이 말했다. 드파르주는 그를 계단 꼭대기에 데려가 앉혀 놓은 다음 다시 방으로 돌아왔다.

다른 세 명은 일어나 있었다. 드파르주가 다락방으로 다시 오자 그들은 머리를 모았다.

"어떻게 할까, 자크?" 1호가 물었다. "명단에 이름을 올릴까?"

"이름을 올리세, 죽여 버리는 것으로." 드파르주가 대답했다.

"훌륭하군!" 굶주린 남자가 갈라지는 목소리로 말했다.

"성과 그 가문 모두?" 1호가 물었다.

"성과 그 가문 모두." 드파르주가 말했다. "멸문해 버리지."

굶주린 남자가 갈라진 목소리로 열광했다. "훌륭하군!" 그런 다음 다른 손가락을 물어뜯기 시작했다.

"확실한가?" 자크 2호가 드파르주에게 물었다. "우리가 이렇게 명단을 작성해도 나중에 아무 문제 없겠지? 우리만 해독할 수 있으니 안전에 대해서는 의심의 여지가 없지만 말이야. 우리는 언제라도 해독할 수 있고⋯⋯. 아니, 우리가 아니라 그녀라고 해야 하나?"

"자크." 드파르주가 몸을 일으키며 대답했다. "내 아내가 이 명단을 오롯이 그녀의 기억에만 둔다 해도 그녀는 틀리는 부분 하나 없이 모두 기억할 걸세—토씨 하나 틀리지 않고 말이지—그녀만의 바늘땀과 모양으로 뜨개질돼 있으니 그녀에게는 그 암호가 하늘의 태양처럼 늘 확실할 거라네. 드파르주 부인을 믿게. 드파르주 부인의 뜨개질 명단에서 이름이나 죄목의 글자 하나를 지우는 것보다, 세상에서 제일 약한 겁쟁이가 자신을 죽이는 일이 더 쉬울 거라네."

신뢰와 인정의 나직한 말들이 오간 후 굶주린 남자가 물었다. "저 촌뜨기는 곧 다시 보내 버릴 건가? 그랬으면 좋겠군. 저자는 너무 단순해. 위험하지 않을까?"

"그는 아무것도 모르네." 드파르주가 말했다. "적어도 자기를 그 똑같은 높이의 교수대에 매달게 할 그런 정보 이외에는 말이지. 내가 그를 책임지겠네. 나랑 함께 머물게 해 주게. 내가 돌보다가 떠나보내면 되니까. 저 사람은 세상을 보고 싶어해. 왕, 왕비, 왕실 말이야. 일요일에 그것들을 보게 내버려 두게."

"뭐라고?" 굶주린 남자가 빤히 쳐다보며 말했다. "그게 다행인 건가, 왕족과 귀족들을 보고 싶어하는 게?"

"자크." 드파르주가 말했다. "고양이가 우유를 원하게 하고 싶으면 현명한 방법으로 우유를 보여 줘야 하네. 개가 사냥감을 물어 오길 바란다면, 현명한 방법으로 사냥감을 보여 줘야 하는 거야."

그들은 더는 아무 말도 하지 않았다. 층계 맨 위에 졸면서 앉아 있던 도로 수리공에게는 나무 침대 위에 몸을 누이고 쉬라고 말했다. 그는 설득할 필요도 없이 바로 잠이 들었다.

당시 평민들의 거처 수준을 생각해 볼 때, 드파르주의 술집은 파리에서 꽤 괜찮은 편이었다. 드파르주 부인에 대한 알 수 없는 두려움을 떨쳐 버릴 수 없다는 걸 제외하면, 도로 수리공의 인생은 새롭고 재밌었다. 그러나 부인은 계산대에 온종일 앉아서 대놓고 그를 못 본 척하고, 그가 거기 있는 것이 비밀 조직과 관련되어 있다는 점 또한 유난히 모르는 척하기로 마음먹은 것 같았다. 그는 그녀가 다음에 또 무슨 짓을 꾸밀지 몰라 그녀를 볼 때마다 나무 신발 속의 발이 떨렸다. 만약에 그녀가 화려하게 장식한 그 머리로 그가 누군가를 죽이고 가죽을 벗겼다는 누명을 씌우려고 작정한다면, 그녀는 자기가 사형당하는 순간까지도 사실대로 말하지 않을 사람이라는 확신이 들었다.

그래서 일요일이 돌아왔을 때, 도로 수리공은 드파르주 부인도 자기와 드파르주가 베르사유로 가는 데 동행하겠다고 했을 때 기쁘지가 않았다(기쁘다고 말했지만 말이다). 대중교통을 이용하는 동안 부인이 내내 뜨개질을 해서 창피했는데, 더 창피했던 건 오후에 왕과 왕비의 마차를 기다리는 사람들 속에서도 부인이 뜨개질을 계속하는 것이었다.

"열심이시네요, 부인." 그녀 가까이 있던 한 남자가 물었다.

"네." 드파르주 부인이 말했다. "아직도 많이 남았네요."

"뭘 만드시는 거예요, 부인?"

"여러 가지요."

"예를 들어……."

"예를 들자면," 드파르주 부인이 차분하게 대답했다. "수의요."

남자는 최대한 재빨리 부인을 피해 조금 먼 곳으로 자리를 옮겼고, 듣고 있던 도로 수리공은 갑자기 덥고 불편해져 파란 모자로 부채질을 했다. 만약 그의 기분 전환을 위해 필요한 것이 왕과 왕비였다면, 다행히도 그들은 가까이에 있었다. 곧 얼굴이 큰 왕과 얼굴이 아름다운 왕비가 황금 마차를 타고 나타났고, 그 뒤를 반짝거리며 웃는 귀부인과 귀족으로 구성된 화려한 '황소의 눈'*이 따르고 있었다. 보석, 비단, 파우더와 온갖 귀한 것들의 향연 속에서, 오만하게 아름다운 남녀들이 우아하게 걸어가는 광경에 빠져 잠시 취해 버린 도로 수리공은, 세상에서 자크의 이름은 들어 보지도 못한 사람처럼 국왕 폐하 만세, 왕비 폐하 만세, 모든 사람

---

* 베르사유궁전에는 창문이 동그랗고 작아서 황소의 눈 방이라고 불리는 방이 있었는데, 왕의 환심을 산 귀족과 대신이 모였으므로 그들을 '황소의 눈'이라고 불렀다. 영어로 직역하면 과녁의 중심이라는 뜻도 된다.

만세, 모든 것들 만세를 외쳤다. 그런 다음 정원, 안뜰, 테라스, 분수대, 푸른 언덕과 다시 왕과 왕비, 더 많은 황소의 눈, 더 많은 귀족들과 귀부인들, 신사들과 아가씨들, 그들 모두 더 만세! 그는 그렇게 외치다 격해진 감정에 결국은 흐느꼈다. 이 장면이 계속되는 약 세 시간 동안 감정에 못 이겨 울고 소리치는 사람들은 도로 수리공 외에도 많이 있었다. 그동안 드파르주는 도로 수리공의 목덜미를 잡고 있었다. 마치 그가 감정이 더 격해져 방금까지 동경했던 그들에게 달려가 갈기갈기 찢어 버리는 걸 가로막기라도 하듯 말이다.

"브라보!" 모든 일이 끝나자 드파르주가 아버지처럼 그의 등을 툭툭 치며 말했다. "착하게 잘했네!"

이제 정신이 돌아온 도로 수리공은 자기가 혹시 실수한 게 없는지 물었지만, 없었던 모양이었다.

"우리가 원하는 사람은 자네 같은 사람이네." 드파르주가 그의 귀에 대고 말했다. "자네 같은 사람이, 이 현실이 영원할 거라고 저 바보들을 믿게 만들지. 그리고 그렇게 믿을수록, 그들의 끝도 빨리 오게 될 거야."

"아하!" 도로 수리공이 곰곰이 생각해 보다 외쳤다. "맞아요, 사실이에요. 저 바보들은 아무것도 모르죠. 저들은 우리가 숨 쉬는 것조차 견디지 못해 우리를 죽이고 싶어하고, 자기 말이나 개가 다치는 것보다 우리 목숨, 우리 같은 사람

수백 명의 목숨을 더 가볍게 봐요. 하지만 저들은 우리가 말해 주는 것만 알죠. 그럼 저들을 좀 더 속이기로 해요. 영영 속일 수는 없을 테니."

거만하게 그를 바라보던 드파르주 부인이 인정의 뜻으로 고개를 끄덕였다.

"그러는 당신은," 그녀가 말했다. "볼만하고 시끄러운 게 있으면 그게 뭐든 소리 지르고 울 사람이네요, 안 그래요?"

"부인, 저도 정말 그렇게 생각합니다. 지금은요."

"만약 누가 당신에게 인형 한 무더기를 주고 원하는 대로 찢고 망가뜨려 보라고 하면, 당신은 그중에서 제일 화려하고 행복해 보이는 인형을 고를 거예요, 안 그래요?"

"정말 그렇습니다, 부인."

"그래요, 그리고 만약 날지 못하는 새들을 주고, 원하는 대로 깃털을 뽑아 보라고 한다면, 당신은 그중에서 깃털이 가장 아름다운 새를 고를 거예요, 안 그래요?"

"맞습니다, 부인."

"오늘 당신은 인형도, 새도 구경했어요." 드파르주 부인이 왕과 귀족들이 모습을 드러냈던 그곳을 향해 손짓하며 말했다. "자 이제, 집에 가세요!"

제16장
계속되는 뜨개질

드파르주 부인과 그녀의 남편이 사이좋게 다시 생탕투안의 품으로 돌아가는 동안, 파란 모자를 쓴 점 하나가 열심히 어둠과 먼지 속을 걸어가고 있었다. 그는 수 킬로미터의 지루한 길가를 걸어, 무덤에 누워 나무들이 속삭이는 소리를 듣고 있을 후작 나리의 성 쪽으로 천천히 가까워졌다. 성 위의 돌로 조각된 얼굴들은 이제 여유롭게 나무와 분수 소리를 들으며 쉴 수 있게 되었고, 먹을 만한 풀과 땔감으로 쓸 마른 나뭇가지 따위를 찾으러 바닥에 돌을 깐 넓은 안뜰과 테라스 계단에 들렀던 몇몇 마을 사람들은 자신들의 굶주려서 돌로 된 얼굴의 표정이 바뀌는 환상을 보았다고 느꼈다. 마을에 잠시 돌았던 소문―마을 사람들의 존재처럼 희미했고 미약한 소문이었지만―에 의하면, 후작의 가슴이 칼에 찔렸을 때, 석상들의 당당했던 얼굴이 분노와 고통으로 일그러졌다고 한다. 또 키 큰 남자가 분수대 옆 12미터 정도 높이의 교수대에 목이 매달렸을 때, 그 얼굴들은 마치 원수를 갚은 듯한 후련한 표정으로 변하더니, 그 표정으로 영원히 남았다고 한다. 후작이 살해된 침실의 큰 창문 위에도 석상 얼굴이 자리했는데, 코 양옆에는 작게 움푹 팬 자국이 있었다. 모든 사람이 그 자국을 알아챘지만, 아무도 예전에 그 자국을 본 기억은 없었다. 몇 번, 아주 허름한 옷을 걸친 농민 두세 명이 석상으로 변한 후작의 얼굴을 엿보려고 간 적이 있었지만 깡마른 손가락으로 1분도 가리키지 못하고 토끼처럼 이끼와 나뭇잎들 사이로 도망쳤다고 한다. 물론 토끼들은 그곳에서 그들보다 먹고살 만했다.

성과 오두막, 석상의 얼굴과 매달린 사람, 돌바닥의 붉은 얼룩, 마을 샘의 맑은 물, 수천 에이커의 땅, 프랑스의 모든 지방, 프랑스 자체가 머리카락처럼 가느다랗고 희미한 선 하나에 응축된 채 밤하늘 아래 놓여 있었다. 이 모든 세상 또한 그 위대함 그리고 사소함과 함께 반짝이는 별 하나에 누워 있었다. 인간의 지식이 그저 빛줄기 하나를 쪼개어 그 구성 요소를 분석할 동안, 더 숭고한 지성은 우리 지구의 미약한 그 빛을 통해 우리의 모든 생각과 행동, 모든 악과 미덕 그리고 그것에 대한 모든 책임 있는 생명체를 볼 수 있었다.

드파르주 부부는 별빛 아래 덜컹거리는 대중교통을 타고 여행 중 들를 수밖에 없는 파리의 관문에 도착했다. 관문의 경비 초소에서는 평소처럼 검문이 있었고, 평소처럼 등불이 다가와 취조했다. 그곳의 군인 한두 명과 경찰 한 명과 친분이 있던 드파르주는 마차에서 내렸다. 경찰과는 가까운 사이라 서로 얼싸안기까지 했다.

생탕투안도 다시 그 밤하늘의 날개로 드파르주 부부를 감싸 안았다. 마침내 생탕투안의 경계에 가까이 도착한 그들이 길의 검은 진흙과 쓰레기를 밟으며 집으로 걸어가고 있을 때, 드파르주 부인이 남편에게 물었다.

"그래서, 여보, 경찰 자크가 뭐라던가요?"

"오늘은 조금 아는 게 다라더군. 우리 동네에 보내진 다른 첩자가 있다고 해. 더 많이 있을 수도 있지만, 그가 아는 건 한 명이라고 하네."

"아니 그럼!" 드파르주 부인이 냉정하고 사무적인 태도로 눈썹을 올리며 말했다. "그자를 명단에 올려야겠네요. 이름이 뭐래요?"

"영국 사람이래."

"더 잘된 일이죠. 이름은?

"바사드." 드파르주는 프랑스어식으로 발음했지만, 확실히 적어 두는 편이 좋다고 생각해서 완벽한 발음으로 철자를 또박또박 말해 줬다.

"바사드." 부인이 반복했다. "좋아요. 세례명은?"

"존."

"존 바사드." 부인이 다시 말하고, 혼자 웅얼거리며 한 번 더 말해 보았다. "좋아요. 생김새는? 혹시 알고 있어요?"

"나이는 마흔쯤. 키는 175센티미터 정도. 검은 머리에 까무잡잡한 편. 일반적인 미남형 얼굴. 검은 눈, 얇고, 길고, 누런 얼굴. 매부리코인데 곧지는 않아. 왼쪽 뺨 쪽으로 특이하게 휘었음. 인상은 그래서 음험해 보임."

"세상에. 초상화를 그릴 정도네요!" 웃으며 부인이 말했다. "내일 명단에 올릴게요."

두 사람은 문을 닫은 (이미 자정 무렵이었기에) 술집으로 들어갔다. 드파르주 부인은 바로 그녀의 책상 앞에 자리를 잡고 앉은 후, 그녀가 자리를 비운 동안 들어온 동전들을 세고, 재고를 확인하고, 장부를 확인하고, 장부에 몇 자 더 적은 다음, 바텐더에게 가게에서 있었던 일에 대해 하나부터 열까지 캐묻고 나서야 그를 자러 가게 해 주었다. 그리고 그녀는 다시 동전 그릇을 비워 두 번째로 동전을 세어 보고, 밤새 안전하게 보관하기 위해 동전들을 손수건 안에 담고 여러 개의 다른 매듭으로 여러 번 묶기 시작했다. 그동안 드파르주는 담배 파이프를 입에 물고 이리 왔다, 저리 갔다 했다. 그는 그녀가 하는 일에 감탄하며 흐뭇하게 바라보았지만, 결코 끼어드는 법은 없었다. 그것이 바로 그가 가정과 사업을 이끄는 방식이었고, 그가 그의 인생에서 이리 왔다, 저리 갔다 하는 방법이었다.

더운 밤이었다. 문이 닫혀 환기되지 않았고 더러운 이웃으로 둘러싸인 술집에서는 나쁜 냄새가 났다. 드파르주의 후각은 전혀 예민한 편이 아니었지만, 오늘따라 비축되어 있는 포도주의 시큼한 냄새가 유독 강하게 느껴졌고, 럼, 브랜디 그리고 아니스 냄새도 마찬가지였다. 그는 담배를 모두 태운 파이프를 내려놓고 뒤섞인 냄새를 흩어 버리려고 손을 휘휘 내저었다.

"피곤한가 봐요." 부인이 돈주머니를 묶으며 올려다보았다. "평소와 같은 냄새일 뿐인데."

"조금 피곤하긴 해." 남편이 인정했다.

"우울하기도 한가 봐요, 당신." 그녀의 날카로운 눈은 가게 일을 처리하느라 더없이 열심이었지만 한두 번은 그녀의 남편을 향할 때도 있었다. "아, 그저 남자들이란, 남자들이란."

"하지만 여보!" 드파르주가 무슨 말을 하려 했다.

"하지만 여보!" 부인이 단호하게 고개를 끄덕이며 반복했다. "하지만 여보! 오늘 밤 당신 정말 마음 약해 보여요!"

"그래, 맞아." 드파르즈는 가슴에서 억지로 자신의 생각이 도려내어지는 기분이었다. "시간이 너무 오래 걸려."

"시간이 너무 오래 걸려." 아내가 그의 말을 따라 했다. "시간이 걸리지 않는 일이 있던가요? 복수와 천벌에는 원래 시간이 오래 걸리는 법이에요."

"사람을 번개로 내려치는 데 시간이 오래 걸리진 않잖아." 드파르주가 말했다.

"하지만," 부인이 차분하게 물었다. "번개를 만들고 보관하기까지 시간은 얼마나 걸릴까요? 말해 봐요."

드파르주는 생각 끝에 부인의 말도 일리가 있다는 듯 고개를 들었다.

"지진이 마을 하나를 삼킬 때도 시간은 오래 걸리지 않아요." 부인이 말했다. "하지만! 지진을 준비하는 데 얼마나 오랜 시간이 걸릴지 생각해 봤어요?"

"아주 오랜 시간이겠지." 드파르주가 말했다.

"하지만 우선 준비가 되고 나면, 지진이 일어나고, 그 앞의 모든 것을 가루로 만들며 파괴해 버리죠. 그때까지는 보이거나 들리지 않아도 항상 준비하는 거예요. 그 사실이 당신에게 위안이 되었으면 좋겠네요."

적의 목을 비틀듯 매듭을 묶는 그녀의 두 눈이 번뜩였다.

"당신 잘 들어요." 부인이 강조하듯 오른손을 뻗으며 말을 이었다. "우리가 가는 길은 오랜 시간이 걸리는 길이지만, 우리는 길을 계속 걸어가고 있고 그 목적지는 분명히 길 끝에 있어요. 느린 걸음일지언정 우리는 계속 앞으로 향하고, 절대 뒷걸음치지 않죠. 우리가 알고 있는 이 세상을 둘러보며 생각해 봐요. 우리가 알고 있는 이 세상의 모든 얼굴도 생각해 봐요. 매시간 더해 가는 확신으로 자크들이 다짐하는 분노와 불만을 생각해 봐요. 그것들이 영원할 것 같아요? 바보 같은 소리 하지 말아요."

"부인은 용감하군." 교리문답 선생님 앞에 선 유순하고 집중 잘하는 제자처럼 뒷짐 진 드파르주가 그녀 앞에 서서 머리를 조금 숙였다. "이 모든 것을 의심하는 건 아니야. 하지만 너무 오래 걸리고 있고, 그 복수의 날은 어쩌면—여보, 알잖아, 어쩌면—우리가 죽기 전에 오지 않을지도 몰라."

"그래요! 그게 뭐 어때서요?" 또 다른 적의 목을 비틀듯 매듭을 묶던 부인이 물었다.

"아니!" 드파르주가 반은 불평하듯, 반은 변명하듯 어깨를 으쓱하며 말했다. "우리가 승리하는 날을 못 볼 수도 있다고."

"그럼 우리는 승리에 도움이 되었을 거예요." 부인의 손이 강조하듯 세게 움직였다. "우리가 하는 일 중에 헛된 건 없어요. 나는 우리가 승리의 그날을 보게 될 거라고 내 모든 영혼을 걸고 믿어요. 하지만 혹시 못 보게 된다 해도, 못 보게 되는 것이 확실하다 해도 나는 최선을 다할 거예요. 누가 내 앞으로 귀족과 폭군을 데려온다면 나는 그놈들의 목을 당장에……."

이를 악물던 부인이 절대 풀릴 것 같지 않은 무시무시한 매듭을 하나 묶었다.

"잠깐!" 누군가 자기에게 겁쟁이라고 한 것처럼 얼굴이 붉어진 드파르주가 외쳤다. "나도, 여보, 무슨 일이 있어도 멈추지 않을 거야."

"그래요! 하지만 눈앞에 당장 보이는 목표와 기회가 없다고 그 마음을 유지하지 못하는 건 당신의 약점이에요. 그런 게 보이지 않아도 그 마음을 유지해야 해요. 때가 오면, 당신 안의 호랑이와 악마를 풀어놓아 버려요. 하지만 그때가 오기 전까지는 호랑이와 악마를 묶어 두는 거예요―아무에게도 보여주지 말고―항상 준비해 놓은 채로요."

사슬처럼 묶인 돈주머니로 머리통을 부수듯 계산대를 내리치는 행동으로 드파르주 부인은 그녀의 결론을 강조했다. 그런 다음 그 무거운 손수건을 평온하게 팔에 끼고 잠자리에 들 준비를 했다.

다음 날 정오 무렵, 이 부지런한 부인은 여느 때처럼 술집 계산대 뒤에 앉아 열심히 뜨개질을 했다. 옆에는 장미 한 송이가 놓여 있었는데, 그녀는 때때로 꽃에 눈길을 주었지만 평소처럼 뜨개질에 집중하는 모습이었다. 여기저기 흩어져 술을 마시거나, 마시지 않거나, 서 있거나, 앉아 있는 손님들도 꽤 있었다. 무척 더운 날씨였고, 부인 옆에 있는 작고 끈적끈적한 유리컵들이 궁금해 그 안으로 용감하게 탐험을 나섰던 파리 떼 한 무더기가 컵 바닥에 떨어져 죽었다. 이들의 죽음에도 개의치 않는 듯 다른 파리들이 (마치 그것들이 코끼리처럼 아무 상관이 없는 동물인 양) 그곳을 거닐며 차분하게 동료의 시체를 보다가 결국 같은 운명을 맞았다. 파리의 경솔함이란! 그것들 역시 화창한 여름날에 궁정을 거니는 사람들 수준밖에 되지 않는 모양이다.

가게 문으로 들어서는 사람의 그림자가 드파르주 부인에게 드리웠다. 낯선 사람의 그림자를 느낀 드파르주 부인은 뜨개질감을 내려놓고, 그 사람을 보기도 전에 장미꽃을 그녀의 머리 장식에 꽂았다.

신기한 일이었다. 드파르주 부인이 장미를 꽂자마자, 손님들이 하던 대화를 멈추고 하나둘 씩 가게를 나서기 시작했다.

"안녕하세요, 부인." 새로 온 손님이 말했다.

"안녕하세요, 선생님."

그녀는 큰 소리로 인사했지만, 곧 뜨개질을 다시 시작하며 혼잣말로 덧붙였다. "하! 안녕하신가, 나이는 마흔쯤, 키는 175센티미터, 검은 머리에 까무잡잡한 편, 일반적인 미남형 얼굴, 검은 눈, 얇고, 길고, 누런 얼굴에 왼쪽 뺨으로 특이하게 흰 매부리코라 음험해 보이는 자! 딱 맞는 당신, 안녕하신가."

"괜찮으시다면 숙성된 코냑 한 잔과 시원한 물 한 모금만 주십시오, 부인."

부인은 공손하게 주문을 받았다.

"코냑이 훌륭합니다, 부인!"

그 코냑이 칭찬을 받는 일은 처음이었고, 그 코냑의 출처를 아는 드파르주 부인은 맛이 훌륭할 수 없다는 사실 또한 알고 있었다. 그러나 그녀는 그저 감사하다고 말한 뒤 다시 뜨개질을 시작했다. 그녀의 손가락들을 잠시 보던 손님은 가게를 휙 둘러보았다.

"뜨개질을 잘하시네요, 부인."

"손에 익어서요."

"무늬도 예쁩니다!"

"그런가요?" 그녀가 미소 띤 얼굴로 그를 바라보았다.

"그럼요. 어디에 쓰실 건지 여쭤봐도 되겠습니까?"

"그냥 심심해서 하는 거예요." 여전히 미소 띤 얼굴로 그를 바라보는 부인의 손가락은 바쁘게 움직이고 있었다.

"쓰실 게 아니라요?"

"두고 봐야죠. 쓰게 될 날이 오겠죠. 만약에 제가……, 그래요." 깊은 한숨을 한 번 쉬고 고개를 끄덕이는 그녀는 근엄하게 교태를 부리는 것처럼 보였다. "써야겠어요!"

이상하게도 드파르주 부인의 머리에 꽂힌 장미는 생탕투안 사람들의 취향이 아닌 것 같았다. 두 남자가 각각 들어와

서 술을 주문하려고 했으나, 그녀 머리의 새로운 장식을 보고는 멈칫했다. 그들은 그곳에 있지 않은 친구를 찾는 척하다가 나가 버렸다. 낯선 손님이 들어왔을 때 가게에 있던 손님들은 이제 한 명도 남지 않고 모두 나가 버린 상태였다. 첩자는 눈을 크게 뜨고 찾아봤지만 별다른 정보를 찾을 수 없었다. 그들은 모두 자연스럽고 나무랄 데 없이 가난에 찌들어 무의미하고 우연스럽게 어슬렁거렸다.

'존,' 손가락이 만들어 가는 뜨개질 무늬를 확인하고, 다시 낯선 손님을 보면서 드파르주 부인이 속으로 생각했다. '가기 전에 바사드라는 이름을 떠야 하니 조금만 더 있다 가거라.'

"남편은 있으신가요, 부인?"

"있죠."

"아이는요?"

"아이는 없어요."

"장사가 잘 안 되나 봐요?"

"잘 안 될 수밖에 없죠. 사람들이 너무 가난하니까요."

"아, 불쌍하고 가여운 사람! 억압까지 받고 있죠, 부인이 말씀하신 것처럼."

"손님이 말씀하신 거겠죠." 부인이 첩자의 말을 정정하며 대꾸하고, 그의 이름 옆에 그에게 별로 도움되지 않을 어떤 것을 재빠른 손길로 뜨개질해 추가했다.

"죄송합니다. 확실히 그 말은 제가 했지만, 부인도 그렇게 생각하시겠죠, 당연히."

"제가 생각을 한다고요?" 부인이 목소리를 높이며 대꾸했다. "저와 남편은 아무 생각 없이 이 술집을 꾸려 가는 일만으로도 벅차요. 우리가 생각하는 게 있다면, 그건 우리가 어떻게 생존하느냐예요. 그게 우리가 생각하는 주제고, 그것만 생각해도 아침부터 밤까지 바빠요. 다른 사람 생각으로 머리를 아프게 할 시간도 없죠. 다른 사람을 생각하느냐고요? 안 해요, 안 해."

그가 발견할 수 있는, 혹은 조작해 낼 수 있는, 그 어떤 정보의 조각이라도 줍기 위해 온 첩자는 당황스러웠지만, 음험한 얼굴에 내색하진 않았다. 대신 그는 그저 수다스러운 신사인 양 드파르주 부인의 작은 계산대에 팔꿈치를 받치고 기댄 채 가끔 코냑을 홀짝였다.

"그나저나 참 안된 일이죠, 부인. 사형된 가스파르 말입니다. 아! 가여운 가스파르!" 그가 목소리에 큰 연민을 담아 말했다.

"어머나!" 부인이 냉정하고 무심하게 받아쳤다. "사람이 그런 식으로 칼을 쓰면 대가를 치르는 게 당연해요. 그런 일을 꾸몄을 때 결과가 어떨지 알았어야죠. 그 값을 치른 것뿐이에요."

"제가 보기에는," 첩자가 비밀 애기를 하듯 부드러운 목소리를 낮추고, 음험한 얼굴의 모든 근육을 동원해 상처받은 혁명가의 마음을 표현했다. "이 동네에 그 불쌍한 자를 가엾게 생각하고 분노하는 사람들이 많은 것 같던데요? 우리끼리 하는 말이지만요."

"그래요?" 부인이 멍한 표정으로 물었다.

"아닌가요?"

"……저기 우리 남편이 오네요!" 드파르주 부인이 말했다.

술집 주인이 문으로 들어서자, 모자를 손으로 건드려 인사한 첩자가 친절한 미소를 띠며 말했다. "안녕하세요, 자크!" 드파르주가 바로 그 자리에 멈춰서 그를 쳐다봤다.

"안녕하세요, 자크!" 첩자가 반복했지만, 자신을 바라보는 눈길에 왠지 자신 없는 말투였다.

"잘못 생각하셨네요, 손님." 술집 주인이 대답했다. "다른 사람으로 착각하셨나 봅니다. 그건 제가 아니에요. 전 에르네스트 드파르주입니다."

"그게 그거죠." 첩자는 가벼운 목소리로 말했지만 당황한 기색이었다. "안녕하세요!"

"안녕하시오." 드파르주가 건조하게 대답했다.

"오시기 전까지 여기 계신 부인과 이야기 나누던 참이었습니다. 부인께도 말씀드렸지만, 사람들의 ─ 그리 놀라울 일도 아니죠! ─ 연민과 분노가 여기 생탕투안에 가득하더군요, 불쌍한 가스파르의 불행한 운명에 대해서 말입니다."

"저는 들은 말이 없네요." 드파르주가 고개를 저으며 말했다. "거기에 대해 아는 바 없습니다."

그렇게 말하고, 드파르주는 작은 계산대 뒤로 돌아가 아내가 앉아 있던 의자 등받이에 손을 올리고 서서 계산대 너머로 그를 쳐다보았다. 드파르주 부부는 이자를 증오했고, 둘 중 누구라도 이자를 기꺼이 총으로 쏘아 버릴 수 있었다.

첩자는 이런 임무에 익숙했고, 변함없이 개의치 않는 태도였다. 대신 그는 작은 잔에 담긴 코냑을 비우고, 물 한 모금을 마신 후 코냑 한 잔을 더 주문했다. 코냑을 따라 주고 다시 뜨개질을 시작한 드파르주 부인이 작게 콧노래를 흥얼거렸다.

"이 동네를 잘 아시는 모양입니다. 그러고 보니 저보다 더 잘 아시는 것 같네요?" 드파르주가 말했다.

"전혀요, 하지만 더 알고 싶긴 합니다. 저는 정말로 불쌍한 사람들에게 관심이 많아서요."

"하!" 드파르주가 중얼거렸다.

"드파르주 씨, 당신과 이야기하다 보니 생각나는 게 있네요." 첩자가 말을 이었다. "당신 이름과 관련된 흥미로운 일을 접할 기회가 있었죠."

"그러십니까!" 드파르주가 심드렁하게 대답했다.

"아이고, 그럼요. 마네트 박사가 풀려났을 때, 예전 그의 하인이었던 당신이 박사를 돌본 걸 알고 있습니다. 그가 당신에게 맡겨졌었죠. 제가 잘 알고 있죠?"

"확실히 그러네요, 맞습니다." 드파르주가 말하자 콧노래하며 뜨개질하던 그의 아내가 우연인 척 그의 어깨를 살짝 쳤다. 대답하되 짧게 하라는 뜻이었다.

"그리고 박사의 딸이 당신에게 왔었죠." 첩자가 말했다. "당신의 도움으로 그녀가 아버지를 데리고 갔어요. 깔끔한 갈색 정장을 입은 신사와 함께 말입니다. 그 사람 이름이 뭐였죠?―작은 가발을 썼는데―로리라고 하던가요? 텔슨 은행에서 일하고요. 같이 영국으로 갔죠."

"맞습니다." 드파르주가 대답했다.

"정말 흥미로웠던 추억이죠!" 첩자가 말했다. "영국에서 저는 마네트 박사님과 따님을 알고 지냈거든요."

"그래요?" 드파르주가 말했다.

"요즘은 소식을 못 들으시나 보죠?" 첩자가 말했다.

"네." 드파르주가 말했다.

"사실," 콧노래 부르며 뜨개질하던 드파르주 부인이 고개를 들며 대화에 끼어들었다. "우리는 이제 소식을 주고받지 않아요. 그때 안전히 잘 도착했다는 소식을 들었고, 편지를 한 통 받았죠. 두 통이었을지도 모르겠네요. 그렇지만 그 이후로 그분들은 점점 자기 살길을 찾아가고―우리는 우리대로 살아갔죠―그래서 연락이 끊겼어요.”

“과연 그렇군요, 부인.” 첩자가 대답했다. “그 집 따님이 결혼할 예정이랍니다.”

“예정이라고요?” 부인이 되물었다. “예뻐서 진작에 시집간 줄 알았는데. 당신네 영국 사람들은 냉정한 것 같아요.”

“오! 제가 영국 사람인 걸 아시는군요.”

“억양을 들었죠,” 부인이 대답했다. “말하는 걸 들어 보면, 그 사람을 알 수 있으니까요.”

그는 부인의 설명이 칭찬으로 와닿지 않았지만, 좋게 받아들였다는 뜻으로 웃었다. 마지막 남은 코냑을 홀짝이면서 그가 덧붙였다.

“네, 마네트 양이 결혼한답니다. 하지만 신랑은 영국 사람이 아니라, 그녀처럼 프랑스에서 태어난 프랑스 사람이래요. 그리고 가스파르를 생각해 보면 (아, 가여운 가스파르! 정말 잔인했어요, 잔인해!) 그녀가 후작 나리의 조카와 결혼하게 된 건 참 이상한 일이죠. 가스파르가 그 높은 교수대에서 목이 매달린 게 누구 때문인데, 이제는 후작이 된 그 조카와 결혼하다니요. 물론 그는 신분을 숨기고 영국에서 살고 있으니 그곳에서는 후작이 아니라 찰스 다네이 씨랍니다. 어머니 쪽 가문 이름이 돌네였다는군요.”

드파르주 부인은 여전히 차분하게 뜨개질을 했지만, 그 얘기를 들은 그녀의 남편에겐 눈에 띄는 변화가 있었다. 작은 계산대 뒤에서 파이프에 불을 붙이거나 그 밖에 어떤 행동을 하든 그는 불안한 모습으로 손을 떨었다. 그걸 보고도 마음속에 담아 두지 않을 첩자가 아니었다.

얼마나 가치가 있든 간에 적어도 하나의 소득을 건진 바사드 씨는 달리 그를 도와주러 들어오는 손님도 없고 해서 마신 술값을 치르고 자리를 떠났다. 다시 드파르주 씨와 드파르주 부인을 뵙길 기대한다며, 떠나기 전에 고상한 체하는 것도 잊지 않았다. 그가 혹시 돌아올까 봐, 남편과 아내는 그가 생탕투안 외곽으로 사라지고 나서도 몇 분 동안 그가 떠날 때의 모습 그대로 서 있었다.

“사실일까.” 손을 그녀의 등받이에 얹고 서서 담배를 피우던 드파르주가 내려다보며 낮은 목소리로 물었다. “저자가 마네트 아가씨에 대해 말한 게?”

“저자가 한 말이니,” 눈썹을 조금 치켜뜨며 부인이 대답했다. “아마 거짓말일 거예요. 하지만 사실일 수도 있죠.”

“만약 그게 사실이라면⋯⋯.” 드파르주가 말을 하다가 멈췄다.

"만약 그게 사실이라면?" 아내가 되물었다.

"……그리고 그날이 온다면, 우리가 살아서 승리를 보게 된다면……, 마네트 아가씨를 위해서라도 운명이 그녀의 남편이 프랑스에 오는 걸 막아 줬으면 좋겠어.

"그 남편의 운명은," 드파르주 부인이 평소처럼 차분히 말했다. "그가 가야 하는 곳에 그를 데려다주겠죠. 그를 끝장낼 인생의 끝으로 데려갈 거예요. 그게 제가 아는 전부예요."

"그렇지만 정말 이상해……. 이건, 적어도 정말 이상한 일이야." 드파르주가 그녀에게 인정을 부탁하듯이 말했다. "우리가 마네트 박사와 딸을 그렇게 가엾게 생각하고 있는데, 지금 당신 손으로 그녀의 남편 이름을 방금 나간 저 악마 같은 개의 이름 옆에 새겨야 한다는 게 말이야."

"그날이 오면 더 이상한 일들도 일어날 거예요." 부인이 대답했다. "전 둘의 이름을 확실하게 여기 새겼고, 이들이 명단에 올라온 건 자기들이 초래한 일이에요. 이제 그만해요."

이 말과 함께 그녀는 뜨개질하고 있던 것을 돌돌 감고 머리에 두른 수건에 꽂혀 있던 장미를 뽑았다. 맘에 들지 않았던 그 장식물이 사라진 것을 생탕투안이 본능적으로 알아차린 건지 아니면 지켜보고 있었는지는 모르는 일이다. 어쨌든 간에 생탕투안은 다시 용기를 내어 들어왔고, 곧바로 술집은 평소의 모습으로 돌아왔다.

저녁 무렵, 특히 생탕투안의 안과 밖이 뒤집힌 듯 사람들이 모두 밖으로 나와 문턱과 창턱 그리고 더러운 골목과 안마당 곳곳에 앉아 바람을 쐬어야 하는 계절이 오면, 드파르주 부인은 손에 뜨개질감을 들고 이곳저곳으로 다니며 이무리, 저 무리와 어울리곤 했다. 그녀는 세상이 다시는 만들어 내서는 안 되는—그리고 그녀 같은 사람들이 많이 있었다—일종의 전도사였다. 모든 여자가 뜨개질을 했다. 그들은 쓸모없는 것들을 짰지만 그런 기계적인 행동으로 먹고 마시는 일을 참을 수 있었다. 그 손들은 턱과 소화기관처럼 움직였다. 깡마른 손가락이 움직이지 않고 가만히 있었다면 굶주림으로 배가 더 뒤틀렸을 것이다.

그러나 손가락이 움직이면서 눈도, 생각도 움직였다. 드파르주 부인이 이 무리에서 저 무리로 옮길 때, 그녀와 대화하고 남겨진 여자들은 바늘땀 하나하나에 손가락, 눈 그리고 생각을 더 빠르고 맹렬하게 움직였다.

문 입구에서 담배를 피우던 남편은 그녀를 감탄의 눈길로 바라보고 있었다. "굉장한 여자야." 그가 말했다. "강한 여자고, 대단한 여자야. 무서울 정도로 대단해!"

어둠이 내리기 시작했고, 교회 종탑 소리와 멀리 궁전 안뜰에서 근위대의 북소리가 들려왔다. 그동안 여자들은 앉아서 뜨개질을 하고, 또 했다. 어둠이 그들을 에워쌌다. 또 다른 어둠이 분명히 다가오고 있었고, 그때가 오면 많은 쾌적한 교회 첨탑에서 울렸던 종들이 녹여져 천둥 치는 대포가 되고, 근위대의 북소리가 권력과 풍요, 자유와 생명의 목소리처럼 밤새 힘차게 울리며 가여운 비명을 묻어 버릴 것이다. 어둠은 앉아서 뜨개질하던 여자들도 에워쌌다. 곧 그 자리에는 아직 지어지지 않은 한 구조물이 들어설 것이다. 그곳에서 곧 그녀들은 둘러앉아 뜨개질하며 잘려 떨어지는 머리를 세어 보게 될 것이다.

제17장
그날 밤

마네트 박사와 그의 딸이 플라타너스 아래 함께 앉아 보내던 그 인상적인 저녁은 소호의 조용한 모퉁이에서 그 어느 날보다 해가 찬란하게 지던 날이었다. 그날 밤 런던의 달은 그 어느 밤보다 부드럽게 빛나며 떠올라 나뭇잎 사이로 그 아래 앉아 있는 이들의 얼굴을 밝혔다.

루시는 내일 결혼할 예정이었다. 그녀는 마지막 저녁을 아버지를 위해 남겨 두었고, 부녀는 단둘이 플라타너스 아래에 앉아 있었다.

"행복하신가요, 아버지?"

"얘야, 정말 그렇단다."

그들은 오래 앉아 있었지만 많은 말을 하지는 않았다. 일하고 책을 읽을 수 있을 만큼 밝은데도 그녀는 평소처럼 일하지도 않았고 아버지께 책을 읽어 드리지도 않았다. 두 가지 모두 나무 아래 아버지 곁에 앉아 아주 여러 번 했던 일이었다. 하지만 이 시간은 다른 때와 분명히 달랐고, 두 번 다시 오지 않을 시간이었다.

"사랑하는 아버지, 저는 오늘 밤 정말 행복해요. 찰스를 향한 제 사랑과 절 향한 찰스의 사랑, 하늘이 축복해 준 그 깊은 사랑에 빠진 전 정말 행복해요. 하지만 이런 제 삶이 아버지에게 헌신하지 않고 제 결혼 생활이 몇 블록의 거리만큼이라도 우리를 떨어지게 한다면, 저는 이루 말할 수 없이 불행하고 자책했을 거예요. 그게 비록……"

"그게 비록"이라고 말한 그녀는 목이 메어 더 말할 수 없었다.

슬픈 달빛 아래, 그녀는 아버지의 목을 끌어안고 가슴에 얼굴을 기댔다. 부녀를 비추는 달은—햇빛도 그렇고, 인생이라 불리는 빛도 그러하듯—왔다가 또 떠나 버릴 늘 슬픈 빛이었다.

"사랑하는 아버지! 정말로, 제게 새로 온 사랑이, 제게 새로 생긴 의무가 우리 사이를 갈라놓지 않을 거라고 분명히 확신하시는지, 오늘 마지막으로 말씀해 주실 수 있나요? 저는 그럴 거라 알고 있지만, 아버지는 아세요? 아버지의 마음속에서 진심으로 그렇게 생각하시나요?"

그녀의 아버지가 평소에 보기 드문 활기찬 모습으로 단호하게 대답했다. "분명히 그렇게 생각한단다, 아가! 그 이상이야." 그가 부드럽게 딸에게 입 맞추며 덧붙였다. "루시, 네 결혼을 통해서 본 내 앞날이 더 밝구나. 결혼을 하지 않을 미래보다 더, 아니, 그 어떤 때보다 더 말이다."

"제발 그랬으면 좋겠어요, 아버지……."

"그렇단다, 사랑하는 딸아! 분명히 그렇지. 얼마나 자연스럽고 단순한 일인지 생각해 보렴. 딸아, 어리고 헌신적인 너는 내가 얼마나 걱정했는지 모를 거다, 나 때문에 네 삶이 낭비될까 봐……."

딸은 손으로 아버지의 입술을 막으려 했지만, 아버지의 손이 그녀의 손을 잡으며 말을 이었다.

"……낭비될까 봐 말이다, 애야. 나를 위해 자연의 이치를 거스르면서 네 인생이 낭비될까 봐 말이다. 착하고 헌신적인 너는 내가 얼마나 이런 걱정을 많이 했는지 이해할 수 없을 거다. 하지만 너 스스로 물어보렴. 너의 행복이 완벽하지 않은데, 나의 행복이 어떻게 완벽할 수 있겠니?"

"아버지, 제가 찰스를 만나지 않았다면 전 아버지와 함께 살아도 행복했을 거예요."

그녀가 자기도 모르게 찰스를 만난 이상 그가 없으면 행복하지 않다는 점을 인정하는 모습을 보며 아버지는 미소 지었다.

"애야, 너는 찰스를 만났고, 만났으니 됐다. 찰스가 아니었다면, 다른 누군가가 있었을 거란다. 만약 아무도 없다면, 나를 넘어선 내 인생의 어둠이 너에게까지 드리워져 널 불행하게 만들었을 거야."

　루시는 처음으로, 재판 때를 제외하고, 아버지가 스스로 고통스러웠던 과거에 대해 말하는 것을 들었다. 그의 말이 귀에서 들려오는 동안 루시는 이상하고도 새로운 기분에 휩싸였다. 그녀는 그 기분을 그 후에도 오래도록 기억했다.

　"저길 보렴!" 보베에서 온 의사가 손으로 달을 가리키며 말했다. "교도소 창문으로 저 달을 볼 때, 환한 달빛을 견딜 수 없었단다. 내가 잃어버린 것들 위로 저 달빛이 비친다고 생각하면 정말 고통스러워서 교도소 벽에 내 머리를 찧어야 했지. 달을 볼 때면 멍하고 무기력해서 보름달을 보며 그 안에 그릴 수 있는 수평선의 개수나 그 수평선을 가로지르는 수직선 말고는 아무런 생각도 할 수 없었단다." 달을 바라보며 내면의 우울을 사색하듯 말하던 그가 계속했다. "그릴 수 있는 선이 스무 개 되더구나, 기억해 보니. 스물한 번째는 그려 넣기가 어려웠지."

　아버지의 이야기가 깊어질수록 루시가 느낀 이상한 전율 또한 강해졌다. 하지만 아버지가 말하는 모습에서 놀라울 것은 없었다. 그는 단지 참고 견뎌야 했던 고통의 시절, 이미 지나 버린 그 시간을 현재의 행복과 생기와 대조해 보는 듯했다.

　"나는 저 달을 보면서, 내 품에서 빼앗긴 태어나지도 않은 아이를 수천 번 생각했단다. 살아는 있는지, 살아서 태어났는지, 아니면 충격을 받은 어미의 배 속에서 죽었는지. 언젠가 아버지의 복수를 해 줄 아들인지(한때 교도소에서 복수를 향한 참을 수 없는 갈망에 휩싸인 적도 있었지), 아니면 아버지의 사정을 모르고, 아버지가 혹시 스스로 사라졌다고도 의심해 볼 아들인지. 그리고 훗날 여인으로 자라날 딸인지도 생각해 봤단다."

루시는 아버지에게 가까이 다가가 그의 뺨과 손에 입 맞췄다.

"나는 혼자서 내 딸을 상상해 보았단다. 나를 완전히 잊어버리고……, 아니, 안중에도 없고, 생각해 보지도 않은 딸이었지. 해가 바뀔 때마다 딸의 나이를 세어 보고, 내 사정을 전혀 모르는 남자와 결혼하는 모습도 상상했단다. 새 가정의 기적에서 나는 완전히 사라졌고, 내 손주들에게도 내 자리는 비어 있었어."

"아버지! 존재하지도 않았던 딸에 대해 그렇게 생각하셨다니 제가 그 딸이었던 것처럼 마음이 아파요."

"루시, 네가? 루시야, 너로 인한 위로와 회복으로 이런 기억이 떠오르고, 마지막 밤인 오늘 우리가 달과 함께 이야기할 수 있는 거란다……. 내가 뭘 말하고 있었지?"

"그녀가 아버지에 대해서 아무것도 모른다고 하셨어요.

안중에도 없고요."

"그래! 하지만 또 다른 달밤이 오고 그 슬픔과 고요함이 다른 마음을 불어넣어 줬는데, 서글픈 평온처럼 고통에서만 태어나는 감정을 일깨워 줬지. 나는 내 딸이 교도소로 찾아와서, 날 요새 밖의 자유로운 곳으로 데리고 나가는 상상을 했어. 나는 너를 보듯 가끔 달빛에서 그녀의 모습을 본다. 다른 점은 내가 그 아이를 품에 안아 본 적이 없다는 거야. 또 다른 모습은 창살 달린 창문과 문 사이에 서 있었지. 하지만 이 모습은 방금 내가 말한 그 아이가 아니었단다, 이해하겠니?"

"그 모습은 그럼 ─ 환영 ─ 상상이었나요?"

"아니. 다른 것이었어. 내 망가진 시야 앞에 있었지만, 움직이진 않았지. 내 마음이 만들어 낸 이 유령은 또 다른, 좀 더 진짜 같은 아이였어. 자기 엄마를 닮았다는 것 외에는 그 모습을 어떻게 설명해야 할지 모르겠구나. 그 아이도 엄마를 닮았는데 ─ 너도 네 엄마를 닮았듯 ─ 그래도 달랐다. 이해하겠니, 루시? 어렵지? 고독한 죄수가 아니면 아무래도 이해하기 어려운 차이들일 것 같구나."

그는 차분하고 침착하게 예전 일을 설명했음에도 불구하고 루시는 몸 안의 피가 차갑게 식어 가는 것 같았다.

"마음이 더 안정되어 있을 때는 달빛 아래에서 그 아이를 떠올렸지. 내게로 다가와 날 데리고 나가서, 행복한 결혼 생활의 보금자리를 보여 줬지. 그곳에는 잃어버린 아버지에 대한 사랑과 그리움이 가득했단다. 침실에는 내 사진이 있었고, 그 아이는 날 위해 기도했지. 그 아이의 삶은 능동적이고, 밝고, 유익했단다. 그러나 나의 가여운 역사가 그 삶 전체에 스며 있었어."

"제가 그 애예요, 아버지. 제 삶은 그 반만큼도 훌륭하지 않겠지만, 제 사랑은 그 못지않아요."

"그리고 그 애가 자기 아이들을 보여 주더구나." 마네트 박사가 말을 이었다. "그 아이들은 내 이야기를 들으면서, 날 가엾게 여기도록 배우면서 컸지. 그들이 이 교도소를 지날 때면 그 험한 벽 너머로 멀리 서서, 날 올려다보며 속삭였단다. 그녀는 날 구해 줄 수 없었어. 나는 그 애가 아이들과 자기 삶을 보여 준 후 항상 날 다시 교도소로 데려가는 상상을 했단다. 그리고 나는 눈물 흘리며 그 애를 축복했어. 무릎을 꿇고 그녀를 축복했지."

"제가 그 아이였으면 좋겠어요, 아버지. 오 사랑하는 아버지, 아버지, 내일 저도 그렇게 열렬히 축복해 주실 건가요?"

"루시, 내가 옛날 힘들었던 일들을 떠올리는 건, 오늘 밤 달리 설명할 수 없을 만큼 너를 사랑하고, 또 하느님께 이 큰 행복을 감사드리기 위해서란다. 내 생각이 거칠었을 때는 너와 함께 있는 시간에서 비롯된 그리고 앞으로의 시간으로 비롯될 이 행복을 상상할 수도 없었지."

그는 루시를 안아 주었다. 그는 그녀를 축복하기 위해 엄숙히 기도하고, 또 하늘이 그에게 그녀를 내려주신 것에 대해 겸손히 감사의 기도를 했다. 곧 두 사람은 다시 집으로 들어갔다.

결혼식 하객은 로리 씨뿐이었고, 신부 들러리도 수척해 보이는 미스 프로스뿐이었다. 결혼한다고 해서 그들이 사는 곳이 달라지지는 않았다. 소문만 무성하고 보이지 않던 세입자가 살던 위층 방까지 집을 넓힌 덕분이었다. 그들은 더 바랄 게 없었다.

간단한 저녁 식사를 하는 마네트 박사는 무척 쾌활해 보였다. 식탁에 앉은 사람은 세 명뿐이었고 미스 프로스가 세 번째 사람이었다. 그는 찰스가 함께하지 못해 아쉬워했고, 그를 오지 못하게 한 사랑스러운 딸의 음모를 조금 원망했다. 그는 찰스를 위한 애정 어린 건배를 들었다.

이제, 그가 루시에게 잘 자라고 인사할 시간이었고 그들은 그렇게 헤어졌다. 그러나 새벽 3시의 고요함 속에, 루시는 다시 아래층으로 내려와 아버지 방에 몰래 들어가 보았다. 알 수 없는 두려움과 걱정을 완전히 떨쳐 버릴 수 없었던 것이다.

하지만 모든 것들은 제자리에 있었다. 모든 것이 고요했고 아버지는 누워 잠들어 있었다. 평온한 베개 위에는 아버지의 흰 머리카락이 그림같이 흩어져 있었다. 이제 필요 없어진 초를 멀리 그림자 밑에 놓아두고, 루시는 침대에 살금살금 올라가 아버지의 입술에 입 맞추고, 몸을 굽혀 그를 바라보았다.

그의 잘생긴 얼굴 위로, 투옥된 기억에서 비롯된 쓸쓸한 물기가 흘러내렸다. 그러나 과거의 고통을 덮어 버리자고 강경하게 마음먹은 그는 자면서도 손으로 그 흔적을 훔쳤다. 그날 밤 잠든 자 중에, 보이지 않는 적으로부터 자신을 고요하고 결연하게 지키려고 애쓰는 그의 얼굴보다 더 경이로운 얼굴을 가진 자는 아무도 없었다.

루시는 조심스럽게 아버지의 가슴에 손을 얹고, 자기의 사랑만큼, 아버지의 슬픔이 메워질 만큼, 자신이 아버지에게 진실하게 해 달라는 기도를 했다. 그러고 나서 그녀는 손을 내리고, 아버지의 입술에 다시 한번 입 맞추고 자리를 떠났다. 마침내 날이 밝았고, 플라타너스 잎사귀의 흔들리는 그림자가 그의 얼굴 위로 그녀의 입술처럼 부드럽게 드리우며 기도를 했다.

제18장
아흐레

결혼하는 날 아침은 밝게 반짝였고, 마네트 박사가 자신의 방에서 찰스 다네이와 이야기를 나누는 동안 준비가 된 다른 사람들은 닫힌 방문 앞에서 기다렸다. 아름다운 신부, 로리 씨 그리고 미스 프로스는 교회에 갈 준비를 모두 마친 상태였다. 미스 프로스는 자기의 아가씨가 언젠가는 결혼을 해야 한다는 사실을 점차 이해했다. 남동생 솔로몬이 신랑이 되어야 했다는 미련만 빼면, 그녀는 그 결혼에 대한 모든 것을 진심으로 기뻐하고 행복해했다.

신부의 아름다움에 아무리 감탄해도 모자라, 소박하고 예쁜 드레스까지 구석구석 구경하고 싶어 그녀 주위를 빙글빙글 돌던 로리 씨가 말했다. "사랑스러운 루시, 내가 아기인 너를 안고 도버해협을 건너온 건 오늘을 위한 일이었구나! 하느님 감사합니다! 나는 내가 한 일이 그렇게 대단한 일인지 몰랐는데! 내 친구 찰스 씨에게 이런 막대한 책임이 있는 줄 몰랐다고!"

"결혼하게 될 줄 몰랐잖수." 직설적인 미스 프로스가 말했다. "그러니 어떻게 알았겠어요? 말도 안 되는 소리지!"

"그래요? 그럴 수도 있겠네요. 하지만 울지 마세요." 로리 씨가 다정하게 말했다.

"난 안 울어요." 미스 프로스가 말했다. "우는 건 당신이지."

"저 말입니까, 여여쁜 미스 프로스?" (로리 씨는 이제 감히 그녀에게 농담도 했다.)

"방금 울었잖아요. 내가 봤어요. 놀랄 것도 없죠. 그 누구라도 당신이 선물한 고급 은그릇들과 집기들을 보면 울었을 거예요. 포크며 숟가락이며 정말 눈물 나게 환상적이에요. 나는 어젯밤에 상자가 도착했을 때부터 눈이 안 보일 때까지 울었는걸요."

"그렇다니 정말 기쁩니다." 로리 씨가 말했다. "그렇지만 눈이 안 보이시면 안 되죠. 그 소소한 기념품들을 못 보시게 할 생각은 정말 없었어요. 이런, 결혼식은 남자가 뭘 잃어버리고 사는지 생각하게 만듭니다. 이런, 이런, 이런! 지난 50년 동안 그 언제라도 로리 부인을 만날 수 있었는데!"

"택도 없죠!" 미스 프로스가 말했다.

"로리 부인이 절대 없을 거라고 생각해요?" 미지의 여인과 이름이 같은 신사가 물었다.

"푸!" 미스 프로스가 대답했다. "당신은 요람에서부터 노총각이었을 거예요."

"글쎄요!" 로리 씨가 웃으며 가발을 고쳐 썼다. "그럴 수도 있겠네요."

"그리고 요람에 들어가기도 전에," 미스 프로스가 말을 이었다. "이미 노총각으로 태어난 거죠."

"그렇다면," 로리가 말했다. "제게는 몹시 불공평한 처사였네요. 제게 선택의 여지는 있어야 했는데. 이런 이야기는 이제 그만하죠! 자, 사랑스러운 루시," 그가 루시의 허리에 다정하게 팔을 두르며 말했다. "옆방에서 이제야 움직이는 기척이 들리는구나. 미스 프로스와 나는 업무에 충실한 사람들로서, 네가 듣고 싶어하는 말들을 해 줄 수 있는 이 마지막 기회를 놓치지 말아야겠다. 너는 아버지를 두고 가지만, 너만큼이나 그에게 진실하고 그를 사랑하는 사람들에게 맡기고 가는 거란다. 우리가 할 수 있는 모든 방법으로 아버지를 돌보아 주마. 앞으로 두 주간 너희 부부가 워릭셔*와 그 부근을 여행하는 동안, 은행 일도 뒷전으로 하고(비교하자면) 그를 돌볼 테니 걱정하지 마렴. 두 주 후에 네 아버지가 너희 부부와 함께 또 두 주간 여행하기 위해 웨일스에서 합류하면, 그때 네가 건강하고 행복하게 잘 지내신 아버지를 보며 기뻐할 수 있도록 하마. 자, 이제 누가 문으로 오는

---

* 셰익스피어의 생가로 유명한 영국 런던의 북서쪽에 있는 주.

발소리가 들리는구나. 구식인 노총각이 우리 어여쁜 아가씨에게 입 맞춰 주마. 누가 와서 데려가기 전에 말이야."

잠깐 동안, 그는 두 손으로 그녀의 아름다운 얼굴을 감싸고 그녀의 이마 위에 떠오르는 인상적인 표정을 바라보았다. 그런 후, 태초의 아담부터 가지고 있었던—그래서 구식이라고도 볼 수 있는—상냥함과 조심스러움으로 그녀의 빛나는 금발을 자신의 작은 갈색 가발에 갖다 댔다.

마네트 박사의 방문이 열리고, 그가 찰스 다네이와 함께 나왔다. 종잇장같이 창백한 마네트 박사의 얼굴엔—분명 그들이 방에 들어갔을 때와는 달리—핏기가 하나도 없었다. 침착한 태도는 그대로였지만, 로리 씨의 날카로운 눈은 예전에 보았던 회피와 두려움이 방금 차가운 바람처럼 마네트 박사를 스치고 갔음을 눈치챘다.

마네트 박사는 팔을 내밀어 딸과 팔짱을 끼고 계단을 내려가 결혼식을 위해 로리 씨가 특별히 준비한 마차를 탔다. 나머지 사람들은 다른 마차를 타고 그 뒤를 따랐고, 곧 근처 교회에서 찰스 다네이와 루시 마네트는 가족들만의 축복 속에서 행복하게 결혼식을 올렸다.

예식이 끝나고 웃는 신랑 신부에게서 반짝이던 것은 눈물만이 아니었다. 로리 씨 주머니 안 어둠 속에서 나온 다이아몬드는 신부의 손 위에서 눈이 부시게 반짝거리며 빛났다. 그들은 아침 식사를 위해 집으로 돌아왔고, 모든 일이 순조롭게 잘되었다. 이제 신혼여행을 떠나는 부부를 배웅하는 문턱에서, 한때 파리의 다락방에서 가여운 구두장이의 흰머리와 뒤섞였던 금발은 아침 햇살을 받으며 다시 한번 아버지의 똑같은 흰머리와 뒤섞였다.

오랜 시간 떠나는 여행은 아니었지만 발걸음이 떨어지지 않는 헤어짐이었다. 그러나 그녀의 아버지는 품에서 부드럽게 그녀의 팔을 떼어 놓으며 쾌활하게 배웅했다. "잘 부탁하네, 찰스! 루시는 이제 자네 사람이야!"

루시는 떨리는 손을 마차 창문 밖으로 흔들며 인사했고, 그녀는 그렇게 떠났다.

그 길모퉁이는 사람들의 관심과 어슬렁거림에서 벗어난 곳이었고, 얼마 안 되는 결혼식 준비도 매우 간소했으므로, 마네트 박사, 로리 씨 그리고 미스 프로스 세 사람만 덩그러니 남겨졌다. 그들을 반기던 건물 입구의 시원한 그늘로 들어섰을 때, 로리 씨는 마네트 박사가 크게 동요하는 모습을 발견했다. 마치 거인의 황금 팔이 독을 바른 주먹으로 그를 내려친 것 같았다.

결혼식 동안 마네트 박사는 당연히 많은 감정을 억누르고 있었고, 마음을 참았던 행사가 끝난 상황이 되자 다소 충격이 찾아온 건 예상할 수 있는 일이었다. 그러나 로리 씨가 염려스러웠던 건 그 옛날의 두렵고 갈팡질팡하는 모습이었다. 마네트 박사가 멍하게 두 손으로 머리를 감싸고 방황하며 자기 방으로 들어가는 뒷모습을 보며, 로리 씨는 술집 주인 드파르주와 별빛 아래 마차를 타고 가던 기억이 떠올랐다.

"내 생각에는," 걱정하며 고민하던 그가 미스 프로스에게 소곤소곤 말했다. "지금은 박사님에게 아무 말도 하지 말고 방해도 안 하는 편이 좋겠습니다. 전 텔슨 은행에 들어가 봐야 해요. 지금 바로 갔다가, 곧 다시 돌아오겠습니다. 그리고 박사님과 같이 교외로 나가 바람도 쐬고 식사도 하고 나면 모든 것이 괜찮아질 겁니다."

로리 씨가 텔슨 은행에 들어가기는 쉬웠다. 하지만 텔슨 은행에서 다시 나오기는 어려운 일이었다. 은행에서 두 시간 동안 붙잡혀 있던 그는 다시 성급히 모퉁이 집으로 돌아갔다. 그는 계단을 뛰어 올라가 하인이 물어보는 질문을 모두 마다하고 바로 마네트 박사의 방으로 들어가려다, 뭔가를 두드리는 낮은 소리에 발을 멈췄다.

"아니 세상에!" 깜짝 놀란 그가 말했다. "저게 뭐야?"

미스 프로스가 겁에 질린 채 말하는 소리가 들려왔다. "어떡해요, 어떡해! 다 끝났어요!" 두 손을 꼭 모아 쥐며 그녀가 외쳤다. "아가씨한테 뭐라고 하죠? 절 알아보지도 못하고, 구두만 만들고 계세요!"

로리 씨는 그녀를 진정시키고 나서 마네트 박사의 방으로 들어갔다. 방에 있던 벤치는 예전 다락방에서 구두장이가 앉아서 일하던 벤치처럼 빛이 들어오는 쪽을 향해 있었다. 그 위에 고개를 숙이고 앉은 마네트 박사는 무척 바쁘게 무언가에 열중해 있었다.

"마네트 박사. 나의 소중한 친구, 마네트 박사!"

마네트 박사는 잠시 그를 쳐다보다가—반은 호기심, 반은 말을 걸어 화가 난다는 눈빛으로—다시 허리를 굽혀 일에 몰두했다.

그의 코트와 조끼는 한쪽으로 치워져 있었다. 파리의 다락방에서 일할 때처럼 입고 있던 셔츠는 목 부분을 풀어 헤친 상태였다. 옛날의 꺼칠하고 초췌한 표정이 얼굴에 보였다. 방해로 일을 중단할 수 없다는 듯 그는 다시 초조한 모습으로 일에 열심이었다.

로리는 박사의 손에 있던 일감을 보고 옛날 그가 만들던 구두와 같은 모양과 크기임을 알 수 있었다. 그는 옆에 있던 나머지 한 짝을 들고 무슨 구두인지 물어보았다.

"젊은 아가씨들이 신는 구두죠." 그가 올려다보지 않고 웅얼거렸다. "아주 예전에 완성했어야 하는 건데. 거기 놔둬 주십쇼."

"아니, 마네트 박사, 날 봐요!"

그는 순순히 지시를 따랐다. 예전의 순종적이고 기계적인 태도였다. 그는 올려다보면서도 일에서 손을 떼지 않았다.

"나의 소중한 친구여, 날 못 알아보겠어요? 다시 생각해 봐요! 이건 당신이 하던 일이 아니야. 생각해 봐요, 나의 친구여!"

아무리 해도 마네트 박사는 더 말을 하지 않았다. 여기를 보라고 할 때마다 잠깐씩 올려다볼 뿐, 그 어떤 설득도 그의 입을 열게 하진 못했다. 침묵 속에서 그는 일하고, 일하고, 또 일했다. 그에게 건네진 말은 메아리 없는 벽이나 허공에 던져진 듯 대답이 없었다. 로리 씨가 찾은 한 줄기 희망이 있다면 그건 바로 말을 건네지 않아도 그가 가끔 슬쩍 올려다보는 것이었다. 그럴 때마다 그의 얼굴에 떠오르는 희미한 호기심이나 난처함은, 마치 그가 자신의 마음속 의심을 무마해 보려는 시도처럼 보였다.

로리 씨의 마음에 그 무엇보다 중대하게 떠오른 두 가지 생각이 있었다. 하나는 루시에게는 절대 비밀로 해야 한다는 것이었고, 다른 하나는 마네트 박사를 아는 다른 모든 사람에게도 비밀로 해야 한다는 것이었다. 그 두 번째 생각을 바로 실현하기 위해 그는 미스 프로스에게 다가가 박사님은 그저 몸이 좋지 않고, 며칠간 푹 쉬어야 할 것 같다고 말했다. 루시를 위한 선한 속임수로는 미스 프로스가 그녀에게 편지를 썼다. 편지는 마네트 박사가 일이 있어 출장을 떠나야 했음을 전하며 마네트 박사가 급히 두세 줄 갈겨 쓴, 루시에게 보내는 가상의 편지 또한 언급하고 있었다.

이런 선의의 조치는 어떤 상황에나 권해지지만, 로리 씨가 특별히 이 방법을 택한 건 마네트 박사가 다시 정신을 차릴 거라는 희망이 있기 때문이었다. 빨리 정신을 차리게 될 경우를 위해 생각해 놓은 방법도 있었다. 마네트 박사의 상황을 가장 잘 이해할 만한 사람이 있었고, 로리는 그 사람의 의견을 들어 볼 참이었다.

마네트 박사가 빨리 정신을 차려 그 세 번째 방법을 실행할 수 있게 되길 바라며, 로리 씨는 그를 주의 깊게 관찰하되 그런 모습을 최소한으로 보이기로 결심했다. 그는 태어나서 처음으로 텔슨 은행에 결근계를 내고, 마네트 박사와 같은 방 창가에 자리를 잡고 그를 지켜보았다.

머지않아 그는 마네트 박사에게 말을 거는 게 효과는 고사하고 그를 악화시키는 일임을 깨달았다. 말을 강요하면 불안해했던 것이다. 그는 첫째 날부터 말 걸기를 포기하고 그저 마네트 박사의 눈앞에 계속 있기로 했다. 그것은 마네트 박사가 이미 떨어졌거나, 떨어지고 있는 망상의 늪에 대한 무언의 시위였다. 이곳은 교도소가 아니라 자유로운 공간임을 강조하기 위해, 로리는 창가 의자에 앉아 책을 읽거나 글을 쓰는 것 외에도 그가 생각해 낼 수 있는 모든 즐겁고 자연스러운 일들을 했다.

마네트 박사는 먹을 것과 마실 것을 주는 대로 먹었다. 첫날은 어둠이 시야를 가릴 때까지 일을 계속했는데, 일을 멈췄을 때는 로리 씨가 무슨 수를 써도 읽고 쓸 수 없을 정도로 어두워지고도 30분이 지난 후였다. 마네트 박사가 이제 아침까지는 쓸모없어진 도구들을 내려놓는 모습을 보며, 로리 씨가 자리에서 일어나 그에게 물었다.

"같이 밖에 나가 볼까요?"

그는 예전처럼 양쪽 바닥을 내려다보다가, 다시 고개를 들어 예전과 같이 낮은 목소리로 되물었다.

"밖에?"

"네, 같이 바람 쐬며 걸읍시다. 안 될 게 뭐 있나요?"

그는 안 될 게 뭐 있는지 말할 생각도 없어 보였고 대답하지도 않았다. 그러나 로리 씨는, 어둠 속에서 그가 벤치에 앉아 팔꿈치를 무릎에 올리고 두 손으로 머리를 감싼 채 자신에게 "안 될 게 뭐 있는지" 희미하게 묻는 듯한 모습을 본 것 같았다. 그는 직업인의 총명함으로 한 가닥 실마리를 보았고, 그걸 놓치지 않을 생각이었다.

미스 프로스와 로리는 밤에 차례를 나눠 한 번씩 불침번을 서면서 옆방에서 주기적으로 그를 관찰했다. 마네트 박사는 잠들기 전 한참을 방 안에서 이리 왔다 저리 갔다 했지만 결국 침대에 몸을 누이자마자 바로 곯아떨어졌다. 아침이 되자 그는 일찍 일어나 곧바로 벤치에 앉아 일하기 시작했다.

이틀째 되던 날, 로리 씨는 쾌활하게 마네트 박사의 이름을 부르면서 인사하고 최근 그들이 함께 대화하던 주제에 대해 말을 걸었다. 그는 아무 대답도 하지 않았지만 말을 분명히 들었고, 혼란스럽긴 해도 그 말에 대해 생각해 보고 있는 것이 분명해 보였다. 여기에 용기를 얻은 로리 씨는 미스 프로스에게 그날 몇 번이나 일감을 들고 방으로 들어오라고 했다. 두 사람은 조용히 루시와 지금 그 자리에 있던 그녀의 아버지에 대해 별일 없는 듯 평소처럼 이야기했다. 그 대화는 마네트 박사를 괴롭게 할 만큼 장황하지도 않았고 길지도 않았으며 횟수가 잦지도 않았다. 그가 좀 더 자주 고개를 들어 보기도 하고 주위의 모습이 옛날과 다른 것을 느끼며 동요하자, 로리 씨의 다정한 마음도 희망으로 밝아졌다.

다시 어둠이 내렸을 때, 로리 씨가 전날처럼 그에게 물었다.

"마네트 박사님, 같이 밖에 나가 볼까요?"

전날처럼 그가 대답했다. "밖에?"

"네, 같이 바람 쐬며 걸읍시다. 안 될 게 뭐 있나요?"

그의 대답을 받아 낼 수 없자 이번에는 로리 씨가 밖으로 나가는 척했고, 한 시간 동안 자리를 비웠다가 다시 돌아왔다. 로리 씨가 자리를 비운 동안 마네트 박사는 창가로 자리를 옮겨 플라타너스를 보고 있었는데, 로리 씨가 돌아오는 것을 보고 다시 벤치로 가서 앉았다.

시간은 아주 천천히 흘러갔고 로리 씨의 희망도 어두워졌다. 그의 마음은 다시 무거워졌고, 하루하루 지날수록 더 무거워졌다. 사흘째 되던 날이 왔다가 지나가고, 그다음엔 나흘째 그리고 닷새째 되던 날도 지나갔다. 엿새, 이레, 여드레, 아흐레가 지났다.

그 어느 때보다 희미한 희망과 계속 더 무거워지고 또 무거워져만 가는 마음을 안고 로리 씨는 불안한 시간을 보냈다. 비밀은 아주 잘 지켜지고 있었고, 아무것도 모르는 루시는 행복하게 하루를 보냈다. 그러나 처음에는 서툴던 구두장이의 손이 무서울 정도로 노련해진 것이 눈에 들어올 수밖에 없었다. 구두장이는 그 어느 때보다 일에 몰두했고, 그의 손놀림은 그 어느 때보다 빠르고 능숙했다. 때는 아흐레째 되던 날 해 질 녘이었다.

제19장
의견

마네트 박사를 불안하게 지켜보느라 지친 로리 씨는 앉은 자리에서 잠이 들었다. 긴장하며 맞이한 열흘째 되던 날 아침, 지난밤의 어둠 속에서 깊은 잠에 빠져들었던 그는 방 안으로 들어오는 햇살에 화들짝 놀라며 잠에서 깼다.

그는 눈을 비비고 일어났지만, 그러면서도 자신이 아직 잠에서 깨지 않았나 의심했다. 마네트 박사 방문 앞으로 가서 들여다보니, 구두장이 벤치와 도구들이 옆으로 치워져 있고 박사는 창가에 앉아서 책을 읽고 있었다. 평소 아침에 입던 옷차림이었고 얼굴(로리 씨가 분명히 볼 수 있었던)은 아직 많이 창백하지만, 차분히 집중해 책을 읽고 있는 표정이었다.

자신이 잠에서 깨었음을 확인한 로리 씨는 지난 며칠간 구두장이의 모습이 자신이 꾼 악몽이었을까 싶어 잠깐 어지러웠다. 그도 그럴 것이 지금 눈앞에 있는 마네트 박사는 평소와 같은 옷에 같은 얼굴이고, 평소와 같은 행동을 하고 있었던 것이다. 그가 확실하게 기억하는 지난 며칠, 마네트 박사가 구두장이로 변했던 지난 며칠의 흔적이 그 모습 안에 있을까?

처음 그 모습을 보고 놀라고 혼란스러운 가운데 나온 물음이었지만, 답은 뻔했다. 만약 진짜로 일어난 일이 아니었다면, 왜 나, 자비스 로리가 이곳에 와 있을까? 어떻게 내가, 옷도 그대로인 채, 마네트 박사의 서재에 있는 소파에서 잠이 들었다가 깨고 이른 아침에 박사의 침실 문밖에 서서 이런 생각을 하고 있을까?

몇 분 지나지 않아 미스 프로스가 그의 옆으로 와서 소곤거렸다. 만약 그에게 일말의 의심이라도 남아 있었다면 그녀의 말이 최종적으로 확인해 줬을 것이다. 그러나 그때쯤에는 머리가 맑아졌고, 의심은 남아 있지 않았다. 그는 미스 프로스에게 평소 아침 식사를 하던 때까지 그냥 시간을 보내고 별일 없었던 듯 마네트 박사를 대하자고 제안했다. 그런 다음에 로리 씨는 자신이 초조한 마음으로 기다리고 있는 의견이 오면, 그것이 이끄는 방향과 지침을 조심스럽게 따를 생각이었다.

미스 프로스가 제안을 받아들여 계획은 신중하게 진행되었다. 평소처럼 꼼꼼하게 단장할 시간이 충분했던 로리 씨는 평소 입는 순백색 셔츠와 평소 신는 깔끔한 스타킹 차림으로 아침 식사에 등장했다. 마네트 박사도 평소처럼 불려 나와 아침 식사에 동참했다.

로리 씨는 조심스럽고 성급하지 않게 마네트 박사와 대화했는데, 그것이 유일하게 안전하다고 생각되는 접근 방법이었다. 처음에 마네트 박사는 딸의 결혼식이 바로 전날의 일이라고 생각하는 것 같았다. 일부러 오늘의 요일과 날짜를 지나가듯 암시하자 그는 생각에 잠겨 날짜를 계산해 보는 듯했고, 불안한 기색이 역력해졌다. 그러나 다른 모든 면으로 미루어 보아 그는 다시 차분한 마네트 박사로 돌아온 듯했기에 로리 씨는 자신이 찾던 의견을 청하기로 결심했다. 그 의견은 다름 아닌 마네트 박사의 의견이었다.

그래서 아침 식사가 끝나고 모두 정리된 후 마네트 박사와 둘만 남았을 때, 로리 씨가 그에게 심각한 표정으로 말했다.

"친애하는 마네트 박사, 내가 정말 신경이 쓰이는 아주 이상한 사례에 대해서 아무도 모르게 당신의 의견을 물어보고 싶습니다. 그러니까 제가 보기에는 이상한데, 이 분야를 잘 아는 박사가 보기엔 안 그럴 수도 있을 것 같네요."

최근의 작업으로 색이 변한 자신의 두 손을 내려다보던 마네트 박사는 심란해 보였지만 집중해서 이야기를 듣고 있었다. 그는 자기 손을 한 번 이상 바라보았다.

"마네트 박사." 로리가 다정하게 박사의 팔에 손을 얹고 말했다. "이 사례는 저에게 정말 특별한 친구의 사례입니다.

제 말을 잘 들어 보고 그를 위한 조언을 부탁드리고 싶어요—또 이건 그의 딸을 위한 일이기도 합니다—그의 딸이요, 친애하는 마네트 박사."

"혹시," 마네트 박사가 가라앉은 목소리로 말했다. "어떤 정신적 충격 같은 거요?"

"바로 그겁니다!"

"자세히 말해 봐요." 마네트 박사가 말했다. "하나도 빼놓지 말고."

서로의 말을 잘 이해하고 있음을 확인한 로리 씨가 말을 이었다.

"친애하는 마네트, 이것은 애정, 감정 그리고 그—아시겠지만—정신에 치명적이고 극심한 영향을 미치는 오래되고 고질적인 충격과 관련된 사례예요. 환자가 스스로 시간을 계산할 수도 없고 다른 방법으로도 알 수 없어서 그 자신도 얼마나 오랫동안 겪었는지 모르는 충격이었죠. 환자가 회복했지만, 그 과정을 자신도 알 수 없다고 어떤 공식적인 장소에서 인상적으로 증언한 적이 있었어요. 그는 완벽하게 회복해서 몸과 마음이 건강하고 이미 방대한 자신의 지식을 꾸준히 새롭게 쌓아 가는 아주 지적인 사람이었는데, 안타깝게도," 그는 잠시 멈추고 깊게 숨을 들이마셨다. "조금 재발했다고 합니다."

마네트 박사가 낮은 목소리로 물었다. "얼마나 오랫동안요?"

"아흐레 밤낮을요."

"재발한 증상은 어땠습니까?" 그가 다시 두 손을 내려다보며 물었다. "혹시 충격과 관련된, 옛날에 하던 일을 다시 하던가요?"

"네, 맞습니다."

"그럼, 혹시 그 사람이," 마네트 박사가 여전히 낮지만 또렷하고 차분한 목소리로 물었다. "그 일을 하던 모습을 예전에도 본 적이 있습니까?"

"한 번요."

"그럼 증상이 재발했을 때, 그의 모습이 대체로─아니면 모든 면이─그때의 모습과 같던가요?"

"모든 면이 같았던 것 같습니다."

"그 사람에게 딸이 있다고 했죠. 그의 딸은 혹시 재발에 대해 알고 있습니까?"

"아닙니다. 딸에게는 비밀로 했고, 앞으로도 비밀로 지켜졌으면 좋겠습니다. 아는 사람은 저와 제가 믿을 수 있는 또 한 사람뿐이죠."

박사가 로리 씨의 손을 붙잡으며 작은 소리로 말했다. "정말 고맙습니다. 잘하셨어요!" 로리 씨도 그의 손을 맞잡았다. 잠시 두 사람은 말이 없었다.

"자, 친애하는 마네트." 침묵을 깨고 로리 씨가 더없이 사려 깊고 애정 어린 목소리로 말했다. "나는 한낱 직업인이라 이런 복잡하고 어려운 일을 다루기에 적합하지 않아요. 이 분야에 대해 알아야 하는 지식이 없으니까요. 전 그렇게 똑똑하지도 않습니다. 조언을 해 주세요. 내가 의지하고 조언을 구할 사람은 이 세상에서 당신밖에 없습니다. 알려 주세요, 어떤 이유로 이렇게 재발합니까? 또 재발할 수도 있나요? 반복되는 재발을 방지할 수 있을까요? 재발은 어떻게 치료해야 합니까? 재발의 증상은 어떻습니까? 내가 내 친구를 위해 할 수 있는 일은 없을까요? 나만큼 내 친구를 도와주고 싶어하는 사람은 없을 겁니다. 그 방법만 알 수 있다면요. 하지만 내가 어디서부터 시작해야 할지 모르겠어요. 당신의 현명함, 지식, 경험이 날 바른길로 인도해 준다면, 내가 도움이 될 것 같습니다. 아는 것이 없고 방향도 모르니 내가 할 수 있는 게 별로 없군요. 나와 상의를 해 보세요. 내가 상황을 좀 더 분명하게 볼 수 있도록 해 주고, 내가 더 도움이 될 수 있도록 가르쳐 줘요."

진심 어린 말을 들으며 마네트 박사는 생각에 잠겼다. 로리 씨는 그를 재촉하지 않았다.

"가능할 것 같습니다." 마네트 박사가 힘겹게 침묵을 깨며 말했다. "당신이 설명한 재발은 그 사람도 어느 정도 예견했을 겁니다."

"재발이 두려웠을까요?" 로리 씨가 조심스럽게 물었다.

"아주 많이요." 마네트 박사가 자기도 모르게 몸을 떨었다. "그런 걱정이 환자의 마음을 얼마나 짓누르는지 그리고 자신을 압박해 오는 그 주제에 대해 한 마디라도 억지로 꺼내 보는 것이 얼마나 어려운 일인지—얼마나 불가능에 가까운지—당신은 모릅니다."

"내 친구는," 로리가 물었다. "마음이 짓눌릴 때, 마음을 짓누르는 그 비밀을 다른 사람에게 털어놓으면 확실한 도움이 될까요?"

"그럴 것 같습니다. 하지만 말했듯이 거의 불가능한 일이에요. 내 생각에는—어떤 경우에는—정말 불가능한 것 같아요."

"그럼," 서로의 짧은 침묵 뒤에 로리가 다시 손을 박사의 팔에 다정하게 얹으며 물었다. "왜 이런 재발이 일어났을 거라 생각합니까?"

"내 생각엔," 마네트 박사가 대답했다. "처음 그 병의 원인이었던 일련의 생각들과 기억들이 몹시 강렬하고 생생하게 다시 떠올랐던 것 같습니다. 어떤 일들에 관련된 끔찍한 연상이 생생하게 떠올랐죠. 그의 마음속에 오랫동안 도사리고 있던 두려움이 있었을 겁니다. 그리고 어떤 상황에서—어떤 특별한 일이 있었는지—그 두려움에 관련된 연상을 되살린 거예요. 그는 스스로 마음의 준비를 하려 했겠지만 소용없었을 겁니다. 마음의 준비를 해서 오히려 더 견디기 힘들었을 거예요."

"내 친구는 재발했을 때 있었던 일을 기억할까요?" 로리 씨가 어쩔 수 없이 망설이며 물었다.

마네트 박사는 황량한 눈으로 방을 둘러보고 고개를 저었다. 그리고 낮은 목소리로 대답했다. "전혀 기억을 못할 겁니다."

"그럼, 앞으로는?" 로리가 그의 말을 이끌었다.

"앞으로는," 박사가 다시 단호하게 말했다. "예후가 무척 좋을 겁니다. 하느님의 자비로 빨리 회복했으니, 큰 희망이 있습니다. 그가 오랫동안 두려워하고 갈등하며 어느 정도 예측던 복잡한 일의 압박에 견딜 수 없었을 뿐, 이제는 구름이 흩어지고 회복했으니, 최악의 상황은 지나갔을 겁니다."

"그런가요! 마음의 위안이 됩니다. 정말 감사한 일이에요!" 로리 씨가 말했다.

"나도 감사한 일입니다!" 박사가 존경을 담아 고개를 숙이며 말했다.

"두 가지 다른 문제가 있습니다." 로리 씨가 말했다. "빨리 조언을 듣고 싶네요. 계속해도 되겠습니까?"

"친구를 더없이 아끼시는군요." 박사가 그에게 손을 내밀었다.

"첫 번째 문제는 이렇습니다. 내 친구는 연구하기를 좋아하고 유난히 에너지가 넘칩니다. 그는 전문적인 지식을 습득하는 일과 실험을 주도하는 일에 열심을 다하고, 다른 많은 일에도 마찬가지죠. 자, 내 친구가 너무 많은 일을 합니까?"

"그건 아닌 것 같습니다. 그건 그의 성격일 수도 있고 또 그의 마음을 바쁘게 하기 위한 노력일 수도 있으니까요. 어느 정도는 선천적이고, 어느 정도는 후천적일 겁니다. 건강한 일들로 바쁘게 지내지 않다 보면 건강하지 않은 방향으로 빠질 위험이 더 커질 테니까요. 스스로를 관찰하며 자신도 그걸 알았을 겁니다."

"내 친구가 무리하지 않는 게 확실합니까?"

"제 생각엔 정말 확실합니다."

"친애하는 마네트, 지금 그가 만약 무리한다면……."

"친애하는 로리, 무리가 될 리 없습니다. 한쪽에 엄청나게 무거운 스트레스가 있으니, 균형을 맞추려면 다른 쪽 추의 무게도 무거워야 하죠."

"미안합니다만, 끈덕진 직업인으로서 한 번 더 물어봅시다. 만약 그가 그래도 무리한다고 치면, 혹시 그것이 재발의 원인이 될까요?"

"그렇지는 않을 겁니다." 마네트 박사가 강한 자기 확신을 보이며 말했다. "내가 보기엔 한 가지 연상만으로는 재발이 일어나지 않을 겁니다. 여러 연상들이 엄청난 불협화음처럼 한꺼번에 몰려오지 않는 이상 앞으로 그럴 일은 없을 거라고 봅니다. 이번 일이 있었고 다시 회복한 후니, 그렇게 격렬한 불협화음을 들을 경우는 상상하기 어렵습니다. 재발하게 될 일은 이제 없을 거라 봅니다. 나는 그렇게 믿어요."

아무리 사소한 일도 예민한 마음을 파괴할 수 있음을 아는 까닭에 망설이긴 했지만, 박사는 자신의 고통과 슬픔에서 차차 확신을 얻게 된 사람의 자신감을 드러내며 말했고, 그의 친구는 그 자신감을 잃게 하고 싶지 않았다. 친구는 실제로 느꼈던 것보다 더 안심되고 고무된다고 대답하고 두 번째이자 마지막 문제를 언급했다. 그 문제는 제일 말하기 어려웠지만, 미스 프로스와 일요일 아침에 했던 대화와 지난 아흐레를 생각하면 반드시 짚고 넘어가야 했다.

"그 환자가 지금 다행히 회복했지만 잠깐 재발했을 당시 그가 했던 일은," 로리 씨가 헛기침하며 목을 가다듬고 말했다. "그 일은……, 대장장이, 대장장이 일이라고 칩시다. 이 사례를 더 잘 설명하기 위해, 이 친구가 옛날 안 좋았던 시절 작은 화로에서 대장장이 일을 했다고 치고요. 그리고 예기치 않게 다시 이 친구가 화로에서 일하는 걸 봤다고 칩시다. 그 친구가 화로를 계속 옆에 두려 하는 건 가여운 일 아닌가요?"

손으로 이마의 그늘을 지운 마네트 박사가 불안한 듯 발을 바닥에 굴렀다.

"그 친구는 화로를 언제나 곁에 두죠." 로리 씨가 불안한 표정으로 친구를 바라보며 말했다. "그럼, 그 화로를 버리게 하는 편이 낫지 않겠어요?"

여전히 손으로 이마에 그늘을 지운 마네트 박사가 불안한 듯 발을 바닥에 굴렀다.

"조언을 해 주기가 어렵나요?" 로리 씨가 말했다. "친절한 질문이 아니라는 건 잘 알고 있어요. 하지만 나는……." 그는 여기까지 말하고 고개를 저은 다음 더 이상 말하지 않았다.

"그건……." 잠시 불편한 침묵 끝에 마네트 박사가 로리를 보며 말했다. "그 가여운 남자의 머릿속 가장 깊은 곳이 어떻게 작동하는지 일관적으로 설명하기가 정말 어렵습니다. 한때 그는 그 일을 향한 끔찍한 갈망이 있었고, 그 일이 주어졌을 때 정말 좋아했죠. 머릿속 혼란스러움을 손가락의 혼란스러움으로 대체해 줌으로써 고통을 줄여 줬다는 점엔 의심의 여지가 없습니다. 그가 능숙해짐에 따라 정신적 고통의 교묘함도 손놀림의 교묘함으로 대체되었을 겁니다. 그래서 손이 닿지 않는 곳으로 치워 버린다는 생각은 견딜 수 없었을 거예요. 그 어느 때보다 자신의 상태에 대해 희망적이고 그런 자신감을 갖고 말하기도 하는 지금도, 그가 그 일이 필요할지 모르는데, 그것을 찾을 수 없을지도 모른다는 생각이 들면 갑자기 공포에 휩싸이겠죠. 길 잃은 아이의 마음에 다가오는 충격처럼요."

눈을 들어 로리 씨의 얼굴을 보던 그는 자기의 설명 속 길 잃은 아이같이 보였다.

"그러나 신경 쓰지 않을 수도 있습니다! 기니, 실링, 지폐 등 손으로 만지는 물건만 다루는 끈덕진 직업인으로 물어보는 질문이었어요. 물건을 계속 가지고 있는 것은 그 물건에 대한 생각도 계속 가지고 있는 것 아닙니까? 만약 물건이 사라진다면, 친애하는 마네트, 두려움도 같이 사라지지 않을까요? 짧게 말해서, 화로를 계속 가지고 있는 행위는 그 두려움에 승복하는 일 아닙니까?"

또 다른 침묵이 이어졌다.

"그리고 보시다시피……." 박사가 떨리는 목소리로 말했다. "이건 오랜 친구 같은 겁니다."

"저 같으면 버릴 겁니다." 불안해하는 박사의 모습에 단호해질 필요를 느낀 로리 씨가 고개를 저으며 말했다. "나 같으면 환자에게 포기하라고 말할 겁니다. 내 말은 의사의 권위가 없을 뿐이죠. 자, 당신의 권위로 말해 봐요. 그의 딸을 생각해요, 친애하는 마네트 박사!"

그의 안에서 보이는 갈등은 매우 낯선 것이었다.

"그녀를 위한 거라면, 그렇게 합시다. 처방을 내리도록 하죠. 하지만 나라면 그 사람이 있는 곳에서 치워 버리진 않을 겁니다. 그 사람이 없을 때 치우세요. 그것이 사라진 후에 그가 오랜 친구를 그리워하도록 내버려 둡시다."

로리 씨가 기꺼이 그러겠다고 말하고 상담은 끝났다. 두 사람은 교외에서 남은 하루를 보냈고, 박사는 확실히 회복한 듯했다. 그 후 사흘 동안 그의 상태는 완벽하게 정상이었고, 열나흘째 되던 날 그는 루시와 사위를 만나러 떠났다. 그전에 로리 씨가 박사의 무소식에 대비해 취한 조치를 그에게 이미 설명해 두었기에 그는 그것에 따라 루시에게 편지를 썼다. 그녀는 아무 의심도 하지 않았다.

그가 집을 떠난 날 밤, 로리 씨는 칼, 톱, 끌, 망치를 들고 등불을 든 미스 프로스와 함께 그의 방으로 들어갔다. 그곳에서 문을 닫고, 로리 씨는 은밀히 죄를 짓는 듯한 태도로 구두장이의 벤치를 마구 찍어 산산조각 냈다. 그동안 미스 프로스는 살인을 공조하듯—그녀의 험악함을 보면 그리 안 어울리는 것도 아니었다—초를 들고 서 있었다. 그런 다음 그들은 (이미 편리하게 토막 나 있던) 그 시체를 지체 없이 부엌 아궁이에서 소각했다. 도구들과 구두 그리고 가죽은 정원에 묻었다. 정직한 마음에 그 파멸와 은밀함이 너무나도 악랄하게 느껴졌기 때문에, 일을 마무리하고 나서 흔적을 지우던 로리 씨와 미스 프로스는 서로 끔찍한 범죄의 공범처럼 느꼈고, 또 그렇게 보였다.

제20장
호소

신혼부부가 집으로 돌아왔을 때, 그들에게 축하를 전하려고 첫 번째로 나타난 사람은 시드니 카턴이었다. 부부는 그가 방문하기 불과 몇 시간 전에 집에 도착한 참이었다. 그의 습관이나, 옷차림이나, 태도는 별다를 바 없었지만, 그날은 왠지 다부지고 믿음직해 보였고, 그것은 찰스 다네이가 그를 대하며 처음 발견한 모습이었다.

그는 기회를 보다가 아무도 듣는 사람이 없을 때 다네이를 창가로 데리고 가서 말했다.

"다네이 씨." 카턴이 말했다. "우리 친구 합시다."

"우리는 벌써 친구 아니었습니까? 그런 줄 알았죠."

"예의상 하는 말인 줄 알지만 고맙습니다. 하지만 난 예의상 하는 말이 아니에요. 사실, 내가 친구 하자는 말은, 그냥 친구 하자는 말도 아닙니다."

찰스 다네이는―당연하겠지만―친절하고 기분 좋게 물었다. "무슨 뜻입니까?"

"아 이런." 카턴이 미소 지으며 말했다. "생각해 볼 때는 쉬웠는데 막상 설명하긴 어렵군요. 하지만, 시도는 해 보죠. 그때 내가 술에 취했던—평소보다 좀 많이—그 유명했던 사건을 기억합니까?"

"당신이 술을 좀 마셨다는 사실을 인정하도록 강요당한 유명했던 사건은 기억합니다."

"나도 기억납니다. 그 사건의 저주는 항상 날 짓누르죠. 난 그 사건을 매번 기억하니까요. 최후 심판의 날이 올 때 그런 부분들이 정상참작되길 바라고 있습니다. 걱정하지 마세요. 설교하려는 게 아닙니다."

"걱정하지 않습니다. 당신이 진지하게 말하는 게 걱정될 뿐이죠."

"아!" 카턴이 멀리 있는 누군가에게 인사하듯 무심히 손을 저으며 말했다. "그때 내가 취했던 사건에 대해서는(아주 많은 사건들 중 하나긴 합니다만) 내가 당신을 좋아한다, 안 좋아한다며 행패를 부렸습니다. 잊어 주셨으면 합니다."

"오래전에 잊었습니다."

"또 예의상 말하는군요! 하지만 다네이 씨, 당신은 망각이 쉬운 일인 듯 말하지만 내게는 쉬운 것이 아닙니다. 나는 하나도 잊지 못했고, 가벼운 대답은 잊는 데 도움이 안 됩니다."

"그것이 가벼운 대답이었다면," 다네이가 대답했다. "용서를 구합니다. 그저 당신을 너무 괴롭히는 듯한 그 작은 일을 덜어 주려 했던 뜻 말고 다른 목적은 없었어요. 신사의 명예를 걸고 말하건대, 저는 그 일은 오래전에 제 머릿속에서 지웠습니다. 세상에, 지울 것도 없지요! 그날 당신이 훌륭한 변호로 날 도와준 사실 말고 더 기억할 게 뭐가 있었겠습니까?"

"훌륭한 변호라니." 카턴이 말했다. "그걸 그렇게 말하면 내가 바로 말해야죠. 맹세하건대 그건 그냥 전문용어로 이루어진 헛소리였습니다. 그 당시 나는 당신이 어떻게 되든 관심이 없었어요. 하지만 잘 들어요! '그 당시'라는 말은 그게 과거에 일어난 일이라는 뜻입니다."

"당신이 한 일을 가볍게 만드는군요." 다네이가 대답했다. "하지만 당신의 가벼운 대답에 따지진 않겠습니다."

"하지만 사실입니다, 다네이 씨. 날 믿어요! 말이 곁길로 샜군요. 친구 하자는 이야기를 하고 있었는데요. 자, 당신도 날 알 겁니다. 나는 인간의 그 어떤 고상하고 이상적인 모습도 실현할 수 없다는 걸요. 의심스럽다면 스트라이버에게 물어봐요. 그가 그렇게 말해 줄 겁니다."

"나는 그분의 도움 없이 내 의견을 내고 싶군요."

"좋습니다! 어쨌든 난 좋은 일이라곤 결코 한 적도 없고 절대 하지도 않을 방탕한 개라는 걸 아시죠."

"'절대 하지도 않을지'는 잘 모르겠습니다만."

"하지만 그게 사실이고 내 말을 믿어야 합니다. 자, 이제! 당신이 그런 쓸모없는 자 그리고 그렇게 썩 좋지 않은 평판을 가진 자가 가끔 들락날락하는 걸 참을 수 있다면, 나는 이곳을 오갈 수 있도록 허락을 받은, 그런 특권을 가진 사람이 되고 싶습니다. 마치 쓸모없지만(내가 당신과 닮은 모습이 아니었다면 정말 볼품도 없고 쓸모도 없었겠죠) 오랫동안 수고해 준 덕에 버리지 않는 가구처럼, 아무도 눈여겨보지 않는 그런 가구 같은 사람처럼 여겨지길 바랍니다. 그 특권을 남용하진 않을 겁니다. 100분의 1 확률로 1년에 네 번쯤 오겠죠. 그런 특권을 가지고 있는 것만으로도, 감히 말하건대, 나는 만족합니다."

"그래도 오려고 노력은 해 주시겠습니까?"

"내 부탁을 들어준다는 뜻이군요. 고맙습니다, 다네이. 내가 이름을 그렇게 불러도 되겠습니까?"

"카턴, 이제는 그렇게 해도 됩니다."

두 사람은 그 말에 서로 악수했고, 시드니는 돌아섰다. 그 후 몇 분 지나지 않아 그의 모습은 처음부터 그 실체가 없었던 것처럼 사라졌다.

그가 떠나고 나서 미스 프로스, 마네트 박사, 로리 씨와 함께 저녁을 보내던 찰스 다네이는 방금 전 대화에 관해 대충 언급하며 시드니 카턴의 무심함과 경솔함이 안타깝다고 말했다. 다네이가 말한 바를 짧게 말하자면, 그를 나쁘게 말하거나 깎아내리려는 것이 아니라 누구나 그를 드러난 모습 그대로 봤다면 할 수 있는 말이었다.

그는 이 말이 자신의 아름답고 젊은 아내의 마음속에 머물게 될지 몰랐다. 그러나 그가 나중에 신혼 방에 들어가서 그녀를 봤을 때, 방에서 그를 기다리던 그녀는 예쁜 이마를 찌푸리고 있었다.

"오늘 밤 우리는 생각이 많군요!" 다네이가 그녀에게 팔을 두르며 말했다.

"그래요, 사랑하는 찰스." 그의 가슴에 손을 얹은 그녀의 신중하고 캐묻는 듯한 표정은 다네이에게 고정되어 있었다. "오늘 밤 우리는 생각이 많죠. 마음속에 걸리는 게 있으니까요."

"뭔가요, 나의 루시?"

"내가 부탁한다면, 아무것도 묻지 않겠다고 약속해 줄 수 있어요?"

"약속해 줄 수 있냐고? 내가 사랑하는 당신에게 약속 못 할 게 뭐가 있지?"

그는 한 손으로 그녀의 뺨에 흘러내린 금발을 매만지고, 다른 손으로는 그를 향해 뛰는 심장을 어루만졌다.

"찰스, 가여운 카턴 씨는 당신이 오늘 밤 그에 대해 말했던 것보다 더 깊은 배려와 존경을 받아야 되는 사람인 것 같아요."

"그래요, 여보? 왜 그렇죠?"

"그건 물어보기 없어요. 하지만 나는—내가 아는데—그렇게 생각해요."

"만약 당신이 아는 거라면, 그걸로 충분해요. 내가 그렇게 하면 좋겠어요, 여보?"

"나는 당신이 그 사람에게 늘 친절하길 부탁하고 싶어요. 그리고 그가 없는 자리에서는 그의 잘못을 너그럽게 봐줬으면 좋겠어요. 그 사람이 아주아주 드물게 드러내는 진실한 마음을 믿어 주고, 그 안에는 깊은 상처가 있다는 걸 믿어 줬으면 좋겠어요. 여보, 난 그의 마음이 피 흘리는 걸 본 적이 있어요."

"돌이켜 보니 괴롭군요." 찰스 다네이가 충격을 받은 듯 말했다. "내가 그 사람에게 실수했을지도 모르니. 그에 대해 한 번도 그렇게 생각해 보지 못했어요."

"여보, 그는 그래요. 새로운 사람이 될 가망은 없어요. 그의 성격이나 운이 나아질 희망도 거의 없지만, 그래도 나는 그가 선한 일, 친절한 일 그리고 관대한 일도 할 수 있을 거라 믿어요."

길 잃은 카턴에 대한 순수한 믿음으로 그녀는 정말 아름다워 보였다. 그녀의 남편은 몇 시간이고 그런 아내를 바라볼 수 있었다.

"오, 나의 소중한 사랑!" 그녀가 남편의 품에 더 가까이 안기며 머리를 그의 가슴에 묻었다. 그녀는 눈을 들어 남편의 눈을 바라보며 말했다. "우리의 행복이 우리를 얼마나 강하게 하는지, 그의 불행이 그를 얼마나 약하게 하는지 기억해요!"

아내의 호소에 남편의 마음이 움직였다. "언제나 기억하겠소, 내 사랑! 내가 살아 있는 동안 늘 기억할 거요."

그는 금발 위에 몸을 굽혀 그녀의 장밋빛 입술에 입 맞추고 두 팔로 그녀를 껴안았다. 만약 어두운 거리를 걷던 한 쓸쓸한 방랑자가 그녀의 순수한 호소를 듣고, 남편을 향한 사랑으로 가득 찬 부드러운 푸른 눈에서 떨어지는 몇 방울의 연민이 남편의 입맞춤으로 사라지는 모습을 보았다면, 그는 밤새 울었을지도 모를 일이다. 그리고 그의 입술이 내뱉은 이 말은 결코 처음이 아니었을 것이다.

"그녀의 아름다운 동정심에 축복을!"

제21장
울리는 발소리

앞서 언급했듯 마네트 박사가 사는 길모퉁이는 소리가 잘 울리는 곳이었다. 자신의 남편, 자신의 아버지, 자기 자신 그리고 자신의 보모이자 오랜 벗을 잇는 금실을 바쁘게 감으며 살아가던 루시는 소박한 행복의 나날을 보내고 있었다. 그녀는 소리가 잘 울리는 평온한 모퉁이의 고요한 집에 앉아 세월의 발소리가 울리는 것을 들었다.

그녀는 완벽하게 행복한 젊은 아내였지만, 처음에는 그녀의 일이 손에서 점점 멀어지고 눈앞은 눈물로 흐려지는 시간들도 있었다. 저 멀리서 가볍고 희미하게 들려오는 메아리가 그녀의 마음을 뒤흔들었기 때문이다. 날개를 파닥이는 희망과 의심―아직 그녀가 알 수 없는 새로운 사랑에 대한 희망 그리고 그 새로운 기쁨을 누릴 때까지 이 땅에 남아 있을까 하는 의심―이 그녀의 가슴을 갈라놓았다. 그때의 메아리 속에는 그녀의 이른 무덤가를 맴도는 발소리도 울렸을 것이다. 홀로 남겨져 절망하며 그녀를 애도할 남편 생각에, 눈물이 차올라 파도처럼 부서졌다.

그랬던 시간도 지나가고, 이제는 작은 루시가 그녀의 품에 안겨 있었다. 그때 몰려오던 메아리 속에는 그 아이의 작은 발이 걸어 다니는 소리와 옹알거리는 말소리도 섞여 있었다. 요람 곁을 지키던 젊은 어머니는 아무리 다른 큰 소리의 메아리가 울려도 아이의 소리를 들을 수 있었다. 아이의 소리가 들려오면, 그들의 그늘진 집은 아이의 웃음으로 환해졌다. 그녀가 고통스러울 때 마음을 털어놓을 수 있는 하느님은 아이들의 거룩한 친구였고, 하느님은 자신의 아들을 품에 안듯 그녀의 아이 또한 품에 안아 그녀에게 신성한 기쁨이 되게 했다.

그들 모두를 잇는 금실을 바쁘게 감으며 행복이 담긴 손길을 그들 모두의 삶에 엮어 넣어 아름답게 꾸미던 루시에게 그때의 세월의 발소리는 다정하고 편안하기만 했다. 그 속에서 그녀 남편의 발소리는 굳세고 활기찼으며, 그녀 아버지의 발소리는 안정적이고 단호했다. 바로 그때, 메아리를 뒤흔들며 깨우는 건 미스 프로스의 소리였다. 채찍으로 다뤄진 거친 군마처럼 그녀는 정원에 있는 플라타너스 아래에서 콧김을 내뿜으며 땅에 발길질을 하고 있었다!

메아리 안에 슬픔의 소리가 섞여 올 때도 그 소리는 가혹하거나 잔인하지 않았다. 그녀와 같은 금발이 작은 소년의 초췌한 얼굴 주위로 베개에 광륜처럼 흩어져 있었을 때,

소년은 환하게 웃으며 이렇게 말했다. "사랑하는 아빠, 엄마, 두 분과 예쁜 누나를 떠나게 되어 미안해요. 하지만 저는 부름을 받았기에 가야만 해요!" 그녀에게 맡겨졌던 영혼이 떠나가는 것을 보면서 그의 젊은 어머니의 뺨에 흐르던 것은 고통의 눈물이 아니었다. 어린아이들을 용납하고 내게 오는 것을 금하지 말라.* 그들이 내 아버지의 얼굴을 보리라. 오 아버지, 당신의 말씀에 축복을!

천사의 날개가 펄럭이는 소리가 다른 메아리들과 섞였고, 그 소리는 이 땅의 소리만이 아니라 천국의 숨결을 품고 있었다. 작은 무덤과 정원에 불어오는 바람의 한숨도 그 안에 섞여, 루시는 두 소리가 마치 해변에 잠든 여름 바다의 숨소리같이 낮게 속삭이는 것을 들을 수 있었다. 그때 앙증맞게 아침 일과에 열중하거나 어머니의 발판에서 인형 놀이를 하던 작은 루시는 그녀의 삶 속에 엮인 두 도시, 런던과 파리의 언어를 재잘거리고 있었다.

메아리가 시드니 카턴의 실제 발걸음에 답하는 경우는 드물었다. 그는 많아 봤자 1년에 대여섯 번 정도 초대받지 않아도 올 수 있는 자신의 특권을 주장했고, 예전에 종종 그랬듯 그들 사이에 앉아 저녁 시간을 보냈다. 그가 술에 취해 붉어진 얼굴로 온 적은 한 번도 없었다. 그때 메아리는 그에

---

* 신약성경 마태복음 19장 14절을 인용한 것이다.

관한 어떤 것, 긴 세월 속에 걸쳐 모든 진실한 메아리가 울려온 그것을 속삭이고 있었다.

한 남자가 정말로 사랑했던 여자를 떠나보내고, 그녀가 아내가 되고 어머니가 되어도 변하지 않는 마음으로 그녀를 지켜보게 된다면, 그녀의 아이들은 그에 대한 묘한 연민을 가지게 된다. 그것은 그를 가엾게 여기는 본능적인 섬세함이었다. 어떤 숨겨진 섬세한 감정이 있는지, 메아리는 말하지 않았다. 그러나 그런 감정이 있었고, 그곳에 존재했다. 카턴은 작은 루시가 처음으로 통통한 팔을 내민 첫 번째 낯선 사람이었고, 자라는 동안 그녀 마음속 자리를 차지했다. 작은 소년 또한 거의 마지막 순간에 그의 이야기를 했다. "가여운 카턴 아저씨! 저 대신 아저씨께 입 맞춰 주세요!"

스트라이버 씨는 마치 거친 물살을 뚫고 나가는 배처럼 법조계를 어깨로 들이밀며 나아갔고 후미에 작은 배를 끌고 가듯 자신의 항적에 쓸모 있는 친구도 같이 끌고 갔다. 그렇게 끌려가는 배는 보통 곤경을 겪다 침몰하듯 시드니도 수렁에서 벗어나지 못한 삶을 살아가고 있었다. 그러나 그가 그런 삶을 살도록 만든 건 사실 그를 끈덕지게 붙드는 습관이었다. 그것들은 안타깝게도 벌이나 불명예의 자극보다 강하고 쉽게 다가왔다. 그래서 그는 실제 자칼이 사자가 되려는 꿈을 품지 않는 것처럼 그도 사자의 자칼이라는 자리에서 벗어날 생각을 하지 않았다. 스트라이버는 이제 부자였다. 그는 화려하고 돈 많은 과부와 결혼했는데, 과부에게는 벌써 뻣뻣해진 머리카락과 통통한 얼굴 외에 특별히 눈에 띄는 게 없는 아들 셋이 있었다.

스트라이버 씨는 가장 추잡한 새아버지의 태도를 온몸의 구멍에서 뿜어내면서, 양을 몰듯 어린 신사 셋을 앞세우고 소호의 조용한 모퉁이에 들렀다. 그는 루시의 남편에게 이들을 제자로 삼아 달라 제의하며 고상하게 말했다. "거기 안녕하시오, 다네이! 여기 당신의 소꿉놀이를 위한 빵과 치즈 덩어리 세 개를 가지고 왔소!" 빵과 치즈 덩어리 세 개가 정중하게 거절당하자 스트라이버 씨는 수모를 당한 듯 씩씩거리며 돌아갔다. 그 후 그는 이 어린 신사들을 교육할 때 가정교사 같은 작자들의 거지 같은 자존심을 조심해야 한다고 가르쳤다. 또한 그는 향이 풍부한 포도주를 마시면서 스트라이버 부인에게 한때 다네이 부인이 자기를 "낚기 위해" 사용했던 기술과 거기에 맞서 "낚이지 않기 위해" 자신이 사용했던 기술에 대해 열변을 토했다. 향이 풍부한 포도주와 거짓말을 함께 즐겼던 킹스벤치 법정 동료들은 그가 거짓말을 하도 자주 하다 보니 스스로도 믿게 된 것 같다며 그를 이해했다. 물론 그것은 원래도 나빴던 위법행위를 고질적으로 더 악화시켜서 어디 조용한 곳에 데려가서 목을 매달아 버려도 될 만큼 흉악한 범죄로 만들었다.

이것이 바로 때로는 생각에 잠겨 있고, 때로는 즐거워하며 웃던 루시에게 그녀의 어린 딸이 여섯 살이 되기 전까지 모퉁이에서 들려오던 소리였다. 그녀의 아이가 걸어오는 발소리, 사랑하는 아버지의 침착하고 생기 넘치는 발소리 그리고 사랑하는 남편의 발소리를 그녀가 얼마나 소중하게 마음에 간직했는지 굳이 말할 필요도 없을 것이다. 그녀가 지혜롭고 우아하고 검소하게 이끌어 나가는 가정은 그 어떤 호화스러운 곳보다 풍요로워, 사랑 넘치는 보금자리에서 울리는 아주 작은 메아리도 그녀에겐 음악처럼 들렸다는 것 또한 말할 필요가 없을 것이다. 그녀가 결혼하기 전보다 그 이후에 더 (그것이 가능하다면) 자신에게 헌신한다고 몇 번씩이나 말하는 그녀 아버지의 말이, 그리고 그녀의 다양한 마음 씀씀이나 의무에도 남편에 대한 사랑과 지원에 소홀함이 없다며 "여보, 마치 한 사람에게 신경을 쏟듯 우리 모두에게 신경을 쏟는데도 급해 보이거나 바빠 보이지 않는 마법의 비결이 뭐요?"라고 말하는 그녀 남편의 말이, 그녀의 귀에 달콤하게 울리는 그녀에 대한 메아리였다.

그러나 그 시기 내내 길모퉁이에서는 멀리서 험악하게 우르릉거리는 다른 메아리가 울리고 있었다. 그 메아리가 점점 크게 울리기 시작한 어린 루시의 여섯 번째 생일 무렵, 프랑스에는 거대한 폭풍과 함께 무시무시한 바다가 밀려왔다.

1789년 7월 중순의 어느 밤, 텔슨 은행에서 늦게 돌아온 로리 씨는 루시와 그녀의 남편과 함께 어두운 창가에 자리를 잡고 앉았다. 덥고 궂은 날 밤이었기에 세 사람 모두 바로 그 자리에서 천둥 번개를 구경했던 예전의 일요일 밤을 떠올렸다.

"이제부터," 로리 씨가 갈색 가발을 뒤로 젖히며 말했다. "텔슨 은행에서 밤을 보내야 할 것 같네. 하루 종일 일이 너무 많아서 뭘 먼저 해야 할지, 어느 방향으로 가야 하는지도 모르는 상태야. 파리 사람들의 불안이 너무 커져서 우리 은행에 돈을 맡기려는 사람들이 떼로 몰려오고 있어! 고객들은 빨리 우리에게 자산을 맡기고 싶어 안달 난 것처럼 보인다네. 그들은 모두 영국에 돈을 보내려고 아주 난리도 아니야."

"나쁜 예감이 드는 일이군요." 다네이가 말했다.

"나쁜 예감이라고 했나, 친애하는 다네이? 그렇지, 하지만 아직 그 이유를 모른다네. 사람들이 그렇게 비이성적이야! 텔슨에서 일하는 우리 몇몇은 늙어 가는데, 이유도 모르고 상식을 벗어난 난리를 감당하려니 너무 힘들어."

"그렇지만 요즘 하늘이 얼마나 어둡고 궂은지 아시잖습니까." 다네이가 말했다.

"알고 있지, 물론." 자신의 차분한 인내심이 망가져서 투덜거리는 거라고 스스로를 설득하며 로리 씨가 인정했다. "다만 힘들고 길었던 하루 때문에 투정을 부려 보기로 했네. 마네트 박사는 어디 있나?"

"여기에 있죠." 그 순간 어두운 방으로 들어오며 마네트 박사가 말했다.

"집에 있어서 정말 다행입니다. 하루 종일 서두르며 불길한 예감에 시달리다 보니 이유도 없이 초조해지는 참이었죠. 어디 나가는 건 아니죠?"

"아닙니다. 나는 같이 백개먼[*]을 하려고 했죠, 당신만 괜찮다면."

"내 의견을 말하자면, 안 괜찮을 이유가 없죠. 오늘 밤은 박사의 상대가 될지 모르겠습니다. 루시, 찻상이 아직 거기에 있나? 안 보이네."

"물론 있죠. 오실 때를 위해 챙겨 두었어요."

"고맙다, 루시. 아가는 안전히 침대에 있고?"

"그럼요. 아주 잘 자고 있어요."

"그래, 모두 안전하게 잘 있어야지! 여기에서 안전하지 않고 잘 지내지 못할 이유가 없지, 하느님께 감사한 일이야. 그렇지만 난 오늘 하루 종일 고생했고 예전처럼 젊지가 않군!

＊ 두 사람이 주사위 두 개로 하는 체스. 쌍륙이라고도 한다.

내 차구나! 고맙다. 자, 이제 여기로 와서 우리 옆에 앉아라. 우리 조용히 앉아서 그때 따로 이론이 있다고 말한 메아리를 들어 보자."

"이론이 아니에요. 그냥 상상한 거였어요."

"그럼 그 상상을 들어 보자꾸나, 우리 지혜로운 아가." 로리 씨가 그녀의 손을 다독이며 말했다. "하지만 이 소리들이 정말 크고 또 많이 들려오지 않니? 그냥 들어 보자꾸나!"

이들이 런던의 어두운 창가에 조그맣게 둘러앉아 있을 때였다. 저돌적이고, 위험하고, 광기 어린 발소리가, 모든 이의 삶 속으로 밀고 들어오려는 발소리가, 한번 붉게 얼룩지면 쉽게 깨끗해질 수 없는 발소리가, 멀리 생탕투안에서 격렬하게 달려오는 발소리가 들려오고 있었다.

그날 아침, 생탕투안은 앞뒤로 몰려드는 허수아비 같은 가난한 사람들 떼로 시커멓게 덮이고 있었다. 소용돌이처럼 흔들리는 그들의 머리 위로 반짝이는 것은 햇빛에 반사된 칼날과 총검이었다. 엄청난 포효가 생탕투안의 목청에서부터 터져 나오고 사람들의 드러난 팔뚝은 숲이 되어 겨울 바람에 사시나무 가지들이 떨리듯 허공을 휘몰아쳤다. 또한 모든 손가락은 으슥한 곳에서 던져 올려진 무기나 무기로 쓸 수 있을 만한 것들을 발작하듯 잡아채어 갔다. 그들이 얼마나 멀리 서 있든 상관없었다.

누가 그 무기를 나눠 줬는지, 무기는 어디서 났는지, 어디서 시작되었는지, 어떤 은밀한 방식으로 그 무기들이 한 번에 열댓 개씩 군중 위로 번개처럼 던져지는지, 그곳에 있는 사람 중 아는 이는 없었다. 그러나 소총이 배급되었고, 탄통, 화약, 쇠막대기와 나무 막대기, 칼, 도끼, 곡괭이 등 뒤숭숭한 이 시기에 발견하거나 생각해 낼 수 있는 모든 무기가 배급되었다. 아무것도 손에 넣을 수 없었던 사람들은 피를 흘려 가며 집의 벽을 헐어 돌과 벽돌을 구했다. 생탕투안의 모든 심장과 맥박은 극도의 열기와 긴장에 휩싸여 있었다. 모든 살아 있는 것들은 생명을 더 이상 중요하게 여기지 않았고, 자신의 생명마저 희생할 열정으로 불타올랐다.

끓어오르는 물의 소용돌이에도 중심점이 있듯 이 휘몰아치는 광란의 중심에 드파르주의 술집이 있었다. 끓어오르는 솥 안의 물방울 같은 사람들은 모두 소용돌이에 빨려 들어가고 있었고, 그 소용돌이 중심에서 지시를 내리고, 무기를 나눠 주고, 어떤 이를 뒤로 밀고 어떤 이를 앞으로 끌고 나오기도 하고, 해제한 어떤 이의 무장을 다른 이에게 주기도 하며 소란이 제일 짙은 곳에서 일하며 싸우던 것은 화약과 땀으로 얼룩진 드파르주였다.

"자크 3호, 가까이에 있게." 드파르주가 외쳤다. "그리고 자크 1호, 2호, 헤어져서 최대한 많은 동지를 이끌고 가. 내 아내는 어디 있나?"

"아, 여기! 여기 있어요!" 부인은 여느 때와 같이 침착했지만, 오늘은 뜨개질을 하지 않았다. 그녀는 군센 오른손에 늘 들고 다니던 뜨개질감 대신 도끼를 들고 있었고, 허리띠에는 권총과 잔혹해 보이는 칼을 차고 있었다.

"당신은 어디로 갈 거야?"

"지금은 당신과 같이." 부인이 말했다. "곧 여자들의 선두에 설 거예요."

"그럼, 가자!" 드파르주의 외침이 쩌렁쩌렁 울렸다. "동지와 친구들이여! 우리는 준비됐다! 바스티유로!"

프랑스의 모든 숨결이 그 혐오스러운 단어로 만들어진 것처럼 사람들의 함성이 울려 퍼졌다. 살아 있는 바다가 넘실거려 파도에 파도가 밀려가고 심연에 심연이 더해지며 도시의 교도소까지 넘쳐흘러 밀려갔다. 경보가 울리고, 북소리가 울리고, 광란의 바다가 새로운 해변을 덮치며 천둥 치듯 포효했다. 공격이 시작되었다.

깊은 도랑, 두 개의 도개교, 육중한 돌벽, 여덟 개의 높은 탑, 대포, 불 그리고 연기. 불과 연기를 뚫고 술집의 드파르주는—바다가 그를 대포 쪽으로 밀어 올려 순식간에 포병이 된 그는 불과 연기 속에서도—치열한 두 시간 동안 맹렬한 군인처럼 싸웠다.

깊은 도랑, 두 개의 도개교, 육중한 돌벽, 여덟 개의 높은 탑, 대포, 불 그리고 연기. 도개교 하나가 내려왔다! "싸우자, 모든 동지여, 싸우자! 자크 1호, 자크 2호, 자크 1000호, 자크 2000호, 자크 25000호! 모든 천사든 악마든 그들의 이름으로—둘 중 뭐든 간에—싸우자!" 술집 주인 드파르주가 진작에 뜨겁게 달아오른 총을 들고 말했다.

"내게 오라, 여인들이여!" 그의 아내가 소리쳤다. "자! 우리도 때가 오면 남자들만큼 잘 죽일 수 있다!" 가지고 있는 무기는 달랐지만 모두 굶주림과 복수심으로 무장한 여자들이 갈망 섞인 날카로운 함성을 지르며 그녀에게 행군했다.

대포, 소총, 불, 연기. 하지만 아직 깊은 도랑과 도개교 하나, 육중한 돌벽 그리고 여덟 개의 높은 탑이 남아 있었다. 쓰러지는 부상자에, 날뛰던 바다가 조금 주춤했다. 번뜩이는 무기, 타오르는 횃불, 연기 나는 젖은 짚단이 실린 마차, 사방으로 이웃한 방어벽에서 벌어지는 격렬한 전투, 비명, 빗발치는 총알, 증오, 아끼지 않는 용기, 파괴의 굉음과 무너지는 소리 그리고 살아 있는 바다가 맹렬하게 몰아치는 소리. 그러나 아직 깊은 도랑과 도개교 하나, 육중한 돌벽 그리고 여덟 개의 높은 탑이 남아 있었고, 술집의 드파르주는 아까보다 두 배로 뜨거워진 총을 들고 네 시간째 치열하게 싸우고 있었다.

　요새에서 백기가 올라오고, 이어진 협상에—성난 폭풍 너머로 희미하게 보이지만 아무것도 들리지 않았다—바다는 갑자기 그 끝을 알 수 없을 정도로 넓게 퍼지고 또 높아져, 내려진 도개교에 있던 술집의 드파르주를 육중한 돌벽 안으로 휩쓸어 이미 항복한 여덟 개의 탑으로 몰고 갔다!

　바다가 거스를 수 없는 힘으로 그를 휩쓸어 그는 고개를 돌리거나 숨을 쉬는 것도 불가능했다. 남태평양의 거센 파도에 떠밀리듯 그는 마침내 바스티유 바깥쪽에 있는 마당까지 밀려왔다. 그는 벽 한구석에 서서 주위를 둘러보려 애썼다. 자크 3호가 가까이에 있었고, 멀리 안쪽에서 한 손에 칼을 들고 여자들 선두에 서 있는 드파르주 부인도 보였다. 도처마다 소란, 열광, 귀청이 터질 듯하고 광기 어린 혼란, 충격적인 소음이 가득한 맹렬한 무언극이 벌어지고 있었다.

　"죄수들!"

　"전과 기록!"

　"비밀 교도소!"

　"고문 기계!"

　"죄수들!"

　이런 외침들과 다른 알아들을 수 없는 수만 마디의 말 중, "죄수들!"이 바닷속에서 가장 많이 울려 퍼진 외침이었다.

시간과 공간이 무한한 것처럼 그 속의 사람들도 무한한 듯 바다는 끊임없이 밀려들었다. 맨 앞의 물결이 간수들을 휩쓸며 모든 비밀 방까지 열어 놓지 않으면 모두 당장 죽여 버리겠다고 위협하고 있을 때, 드파르주가 다부진 손으로 그중 한 명을—머리가 희끗희끗하고 손에 횃불을 들고 있던—무리에서 데리고 나온 후, 그의 가슴에 손을 얹고 벽으로 밀어붙였다.

"북쪽 탑으로 날 안내해라!" 드파르주가 말했다. "어서!"

"그렇게 하고말고요." 남자가 대답했다. "저랑 같이 가신다면요. 하지만 그곳에는 아무도 없습니다."

"105호, 북쪽 탑이 무슨 뜻이지?" 드파르주가 물었다. "빨리 말해라!"

"무슨 뜻이냐고요?"

"죄수를 뜻하는 건가, 아니면 투옥된 장소란 뜻인가? 아니면 내가 지금 널 죽이라는 뜻인가?"

"죽여 버려!" 가까이 다가온 자크 3호가 쉰 목소리로 말했다.

"선생님, 그건 감방입니다."

"안내해라!"

"그럼 이쪽으로 오시죠."

늘 그랬듯 굶주려 있던 자크 3호는 대화가 피를 보지 않는 쪽으로 흘러가자 실망한 기색으로 간수의 팔을 붙잡고 있던 드파르주의 팔을 붙잡았다. 이 짧은 대화를 나누는 동안 그들 셋은 머리를 가까이 모으고 있었음에도 서로의 말을 잘 들을 수가 없었다. 살아 날뛰는 바다가 엄청난 소리와 함께 요새 안으로 밀려들어 오며 마당과 계단을 침수시키고 있었기 때문이다. 밖에서도 벽을 둘러싼 바다의 깊고 거친 함성이 벽을 두드렸고, 가끔 그 속에서 어떤 소리가 터져 나와 물보라처럼 허공에 흩뿌려졌다.

햇빛이 닿은 적이 없는 어두운 통로를 걸어 어두운 밀실과 교도소를 지난 다음, 그들은 동굴 속 같은 계단을 내려갔다가 다시 돌과 벽돌로 만들어진 울퉁불퉁하고 가파른 계단을 올라갔다. 드파르주, 간수, 자크 3호는 서로의 손과 팔을 잡고 계단이라기보다는 마른 폭포 같은 그곳을 최대한 서둘러 지나갔다. 여기저기에서, 특히 처음에는, 사람들이 쏟아져 나와 그들 옆을 스쳐 갔지만 그들이 계단으로 내려와 돌아서 탑으로 올라가는 길에는 그들뿐이었다. 마치 요새 안을 휩쓸고 있는 폭풍의 소음이 그들의 귀를 먹게 한 것처럼, 육중하고 두꺼운 벽과 아치에 둘러싸인 이곳에 들어오니 밖의 소리는 그저 둔하게 억눌린 채 전해져 왔다.

간수가 낮은 문 앞에서 발을 멈추고, 짤그락거리며 자물쇠에 열쇠를 넣어 돌리고는 천천히 문을 열었다. 그들이 머리를 숙이고 들어갈 때 그가 말했다.

"105호, 북쪽 탑입니다!"

벽 저 높은 곳에 두꺼운 창살이 달리고 유리가 없는 작은 창문이 있었다. 그 앞은 돌벽으로 가로막혀 있었기 때문에 하늘을 보려면 몸을 많이 낮추고 고개를 올려 봐야 했다. 작은 굴뚝 안은 1미터가 안 되었는데, 가로로 굵은 막대가 쳐져 있고, 아궁이에는 오래된 나뭇재 한 무더기가 솜털처럼 쌓여 있었다. 작은 의자 하나, 탁자, 짚으로 만든 침대가 놓인 방을 둘러싼 네 벽은 검게 그을렸고, 그중 하나에 녹슨 철 고리가 달려 있었다.

"벽을 볼 수 있도록 그 앞으로 천천히 횃불을 움직여라." 드파르주가 간수에게 말했다.

간수는 그 말대로 했고, 드파르주는 눈으로 빛을 따라가며 자세히 관찰했다.

"잠깐! 여기 보게, 자크!"

"A. M.!" 자크 3호가 쉰 목소리로 허겁지겁 글자를 읽었다.

"알렉상드르 마네트." 드파르주가 화약이 깊게 배어 거무스름해진 집게손가락으로 글자를 더듬으며 그의 귀에 대고 말했다. "그리고 여기 그가 '불쌍한 의사'라고 썼어. 이 돌에 달력을 새긴 건 그가 확실해. 손에 든 게 뭔가? 쇠지레? 이리 줘 보게!"

아직 손에 총의 화승간을 들고 있었던 그는 갑자기 두 도구를 바꿔 쥐고 벌레 먹은 의자와 탁자를 몇 번 내리쳐 산산조각 냈다.

　"불을 더 높이 들어라!" 그가 간수에게 화난 듯 소리를 질렀다. "이 조각들을 자세히 살펴보게, 자크. 그리고, 자! 여기 내 칼이 있네." 그는 칼을 던져 주며 말했다. "저 침대를 갈라 보고 짚 더미를 살펴보게. 불을 더 높이 들라고!"

　간수를 노려본 그는 아궁이 속으로 기어 들어가 굴뚝을 올려다보며 쇠지레로 굴뚝 안쪽 벽을 쳐보고 찔러 본 후, 아궁이를 가로로 막고 있는 쇠막대를 살펴보았다. 몇 분 후 떨어지는 먼지와 회반죽 가루를 피하려고 그는 얼굴을 돌렸다. 그런 다음 그 속을, 오래된 나뭇재를 그리고 쇠지레를 넣어 건드려 보기도 하고 찔러 보기도 한 굴뚝 벽의 틈새를 조심스럽게 만져 보았다.

　"나뭇조각과 짚 더미에 아무것도 없나, 자크?"

　"아무것도."

　"이걸 모두 방 한가운데로 모으자고. 자! 간수, 불을 붙여라!"

　간수가 작게 쌓아 올린 것들에 불을 붙이자 이글거리며 타올랐다. 그것들이 불타게 내버려 두고 다시 몸을 숙여 낮은 아치문을 통해 나온 그들은 길을 되짚어서 마당으로 나왔다. 순간 청각이 다시 돌아온 것 같았지만, 곧 또다시 성난 물결에 휩쓸렸다.

넘실거리며 날뛰는 물결은 드파르주를 찾았다. 생탕투안은 바스티유를 지키고 민중을 공격한 소장을 감시하며 선두에 설 술집 주인을 찾느라 떠들썩했다. 그게 아니었다면 소장은 판결을 받기 위해 시청까지 끌려갈 필요도 없었을 것이다. 그게 아니었다면 소장은 탈출했을 것이고, 그렇다면 이곳에 흘린 (아무 가치 없었다가 오랜 세월 뒤에 갑자기 어떤 가치가 생긴) 민중의 피에 대한 보복을 하지 못했을 것이다.

잿빛 코트와 붉은빛 훈장의 비장한 군인을 삼킬 듯한 격정과 논쟁의 우주 속에서 단 한 명 차분한 사람이 있었는데, 한 여자였다. "저기, 내 남편이 왔다!" 그녀가 그를 가리키며 외쳤다. "저기, 드파르주다!" 그녀는 비장한 군인 가까이에 선 채 움직이지 않았고, 그대로 계속 옆에 있었다. 그녀는 드파르주와 다른 사람들이 소장을 끌고 행진하는 길에도 그의 가까이에 서서 움직이지 않았고, 목적지에 도착해 사람들이 소장을 때리기 시작했을 때도 그의 가까이에 서서 움직이지 않았다. 오랫동안 참아 온 사람들에 의해 그가 찔리고 발길질당하고 사람들이 증오를 빗발치듯 쏟아 내는 광경을 보면서도 그녀는 그의 가까이에 서서 움직이지 않았다. 그러다가 그가 가혹한 군중의 폭행 속에서 거의 숨이 끊어지려 할 때, 그녀는 갑자기 날렵하게 움직여 그의 목을 발로 밟은 채 칼을 꺼내 들어―오랫동안 준비해 온 그 칼―그자의 목을 잘랐다.

생탕투안이 흔들리는 가로등 대신에 사람을 매달아 버리는 상상을 실현하게 될 때가 왔다. 생탕투안은 이를 통해 얼마나 대단한 일을 할 수 있고 얼마나 대단한 존재가 될 수 있는지 보여 줄 것이다. 생탕투안의 피는 끓어올랐고, 잔혹한 폭정과 지배를 일삼던 자의 피는 아래로―소장의 시체가 놓인 시청의 계단 위에 그리고 차분히 그 시체를 짓밟아 뭉개고 있는 드파르주 부인 구두 밑창으로―떨어졌다. "저기 가로등을 내려라!" 새로운 방식의 죽음을 찾아 눈을 번뜩이는 생탕투안이 외쳤다. "여기 가로등에 보초 설 소장의 부하가 한 명 더 있다!" 보초병이 대롱거리며 배치되었고, 바다는 넘실거리며 나아갔다.

검은 바다와 그 위협적인 물결, 파도가 서로에 맞서 파괴적으로 들썩이는 바다, 깊이를 헤아릴 수도 없고 그 힘을 가늠할 수 없는 바다, 격동하며 모습을 변화시키는 무자비한 바다, 복수의 목소리, 연민의 손길이 자국을 남기지 못하도록 고통의 용광로에서 굳어진 얼굴들.

모든 맹렬하고 분노하는 표정이 생생하게 살아 있는 얼굴의 바닷속에는 두 부류의 얼굴이 있었다. 다른 얼굴과 확연하게 차이 나는—각각 일곱 개*—얼굴이었으므로 바다는 거센 물결로 그들을 집어삼키면서 그 어느 때보다 기억에 남았을 것이다. 죄수들의 일곱 얼굴은 자신들의 교도소를 휩쓴 폭풍에서 풀려나 사람들의 머리 위로 치켜올려졌다. 그들은 마치 최후 심판의 날을 맞은 것처럼 두렵고, 혼란스럽고, 궁금하고 또 놀랐다. 그들 주위에서 기뻐하는 사람들은 모두 길 잃은 영혼들이었다. 더 높이 달린 다른 일곱 개의 얼굴은 눈꺼풀이 처진 눈을 반쯤 뜨고 최후 심판의 날을 기다리고 있던 죽은 얼굴들이었다. 감정이 사라진 얼굴이었지만 마지막 순간 정지된—사라지지 않은—표정이 남아 있었다. 뭔가 말하려던 순간 멈춰 버린 그 얼굴들은 금방이라도 처진 눈꺼풀을 들어 올리고 핏기 없는 입술로 이렇게 말할 것 같았다. "그대가 한 짓이다!"

일곱 명의 죄수들이 풀려나고, 꼬챙이에는 일곱 개의 끔찍한 머리가 걸렸다. 여덟 개의 튼튼한 탑을 가진 저주받은 요새의 열쇠들, 옛 죄수들의 편지와 소지품을 찾은 사람들, 상심한 채 죽은 오래전 사람들 등등……. 1789년 7월 중순의 어느 날, 이 모든 것이 담긴 생탕투안의 큰 발걸음 소리가 파리의 거리로 퍼지고 있었다. 자, 하늘이 루시 다네이의 상상을 물리치고 이 저돌적이고, 위험하고, 광기에 찬 발걸

---

* 1789년 7월 14일 바스티유 교도소가 함락되었을 때 풀려난 죄수는 일곱 명이었다.

음이 그녀의 삶에 들어오지 못하게 해 주시길! 드파르주의
술집 문 앞에서 포도주 통이 깨지고 많은 세월이 흘렀지만,
그 발걸음에 붉은 얼룩이 묻는다면 쉽사리 지워지지 않을
터였다.

제22장
바다가 계속 밀려오다

지쳐 버린 생탕투안은 일주일 동안만 승리를 축하하며 보냈다. 일주일 동안은 딱딱하고 씁쓸한 빵 덩어리도 동지들의 포옹과 축하에 적셔서 부드럽게 만들 수 있었다. 드파르주 부인은 평소처럼 손님들을 보며 계산대에 앉아 있었다. 그녀는 머리에 장미를 꽂을 필요가 없어졌다. 불과 일주일 만에 첩자들이 자신들의 목숨을 성자의 자비에 맡기는 것을 꺼리게 되었기 때문이다. 그들이 언제 걸리게 될지 모르는 생탕투안의 가로등이 불길하게 흔들거렸다.

드파르주 부인은 팔짱을 끼고 아침 햇살과 더위 속에 앉아 술집과 거리를 보고 있었다. 가게와 거리에는 더럽고 불쌍한, 그러나 이제는 자신들의 고통 위에 실린 힘이 있다는 것을 자각하고 드러내는 어중이떠중이들이 돌아다니고 있었다. 더없이 부스스한 머리에 낡고 해진 수면 모자를 쓴 자는 이런 삐딱한 의미로 모자를 썼을 것이다. "나는 내가 먹고살기 얼마나 힘든지 알고 있지만, 당신은 내가 당신의 목숨을 앗아 가기가 얼마나 쉬워졌는지 알고 있나?" 예전에 할 일이 없던 야윈 맨 팔뚝들은 이제 할 일이 있었으니, 그건 때리고 죽이는 것이었다. 뜨개질하던 여자들의 잔인한 손가락은 경험을 통해 이제 누구든 찢을 수 있다는 걸 알고 있었다. 생탕투안의 모습에는 변화가 있었다. 지난 수백 년에 걸쳐 만들어지고 있던 그 변화는 최후의 일격으로 그 모습을 드러냈다.

그곳에 앉아 주위를 관찰하던 드파르주 부인은 기분 좋은 표정을 억누르고 있었다. 생탕투안 여인들의 대장에 걸맞은 모습이었다. 공동체의 자매 중 한 명이 옆에서 뜨개질을 했는데, 키가 작고 다소 통통한 이 여인은 굶주린 식료품 가게 주인의 아내이자 두 아이의 엄마였다. 드파르주 부인의 부관이기도 한 그녀는 이미 '복수'라는 이름으로 불리고 있었다.

"들어 봐요!" 복수가 말했다. "잘 들어 봐요! 누가 오는 거죠?"

생탕투안의 끝자락에서 술집까지 뿌려진 화약 가루에 갑자기 불이 붙은 듯 수군거림이 빠르게 번지며 밀려왔다.

"드파르주예요." 드파르주 부인이 말했다. "동지들이여, 조용히!"

가쁜 숨을 몰아쉬던 드파르주가 쓰고 있던 빨간 모자를 벗고 주위를 돌아보았다!

"모두들, 들어 봐요!" 드파르주 부인이 다시 말했다. "드파르주의 말을 들어 봐요!" 문밖에 몰려와 초조한 눈으로 입을 벌리고 그의 말을 기다리는 사람들을 배경으로 숨을 헐떡이며 드파르주가 서 있었다. 술집 안에 있던 사람들도 모두 벌떡 일어났다.

"말해 봐요, 여보. 무슨 일이에요?"

"다른 세상에서 온 소식이야!"

"무슨 소리예요?" 부인이 경멸에 찬 소리로 외쳤다. "다른 세상?"

"여기에 있는 모두, 굶주린 사람들에게 풀이나 뜯어 먹으라고 말하고, 죽어서 지옥에 떨어진 늙은이 풀롱을 기억합니다?"

"모두가요!" 모두 한목소리로 대답했다.

"그에 관한 소식입니다. 그가 이곳에 와 있답니다!"

"이곳에!" 또다시 모두가 한목소리로 대답했다. "죽어서요?"

"죽지 않았어요! 그는 우리를 너무 두려워한 나머지—그럴 만한 이유도 있고—죽은 것으로 가장하고 크게 장례까지 치렀죠. 하지만 시골에서 몰래 살고 있던 그를 발견해 여기로 잡아 왔답니다. 방금 시청으로 죄수가 호송되는 걸 보고 오는 길이에요. 그가 우리를 두려워할 만한 이유가 있다고 했죠. 말해 보십시오! 그럴 이유가 있습니까?"

예순하고도 열 살 더 먹은 가여운 늙은 죄인이, 만약 아직 몰랐다면, 이 대답의 함성을 들었더라면 그의 마음속 깊은 곳에서 앞으로 무슨 일이 일어날지 알았으리라.

잠시 깊은 침묵이 흘렀다. 드파르주와 그의 아내는 굳은 의지를 담아 서로를 바라보았다. 복수가 몸을 굽혔고, 곧 계산대 뒤 그녀의 발치에서 북을 꺼내는 소리가 났다.

"동지들!" 드파르주가 결심한 듯한 목소리로 말했다. "준비됐습니까?"

그 말과 동시에 드파르주 부인은 칼을 허리띠에 찼다. 북과 북 치는 사람이 마법으로 날아오기라도 한 것처럼 거리에는 북소리가 울렸다. 복수는 퓨리[*] 마흔 명이 한꺼번에 온 것처럼 무시무시한 괴성을 지르고 머리 위로 팔을 휘두르며 달려갔다. 그녀는 집에서 집으로 뛰어다니며 여자들을 불러 모았다.

창밖을 내다보던 핏빛 분노로 가득 찬 남자들은 수중에 있던 무기를 챙겨 거리로 쏟아져 나왔다. 그러나 여자들이 야말로 그 어떤 용감한 사람도 소름 끼쳐할 광경을 연출했다. 찢어지게 가난한 집에서 비롯되는 가사일들, 아이들, 집 맨바닥에서 헐벗고 굶주린 채 웅크리고 있는 노인들과 병자

---

[*] 그리스신화에 나오는 복수의 여신.

들을 뒤로하고, 그들은 머리카락을 휘날리며 뛰쳐나와 서로와 자신들에게 더없이 격렬한 외침과 행동들을 권하며 재촉했다. 악당 풀롱이 잡혔대요, 언니! 악당 풀롱이 잡혔대요, 어머니! 악당 풀롱이 잡혔단다! 그리고 스무 명 정도 되는 사람들이 도로로 달려 나와 머리를 쥐어뜯고 가슴을 치며 소리 질렀다. 풀롱이 살아 있대! 굶주린 사람들에게 풀이나 뜯어 먹으라고 한 풀롱이! 내가 아버지께 드릴 빵이 없었을 때 풀롱은 아버지에게 풀이나 뜯어 먹으라고 말했어! 내 젖이 말라붙었을 때 풀롱이 우리 아기에게 풀이나 빨아 먹으라고 말했어! 오 세상에, 이 악독한 풀롱! 오 하느님, 저희의 고통을 보세요! 잘 들어 봐요, 나의 죽은 아가 그리고 말라 죽은 아버지. 내가 이 돌 위에 무릎을 꿇고 맹세하건대 풀롱에게 복수하겠어요! 남편이여, 형제여, 젊은이여, 우리에게 풀롱의 피를 달라, 풀롱의 머리를 달라, 풀롱의 심장을 달라, 풀롱의 몸과 마음을 달라, 그를 조각내고 땅에 묻어 그에게서 풀이 자라게 하라! 많은 여자가 이런 외침과 함께 눈먼 광란에 휩싸여 자신의 친구들을 때리고 잡아 뜯다가 격정에 못 이겨 졸도하면, 발길에 짓밟히지 않도록 그들 집안의 남자들이 와서 그들을 구해 줄 수밖에 없었다.

그럼에도 단 한순간도 낭비되지 않았다, 단 한순간도! 풀롱이란 자는 시청에 있었고 어쩌면 풀려날지도 몰랐다. 생탕투안이 받은 고통, 수모, 학대를 생각한다면, 절대로 안 될 일이었다! 무장한 남자들과 여자들이 순식간에 동네를 빠져나가는 바람에 거리의 마지막 찌꺼기까지 함께 빨려 들어갔다. 단 15분 만에 생탕투안의 품에는 몇몇 쇠약한 노파들과 울고 있는 아이들 외에 인간이라고는 남아 있지 않았다.

그럴 수 없었다. 그들은 이제 이 못생기고 악독한 늙은이가 있던 조사실을 숨도 쉴 수 없을 정도로 꽉 메우고 그 옆 광장과 길거리까지 넘쳐났다. 드파르주 부부, 복수의 여신, 자크 3호는 시청과 그리 멀지 않은 곳에서 사람들의 선두를 지켰다.

"보라!" 드파르주 부인이 칼로 가리키며 외쳤다. "저 늙은 악당이 밧줄에 묶인 것을 보라. 등에 풀 한 묶음을 묶어 놓다니 참 잘했다. 하, 하! 잘한 일이다. 풀을 뜯어 먹으라고 해라!" 드파르주 부인은 칼을 자신의 팔에 끼고 연극을 보듯 손뼉 쳤다.

드파르주 부인의 바로 뒤에 서 있던 사람들이 자신들 뒤에 있던 사람들에게 그녀가 왜 좋아하는지 설명했고, 그 사람들이 또 다른 사람들에게, 또 그들은 다른 사람들에게 전달해 이웃한 거리에서 박수 소리가 넘쳐났다. 비슷한 방법으로, 두세 시간 동안 시간을 끌며 수많은 단어의 낱알들이 키질되는 동안에도, 드파르주 부인이 종종 표현한 짜증 또

한 놀라운 속도로 멀리까지 전달되었다. 아주 민첩한 한 남자가 건물 외부를 기어 올라가 창문을 들여다보며 드파르주 부인의 표정을 건물 밖에 모인 사람들 사이에 그대로 전했기 때문이었다.

마침내 해가 높게 떠올라 희망과 보호의 빛을 내리듯 늙은 죄수의 머리에 내리쬐었다. 군중들은 이런 처사를 참을 수 없었다. 놀라울 만큼 오랜 시간 장벽을 이루던 먼지와 단어의 쭉정이들이 한순간에 날아가 버리고, 생탕투안이 그를 손아귀에 넣었다!

이 사실을 가장 멀리 있던 사람들도 곧바로 알게 되었다. 드파르주는 난간과 탁자를 뛰어넘어 그 가여운 죄인을 죽일 듯한 기세로 두 팔로 꽉 안아 잡았고, 드파르주 부인은 뒤이어 죄인을 묶고 있던 밧줄 중 하나를 손에 감았다. 복수의 여신과 자크 3호는 미처 그들에게 가지 못했고, 창문에 있던 남자들도 높은 가지에 앉은 독수리처럼 시청으로 날아들어가지 못하고 있었다. 그때 외치는 소리가 점점 커져 가며 온 도시를 뒤덮었다. "끌어내라! 가로등으로 끌어내라!"

쓰러지고, 다시 일어나고, 건물 계단을 머리로 구르고, 이제는 무릎으로 기었다가, 이제는 다시 두 발로, 그다음엔 등으로. 끌려갔다가, 맞았다가, 얼굴에 풀과 지푸라기를 쑤셔 넣는 수백 개의 손에 숨이 막혔다가, 찢어지고, 멍들고, 숨을 헐떡이고, 피 흘리고, 그러면서도 자비를 빌고 애원하고. 사람들이 구경하기 위해 조금씩 뒤로 물러나면서 생긴 작은 공간에서 그가 드러내는 격렬한 고통. 그리고 그는 다리로 이루어진 숲 사이로 통나무처럼 끌려 나가 가장 가까이에 있는 길모퉁이로 운반되었다. 죽음의 가로등 중 하나가 매달려 있는 곳이었다. 그곳에서 드파르주 부인은 그를 풀어준 다음―고양이가 쥐를 풀어 주듯―사람들이 준비를 하고 그가 애원할 동안 아무 말 없이 차분하게 그를 바라보았다. 여자들은 내내 격정적으로 날카롭게 소리를 질렀고 남자들은 그의 입에 풀을 집어넣어 죽이자고 단호하게 외쳤다. 처음 그가 교수대에 매달렸을 때 줄이 끊어졌고, 사람들은 비명 지르는 그를 붙잡았다. 두 번째 그가 매달렸을 때 또 줄이 끊어졌고, 사람들은 비명 지르는 그를 다시 붙잡았다. 그 다음엔 밧줄이 자비를 베풀어 그를 붙잡았고 곧 창에 그 머리가 매달리게 되었다. 그의 입에 쑤셔 넣은 풀은 생탕투안의 사람들이 보고 춤출 만큼 많았다.

그날 벌어진 심각한 사건은 여기서 끝이 아니었다. 분노하는 피가 솟구치도록 소리치고 춤추던 생탕투안은 또 다른 민중의 적이자 민중을 모욕한, 사형된 풀롱의 사위가 기병대만 500명인 호위대와 함께 파리로 들어온다는 소식에 다시 분노로 피가 끓어올랐다. 생탕투안은 종이 한 장에 그의 죄목을 적고 흔들며 고발한 후 그를 잡았다. 풀롱과 함께 죽이기 위해서라면 온 군대와도 싸웠을 것이다. 그의 머리와 심장을 창에 매단 그들은 그날의 전리품 세 개를 들고 거리를 행진했다.

밤이 어두워지고 나서야 남자와 여자들은 굶주리며 울고 있는 아이들에게로 돌아갔다. 그러고 나서, 보잘것없는 빵 가게는 맛없는 빵을 사려고 참을성 있게 기다리는 사람들에게 시달리게 되었다. 쫄쫄 굶은 배를 붙잡고 기다리는 동안, 그들은 그날의 승리를 서로 축하하고 수다를 통해 다시 확인하며 시간을 보냈다. 시간이 지남에 따라 넝마 입은 사람들의 줄도 점점 흩어지며 짧아지고 높은 창문들은 희미한 불빛으로 밝혀졌다. 작은 불꽃이 타오르는 거리에서 이웃들은 함께 요리했고, 그다음엔 각자의 문 앞에서 먹었다.

빈약한 식사는 부족했고 고기와 딱딱한 빵에 곁들일 소스도 없었다. 그러나 사람들 사이의 정이 그 보잘것없는 음식에 영양을 불어넣고 그들 사이에 반짝이는 쾌활한 불씨를 던졌다. 최악의 하루를 함께 보낸 아버지들과 어머니들도 그들의 야윈 아이들과 자상하게 놀아 주었고, 이런 세상에 둘러싸인 연인들도 사랑하고 희망을 꿈꿨다.

드파르주의 술집에서 마지막 손님들이 나갔을 때는 거의 아침이었다.

드파르주는 문을 잠그며 쉰 목소리로 그의 아내에게 말했다.

"결국 그날이 왔어, 여보!"

"아, 그래요!" 부인이 대답했다. "거의요."

생탕투안은 잠이 들었고 드파르주 부부도 잠이 들었다. 복수의 여신도 굶주린 식료품 가게 주인과 잠이 들었고, 북소리도 쉬고 있었다. 그날 생탕투안에서 피와 맹렬함으로 변하지 않은 소리는 북소리뿐이었다. 복수의 여신은 북의 관리인으로서, 바스티유를 함락시키기 전이나 후나, 풀롱의 사형전이나 후나 필요하다면 북을 깨워 변함없이 같은 소리를 낼수 있었다. 그러나 생탕투안의 품에 잠든 남자들과 여자들의 거친 목소리는 다시 예전으로 돌아오지 않을 것이다.

제23장
불이 타오르다

 도로 수리공이 자신의 가엾고 무지한 영혼과 가엾고 야윈 몸을 붙들어 매어 줄 빵 조각을 사기 위해 한때 매일 돌을 파내러 가던, 분수대의 물이 떨어지던 마을에도 변화가 있었다. 바위 절벽 위에 있는 교도소도 예전처럼 위협적이지 않았다. 지키는 군인들이 있었지만 많지 않았고, 그들을 관리하는 장교들도 있었지만 장교 중 누구도 군인들이 뭘 하는지—다만 그것은 장교가 명령한 일은 아니었을 것이다—알 수 없었다.

 폐허가 된 넓게 펼쳐진 시골 마을은 황량함만 남아 있었다. 모든 푸른 나뭇잎과 풀잎들, 낟알들이 가난한 사람들처럼 가엾게 말라비틀어져 있었다. 모든 것이 고개를 숙이고, 실의에 빠지고, 억눌리고, 부서진 채였다. 거주하던 집, 담장, 가축, 남자, 여자, 아이들 그리고 그들을 품었던 땅까지 모두 낡아 해진 채.

 나리는(주로 몹시 훌륭한 신사로 여겨졌다) 국가적인 축복이었다. 그는 사물에 기사도 정신을 입혔고, 빛나고 호화스러운 삶의 올바른 본보기였고, 그 이상이기도 했다. 그러나 사회계층으로서 나리는 어쩌다 일을 이 지경으로 만들어 버렸다. 창조될 때부터 나리로 태어난 사람이 그렇게 순식간에 말라비틀어지고 폭삭 망하다니! 하늘에서 어떤 근시안적인 실수가 있었음이 분명하다. 하지만 사실은 이렇다. 부싯돌이 마지막 피 한 방울까지 짜내고, 고문 바퀴의 톱니가 너무 많이 돌려지는 바람에 망가져 이제는 돌리고 돌려도 아무것도 물리지 않게 되었던 것이다. 그래서 나리는 그렇게 저급하고 이유 모를 상황에서 도망치기 시작했다.

그러나 이것은 그 마을의 변화가 아니었고, 그 마을과 비슷한 수많은 다른 마을의 변화도 아니었다. 수십 년이 흐르는 동안 나리는 마을을 비틀어 쥐어짜고 사냥의 쾌락이 아니면 마을에 모습을 비추는 일도 거의 없었다. 그는 사람을 사냥하거나 동물을 사냥하기도 했는데, 이를 위해 따로 그들만의 야만적이고 거친 황야를 보존해 놓았었다. 그렇다. 변화는 나리처럼 정교하게 관리되고 아름답게 미화된 상류 계층이 사라져서 생겨난 것이 아니라 천한 계층에 낯선 얼굴이 드러나며 일어난 것뿐이었다.

이때 도로 수리공은 혼자서 흙먼지를 뒤집어쓰고 일하고 있었지만, 자신이 흙에서 났으니 흙으로 돌아갈 것임을*

---

* 구약성경 창세기 3장 19절을 인용한 것이다.

생각해 본 적은 거의 없었다. 그는 대부분 자신의 식사거리가 얼마나 조금인지 그리고 먹을 수 있다면 얼마나 더 먹을 건지 상상하면서 시간을 보냈다. 그가 홀로 일하다가 눈을 들어 먼 곳을 보았을 때 윤곽이 거친 한 사람이 걸어오는 모습이 보였다. 이 지역에서 그런 사람들을 보는 건 예전엔 드문 일이었지만, 이제는 종종 볼 수 있었다. 형체가 다가올 때마다 놀라는 법 없이 바라보는 도로 수리공은 키가 크고, 험상궂고, 거칠어 보이고, 까무잡잡하고, 거의 야만적일 정도로 덥수룩한 머리에, 언뜻 보기에도 헐렁해 보이는 나막신을 신고 있는 사내를 봤다. 그는 수많은 도로의 진흙과 먼지, 낮은 늪지대의 습기 그리고 숲에 있는 샛길의 가시, 나뭇잎, 이끼를 뒤집어쓰고 있었다.

7월 날씨의 정오에 그런 남자가 유령처럼 도로 수리공에게 다가왔다. 그가 소낙비나 우박을 피하기 위한 피난처인 언덕 아래 돌무더기에 앉아 있을 때였다.

남자는 도로 수리공을 보고, 계곡에 있는 마을을 보고, 방앗간을 봤다가, 바위 절벽에 있는 교도소도 보았다. 그가 어리바리한 정신으로 눈앞에 있는 것들을 확인한 후, 가까스로 알아들을 수 있는 억양으로 말했다.

"어떻게 지냈소, 자크?"

"잘 지냈죠, 자크."

"그럼 악수합시다!"

그들은 악수했고 남자는 돌무더기 위에 앉았다.

"점심 안 먹소?"

"이젠 저녁밖에 없어요." 도로 수리공이 배고프다는 표정으로 말했다.

"그게 유행이지." 남자가 투덜거렸다. "어딜 가든 점심이 없더군."

그는 그을린 파이프를 꺼내서 채우고 부싯돌과 철편으로 불을 붙인 후, 밝게 타오를 때까지 한껏 빨아들였다. 그러고는 갑자기 파이프를 몸에서 멀리 잡아, 그 안에 검지와 엄지로 뭔가를 떨어뜨렸는데 불이 확 일었다가 다시 연기로 사라졌다.

"악수합시다." 그것을 보고 있던 도로 수리공이 악수를 청할 차례였다. 둘은 다시 손을 맞잡았다.

"오늘 밤이요?" 도로 수리공이 물었다.

"오늘 밤이요." 남자가 다시 파이프를 입에 넣으며 말했다.

"어디요?"

"여기요."

그와 도로 수리공은 돌무더기에 앉아 말없이 서로를 바라보았다. 우박이 난쟁이들의 작은 총검처럼 둘 사이에 쏟아지다가, 마을 위로 하늘이 맑아지기 시작했다.

"보여 주시오!" 여행자가 말하고 언덕 능선으로 발걸음을 옮겼다.

"보시오!" 도로 수리공이 손가락을 쭉 뻗으며 대답했다. "저기로 내려갔다가, 길로 쭉 가서, 분수대를 지나면……."

"집어치우시오!" 그가 풍경을 둘러보며 말을 잘랐다. "난 길로도 못 가고 분수대도 못 지나가니까. 그렇다면?"

"그렇다면! 마을 위 저 언덕 꼭대기를 지나 두 리그 정도 가면 됩니다."

"좋소. 일은 언제 끝납니까?"

"해가 지면요."

"그럼 출발하기 전에 깨워 주겠소? 쉬지 않고 이틀 밤을 걸어왔지. 담배만 다 피우고, 아기처럼 푹 자겠소. 깨워 주겠소?"

"물론이죠."

여행자는 담배를 모두 피운 후 파이프를 그의 가슴 안에 넣고, 거대한 나막신을 벗어 놓고는 돌무더기에 등을 기댔다. 그러고는 곧바로 잠들었다.

도로 수리공은 흙먼지 나는 일을 부지런히 했다. 우박 구름이 점차 걷혀 빛줄기를 드러내면서 맑은 하늘이 나타나자 산과 들은 은빛으로 반짝였다. 이 (이제 파란 모자 대신 붉은 모자를 쓰던) 작은 사내는 돌무더기에 누워 있는 자의 모습에 매료된 것처럼 보였다. 그의 눈이 자꾸 그곳으로 가는 바람에 손은 그저 기계적으로 움직였고, 자연히 결과도 좋지 않았다. 그을린 얼굴, 검고 덥수룩한 머리와 수염, 거친 빨간색 양모 모자, 짐승의 모피와 천 조각을 집에서 기워 만든 듯한 엉성한 옷, 변변찮은 삶으로 여위었으나 장대한 골격, 자면서도 뚱하게 꽉 다문 입술 등이 도로 수리공을 경이롭게 했다. 먼 길을 걸어온 여행자의 발은 부르텄고 발목은 긁혀 피가 나고 있었다. 나뭇잎, 풀 등으로 가득한 거대한 신발은 먼 길을 끌고 오기엔 무거웠다. 긁힌 옷에는 구멍이 났고 그의 몸에도 같은 위치에 상처가 나 있었다. 옆에서 몸을 굽혀 내려다보던 도로 수리공은 그의 가슴이나 다른 곳에 있는 비밀 무기를 엿보려고 했다. 그러나 그는 꽉 닫힌 입술만큼이나 팔짱을 꽉 낀 채 잠들어 있어 소용없었다. 방책, 초소, 관문, 참호, 도개교 등 견고한 요새 같은 마을도 이자에 비하면 아무것도 아니었을 것이다. 시선을 옮겨 지평선과 주위를 바라보면서, 그는 이자와 같은 사람들이 어떤 장애물에도 멈추지 않고 프랑스 전역의 마을로 향하는 모습을 상상했다.

우박이 쏟아지다가 사이사이 날이 밝게 개도, 얼굴에 햇빛과 그림자가 교대로 드리워도, 몸에 떨어진 둔탁한 얼음 덩어리가 햇빛 아래 다이아몬드로 변해도, 해가 서쪽 하늘로 떨어지고 하늘이 붉게 타올라도 남자는 개의치 않는 듯 자고 있었다. 마침내 도로 수리공이 도구를 챙기고 마을로 내려갈 준비를 한 다음, 그를 깨웠다.

"좋소!" 잠을 자던 남자가 팔꿈치로 몸을 일으키며 말했다. "언덕 꼭대기에서 두 리그 가면 된다고요?"

"그 정도 됩니다."

"그 정도라. 좋소!"

바람 방향에 따라 날아가는 먼지를 앞세워 도로 수리공은 집으로 향했고, 곧 분수대에 도착했다. 그는 물을 마시고 있던 마른 암소들 사이에 끼어들어, 마을 사람들에게 소곤거리듯 소들에게도 소곤거리는 것처럼 보였다. 마을 사람들이 초라한 저녁 식사를 마쳤지만, 그들은 늘 하던 것처럼 잠자리에 들지 않고 문밖으로 나와 서 있었다. 그들 사이로 묘한 수군거림이 퍼지고 있었고, 그들이 어둠 속에서 분수대에 모였을 때는 묘한 시선으로 한쪽 하늘만 올려다보았다. 이 마을의 가장 높은 공무원인 가벨은 마음이 불안해졌다. 혼자 지붕 위로 올라가 그쪽 하늘을 바라보다가, 밑의 분수대에 모여 있는 사람들의 어두운 얼굴들을 굴뚝 뒤에서 내려다보던 그는, 교회 열쇠를 가지고 있던 관리인에게 어쩌면 곧 경보 종을 울려야 할지도 모르겠다는 말을 전했다.

밤이 깊어졌다. 오래된 성을 고립시키며 둘러싼 나무들이 거세지는 바람에 흔들거렸다. 어둠 속의 육중하고 짙은 건물들을 위협하는 듯한 모습이었다. 테라스로 통하는 두 계단 위로 폭우가 쏟아졌고, 빗줄기는 안에 있는 자들을 깨우러 온 전령처럼 대문을 두드렸다. 불안한 바람이 입구의 오래된 창과 칼 사이를 지나 흐느끼며 계단을 올라간 다음, 죽은 후작이 자던 침대의 커튼을 흔들었다. 동서남북의 숲속에서 덥수룩한 남자 네 명이 무성한 풀과 나뭇가지들을 짓밟으며 성큼성큼 걸어 나와 안뜰에 모였다. 네 개의 등불이 생겨나 서로 다른 곳으로 향했고, 다시 모든 것이 칠흑같이 어두워졌다.

그러나 어둠은 얼마 가지 않았다. 곧 성은 스스로 빛을 만들어 내는 듯 기이한 모습을 드러내기 시작했다. 이윽고 정면의 건물 뒤쪽에서 불꽃이 어른거리며 건물 벽의 뚫린 공간을 비추어 난간, 아치, 창문을 환히 밝혔다. 그런 다음 불꽃은 더 높이 솟구치며 더 커지고 밝아졌다. 곧 몇십 개의 창문이 깨지면서 화염이 터져 나왔고, 석상들의 얼굴이 깨어나 불길을 바라보았다.

성에 남아 있던 몇 안 되는 사람들의 웅성거림이 희미하게 들려왔고, 말에 안장을 얹고 달려가는 소리도 들려왔다. 어둠 속에서 말에 박차를 가하는 소리와 철벅거리는 소리가 들려오더니, 곧 굴레를 마을 분수대에 내려놓고 입에 거품을 문 말이 가벨의 집 문 앞에 섰다. "가벨, 도와주시오! 여러분, 도와주시오!" 경보 종이 조급하게 울렸지만 다른 도움(만약에 있었다면)은 보이지 않았다. 도로 수리공과 그의 각별한 친구 250명이 분수대에서 팔짱을 끼고 서서 하늘에 보이는 불기둥을 보고 있었다. "12미터는 돼 보이는데." 그들은 음울하게 말하며 꼼짝도 하지 않았다.

성에서 온 기수와 거품을 문 말은 온 마을을 요란스럽게 돌고 가파른 돌 언덕을 질주하여 바위 절벽 위의 교도소로 향했다. 그 문 앞에서 장교 몇 명이, 조금 떨어진 곳에서는 군인들이 불구경을 하고 있었다. "도와주십시오, 장교님! 성이 불타고 있습니다. 서두르면 귀한 물건들을 꺼낼 수 있을 겁니다! 도와주세요! 도와주세요!" 장교들은 불구경을 하고 있는 군인들을 보며 아무 명령도 내리지 않은 채 팔을 으쓱하고 입술을 깨물고는 대답했다. "타게 놔둘 수 밖에 없겠지."

기수가 다시 언덕을 달려 내려와 길을 지나갈 때, 마을에는 불빛이 켜져 있었다. 도로 수리공과 그의 각별한 친구 250명이 마을을 환하게 밝히자고 제안하자 남녀 할 것 없이 한 사람인 양 마음을 모아 동의했다. 그들은 집으로 뛰어들어가 작고 흐린 유리창 앞마다 양초를 켜 놓았다. 모든 것이 풍족하지 않기 때문에 다소 독단적인 방법으로 가벨의 집에서 초를 빌려 와야 했다. 공무원이 망설이고 주저하자, 한때 권위에 순종했던 도로 수리공은 마차는 모닥불을 피우기에 좋고 역마들은 구워 먹을 거라고 말했다.

성은 화염에 방치된 채 타올랐다. 화재의 포효와 광란 속에서, 지옥에서 불어오는 붉고 뜨거운 바람이 건물을 날려 버릴 듯했다. 오르내리는 불길 속에 석상의 얼굴들은 고통스러워 보였다. 거대한 돌과 대들보가 떨어지자 코 양옆이 조금 쑥 들어간 석상의 얼굴이 흐려졌다. 그러나 그 얼굴은 화염과 싸우며 타들어 가는 잔인한 후작의 얼굴인 양 곧 연기를 뚫고 드러났다.

성은 타 버렸다. 제일 가까이 있던 나무들은 옮겨붙은 불길에 그을리고 비틀어졌고, 멀리 있는 나무에도 험상궂은 네 사람이 불을 질러 연기 숲이 타오르는 성을 에워쌌다. 물이 말라 버린 분수대의 대리석 바닥에서는 녹아내린 납과 쇠가 끓어올랐다. 화염의 열기에 탑의 뾰족한 지붕들은 얼음처럼 녹아내려 화염의 물줄기가 흘렀다. 벽은 갈라지고 금이 가며 결정체가 생기려는 것처럼 보였고, 열기에 얼이 빠진 새들은 빙빙 돌다가 화염 속으로 떨어졌다. 그들이 밝혀 놓은 거대한 빛에 의지하며, 험상궂은 네 명은 어둠에 싸인 길을 따라 다음 목적지를 향해 동서남북으로 터덜터덜 걸어갔다. 환하게 밝혀진 마을은 기존의 종지기를 몰아내고 경보 종을 확보한 다음, 기쁨의 종을 울리고 있었다.

그것만이 아니었다. 굶주림과 불, 종소리에 몽롱해진 마을 사람들은 가벨이 소작료와 세금 거두는 일―그러나 가벨이 최근에 걷은 것은 적은 양의 분할된 세금이었고 소작료는 걷은 적도 없었다―과 관련이 있다고 생각하기에 이르렀다. 가벨을 만나야 한다는 생각에 그들은 그의 집을 둘러싸고 개인 상담을 해야 하니 나오라고 요구했다. 하지만 가벨은 굳게 문을 걸어 잠그고 자신과의 상담을 위해 나오지 않았다. 자신과의 상담 결과, 그는 다시 한번 지붕 위 굴뚝 뒤에 숨었고, 만약 대문이 부서지면 (남쪽 지방 출신으로 체구가 작고 복수심이 많은 남자인) 그는 난간에서 머리부터 몸을 던져 밑에 있는 한두 놈은 뭉개 버리겠다고 작정했다.

아마도, 가벨은 멀리 타오르는 성을 난로와 촛불 삼아 그리고 문 두드리는 소리에 기쁨의 종소리를 곁들여 음악 삼아 그곳에서 기나긴 밤을 보냈을 것이다. 그의 역참 건너편에 불길한 등불이 걸린 것은 말할 필요도 없다. 마을 사람들은 등불을 그의 시체로 바꿀 생각에 벌써부터 신이 나 있었던 것이다. 뛰어내리려고 결심한 검은 바다를 보며 여름밤을 보내는 것은 정말이지 그에게 견디기 힘든 긴장감이었다! 그러나 다시 친절한 새벽이 다가오고 있었다. 마을의 촛불은 꺼지고 사람들은 기쁘게 흩어졌으며, 가벨은 당장은 목숨을 부지한 채 지붕에서 내려왔다.

160킬로미터도 떨어지지 않은 곳에서 다른 불길이 타오르고 있었다. 그날 밤 그리고 다른 날 밤이 지나고 해가 떴을 때는 가벨보다 운이 나쁜 공무원들은 자신들이 나고 자란 한때 평화로웠던 거리에 목이 매달려 있었다. 그리고 도로 수리공과 그의 친구들보다 운이 나쁜 마을 사람들도 있었으니, 공무원과 군인들이 도리어 그들의 목을 매달아 버리는 일도 있었다. 그러나 험상궂은 사내들은 멈추지 않고 동서남북으로 걸어갔다. 그리고 누가 매달리든, 불은 타올랐다. 교수대가 얼마나 높아야만 물길을 내서 불에 타지 않을 수 있을지, 그 어떤 공무원이 계산해도 알 수 없었다.

제24장
자석 바위에 끌리다

바다가 밀려오고 불이 타오르는 가운데—썰물 없이 높이, 더 높이 밀려오기만 하는 성난 바다를 보며 해안가 사람들이 놀라 두려워하고 견고한 대지도 흔들리던 가운데—3년이란 시간이 태풍같이 지나갔다. 어린 루시의 생일이 세 번 더 지나면서 그들의 평화로운 삶도 계속 금실로 짜여 갔다.

수많은 밤낮 동안 그들은 모퉁이에 울려오는 발소리를 들었고, 많은 소리가 몰려오는 소리를 들을 때면 가슴이 철렁했다. 그들의 마음속에 그 발소리는 민중의 발소리였고, 붉은 깃발 아래 조국이 위험에 처했음을 선언했으며, 격동하는 민중은 무시무시하고 끈덕진 어떤 주문에 의해 야생 동물로 변해버렸기 때문이었다.

나리들은, 하나의 계급으로서, 그들이 인정받지 못하는 현상과 자신을 관련짓지 않았다. 그들이 프랑스에서 쫓겨나거나 심지어 자신의 삶에서조차 쫓겨날 위험이 있을 만큼, 프랑스에는 그들을 원하는 사람들이 거의 없었다. 끊임없는 노력으로 고통을 감수하고 마침내 악마를 불러냈으나 그 모습을 보고 공포에 질려 아무것도 물어보지 못하고 바로 달아났다는 우화 속 촌뜨기처럼, 나리들은 용감하게 수년간 주기도문을 거꾸로 읽는 등 악마를 부르기 위해 많은 주문을 외워 왔지만 정작 그가 눈앞에 나타나자마자 우아한 꽁무니를 빼고 달아난 것이다.

궁정 속 빛나는 황소의 눈은 사라졌다. 사라지지 않았다면 전국에서 날아오는 총알의 소용돌이가 그곳을 향했을 것이다. 그 황소의 눈이 보기 좋은 눈이었던 적은 없었다. 오랜 시간 동안 그것은 루시퍼의 자만, 사르다나팔루스*의 사치 그리고 두더지의 맹목성을 들보처럼 품고 있었지만•, 이제 그것들 또한 모두 사라졌다. 권력의 핵심층에서 가장 바깥쪽의 썩은 타락, 위선, 음모의 고리까지, 궁정은 이제 모두 사라지고 없었다. 왕족도 이제 없었다. 궁전에서 그들은 사로잡혔고 최근의 소식이 왔을 때 그들은 '직무 정지' 중이었다.

1792년 8월이 왔고, 이때쯤 나리들은 멀리 여기저기로 흩어진 후였다.

자연스러운 일이지만, 런던에 있는 나리들의 본부이자 그들이 가장 잘 모이는 곳은 텔슨 은행이었다. 유령들은 그 육

---

* 그리스 문학에 나오는 사치와 방종을 즐겼다고 전해지는 아시리아의 마지막 왕.
• '어찌하여 형제의 눈 속에 있는 티는 보고 네 눈 속에 있는 들보는 깨닫지 못하느냐'라는 성경 구절을 암시한다.

신들이 자주 가던 곳을 맴돈다고 알려져 있는데, 이제 기니가 없는 나리도 마찬가지로 자신의 기니가 있었던 곳을 맴돌았다. 나아가 이곳은 가장 믿을 만한 프랑스 정보가 가장 빨리 오는 장소였다. 다시 말해서 텔슨은 대단히 관대한 회사였고, 큰 재산을 잃은 옛 고객에게도 인색하지 않고 대단히 후한 대접을 해 주었다. 다시 말해서 폭풍이 닥칠 것을 예상하고 몰수와 약탈을 걱정한 귀족들은 앞날에 대비해 텔슨에 미리 송금을 해 두었고, 그들의 궁한 동포들은 그곳에서 늘 그들 이야기를 했다. 프랑스에서 새로 오는 사람들은 거의 필수 과정처럼 모두 텔슨으로 와서 자신들의 소식을 보고했다. 이런 여러 가지 이유로 당시 텔슨은 프랑스 정보에 관한 일종의 고등 거래소였다. 이 사실은 너무나도 잘 알려져 있어서, 정보에 관해 문의하는 사람들이 아주 많았다. 그래서 텔슨은 가끔 최신 소식을 종이에 한두 줄 써서 은행 창구에 붙여 놓아 템플바를 지나는 모든 사람이 읽어 볼 수 있게 했다.

덥고 눅눅한 어느 날 오후, 로리 씨가 책상에 앉아 있었고 찰스 다네이가 그곳에 기대선 채 낮은 목소리로 그에게 뭔가 말하고 있었다. 대표와의 상담을 위해 마련되었던 참회하는 방은 이제 소식 거래소가 되어 항상 사람으로 차고 넘쳤다. 30분쯤 후면 문을 닫을 시간이었다.

"지금까지 살았던 사람 중에 가장 젊으시긴 하지만," 찰스 다네이가 다소 망설이며 말했다. "그래도 제가 제안드리고 싶은 건……."

　"이해하네. 내가 너무 나이가 많다는 거지?" 로리 씨가 말했다.

　"불안한 날씨, 긴 여행, 여행 수단도 확실하지 않은 데다가 나라는 엉망진창입니다. 도시조차 안전하지 않을 수도 있어요."

　"친애하는 찰스." 로리가 쾌활한 자신감을 보이며 말했다. "자네가 말한 게 바로 내가 가야 하는 이유라네, 내가 가지 말아야 할 이유가 아니라. 나같이 거의 팔순인 노인에게 상관할 사람은 없을 거야. 그곳엔 이미 상관할 가치가 있는 사람들이 수없이 많을 테니까. 도시가 엉망진창이라는 말에 대해서는, 만약 엉망진창인 도시가 아니었다면 우리 회사에서 그쪽으로 사람을 보내야 할 일도 없었을 걸세. 그 도시와 오래된 업무에 관해 잘 알고, 텔슨이 믿을 만한 사람 말이네. 확실하지 않은 여행 수단에 대해서는, 여행이 길고, 날씨가 궂다는 것뿐인데, 내가 텔슨에 몸담아 온 세월을 생각했을 때, 나조차 텔슨을 위해 몇몇 불편함을 감수할 준비가 안 되어 있다면, 누가 그러겠나?"

　"제가 갈 수 있다면 좋겠습니다." 찰스 다네이가 무심코 생각을 말했다.

"과연! 반대도, 자문도 해 주다니 재밌는 친구군!" 로리 씨가 감탄했다. "자네가 갔으면 좋겠다고? 그리고 프랑스에서 태어났다고? 참 현명한 상담가야."

"친애하는 로리 씨, 저는 프랑스에서 태어난 프랑스 사람이고, 이 생각은 (제가 말하려고 했던 건 아니지만) 제게 종종 떠오르는 것입니다. 가여운 이들을 위한 동정심을 가진 사람으로서, 응당 해야 할 일을 그들에게 떠맡기고 왔다는 생각을 떨칠 수가 없습니다." 그는 예전처럼 사려 깊게 말했다. "그들이 말을 들을 사람, 그들을 설득할 수 있는 힘을 가졌을지도 모르는 사람으로서 말이에요. 바로 어제, 로리 씨가 가신 후에, 제가 루시와 얘기했을 때……."

"자네가 루시랑 얘기했을 때라." 로리 씨가 말했다. "그래, 루시 이름을 꺼내기 부끄럽지 않나! 이 시기에 프랑스에 가고 싶다는 말을 하다니!"

"하지만 전 가지 않잖아요." 찰스 다네이가 웃으며 말했다. "로리 씨는 그러면서도 가신다고 하시네요."

"그리고 나는 갈 예정이네, 단순한 현실이지. 사실 이러하네, 찰스." 로리 씨가 멀리 있는 대표를 한 번 쳐다보며 목소리를 낮췄다. "자네는 우리 일이 얼마나 어렵게 거래되고 있는지, 멀리 있는 우리 장부들과 서류들이 어떤 위험에 처해 있는지 아무 개념이 없을 거야. 만약 우리 서류들이 압수당하거나 파괴된다면, 얼마나 많은 사람에게 큰 피해가 있을지는 오직 하느님만 아시는 일이지. 그리고 이건 언제라도 일어날 수 있는 일이네. 오늘 파리에 불을 지르는 사람이 없을 거라고, 그리고 내일 파리가 함락당하지 않을 거라고 누가 장담하겠나! 자, 그 서류들을 보고 최대한 지연하지 않고 어떤 것이 중요한 서류인지 골라내어 땅에 묻거나, 아니면 다른 방법으로 보호하거나 할 사람이 있다면 바로 나일세. 텔슨 또한 그걸 알고 나한테 말하는데—나는 지난 60년간 텔슨의 녹을 먹고 살았는데—내가 관절이 좀 뻣뻣하다고 가지 말아야 하나? 아니, 찰스, 여기 있는 열댓 명 노인들에 비하면 나는 소년이야!"

"제가 당신의 젊은 패기와 열정을 얼마나 존경하는지요, 로리 씨."

"쯧! 말도 안 되는 소리! 그리고 찰스." 로리가 다시금 대표를 흘끗 보며 말했다. "기억해야 할 것은, 요즘 파리에서 뭔가 빼내려는 건 그게 뭐가 됐든 간에 거의 불가능에 가깝네. 바로 오늘 우리에게 배달된 서류들과 정보들만 해도 (이건 정말 비밀이네. 자네에게 말하는 것도 회사에 좋을 것 같지 않아) 상상하기 어려울 만큼 이상한 방법으로 배달되었고, 관문을 건널 때는 정말 아슬아슬했다고 하는군. 다른 때는 우리 소포가 일이 잘 풀리던 영국처럼 아주 쉽게 처리되었지만, 지금은 모든 것이 중단되었다네."

"그럼 정말 오늘 밤에 출발하십니까?"

"지연하기에는 너무 중대한 일이라 정말 오늘 밤 출발할 예정이네."

"그리고 아무도 데려가지 않으시고요?"

"여러 사람이 같이 가겠다고 제안했지만, 그들에겐 아무 말도 하지 않을 생각이네. 난 제리를 데려가려고 생각 중이야. 제리는 오랫동안 일요일 밤마다 날 경호해 줬기 때문에 익숙하거든. 모든 사람이 그를 그저 영국에서 온 불독이라고 생각할 걸세. 제리는 단순해서 주인을 건드리는 자를 때릴 생각만 하지."

"제가 당신의 젊은 패기와 열정을 얼마나 진심으로 존경하는지 다시 말할 수밖에 없군요."

"나도 다시 말하지만, 말도 안 되지, 말도 안 돼! 이 작은 임무를 모두 마치고 나면, 나도 아마, 텔슨의 은퇴 제안을 받아들여 마음 편하게 살 거야. 그때가 되면 늙어 가는 일에 대해 생각해 볼 시간이 많이 생기겠지."

이 대화는 로리 씨가 평소 앉는 책상에서 이루어졌는데, 여기서 불과 1~2킬로미터 떨어진 곳에서는 나리들이 모여 그 악한 사람들에게 조만간 어떻게 복수할 것인지를 자랑하고 있었다. 피난민 처지로 전락한 나리들이 말하는 방식이 있었다. 이는 영국 정통파가 말하는 방식이기도 했다. 그들은 이 무시무시한 혁명이 씨 뿌려지지 않고 얻은 하늘 아래 유일한 수확이라도 되는 것처럼, 그 일을 초래할 만한 어떤 행동도 없었고, 있었더라도 깜빡 잊은 것처럼, 프랑스의 수백만 빈민과 그들을 돕는 데 사용되어야 할 자원이 오용되고 악용되는 것을 목격한 사람들이 오래 전부터 필연적으로 다가오는 혁명을 보지 못했고, 그들이 본 것을 쉬운 말로 기록하지 않은 것처럼 말했다. 거기에 더해, 하늘도 땅도 모두 완벽하게 소모되어 버린 상태를 회복하기 위한 나리들의 과장된 계획들과 결합된 허풍들은 진실을 아는 정신이 온전한 자라면 듣고서는 항의하지 않고 견딜 수 없는 것이었다. 이미 마음속에 자리 잡고 있던 불안에다 그런 허풍들이 귀에 맴돌았기에 다네이는 골치 아플 정도로 머리가 혼란스러웠다. 이 모든 것이 가뜩이나 초조했던 찰스 다네이를 계속 초조하게 만들었다.

그 이야기를 하는 사람 중에는 킹스벤치 법정에서 일하는 스트라이버가 끼어 있었고 그는 언제나 잘나갔기 때문에 그 주제에 대해 목소리를 높이고 있었다. 그가 나리들에게 제안하는 것은 민중을 지구상에서 날려 버리고 박멸하여 그들 없이 살아가는 방법이었고, 꼬리에 소금을 뿌려 독

수리 떼를 멸종하듯이, 독수리와 비슷한 놈들은 그 비슷한 방법을 써야 한다는 등 다양한 제안이었다. 다네이는 이야기를 듣다가 특별한 반감이 들어, 더는 듣지 말고 자리를 떠나야 할지, 아니면 그냥 머무르며 끼어들어야 할 순간을 기다렸다가 그의 말을 고쳐 줘야 할지 고민하며 서 있었다.

그때 대표가 로리 씨에게 다가와 개봉하지 않은 지저분한 편지를 앞에 놓으며, 이 편지를 받아야 할 수취인의 흔적을 아직 못 찾았는지 물었다. 대표가 편지를 놓은 곳은 다네이와도 가까운 곳이었기에 그는 겉봉의 설명을 읽을 수 있었고—그의 본명이 있었기 때문에 더 빨리 읽을 수 있었다—영어로 하면 주소는 이렇게 쓰여 있었다.

속달. 프랑스의 생 에브레몽드 후작이라고 알려졌던 분께. 영국 런던 텔슨 회사는 비밀 관리 요망.

결혼식 날 아침, 마네트 박사는 찰스 다네이에게 중요하고 급한 부탁을 하나 한 바 있었다. 그것은—마네트 박사가 괜찮다고 할 때까지—다네이의 본명을 계속 비밀로 지켜 달라는 부탁이었다. 박사 외에 누구도 그의 이름을 알아서는 안 되었다. 그의 아내는 그런 사실을 아직 의심조차 하지 못했고 로리 씨 또한 의심할 수 없었다.

"아직입니다." 로리 씨가 대표에게 대답하며 말했다. "지금 여기 있는 모든 분께 여쭤봤는데, 아무도 이 신사를 어디에서 찾을 수 있는지 말을 못 했습니다."

시계의 손이 은행이 문 닫는 시간에 가까워지면서 수다를 떨던 사람들의 무리가 로리 씨의 책상 옆으로 지나갔다. 그가 호기심 어린 눈으로 편지를 멀리 잡고 있으니 음모를 꾸미며 분개하던 귀족들도 그것을 보았다. 그러자 이 사람, 저 사람 할 것 없이 모두 행방을 찾을 수 없는 후작에 대해 나쁜 말을 영어로 혹은 불어로 하나둘씩 늘어놓았다.

"조카였다고 믿습니다―그러나 어찌 됐든 살해된 품위 있던 후작의―타락한 후계자지요." 그중 하나가 말했다. "이 자를 모른다고 기쁘게 말할 수 있습니다."

"자기 자리를 포기하고 도망간 겁쟁이지요. 몇 년 전에요." 다른 사람이―다리를 거꾸로 세우고 짚 더미에 숨어 도망치다가 숨 막혀 죽을 뻔했다던 나리였다―말했다.

"새로운 철학에 빠졌었죠." 세 번째 남자가 안경 너머로 겉봉을 훑어보며 말했다. "지금은 고인이 된 후작의 뜻에 반대해서 유산을 포기하고 평민들에게 나눠 줬다고 합니다. 그들이 이제 그의 마음에 보답하면 좋겠네요. 그는 그럴 만하니까요."

"뭐라고요?" 뻔뻔한 스트라이버가 소리쳤다. "설마 그랬겠어요? 이자가 그런 사람이라고요? 어디 그 악명 높은 이름 좀 봅시다. 망할 자식!"

더 이상 참고 있을 수 없었던 다네이가 스트라이버 씨의 어깨를 건드리며 말했다.

"내가 이자를 압니다."

"정말로요?" 스트라이버가 말했다. "거참 안됐네요."

"왜요?"

"왜요라니요, 다네이 씨? 그자가 한 짓을 못 들었어요? 요즘 같은 땐 묻지도 마시죠."

"그러나 물어보고 싶습니다만?"

"그럼 내가 다시 말해 드리죠, 다네이 씨. 거참 안된 일입니다. 이런 엄청난 질문들을 해 대는 것도 안타깝네요. 여기 적힌 이자는, 알려진 것들 중에 가장 악독하고 불경스러운 악마의 사상에 빠져서, 사람을 떼로 죽이고 다니는 이 땅의 가장 더러운 쓰레기들에게 자기 재산을 뿌린 자인데, 당신 같이 아이들을 가르치는 사람이 이자를 안다는 게 왜 안타깝냐고요? 저런, 하지만 대답해 드리죠. 내가 안타까운 것은 저런 악당들은 전염성이 강하기 때문이죠. 그래서입니다."

비밀을 염두에 둔 다네이는 힘겹게 자신을 억누르며 말했다. "그 신사분을 잘 이해 못하신 걸지도 모릅니다."

"당신을 궁지로 몰아넣는 방법은 잘 이해하고 있소, 다네이 씨." 스트라이버가 그를 협박하며 말했다. "그리고 보여 주겠소. 그자가 신사라면, 나는 그자를 절대 이해 못합니다. 그에게 칭찬으로 전해 주세요. 그리고 또 내 말을 전해 주시길 바랍니다. 그렇게 자신의 세속적인 재산과 위치를 잔인한 깡패들에게 바쳤으니, 혹시 그들의 선두에 서 있는 건 아닌지 말입니다. 하지만, 아니죠, 신사 여러분." 스트라이버가 주위를 돌아보며 말하고 손가락을 튕겼다. "제가 인간의 본성에 대해 좀 알고 있습니다. 그리고 말씀드리는데 그렇게 평민들을 가엾고 소중하게 여기며 믿을 사람은 이 세상에 없다는 거죠. 없습니다, 신사 여러분. 그자는 평민들과 함께 싸우기는커녕 싸움이 시작되기도 전에 깔끔한 신발이 더러워질까 봐 숨어 버릴 겁니다."

그 말을 끝으로, 손가락을 한 번 더 튕긴 스트라이버 씨는 대부분의 청중이 동의하는 모습 속에서 플리트 거리로 돌진하듯 나가 버렸다. 은행 사람들도 퇴근했기에 로리 씨와 찰스 다네이는 덩그러니 어둠 속에 남겨졌다.

"자네가 편지를 맡을 텐가?" 로리 씨가 말했다. "어디로 배달해야 하는지 알고 있고?"

"네."

"우리가 어떻게 해야 할지 알 거라 믿고 이곳으로 보낸 것 같은데, 편지가 은행에서 좀 오래 기다리게 되었다고 수취인에게 설명을 해 주겠나?"

"그렇게 하겠습니다. 여기서 바로 파리로 가십니까?"

"여기서 8시에 출발하네."

"배웅하러 다시 오겠습니다."

그는 스트라이버와 그곳에 있던 대부분의 남자들 그리고 스스로에게도 화가 났다. 다네이는 템플에서 조용한 곳을 찾아가 편지를 열고 읽어 보았다. 내용은 다음과 같았다.

아베이 교도소, 파리.
1792년 7월 21일

전 후작 나리께.

오랫동안 마을 사람들의 손에 생명을 위협받다가, 결국 붙잡혀 엄청난 폭행과 수모를 당하고 먼 길을 걸어서 파리까지 끌려왔습니다. 그 여정 중에 큰 고통을 당했으나 그게 다가 아닙니다. 제 집도 모두 파괴되었습니다. 그 무엇도 남아 있지 않습니다.

저를 이곳에 가두고 그리고 제가 재판에 소환되어 (전 후작 나리의 자비로운 도움이 없다면) 목숨을 잃게 될 죄목은, 그들이 말하길, 그들에게 대항해 망명자를 도운 일이 민중의 존엄에 대한 반역이라고 합니다. 전 후작 나리의 지시를 따라 그들을 위해 왔지 그들에 대항한 적이 없다고 설명해도 소용이 없습니다. 망명자의 재산이 압류되기 전에 세금을 내지 않아 제가 대신 냈다고 해도, 제가 소작료를 걷지 않았다고 아무리 호소해도 소용이 없습니다. 그들이 원한 유일한 대답은 제가 망명자를 도왔고, 그 망명자는 어디에 있냐는 것입니다.

아! 더없이 자비로운 전 후작 나리, 그 망명자는 도대체 어디 있습니까? 전 자면서도 울부짖습니다. 그는 어디 있나요? 하늘에 물어봅니다, 그가 저를 구해 주러 올까요? 대답이 없습니다. 아, 전 후작 나리, 제 절망적인 울음을 바다 너머로 보냅니다. 파리의 텔슨이라고 하는 큰 은행을 통해 당신의 귀에 제 소리가 닿길 바랍니다.

제발, 하늘과 당신의 그 고귀한 이름의 정의, 자비와 명예에 간청합니다. 이곳에서 절 풀어 주세요. 제 잘못은 나리를 충실하게 따른 것뿐입니다. 오, 전 후작 나리, 제게도 충실해 주시길 간절히 부탁드립니다.

이곳 끔찍한 교도소에서, 매시간 파멸로 가까워지는 가운데 후작 나리께 제 비통하고 불행한 진심을 전합니다.

당신의 고통받는 종, 가벨.

다네이의 마음속에 숨어 있던 불안함이 편지로 인해 격렬하게 되살아났다. 오랫동안 자신을 섬겨 온 선한 하인의 고통이 힐난하듯 자신의 얼굴을 노려보고 있었다. 하인의 유일한 죄는 자신과 자신의 가문에 충성한 것뿐이었다. 템플 주변을 오가며 앞으로 어떻게 해야 할지 생각하던 그는 지나가는 행인에도 부끄러워져 얼굴을 가렸다.

옛 가문의 악명과 악행의 끝을 보여 주던 행위에 대한 공포로, 자신이 유지할 책임이 있었던 이름이 무너져 가는 것에 대한 혐오로, 그리고 숙부에 대한 원망과 의심으로 자신의 행동이 완전할 수 없었음을 그도 잘 알고 있었다. 스스로도 전부터 생각하고 있었던 일이지만 루시에 대한 사랑때문에 자신의 사회적 위치를 포기한 것은 성급했고 불완전한 일이었음을 그도 잘 알고 있었다. 체계적으로 해결하고 지켜봐야 했던 그 일들을, 그러려고 했지만 그렇게 하지 못했다는 것 또한 그는 알고 있었다.

그가 선택한 영국 집은 행복했고 늘 적극적으로 직업을 찾아야 했다. 정신없는 시간이 지나가면 또 다른 시간이 너무 빨리 찾아왔고, 이번 주에 생기는 일들이 지난주의 어설픈 계획들을 망쳐 버리고 다음 주는 또 새로운 일들이 생겼다. 이런 상황의 힘에 자신이 굴복했음을, 그리고 그런 굴복에 대한 동요가 없진 않았지만 지속적이거나 강도를 점점 더한 저항을 하지 않은 채 그저 굴복했음을 스스로 잘 알고 있었다. 그는 자신이 행동할 수 있는 시기를 기다리고 있었지만 격동하고 갈등하는 시간 속에서 그 시기를 놓쳐 버린 것도 알고 있었다. 그동안 프랑스에서는 떠나는 귀족 행렬이 큰길과 곁길들을 메우고, 그들의 재산은 압류되거나 파괴되었고 그들의 이름 자체도 지워지고 있었다. 프랑스의 새로운 권력도 그것을 잘 알았고 그에 대한 다네이의 책임을 물을지도 몰랐다.

그러나 그는 아무도 억압하지 않았고, 아무도 가둔 적이 없었다. 받아야 할 돈을 가혹하게 받아 내는 것과는 거리가 멀었던 그는 그런 것들을 자신의 의지로 포기하고 아무런 특권이 없는 세상으로 뛰어들었다. 그곳에서 자신만의 공간을 꾸렸고 자신을 먹여살렸다. 가벨은 서면으로 그의 지시를 받아 굶주린 사람들을 돕고 가문의 재산을 관리해 왔었다. 그는 사람들을 도와주고 나눠 줄 것이 있다면—빚쟁이들이 남겨 놓고 간 기름이나 여름의 수확으로 남아 있던 양식들 같은—나눠 주라는 지시를 따랐다. 가벨은 자신의 안전을 위해 이 모든 사실이 서면으로 드러나도록 편지에 자세히 쓴 터였다.

이 편지는 찰스 다네이가 고려하고 있던 절박한 결심을 재촉했다. 그는 파리로 가야 했다.

그렇다. 옛날이야기 속 선원처럼, 바람과 물결이 그를 자석 바위*의 영향이 미치는 곳으로 데려가고 자석 바위가 그

---

* 바위가 자석이라 그 근처를 지나는 배가 모두 끌려 들어가 파선한다는 《천일야화》의 이야기 중 하나.

를 끌어당기기 시작하니 가지 않을 도리가 없었다. 그의 마음에 떠오르는 모든 것이 그를 더욱더 빠르고 더욱더 강하게 치명적인 그곳으로 이끌고 있었다. 깊은 곳에 내재했던 초조함은 불의가 지배하는 불행한 조국에 대한 것이었고, 그들보다 스스로 낫다고 생각한 그가 그곳에 없어 유혈 사태를 막고 자비와 인류애를 주장할 수 없음에 대한 것이었다. 그 초조함은 반은 그를 억누르고 반은 그를 비난했다. 그는 의무에 충실했던 용감한 노신사와 자신을 날카롭게 비교해 보기에 이르렀고(이건 스스로를 해치는 일이었다), 그 결과 그를 날카롭게 쏘아붙이던 후작의 비웃음 그리고 케케묵은 이유로 자신을 무엇보다 거칠고 속이 뒤집히게 했던 스트라이버의 비웃음을 떠올리게 했다. 그러고 나서 그는 가벨의 편지를 떠올렸다. 무고한 죄수의 호소와 그가 처한 죽음의 위험, 정의, 명예 그리고 그의 이름을.

결심했다. 그는 파리로 가야만 했다.

그렇다. 자석 바위가 그를 끌어당기고 있었고, 그는 그곳에 부딪힐 때까지 계속 나아가야 했다. 그는 바위를 몰랐고 그의 눈에는 위험도 들어오지 않았다. 비록 일이 미완성일 때 떠났지만, 돌아가서 그가 하고 온 일들의 의도를 설명한다면 프랑스 사람들 또한 고맙게 이해해 주리라 믿었다. 영광스러운 선행의 환영, 주로 선한 이들의 낙천적인 모습만이 등장하는 환영이 그의 눈앞에 떠올랐다. 그 환영 속에서 그는 광기로 날뛰는 혁명마저 자신의 선의로 인도되는 모습을 보았다.

그렇게 결심을 하고 주변을 서성이던 그는 프랑스에 도착하기 전까지 루시와 그녀의 아버지가 이 사실을 알면 안 된다고 생각했다. 루시는 헤어짐의 고통을 겪을 필요가 없을 것이고, 과거의 위험한 영역에 생각을 들이길 꺼렸던 그녀의 아버지는 그가 떠날지도 모른다는 불안감에 시달릴 필요 없이 그가 잘 도착했다는 소식을 알게 될 것이다. 그녀의 아버지가 프랑스와 연관된 것을 떠올리게 하면 안 된다는 불안감 탓에 자신의 상황이 얼마나 불완전한지에 대해서는 스스로 생각해 보지 않았다. 그러나 그런 상황 또한 그가 앞으로 가는 길에 영향을 미쳤다.

그는 몹시 바쁘게 생각하며 서성거리다, 시간이 되어 텔슨으로 로리 씨를 배웅하러 갔다. 파리에 도착하면 이 노신사를 찾아갈 생각이지만, 지금은 거기에 대해 아무 말도 하지 않아야 했다.

역마가 끄는 마차가 은행 문 앞에 준비되어 있었고, 제리도 장화를 신고 장비를 갖춘 상태였다.

"편지를 전달했습니다." 찰스 다네이가 로리 씨에게 말했다. "대답을 서면으로 가지고 가시는 건 안 되겠지만, 구두로 답장을 전하시겠습니까?"

"기꺼이 그러지." 로리가 말했다. "위험한 것만 아니라면야."

"아닙니다. 아베이 교도소의 죄수에게 보내는 것이긴 하지만요."

"그의 이름이 무엇인가?" 로리 씨가 손에 수첩을 펼치며 말했다.

"가벨입니다."

"가벨. 그리고 교도소에 있는 불쌍한 가벨에게 보내는 전갈은?"

"간단하게, '그가 편지를 받았으니 곧 갈 것이다'라고 전해 주시면 됩니다."

"가게 되는 일시는?"

"그가 내일 밤 출발한다고 전해 주십시오."

"적어야 할 사람 이름은?"

"없습니다."

그는 로리 씨가 코트와 망토를 여러 겹 두르는 것을 도와주고, 따뜻한 대기의 은행에서 축축한 공기의 플리트 거리로 함께 나갔다. "루시와 어린 루시에게 내 사랑을 전해 주게." 로리 씨가 배웅하는 자리에서 말했다. "그리고 내가 돌아올 때까지 그들을 잘 돌봐 주게." 마차가 떠나가는 광경을 보며 찰스 다네이는 멋쩍게 웃으며 고개를 저었다.

그날 밤—8월 14일이었다—그는 늦게까지 앉아 열정을 담은 편지 두 통을 썼다. 한 통은 루시에게 그가 파리로 가야 하는 강한 책임에 대해, 그리고 그가 그곳에서 개인적인 위험에 처하지 않을 이유를 장황하게 설명하는 편지였다. 다른 한 통은 마네트 박사에게 루시와 사랑하는 딸을 부탁하고 같은 주제에 대해 안심할 수 있도록 확신을 주는 편지였다. 두 사람 모두에게, 자신의 안전을 증명하기 위해 도착하는 즉시 편지를 써서 보내겠다고 했다.

힘든 하루였다. 그날은 그들이 함께 삶을 나누기 시작하고 나서 처음으로 그가 마음에 뭔가를 숨긴 채 보내야 했던 하루였다. 아무 의심도 하지 않는 그들에게 선의의 비밀을 지키는 것은 어려운 일이었다. 그러나 행복하고 바쁘게 하루를 보내는 그의 아내를 사랑스럽게 바라보던 그는 앞으로 일어날 일에 대해 말하지 않기로 결심했고(그녀의 조용한 도움 없이 어떤 일을 하는 것이 몹시 어색했던 그는 반쯤 마음이 흔들렸었다) 그렇게 하루가 빠르게 흘러갔다. 이른 저녁 그는 그녀와 그녀만큼 소중한 딸을 껴안아 주면서 곧 돌아오겠다고 했다. (가상의 약속이 있다고 말했고, 이미 옷가방도 준비해 놓았다.) 그렇게 안개가 무겁게 깔린 길을 걸어가는 그의 마음은 더욱더 무거워졌다.

보이지 않는 힘이 그를 끌어당겼고, 모든 조류와 바람이 그곳을 향해 거세게 밀려갔다. 그는 편지 두 통을 믿을 만한 짐꾼에게 맡기며 더 일찍은 말고 자정이 되기 30분 전에 배달해 달라고 말했다. 그리고 그는 말을 타고 도버로 향했다. 그곳에서 여행을 시작할 것이다. "하늘과 당신의 그 고귀한 이름의 정의, 자비와 명예에 간청합니다!" 그의 가라앉는 마음을 굳게 붙든 것은 불쌍한 죄수의 외침이었다. 이 땅 위, 그에게 소중한 모든 것을 뒤로한 채, 그는 자석 바위를 향해 흘러가고 있었다.

제3부

폭풍의 진로

제1장
독방

1792년 가을, 영국을 떠나 파리로 향하는 여행자의 여정은 느리게 이어졌다. 몰락한 가여운 국왕이 왕좌에서 온갖 영광을 누리고 있었을 때도 프랑스의 열악한 도로, 마차와 말은 그의 일정에 차질을 빚기 충분했을 텐데, 시대가 달라진 지금은 또 다른 장애물이 그를 가로막았다. 애국 시민 동지들이 언제라도 불붙을 준비가 되어 있는 국민 소총을 들고 모든 도시의 관문과 마을의 세관을 지키고 있었던 것이다. 그들은 오가는 모든 사람을 세운 후 신문하고, 서류를 확인하고, 자신들의 명단에 있는 이름을 확인했다. 그리고 자유, 평등, 박애가 아니면 죽음을 달라고 외치며 단결한 공화국의 여명에 도움이 되는지 자신들의 변덕과 상상으로 판단한 다음, 되돌려보내거나 통과시키거나 혹은 구금했다.

프랑스에 도착해 시골길로 몇 리그 지나지 않았을 때, 찰스 다네이는 자신이 파리에서 선량한 시민으로 인정받기 전에는 영국으로 다시 돌아갈 희망이 없음을 깨닫기 시작했다. 이제 무슨 일이 일어나든 그는 끝까지 가야 했다. 그는 알고 있었다. 앞에 놓인 작은 마을이, 그가 뒤로한 도로의 장벽 하나가 모두 자기와 영국 사이를 가르는 굳게 닫힌 철문임을. 가는 곳마다 그는 철저하게 감시당했다. 그는 그물에 사로잡혔거나 철창에 가두려고 호송하는 죄수보다 더 철저하게 자유를 잃은 기분이었다.

철저한 감시는 그를 대로에서 스무 번이나 멈추게 했을 뿐 아니라 하루에도 스무 번씩 그의 발목을 잡았다. 그들은 그를 쫓아와 다시 데려가기도 했고, 그보다 앞서 달려가 기다렸다가 멈춰 세우기도 했으며, 때로는 같이 가면서 내내 감시했다. 프랑스에 도착한 지 수일이 지나서도, 다네이가 지쳐 곯아떨어진 여관이 있는 대로 옆 작은 마을은 여전히 파리와 멀리 떨어져 있었다.

아베이 교도소에서 고통받는 가벨이 쓴 편지가 아니었다면 그는 여기까지 오지도 못했을 것이다. 이곳 작은 마을의 경비 초소에서 겪은 어려움에 그는 자신의 여정이 위험에 직면했음을 느꼈다. 그래서 아침까지 묵을 예정이었던 작은 여관에서 한밤중에 한 무리가 그를 깨웠을 때 그리 놀라지 않았다.

소심한 지방 공무원과 엉성한 빨간 모자를 쓰고 입에 파이프를 문 애국 시민들 세 명이 그를 깨운 다음 침대 위에 앉았다.

"망명자." 공무원이 말했다. "당신을 호송대와 함께 파리로 보낼 예정입니다."

"시민이여, 파리로 보내진다면 저도 더 바랄 게 없겠으나 호송대까지 보내실 필요는 없습니다."

"시끄럽다!" 빨간 모자가 소총의 부리로 이불보를 내리치며 으르렁댔다. "그 입 다물라, 귀족!"

"여기 선량한 애국 시민의 말씀대로," 소심한 공무원이 말했다. "당신이 귀족이라 호송대가 필요합니다. 그 비용도 당신이 부담하고요."

"선택의 여지가 없군요." 찰스 다네이가 말했다.

"선택 같은 소리 하네!" 조금 전 으르렁대던 빨간 모자가 소리쳤다. "가로등에 매달아 버리지 않은 걸 고맙게 여기지 않다니!"

"여기 선량한 애국 시민의 말씀이 맞습니다." 공무원이 말했다. "망명자, 일어나서 옷을 입으십시오."

다네이는 그들의 말을 따랐고 다시 경비 초소로 끌려갔다. 그곳에서는 다른 동지들이 엉성한 빨간 모자를 쓰고 난롯불 옆에서 담배를 피우거나 술을 마시거나 자고 있었다. 이곳에서 그는 호송대에 막대한 비용을 지불하고, 새벽 3시에 함께 축축하게 젖은 도로로 나섰다.

그를 호송하는 대원들은 삼색 배지가 달린 붉은 모자를

쓴 두 명의 애국 시민이었다. 그들은 소총과 사브르[*]로 무장하고 그의 양옆에서 말을 타고 갔다. 그들의 호위를 받는 다네이는 자신의 말을 타긴 했지만, 애국 시민 중 한 명이 말굴레에 달린 헐렁한 줄 한쪽 끝을 손목에 감고 있었다. 날카로운 빗줄기가 얼굴을 때리는 가운데 일행은 길을 나섰고, 빠른 구보에 묵직한 말발굽이 다그닥 소리를 내며 마을의 울퉁불퉁한 포장도로를 지나 깊은 진흙탕이 되어 버린 길로 벗어났다. 말과 이동 속도를 제외하고는 아무것도 달라지지 않는 상태로 일행은 자신들과 수도 사이 깊은 진흙탕이 되어 버린 길을 달려갔다.

그들은 밤에도 이동했고, 동이 트고 한두 시간 후에야 멈춰서는 황혼이 질 때까지 쉬었다. 호송대원들의 옷차림은 형편없어서 맨다리에 짚을 감고 해진 어깨에도 짚을 덧대 스미는 물을 막아야 했다. 감시로 인한 개인적인 불편함과 대원들 중 한 명이 항상 취한 상태로 소총을 부주의하게 다루는 행동에 내포된 위험 말고는 이 상황으로 찰스 다네이의 마음에 심각한 두려움이 깨어날 일은 없었다. 그는 자신의 상황을 이들에게 말한 적이 없었으므로 지금의 호송은 별개의 문제이고 개인적인 상황 또한 아베이의 죄수가 확인해 주면 되리라 생각했기 때문이었다.

------

[*] 기병들이 사용하는 날이 휘어진 검.

그러나 저녁 무렵 보베시에 도착했을 때—그때 사람들이 도로를 가득 메우고 있었다—그는 상황이 매우 좋지 않다는 사실을 더 이상 자신에게 숨길 수 없었다. 역참 마당에 그가 말에서 내리는 모습을 보려고 몰려든 위협적인 군중 사이로 여기저기서 크게 외치는 소리가 들려왔다. "타도, 망명자!"

그는 안장에서 막 뛰어내리려고 하다가 안전을 위해 다시 말 위로 올라타며 말했다.

"여러분, 망명자라니요! 제가 제 발로 여기 프랑스에 왔다는 걸 들었을 텐데요!"

"이 빌어먹을 망명자!" 군중 속에서 편자공이 그를 향해 뛰어오며 외쳤다. 손에는 망치가 들려 있었다. "이 빌어먹을 귀족!"

역참지기가 그자와 말의 굴레 사이에 끼어들어 (그는 굴레를 향해 달려오고 있었기에) 어르듯 말했다. "내버려 둬, 내버려 두라고! 이자는 파리에서 심판받게 될 거야."

"심판받는다고!" 편자공이 망치를 휘두르며 말했다. "그래! 그리고 반역자로 처단받아라!" 그 말에 군중들도 좋다고 함성을 질렀다.

마당으로(취한 애국 시민은 줄을 손목에 감은 채 말안장에 앉아 차분히 지켜보고 있었다) 말 머리를 돌리려는 역참지기를 잠시 멈추고, 다네이는 자신의 목소리가 들릴 만큼 함성이 잦아들기를 기다렸다가 말했다.

"여러분, 잘못 알고 계시거나, 잘못 들으신 겁니다. 전 반역자가 아닙니다."

"저자가 거짓말을 한다!" 대장장이가 외쳤다. "법령이 내려왔으니 저자는 반역자다. 저자의 목숨은 민중의 것이야. 빌어먹을, 저자의 목숨은 자기 것이 아니라고!"

순간 다네이는 군중의 눈 속에서 증오를 보았다. 다음 순간 그들이 달려들려고 하자 역참지기가 그의 말을 마당으로 끌었고 호송대원들이 말의 양옆에 가까이 붙어 달렸다. 역참지기는 곧바로 튼튼한 이중 대문을 닫고 빗장을 걸었다. 편자공이 대문을 망치로 치고 군중은 탄식했지만, 더는 아무 일도 일어나지 않았다.

"대장장이가 말한 법령이 뭡니까?" 다네이는 마당에서 옆에 선 역참지기에게 감사를 전한 후 물었다.

"아, 망명자의 재산을 처분하는 법령입니다."

"언제 발효되었습니까?"

"14일에요."

"제가 영국을 떠난 날이군요!"

"모두가 말하길, 그건 여러 법령 중 하나이고 모든 망명자를 추방하고 돌아오는 자는 사형에 처한다는 다른 법령도

곧—이미 되지 않았다면—발효될 거라고 합니다. 그자가 당신 목숨이 당신 것이 아니라고 한 건 바로 그 뜻입니다."

"그런데 아직 그런 법령을 선포한 건 아니죠?"

"제가 뭘 알겠습니까!" 역참지기가 어깨를 으쓱하며 말했다. "있을 수도 있고, 있을 겁니다. 다 같은 말이죠. 어떤 게 더 낫습니까?"

그들은 자정이 될 때까지 위층 짚 더미에서 휴식을 취하다 모든 마을 사람이 잠든 사이에 다시 말을 타고 떠났다. 낯익은 조국에 생긴 거친 변화들은 이 거친 여정을 비현실적으로 만들었지만, 그중에서도 제일 큰 변화는 사람들이 잠을 자지 않는다는 것이었다. 일행은 인적이 드물고 지루한 길을 오랫동안 달리다가 허름한 오두막들로 이루어진 군락을 지나기도 했는데, 집집마다 깊은 어둠에 잠겨 있는 게 아니라 불빛들로 반짝였다. 그런 곳의 주민들은 밤의 유령처럼 기어 나와 손에 손을 잡고 말라비틀어진 자유의 나무 주변을 빙글빙글 돌거나, 아니면 한데 모여 자유의 노래를 불렀다. 다행히도 그날 밤 보베 사람들은 잠이 들었기에 그들은 도시를 떠나 다시 한번 고독하고 외로운 길로 여행을 계속할 수 있었다. 때 이른 추위와 빗속을 짤랑이는 소리를 내며 달리던 말은 그해 수확이 없었던 초라한 논밭 사이를 지나갔다. 그 위에는 불타 버린 집들의 그을린 폐허도 있었고,

그 속에 매복해 모든 도로를 감시하고 있던 애국 시민이 갑자기 튀어나와 그들의 뒤를 빠르게 쫓아오기도 했다.

일행은 날이 밝아 올 때에야 파리 외벽에 도착했다. 그들이 다가갔을 때 관문은 굳게 닫힌 상태였고 삼엄한 경비가 그들을 막아섰다.

"이 죄수의 서류는 어디 있나?" 위병의 보고를 받고 밖으로 나온 단호한 모습의 책임자가 물었다.

불쾌한 단어에 당연하게도 충격을 받은 찰스 다네이는 질문한 자에게 자신은 자유로운 여행자이며 프랑스 시민임을 알아 달라고 당부했다. 그는 자신의 호송대는 불안한 나라 상황 탓에 어쩔 수 없이 자신이 직접 비용을 부담한 사람들이라고 말했다.

"그래서," 질문했던 책임자는 그에게 눈길도 주지 않고 다시 물었다. "죄수의 서류는 어디 있나?"

술 취한 애국 시민이 자신의 모자에 넣어 두었던 서류를 꺼내 건넸다. 가벨의 편지를 쓱 훑어보던 책임자는 잠시 우왕좌왕하며 놀란 듯하다가 다시 다네이를 찬찬히 살펴보았다.

그 후 그는 한 마디도 더 하지 않고 호송대를 뒤로한 채 혼자 초소로 들어갔다. 그동안 그들은 관문 밖에서 말 위에 앉아 기다렸다. 초조하게 기다리며 주위를 둘러보던 다네이는 군인과 애국 시민이 함께 보초를 서고 있는데 전자보다 후자의 수가 훨씬 많다는 점을 발견했다. 그리고 물자를 가득 실은 농부의 수레 혹은 이와 비슷한 운송 수단이나 사람들은 쉽게 도시로 들어가는 반면, 아무리 볼품없게 생긴 사람이라도 도시를 나가기는 매우 어려웠다. 짐승이나 여러 종류의 차량은 말할 것도 없고 수많은 남녀가 무리 지어 통관을 기다리고 있었지만, 신분 확인 절차가 몹시 까다로워 아주 천천히 통과되었다. 검문 차례가 오려면 한참 기다려야 한다는 것을 아는 어떤 사람들은 땅에 드러누워 잠을 청하거나 담배를 피웠고, 또 어떤 사람들은 수다를 떨거나 주위를 어슬렁거렸다. 빨간 모자를 쓰고 삼색 배지를 단 사람들은 남녀를 불문하고 어디에서나 볼 수 있었다.

다네이가 안장 위에 앉아 이런 모습들을 관찰한 지 30분쯤 지났을 때, 책임자가 다시 다네이에게 다가와 위병들에게 장벽을 열라고 지시했다. 그런 다음 그는 술 취한 호송대원과 멀쩡한 호송대원에게 죄인의 인수 확인증을 발급하고 다네이에게는 말에서 내리라고 요구했다. 다네이는 지시를 따랐고, 두 애국 시민은 도시에 들어가지 않고 그의 지친 말을 끌고 뒤돌아 떠났다.

다네이는 책임자를 따라 초소로 들어갔다. 싸구려 포도주와 담배 냄새가 나는 그곳에는 몇몇 군인과 애국 시민들이 잠들었거나 깨어 있었고, 술에 취했거나 맨 정신이었으며, 그 외 사람들은 자는 것과 깨어 있는 것 그리고 만취와 맑은 정신 사이의 중간쯤 되는 여러 상태로 서 있거나 누워 있었다. 절반은 길가의 흐릿해져 가는 유등에서, 절반은 구름이 잔뜩 낀 하늘에서 오는 초소의 조명도 그 애매한 상태를 반영하는 듯했다. 책상 위에는 장부 몇 개가 펼쳐져 있었는데, 담당자는 험상궂고 까무잡잡한 장교였다.

"시민 드파르주." 그가 기록할 종이 한 장을 꺼내며 다네이를 데리고 온 자에게 물었다. "이자가 망명한 에브레몽드입니까?"

"그렇습니다."

"에브레몽드, 나이는?"

"서른일곱 살입니다."

"에브레몽드, 결혼은 했나?"

"네."

"어디서 결혼했나?"

"영국에서 결혼했습니다."

"그렇군. 아내는 어디 있나, 에브레몽드?"

"영국에 있습니다."

"그렇군. 에브레몽드, 당신은 라 포르스 교도소*에 수감

★ 바스티유 교도소의 서쪽에 있는 교도소. 귀족의 저택이었으나 프랑스혁명 바로 전인 1780년에 교도소로 바뀌고 19세기에 파괴되었다.

될 것이다."

"아니 세상에!" 다네이가 놀라 외쳤다. "무슨 법으로, 무슨 죄목으로 말입니까?"

종이를 보던 장교가 잠시 눈을 들어 그를 보았다.

"에브레몽드, 이곳에는 새로운 법이 생겼고 새로운 죄목도 생겼다. 당신이 여기 온 이후로 말이지." 그는 잔인하게 웃으며 말하고 다시 종이에 뭔가를 써 내려갔다.

"제가 이곳에 자진해서 왔다는 점을 참작해 주시길 간청합니다. 전 당신 앞에 놓인 그 동포의 간청하는 편지를 받고 온 겁니다. 그 간청을 즉시 들어줄 기회, 그 이상은 바라지 않습니다. 그건 제 권리 아닙니까?"

"망명자는 권리가 없다, 에브레몽드." 딱딱한 대답이 돌아왔다. 서류를 모두 작성한 장교는 스스로 한 번 읽어 보고 봉인한 후 드파르주에게 건네며 한 마디 덧붙였다. "비밀로."*

드파르주는 죄수를 향해 서류를 까닥였다. 자기를 따라오라는 뜻이었다. 죄수는 순순히 따랐고, 두 명의 무장한 애국 시민도 그들을 따라갔다.

"혹시 당신이," 그들이 초소의 계단을 내려가 파리로 들어서는 길에 드파르주가 낮은 목소리로 물었다. "예전에 바스

---

* 비밀로(in secret)는 '독방 수감'이라는 프랑스어(en secret)를 직역한 말.

티유의 죄수였다가 지금은 풀려난 마네트 박사님의 딸과 결혼한 사람이오?"

"그렇습니다." 다네이가 놀라 그를 쳐다보며 대답했다.

"내 이름은 드파르주, 생탕투안에서 술집을 하고 있소. 아마 나에 대해 들어 본 적이 있을 거요."

"제 아내가 당신의 집에서 아버지를 데리고 왔었죠? 맞습니다!"

'아내'라는 말이 드파르주에게 어떤 무서운 것을 상기시킨 듯, 그가 갑자기 화를 내며 말했다. "새로 태어난 날카로운 여자, 라 기요틴*의 이름을 걸고 묻건대, 왜 프랑스로 온 거요?"

"방금 전에 내가 왜 왔는지 말하는 걸 들었잖습니까. 제 말을 못 믿으십니까?"

"당신에겐 안된 사실이오." 미간을 찌푸린 드파르주가 앞만 응시하며 말했다.

"전 정말 혼란스럽습니다. 이곳의 모든 것이 전례에 없던 일이고, 너무나도 달라져 있으며, 급작스럽고 부당해서 저는 완전히 길을 잃은 기분입니다. 저를 좀 도와주시겠습니까?"

"안 됩니다." 드파르주가 계속 앞만 응시하며 말했다.

"질문 하나에는 대답해 주실 겁니까?"

---

* 당대에 발명된 단두대를 뜻한다. 발명한 자의 이름이 조셉 기요틴 박사였다.

"아마도. 질문에 달렸소. 뭔지 말해 보시오."

"제가 이토록 부당하게 끌려가는 교도소 안에서는 바깥 세상과 자유롭게 연락할 수 있습니까?"

"가 보면 압니다."

"재판이나 제 사정을 설명할 기회도 없이 제가 그냥 그곳에 갇혀 버리는 건 아니겠지요?"

"가 보면 압니다. 하지만 그게 어떻다는 거요? 예전에 다른 사람들도 더 나쁜 교도소에 비슷하게 갇혔을 텐데."

"하지만 전 누굴 가둔 적이 없습니다, 시민 드파르주."

드파르주는 대답 대신 무서운 눈빛으로 그를 쳐다보다가, 아무 말 없이 침착하게 계속 걸었다. 드파르주의 침묵이 깊어질수록 그의 마음이 부드럽게 열릴 희망은 옅어지는 듯했고―적어도 다네이는 그렇게 생각했다―그래서 그는 조급하게 말했다.

"이건 제게 더없이 중요한 일입니다(이게 얼마나 중요한지 나보다 당신이 더 잘 알 겁니다). 지금은 파리에 있는 텔슨 은행의 로리 씨께 연락을 드려야 하는데, 제가 라 포르스 교도소에 갇히게 되었다고, 다른 말 없이 간단한 그 사실 하나만 전하고 싶습니다. 그렇게 할 수 있도록 도와주시겠습니까?"

"내가 당신을 위해 해 줄 것은," 드파르주가 완고하게 말했다. "아무것도 없습니다. 나는 조국과 민중을 위한 의무가 있어요. 나는 당신에 대항하기로 그 둘 다에게 맹세했습니다. 내가 당신을 위해 해 줄 수 있는 건 아무것도 없습니다."

찰스 다네이는 더 간청해 봐야 희망이 없을 것 같았고 자존심도 상했다. 그들이 침묵 속에서 걷는 동안 그는 사람들이 길가에 죄수가 걸어 다니는 광경을 익숙하게 여기는 분위기를 신경 쓰지 않을 수가 없었다. 아이들조차 그를 대수롭지 않게 여겼다. 몇몇 사람이 고개를 돌려 쳐다보고 귀족이라 손가락질했지만, 잘 차려입은 사람이 교도소에 가는 일은 일꾼이 허드레옷을 입고 일터로 가는 것만큼이나 특별할 게 없었다. 그들이 지나간 한 좁고 어둡고 더러운 길에서는 흥분한 웅변가가 작은 의자에 올라가 왕과 왕족이 민중에게 자행한 범죄에 대해 말하고 있었다. 그자의 입술에서 나온 몇 마디를 통해 다네이는 왕이 교도소에 있고, 모든 외국 대사들이 파리를 떠났다는 사실을 처음으로 알게 되었다. 길에서 (보베를 제외하고) 그는 정말 아무 소식도 듣지 못했다. 호송대와 철저한 감시가 그를 완벽하게 고립시켰던 것이다.

자신이 영국을 떠날 당시보다 훨씬 더 위험한 상황에 부닥치게 되었음을 그도 이제는 물론 알았다. 짙은 위험이 그를 빠르게 에워쌌고 그것이 더욱더 짙어지고 더욱더 빨라질 것도 이제는 물론 알았다. 지난 며칠간 일어났던 일을 예상했다면 이 여행을 떠나지 않았을 거란 사실도 인정할 수밖에 없었다. 그러나 훗날의 행복으로 생각해 보면 그의 걱정은 보이는 것만큼 그렇게 절망적이지 않았다. 미래가 불안하다 한들 알 수 없는 것이었고, 혼돈 속에 무지한 희망이 존재했다. 이제 시계가 몇 바퀴 돌고 나면 축복받은 추수의 계절을 커다란 핏자국으로 얼룩지게 할 끔찍한 학살*이 며칠 밤낮 동안 이어지겠지만, 그에게는 마치 10만 년 후에나 일어날 것처럼 전혀 생각 밖의 일이었다. '새로 태어난 날카로운 여자, 라 기요틴'은 그에게도, 대중에게도 생소한 이름이었다. 곧 벌어질 끔찍한 일들은 나중에 그 일을 하게 될 사람들의 머릿속에서도 상상하기 어려웠을 것이다. 어떻게 이런 일들이 온화한 사람의 모호한 구상 속에 자리 잡게 된 것일까?

구금 속 부당한 대우와 고생, 또 아내 그리고 아이와의 잔인한 이별. 이미 예상했거나 확신했던 일이었지만 이보다 더 두려운 것은 없었다. 암울한 교도소 마당에 들어설 때 그가 한 생각 중 하나였다. 그렇게 다네이는 라 포르스 교도소에 도착했다.

얼굴이 퉁퉁 부은 남자가 튼튼해 보이는 쪽문을 열었다.

---

* 1792년 9월 2~6일에 일어난 '9월학살'을 뜻한다. 성난 파리의 민중이 아베이, 라 포르스, 샤틀레 등 파리의 교도소를 공격해 1,000명이 넘는 죄수들이 학살당했다.

드파르주는 그에게 '망명자 에브레몽드'가 왔다고 했다.

"제기랄! 또 얼마나 더 있는 거야!" 얼굴이 부은 남자가 외쳤다.

드파르주는 그 말을 들은 척도 안 하고 인수 확인증을 받은 후, 함께 온 애국 동지들과 물러났다.

"제기랄, 뭐야!" 간수가 아내에게 투덜댔다. "또 얼마나 더 있는 거냐고!"

그 질문에 할 대답이 없었던 간수의 아내는 다만 이렇게 말했다. "여보, 참아요!" 그녀가 울린 종에 나타난 간수 세 명도 비슷한 감정을 토로했고, 그중 한 명은 "도대체 자유의 이름으로 말이야"라고 덧붙였다. 이곳에 어울리지 않는 말이었다.

라 포르스 교도소는 암울한 곳이었다. 어둡고, 더럽고, 잠자리에서는 지독한 냄새가 났다. 관리가 잘 안 되는 곳에서 역겨운 죄수들의 잠자리 냄새는 어쩌면 이렇게 빠르고 확실하게 번져 가는지!

"게다가 '비밀로'라니." 서류를 보던 간수가 투덜거렸다. "교도소가 벌써 미어터지려고 하는데 말이야!"

그는 씩씩거리며 서류를 서류철에 넣었고, 찰스 다네이는 반 시간 더 그를 기다려야 했다. 천장이 튼튼한 아치형 방에서 이리저리 오가기도 하고, 돌로 만들어진 바닥에 앉아 쉬기도 했다. 그는 간수 대장과 부하들의 기억에 남을 정도로 오래 기다렸다.

"따라와라!" 간수 대장이 마침내 열쇠를 챙기며 말했다. "나를 따라와라, 망명자."

교도소의 어스름한 불빛 속으로, 그는 새로운 간수와 함께 복도와 계단을 지나 수많은 문을 철커덕 열었다가 또 잠그며 지나갔다. 마침내 넓고 천장이 낮은 방에 도착했는데, 그곳에는 남녀 죄수들이 한데 모여 바글거렸다. 여자들은 긴 탁자에 앉아 독서를 하거나 글을 쓰거나 뜨개질이나 바느질을 하거나 수를 놓고 있었다. 남자들은 대부분 여자들이 앉은 의자 뒤에 서 있거나 방 안을 어슬렁거렸다.

죄수를 생각하면 본능적으로 치졸한 범죄와 수치를 떠올리던 신참은 이 무리를 보고 흠칫 놀랐다. 그러나 앞으로 그가 오랫동안 겪어야 할 비현실성의 정점을 찍은 것은 바로 그들이 즉시 일어나 그를 맞이했다는 사실이었다. 그들은 그 시절 알려진 온갖 기품 있고 우아한 태도와 세련된 예의범절을 갖추고 있었다.

교양 있는 세련된 모습은 교도소의 습관과 암울함으로 기이하게 탁해졌고, 어울리지 않는 누추함과 불행 가운데 서 있는 그들의 모습은 유령같이 흐릿해 찰스 다네이는 마치 망자들과 함께 서 있는 기분이 들었다. 그들 모두가 유령이었다! 아름다움의 유령, 당당한 위엄의 유령, 기품의 유령, 자부심의 유령, 경박함의 유령, 재치의 유령, 젊음의 유령, 세월의 유령 등, 그 모두가 이 황량한 해안에서 풀려나길 기다리고 있었다. 이곳에 끌려와 겪은 죽음으로 변해 버린 그들의 눈은 모두 다네이를 향했다.

충격을 받은 그는 움직일 수 없었다. 자신을 데려온 간수는 옆에 서 있었고 다른 간수들도 이곳저곳 어슬렁거리고 있었다. 그들은 늘 하던 일을 충분히 잘 수행하고 있었지만, 그곳에 있던 슬픔에 잠긴 어머니들과 젊고 아름다운 딸들—애교가 넘치는 젊고 아름다운 유령과 좋은 가문의 성숙한 여인의 유령—에 비해 과하게 거칠어 보였다. 환영의 광경이 보여준 모든 가능성과 경험이 거꾸로 뒤집혀 버린 듯한 부조리함은 극에 달했다. 그들은 분명 모두 유령들이었다. 그의 길고 기이했던 여정에서 진행된 어떤 질병이 그를 이 암울한 그늘로 데리고 온 것이 분명했다!

"이곳에서 같은 불행을 마주하며 모인 모든 사람의 이름으로," 고상해 보이는 모습과 말투의 신사가 앞으로 나오며 말했다. "라 포르스에 오신 당신을 환영하며 우리에게 당신을 데려온 재앙에 위로를 표할 수 있어 영광입니다. 곧 행복하게 마무리되기를! 다른 곳에선 아니더라도 이곳에서 귀하의 이름과 처지를 물어보는 것은 무례가 아니겠지요?"

찰스 다네이는 다시 정신을 차리고 질문에 최대한 적합하게 생각되는 말들로 대답했다.

"그렇습니까." 신사는 방을 어슬렁거리는 간수 대장을 눈으로 좇으며 말했다. "그러나 설마 '비밀로' 수감되시는 건 아니겠죠?"

"그 말이 무슨 뜻인지는 모르겠으나 저들이 그렇게 말하는 걸 들었습니다."

"아, 정말 안된 일이군요! 무척 안타깝게 생각합니다! 그러나 용기를 가지세요. 처음에 저희 모임에서도 몇 분이 '비밀로' 수감된 적이 있었는데, 금방 끝나는 일입니다." 그는 목소리를 높여 덧붙였다. "여러분, 이런 소식을 전하게 되어 유감입니다……. '비밀로'랍니다."

찰스 다네이가 간수가 서 있는 창살문을 향해 방을 가로질러 걷는 동안 그를 동정하는 수군거림이 들려왔다. 많은 목소리가─부드럽고 연민 넘치는 여인들의 목소리가 두드러졌다─그에게 행운과 용기를 빌어 주었다. 그가 창살문 앞에서 뒤돌아 마음에서 우러난 감사를 전하고 난 다음 간수의 손에 문이 닫혔다. 그렇게 유령들은 그의 눈앞에서 영원히 사라졌다.

돌계단으로 향하는 쪽문을 통해 두 사람은 위로 올라갔다. 그들이 계단 마흔 개쯤 올라갔을 때(수감된 지 30분 된 죄수는 벌써 계단을 세고 있었다) 간수가 낮은 검은 문을 열었고, 그들은 독방으로 들어섰다. 그곳은 춥고 눅눅했지만 어둡지는 않았다.

"여기다." 간수가 말했다.

"왜 저는 혼자 수감됩니까?"

"그걸 내가 어떻게 알아!"

"혹시 펜과 잉크, 종이를 살 수 있습니까?"

"그런 명령은 받은 적이 없다. 누가 면회 오면 그때 물어봐. 지금 살 수 있는 건 음식뿐이니까."

감방에는 의자, 탁자 그리고 짚 더미로 만든 침대가 있었다. 집기와 사방의 벽을 간수가 대충 살펴보는 동안 반대편 벽에 기대선 죄수의 머릿속에 이런저런 공상이 떠올랐다. 아파 보일 정도로 얼굴과 몸이 부어오른 간수가 물에 잔뜩 불은 익사체 같다는 생각도 했다. 간수가 나간 뒤에도 그의 공상은 이어졌다. '이제 혼자 남았군. 죽은 사람처럼.' 그 생각에 발걸음을 멈추고 침대의 짚 더미를 내려다본 그는 속이 메스꺼워졌다. '죽음을 맞은 육신 위에 처음에 저런 것들이 기어 다니겠지.'

"가로로 다섯 걸음 그리고 세로로 네 걸음 반, 가로로 다섯 걸음, 세로로 네 걸음 반." 죄수는 감방 안을 이리저리 걸으며 길이를 측정했다. 밑에서 나직한 북소리에 거친 목소리가 더해진 듯한 도시의 함성이 울려왔다. "그는 구두를 만들었지, 구두를 만들었지, 구두를 만들었지." 마네트 박사의 생각을 떨쳐 버리려고 죄수는 다시 한번 방의 폭과 길이를 측정하며 더 빨리 걸었다. "쪽문이 닫히면서 사라진 유령들 중에 검은 옷을 입은 아가씨가 보였다. 창가에 몸을 기대고 있었지. 그녀의 금발에 창문에서 들어오는 빛이 닿아 부서지고 그녀는 누군가를 닮아……. 다시 달려가야 한다, 오 하느님, 사람들이 잠들지 않고 환하게 밝혀진 마을로! ……그는 구두를 만들었지, 구두를 만들었지, 구두를 만들었지……. 가로로 다섯 걸음 그리고 세로로 네 걸음 반." 마음의 심연에서 생각의 조각이 굴러다니고 튕겨져 죄수는 더 고집스럽게 수를 세고 더 빨리 걸었다. 도시의 함성은 이제 달라졌다. 여전히 나직한 북소리였지만, 그 속에서 들려오는 건 그가 아는 이들의 구슬픈 울음소리였다.

제2장
숫돌

생제르맹* 구역에 위치한 텔슨 은행은 커다란 저택의 부속 건물이었다. 튼튼한 대문과 높은 담장으로 둘러싸여 도로와 차단된 안뜰을 통해서만 들어갈 수 있었다. 권세 높은 한 귀족이 살던 저택이었지만, 이 난리 통에 그는 요리사의 옷을 입고 변장한 채 국경을 넘어 망명했다. 그 귀족은 이제 사냥꾼에게 쫓기는 짐승으로 전락했지만, 영혼만은 아직 세 명의 건장한 하인과 한 명의 요리사가 입술에 초콜릿을 떠 먹여 주던 앞서 등장한 그 귀족 나리였다.

나리는 사라졌고, 세 명의 건장한 하인들은 높은 봉급을 받았던 죄를 면제받기 위해 기꺼이 당장이라도 그의 목을 베어 자유, 평등, 박애가 아니면 죽음을 달라고 외치며 단결한 공화국의 제단에 바치겠다고 나섰다. 민중은 나리의 저택을 압류했다가 끝내 몰수했다. 모든 것이 빠르게 움직이는 동안 법령이 꼬리에 꼬리를 물고 발효되었다. 가을에 접어든 9월의 셋째 밤, 법을 집행하는 애국 시민들이 나리의

---

* 파리의 중심부 구역. 18세기 당시 귀족들이 모여 사는 부촌이었다.

저택을 손에 넣고는, 저택을 삼색으로 표시하고 고급스러운 응접실에서 브랜디를 마시고 있었다.

텔슨 은행의 런던 지점이 만약 파리 지점과 같은 상황이었다면, 대표는 곧 정신이 나가 은행을 〈가제트〉지*에 맡겨버렸을 것이다. 텔슨 은행의 엄숙하고, 점잖고, 책임감 있는 영국 신사들이 은행 안뜰에 있는 오렌지 나무● 화분이나 창구 밑에 새겨진 큐피드 따위를 보고 무슨 말을 할 수 있었겠는가? 그러나 파리 지점은 그랬다. 텔슨 은행은 큐피드를 흰 페인트로 덮어 가리려 했지만, 여전히 천장에 달려 가벼운 아마포를 두르고 아침부터 밤까지 활로 (그가 종종 사랑을 겨누듯) 돈을 겨냥하고 있었다. 런던의 롬바드 거리◆였다면, 이런 이교도 소년이나 그 뒤 커튼으로 장식된 벽감과 벽 거울 그리고 틈만 나면 공공장소에서 춤을 추려 하는 젊은 직원들이 은행을 필연적으로 파산시켰을 것이다. 그러나 텔슨 은행의 파리 지점은 이런 악조건에서도 훌륭히 운영되고 있었다. 상황이 통제될 정도로 유지되는 한, 겁을 먹고 돈을 빼내려는 사람은 아무도 없었다.

앞으로 얼마나 많은 돈이 텔슨 은행에서 빠져나갈지, 얼

---

* 영국 정부가 공식적으로 발행하는 관보인 〈런던 가제트〉를 뜻한다. 파산을 하려면 여기에 공고를 실어야 했다.
● 당시 오렌지 나무는 프랑스의 정원과 궁전에서 흔히 볼 수 있는 대표적인 정원수였다.
✦ 런던 중심의 거리. 많은 은행이 늘어서 있어 영국 금융의 중심지였다.

마나 버려지고 잊힌 채 계좌에 남을지, 예금자들이 교도소에서 썩어 가고 잔혹하게 살해될 동안 얼마나 많은 은기와 보석이 텔슨 은행의 금고에서 변색될지, 얼마나 많은 계좌가 이생에서 정산되지 못하고 다음 생으로 이월될지, 이 모든 것을 아는 사람은 그날 밤 아무도 없었다. 자비스 로리 씨도 마찬가지였지만 그는 이런 문제들을 심각하게 생각해 보던 차였다. 그는 막 불을 지핀 장작불 옆에(황폐했던 흉년의 추위는 때 이르게 찾아왔다) 앉아 있었다. 그의 정직하고 대담한 얼굴 위로 그리고 방 안의 모든 사물 위로 천장의 등불이 드리울 수 있는 것보다 더 짙은 그늘이 드리워 있었다. 그것은 공포의 그림자였다.

그는 단단한 뿌리의 담쟁이덩굴처럼 자신도 일부가 되어 버린 회사에 대한 충성심으로 은행의 사무실에서 지냈다. 주 건물인 저택을 점령한 애국 시민을 염려하던 은행에 든든한 보완책이 된 셈이지만, 마음이 진실한 노신사는 결코 그런 계산은 하지 않았다. 이런 모든 상황에 신경 쓰지 않고 자신의 임무를 다할 뿐이었다. 안뜰 반대편에 있는 주랑 아래는 마차가 들어올 수 있는 넓은 장소가 있었다. 나리의 마차 몇 대도 아직 그곳에 남아 있었다. 늘어선 기둥 중 두 개에 커다란 횃불이 고정된 채 달려 있었는데, 그 불빛에 먼저 눈에 들어오는 것은 넓은 마당에 놓은 거대한 회전 숫돌이었다. 근처 대장간이나 공방에서 급하게 가져온 듯 엉성하게 설치된 도구였다. 자리에서 일어나 창문으로 이 무해한 도구를 바라보던 로리 씨는 몸을 떨며 다시 의자에 앉았다. 열어 두었던 유리창과 바깥의 격자창을 모두 다시 닫은 그의 몸이 계속 떨렸다.

높은 담장과 튼튼한 대문 밖 거리에서 들려오는 소리는 늘 그렇듯 어둠이 내린 도시의 흥얼거림이었지만 그 사이로 가끔 형언할 수 없이 기이하고 섬뜩한 쇳소리가 들려왔다. 어떤 끔찍하고 예사롭지 않은 상황에서 비롯된 소리가 천국으로 올라가는 것 같았다.

"오늘 밤," 로리가 두 손을 모으며 말했다. "내가 사랑하는 가까운 지인들 중 그 누구도 이 무시무시한 도시에 없어서 얼마나 다행인지. 위험에 처한 모든 사람에게 하느님의 자비가 있기를!"

얼마 지나지 않아 커다란 대문의 초인종이 울렸고, 그는 앉아서 귀를 기울이며 생각했다. "저들이 돌아왔구나!" 그러나 그가 예상했던 것처럼 안뜰로 시끄럽게 몰려드는 소리는 없었고, 다만 다시 대문이 닫히는 소리가 들리고 이어 모든 것이 조용해졌다.

그를 엄습한 불안과 두려움은 은행에 대한 막연한 걱정을 불러일으켰다. 큰 변화를 마주했을 때 그런 감정들과 함께 자연스럽게 떠오를 만한 걱정이었다. 은행은 잘 지켜지는 상태였다. 믿을 만한 사람들과 가까이 있으려고 그가 막 자리에서 일어났을 때, 갑자기 문이 벌컥 열리고 두 사람이 뛰어들어왔다. 그 모습에 로리는 깜짝 놀라 뒤로 물러섰다.

바로 루시와 그녀의 아버지였다! 루시는 그를 향해 두 팔을 뻗었다. 예전처럼 진심 어리고 심각한 그녀의 표정은 강렬하고 결연했다. 그녀의 인생 중 바로 지금, 이 순간에 그 힘과 능력을 발하기 위해 얼굴에 각인된 표정 같았다.

"이게 다 뭡니까?" 숨이 가쁘고 혼란스러운 로리 씨가 외쳤다. "무슨 일이에요? 루시! 마네트 박사! 무슨 일로 온 거요?"

눈은 계속 그를 향한 채, 창백하게 질린 그녀가 로리의 팔에 안겨 가쁜 숨을 몰아쉬며 애원했다. "오, 로리 아저씨, 제 남편을 어떡하면 좋아요!"

"루시, 남편이라니?"

"찰스 말이에요."

"찰스가 왜?"

"여기에 와 있어요."

"여기, 파리에?"

"이곳에 온 지 벌써 며칠 되었어요—사흘, 나흘인지—며칠인지 잘 모르겠어요……. 생각이 정리되질 않아요. 우리도 모르지만 누군가를 돕기 위해 이곳에 온 거예요. 그런데 관문에서 검문을 당하고 교도소로 보내졌어요."

노신사는 터져 나오는 신음을 참을 수 없었다. 거의 같은 순간, 커다란 대문의 초인종이 다시 울리고 요란한 발소리와 목소리가 안뜰로 몰려왔다.

"무슨 소리요?" 마네트 박사가 창문 쪽으로 몸을 돌렸다.

"보면 안 돼요!" 로리 씨가 외쳤다. "보지 마세요, 마네트 박사. 제발, 창문을 건드리지 마세요!"

손을 창문 고리에 얹은 채 돌아본 박사가 차갑고 담대한 미소를 지으며 말했다.

"친애하는 벗이여, 난 이 도시에서 저주받은 삶을 살았어요. 바스티유의 죄수였지. 파리의—파리? 아니 프랑스 전역의—애국 시민이라면 바스티유의 죄수였던 나를 격렬한 승리의 기쁨으로 포옹하거나 둘러업지, 건드리진 않을 거요. 나의 옛 고통은 우리가 관문을 통과하게 하고 찰스의 소식까지 들으며 이곳에 올 수 있는 힘을 줬어요. 모든 위험에서 찰스를 구해 낼 수 있는 게 나라는 걸 내가 잘 압니다. 루시에게도 말했죠. 저 소리는 뭡니까?" 그가 다시 창문에 손을 올렸다.

"보지 마시오!" 로리 씨가 처절한 절박함으로 외쳤다. "안 돼, 루시, 너도 안 된다!" 그는 그녀를 팔로 둘러 붙잡았다.

"너무 두려워 마라, 얘야. 내가 엄숙히 맹세하건대 찰스가 다칠 만한 일을 전하는 소식은 전혀 없었단다. 그래서 그가 이 위험천만한 곳에 있는지도 몰랐지. 어느 교도소에 있느냐?"

"라 포르스요!"

"라 포르스 교도소라니! 루시, 네가 네 인생에서 용감하고 유용한 사람이라면―늘 그랬지만―지금은 마음을 가라앉히고 내 말을 잘 들어야 한다. 네가 생각할 수 있는 것보다 그리고 내가 말할 수 있는 것보다 훨씬 많은 문제가 달린 일이란다. 오늘 밤에는 네가 뭘 하든 아무 소용이 없을 거고, 밖에 나가서도 안 된다. 내가 지금 이 말을 하는 건, 찰스를 위해 지금 네가 해야 할 일이 그 무엇보다 어려운 일이기 때문이란다. 루시야, 지금 당장 내 말을 듣고, 조용히, 가만히 있어야 한다. 내가 널 뒤에 있는 방에 데려다주마. 아버지와 내가 2분 동안만 단둘이 있도록 해 줘야 해. 생사가 달린 문제니, 지체할 수 없어."

"시키는 대로 하겠어요. 아저씨의 얼굴을 보니 제가 할 수 있는 건 그게 전부라는 걸 알겠어요. 아저씨의 말이 사실이라고 믿어요."

노인은 그녀에게 입 맞추고, 다른 방으로 급히 들여보낸 후 문을 잠갔다. 그런 다음 다시 박사에게 돌아와 창문을 열고 격자창은 조금만 연 후, 박사의 팔에 자신을 손을 얹고 함께 창문 너머로 안뜰을 바라보았다.

남녀가 뒤섞인 무리였다. 40~50명밖에 되지 않아 안뜰을 메우기엔 그 수가 턱없이 부족했다. 저택을 점령 중인 사람들이 그들을 대문 안으로 들이자 모두 회전 숫돌로 달려가 일을 시작했다. 숫돌은 그들의 목적에 편리하도록 일부러 외딴곳에 놓아둔 것이 분명했다.

하지만 그들은 끔찍한 일꾼들이었고, 끔찍한 일을 저지르고 있었다!

숫돌에 달린 이중 손잡이를 두 남자가 미친 듯이 돌렸다. 격렬하게 회전하는 숫돌에 그들이 얼굴을 들 때마다 긴 머리가 뒤로 젖혀졌는데, 그때마다 어떤 야만적인 분장을 한 미개인들보다 더 끔찍하고 잔인한 얼굴이 드러났다. 가짜 눈썹과 가짜 콧수염을 붙인 그들은 피와 땀에 절어 흉측한 몰골로 고함을 지르며 짐승 같은 흥분과 수면 부족으로 눈을 번득였다. 악당들이 숫돌을 돌리고 또 돌리는 동안 그들의 끈적거리는 머리카락은 이제 눈 위에서 목 뒤로 흔들렸다. 입에 포도주를 대 주는 여인도 몇몇 보였다. 떨어지는 핏방울과 포도주 그리고 숫돌에서 튀는 불꽃이 주위의 대기를 피와 불로 가득 채웠다. 무리 중에 피로 얼룩지지 않은 사람은 한 명도 없었다. 숫돌 갈 차례를 기다리며 어깨를 맞대고 있던 남자들은 웃통을 벗었고 사지와 몸엔 온통 핏자국이었다. 온갖 종류의 넝마를 걸친 자들은 넝마에 핏자국이 가득했고, 여자들의 레이스, 실크, 리본 등으로 악귀같이 치장한 남자들은 그 장식에 핏자국이 가득했다. 숫돌에 벼릴 손도끼, 칼, 총검, 긴 검 또한 모두 핏자국으로 붉게 빛났고 날이 무뎌진 검 몇 자루는 그들의 손목에 아마포나 드레스 조각으로 만든 끈으로 묶여 있었다. 끈의 종류는 다양했으나 깊게 물든 얼룩은 한 가지 색이었다. 광폭한 무기의 주인들이 붉은 불꽃이 튀는 숫돌에서 무기를 잡아채어 거리로 뛰쳐나갈 때, 그들의 광기 어린 눈에도 붉게 핏빛이 어렸다. 아직 짐승처럼 타락하지 않은 자들이 봤다면, 그들을 총 쏘아 죽여 줄 사람에게 20년의 수명이라도 바쳤을 것이다.

익사 직전 눈앞에 주마등이 스치듯, 혹은 큰 변화에 직면한 사람의 눈앞에 세상이 펼쳐지듯 이 모든 것이 한순간에 눈에 들어왔다. 그들은 창문에서 물러났다. 마네트 박사는 설명을 구하듯 창백해진 친구의 얼굴을 바라보았다.

"저들은," 로리 씨가 문이 잠긴 방을 두려운 눈으로 둘러보며 목소리를 낮췄다. "죄수들을 죽이고 있어요. 당신이 말한 바가 확실하다면, 정말 그런 힘이 있다고 생각한다면—나도 그렇게 믿고 있지만—저 악마들에게 당신을 알리고 라 포르스로 데려다 달라고 하세요. 너무 늦었을지도 모릅니다, 그러나 1분도 더 늦어지면 안 됩니다!"

마네트 박사는 그의 손을 꼭 잡았다가, 모자도 쓰지 않은 채 서둘러 방에서 나갔다. 로리 씨가 가리개를 젖혀 밖을 보았을 때 그는 이미 안뜰에 가 있었다.

그는 휘날리는 백발, 비범한 얼굴, 물병을 챙기듯 무기를 차는 패기 넘치는 모습으로 단숨에 숫돌을 둘러싼 소란의 중심으로 뛰어들었다. 잠시의 정적 후 빠른 술렁임이 일었고 알아들을 수 없는 그의 목소리가 들려왔다. 그다음 로리 씨가 본 것은 사람들에게 둘러싸인 그가 어깨와 어깨를 맞대고 또 어깨와 손을 맞대고 일렬로 선 스무 명의 남자들 가운데에서 서둘러 나가며 이렇게 외치는 모습이었다. "바스티유 죄수 만세! 라 포르스에 있는 바스티유 죄수의 친척을 도와라! 바스티유 죄수가 나가신다, 길을 비켜라! 라 포르스의 죄수 에브레몽드를 구하라!" 화답하며 외치는 수천 개의 목소리도 함께였다.

그는 두근거리는 가슴으로 가리개를 닫고 루시에게 달려가, 아버지가 사람들의 도움을 받아 남편을 찾으러 갔다고 말해 주었다. 그때 루시는 아이와 미스 프로스와 함께 조용히 앉아 있었는데, 로리는 이들과 함께 한참 동안 가만히 앉아 있다가 나중에야 그들이 함께 온 사실에 놀라워했다.

그때쯤 루시는 이미 로리의 손에 매달린 채 발치에 쓰러져 혼절한 상태였다. 미스 프로스가 그의 침대에 루시를 눕히자, 잠들어 있는 예쁜 아이 옆 베개 위로 그녀의 머리가 천천히 떨어졌다. 오, 가여운 아내의 구슬픈 신음이 들려오는 길고 긴 밤이여! 아버지는 돌아오지 않고 소식도 없을 길고 긴 밤이여!

어둠 속에서 대문의 초인종이 두 번 더 울렸고, 사람들이 다시 몰려와 숫돌이 회전하며 불꽃을 튀겼다. "무슨 소리죠?" 공포에 질린 루시가 외쳤다. "쉿! 여기서 군인들이 칼을 가는 거야." 로리 씨가 말했다. "이곳은 국가 소유라, 일종의 무기고 역할도 하고 있단다, 애야."

두어 번 더 그런 소리가 들려왔으나 덜 소란스럽고 간헐적이었다. 곧 날이 밝아 왔고, 그는 자신을 붙들고 있던 손을 살며시 떼어 놓고 조심스럽게 밖을 내다보았다. 시체로 덮인 전장에서 겨우 의식을 되찾은 부상당한 병사인 양, 핏자국으로 뒤덮인 남자가 숫돌 옆 돌바닥에서 일어나 멍한 표정으로 주위를 두리번거리고 있었다. 곧 이 피곤한 살인자는 희미한 불빛 아래 나리의 마차 중 한 대를 발견했다. 비틀거리며 수려한 마차로 걸어간 그는 안으로 들어가서 문을 닫고는, 우아한 쿠션에 기대어 휴식을 취했다.

로리 씨가 다시 내다보았을 때 거대한 숫돌 같은 지구는 이미 한 바퀴 돌아 태양이 안뜰 위로 붉게 빛나고 있었다.

하지만 그보다 작은 숫돌은 고요한 아침 공기 속에 홀로 서 있었다. 그 위의 붉은빛은 태양이 준 것이 아니었고, 태양이 결코 걷어 갈 수도 없을 것이었다.

제3장
그림자

은행 영업시간이 시작되고 로리 씨의 직업 정신에 제일 먼저 떠오른 생각 중 하나는 바로 이것이었다. 그는 수감된 망명자의 아내를 은행 지붕 아래 머물게 함으로써 텔슨 은행을 위험에 처하게 할 권리가 없었다. 자신의 소유물, 안전, 목숨이었다면 그는 루시와 그녀의 아이를 위해 기꺼이 내놓았을 것이다. 그러나 그가 맡은 거대한 책임은 그의 것이 아니었고, 일에 관해서 그는 철저한 직업인이었다.

처음에, 그의 생각은 드파르주에게 쏠렸다. 다시 술집을 찾아가 가게 주인과 이 혼란스러운 도시 속에서 가장 안전한 거처를 상의할 생각이었다. 그러나 바로 같은 생각 때문에 그를 만나기가 꺼려졌다. 드파르주는 가장 위험한 구역에 살았고 그곳에서 영향력을 행사하는 사람이 분명하므로 위험한 일에 깊숙이 관여되어 있을 터였다.

정오가 되어 가도 마네트 박사는 돌아오지 않았고, 1분 1초가 늦어지는 순간마다 텔슨의 안전이 위협을 받았다. 로리 씨는 루시와 의논했다. 그녀는 아버지가 이 구역에서 은행과 가까운 곳에 단기로 묵을 방을 얻자고 한 적이 있다고 말했다. 반대할 만한 직업상의 이유도 없었고, 또 찰스의 일이 잘되어 풀려난다고 해도 도시를 떠나기는 힘드리라 생각한 로리 씨는 밖으로 나가 조건에 맞는 숙소를 알아보았다. 그가 찾은 적당한 곳은 길에서 조금 떨어진 쓸쓸하고 네모난 건물의 높은 층에 있는 숙소였다. 모든 창문에 드리운 가리개가 그 건물이 버려진 집이라는 표시였다.

그는 곧바로 루시와 아이 그리고 미스 프로스를 은행에서 데리고 나와 새로운 숙소로 안내하고 그가 할 수 있는 모든 그리고 그가 줄 수 있는 것보다 더 큰 위로를 전했다. 그는 제리를 그들에게 남겨 두어 그가 숱하게 머리를 부딪힐 문 입구를 지키게 한 후, 다시 일자리로 돌아갔다. 혼란스럽고 슬픈 마음에 빠져 돌아온 그의 하루는 느리고 무겁게 흘러갔다.

시간이 지날수록 그도 지쳐 갔고, 마침내 은행이 문 닫을 시간이 됐다. 어젯밤처럼 다시 홀로 방에 있던 그가 다음에 뭘 해야 할지 생각하던 차, 계단을 오르는 발소리가 들려왔다. 몇 분 뒤 한 남자가 그의 앞에 나타났다. 날카롭게 관찰하는 동안 남자가 그의 이름을 불렀다.

"그게 접니다." 로리 씨가 말했다. "절 아십니까?"

다부진 몸에 갈색 고수머리 남자는 마흔다섯에서 쉰쯤

되어 보였다. 그는 질문에 대답하는 대신 방금 들은 말을 어조 하나 틀리지 않고 반복했다.

"절 아십니까?"

"우리 만난 적이 있지요."

"아마 제 술집에서요?"

갑자기 엄청난 관심이 생겨 흥분한 로리 씨가 말했다. "마네트 박사가 보냈습니까?"

"네, 마네트 박사님이 보내셨습니다."

"박사가 보내는 전갈이 뭡니까? 제게 뭘 보냈나요?"

드파르주가 불안해하는 그의 손에 쪽지 한 장을 건네주었고 거기에는 박사의 필체로 이렇게 쓰여 있었다.

찰스는 무사합니다만 나는 아직 안전하게 나갈 수가 없습니다. 찰스가 아내에게 쓴 짧은 편지를 전령에게 전해도 된다는 허락을 받았으니 전령을 찰스의 아내에게 안내하세요.

라 포르스에서 보낸 지 한 시간이 채 안 되는 쪽지였다.

"절 따라오시겠습니까?" 로리 씨는 쪽지를 큰 소리로 읽은 후 안심이 되어 기쁘게 말했다. "그의 아내가 머무는 곳으로 안내하겠습니다."

"그러죠." 드파르주가 대답했다.

드파르주가 이상할 정도로 침착하고 기계적으로 말한다는 사실을 아직 알아채지 못한 로리 씨는 모자를 쓰고 안뜰로 나갔다. 그곳에서는 두 여자가 뜨개질하며 기다리고 있었다.

"아니, 드파르주 부인 아닙니까!" 로리 씨가 말했다. 드파르주 부인은 그가 약 17년 전 마지막으로 본 그 모습 그대로였다.

"맞습니다." 그녀의 남편이 대답했다.

"부인도 우리와 함께 가십니까?" 그녀도 남자들을 따라 움직이는 모습을 본 로리 씨가 물었다.

"네. 제 아내가 얼굴을 직접 봐야 누군지 알아볼 수 있으니까요. 그들의 안전을 위한 겁니다."

드파르주의 태도가 이상한 것을 눈치채기 시작한 로리 씨는 그를 의심스럽게 바라보며 앞장섰다. 따라가는 여자 두 명 중 한 명은 복수의 여신이었다.

그들은 최대한 빨리 거리를 지나 새로운 거처의 계단을 올라갔다. 그곳에서 제리와 인사하고, 혼자 흐느끼고 있는 루시를 만났다. 로리 씨가 전해 준 찰스의 소식에 그녀는 뛸 듯이 기뻐하며 쪽지를 전해 준 자의 손을 꼭 잡았다. 전날 밤 그 손이 무슨 짓을 했는지 모른 채, 운이 좋지 않았다면 그녀의 남편에게 무슨 짓을 저질렀을지도 모른 채 말이다.

사랑하는 루시…… 힘을 내요. 나는 잘 지내고 있어요.
당신 아버지의 영향력이 도움이 됩니다. 답장은 하지 말아
요. 나 대신 우리의 아이에게 입 맞춰 주세요.

이렇게 쓰인 것이 전부였으나 쪽지를 전해 받은 그녀는
너무나 벅찬 나머지, 드파르주로부터 그의 아내에게로 돌아
서서 뜨개질을 하고 있던 그녀의 손에 입을 맞췄다. 그것은
열정, 사랑, 감사, 자매애가 담긴 입맞춤이었지만 화답은 돌
아오지 않았다. 그녀는 손을 차갑고 무겁게 떨어뜨리고 다
시 뜨개질에 열중할 뿐이었다.

그 순간 뭔가 느낀 루시가 멈칫했다. 목에 손을 두른 채
품에 편지를 넣다 말고 얼어 버린 그녀는 두려운 눈으로 드
파르주 부인을 쳐다보았다. 그 치켜뜬 눈썹과 이마에 드파르
주 부인이 차갑고 냉담한 표정으로 반응했다.

"루시." 로리 씨가 두 사람 사이에 끼어들어 설명했다. "거
리에선 소동이 잦고, 사람들이 널 괴롭힐 일은 거의 없겠지
만 드파르주 부인이 그럴 때 힘이 되어 줄 수 있으니 그녀가
얼굴을 보러 온 거란다. 나중에 확인할 수 있도록 말이야."
세 명의 차가운 태도가 점점 더 신경이 쓰이던 로리 씨가 머

뭇거리며 루시를 안심시켰다. "제 말이 맞죠, 시민 드파르 주?"

드파르주가 어두운 표정으로 아내를 보다가, 대답 대신 수긍하듯 퉁명스럽게 목을 가다듬었다.

"루시, 내 생각엔," 로리 씨가 최대한 그들을 달래려는 어 조와 태도로 말했다. "여기 아이와 미스 프로스를 두고 가 는 편이 좋을 것 같구나. 드파르주 씨, 우리 미스 프로스는 영국 여인이고 불어를 전혀 모릅니다."

언급된 영국 여인은 그 어떤 외국인도 상대할 자신이 있 었다. 그녀는 불안이나 위험에 아랑곳하지 않고 팔짱을 낀 채 처음 눈이 마주친 복수의 여신에게 영어로 말했다. "뭐, 확실히 세 보이는 여자네. 안녕들 하시죠?" 그녀는 드파르주 부인에게도 영국식 헛기침을 하며 눈길을 주었지만, 두 여자 모두 그녀를 별로 신경 쓰지 않았다.

"이 아이가 딸인가요?" 드파르주 부인이 처음으로 뜨개질 을 멈추고 말했다. 그녀의 뜨개바늘이 운명의 여신의 손가 락처럼 작은 루시를 가리켰다.

"네, 부인." 로리 씨가 대답했다. "이 아이가 우리 가여운 죄수의 어여쁜 딸이고, 외동딸이죠."

드파르주 부인과 그녀 일행의 그림자가 아이 위로 너무나 위협적이고 어둡게 드리워, 어머니는 본능적으로 아이 옆에 무릎을 꿇고 아이를 품에 끌어안았다. 위협적이고 어두운 그림자는 이제 어머니와 아이 모두에게 드리웠다.

"이제 됐어요, 여보." 드파르주 부인이 말했다. "얼굴을 봤으니까 그만 갑시다."

그러나 그 침착한 태도에서도 충분히 위협이―보이거나 드러나진 않았지만 흐릿하게 숨겨진―느껴져 불안해진 루시는 드파르주 부인의 옷깃을 붙잡고 애원했다.

"제 남편을 도와주실 거죠. 해치지 않으실 거죠. 남편을 만날 수 있도록 도와주실 거죠?"

"당신 남편은 내 알 바 아니에요." 드파르주 부인이 전혀 흔들리지 않는 모습으로 그녀를 내려다보며 말했다. "내가 신경 쓰는 건 당신 아버지의 딸이에요."

"그럼 절 봐서라도, 제 남편에게 자비를 베풀어 주세요. 제 아이를 봐서라도요! 제 딸이 당신의 자비를 위해 두 손 모으고 기도할 거예요. 저희는 다른 사람들보다 당신이 더 두려워요."

드파르주 부인은 그 말을 칭찬으로 받아들이며 그녀의 남편을 바라보았다. 드파르주는 불안한 얼굴로 엄지손톱을 물어뜯다가 아내가 바라보자 다시 더 근엄한 표정을 지었다.

"당신 남편이 쪽지에 뭐라고 썼어요?" 드파르주 부인이 어두운 미소를 지으며 물었다. "영향이라, 그가 어떤 영향을 끼친다고 하던가요?"

"그건," 루시가 서둘러 품에서 쪽지를 꺼냈으나 그녀의 불안한 눈은 쪽지가 아닌 질문자를 향하고 있었다. "제 아버지가 주변에 영향력이 있다고 했어요."

"그럼 물론 풀려나겠죠!" 드파르주 부인이 말했다. "그러도록 놔둬요."

"아내와 어머니로서," 루시가 절박하고 진실한 마음을 담아 외쳤다. "저를 불쌍히 여기시고 제발 당신이 힘이 있다면 무고한 제 남편을 해치지 말고 도와주세요. 오, 자매여, 절 생각해 주세요, 아내와 어머니로서!"

드파르주 부인이 더없이 차가운 눈으로 그녀를 바라보다가, 친구인 복수의 여신을 보며 말했다.

"우리가 이 아이만큼 어렸을 때부터 그리고 더 어릴 때부터 보아 온 아내들과 어머니들을 생각해 주는 사람은 없었지? 남편과 아버지가 교도소로 끌려가 떨어져 살아야 했던 꼴을 우린 너무 자주 봤잖아? 한평생 살아오면서, 우리는 다른 자매들이 아이들과 함께 온갖 종류의 가난, 헐벗음, 굶주림, 목마름, 질병, 불행, 억압, 방치로 고통받는 걸 봤잖아?"

"우린 그런 것 말고 다른 건 본 적 없어." 복수의 여신이 대답했다.

"우린 이런 고통을 오랫동안 겪어 왔어요." 드파르주 부인이 루시에게 눈을 돌리며 말했다. "함부로 말하지 마! 이런 우리에게 한 명의 아내나 어머니의 문제가 신경이나 쓰일 것 같아요?"

그녀는 다시 뜨개질하며 나가 버렸고 복수의 여신이 그 뒤를 따랐다. 드파르주가 마지막으로 나가며 문을 닫았다.

"용기를 가지렴, 루시." 로리 씨가 그녀를 일으켜 주며 말했다. "용기를 가져야 해! 지금까지 모두 잘 풀리지 않았니⋯⋯. 다른 많은 불쌍한 영혼들보다 훨씬, 훨씬 더 좋게 말이다. 힘을 내고, 감사하는 마음을 가지자꾸나."

"감사한 마음이 없는 건 아니에요. 하지만 제 위로, 제 희망 위로 저 무서운 여자의 그림자가 드리우는 것만 같아요."

"쯧쯧!" 로리 씨가 말했다. "우리 용감한 작은 아가씨가 왜 이러실까? 그림자라니! 그런 건 실체가 없단다, 루시."

그러나 드파르주 일행의 태도에서 빚어진 그림자는 그에 게도 짙게 드리웠고, 그의 은밀한 마음속에 큰 불안을 불러왔다.

제4장
폭풍 속 고요

마네트 박사는 그가 사라진 지 나흘째 되는 아침까지도 돌아오지 않았다. 그 불안한 시간 동안 일어난 일의 대부분은 루시가 알 수 없도록 잘 숨겨졌다. 오랜 시간이 흘러 그녀가 프랑스를 떠나고 한참 후에야 그녀는 남녀노소를 불문한 1,100명의 무방비한 죄수들이 민중에 의해 나흘 밤낮에 걸쳐 살해당해 그녀를 둘러싸고 있던 공기가 학살로 얼룩져 있었다는 사실을 알게 되었다. 당시 그녀가 알았던 것은 민중이 교도소를 습격해 모든 정치범이 위험에 처했고, 사람들이 그중 몇몇을 끌어내 죽였다는 정도였다.

마네트 박사는 그럴 필요도 없었지만, 비밀을 지켜 달라는 부탁과 함께 로리 씨에게 소식을 전했다. 사람들이 그를 학살의 현장을 거쳐 데려간 곳은 라 포르스 교도소였고, 그곳에서 자체적으로 연 재판 법정에서 죄수들이 한 명씩 끌려 나와 죽임당할지, 석방될지 그리고 (드물지만) 다시 감방에 보내질지 속전속결로 판결을 받았다고 했다. 또 그가 일행들에 의해 법정에 소개되었을 때 이름, 직업 그리고 18년 동안 무고하게 바스티유에서 비밀 수감되었던 사실을 밝히자 판사석에 앉아 있던 사람이 그를 알아보았는데, 그 사람이 바로 드파르주였다고 전했다.

또 그곳에서 그는 탁자 위에 놓인 기록을 보고 사위가 살아 있는 죄수 중 한 명임을 확인하고는 법정의 판사들—몇몇은 자거나 깨어 있고, 몇몇은 살인의 흔적으로 얼룩졌거나 깨끗했고, 몇몇은 취해 있거나 맨 정신이었다—에게 사위의 목숨과 자유를 간절하게 청했다고 했다. 타도된 체제의 피해자로 널리 알려진 그는 열광적인 환대를 받았고, 무법천지의 법정으로 찰스 다네이를 소환해 심문하기로 합의를 봤다는 소식도 전했다. 그러자 그는 당장이라도 석방될 것 같았는데 갑자기 (박사도 알 수 없는) 어떤 이유로 여론이 바뀌었고 급기야 비밀회의를 하기에 이르렀으며, 의장석에 앉아 있던 남자가 마네트 박사에게 죄수를 다시 감금하는 게 불가피하지만 안전하게 보호하겠노라고 말한 것과 동시에 신호가 떨어져 죄수는 교도소 안쪽으로 끌려갔다는 소식이었다. 그러나 박사 자신이 남아 있도록 해 달라고, 그 어떤 악의나 불운에 의해서라도 사위가 살인적인 함성 속에 절차가 무시되는 저 대문 밖으로 끌려가는 일이 없도록 해 달라고 탄원한 결과, 위험이 끝날 때까지 이곳 피의 홀에 남아 있게 됐다는 말도 있었다.

짧은 식사와 잠을 번갈아 청하는 동안 그가 본 광경은 루시에게 말할 수 없는 것들이었다. 목숨을 보존한 죄수의 광기 어린 기쁨도 죄수를 토막 내어 버린 광기 어린 흉포함 못지않게 그를 놀라게 했다. 한 죄수는 자유의 몸으로 거리에 풀려났는데 착각한 야만인이 그에게 대창을 꽂아 버렸다고 했다. 가서 상처를 치료해 달라는 부탁을 받고 대문을 나선 마네트 박사도 곧 희생자들의 시신에 앉아 있던 사마리아인들의 무리에 휩쓸렸다고 했다. 이 끔찍한 악몽 속에서 그들은 괴물 같은 변덕으로 치료하는 이를 돕고 더없이 상냥한 염려로 상처 입은 자를 살핀 후—들것을 만들어 와 현장에서 그를 조심스럽게 옮기기까지 했다—곧 다시 무기를 꼬나들고 끔찍한 살육을 시작한 가운데, 박사는 두 손으로 눈을 가리다 결국 혼절해 버렸다는 말이었다.

로리 씨는 이 비밀 편지들을 읽으며 그리고 눈앞에 예순두 살이 된 친구의 얼굴을 떠올리며 이런 끔찍한 경험들이 그의 오랜 병을 다시 재발시키지 않을까 염려했다. 그러나 그의 친구의 지금 같은 모습과 성품은 그가 전혀 몰랐던 부분이었다. 처음으로 박사는 그가 겪은 고통이 이제 힘이고 권력임을 느꼈고, 그 날카로운 불속에서 자신이 사위를 가두고 있는 교도소 문을 부수고 그를 구해 낼 수 있는 철을 천천히 치련해 왔음을 처음으로 깨달았다. "결국 잘될 일이었어요, 친구여. 낭비와 파국만은 아니었지. 사랑하는 딸아이가 날 도와줘서 나 자신을 되찾을 수 있었으니, 그 아이의 가장 사랑하는 일부를 돌려놓기 위해 내가 도울 겁니다. 하늘이 날 도와주실 거요!" 그리고 마네트 박사는 그렇게 했다. 자비스 로리는 그의 불타는 두 눈, 단호한 얼굴, 침착하고 강인한 모습과 태도를 보며 그의 말을 믿었다. 여러 해 동안 시계처럼 멈췄던 그의 삶이, 멈추었던 동안 비축되고 숨어 있던 에너지로 다시 추진력을 얻어 시작되고 있었다.

당시 마네트 박사가 마주하던 일보다 더 큰 일이더라도 그의 굳은 결심 앞에서는 굴복했을 것이다. 그는 구속되었거나 자유롭거나, 풍족하거나 가난하거나, 악하거나 선하거나 상관없이 모든 인류를 아우르는 의술을 펼치며 자신의 거처에서 의사로 일했다. 그 와중에 그는 개인적인 영향력을 현명하게 활용해 곧 세 교도소의 감독 의사가 되었고, 그중 한 곳이 라 포르스였다. 그는 이제 루시의 남편이 더 이상 독방에 수감되어 있지 않고 다른 일반 죄수들과 함께 있다고 그녀를 안심시켜 줄 수 있었다. 그는 사위를 매주 만났고, 사위의 입에서 나오는 달콤한 전언들을 딸에게 전해 줄 수도 있었다. 가끔 그녀의 남편이 그녀에게 편지를 썼으나 (그러나 박사의 손으로 전할 수는 없었다) 그녀가 답장하는 것은 허용되지 않았다. 많은 사람이 교도소에서 음모가 일어나고 있다고 의심했고, 그중 해외에 친구를 만들거나 주요 인물들과 인맥을 쌓은 망명자는 가장 많이 의심받았기 때문이었다.

마네트 박사의 새로운 삶은 물론 불안한 나날이었지만, 지혜로운 로리 씨는 그 안에 새로운 자부심이 자리 잡는 모습을 보았다. 어떤 부적절한 상황도 그의 진실하고 훌륭한 자부심을 더럽힐 수 없었다. 그는 이 모든 것을 흥미롭게 바라보고 있었다. 딸과 친구의 마음속에서 그의 투옥 생활은 여태껏 그의 개인적인 고통과 결핍, 연약함과 연관되었음을 박사도 잘 알았다. 그러나 이제 달라진 상황 속에서 그는 오래된 고통을 통해 힘을 갖게 되었다. 이제는 그 힘으로 찰스의 궁극적인 안전과 석방이 이루어지길 두 사람이 바라고 있음을 알게 된 마네트 박사는 그러한 상황 변화에 무척 기뻐했다. 그는 이제 일을 주도하고 지시하며, 약해진 두 사람이 강해진 자신에게 의지하길 원했다. 루시와 그의 상대적인 위치도 역전되었지만, 그는 헌신적이었던 그녀를 돕는 일에 자부심을 느꼈기에 오로지 강렬한 감사와 애정이 동반된 역전이었다. '모두 흥미로운 일이지만,' 온화하고 지혜로운 로리 씨는 생각했다. '자연스럽고 옳은 일이야. 친구, 주도권을 잡고 앞으로도 주도권을 지키게. 자네보다 더 나은 사람은 없을 테니.'

하지만 찰스 다네이의 자유를 위한, 혹은 최소한 그를 재판에 회부하려는 마네트 박사의 끊이지 않는 수고와 노력에도 불구하고, 당시 여론은 그에게 불리한 쪽으로 강하고 빠르게 움직였다. 새로운 시대가 열렸고 국왕이 재판을 받아 사형선고를 받고 참수되었다. 자유, 평등, 박애가 아니면 죽음을 달라고 외치며 단결한 공화국은 무장한 채 세상과 맞섰다. 노트르담의 높은 첨탑에는 밤낮으로 검은 깃발이 휘날렸다. 프랑스의 땅 이곳저곳에서 지구상의 폭군들에 맞서 봉기하기 위해 30만 명의 남자들이 일어섰다. 마치 용의 이빨이 널리 뿌려져 들판, 바위, 자갈, 충적토에서, 남쪽 하늘의 맑은 하늘 아래에서, 북쪽 하늘의 구름 아래에서, 언덕과 숲에서, 포도밭과 올리브밭에서, 다듬어진 잔디밭과 옥수수 그루터기 사이에서, 넓은 강가의 풍요로운 강둑을 따라서 그리고 해변의 모래알 속에서 똑같이 열매 맺듯이. 자유의 원년에 일어난 대홍수에 맞서―위에서 떨어지는 것이 아니라 아래에서 솟아오르는, 하늘 또한 그 창문을 열지 않고 닫아 버린 그 대홍수에 맞서―한 사람의 생각이 뭘 할 수 있겠는가!

멈춤도, 연민도, 평화도, 화를 누그러뜨릴 휴식도, 시간의 측정도 없었다. 창세기처럼 낮과 밤이 규칙적으로 돌고 저녁이 되고 아침이 되어 첫째 날이 되었지만* 그 외 시간은 셀 수 없었다. 환자가 열이 끓어오르듯 국가의 열기가 끓어 오르며 시간의 개념이 무의미해졌다. 이제 이 도시의 부자연스러운 침묵을 깨고, 사형집행인이 국왕의 머리를 민중에게 보여 주었다. 그리고 거의 동시에, 8개월의 끔찍하고 불행한 시간 동안 과부가 되어 머리가 하얗게 세어 버린 그의 아름다운 아내의 머리도 보여 주었다.●

그러나 이런 사건 속에서도 기이한 모순의 법칙을 유지하며, 시간은 빠르게 불타오르면서도 느리게 흘러갔다. 수도의 혁명재판소와 전국의 4만, 5만 개의 혁명위원회, 자유나 생명의 안전을 송두리째 빼앗고 선하고 무고한 자를 악하고 죄 있는 자에게 넘길 수 있는 반혁명 혐의자법, 무고하지만 공판에 회부되지 못하는 사람들로 미어터지는 교도소 등이 질서로 확립되고 본성으로 정의되면서 몇 주 내에 익숙함으로 자리 잡았다. 무엇보다 한 흉측한 여인이 마치 이 세상이 만들어질 때부터 존재했던 것처럼 친숙하게 자리 잡았는데, 그 날카로운 여인의 이름은 라 기요틴이었다.

여인은 대중적인 농담거리였다. 라 기요틴에 입 맞추고 조그만 창문을 보며 자루에 기침하는 사람들에게는✦ 두통의

★ 구약성경 창세기 1장 5절을 인용한 것.
● 프랑스혁명이 일어나고 1793년 1월 21일에 루이 16세가 사형된 후 왕비 마리 앙투아네트도 1793년 8월 16일에 사형되었다.
✦ 단두대에서 참수되는 사람들을 말한다.

최고 치료제였고, 새치를 확실하게 막아 주고 미모를 섬세하게 가꿔 줄 뿐 아니라 수염도 바짝 잘 깎이는 국민 면도칼이라는 것이다. 인류가 변성하고 있다는 표지였다. 그것은 십자가의 위치를 넘어섰고, 사람들은 십자가 대신 그것을 목에 걸고, 십자가 대신 그것에 절하고 신봉했다.

단두대에 잘린 머리가 너무 많아, 주변 땅은 썩은 것 같은 붉은색으로 오염되었다. 그것은 어린 악마의 장난감 퍼즐처럼 분해되었다가 필요한 곳에서 다시 조립되어, 웅변가들을 침묵시키고, 힘 있는 자들을 처단하고 아름답고 선한 것을 사라지게 했다. 대중에 널리 알려진 스물두 명의 친구들 중 스물하나가 살고 하나가 죽었는데, 어느 날 아침 22분 만에 그들의 목을 모두 베어 버렸다.[*] 사형을 담당한 공무원의 이름은 구약성경에 나오는 힘센 자[•]와 같았다. 하지만 그는 더 막강한 무장을 갖추고 더 눈멀었을 뿐 아니라 하느님 예배당의 문을 매일 무너뜨리고 있었다.

이런 공포와 끔찍함 속에서도 마네트 박사는 한결같이 침착하게 걸었다. 그는 자신의 힘을 확신했고, 부단하고 신중하게 자기 일을 하며 그가 결국 루시의 남편을 구하게 될

---

[*] 온건파 지롱드의 주요 인사 22명이 로베스 피에르가 이끄는 자코뱅에 패배해 참수당했는데, 이미 자결했던 그중 한 명의 시신도 함께 참수당했다.

[•] 구약성경 사사기에 등장하는 힘센 나실인 삼손을 말하며 그는 블레셋 여인 데릴라의 음모에 빠져 눈이 뽑힌다.

것임을 결코 의심치 않았다. 그러나 시대의 물결이 깊고 거센 흐름으로 시간을 맹렬히 휩쓸고 갔기에, 마네트 박사가 침착하고 자신만만하게 움직이는 동안 찰스는 교도소에서 1년하고도 3개월째 지내고 있었다. 그해 12월, 혁명이 더 흉포하고 혼란스러워짐에 따라 밤중에 잔인하게 유기된 시체들로 남쪽의 강줄기가 막힐 지경이 되었다. 남쪽의 겨울 햇살 아래 일렬종대로 선 죄수들은 총살당했다. 그러나 전례 없는 공포 속에서도 마네트 박사는 한결같이 침착하게 걸었다. 당시 파리에서 그보다 더 유명한 사람은 없었고, 그보다 더 기이한 상황에 부닥친 사람도 없었다. 조용하고, 인간적이고, 병원과 교도소에 없어서는 안 될 사람이며 살인자와 피해자에게 동일한 의술을 펼치는 사람인 그는 단연 뛰어난 사람이었다. 그의 용모와 바스티유의 죄수였던 사정은 그를 다른 모든 의사와 구별 지어 주었다. 그가 정말 18년쯤 전에 되살아난 건지, 아니면 산 자들 사이를 떠도는 영혼은 아닌지 의문을 품는 일 외에 그를 의심하거나 심문하는 사람은 아무도 없었다.

제5장
톱장이

　1년하고도 3개월. 그 시간 동안 루시는 기요틴이 다음 날 남편의 머리를 잘라 버릴지도 모른다는 불안으로 매시간을 보냈다. 돌이 깔린 길 위로 매일 사형수 호송 마차가 사형수를 잔뜩 싣고 무겁게 덜컹거리며 나아갔다. 사랑스러운 소녀들, 갈색 머리, 검은 머리, 잿빛 머리의 화사한 여자들, 젊은이들, 건장한 남자들과 노인들, 금수저들과 흙수저들, 모두가 끔찍한 교도소의 어두운 지하에서 밝은 곳으로 끌려 나와 거리를 지나서는 라 기요틴의 게걸스러운 갈증을 달래는 붉은 포도주가 되었다. 자유, 평등, 박애, 아니면 죽음을 달라고 한다면……, 그중 죽음을 주기가 가장 쉬웠다. 오, 기요틴이여!

　소식을 기다리던 박사의 딸이 갑작스러운 재앙과 휘몰아치는 시간의 바퀴로 나태한 절망에 빠졌다면, 그녀도 소식을 기다리는 다른 수많은 사람과 별다를 게 없었을 것이다. 그러나 생탕투안의 다락에서 백발 노인을 어린 자신의 품에 끌어안은 순간부터, 그녀는 자신의 도리에 최선을 다해 왔다. 모든 침착한 충심과 선의가 그렇듯, 그녀는 고난의 시절에 더욱 자신의 도리에 충실했다.

새로운 거처에 자리를 잡고 아버지가 본업의 일과를 시작하자마자, 그녀는 마치 남편도 함께 있는 듯한 작은 보금자리를 꾸몄다. 모든 것의 자리와 시간이 정해져 있었다. 작은 루시는 영국 집에 모여 살던 때처럼 정기적으로 교육을 받았다. 그녀는 가족이 곧 함께할 것임을 보여 주는 작은 장치들—그가 언제든 돌아올 날을 위해 그의 의자와 책을 내놓는다든가—로 자신을 속이거나, 밤이 오면 죽음의 그림자와 교도소에 갇힌 수많은 불행한 영혼 중에서도 자신이 사랑하는 특별한 죄수를 위해 경건히 기도했다. 이런 일들만이 유일하게 그녀의 무거운 마음을 가볍게 해 주었다.

그녀의 외양은 크게 달라지지 않았다. 그녀와 아이가 입은 수수한 검은 드레스는 상복과 비슷했지만, 행복한 날에 입는 밝은색 옷만큼이나 잘 다려져 깔끔했다. 그녀는 혈색을 잃었고 가끔 보이던 옛날의 심각한 표정은 이제 일상이 되었다. 하지만 그걸 제외하면 여전히 곱고 아름다웠다. 가끔, 밤이 깊어 아버지께 입 맞추며 인사할 때 그녀는 하루 종일 참아 온 슬픔을 터뜨리며 하늘 아래 의지할 곳은 아버지뿐이라고 말했다. 그는 늘 단호하게 대답했다. "루시, 내가 모르는 일이 그에게 일어날 리 없다. 나는 내가 그를 구할 수 있다는 걸 안다, 루시."

그들의 달라진 삶이 몇 주 지나지 않았을 무렵, 그녀의 아버지가 어느 날 저녁 집에 돌아와 말했다.

"루시, 교도소에는 높은 창문이 하나 있는데 가끔 찰스가 오후 3시에 창문을 내다볼 수도 있단다. 그가 창문 밖을 내다볼 수 있다면―많은 불확실한 요소와 우연에 달렸지만―거리에 서 있는 널 볼 수도 있을 거야. 그러나 아가, 넌 그를 볼 수 없을 거고 혹시 보더라도 알아보는 표시를 하면 위험할 수도 있을 거다."

"오, 아버지, 그곳으로 데려가 주세요. 매일 그곳에 서 있을게요."

그때부터, 그녀는 날씨가 어떻든 그곳에서 두 시간씩 기다렸다. 시계가 2시를 칠 때 그녀는 그곳에 가 있었고, 4시를 치면 체념하고 돌아섰다. 날씨가 흐리거나 궂지 않은 날은 아이와 함께 가거나 때로는 혼자 갔을 뿐, 그녀는 하루도 빠지지 않고 그곳에 갔다.

그곳은 구불구불한 작은 길의 어둡고 더러운 구석이었다. 길 끝에 있는, 나무를 톱으로 켜서 장작으로 만드는 사람의 오두막이 유일한 집이었고 나머지는 벽이었다. 그녀가 그곳에 간 지 사흘째 되던 날, 그가 그녀를 보았다.

"안녕하세요, 시민 여인."

"안녕하세요, 시민."

이런 인사말은 법령으로 정해져 있었다. 더 착실한 애국 시민들이 얼마 전 자발적으로 정한 인사말이었지만, 이제는 모든 사람이 지켜야 할 법이었다.

"또 오셨네요, 시민 여인?"

"절 보셨군요, 시민!"

톱장이는 몸짓이 과장되고(그는 한때 도로 수리공이었다) 체구가 작은 사내였다. 그는 교도소를 흘깃 바라보며 손가락으로 가리키고, 열 손가락으로 창살을 만들어 얼굴을 가린 다음 익살스럽게 손가락 사이로 얼굴을 빼꼼 내밀었다.

"하지만 제 알 바는 아니죠." 그가 이렇게 말하고 다시 나무를 톱질했다.

다음 날 그는 그녀를 기다리다가 그녀의 모습이 보이자마자 말을 걸었다.

"아니? 또 오셨어요, 시민 여인?"

"네, 시민."

"아! 아이도 있군요! 어머니구나. 그렇지 않니, 작은 시민 여인?"

"'네'라고 대답하나요, 엄마?" 작은 루시가 그녀에게 바싹 안기며 속삭였다.

"그럼, 아가."

"네, 시민."

"아! 하지만 내 알 바는 아니지. 내가 신경 쓸 건 내 일이니까. 내 톱을 보렴! 나의 작은 기요틴이지. 랄라라, 랄라라, 아빠 머리 떨어진다!"

동시에 장작개비가 하나 떨어지고, 그는 그것을 주워 바구니 안으로 던졌다.

"나는 장작 기요틴의 삼손이란다. 여기 또 보렴! 룰루루, 룰루루, 엄마 머리 떨어진다! 자, 이제 아기란다. 간질간질, 까꿍 까꿍, 아기 머리 떨어진다! 온 가족이 모였네!"

루시는 톱장이가 장작개비 두 개를 바구니 안에 던져 넣는 모습을 보며 몸서리쳤지만, 그곳에 서서 일하는 톱장이의 눈에 띄지 않기란 불가능했다. 그래서 루시는 그의 호의를 사려고 먼저 말을 걸기도 하고, 술값을 주기도 했다. 그는 마다하지 않고 기꺼이 받았다.

그는 궁금한 게 많은 자였다. 가끔 그녀가 그를 까맣게 잊고 교도소 지붕과 창살을 올려다보며 자신의 마음을 남편에게 보내고 있다가 다시 정신을 차려 보면 그가 톱질을 멈추고 무릎을 벤치에 올린 채 쳐다보고 있었다. "하지만 내 알 바 아니지!" 그는 보통 이렇게 말하고 다시 쾌활하게 톱질을 시작했다.

겨울의 눈과 서리 속에서, 봄의 쌀쌀한 바람 속에서, 여름의 뜨거운 햇살 아래에서, 가을의 빗속에서 그리고 다시 겨울의 눈과 서리 속에서, 날씨가 어떻든 루시는 매일 그곳에서 두 시간을 보내고 매일 떠날 때마다 교도소 벽에 입을 맞췄다. 그녀의 남편은 (그녀의 아버지에 따르면) 대여섯 번 중 한 번 그녀를 보기도 하고, 두세 번 연속으로 볼 때도 있었다. 일주일이나 2주 동안 보지 못한 적도 있었다. 그러나 기회가 닿을 때마다 그가 볼 수 있다는 것만으로 충분했으며, 그 가능성 하나만으로 매일 온종일 기다릴 수도 있었다.

그렇게 시간을 보내는 동안 12월이 돌아왔고, 그녀의 아버지는 여전히 공포 속에서도 한결같이 침착하게 걸어갔다. 눈발이 흩어지던 어느 오후, 그녀는 늘 가던 골목에 도착했다. 그날은 사람들이 열광적으로 기뻐하며 축제를 하는 날이었다. 지나가는 길에 있던 집들은 작은 붉은 모자를 씌운 작은 창과 삼색 리본으로 장식됐는데, 리본에는 이런 구호가(역시 삼색 글자를 좋아했다) 적혀 있었다. "공화국의 단결, 불가분성. 자유, 평등, 박애, 아니면 죽음을!"

톱장이의 허름한 공방은 너무 작아서 이 구호를 적을 만한 자리가 충분하지 않았다. 그는 누군가에게 구호를 써 달라고 했고, 결국 '죽음'은 정말 어렵게 자리를 만들어 끼워 넣었다. 지붕 꼭대기에는 선량한 시민이라면 당연히 그래야

하듯 창과 모자를 달았고, 톱을 전시해 놓은 창문에는 '작은 성녀 기요틴'—위대한 날카로운 여인은 그때쯤에는 민중에게 성인으로 추대받았다—이라는 문구가 나붙었다. 공방의 문은 닫혔고 톱장이도 자리에 없었기에 루시는 안심하고 혼자 서 있었다.

하지만 그는 멀리 있지 않았다. 요란한 발소리와 고함이 갑자기 몰려오는게 들렸고 그녀는 두려움에 휩싸였다. 잠시 후, 한 무리의 사람들이 교도소 담장 옆 모퉁이에서 쏟아져 나왔는데 그 한가운데 복수의 여신의 손을 잡고 있는 톱장이가 보였다. 적어도 500명은 되어 보이는 사람들이 마치 5천 명의 마귀처럼 춤을 췄다. 오로지 자기들이 부르는 노래 외엔 음악은 없었다. 이가 딱딱 부딪히는 듯한 무시무시한 박자에 맞춰 혁명가를 부르며 춤을 췄다. 남자와 여자가 함께 춤추고, 여자들이 함께, 남자들이 함께, 어쩌다 모이는 대로 춤추고 있었다. 처음에는 그저 거친 붉은 모자에 거친 모직 옷을 걸친 사람들의 폭풍이었지만, 점점 사람들이 그곳으로 몰려와 루시 주변에 자리를 잡고 춤추기 시작하자 그들 사이로 무시무시한 유령이 광란의 춤을 추며 일어나는 것 같았다. 그들은 앞으로 갔다가, 뒤로 갔다가, 서로의 손을 치기도 하고, 머리를 잡기도 했다. 혼자 빙글빙글 돌다가 다른 사람을 만나면 같이 빙글빙글 돌기도 하며 사람들이 나가떨어질 때까지 계속 빙글빙글 돌았다. 나가떨어진 사람을 뒤로하고 남은 사람들은 손에 손을 잡고 빙글빙글 돌다가 원이 깨지면 그 옆에서 두 명씩 네 명씩 또 다른 작은 원이 만들어졌다. 그런가 하면 또 빙글빙글 돌다가 갑자기 멈춰 서고, 다시 시작하고, 손을 치고, 팔짱을 끼고, 멀어졌다가 다시 반대로 돌고, 그러다가 또 반대로 돌았다. 그리고 갑자기 잠시 동작을 멈추고 쉬다가, 박자를 치면서 거리의 폭만 한 너비로 행렬을 이루었다. 그 어떤 전투도 머리는 숙인 채 두 손을 번쩍 들고 고함을 지르며 달려가는 이들이 추는 춤의 반만큼도 끔찍하지 않았다. 그것은 진실로 타락한—한때 순수했지만 이제는 악마의 손에 넘어간— 춤이었다. 건강한 취미가 이제 피를 분노로 끓어오르게 하고 오감을 혼란스럽게 하며 마음을 버리는 수단이 된 것이다. 그 속에서 가끔 드러나는 우아함이, 본질적으로 선한 것이 어떻게 뒤틀리고 타락할 수 있는지 보여 줌으로써 그것을 더 흉측하게 만들었다. 그 속에서 처녀의 가슴이 드러나고, 예쁜 아이들의 머리카락이 헝클어지고, 작고 섬세한 발이 피와 진흙이 뒤섞인 진창을 짓뭉개는 모습이 뒤틀어진 시간의 한 단면을 보여 주었다.

이것이 카르마뇰*이었다. 당황하고 겁에 질린 루시가 톱

---

* 프랑스혁명 때 유행하던 춤과 노래. 당시 많이 입던 붉은색 짧은 모직 상의도 카르마뇰이라고 불렸다.

장이의 집 앞에 서 있는 동안 행렬이 지나가자, 언제 그랬느냐는 듯이 조용하게 깃털 같은 눈이 내려와 하얗고 포근하게 쌓였다.

"오 아버지!" 그녀가 손으로 가려 어둠에 감싸였던 두 눈을 들자 아버지가 옆에 서 있었다. "정말, 끔찍하고 잔인한 장면이에요."

"안다, 아가, 알고 있단다. 나도 수없이 보았지. 겁먹지 말아라! 널 해치는 자는 없을 게다."

"전 무서워서 겁먹은 게 아니에요, 아버지. 하지만 남편을 생각하면, 저 사람들이 어떻게 하기라도 하면……"

"우리가 곧 그를 저들의 손길이 닿지 않는 곳으로 올려놓을 거다. 그가 창문으로 가는 걸 보고 네게 알려 주러 왔단다. 지금 널 볼 사람은 아무도 없어. 손으로 저 높은 지붕까지 입맞춤을 날려 보내렴."

"그럴게요. 그리고 저의 영혼도 같이 날려 보내요!"

"그가 보이진 않니, 애야?"

"안 보여요, 아버지." 애타는 마음으로 흐느끼며 루시가 자신의 손에 입 맞췄다. "안 보여요."

눈을 밟는 소리가 들려왔다. 드파르주 부인이었다. "안녕하신지요, 시민 여인." 마네트 박사가 말했다. "안녕하신지요, 시민." 대답은 그게 전부였다. 그런 다음 드파르주 부인은 마치 흰 도로의 그림자처럼 사라졌다.

"팔을 다오, 아가. 그를 위해 힘을 내고 웃으며 여길 지나 가자꾸나. 잘했다." 그들은 자리를 떠났다. "우리의 노력이 쓸 모없진 않았다. 찰스는 내일 법정으로 소환될 거다."

"내일이요!"

"허비할 시간이 없다. 나는 다 준비되었지만, 그가 내일 법정에 서기 전까지는 할 수 없는, 그러나 조심히 처리되어 야 하는 일들이 있단다. 그는 소환장을 아직 받지 못했지만, 내일 분명 소환되어 콩시에르주리*로 옮겨질 거다. 방금 들 은 소식이란다. 두렵진 않니?"

그녀는 거의 대답을 할 수 없었다. "아버지를 믿어요."

"나를 완전하게 믿어라. 네 기다림도 거의 끝나 간단다, 아 가. 몇 시간 안에 그가 다시 돌아올 거야. 난 내가 할 수 있 는 모든 방법으로 그를 보호했단다. 이제 로리를 보러 가야 겠다."

마차 바퀴가 무겁게 굴러가는 소리가 들려와 그는 발길 을 멈추었다. 그들은 그 소리가 무엇을 의미하는지 잘 알았 다. 하나, 둘, 셋. 세 대의 사형수 호송 마차가 자신들의 끔찍 한 짐을 싣고 부드러운 눈길을 굴러갔다.

"로리에게 가야겠다." 마네트 박사가 반복하며 그녀와 함

★ 파리 고등법원 부속 교도소. 프랑스에서 가장 오래된 교도소이다. 프랑스혁명 때부 터 19세기까지 재판을 앞둔 죄수가 이곳으로 옮겨졌다.

께 다른 길로 방향을 돌렸다.

충실한 노신사는 여전히 자신의 의무를 다하고 있었다. 몰수되어 국가의 재산이 된 자산 문제로 그와 그의 장부들은 종종 소환되어 사용되었다. 그는 소유주를 위해 구할 수 있는 자산은 모두 구했다. 살아 있는 사람 중에 그만큼 텔슨의 자산과 비밀을 지킬 수 있는 사람은 아무도 없었다.

붉고 노란 탁한 하늘과 센강에서 피어오르는 물안개가 곧 어둠이 다가옴을 알려 주었다. 그들이 은행에 도착했을 때는 거의 어두워져 있었다. 나리의 장엄한 저택은 망가지고 버려졌다. 안뜰의 먼지와 잿더미 위로 글자가 보였다.

국유재산. 공화국의 단결, 불가분성. 자유, 평등, 박애, 아니면 죽음을!

그때 로리 씨와 함께 있던 사람은―승마복을 입고 의자에 앉아 있는 사람이었다―누구였길래 모습을 보일 수가 없었을까? 로리가 불안하고 놀란 모습으로 친구를 껴안았을 때, 누구와 같이 있던 것일까? 도대체 누구에게 그는 루시가 떨면서 한 그 말을 목소리를 높여 자기가 나온 방문 쪽으로 고개를 돌려가며 되풀이한 것일까? "그는 콩시에르주리로 끌려갔고, 내일 재판을 받을 겁니다."

제6장
승리

　판사 다섯 명, 검사 그리고 선별된 배심원단으로 구성된 공포 법정은 매일 열렸다. 그들의 명단은 매일 저녁 공지되었고, 여러 교도소의 간수들이 죄수들에게 읽어 주었다. 간수들이 즐기는 농담은 이런 거였다. "여기 와서 석간신문 읽는 것 좀 들어 봐라. 너희가 실렸어!"

　"샤를 에브레몽드, 일명 다네이!"

　라 포르스에서 석간신문은 마침내 이렇게 읽혔다.

　이름이 불린 사람은, 그렇게 치명적으로 이름이 기록된 사람들을 위해 따로 마련해 놓은 자리로 가서 섰다. 샤를 에브레몽드, 일명 다네이도 어떻게 해야 할지 이미 알고 있었다. 그는 수백 명의 사람들이 그런 식으로 죽으러 간 것을 보았기 때문이다.

　퉁퉁 부은 간수는 명단을 읽기 위해 돋보기를 쓰고 있었다. 그는 돋보기 너머로 다네이가 제자리를 찾아갔는지 확인하고, 짧게 간격을 두고 다음 이름을 불렀다. 이름은 모두 스물세 개였지만, 그중 대답한 사람은 스무 명뿐이었다.

한 명은 이미 교도소에서 죽었는데 간수가 깜빡했고, 나머지 둘은 이미 단두대의 이슬로 사라졌는데 잊어버린 것이었다. 명단이 불린 곳은 다네이가 처음 이 교도소로 호송되던 날 밤 동료 죄수들을 만난 곳이었다. 그들은 이미 모두 학살되었다. 다네이가 그곳에서 진심으로 마음을 나누고 헤어진 사람들은 모두 단두대에서 죽었다.

작별 인사와 격려해 주는 말이 서둘러 오갔지만, 이별은 금방 끝났다. 매일 있는 일이었고, 라 포르스 교도소의 사교 모임 사람들은 그날 저녁에 있을 벌칙 놀이*와 작은 음악회를 준비하느라 바빴다. 그들은 창살로 몰려가 그곳에서 울부짖었지만, 계획된 오락을 준비하려면 스무 명의 빈자리를 채워야 했다. 곧 문이 잠길 시간이었고, 공용으로 사용되는 방과 복도는 큰 개들이 밤새 자리를 지키며 보초를 설 예정이었다. 죄수들이 감정이 없거나 냉혹한 것은 아니었지만, 그들의 방식은 당시 상황 때문에 빚어진 것이었다. 다른 점이 약간 있기는 하지만, 일종의 열병이나 중독 상태가 아무런 의심 없이 어떤 사람들을 불필요하게 기요틴에 맞서다 기요틴에 죽도록 만드는 것과 비슷했다. 그것은 단지 허풍이 아니라 거칠게 요동치는 대중의 마음이 심하게 감염된 것이었다. 역병이 도는 계절에, 우리 중에도 그 병에 은밀하게 끌

---

* 문제를 맞히지 못하면 소지품을 빼앗아 벌칙을 수행하기 전까지 돌려주지 않던 놀이.

리는 사람이 있을 것이다. 그리고 병으로 죽고 싶은 끔찍한 욕망이 생길 것이다. 우리 모두 마음에 내밀한 욕망이 있어, 그저 적절한 환경이 주어지면 그것이 깨어날 뿐이다.

콩시에르주리로 가는 길은 짧고 어두웠다. 해충이 우글거리는 그곳 수감실에서 보낸 밤은 길고 추웠다. 다음 날, 찰스 다네이의 이름 위에 있던 죄수 열다섯 명이 법정에 섰다. 그들 모두 사형선고를 받았고, 모든 재판은 한 시간 반밖에 걸리지 않았다.

"샤를 에브레몽드, 일명 다네이." 마침내 그의 재판이 시작되었다.

판사석에 앉은 판사들은 깃털 달린 모자를 쓰고 있었으나, 다른 사람들 대부분이 쓰고 있던 모자는 삼색 배지가 달린 거친 붉은 모자였다. 배심원단과 웅성거리는 방청객을 보며, 그는 평소 봐 왔던 사물의 질서가 뒤집히고 범죄자들이 정직한 자를 심판한다고 생각했다. 천하고, 잔인하고, 악한 사람들이 가득한 도시에서 그중에도 가장 천하고, 잔인하고 악한 자들이 이 장면을 지배하고 있었다. 그들은 시끄럽게 떠들고, 손뼉 치고, 야유하고, 재촉하고, 판결을 예측하는 데 주저함이 없었다. 남자들 대부분은 다양한 무기로 무장하고 있었고 몇몇 여자들은 칼과 단검을 차고 있었다. 구경하며 먹거나 마시는 자들도 있었고, 많은 여자가 뜨개질을 하고 있었다. 그중에 여분의 뜨개질감을 팔에 낀 채 뜨개질을 열심히 하던 여자 한 명이 제일 앞줄에 앉아 있었다. 그 옆에는 다네이가 관문에 도착한 이후 한 번도 보지 못한 남자가 앉아 있었지만, 곧 그가 드파르주임을 기억해 냈다. 한두 번 그에게 귀엣말을 하던 그녀는 그의 아내인 듯했다. 그러나 그들에게서 가장 눈에 띈 점은 그들이 다네이와 가장 가까운 자리에 앉아 있는데도 그를 한 번도 보지 않는다는 것이었다. 그들은 다른 어떤 것을 악착같은 결심으로 기다리고 있는 듯했고, 배심원단 외에 다른 그 무엇에도 눈길을 주지 않았다. 의장석 아래에는 마네트 박사가 평소 입는 수수한 옷차림으로 앉아 있었다. 죄수가 볼 수 있는 선에서, 법정에 관련되어 있지 않은 사람들 중 투박한 카르마뇰을 입고 있지 않은 남자는 그와 로리 씨뿐이었다.

검사는 샤를 에브레몽드, 일명 다네이를 망명자로 기소했고, 모든 망명자를 추방하고 이를 어기고 다시 돌아오는 자는 사형에 처한다는 법령에 따라 공화국이 그의 목숨을 몰수해야 한다고 주장했다. 그가 프랑스로 돌아온 후에 발효된 날짜는 아무 소용이 없었다. 그는 그곳에 있었고, 법령이 있었고, 그는 프랑스에서 수감되었고, 이제 그의 머리가 떨어질 차례였다.

"저자의 머리를 베어라!" 방청객들이 외쳤다. "공화국의 적!" 의장이 종을 울려 장내를 조용히 시키고, 죄수에게 물었다. 죄인은 영국에서 여러 해 동안 살았던 게 사실 아닌가?

의심할 여지없는 사실입니다.

피고는 그때 망명자가 아니었나? 자신을 뭐라고 칭했나?

법의 정의와 목적에 따라서는 망명자가 아니라고 생각했습니다.

왜 그렇게 생각하나? 의장이 물었다.

왜냐하면 저는 스스로 혐오스럽던 작위와 지위를 포기했고, 자국을 떠나―지금 법정에서 말하는 망명자라는 말이 쓰이기도 전에―프랑스의 압제된 사람들을 이용해서가 아니라 스스로의 노력으로 영국에서 살았기 때문입니다.

그 말을 뒷받침할 증거가 있는가?

그는 두 증인의 이름을 제출했다. 테오필르 가벨 그리고 알렉상드르 마네트.

그러나 죄인은 영국에서 결혼하지 않았나? 의장이 그에게 상기시켰다.

사실이나 영국 여인과 결혼한 건 아닙니다.

프랑스 시민 여인과?

그렇습니다. 프랑스 태생입니다.

그녀의 이름과 가족은?

"루시 마네트, 여기에 앉아 계신 훌륭한 의사, 마네트 박사의 외동딸입니다."

이 대답은 방청객에게 좋은 반응을 불러냈다. 유명하고 훌륭한 의사를 칭송하는 외침이 법정을 가득 메웠다. 사람들이 변덕이 심한지라, 조금 전까지만 해도 죄수를 길거리로 끌어내어 쳐 죽일 듯 표독스럽게 굴더니 이제는 눈에서 눈물을 뚝뚝 흘렸다.

위험한 길에서 몇 발걸음을 옮기며, 찰스 다네이는 마네트 박사가 여러 번 강조한 지시를 따라 자신의 발을 옮겼다. 박사의 신중한 조언은 그의 앞에 놓일 모든 단계를 지시했고, 그가 갈 길을 상세히 준비해 놓았다.

왜 피고는 프랑스에 더 일찍 돌아오지 않고 그때 다시 돌아온 건지, 의장이 물었다.

다네이가 대답하길, 더 일찍 돌아오지 않은 건 이미 포기한 것 이외에 프랑스에서 살아갈 수 있는 방법이 없었기 때문이었다. 영국에서는 프랑스 언어와 문화를 가르칠 수 있어 생계를 유지할 수 있었다. 그가 다시 돌아온 이유는, 한 프랑스 시민이 그의 부재로 위험에 처했다는 급한 소식을 서면으로 전해 받아, 개인적인 위험이 있는데도 시민의 생명을 구하고 그를 위해 증언하고자 온 것이었다. 그것이 공화국의 눈에는 범죄가 되는가?

사람들은 열광하며 소리쳤다. "아니요!" 의장은 다시 종을 울려 그들을 조용히 시켰으나 소용없었다. 그들은 스스로 지칠 때까지 소리쳤다. "아니요!"

시민의 이름이 뭐냐고 묻는 의장에게, 피고인은 바로 그 시민이 자신의 첫 번째 증인이라고 설명했다. 그는 또 시민의 편지를 언급하며 그것은 관문에서 압수당했지만, 지금 의장 앞에 놓인 서류 중 하나라고 확신한다고 말했다.

마네트 박사는 편지가 그곳에 있도록 조치했고—그에게도 편지가 있을 거라는 확신을 준 다음—이 단계에 와서 편지는 계획대로 꺼내어지고 읽혔다. 확인을 위해 시민 가벨이 불려 나왔고, 확인되었다. 시민 가벨은 무한한 공손함과 섬세함으로, 공화국의 수많은 적을 다루느라 업무의 부담이 무거운 재판소 때문에 자신이 아베이 교도소에서 잠깐 방치되어—사실, 재판소의 애국심 어린 기억에서 약간 사라져—있었음을 암시했다. 자신이 사흘 전 소환되었을 때, 시민 에브레몽드, 일명 다네이가 수감됨에 따라 배심원단은 자신의 혐의가 사라졌다고 판단하여, 그때 이미 석방되었고고 말했다.

다음은 마네트 박사가 질문을 받을 차례였고, 그의 높은 인기와 명료한 대답은 깊은 인상을 남겼다. 그리고 그가 이어 말하길, 피고인은 자신이 기나긴 투옥 생활에서 풀려났을 때 처음 만난 친구였고, 영국에서 머무르던 피고인은 타지 생활 중이던 자신과 자신의 딸에게 늘 충실하고 헌신했으며, 그곳 귀족들과 어울리기는커녕 영국의 주적으로 또 미국과 내통한 자로서 재판을 받았다고 했다. 박사가 이 모든 상황을 더없이 신중하고 진실하며 성실하고 조심스럽게 설명했을 때, 배심원단과 방청객은 한마음이 되었다. 마침내 박사가 영국에서 재판이 있을 당시 자신과 같이 증인이었고 그 자리에 있었던 영국 신사 로리를 불러 자신의 이야기를 확인받았을 때, 배심원단은 더 들어 볼 것도 없다고 판단했다. 의장이 받아 준다면 그들은 투표할 준비가 되어 있었다.

표결할 때마다(배심원들은 한 명씩 소리 내 표결했다 사람들은 화답하며 손뼉 쳤다. 모든 배심원이 죄수의 편을 들었고, 의장은 그를 무죄라 선언했다.

그때 일어난 장관은 민중이 자신들의 변덕을 채우거나, 자신들이 가지고 있는 관용과 자비를 향한 더 선한 충동을 만족시키거나, 혹은 부풀어 오른 잔혹한 광기를 상쇄하기 위한 행동일 수도 있었다. 그중 어떤 동기로 이런 장관을 연출하게 되었는지는 아무도 몰랐다. 아마 그중 두 번째가 지배적인 가운데 세 가지 모두 섞인 이유일 수도 있었다. 다네이의 무죄방면이 선언되자마자 피가 쏟아지던 때처럼 눈물이 쏟아지기 시작했고, 죄수에게 남녀 할 것 없이 모두 달려들어 우애 담긴 포옹을 나누려 드는 바람에 그는 숨이 막혀 혼절할 지경이었다. 그럼에도 그는 잘 알고 있었다. 바로 이 사람들이, 다른 물결에 휩쓸린다면, 똑같이 맹렬하게 그에게 달려들어 사지를 찢고 길바닥에 내버릴 것을.

다른 죄수를 재판해야 했으므로 그는 끌려 나갔고 다행히 수많은 손길에서 벗어날 수 있었다. 그다음으로 한꺼번에 재판받게 된 죄수 다섯 명은 말과 행동으로 공화국을 돕지 않아 공화국의 적으로 기소되었다. 법정은 자신과 국가가 놓친 기회들을 보상하기 위해 그가 자리를 떠나기도 전에 다섯 죄수를 소환해 스물네 시간 이내 처형을 선고했다. 그들 중 한 명이 다네이에게 손가락 하나를 들어 보였다. 교도소에서 쓰이는 죽음이란 뜻의 수신호였다. 다섯 명은 선고를 받은 후 덧붙였다. "공화국 만세!"

이 죄수 다섯 명은 사실 재판을 끌어 줄 방청객도 없었다. 다네이와 마네트 박사가 문 앞에 나타나자 그곳으로 엄청난 군중이 모여들었고, 거기에는 법정 안에서 봤던 모든 얼굴이 있었다, 아무리 찾아도 보이지 않던 두 명을 제외하고. 그가 나오자 사람들이 새롭게 그를 둘러싸고는 차례대로 흐느끼고, 껴안고, 소리쳤다. 강둑에 서 있던 사람들의 거칠고 소란스러운 모습에 강물도 요란하고 거세게 흘러가는 듯했다.

사람들은 그들 사이에 있던 커다란 의자에 그를 앉혔다.

법정 안이나 다른 방 혹은 복도에서 들고나온 의자였다. 의자 위로 붉은 깃발을 내걸었고, 뒤에는 붉은 모자를 씌운 창을 꽂았다. 박사의 간청에도 소용없이, 그는 승리의 가마에 태워진 채 남자들의 어깨에 얹혀 집으로 향했다. 붉은 모자가 이루는 혼란스러운 물결 가운데 풍랑에 난파된 잔해처럼 불쑥 솟아오르는 얼굴들을 보며, 그는 혼란스러운 마음에 자신이 사형수 호송 마차를 타고 기요틴으로 가는 건 아닌지 여러 번 의심했다.

혼란스러운 꿈같은 행렬 속에서 사람들은 만나는 사람마다 껴안고 자신들이 모시고 가는 분을 가리키며 앞으로 나아갔다. 눈에 덮인 땅을 더 붉은 핏빛으로 물들인 것처럼 눈길도 공화국의 붉은빛으로 물들이며, 그들은 다네이가 사는 건물의 안뜰로 그를 데리고 들어갔다. 박사는 루시에게 마음의 준비를 시키려 먼저 가 있었다. 루시는 남편이 가마에서 내려서자, 그의 품 안으로 정신을 잃고 쓰러졌다.

그가 그녀를 품에 끌어안고, 소란스러운 군중과 자신의 얼굴 사이에서 그녀의 아름다운 얼굴을 돌려 자신의 눈물과 그녀의 입술이 보이지 않도록 입 맞췄다. 그때 몇몇 사람이 춤을 추기 시작했다. 곧이어 모든 사람이 춤추기 시작했고, 안뜰은 카르마뇰로 넘쳐났다. 그런 후에 사람들 속 한 젊은 여인을 자유의 여신으로 추대하여 가마에 태운 그들은, 이

웃 거리 속으로, 강둑을 따라, 다리를 건너며 쏟아져 나갔다. 카르마뇰이 그들 한 명 한 명 모두를 휩쓸고 사라졌다.

다네이는 승리의 자부심으로 가득 차 앞에 서 있는 마네트 박사의 손을 잡고, 카르마뇰의 분수를 뚫고 달려오느라 숨을 헐떡이는 로리 씨의 손을 잡고, 자신의 목에 팔을 감기 위해 미스 프로스가 안아 올려 준 작은 루시에게 입 맞추고, 늘 의욕적이고 충실한 미스 프로스까지 껴안아 주었다. 그런 다음 아내를 두 팔로 안아 들고 방으로 올라갔다.

"루시! 나의 루시! 난 이제 안전해요."

"오, 사랑하는 찰스, 제 기도를 들어주신 하느님께 무릎 꿇고 감사 기도를 하겠어요!"

그들은 고개를 숙이고 마음을 모아 기도했다. 그녀가 다시 그의 품에 안겼을 때, 그가 말했다.

"이제 아버지께 가서 말씀드려요, 여보. 프랑스에서 그가 내게 해 준 것만큼 할 수 있는 사람은 아무도 없어요."

아주 오래전에 그녀의 가여운 아버지가 그녀의 품에 기댄 것처럼, 그녀도 아버지의 품에 머리를 기댔다. 그는 그녀에게 보답할 수 있어서 기뻤다. 그의 고통은 이렇게 보상받았으며, 그는 자기 힘이 자랑스러웠다. "약해지지 말아라, 아가." 그가 타일렀다. "떨지 말아라. 내가 그를 구해 왔다."

제7장
문 두드리는 소리

"내가 그를 구해 왔다." 루시가 종종 꾸던, 남편이 돌아오는 꿈이 아니었다. 남편은 실제로 이곳에 있었다. 그러나 막연하고 무거운 두려움이 그녀를 짓눌러 몸이 떨려 왔다.

주변을 둘러싼 공기는 짙고 어두웠다. 사람들은 열정적으로 복수심에 차 있었고 변덕스러웠으며, 막연한 의심과 사악한 악의로 무고한 사람들이 계속 죽어 나갔다. 루시는 남편처럼 죄 없고 누군가에게 소중한 사람일 그들이 매일 남편이 겪었던 운명의 손아귀에 잡혀간다는 것을 잊을 수도 없어 마음이 생각처럼 가벼워지지 않았다. 겨울 오후의 그림자가 드리우기 시작했지만, 끔찍한 호송 마차는 아직도 거리를 굴러다녔다. 루시는 마음으로 호송 마차를 좇으며 사형수들 사이에서 남편을 찾아다녔다. 그러다가 그녀는 실제로 곁에 있는 남편에게 더 바짝 안기며 몸을 떨었다.

루시의 아버지는 그녀를 위로하며 이 여인의 나약함에 연민을 보여 주었다. 그것은 실로 보기 좋았다. 이젠 다락방도, 구두장이도, 북쪽 탑의 105호도 없었다! 박사는 스스로 만든 목표를 달성했고, 찰스를 구하겠다는 자신의 약속도 지켰다. 모두가 이제 그를 의지했다.

그들의 살림은 무척 검소했다. 사람들의 기분을 최대한 상하지 않게 살아가는 것이 안전하기도 했지만, 실은 부자가 아니기 때문이었다. 찰스는 수감되어 있는 동안 열악한 음식과 경호에 막대한 비용을 지불해야 했고, 자신보다 더 가난한 죄수들의 생활을 위해 돈을 보태야 했다. 이런 이유와 집 안에 첩자가 들어오는 것을 막기 위해 그들은 하인을 고용하지 않았다. 안뜰에서 짐꾼 노릇을 하던 시민과 시민 여인이 가끔 그들을 도와주었고, 제리(로리 씨는 그들에게 제리를 거의 넘기다시피 했다)가 그들의 심부름을 하며 매일 밤 그곳에서 묵었다.

자유, 평등, 박애가 아니면 죽음을 달라며 단결한 공화국의 조례에 따르면, 모든 집의 문과 문기둥에는 바닥에서 일정한 높이가 되는 곳에 잘 보이는 글씨로 거주자의 이름을 써서 달아 놓아야 했다. 제리 크런처 씨의 이름도 물론 문기둥 아래에 달려 있었다. 오후의 그림자가 짙어질 무렵, 그 이름의 주인이 나타나 한 화가를 지켜보고 있었다. 마네트 박사가 샤를 에브레몽드, 일명 다네이의 이름을 그곳에 추가하기 위해 고용한 사람이었다.

그 시대를 덮은 일반적인 두려움과 불신 속에서, 평소라면 악의 없게 느껴질 방식들도 달라졌다. 마네트 박사의 소박한 가정에서는, 다른 수많은 가정과 마찬가지로, 매일 필요했던 소모품들을 저녁마다 여러 가게에서 조금씩 사야 했다. 관심을 끌지 않고, 혹시 있을지 모르는 구설수와 질투의 빌미를 최소화하려는 일반적인 욕구였다.

지난 몇 달 동안 미스 프로스와 크런처 씨는 식품 조달을 맡아 왔다. 전자는 돈을 들었고, 후자는 바구니를 들었다. 매일 오후 가로등이 켜질 무렵이면, 그들은 맡은 의무를 다하러 나갔고 필요한 물건을 사고 돌아왔다. 프랑스 출신 가족과 오래 살아온 미스 프로스는 원한다면 자신의 모국어만큼이나 그들의 언어를 알 수도 있었겠지만, 전혀 그럴 생각이 없었다. 그래서 그녀는 크런처 씨만큼이나 이 "말도 안되는 소리"(라고 부르는 걸 좋아했다)를 알아듣지 못했다. 그녀의 흥정 방식은 가게 주인에게 물건의 본질에 대한 아무 설명 없이 그저 명사를 내뱉는 식이었고, 만약 그것이 그녀가 원하는 물건이 아니면 주위를 둘러보다가 원하는 것을 집어서, 흥정이 끝날 때까지 붙들고 있었다. 그녀는 물건을 놓지 않음으로써 늘 흥정에 성공했다. 그녀가 원하는 가격은 상인이 무슨 숫자를 부르든 간에 그것보다 손가락을 하나 더 접은 가격이었다.

"자, 크런처 씨." 기쁨으로 눈이 충혈된 미스 프로스가 말했다. "준비되었으면, 저도 준비되었어요."

제리는 목쉰 소리로 미스 프로스의 지시에 따르겠다고 말했다. 그에게서 녹은 오래전에 모두 지워졌으나, 삐죽삐죽한 머리카락을 길들일 수 있는 것은 없었다.

"우리는 온갖 물건이 다 필요해요." 미스 프로스가 말했다. "그리고 구하기 힘든 것들이죠. 무엇보다 포도주가 필요해요. 이걸 사러 어딜 가든지 빨간 모자들이 마시고 건배하고 있겠죠."

"그들이 당신의 건강을 위해 건배하나 옛날 그놈을 위해 건배하나 당신 귀에는 똑같이 들릴 거요."

"그놈이 누군데요?" 미스 프로스가 물었다.

크런처 씨는 조금 주저하며 그놈은 "늙은 닉"*이라고 말했다.

"하!" 미스 프로스가 말했다. "그런 걸 알아듣는 데 통역이 필요하진 않아요. 그 뜻은 하나밖에 없죠, 자정의 살인 그리고 범죄."

"쉿, 조용히 해요! 제발, 조심해 줘요!" 루시가 외쳤다.

"네, 네, 알겠어요, 조심하죠." 미스 프로스가 말했다. "하지만 우리끼리 하는 이야긴데, 거리에서 양파 냄새, 담배 냄새를 풍기면서 얼굴을 비비고 껴안는 건 없어졌으면 좋겠어

---

* 악마라는 뜻.

요. 자, 우리 아가씨, 내가 돌아올 때까지 난로 옆에 꼼짝 말고 있어요! 되찾은 소중한 남편 잘 돌봐 주고, 내가 다시 올 때까지 지금처럼 남편 어깨에 그 예쁜 머리를 기댄 채로 꼼짝 말고 있어야 해요! 마네트 박사님, 가기 전에 하나 여쭤봐도 될까요?"

"그럼요, 뭘 물어보든 미스 프로스 자유예요." 마네트 박사가 웃으며 말했다.

"제발, 박사님, 자유 이야기는 그만해요. 이제 신물이 난다니까요." 미스 프로스가 말했다.

"쉿, 조심해요! 또 그래요?" 루시가 항의했다.

"아니, 아가씨." 미스 프로스가 강조하듯 머리를 끄덕이며 말했다. "요약하자면, 전 자애로운 조지 3세 국왕 폐하의 백성이라서요." 미스 프로스가 그 이름을 말하며 무릎을 살짝 굽혔다. "그런 만큼, 제 좌우명은 이거예요. 그들의 정치에 혼란을, 그들의 간교한 계략에 좌절을. 당신께 저희의 희망을 거노니, 하느님 국왕 폐하를 보우하소서!*"

애국심이 차오르는지 크런처 씨도 교회에서 국가를 부르듯 쉰 목소리로 그녀의 말을 따라 읊었다.

"영국인이라는 자부심이 넘치는 걸 보니 다행이지만 목이 그렇게 쉴 정도로 감기에 걸린 건 안타깝네요." 미스 프

---

* 영국 국가의 한 소절이다.

로스 가 만족스러운 듯 말했다. "하지만 제가 궁금했던 건, 마네트 박사님, 혹시,"—그녀는 무겁고 불안한 주제를 가볍고 우연한 대화로 만드는 재주가 있었다—"우리가 여기서 떠날 수 있는 가능성은 있는 건가요?"

"불행히도 아직은 아니에요. 찰스에게 너무 위험할 겁니다."

"흠, 흠!" 난로의 불빛에 비친 루시의 금발을 흘끗 보며 미스 프로스는 쾌활하게 한숨을 억누르고 말했다. "그럼 우린 인내심을 가지고 기다려야죠. 그게 다예요. 내 동생 솔로몬이 말했던 것처럼, 머리를 꼿꼿하게 들고 기회를 노려야죠. 가요, 크런처 씨! 꼼짝 말고 있어요, 아가씨."

그들은 루시, 그녀의 남편, 그녀의 아버지 그리고 아이를 환하게 빛나는 불빛 옆에 남겨 두고 밖으로 나섰다. 로리 씨는 은행에서 곧 돌아올 예정이었다. 미스 프로스는 등불을 켜서 한구석에 내려놓아 그들이 난롯불을 즐기는 동안 방해되지 않도록 했다. 작은 루시는 할아버지의 팔을 두 손으로 안고 그 옆에 앉아 있었고, 그는 속삭이듯 조용한 목소리로 손녀에게 훌륭하고 힘센 요정이 예전에 요정을 도와준 사람을 위해 교도소 문을 열고 구해 주는 이야기를 들려주었다. 모든 것이 차분히 가라앉아 조용한 가운데 루시는 예전보다 훨씬 마음이 편안했다.

"저게 무슨 소리예요?" 갑자기 그녀가 소리쳤다.

"애야!" 그녀의 아버지가 손녀에게 들려주던 이야기를 멈추고 딸의 손을 잡았다. "진정하렴, 많이 놀란 모습이구나! 작은 것에도—아무것도 아닌데도—놀라는구나! 애야, 넌 이 아비의 딸이잖니!"

"아버지." 창백하게 질린 루시가 떨리는 목소리로 말했다. "계단을 오르는 이상한 발소리를 들은 것 같아요."

"아가, 계단은 죽은 것처럼 조용하단다."

그가 이 말을 하자마자 문에서 쾅 치는 소리가 났다.

"오, 아버지, 아버지. 저게 뭘까요! 찰스를 숨겨야 해요. 찰스를 구해 주세요!"

"딸아." 마네트 박사가 몸을 일으켜 그녀의 어깨에 손을 얹으며 말했다. "내가 그를 구했다. 애야, 약한 모습 보이지 말아라! 내가 문으로 가서 보마."

그는 한 손에 등불을 들고 바깥쪽 방 두 개를 지나 문을 열었다. 바닥을 쿵쿵 울리는 거친 발소리와 함께, 빨간 모자를 쓰고, 사브르와 권총으로 무장한 험상궂은 남자 네 명이 방으로 들어왔다.

"시민 에브레몽드, 일명 다네이는 어딨나." 첫 번째 남자가 말했다.

"누가 찾습니까?" 다네이가 대답했다.

"내가 찾고 있다. 우리가 찾고 있지. 난 당신을 알아, 에브 레몽드. 오늘 법정에 들어가기 전에 봤지. 당신은 다시 공화 국의 죄수다."

네 남자가 그를 에워쌌다. 아내와 아이는 그에게 매달려 있었다.

"어떻게, 그리고 왜 내가 다시 죄수라는 거요?"

"지금 바로 콩시에르주리로 돌아가는 것만 알고 있어. 나 머지는 내일 알게 될 거다. 당신은 내일 재판받을 예정이야."

마네트 박사는 이들의 방문에 한 손에 등불을 쥔 채 그대 로 굳어 마치 석상이 되어 버린 것 같았다. 그는 이 말을 들 은 후에야 다시 등불을 내려놓고, 방금 말한 자의 붉은 모 직 옷 앞자락을 굳게 붙잡고 말했다.

"그를 안다고 말했죠. 혹시 내가 누군지 압니까?"

"네, 압니다, 시민 의사."

"우리가 모두 당신을 알고 있습니다. 시민 의사." 다른 세 명이 말했다.

잠시 침묵하던 그가 그들을 차례대로 바라보며 낮은 목 소리로 말했다.

"내 사위가 질문한 대답을 내게 하시겠소? 이게 무슨 일 입니까?"

"시민 의사," 첫 번째 남자가 망설이며 말했다. "생탕투안 구역에서 그를 고발했습니다." 그가 두 번째로 방에 들어온 남자를 가리키며 말했다. "여기 이 시민이 생탕투안에서 왔죠."

언급된 시민이 고개를 끄덕이며 덧붙였다.

"생탕투안이 그를 고발한 게 맞습니다."

"무슨 죄목으로?" 마네트 박사가 물었다.

"시민 의사." 첫 번째 남자가 조금 전처럼 망설이며 말했다. "더 묻지 마십시오. 공화국이 당신의 희생을 바란다면, 당신 같은 애국 시민은 기쁘게 그 희생을 감수할 겁니다. 무엇보다 공화국이 중요합니다. 민중이 최우선이고요. 에브레몽드, 우린 시간이 없소."

"하나만 더 물읍시다." 박사가 간청했다. "누가 고발했는지 알려 주겠소?"

"그건 규정에 어긋납니다." 첫 번째 남자가 말했다. "하지만 여기 생탕투안에서 온 자에게 물어보시죠."

박사의 눈이 그자를 향했다. 그는 발을 불안하게 움직이고 턱수염을 만지작거리다가 마침내 말했다.

"아니! 정말 규정에 어긋나는 일입니다. 그렇지만 말씀드리죠. 그는―중대한 죄목으로―시민 드파르주와 시민 여인 드파르주 부인에게 고발당했습니다. 그리고 한 명 더 있죠."

"그건 누구요?"

"정말 궁금하십니까, 시민 의사?"

"그렇소."

"그렇다면," 생탕투안에서 온 자가 이상한 눈으로 그를 바라보며 말했다. "내일 그 답을 알게 될 겁니다. 자, 이제 더는 말 못 합니다!"

제8장
카드를 쥔 손

다행히도 집에 새롭게 닥친 재앙을 알지 못한 채, 미스 프로스는 좁은 길을 지나 퐁뇌프 다리를 건너며 그녀가 꼭 사야 하는 것들이 몇 개나 되는지 마음속으로 세어 보고 있었다. 크런처 씨는 바구니를 들고 그녀 옆에서 걸었다. 그들은 좌우로 지나치는 가게들을 살펴보면서, 모여서 떠들고 있는 사람들을 경계하고 시끄러운 무리를 피해 길을 돌아갔다. 추운 저녁, 안개 낀 강은 타오르는 불빛에 흐려지고 강물 소리는 바지선의 소음에 묻혔다. 바지선이 정박한 곳에서는 대장장이들이 공화국의 군대를 위해 총을 만들고 있었다. 군대에 도전하는 자, 그 안에서 과분하게 승진하는 자 모두에게 화가 미칠진저! 그런 자들은 턱수염을 기르지 않는 게 나았다. 국민의 면도날이 그들을 바짝 깎아 버릴지 모르니까.

식료품 몇 개와 등불에 넣을 기름 얼마 정도를 산 다음, 미스 프로스는 포도주를 사야 한다는 걸 기억해 냈다. 몇몇 포도주 가게를 들여다본 후, 그녀는 '고대의 선한 공화당원 브루투스'라고 쓰인 간판 앞에 멈췄다. 한때 튀일리궁으로 불리던 국립 궁전에서 멀지 않은 곳이었다. 그곳의 모습은 그녀의 흥미를 사로잡았다. 이미 지나친 같은 설명이 붙은 다른 가게보다 조용해 보였고, 애국 시민의 붉은 모자가 있었지만 다른 곳처럼 온통 붉은빛은 아니었다. 크런처 씨를 불러 의논한 다음, 미스 프로스는 그녀의 호위 기사와 함께 '고대의 선한 공화당원 브루투스'로 들어갔다.

연기로 흐려진 불빛 아래로 보이는 담배 파이프를 물고 있는 사람들, 흐느적거리는 카드와 누런 도미노를 가지고 노는 사람들, 맨가슴과 팔을 드러내고 검댕으로 얼룩진 일꾼이 큰 소리로 읽어 대는 신문 소리를 듣고 있는 사람들 그리고 사람들이 몸에 지니고 있거나 옆에 놓아둔 무기들이 보였다. 한창 유행하는 어깨가 높고 복실복실한 짧은 상의를 입은 사람 두세 명이 곰이나 개처럼 엎어져 잠들어 있었다. 그 와중에 수상쩍은 손님 두 명이 와서 카운터로 간 다음, 그들이 원하는 것을 보여 주었다.

그들이 살 포도주가 계량되어 따라지는 동안, 한 남자가 구석에 있던 다른 남자와 작별 인사를 하며 자리에서 일어났다. 그러면서 그는 미스 프로스의 얼굴을 볼 수밖에 없었는데, 그가 그녀를 보자마자 미스 프로스가 소리 지르며 손뼉을 쳤다.

한순간 모든 사람이 벌떡 일어났다. 그들은 누가 말다툼 끝에 서로 다퉈 한 사람이 죽었다고 생각했다. 모두가 누가 죽었는지 보려 했지만, 그곳에서 그들이 본 것은 서로를 쳐다보는 남자와 여자뿐이었다. 남자는 프랑스인처럼 보였고 어떻게 봐도 공화당원이 분명했다. 여자는 분명 영국 사람이었다.

　몹시 요란하고 시끄러운 소리라는 것 말고는 별거 없자, '고대의 선한 공화당원 브루투스'의 제자들은 실망한 나머지 다시 수다를 떨기 시작했다. 히브리어나 칼데아 말처럼 이들이 대체 무슨 이야기를 하는지 미스 프로스와 그녀의 보호자는 아무리 귀 기울여 들어도 알 수가 없었다. 그러나 그들은 어차피 너무 놀라 아무것도 들리지 않았다. 그리고 확실히 기록되어야 하는 일이 있는데, 놀라고 흥분한 건 미스 프로스만이 아니었다. 크런처 씨도―자기 나름대로 이유와 사정이 있지만―무척이나 놀란 듯 보였다.

　"무슨 일이야?" 미스 프로스를 소리 지르게 한 남자가 영어로 짜증 섞이고 퉁명스럽게 (그러나 낮은 목소리로) 말했다.

　"오, 솔로몬, 나의 솔로몬!" 미스 프로스가 다시 손뼉을 치며 말했다. "오랫동안 보지도 못하고 소식도 못 들었는데, 여기서 이렇게 보게 되다니!"

　"솔로몬이라고 부르지 마. 내가 죽는 꼴 보고 싶어?" 남자가 은밀하게, 겁먹은 듯 물었다.

"내 동생, 내 동생!" 미스 프로스가 눈물을 터뜨리면서 외쳤다. "내가 얼마나 네게 잘못했길래 그런 끔찍한 말을 하는 거니?"

"그럼 시끄럽게 하지 말고," 솔로몬이 말했다. "나랑 이야기하고 싶으면 잠깐 나가서 해. 포도주를 계산하고 나오라고. 저 남자는 누구야?"

미스 프로스가 낙심한 채 고개를 저으면서 냉담한 남동생에게 눈물을 떨구며 말했다. "크런처 씨야."

"그 사람도 나오라고 해." 솔로몬이 말했다. "내가 귀신인 줄 아나 봐?"

크런처 씨는 정말 귀신을 본 사람처럼 보였지만, 한 마디도 하지 않았다. 눈물을 흘리며 미스 프로스는 손가방 깊은 곳을 힘겹게 뒤져서 포도주값을 계산했다. 그동안 솔로몬은 '고대의 선한 공화당원 브루투스'의 제자들에게 프랑스어로 몇 마디 설명했고, 그들은 다시 자리로 돌아가 하던 일을 했다.

"그래서," 솔로몬이 어두운 길모퉁이에 멈춰 서서 말했다. "원하는 게 뭐야?"

"내가 널 얼마나 사랑하는데 나한테 그렇게 끔찍하고 매몰차게 말할 수 있니!" 미스 프로스가 외쳤다. "그런 식으로 인사하고 애정의 표현도 보이지 않다니!"

"자. 망할! 여기." 미스 프로스의 입술에 자신의 입술을 가볍게 댔다 떼면서 솔로몬이 말했다. "이제 행복해?"

미스 프로스는 고개를 저으며 조용히 흐느꼈다.

"내가 놀랄 줄 알았다면," 그녀의 남동생 솔로몬이 말했다. "그건 누나 착각이야. 누나가 여기 있는 걸 이미 알고 있었으니까. 난 여기 있는 사람들 대부분을 알고 있어. 날 위험에 빠뜨릴 생각이 정말 없다면―반쯤 그럴 거라 믿지만―최대한 빨리 누나 갈 길을 가고, 나는 내 갈 길을 갈게. 난 바빠. 공무원이거든."

"내 영국인 남동생 솔로몬." 눈물이 그득한 눈으로 그를 보던 미스 프로스가 비통하게 말했다. "조국에서 가장 훌륭한 사람이 될 수 있었을 텐데, 외국에 와서 공무원이나 하다니. 그것도 이딴 나라에서! 차라리 네가 죽어 무덤에 누워 있는 걸 봤다면……."

"내가 말했지!" 그녀의 동생이 말을 자르며 외쳤다. "이럴 줄 알았다고. 날 죽일 셈이지. 누나 때문에 의심받게 될 거야. 이제 막 잘나가고 있는데!"

"자애롭고 자비로운 천국이 막아 주길!" 미스 프로스가 외쳤다. "그럴 바엔 차라리 너를 다시는 보지 않겠어, 솔로몬. 하지만 나는 늘 널 사랑했고 앞으로도 그럴 거야. 내게 애정 어린 말 한마디만 해 주고, 우리 사이에 화가 났거나 서먹한 일은 다 풀렸다고 말해 줘. 그럼 널 더는 붙들고 있지 않을게."

선한 미스 프로스! 그들의 사이가 소원해진 것이 그녀의 잘못이라는 듯. 오래전에 소호의 조용한 모퉁이에서 이 소중한 남동생이 그녀의 돈을 다 써 버리고 떠나 버린 사실을 로리 씨가 모른다는 듯!

솔로몬은 나름대로 따뜻한 말을 하고 있었지만, 그들의 상대적인 위치와 입장이 바뀌었더라도(전 세계적으로 그런 경우가 많았다) 그 정도로 경멸과 증오를 담아 생색을 내며 말하진 않았을 것이다. 그때 크런처 씨가 전혀 예상치 못하게 그의 어깨를 툭툭 치며 목쉰 소리로 질문 하나를 던졌다.

"하나만 물어봐도 됩니까? 당신 이름이 혹시 존 솔로몬, 아니면 솔로몬 존입니까?"

솔로몬이 갑자기 불신 가득한 표정으로 그를 돌아보았다. 그전까지 그는 한 마디도 하지 않았다.

"자!" 크런처 씨가 말했다. "큰 소리로 말해 보시오(그건 목이 쉰 자신도 못하는 일이었다). 존 솔로몬이요, 아님 솔로몬 존이요? 미스 프로스가 당신을 솔로몬이라고 하는데 누나가 모를 리 없고. 그러나 당신 이름이 존이라는 건 나도 알고 당신도 알고 있는 거니까. 하지만 둘 중 어떤 이름이 먼저요? 프로스라는 성도 그렇고. 바다 건너에서는 그 이름을 안 썼는데."

"무슨 뜻이오?"

"뭐, 나도 내가 무슨 말을 하는지 모르겠소. 당신이 영국
에서 썼던 이름이 모두 생각이 나지 않아서."

"그렇소?"

"그렇소. 그런데 두 음절이었던 것만은 확실해요."

"그래요?"

"그래요. 다른 이름은 한 음절이었죠. 난 당신을 알고 있
소. 첩자였고 올드 베일리의 증인이었지. 모든 거짓말의 아
버지, 당신의 아버지이기도 한 악마의 이름으로 물어보겠
소. 그때 당신이 쓰던 이름이 뭐였소?"

"바사드." 다른 목소리가 끼어들며 말했다.

"1,000파운드짜리 이름이군!" 제리가 외쳤다.

끼어든 목소리의 주인은 시드니 카턴이었다. 그는 승마복
자락 아래로 뒷짐을 지고, 올드 베일리에서 서 있던 것처럼
삐딱하게 크런처 씨 뒤에 서 있었다.

"겁먹지 마세요, 친애하는 미스 프로스. 어제 저녁에 도착
해서 벌써 로리 씨를 놀라게 하고 오는 길입니다. 모든 상황
이 나아지거나 내가 도울 일이 생기기 전까지는 몸을 숨기
고 있기로 합의했죠. 제가 나타난 건 당신 남동생과 잠시 이
야기를 나누고 싶어서입니다. 당신에게 바사드보다 좀 더 좋

은 일을 하는 동생이 있었다면 좋았을 거예요. 당신을 위해서라도 그가 교도소의 양이 아니었다면 좋았을걸."

양은 당시 첩자라는 뜻으로 교도소에서 쓰는 은어였다. 창백했던 첩자는 더 창백하게 질렸다. 그가 감히 어떻게 알 수 있었는지…….

"내가 말해 주지요, 바사드 씨." 시드니가 말했다. "한 시간쯤 전에, 콩시에르주리의 벽을 보고 있다가 당신이 나오는 걸 보게 되었습니다. 당신 얼굴은 기억에 잘 남는 편이고, 나는 얼굴을 잘 기억하는 편이니까. 그곳에서 당신이 나오는 게 흥미로워서 그리고 지금 불행한 처지에 있는 내 친구와 당신을 연관 지을 만한 타당한 이유도 있어서 당신 뒤를 밟았죠. 당신 뒤를 밟아 여기 포도주 가게로 들어왔다가, 가까운 곳에 앉아 있었습니다. 당신의 거침없는 대화와 당신을 따르는 자들 사이에서 공공연히 떠도는 소문을 들어 보고 당신이 왜 여기 있는지 추론해 보는 건 어려운 일도 아니었죠. 그래서 내가 별생각 없이 해 온 일이 한 목적을 향해 모양이 갖춰지는 것 같더란 말입니다, 바사드 씨."

"무슨 목적이오?" 첩자가 물었다.

"길거리에서 말하기엔 골치 아플 수도 있고 위험할 수도 있습니다. 혹시 시간 되면 나와 조용한 곳에서 이야기나 할까요, 그러니까……, 텔슨 은행 사무실 같은 곳에서?"

"날 협박하는 거요?"

"오! 내가 그렇게 말했나요?"

"그럼, 내가 왜 거기에 가야 하는 거요?"

"바사드 씨, 당신이 모른다면 내가 할 말이 없습니다."

"알려 주실 수 없다는 말씀입니까, 선생님?" 첩자가 자세를 낮추며 물었다.

"제 말을 잘 알아들으시는군요, 바사드 씨. 알려 드릴 수 없습니다."

마음속 은밀한 계획을 실행하고 이런 자를 다루는 데에서, 카턴의 무심하면서도 천연덕스러운 태도는 그의 민첩함과 기술에 큰 도움이 되었다. 그의 경험 많은 눈은 이런 기회를 놓치지 않았다.

"내가 말했지, 누나." 첩자가 원망스럽게 누이를 쳐다보며 말했다. "일이 잘못되면 다 누나 탓이야."

"저런, 저런, 바사드 씨!" 시드니가 말했다. "배은망덕하게 굴지 마시오. 당신 누나에 대한 존경심이 아니었다면 이렇게 서로 기분 맞춰 가면서 좋게 말하지 않았을 거요. 나랑 같이 은행에 갈 거요?"

"이야기를 한번 들어 보죠. 네, 가겠습니다."

"먼저 당신 누나를 집 근처 모퉁이까지 모셔 드리고 옵시다. 미스 프로스, 제가 팔을 잡아 드리겠습니다. 이 시간에 혼자 다니기에 안전한 도시가 아니니까요. 당신을 모시던 제리 씨가 바사드 씨와 아는 사이니, 우리가 로리 씨 댁에 갈 때 저분도 초대하겠습니다. 준비되셨죠? 갑시다!"

미스 프로스가 시드니의 팔을 붙잡고 그를 올려다보며 솔로몬을 해치지 말아 달라고 애원했을 때, 평소 그의 무심한 태도와는 다르게 팔에는 어떤 목적의식으로 힘이 들어가 있고 눈은 영감으로 빛나고 있어, 그의 모습이 전과 달리 숭고해 보였다. 그녀는 훗날 이 순간을 떠올렸고, 삶이 끝나는 날까지 기억했다. 그때는 사랑받을 가치도 없는 남동생에 대한 염려가 너무 크고 시드니의 자상한 행동에 감동해 그녀가 본 것을 크게 생각하지 못했던 것이다.

그들은 그녀를 집 근처 모퉁이에 남겨 두고 떠났다. 로리 씨의 거처는 걸어서 몇 분 걸리지 않는 곳이었다. 카턴이 길을 앞장섰다. 존 바사드 혹은 솔로몬 프로스는 그 옆에서 걸었다.

로리 씨는 막 저녁을 마치고 장작 한두 개비가 따뜻하게 타오르는 난롯불 앞에 앉아, 지금보다 약간 젊어 보이는 텔슨의 노신사가 도버의 로얄 조지 호텔에서 붉은 석탄불을 들여다보는 오래전 장면을 불꽃 속에 그려보고 있었다. 그들이 들어오는 소리에 그는 고개를 돌렸고, 낯선 자가 함께 온 것을 보고 깜짝 놀랐다.

"미스 프로스의 남동생입니다." 시드니가 말했다. "바사드 씨죠."

"바사드?" 노신사가 되물었다. "바사드? 그 이름을 들어본 적이 있는데……. 얼굴도 본 적이 있고."

"내가 당신 얼굴이 비범하다고 했죠, 바사드 씨." 카턴이 차갑게 말했다. "여기 앉으시오."

카턴도 의자에 자리를 잡고 앉았다. 로리 씨가 원하는 단서를 제공하기 위해, 카턴은 인상을 찌푸리며 이렇게 말했다. "그때 재판의 증인이었습니다." 로리 씨는 곧바로 그를 기억해 냈고, 혐오를 숨기지 않은 채 새로 온 손님을 바라보았다.

"바사드 씨가 바로 미스 프로스가 말했던 그 사랑 넘치는 동생입니다." 시드니가 말했다. "그리고 그 관계를 확인했죠. 더 나쁜 소식도 있습니다. 다네이가 다시 체포되었어요."

노신사가 아연실색하며 소리쳤다. "그게 무슨 소립니까! 그가 석방되어 자유로운 걸 보고 온 지 두 시간도 안 지났어요! 지금 다시 가 보려던 참이었는데!"

"그때와 같이 체포되었습니다. 언제였죠, 바사드 씨?"

"체포되었다면 방금 전일 겁니다."

"바사드 씨는 이 분야 최고 권위자입니다." 시드니가 말했다. "바사드 씨가 포도주 한 병을 두고 동료 첩자와 하는 대화를 들어 보니 이미 체포되었다고 했습니다. 이자가 대문에 전령들을 남겨 두었고, 문지기가 그들에게 대문을 열어 주는 것을 봤다고 합니다. 다네이가 다시 체포된 게 확실합니다."

로리 씨는 업무로 단련된 눈으로 화자의 얼굴을 살피고 의심의 여지가 없는 그의 말을 따지는 것은 시간 낭비라는 결론을 내렸다. 혼란스러웠지만, 지금은 정신을 차려야 할 때라고 생각하며 그는 자신을 다잡았다. 로리는 조용히 시드니의 이야기에 집중했다.

"그리고," 시드니가 말했다. "마네트 박사님의 이름과 영향력이 다네이를 많이 돕겠지만……, 다네이가 내일 법정에 다시 선다고 했소, 바사드 씨?"

"네, 그런 것 같습니다."

"……오늘처럼 그를 많이 돕겠지만, 그러지 못할 수도 있습니다. 인정할 수밖에 없습니다. 로리 씨, 마네트 박사님이 체포를 막을 수 없었던 사실에 저도 놀랐습니다."

"마네트 박사가 미리 알지 못했을 수도 있어요." 로리 씨가 말했다.

"그랬다고 해도 심각한 상황입니다. 모든 사람이 다네이가 박사님의 사위인 것을 알고 있는데요."

"맞습니다." 떨리는 손으로 턱을 매만지며 로리 씨가 말했다. 그는 불안한 눈으로 카턴을 바라보았다.

"한마디로," 시드니가 말했다. "지금은 절박한 상황이고, 절박한 판돈을 걸고 절박한 게임이 벌어지고 있습니다. 박사님이 이기는 게임을 하게 두시죠. 전 지는 게임을 하겠습니다. 이곳에서 사람 목숨은 가치가 없습니다. 누구라도 오늘은 승리의 가마를 타고 갔다가, 다음 날 형장으로 끌려갈 수 있습니다. 자, 제가 여기서 걸 판돈은, 최악의 경우, 콩시에르주리에 있는 친구입니다. 그리고 제가 따내려고 하는 친구는 여기 바사드 씨고요."

"손에 쥔 패가 좋아야 할 겁니다, 선생님." 첩자가 말했다.

"모두 훑어본 다음에 내 손에 뭐가 있는지 보겠소. 로리 씨, 제가 얼마나 거친 놈인지 아시죠, 브랜디 한 잔만 주시면 좋겠습니다."

그의 앞에 브랜디가 놓이고─그는 한 잔을 죽 들이켜고, 또 한 잔을 죽 들이켜고─그런 다음 병을 사려 깊게 한쪽으로 밀어 놓았다.

"바사드 씨." 시드니는 정말 손에 쥔 패를 살펴보는 사람처럼 말했다. "교도소의 양, 공화당 위원회의 사절이었다가 이번에는 간수, 다음에는 죄수. 늘 첩자에 정보원을 하기에 영국인이라는 점이 얼마나 좋습니까. 영국 사람은 프랑스 사람보다 위증을 덜 한다는 인식이 있어서 고용주에게 가명을 씨도 의심받지 않고요. 아주 좋은 패입니다, 바사드 씨. 지금은 프랑스 공화정을 위해 일하는 당신이 예전에는 프랑스와 자유의 주적인 귀족들로 이루어진 영국 정부를 위해 일했다니, 아주 훌륭한 패군요. 의심받기 쉬운 이곳에서 영국 정부의 귀족들에게 돈을 받는 피트*의 스파이, 공화국의 품에서 기회만 노리며 웅크리고 있는 공화국의 표리부동한 원수, 영국인 반역자, 말도 많지만 찾긴 어려운 온갖 악행을 일삼는 놈이라니, 정말 이건 이길 수밖에 없는 패입니다. 제 말 듣고 계시죠, 바사드 씨?"

"무슨 생각이신지 모르겠습니다만." 첩자가 다소 불안한 기색으로 대꾸했다.

"난 에이스를 낼 겁니다. 구역 위원회에 바사드 씨를 고발하는 거죠. 당신의 손을 보시오, 바사드 씨. 어떤 패를 가지고 있는지. 천천히 하시죠."

시드니는 병을 가까이 당겨 브랜디 한 잔을 더 따른 다음 단숨에 들이켰다. 그가 술김에 곧바로 자신을 고발하러 갈까 두려워하는 첩자를 보며, 그는 한 잔을 더 따라 마셨다.

"바사드 씨, 천천히 패를 보십시오. 급하지 않습니다."

바사드가 생각했던 것보다 더 초라한 패였다. 바사드의 손에는 시드니 카턴조차 알지 못하는 불리한 카드가 있었

---

* 당시 영국의 총리였던 소(小) 윌리엄 피트를 말한다.

다. 그는 수없이 실패한 위증으로 영국의 영광스러운 직업에서 밀려난 후—다른 기회가 없었던 건 아니었다. 오늘날도 그렇지만 영국은 비밀과 첩보에서 늘 우월성을 내세웠으므로—해협을 건너 프랑스를 위해 일하고 있었다. 처음에는 동포들 그리고 후에는 프랑스 사람들을 선동하거나 그들의 대화를 엿들었다. 한때 몰락한 정권의 첩보원이기도 했던 그는 생탕투안과 드파르주의 술집을 기웃거렸고, 호기심 많은 경찰관에게서 마네트 박사의 수감 생활, 석방, 과거사에 관한 정보를 얻어 드파르주 부부에 대해서도 알게 되었다. 그래서 드파르주 부인에게 접근해 더 많은 정보를 얻어 내려 했지만, 보기 좋게 실패했다. 그 무시무시한 여자에게 말을 걸었을 때 그녀가 바사드를 불길하게 쳐다보며 손가락을 바쁘게 움직이던 기억이 떠오를 때마다 바사드는 늘 두려움에 몸을 떨었다. 그 후로 생탕투안 구역에서 그녀가 뜨개질로 짠 명단을 제출하며 사람들을 고발해 기요틴에 보내 버리던 모습을 몇 번이나 볼 수 있었다. 같은 업계에 종사하는 모든 사람이 그렇듯 그도 스스로가 결코 안전할 수 없다는 걸 알고 있었다. 도끼의 그림자 아래 꽁꽁 묶인 그는 도망치는 것도 불가능했다. 공포정치가 증진하도록 온갖 변절과 배반을 일삼았지만, 말 한 마디만으로도 그는 바로 처단될 수 있었다. 그에게 암시된 것같이 그런 무거운 죄목으로 일단 고발

된다면, 그가 수없이 목격했듯 포기를 모르는 무시무시한 여인이 다시 한번 그때의 치명적인 명단을 꺼내 들고 삶의 마지막 기회마저 짓밟아 버릴 것이 뻔했다. 비밀 정보원들은 원래 겁이 많다지만, 손에 든 암담한 패를 넘겨 보던 바사드는 공포에 휩싸이다 못해 화가 날 지경이었다.

"패가 마음에 안 드나 보군." 시드니가 더없이 차분하게 말했다. "한번 해 보겠소?"

"저는," 화가 난 첩자가 로리를 돌아보며 말했다. "아무래도 당신같이 연륜 있고 자비로운 신사에게 간청해야겠습니다. 저 새파랗게 젊은 신사분께, 그가 말한 에이스 패를 사용하는 게 과연 신사로서 감당할 수 있는 일인지 여쭤봐 주십시오. 제가 첩자인 건 인정합니다. 불명예스러운 일인 것도 인정합니다, 누군가는 해야 하는 일이지만요. 하지만 이 신사분은 첩자도 아니면서 왜 이렇게 품격 떨어지는 행동을 하십니까?"

"난 에이스를 쓸 겁니다, 바사드 씨." 카턴이 그 질문에 대신 대답하며 시계를 보았다. "바로 몇 분 후에. 난 거리낄 게 없소."

"신사 여러분, 그래도 말입니다." 계속 로리 씨를 대화로 이끌며 첩자가 말했다. "제 누이를 조금이라도 배려해 주신다면……."

"당신 같은 짐을 덜어 주는 게 그녀를 가장 배려하는 방법이오." 시드니 카턴이 말했다.

"정말 그렇습니까?"

"나는 그렇게 하기로 완전히 마음먹었소."

누가 봐도 엉성한 옷차림과 평소 그의 행동과 묘하게 어울리지 않는 첩자의 매끄러운 태도도 카턴—그보다 더 정직하고 지혜로운 사람들에게는 수수께끼였다—의 헤아릴 수 없는 생각 앞에서는 무용지물이었다. 바사드가 어찌할 바를 모르고 있을 때, 카턴이 다시 카드를 들여다보는 듯이 말했다.

"그런데 다시 생각해 보니, 아직 말하지 않은 좋은 카드가 있는 것 같다는 생각이 드는군. 시골 교도소에서 풀을 뜯어 먹고 있다고 말한 동료 양, 그 친구는 누굽니까?"

"프랑스 사람입니다. 당신은 모르는 사람이에요." 첩자가 재빨리 말했다.

"그래, 프랑스 사람이라고요?" 카턴은 마치 그가 안중에도 없다는 듯 생각에 잠겨 있었지만, 그 말을 반복했다. "뭐, 그럴 수도 있겠군."

"정말 프랑스 사람입니다, 확실해요." 첩자가 말했다. "하지만 중요한 건 아닙니다."

"하지만 중요한 게 아니다." 카턴이 기계적으로 반복하며 말했다. "하지만 중요한 게 아니다……. 그래, 중요한 건 아니지. 그런데 난 그 얼굴을 아는데."

"아닐 겁니다. 아닌 게 확실해요. 그럴 리가 없습니다." 첩자가 말했다.

"그럴 리가 없다라." 시드니 카턴이 다시 술잔(다행히 작은 잔이었다)을 돌리며 중얼거렸다. 그는 뭔가 회상하는 듯했다. "그럴 리 없다. 불어를 잘하더군요. 그런데 외국인 같았습니다. 그렇지 않습니까?"

"지방 출신입니다." 첩자가 말했다.

"아니. 외국인이야!" 불현듯 떠오른 생각에 카턴이 탁자를 손바닥으로 쾅 치며 외쳤다. "클라이! 변장했지만 같은 자였습니다. 올드 베일리에서 증언을 했었죠."

"이런, 성급하시긴." 바사드가 미소 지으며 말하자 휘어진 코가 한쪽으로 더 삐뚤어져 보였다. "여기서 제게 약점을 보이시는군요. 클라이는(오래전 일이니 제 동료였다고 인정합니다) 몇 년 전에 죽었습니다. 마지막 병석을 제가 지켰어요. 런던의 세인트 판크라스 교회 묘지에 묻혔는데, 불한당 같은 놈들이 따라붙는 바람에 운구 행렬을 따라가진 못했습니다. 하지만 그를 관에 누이는 걸 도왔죠."

여기 앉아 있던 로리 씨는 아주 특이한 도깨비 그림자가 벽에 드리운 걸 그제야 눈치챘다. 그림자의 원천을 따라가니 크런처 씨의 머리가 갑자기 쭈뼛쭈뼛 곤두서는 바람에 그런 그림자가 생겼음을 알았다.

"합리적으로 생각합시다." 첩자가 말했다. "공정하게 말이에요. 당신이 얼마나 잘못 알고 있는지 그리고 당신의 생각이 얼마나 터무니없는지 보여 주기 위해 제가 클라이의 증명서를 보여 드리겠습니다. 마침 제 수첩에 있습니다." 그런다음 그는 재빨리 수첩을 꺼내 열었다. "항상 가지고 다녔죠. 여기 있습니다. 보세요. 보세요! 손으로 들고 보십시오. 위조한 게 아닙니다."

여기 로리 씨가 벽에 비친 그림자가 길어지는 것만 같다고 생각하고 있을 때, 크런처 씨가 일어나 앞으로 걸어 나갔다. 그의 머리는 그 어느 때보다 날카롭게 서 있어서 한쪽뿔이 쭈글쭈글한 소가 쟁기질한 것 같았다.*

첩자가 볼 수 없었지만, 크런처 씨는 그 옆에 서서 유령 집행관처럼 그의 어깨를 툭 쳤다.

"형씨, 그럼," 크런처 씨가 차갑게 굳은 얼굴로 말했다. "그자를 관에 넣은 게 당신이오?"

"그렇습니다."

"그럼 누가 다시 꺼냈소?"

바사드가 의자 뒤로 기대며 더듬거렸다. "그게 무슨 말입

---

* 영국 전래동요 〈잭이 지은 집〉 가사 중 '한쪽 뿔이 쭈글쭈글한 소'를 인용한 것이다.

니까?"

"그러니까 내 말은," 크런처 씨가 말했다. "관에는 아무것
도 없었다고! 없었어! 그자가 없었다고! 관에 그놈이 있었다
면 내 머리를 베어 버려도 좋아!"

첩자가 두 신사를 둘러보았다. 그들은 말도 못하게 놀란
표정으로 제리를 쳐다보고 있었다.

"잘 들어." 제리가 말했다. "형씨는 관 속에 자갈과 흙을
채워 놓았지. 나한테 클라이를 묻었다는 소리는 하지도 마.
그건 사기였어. 나 말고도 두 명이나 더 알고 있으니까."

"그걸 어떻게 알죠?"

"어떻게 알든 무슨 상관이야! 젠장!" 크런처 씨가 으르렁
거렸다. "내 오래전 원한이 당신 때문이었어. 상인들에게 그
런 부담을 지우다니 부끄럽지도 않아! 확 멱살을 잡고 목을
졸라 버릴까 보다!"

일이 이렇게 되어 버릴 줄은 상상도 못해 로리 씨와 당황
하고 있던 시드니 카턴이 크런처 씨에게 진정하고 설명을 해
보라고 말했다.

"다음에 알려 드리겠습니다." 그가 모호하게 대답했다.
"설명하기에 지금은 때가 좋지 않습니다. 제가 확실히 말할
수 있는 건, 클라이가 관 속에 들어간 적이 없었다는 걸 저
자도 잘 알고 있다는 거죠. 저자에게 그랬는지 물어보십쇼.

한 마디만 더 했다간 확 멱살을 잡고 목을 졸라 버리거나," 크런처 씨는 너그럽게 제안하듯 말했다. "아니면 가서 고발해 버리겠습니다."

"흠! 내게 생각이 있네." 카턴이 말했다. "여기 카드가 하나 더 있소, 바사드 씨. 여기 의심이 넘쳐나고 혼란스러운 파리에서, 당신과 비슷한 또 다른 귀족 첩자와 내통하고 있었다고 하면 고발당하고 살아남기는 불가능할 거요! 게다가 죽은 척했다가 되살아난 수수께끼의 공범자라니! 외국인들이 교도소에서 공화국에 대항할 음모를 꾸민다. 이건 센 패죠. 확실히 기요틴으로 보내 버리는 패 아닙니까! 해보시겠소?"

"아니에요!" 첩자가 대답했다. "포기하겠습니다. 사실대로 말하겠어요. 우린 별난 군중에게 미움을 사는 바람에 물에 빠져 죽을 위험을 무릅쓰고 영국을 빠져나왔습니다. 클라이는 하도 추적이 따라붙어 그런 속임수가 아니었다면 전혀 도망칠 수 없었을 겁니다. 그러나 저 사람이 그걸 어떻게 알게 되었는지는 정말 신기하고 또 궁금합니다."

"내 일에 신경 쓸 필요 없어!" 성난 크런처 씨가 쏘아붙였다. "저 신사분께 집중이나 해. 그리고 잘 들어! 한 번만 더 그러면!" 크런처 씨는 자신의 너그러움을 드러내지 않고서는 견딜 수 없었다. "확 멱살을 잡고 목을 졸라 버릴까 보다!"

교도소의 양은 그에게서 고개를 돌려 시드니 카턴을 보

며 결심한 듯 말했다. "이제 그만합시다. 난 곧 근무 시간이고, 늦으면 안 됩니다. 제안할 게 있다고 하셨죠. 그게 뭡니까? 그리고 제게 너무 많은 걸 바라시면 안 됩니다. 제 일터에서 뭘 하길 바라면서 절 큰 위험에 처하게 만들어 버린다면, 그 제안을 수락하는 데 목숨을 거는 것보다 거절하는 데 목숨을 거는 게 나을 테니까요. 한마디로, 결정은 제가 합니다. 절박함에 대해 말했죠, 여기 우리는 모두 절박한 상황입니다. 기억하세요! 제가 봤을 때 적당하다 싶으면 당신을 고발할 수도 있고, 제가 마음만 먹으면 위증으로 돌벽도 뚫고 나갈 수 있다는 걸요. 다른 자들도 마찬가지입니다. 자, 그래서 제게 원하는 게 뭐라고요?"

"별거 아닙니다. 콩시에르주리의 간수라고 했습니까?"

"제가 확실히 말하는데 탈옥은 불가능합니다." 첩자가 단호하게 말했다.

"왜 내가 묻지도 않은 걸 말하는 거요? 그래서 콩시에르주리의 간수가 맞소?"

"그럴 때도 있습니다."

"원하는 때에 간수로 일하는 거요?"

"원하는 때에 들어갔다 나올 수 있습니다."

시드니 카턴은 브랜디 한 잔을 더 따른 다음, 천천히 난롯불에 부으며 술이 떨어지는 모습을 바라보았다. 잔이 비었을 때, 그는 자리에서 일어나며 말했다.

"지금까지, 이 두 사람 앞에서 이야기한 것은 손에 쥔 패의 가치를 당신과 나만이 아닌 모두에게 알리는 게 낫다고 생각했기 때문이오. 이제 여기 어두운 방으로 들어가서, 나랑 단둘이 이야기 좀 합시다."

제9장
시작된 게임

시드니 카턴과 교도소의 양이 어두운 옆방으로 들어갔지만, 목소리를 낮추고 이야기하는지 아무 소리도 들려오지 않았다. 로리 씨는 제리를 상당한 의심과 불신이 담긴 눈으로 바라보았다. 그 시선에 반응하는 정직한 상인의 태도도 믿음직스럽지 못했다. 제리는 쉰 개쯤 달린 다리를 모두 한 번씩 써 볼 기세로 이리 짚었다 저리 짚었다 했다. 그리고 손톱을 이상할 정도로 자세히 뚫어지라 관찰하다가, 로리 씨의 눈과 마주칠 때면 손으로 입을 가리고 헛기침을 했는데, 어떻게 보아도 숨기는 게 없는 진실된 사람의 모습은 아니었다.

"제리." 로리가 말했다. "이리로 와 보게."

크런처 씨는 어깨를 앞세우고 옆 걸음질로 그에게 다가갔다.

"전령 말고 무슨 일을 하고 다닌 건가?"

잠시 생각하며 그의 상전을 뚫어지라 보던 크런처 씨에게 좋은 대답이 떠올랐다. "농업에 관련된 일이요."

"걱정이 이만저만이 아니네." 화가 난 로리 씨가 그에게 삿대질하며 말했다. "자네가 신사적이고 훌륭한 텔슨 회사를 눈가림으로 쓰고, 악명 높고 불법적인 일을 하고 다녔던 게 아닌가 싶어서야. 만약 그랬다면, 영국에 돌아가서 내가 자네와 친분을 유지할 거란 기대는 하지 말게. 자네 비밀을 지켜 줄 거란 기대도 하지 말고. 텔슨 은행을 그렇게 이용할 생각은 꿈도 꾸지 말게."

"부탁합니다." 부끄러움을 감출 수 없던 크런처 씨가 호소했다. "만약 제가 그랬더라도—그랬다고 말하는 건 아니지만, 혹시 그랬더라도—제 머리에 새치가 생길 때까지 궂은일 마다하지 않고 당신 같은 신사분을 모셔 왔습니다. 절 해치는 일에 대해 한 번만 더 생각해 주셨으면 합니다. 그리고 그랬다고 해도, 한쪽 면만 보지 마시고 양쪽 사정을 고려해 주셨으면 합니다. 지금 이 시간에도 의사들은 돈을 긁어모으고 있는데 정직한 상인들은 한 푼도 벌까 말까 합니다. 한 푼이요! 아니요, 반 푼도 못 법니다, 반 푼이요! 아니요, 반의 반 푼도 안 될 겁니다. 의사들은 텔슨 같은 곳에서 아무렇지도 않게 예금하고, 저 같은 상인에게 잘난 눈을 부라리며 자기 마차를 타고 훌쩍 가 버립니다. 연기처럼, 혹은 더 가볍게, 아무렇지도 않게요. 그럼, 그것도 텔슨을 이용하는 겁니다. 그들이 거위가 암컷인지 수컷인지 어떻게 알겠습니까. 그리고 저 영국에 있는 크런처 부인도 그렇습니다. 옛날에도 그랬고, 앞으로도 그렇겠지만 틈만 나면 무릎을 꿇어 대고 절 저주하느라 난리 법석입니다. 그러니 쫄딱 망할 수밖에 없죠! 의사의 아내들은 그렇게 무릎을 꿇지 않죠, 남편이 막을 테니까요! 무릎을 꿇는다고 해도, 환자가 더 많이 오길 기도할 테니, 한쪽이 있으면 다른 한쪽도 반드시 있는 법 아니겠습니까? 그리고 장의사도, 성직자도, 묘지기도, 개인 야경꾼도(다들 욕심은 많아서 챙길 건 챙기죠) 설마 그렇게 했더라도, 먹고살 만큼 남는 것도 없을 겁니다. 그렇게 조금 벌어 봤자 잘사는 것도 아니니까요. 로리 씨, 이 사람은 항상 쪼들리며 살았습니다. 할 수만 있었다면, 일에 발을 들이고 난 후에도 내내 벗어나고 싶었을 겁니다. 정말 그런 일을 했다고 한들 말입니다."

"허 참!" 로리 씨는 다소 주저하는 듯 탄식했다. "이제는 자네를 꼴도 보기 싫네."

"이제, 제가 감히 말씀드리고 싶은 건," 크런처가 말을 이었다. "만약 정말 제가 그랬다고 해도……, 그랬다고 말하는 건 아니지만……."

"얼버무리지 말게." 로리 씨가 말했다.

"아닙니다, 그런 게 아닙니다." 그런 생각이나 행동은 당치도 않다는 듯 크런처 씨가 대답했다. "제가 삼가 말씀드리고 싶은 건 바로 이겁니다. 그곳 템플바의 작은 의자엔 제 아들

놈이 앉아 있죠. 그 녀석이 커서 어른이 되고, 당신이 언젠가 돌아가시는 그날까지 심부름도 하고, 전갈도 전하고, 다른 이런저런 일도 도우면 좋겠습니다. 당신만 괜찮으시다면요. 만약 제가 그런 일을 했다면, 제가 했다고 말하는 건 아니지만(얼버무리는 게 아닙니다), 그 녀석이 아버지의 자리를 지키고 그 녀석의 어머니를 돌볼 수 있도록 해 주십시오. 그 아이의 아비를 신고하지 마십시오—부탁입니다—그저 아비가 합법적으로 땅을 파게 해 주시고, 그가 파헤쳤을지도 모르는 것—만약 그랬다면—에 대한 보상을 하게 해 주세요. 그는 앞으로도 그들을 안전하게 지키겠다는 신념을 가지고 땅을 팔 겁니다, 로리 씨." 이 말을 하며 크런처 씨는 팔로 이마를 훔쳤다. 그의 연설이 거의 마무리되어 간다는 신호였다. "삼가 말씀드립니다. 주위에 얼마나 무서운 일들이 일어나고 있는지 몰라요. 사람들 머리는 자꾸 떨어지고, 짐꾼들 봉급도 떨어지고 있죠. 주위에 끔찍한 일들이 일어나고 있는 걸 보면 다른 심각한 생각들이 자꾸 들고, 제게 떠오르는 생각은 이렇습니다. 제가 만약 그런 일을 했더라도, 제가 방금 다네이 씨를 돕기 위해 한 말을 생각해 주십시오. 제가 끝까지 입을 다물고 있었을 수도 있습니다."

"적어도 그건 맞는 말이네." 로리 씨가 말했다. "이제 더는 말하지 말게. 자네가 그럴 만한 사람이라면 내가 아직 자네를 친구로 여길 수도 있겠지만, 참회는 행동으로 하게, 말로 하지 말고. 아무 말도 더는 듣고 싶지 않네."

크런처 씨가 주먹을 이마에 대어 보이는 순간 막 시드니 카턴과 첩자가 어두운 방에서 돌아왔다. "잘 가시오, 바사드 씨." 시드니가 말했다. "그렇게 하기로 결정했으니, 더는 날 두려워하지 마시오."

그는 다시 난롯가 옆으로 가서 로리 씨와 마주 앉았다. 그들이 단둘이 남게 되었을 때, 로리 씨가 방에서 무슨 일이 있었냐고 물었다.

"별일 없었습니다. 죄수의 상황이 나쁘게 흘러간다면, 딱 한 번만 더 그를 면회할 수 있도록 손을 써 두었죠."

로리 씨가 고개를 떨구었다.

"그게 제가 할 수 있는 전부였습니다." 카턴이 말했다. "더 많이 요구하면 이자의 목이 날아갈 수도 있고, 그렇게 되면 그가 말했듯이 고발되는 것과 별다를 게 없기 때문이죠. 그건 확실히 상황의 허점이라 어쩔 수 없었습니다."

"하지만 재판 결과가 나쁘다면," 로리 씨가 말했다. "면회로 그를 구할 수는 없을 겁니다."

"그를 구할 수 있을 거란 말은 안 했습니다."

로리 씨의 두 눈은 점차 불꽃을 향했다. 소중한 루시에 대한 연민, 다네이의 두 번째 체포에 대한 깊은 절망으로 눈앞이 흐려 왔다. 그는 이제 노인이었고, 최근 생긴 염려는 그에게 버거웠다. 두 눈에서 눈물이 떨어졌다.

"당신은 좋은 사람이고 진실한 벗입니다." 카턴이 다른 목소리로 말했다. "괴로워하시는 모습을 보게 되어 송구합니다. 제 아버지가 우시는 모습을 봤더라도 그저 무심히 앉아 있을 수는 없었을 겁니다. 당신이 제 아버지였더라도 당신의 슬픔을 이보다 더 존중하진 않았을 거예요. 하지만 저 같은 아들이 없으시니 그건 다행입니다."

마지막 말은 평소 모습으로 돌아간 카턴이었지만, 그의 말투와 손길에는 진실한 감정과 존경심이 묻어 나왔다. 그의 그런 모습을 본 적이 없었던 로리 씨는 전혀 뜻밖이었다. 그는 손을 내밀었고, 카턴은 부드럽게 그 손을 잡았다.

"가엾은 다네이에 대해," 카턴이 말했다. "합의된 내용에 대해서 루시에게 말하지 말아 주십시오. 그녀가 알더라도 그를 보러 갈 수는 없으니까요. 최악의 경우, 그녀는 마지막 면회가 사형이 집행되기 전에 그에게 자결을 권하는 방법이라고 생각할 수도 있으니까요."

로리 씨는 그런 생각을 해 본 적이 없었다. 혹시 카턴이 그런 생각을 하나 싶어 그를 얼른 쳐다보았다. 정말 그런 생각을 하는 듯했다. 그 시선을 마주 보는 카턴도 그 의미를 이해하는 것 같았다.

"루시에게는 수많은 생각이 떠오를 거고," 카턴이 말했다. "그중 어떤 생각도 그녀의 근심을 더할 뿐입니다. 그녀에게 제 얘기는 하지 말아 주세요. 처음 왔을 때 말씀드렸듯이 전 그녀를 만나지 않는 게 낫습니다. 보이지 않는 곳에서도 제 손을 뻗어 작은 도움이라도 줄 수 있으니까요. 그녀를 만나러 가실 거죠? 오늘 밤 많이 상심했을 겁니다."

"지금 바로 갈 겁니다."

"다행이네요. 그녀는 당신을 정말 좋아하고 의지하고 있으니까요. 그녀는 어때 보입니까?"

"불안하고 슬퍼 보이지만, 여전히 아름답지요."

"아!"

그것은 긴 탄식이며 한숨 소리 같았다. 거의 흐느낌 같기도 한 그 소리에 로리 씨의 눈길이 카턴의 얼굴로 향했다. 그의 얼굴은 불꽃을 향해 있었다. 빛이, 혹은 그림자가(노신사는 어느 쪽인지 알 수 없었다) 화창한 날의 언덕을 스치듯 그의 얼굴 위로 빠르게 흘러갔다. 그는 발을 들어 앞으로 굴러떨어진 붉은 장작개비를 밀어 넣었다. 그는 당시 유행하던 흰 승마복을 입고 긴 장화를 신고 있었는데, 그 환한 표면에 불빛이 닿아 무척 창백해 보였다. 다듬어지지 않은 긴 갈색 머리카락은 얼굴 위로 흐트러져 있었다. 무심히 불빛을 보던 그의 얼굴에 로리 씨도 한마디 하지 않을 수가 없었다. 그의 장화도 무심히 장작의 뜨거운 불씨 위에 올려져 있었고, 발의 무게를 견디지 못한 장작은 결국 바스러졌다.

"생각이 안 나네요." 카턴이 말했다.

로리 씨의 눈은 다시 카턴의 얼굴로 이끌렸다. 그는 죄수들의 표정을 기억하고 있었는데, 카턴의 조화롭고 뚜렷한 이목구비를 감싼 수척한 표정을 보며 죄수들의 얼굴이 다시 또렷하게 떠올랐다.

"여기서 맡으신 일은 모두 끝나 갑니까?" 카턴이 그를 돌아보며 말했다.

"그래요. 루시가 예고 없이 들어왔던 어젯밤에 말한 것처럼, 여기서 내가 할 수 있는 일은 모두 마쳤죠. 모두 안전하게 마무리하고 파리를 떠날 예정이었지. 통행증도 있어요. 떠날 준비가 모두 되어 있었습니다."

잠시 둘 다 아무 말이 없었다.

"선생님의 삶은, 돌이켜 보면 긴 세월이었습니까?" 카턴이 생각에 잠겨 말했다.

"올해가 일흔여덟 번째 해입니다."

"살아오시는 내내 유익하고, 차분히 꾸준하게 일하고, 신뢰받고, 인정받고, 존경받으셨겠죠?"

"내가 어른이 되었을 때부터 난 항상 직업인이었죠. 사실, 소년이었을 때도 직업인이었을지 모릅니다."

"일흔여덟에도 그런 자리를 지키시다니 대단합니다. 선생님께서 그 자리를 떠나면 얼마나 많은 사람이 그리워할까요!"

"고독하게 늙은 홀아비죠." 로리 씨가 고개를 저으며 말했다. "날 위해 울어 줄 사람은 없습니다."

"어째서 그런 말씀을 하십니까? 루시가 울지 않겠어요? 그녀의 아이가?"

"맞네, 맞아요. 하느님께 감사할 일입니다. 딱히 그런 뜻은 아니었어요."

"하지만 하느님께 감사할 일이지요, 그렇지 않습니까?"

"그 말이 맞죠, 맞고말고요."

"만약 오늘 밤, '난 그 누구에게도 사랑, 애정, 감사나 존경을 받은 적이 없다, 아무도 날 애틋하게 생각하지 않는다, 난 기억될 만한 어떤 선한 일이나 유익한 일을 하지 못했다'라고 선생님이 자신의 고독한 마음에 진정으로 이렇게 말하게 된다면, 선생님의 일흔여덟 해는 일흔여덟 개의 무거운 저주가 되겠지요. 그렇지 않습니까?"

"그 말이 맞습니다, 카턴 씨. 그럴 것 같군요."

시드니는 다시 불빛에 눈길을 던졌다. 잠시 침묵하던 그가 말했다.

"여쭤보고 싶습니다. 어린 시절이 오래전 일 같나요? 어머니의 무릎에 앉아 놀던 나날들이 아주 오래전같이 느껴지십니까?"

그의 부드러워진 태도에 로리 씨가 화답했다.

"20년 전에는 그랬었죠. 지금 와서 보니 아닌 것 같습니다. 삶의 끝으로 가면 갈수록 원을 그리며 여행하는 것 같아서, 다시 시작으로 점점 더 다가가고 있지요. 우리가 결국 가야 할 길을 매끄럽게 준비하는 좋은 방법 중 하나인 듯합니다. 오랫동안 잊고 있던 기억들이 생각나고 젊고 아름다웠던 어머니(내가 이렇게 늙었다니!)도 생각나 마음이 따뜻해졌죠. 세상이 내게 그렇게 잔인하지 않았을 때 그리고 내가 내 실수들에 대해서 신경 쓰지 않았을 때의 기억들과 함께 말입니다."

"그 느낌을 이해합니다!" 카턴이 얼굴을 붉히며 감탄했다. "그리고 기분이 더 나아지셨습니까?"

"그런 것 같군요."

대화가 끝나고 카턴은 자리에서 일어나 노신사가 코트 입는 것을 도왔다. "하지만," 로리 씨가 다시 주제로 돌아가며 말했다. "당신은 젊지 않습니까."

"네." 카턴이 말했다. "전 늙진 않았습니다만, 제 젊은 방식으로 나이를 먹어 가면 안 될 일이었죠. 제 이야기는 그만합시다."

"내 이야기도요." 로리 씨가 말했다. "나갈 거요?"

"그녀 집 대문까지 함께 걷겠습니다. 제가 가만히 있지 못하고 돌아다니길 좋아하는 건 알고 계시죠. 거리를 좀 오래 돌아다녀도 걱정하지 마십시오. 아침에 다시 나타날 겁니다. 내일 법정에 가십니까?"

"네, 슬프게도."

"저도 그곳에 있겠지만, 방청석에 있을 겁니다. 제 첩자가 자리를 잡아 주겠죠. 제 팔을 잡으세요."

로리 씨는 그 말을 따랐고 그들은 함께 계단을 내려가 거리로 나갔다. 몇 분 후 그들은 로리 씨의 목적지에 도착했고, 카턴은 그를 남겨 두고 떠났다. 그러나 조금 멀리서 서성이며, 대문이 닫힐 때까지 기다렸다가 대문이 닫히자 다시 돌아와 문을 어루만졌다. 그녀가 매일 교도소로 간다는 말을 들은 적이 있었다. "여기로 나왔겠지." 그가 주위를 둘러보며 말했다. "여기서 꺾어서, 이 돌길을 밟고 갔을 거야. 그녀의 발걸음을 따라가 보자."

그가 라 포르스 교도소 앞에 섰을 때는 밤 10시였다. 그녀가 수백 번 서서 기다렸던 곳이었다. 작은 톱장이가 공방 문을 닫고 그 앞에서 파이프 담배를 피우고 있었다.

"좋은 밤입니다, 시민." 지나가던 시드니 카턴이 잠시 멈추고 자신을 빤히 쳐다보고 있던 그에게 말했다.

"좋은 밤입니다, 시민."

"공화국은 안녕하십니까?"

"기요틴 말씀이시군요. 나쁘진 않습니다. 오늘은 예순세 명이었죠. 곧 100명을 채울 겁니다. 삼손과 부하들이 가끔 피곤하다고 불평하죠. 하, 하, 하! 삼손은 너무 웃겨요. 진정한 이발사라니까요!"

"그곳에 자주 구경 가시는지……."

"면도하는 거요? 항상 가죠. 매일요. 대단한 이발사예요! 이발하는 걸 본 적 있어요?"

"한 번도 없습니다."

"손님이 많을 때 한번 구경하러 가 보세요. 들어 봐요, 시민. 오늘은 글쎄 담배 두 대를 다 피우기도 전에 예순세 명을 면도했어요. 담배 두 대를 다 피우기도 전에요! 제 명예를 걸고 맹세해요!"

사형 집행 시간을 어떻게 쟀는지 설명하기 위해 작은 남자가 씩 웃으며 파이프를 내밀자, 카턴은 그를 때려죽이고 싶은 강한 충동에 몸을 돌렸다.

"그런데 영국 사람이 아니군요." 톱장이가 말했다. "차림은 영국 옷인데?"

"영국 사람입니다." 카턴이 다시 멈춰 서 어깨 너머로 대답했다.

"프랑스 사람처럼 말하는군요."

"예전에 여기서 공부했었죠."

"아하, 완벽한 프랑스 사람이시군! 좋은 밤 보내세요, 영국 사람."

"좋은 밤 보내세요, 시민."

"그런데 그 웃긴 개자식은 보러 가 봐요." 작은 남자가 그 뒤에서 끈질기게 소리쳤다. "담배 파이프도 들고 가세요!"

시드니는 그곳에서 얼마 벗어나지 않아 깜박이는 가로등 밑의 거리 한가운데에 멈춰 서서, 종이쪽지에 연필로 뭔가 끄적였다. 그리고 그 길을 아주 잘 아는 사람의 단호한 발걸음으로, 어둡고 더러운 길 몇 개를 지나—공포의 시대에는 가장 잘 알려진 대로도 청소가 되지 않아 거리는 평소보다 훨씬 더러웠다—한 약국 앞에 멈춰 섰다. 주인은 문을 닫으려 하고 있었다. 가파른 오르막길 위 작고, 어둡고, 구석진 가게의 주인은 작고, 흐리멍덩하고, 수상쩍은 남자였다.

카턴은 이 시민과 계산대에 마주 선 채 좋은 밤이라고 인사하며 종이쪽지를 내밀었다. "휘유!" 약사가 종이에 적힌 것을 읽으며 작게 휘파람을 불었다. "히! 히! 히!"

신경 쓰지 않는 시드니 카턴에게 약사가 말했다.

"당신 거요, 시민?"

"제 겁니다."

"조심해서 따로 보관해야 합니다, 알겠죠, 시민? 섞으면 어떻게 되는지 알고 있죠?"

"아주 잘 압니다."

포장된 작은 봉투들이 그에게 건네졌다. 그는 봉투를 하나씩 코트 안주머니에 넣고, 돈을 계산한 다음 천천히 가게를 떠났다. "이제 더 할 일이 없군." 달을 올려다보며 그가 말했다. "내일까지 말이야. 잠을 못 자겠군."

빠르게 흘러가는 구름을 보며 크게 말하는 그의 태도는 무심하지도, 부주의하지도 않았지만 반항적인 것도 아니었다. 그건 지친 남자의 차분한 태도였다. 방황하고 갈등하다 길을 잃었으나, 마침내 자신의 길을 찾아 그 끝을 본 남자의 태도였다.

오래전, 그가 전도유망한 청년으로 어릴 적 경쟁자들 사이에서도 유명했을 때 아버지의 장례 행렬을 따라간 적이 있었다. 어머니는 아버지보다 몇 년 먼저 이미 돌아가셨다. 높은 하늘에서 흘러가는 구름 아래 짙은 그림자가 드리운 어두운 거리를 걸으며, 그의 머릿속엔 아버지의 무덤에서 읽히던 엄숙한 문구가 떠올랐다. "나는 부활이요 생명이니 나를 믿는 사람은 죽더라도 살겠고, 또 살아서 믿는 사람은 영원히 죽지 아니하리라."[*]

---

[*] 신약성경 요한복음 11장 25~26절. 당시 장례식에서 많이 인용되는 성경 구절이었다.

도끼날이 지배하는 도시를 한밤중에 홀로 걷던 그의 마음이 그날 죽임당한 예순세 명과 교도소에서 죽음을 기다리는 내일의 희생자들과 그다음 날의 희생자들에 대한 슬픔으로 벅차올랐다. 그 일련의 연상을 좇다 보면 그 원천은 심연에서 올라오는 오래된 배의 녹슨 닻처럼 쉽게 찾을 수 있었을 것이다. 그는 그것을 찾는 대신 그저 반복해서 말하며 걸어갔다.

　그는 경건한 관심으로 불 켜진 창문들을 바라보았다. 그들을 감싸는 공포를 몇 시간이라도 잊기 위해 사람들이 잠을 청하는 곳이었다. 또 교회 첨탑들을 바라보았다. 사람들의 혐오로 파멸한 성직자의 탈을 쓴 사기꾼, 약탈자, 난봉꾼들이 없는 교회는 기도 소리가 들려오지 않았다. 이어 바라본 곳은 대문에 써 놓은 대로 영원한 안식을 약속하는 먼 곳의 묘지였고, 넘쳐나는 교도소들 그리고 예순 명의 사람들이 죽으러 가는 것이 흔하고 구체화되어 기요틴의 어떤 슬픈 유령 이야기도 더는 생겨나지 않는 거리였다. 밤이면 분노가 잠시 멈추고 가라앉는 이 도시의 모든 삶과 죽음에 대한 경건한 관심으로, 시드니 카턴은 센강을 건너 좀 더 밝은 길로 접어들었다.

　마차를 탄 사람들은 의심받기 쉬웠기 때문에 거리 위에는 마차가 뜸했다. 부유한 사람들은 붉은 수면 모자로 머리를 감추고 무거운 신발을 신고 터벅터벅 걸어갔다. 그러나 극장은 사람으로 가득했다. 그가 지나갈 때 그곳에서 사람들이 명랑하게 쏟아져 나와 수다를 떨며 집으로 향했다. 극장 문 중 하나 앞에서 한 여자아이와 어머니가 진흙탕을 건너갈 방법을 고민하는 모습을 보고, 그는 아이를 안고 길을 건넜다. 아이가 작은 팔을 자신의 목에서 풀기 전에 그는 뽀뽀를 해 달라고 했다.

"나는 부활이요 생명이니 나를 믿는 자는 죽더라도 살겠고, 또 살아서 믿는 자는 영원히 죽지 아니하리다."

이제, 조용한 거리 위로 밤이 깊어 가고 있었다. 그의 발치에서도, 그를 둘러싼 대기에서도 성경 구절이 울려 퍼졌다. 그는 혼자 반복하여 읊조리며 침착하고 차분히 걸어갔다. 성경 구절 소리가 계속 들려왔다.

밤이 지나가고 있었다. 집들과 성당이 어지럽게 뒤섞인 그림 같은 풍경을 달빛이 환하게 비추는 파리의 섬, 그는 그곳 강 벽에 부딪히는 물소리를 들으며 다리 위에 서 있었다. 하늘에서 죽은 자의 얼굴이 드러나듯 싸늘하게 날이 밝아 왔다. 그러자 달과 별이 있던 밤은 창백해져 사라지고, 잠시 동안 죽음이 지배하는 이곳에 천지창조가 이루어진 것 같았다.

그러나 곧 찬란한 태양이 떠올라 길고 환한 빛으로 무거운 밤의 언어를 물리치고 그의 마음에 따스함을 전했다. 경건하게 손으로 햇빛을 가리고 둘러보니 그와 태양 사이에 빛의 다리가 있어 그 아래로 강물이 반짝거렸다.

아침의 고요 속 거세고 깊고 맑은 물결은 뜻이 맞는 친구 같았다. 그는 주택가와 멀리 떨어진 곳까지 강을 따라 걸어가, 강둑 위 햇빛의 온기 속에서 잠이 들었다. 그는 잠에서 깨어 일어난 후에도 그곳에 조금 더 머물렀다. 하릴없이 돌고 도는 소용돌이가 물결에 휩쓸려 바다로 밀려가는 모습을 보며 그는 생각했다. '나 같군.'

옅은 낙엽 색깔 돛을 달고 상선 하나가 그의 눈앞으로 미끄러지듯 사라졌다. 수면 위로 조용하게 일었던 흔적도 사라지자, 그의 마음속에서 기도가 우러나왔다. 가엾은 그의 무자각과 실수를 자비롭게 여겨 달라는 기도는 이 말로 끝을 맺었다. "나는 부활이요 생명이니."

그가 돌아왔을 때 로리 씨는 이미 나간 후였으나 이 선한 노인이 어디로 갔는지는 쉽게 알 수 있었다. 시드니 카턴은 커피와 빵만 조금 먹고, 기분 전환을 위해 씻고 옷을 갈아입은 후 법정으로 향했다.

법정은 떠들썩한 술렁임으로 가득 찼다. 검은 양—많은 사람이 두려움에 슬금슬금 피한—이 방청객 사이 눈에 띄지 않는 구석으로 그를 밀어 넣었다. 로리 씨와 마네트 박사가 있었고, 루시도 아버지 옆에 앉아 있었다.

남편이 끌려오자 그녀는 그에게 그를 위한 의지와 용기와 애틋한 사랑과 부드러운 연민이 흘러넘치는 눈길을 보냈다. 그의 얼굴에 생기를 돌게 하고, 그의 눈빛을 빛나게 하며, 그의 심장을 뛰게 했다. 만약 그녀의 눈길이 미친 영향을 눈치챈 사람이 있었다면, 시드니 카턴에게도 똑같은 영향을 미쳤다는 걸 알아챘을 것이다.

혁명재판소의 부당한 법정에서 피고인이 합리적인 심리를 받을 수 있도록 하는 절차는 거의, 혹은 아예 없었다. 법, 형식, 절차가 애초부터 그렇게 흉포하게 남용되지 않았더라면 혁명 또한 없었을 테니. 혁명의 자기 파괴적인 복수가 그 모든 것을 바람에 흩날려 보냈다.

모든 사람의 눈이 배심원단에게 향했다. 어제, 그 전날도 늘 그랬고 내일, 모레도 늘 그렇겠지만 배심원단은 단호한 애국 시민들과 선한 공화정 사람들이었다. 그중 특히 눈에 띄는 사람은 굶주린 얼굴에 손가락을 늘 입술 근처에 대고 있는 한 남자였는데, 이자의 모습은 방청객들에게 큰 만족감을 주었다. 목숨에 굶주리고 식인종같이 잔인하게 생긴 이 배심원은 생탕투안에서 온 자크 3호였다. 모든 배심원이 사슴을 재판하기 위한 사냥개들 같았다.

이어 모든 사람의 눈이 다섯 판사와 검사에게로 향했다. 오늘 이곳에서 죄수에게 자비를 보여 주는 일은 없었다. 모두 악랄하고, 강경하고, 살인적으로 사무적인 모습이었다. 그런 다음 사람들의 눈은 군중 속에서 다른 시선을 찾고, 서로 화답하듯 눈을 반짝이며 고개를 끄덕인 후 긴장한 몸을 앞으로 구부려 집중했다.

샤를 에브레몽드, 일명 다네이. 어제 석방. 다시 고발되어 어제 재수감. 지난밤 고소장 전달. 공화국의 적, 귀족, 폭군의 친척, 추방된 종족의 일원으로서 폐지된 특권을 사용하고 민중을 압제했으므로 의심되어 고발되다. 샤를 에브레몽드, 일명 다네이, 이러한 추방령에 입각하여 사형 구형.

이렇게, 혹은 이보다 더 간략하게 검사가 말했다.

의장이 물었다. "피고는 공개적으로 고발되었는가, 아니면 비공개로 고발되었는가?"

"공개적입니다, 의장님."

"누구에 의하여?"

"세 명입니다. 에르네스트 드파르주, 생탕투안의 술집 주인입니다."

"좋습니다."

"테레즈 드파르주, 그의 부인입니다."

"좋습니다."

"알렉상드르 마네트, 의사입니다."

법정이 크게 술렁이는 가운데, 마네트 박사가 창백하게

질린 채 떨고 있었다. 그는 앉아 있던 자리에서 벌떡 일어나 있었다.

"의장님, 이것은 위증이며 사기임을 강력히 항의하는 바입니다. 피고는 제 딸의 남편이라는 걸 아시죠. 제 딸은 그리고 제 딸에게 소중한 사람은, 제게 목숨보다 훨씬 귀한 사람입니다. 제가 제 아이의 남편을 고발한다고 하는 거짓된 공모자는 누구이며, 어디에 있습니까!"

"시민 마네트, 진정하십시오. 법정의 권위에 따르지 않으면 위법이라 간주하겠습니다. 당신 목숨보다 귀한 것이 있다면, 선량한 시민에게 공화국보다 더 소중한 건 없습니다."

구경꾼들은 이 힐책을 큰 소리로 환호했다. 의장은 종을 울리고 열띤 목소리로 말을 이었다.

"공화국이 당신에게 당신 딸을 희생시키라고 요구한다면, 당신은 그녀를 희생시킬 수밖에 없습니다. 다음 이야기를 들어 보시고, 그동안 조용히 하십시오!"

광기 어린 환호 갈채가 다시 울려 퍼졌다. 도로 자리에 앉아 주위를 둘러보는 마네트 박사의 입술이 떨리고 있었다. 그의 딸이 곁으로 더 가까이 다가왔다. 배심원 자리에 앉은 굶주린 남자가 두 손을 마주 비비고 평소 버릇처럼 손을 입에 넣었다.

뒤이어 드파르주가 등장했다. 법정에서 그의 말이 들릴 정도까지 소란이 잦아들자, 그는 박사의 수감 생활과 박사의 시중을 들던 소년 시절과 박사의 석방과 박사가 자신에게 맡겨졌을 때의 일을 빠르게 설명하고 짧은 심문에 응했다. 모든 것이 속전속결로 진행되었다.

"바스티유 함락에 공을 세운 것이 맞습니까, 시민?"

"네, 맞습니다."

이때 방청석에서 한 여자가 날카롭고 새된 목소리로 외쳤다. "당신은 그곳에서 가장 훌륭한 애국 시민이었어요, 왜 말하지 않습니까! 그날 당신은 대포병이었고, 저주받은 요새가 함락되었을 때 제일 먼저 들어간 사람 중 하나였다고요. 애국자들이여! 이건 사실입니다!"

그 여자는 복수의 여신이었다. 군중의 열띤 찬사 속에서 그녀는 진행을 돕고 있었다. 의장이 종을 울렸으나 청중의 칭송에 고무된 그녀는 소리쳤다. "종을 거부합니다!" 사람들은 또다시 환호했다.

"시민은 그날 바스티유에서 뭘 했는지 판사석에 고하시오."

"저는," 드파르주의 아내가 남편이 올라선 계단 밑에 서서 남편을 차분히 올려다보고 있었다. 드파르주가 그녀를 내려다보며 말했다. "제가 언급할 죄수가 북쪽 탑 수감실 105호에 갇혀 있었다는 걸 알고 있었습니다. 그에게서 들은 것입니다. 제 보호를 받으며 구두를 만들 때 자신의 이름을 북쪽 탑 105호라고만 알고 있었지요. 제가 그날 총을 들었을 때, 이곳이 함락되면 그 수감실을 조사해 보겠다고 결심했습니다. 그래서 간수의 안내를 받아 여기 계신 배심원 한 분과 거기로 올라가 꼼꼼히 살펴보았습니다. 그런데 굴뚝 안에 있는 구멍에 돌이 다시 끼워진 흔적이 있었고, 그곳에서 어떤 글이 쓰인 종이를 찾았습니다. 이것이 바로 그 종이입니다. 전 시간을 내어 마네트 박사의 다른 글과 대조하여 필체를 확인했고, 이건 분명 마네트 박사가 쓴 글입니다. 마네트 박사가 쓴 이 글을 의장님께 제출합니다."

"읽어 보시오."

쥐 죽은 듯 고요한 가운데, 재판을 받고 있던 죄수는 사랑을 담아 아내를 바라보았고, 아내는 그를 바라보다가 배려 가득한 눈길로 아버지를 바라보고 있었다. 마네트 박사는 글을 읽을 사람에게서 눈을 떼지 않았고, 드파르주 부인은 죄수에게서 눈을 떼지 않았고, 드파르주는 즐거워 보이는 자신의 아내에게서 눈을 떼지 않았다. 그리고 다른 모든 사람의 눈이 그들을 아랑곳하지 않는 박사에게 집중된 가운데 종이에 쓰인 글이 다음과 같이 낭독되었다.

제10장
그림자의 실체

    나, 알렉상드르 마네트는 보베 출신이며 후에 파리에 거주한 불행한 의사로, 1767년 마지막 달에 바스티유의 슬픈 수감실에서 처량한 글을 씁니다. 나는 아주 어려운 상황 속에서 몰래 틈날 때마다 이 글을 쓰고 있습니다. 굴뚝 벽 안에 이 글을 숨길 공간을 만들기로 계획했고, 오랜 시간에 걸쳐 힘들게 그 공간을 만들었습니다. 나와 내 슬픔이 먼지가 되어 버렸을 때 날 가엾게 여길 손길이 이 글을 찾길 바랍니다.

    이 글은 녹슨 쇠꼬챙이와 굴뚝에서 긁어모은 검댕과 석탄 가루를 피와 섞어 어렵게 쓰고 있습니다. 지금은 내가 이곳에 수감된 지 10년째 되는 해의 마지막 달입니다. 내 가슴속에서 희망은 완전히 사라졌습니다. 나는 나 자신이 느끼는 무서운 증세들로 앞으로 이성이 오래 지속되지 않을 것임을 알고 있습니다. 그러나 나는 지금 이 순간 올바른 이성을 가지고—정확하고 상세한 기억으로—사람에게 읽히든 말든 내가 마지막으로 기록하게 될 이 글에 최후 심판의 자리에서 책임질 수 있는 진실만을 쓸 것을 엄숙하게 선언합니다.

흐리지만 달이 밝았던 어느 밤, 그날은 1757년 12월의 셋째 주였습니다(22일 같습니다). 나는 찬 바람을 쐬려 센강 부두 외딴곳을 걷고 있었습니다. 그곳은 의과대학이 있는 거리의 내 거처에서 한 시간 정도 떨어진 곳이었습니다. 그때 제 뒤에서 마차 한 대가 무척 빠르게 다가와 나는 마차에 치이지 않도록 길옆으로 비켜섰는데, 어떤 사람이 창문에서 머리를 내밀더니 마부에게 멈추라고 지시했습니다.

마부가 말고삐를 잡자마자 마차가 멈추고, 조금 전의 목소리가 내 이름을 불렀습니다. 나는 대답했습니다. 마차는 이미 나를 훨씬 앞선 곳에 멈춰 서 있었기 때문에 내가 마차까지 다가가는 동안 두 신사가 마차 문을 열고 내렸습니다. 나는 그들이 외투를 둘둘 감고 있는 모습을 보았고, 그들은 신분을 숨기고 싶어하는 것 같아 보였습니다. 그들이 마차 문 옆에 나란히 서 있었을 때, 그들이 내 나이 정도 되거나 더 어리며, 그 두 사람이 체격, 태도, 목소리 그리고 (보이는 한에서) 얼굴까지 많이 닮았다는 걸 볼 수 있었습니다.

"당신이 마네트 박사입니까?" 한 사람이 물었습니다.

"그렇습니다."

"보베에서 온 마네트 박사." 다른 한 사람이 말했습니다. "젊은 의사, 유능한 외과 의사이며 최근 1~2년 동안 파리에서 유명세를 떨친 사람이 맞습니까?"

"여러분." 내가 대답했습니다. "전 여러분이 그렇게 치켜세워 주시는 마네트 박사가 맞습니다."

"우리는 당신 거처에 다녀오는 길입니다." 첫 번째 남자가 말했습니다. "안타깝게도 그곳에서 뵙지 못하고, 이쪽으로 산책하고 계실 거란 이야기를 듣고 만나 뵐 수 있을까 싶어 따라온 겁니다. 마차에 오르시겠습니까?"

두 사람의 태도는 고압적이었고, 말하면서도 몸을 움직여 나를 그들과 마차의 문 사이로 밀어붙였습니다. 그들은 무장하고 있었고, 난 무방비 상태였습니다.

"여러분." 나는 말했습니다. "죄송합니다만, 전 제 도움을 바라시는 분들이 누구인지, 제가 불려 가는 일이 무슨 상황인지 알고 싶습니다."

이 질문에 대답한 사람은 두 번째 남자였습니다. "의사 선생, 선생의 고객은 중요한 사정이 있는 사람들입니다. 상황을 묻는다면, 선생의 의술을 믿으니 우리가 설명하는 것보다 직접 가서 보는 게 더 나을 듯합니다. 이제 됐습니다. 이만 마차에 오르시겠습니까?"

나는 그 말에 따를 수밖에 없어 조용히 마차에 탔고, 곧바로 두 사람도 내 뒤를 따라 마차에 탔습니다. 마지막으로 탄 자가 계단을 접고 마차 안으로 뛰어 들어왔지요. 마차는 돌아서 조금 전처럼 속도를 내어 달렸습니다.

나는 이 대화를 말한 그대로 옮겨 쓰고 있습니다. 한 마디 한 마디가 정확하게 똑같습니다. 모든 것을 일어난 그대로 정확하게 설명하고, 내 정신이 흐려지지 않도록 긴장하며 이 글을 씁니다. 다음과 같은 표시를 해 놓은 곳은 내가 글 쓰는 것을 중단하고 비밀의 공간에 숨겨 놓음을 뜻합니다.

*

마차는 거리를 지나 북쪽 관문을 통과해 시골길로 접어들었습니다. 관문에서 3분의 2리그 정도 갔을 때―당시에 측정한 거리가 아니라 나중에 다시 지날 때 본 것입니다―큰 대로에서 벗어나 곧 외딴 저택 앞에 멈췄습니다. 우리 세 사람은 마차에서 내려 정원을 가로질러 걸었습니다. 그곳에는 방치된 분수가 흘러넘치고 있었고 축축하고 부드러운 보도는 저택의 문까지 연결되어 있었습니다. 초인종이 울리고 문이 즉시 열리지 않자, 절 데려온 두 사람 중 한 명이 두꺼운 승마 장갑으로 문을 열어 준 남자의 얼굴을 후려쳤습니다.

그 행동에 특별히 놀랄 것은 없었습니다. 서민들도 개들보다 더 자주 치고받고 싸우는 걸 본 적이 있기 때문입니다. 그러나 둘 중 다른 한 명도 똑같이 화를 내며 팔로 남자를 후려치는 것을 보고, 그 모습과 행동이 너무 흡사해 그제야 두 사람이 쌍둥이 형제인 것을 알게 되었습니다.

우리가 바깥 대문 앞에서(들어올 때도 잠겨 있었고 들어온 후에도 형제 중 한 명이 다시 잠그는 것을 봤습니다) 하차했을 때부터 위층에서 비명 소리를 들었습니다. 나는 그 방으로 바로 안내되었고, 계단을 올라갈수록 비명도 점점 커졌습니다. 그곳에서 머리가 고열로 뜨거운 환자가 침대에 누워 있는 것을 보았습니다.

환자는 무척 아름답고, 스무 살이 채 안 되어 보이는 젊은 여성이었습니다. 머리는 잡아 뜯어 헝클어지고, 팔은 허리띠와 손수건 등으로 허리에 묶여 있었습니다. 나는 여인을 묶고 있는 게 신사들의 의류임을 눈치챘습니다. 그중 하나는 술이 달린 예복의 스카프였는데, 귀족의 문장과 'E'라는 글자가 수놓아진 것을 보았습니다.

내가 환자를 진료하는 처음 몇 분 동안 본 것입니다. 그녀는 쉼 없이 발버둥 치고 침대 가장자리에 얼굴을 묻은 채 스카프 한쪽 끝을 입에 넣고 있어 질식할 위험에 처해 있었습니다. 내가 가장 먼저 한 일은 그녀가 호흡을 할 수 있게 손을 뻗어 스카프를 옮기는 것이었고, 그러자 한구석에 있던 자수가 눈에 들어왔습니다.

나는 그녀를 조심스럽게 돌려 눕히고, 가슴에 손을 얹어 진정시키고 안정을 찾도록 하며 그녀의 얼굴을 바라보았습니다. 그녀의 눈은 확장되어 번뜩였고, 계속 찢어지는 비명을 지르며 이런 말을 반복했습니다. '내 남편, 내 아버지, 내 동생!' 그리고 열둘까지 센 다음, '쉿!'이라고 했습니다. 그런 다음 아주 잠시, 주위 소리를 듣기 위해 멈췄다가, 다시 찢어지는 비명을 지르고, '내 남편, 내 아버지, 내 동생!'이라는 외침을 반복하다가, 열둘까지 센 다음 '쉿'이라고 했습니다. 순서와 방식에는 변화가 없었습니다. 중단되는 법도 없이 그저 규칙적으로 쉬다가 다시 똑같이 소리 질렀습니다.

"얼마나 오랫동안," 내가 물었습니다. "이 상태가 지속되었습니까?"

형제를 구분하기 위해 한 명은 형, 다른 한 명은 동생이라고 부르겠습니다. 형이라고 부를 사람은 좀 더 권위가 있었습니다. 질문에 대답한 건 형이었습니다. "어젯밤 이 시각부터였습니다."

"환자에게 남편, 아버지, 남동생이 있습니까?"

"남동생이 있습니다."

"혹시 남동생 되십니까?"

그는 깊은 경멸이 어린 목소리로 대답했습니다. "아니요."

"환자가 최근 숫자 12와 관련된 일을 겪었습니까?"

동생이 조바심 내며 끼어들었습니다. "12시를 말하는 거 아니요?"

"여러분, 이것 보십시오." 그녀의 가슴에 계속 내 손을 올려놓은 채 말했습니다. "저를 데려오신 게 얼마나 쓸모없는 일입니까! 이런 환자를 보게 될 줄 알았더라면 준비를 하고 왔을 텐데. 이렇게 되었으니 시간이 더 걸릴 겁니다. 이런 외딴곳에는 약을 구할 수도 없으니 말입니다."

형이 동생을 바라보았고 동생이 오만방자하게 말했습니다. "이곳에 약상자가 있습니다." 그리고 옷장에서 그것을 꺼내 탁자 위에 올려놓았습니다.

*

나는 병 몇 개를 열었고, 냄새를 맡고, 입술에 마개도 대어 보았습니다. 마취제나 독약이 아닌 다른 약을 쓰고 싶었다면 그 중 어떤 것도 쓰지 않을 것이었습니다.

"약이 마음에 들지 않습니까?" 동생이 물었습니다.

"보시다시피, 선생님, 사용할 일이 있을 겁니다." 그렇게 대답하고 다른 말은 하지 않았습니다.

나는 많은 어려운 노력 끝에 환자가 내가 주는 약을 삼키게 했습니다. 잠시 후에 다시 그 약을 쓸 생각이어서 효과를 확인하기 위해 침대 옆에 앉았습니다. 소심하고 억압되어 보이는 한 여인(문을 열어 준 남자의 아내였습니다)이 시중을 들었는데 구석으로 물러가 있었습니다. 저택은 습하고 낡았으며 간단한 가구들만 놓여 있어 최근에 들어와 임시로 사용하는 거처럼 보였습니다. 비명을 죽이기 위해 창문에는 낡고 두꺼운 천이 못질되어 있었습니다. 비명은 일정한 규칙대로 계속 이어졌습니다. '내 남편, 내 아버지, 내 남동생!' 열둘까지 센 다음 '쉿!' 너무나 격렬하게 몸부림쳐 그녀를 묶어 둔 끈을 풀지 않고 내버려 두었으나, 끈으로 고통스럽지 않은지 확인해야 했습니다. 그나마 한 줄기 희망이라면 내 손이 환자의 가슴에 올려져 있을 때는 진정 효과가 있어서 몇 분 동안이라도 발작을 멈출 수 있었습니다. 다만 비명에는 효과가 없었고, 비명은 어떤 시계추보다 더 규칙적이었습니다.

제 손에 이런 진정 효과가 (제 생각에는) 있었기 때문에 나는 침대 옆에 반 시간 동안 앉아 있었고, 두 형제가 지켜보다가 큰 형이 말했습니다.

"다른 환자가 있습니다."

나는 놀라 물었습니다. "위급한 환자입니까?"

"가서 보시는 게 좋겠네요." 그는 대충 대답하며 등불을 들었습니다.

*

다른 환자는 두 번째 계단 맞은편의 뒤쪽 방에 누워 있었는데, 마구간 위의 다락 같은 곳이었습니다. 방 일부는 회벽이 발린 천장으로 덮여 있었고 나머지는 기와지붕의 모서리까지 트여 있었으며 대들보가 드러나 있었습니다. 한쪽에 건초와 짚을 쌓아 놓았고, 땔감용 삭정이들과 모래 속에 저장된 사과 한 무더기도 보였습니다. 환자에게 가려면 이런 것들을 지나야 했습니다. 내 기억은 상세하고 흔들림이 없습니다. 그날 밤 본 세부 사항들을 지금 떠올려 봐도, 이곳, 거의 10년째 갇혀 있는 바스티유의 수감실에서 보듯 생생하게 기억합니다.

바닥의 건초 더미 위에는 한 잘생긴 농민 소년이 머리 밑에 쿠션이 놓인 채 누워 있었습니다. 많아 봤자 열일곱이나 되었을까 한 소년이었습니다. 이를 악문 그는 등을 바닥에 대고 누워 오른손으로 가슴을 부여잡고 번뜩이는 눈으로 정면을 바라보고 있었습니다. 한쪽 무릎을 꿇고 앉아 있던 내게 상처는 보이지 않았습니다. 하지만 날카로운 것에 찔려 죽어 가고 있다는 것은 알 수 있었습니다.

"나는 의사란다, 가여운 친구." 내가 말했습니다. "내가 좀 봐도 될까."

"보이고 싶지 않아요," 그가 대답했습니다. "내버려 두세요."

상처는 그의 손 밑에 있었고, 나는 그를 달래 손을 치웠습니다. 검에 찔린 상처였고 스무 시간에서 스물네 시간 정도 지난 듯 보였습니다. 빨리 상처를 살폈더라도 그를 구할 의술은 없었을 겁니다. 그는 빠르게 죽어 가고 있었습니다. 제가 형에게 눈을 돌렸을 때, 그가 이 잘생긴 소년의 생명이 빠져나가는 모습을 전혀 사람이 아닌 상처 입은 새, 토끼가 죽어 가는 정도로 내려다보고 있음을 발견했습니다.

"어떻게 된 겁니까." 내가 말했습니다.

"미친 개 같은 천민! 농노 주제에! 내 동생에게 주제를 모르고 덤비다가 동생의 검에 쓰러졌지. 신사처럼 말이야."

대답에서 동정심, 슬픔, 동족의 인류애 따위는 찾아볼 수 없었습니다. 화자는 다른 종류의 생명체가 그곳에서 죽어 간다는 게 무척이나 불편한 듯 보였고, 벌레들이 늘 그렇듯 그도 후미진 곳에서 죽었다면 얼마나 좋을까 하고 생각하는 듯했습니다. 그는 소년이나 소년의 운명에는 어떤 연민의 감정도 없어 보였습니다.

소년의 눈이 천천히 말하고 있던 그에게 갔다가, 다시 천천히 나를 향했습니다.

"의사 선생님, 저들 귀족은 정말 콧대 높아요. 하지만 우리 개 같은 평민들도 가끔 자존심이 있죠. 그들은 우리를 약탈하고, 능욕하고, 때리고, 죽여요. 그래도 우리는 가끔 자존심이 남아 있죠. 우리 누나……, 누나를 보셨나요?"

거리가 멀어 나직한 소리였지만, 비명과 울음소리가 그곳까지 들려왔습니다. 그녀가 우리 앞에 누워 있기라도 한 듯 그는 그 소리를 가리키며 말했습니다.

"누나를 보았단다." 내가 말했습니다.

"우리 누나예요, 의사 선생님. 오랜 세월 동안 저들은 우리 누이들의 정조와 미덕에 끔찍한 권리를 가지고 있었어요. 하지만 우리 중에는 선량한 여자들이 있다는 걸 저도 알고 있었어요. 아버지가 그렇게 말씀하셨으니까요. 누나는 선량한 여자였어요. 선량한 청년에게 시집갔죠. 그의 소작인이었어요. 우리 모두 그의 소작인이었죠, 저기 서 있는 저자의 소작인이요. 다른 한 명은 그의 동생인데, 악한 종자 중에서도 최악이었어요."

소년은 온몸의 힘을 모아 어렵게 말을 이어 나갔지만, 그의 영혼은 끔찍한 울림으로 말하고 있었습니다.

"우리는 저기 서 있는 자에게 너무 심하게 착취당했어요. 개 같은 평민들이 우월한 존재들에게 늘 그렇게 당하듯 말이에요. 사정없이 세금을 걷었고, 보상도 없이 노동을 시켰고, 그의 방앗간에서 옥수수를 갈게 하고, 얼마 되지 않는 우리의 곡물로 십수 마리 새들을 먹이면서 우리는 평생 새 한 마리 키울 수 없게 했죠. 우연히 고기 한 조각이라도 생기면 그의 시종들이 빼앗아 갈까 봐 문에 빗장을 걸고 덧문을 내린 채 두려움에 떨면서 먹을 정도로 심하게 약탈당하고 빼앗겼어요. 우리는 너무나도 많이 강도당하고, 쫓기고,

가난에 시달렸어요. 아버지는 이 세상에서 아이를 낳는 일은 끔찍한 일이라고 하셨죠. 우리는 무엇보다 우리의 여자들이 불임이 되어 이 불쌍한 종족의 씨를 말릴 수 있게 기도해야 한다고 말씀하셨어요!"

나는 억눌려 있던 감정이 그토록 한꺼번에 불처럼 터져 나오는 것을 본 적이 없었습니다. 죽어 가는 소년을 만나기 전까지, 사람들 마음속에 그런 불꽃이 숨어 있을 거라 생각은 했지만 본 적은 없었습니다.

"그래도, 의사 선생님, 누나는 결혼을 했어요. 그 사람은 불쌍하게도 병을 앓고 있었는데 누나는 우리 오두막—저자는 개집이라고 불렀지만—에서 사랑하는 그를 돌보며 위로해 줄 수 있다고 생각했죠. 그런데 결혼한 지 몇 주 지나지 않아 저자의 동생이 누나를 보고 마음에 들었는지 매형에게 누나를 빌려 달라고 했어요. 도대체 남편이라고 해서 무슨 소용인지! 매형은 순순히 승낙했지만, 착하고 정숙했던 누나는 저처럼 저자의 동생을 증오했어요. 그러자 저들이 어떻게 해서든 누나의 마음을 바꾸어 보라고 매형에게 무슨 짓을 했는지 알아요?"

나를 뚫어져라 보던 소년의 눈이 천천히 옆에 서 있던 자에게 옮겨 갔고, 나는 두 사람의 얼굴을 보고 소년이 말한 모든 것이 사실임을 알았습니다. 나는 대립하는 두 자존심이 맞서 싸우는 모습을 바스티유에서도 보고 있습니다. 신사의 태만함과 무관심이 감정이 짓밟힌 농민의 맹렬한 복수와 서로 겨루는 모습 말입니다.

"선생님도 아시겠지만, 저들 귀족의 권리 중 하나로 우리 개 같은 평민들 목에 마구를 씌워 수레를 끌게 할 수 있어요. 그래서 매형에게 마구를 씌우고 수레를 끌게 했죠. 아시겠지만 저들은 고상하게 수면을 취할 수 있도록 우리를 밤새 그들 땅에 세워 놓고 개구리를 잡게 할 권리도 있어요. 그래서 매형을 차갑고 해로운 밤안개 속에 밤새 세워 두고, 낮에는 마구를 씌웠어요. 그래도 매형은 그들에게 설득당하지 않았죠, 절대 설득당하지 않았어요! 어느 날 정오무렵에 매형에게 식사를 하라고─먹을 것을 찾을 수 있다면─마구를 풀어 줬는데, 그는 종이 한 번 울릴 때마다 한번씩, 그렇게 열두 번을 흐느껴 울다가, 누나의 품에서 죽어버렸어요."

자신이 당한 모든 고통을 털어놓겠다는 결심만이 소년의 목숨을 붙잡고 있었습니다. 몰려오는 죽음의 그림자를 억지로 막아 내며, 꽉 쥔 오른손에 힘주어 상처를 눌렀습니다.

"그러고 나서, 저자의 허락과 도움까지 받아 저자의 동생이 누나를 데려갔어요. 저도 아는 어떤 사실을 말했는데도─그 사실은 지금이 아니라도 곧 선생님도 알게 될 거예요—억지로 누나를 끌고 갔죠. 잠시 동안 맛볼 쾌락과 즐거움을 위해서요. 전 누나가 끌려가는 모습을 길에서 봤어요. 집에 그 소식을 전했더니 아버지의 심장이 터져 버렸죠. 마음에 맺힌 말 한 마디 못하고 돌아가셨어요. 전 제 여동생을 (여동생이 한 명 있어요) 저자의 손이 닿지 못할 곳으로 데려갔어요. 적어도 그곳에서는 저들의 노예로 살지 않을 겁니다. 그런 다음, 전 저자의 동생을 여기까지 따라와서—개 같은 평민이지만, 손에 검을 쥔 개가—지난밤에 저기로 올라왔어요. 다락 창문이 어디 있죠? 가까이에 있나요?"

그의 시야에서 방은 점점 어두워지고, 주위 세상은 점점 좁아졌습니다. 주위를 돌아보니 싸움이 일어났던 것처럼 바닥 여기저기에 건초와 지푸라기가 흩어져 있었습니다.

"누나가 제가 온 소리를 듣고, 뛰어 들어왔어요. 전 누나에게 저자가 죽기 전까지 가까이 오지 말라고 했죠. 그가 들어와서, 처음엔 동전 몇 개를 던져 줬어요. 그러고는 채찍으로 때렸어요. 나는 천한 개였지만, 그를 공격해서 칼을 꺼내게 했어요. 나 같은 평민의 피로 더러워진 검을 그가 산산조각 내든 말든 상관없어요. 그는 방어하기 위해 검을 뽑아 온 힘을 다해 날 찔렀어요."

난 그 이야기를 듣기 몇 분 전에 건초 더미에 놓인 부러진 검 조각들을 봤습니다. 귀족의 무기였습니다. 조금 떨어진 곳에 있던 군인들이 쓰는 오래된 칼도 보았습니다.

"이제, 몸을 일으켜 주세요, 선생님. 몸을 잡아 주세요. 그는 어디 있나요?"

"그는 여기에 없단다." 소년의 몸을 붙잡아 주며 내가 말했습니다. 나는 그가 형제 중 동생을 말하는 줄 알았습니다.

"헤! 콧대 높은 귀족 주제에, 날 보기 무섭나 보죠. 여기 있던 자는 어디 있나요? 제 얼굴을 그 사람 쪽으로 돌려 주세요."

나는 소년이 원하는 대로 그의 머리를 내 무릎으로 지탱하며 얼굴을 돌려 주었습니다. 그런데 그 순간 소년은 어떤 초인적인 힘으로, 스스로 몸을 완전히 일으켰습니다. 그를 잡아 주기 위해 나도 일어나지 않을 수 없었습니다.

"후작." 소년이 후작을 향해 눈을 부릅뜨고 오른손을 올리며 말했습니다. "이 모든 책임에 대답해야 할 날이 온다면, 나는 당신과 당신 가족과 그 악한 종족의 마지막 핏줄까지도 불러내어 책임을 물을 것이다. 내가 그렇게 하겠다는 맹세로, 내 피로 이 십자가를 긋는다. 모든 책임에 대답해야 할 날이 온다면, 악한 종족 중에서도 가장 흉악한 당신의 동생을 따로 불러 그 책임을 묻겠다. 내가 그렇게 하겠다는 맹세로, 내 피로 이 십자가를 긋는다."

두 번씩, 소년은 손을 가슴에 있는 상처에 댔다가 집게손가락으로 허공에 성호를 그었습니다. 소년은 손가락을 올린 채 잠시 서 있다가, 손가락이 떨어지면서 몸도 무너졌습니다. 그렇게 나는 죽은 소년의 시신을 바닥에 누였습니다.

*

　내가 다시 젊은 여인의 침상으로 돌아왔을 때, 그녀는 정확하게 똑같은 순서로 광란을 계속하고 있었습니다. 나는 그녀가 이렇게 몇 시간을 고통받다가 결국 무덤 속 고요로 끝나게 될 것을 알고 있었습니다.

　나는 그녀에게 삼키게 했던 약을 다시 먹이고, 밤이 깊어질 때까지 침대 옆에 앉아 있었습니다. 그녀의 찢어지는 비명은 조금도 잦아들지 않았고, 단어 순서나 소리의 명료함은 흐트러지지도 않고 항상 같았습니다. '내 남편, 내 아버지, 내 동생! 하나, 둘, 셋, 넷, 다섯, 여섯, 일곱, 여덟, 아홉, 열, 열하나, 열둘. 쉿!'

　그녀의 그런 상태는 내가 처음 봤을 때부터 스물여섯 시간이나 계속되었습니다. 내가 두 번 더 그곳을 오가다 침대 옆에 앉아 있을 때 그녀가 말을 더듬기 시작했습니다. 나는 조금이라도 할 수 있는 조치는 뭐든 다 취했고, 그녀는 말이 점점 느려지더니 곧 죽은 듯이 누워 있게 되었습니다.

　길고 무서운 폭풍우에 이어 몰아치던 비바람이 마침내 소강 상태로 접어든 듯했습니다. 난 그녀의 팔을 풀어 주고,

시중드는 여인을 불러 찢어진 옷가지 등을 정리해 달라고 부탁했습니다. 바로 그때 처음으로 나는 그녀가 첫아이를 가진 임신부였다는 걸 알게 되었습니다. 그리고 그때 그녀가 회생하리라는 작은 희망마저 잃어버렸습니다.

"죽었습니까?" 후작이 물었습니다. 내가 형이라고 표현한 이자는 말에서 내려 장화를 벗지도 않고 방으로 들어왔습니다.

"죽은 건 아니지만," 내가 말했습니다. "곧 죽을 것 같습니다."

"천한 것들 몸에 무슨 힘이 있어서!" 그가 다소 호기심 어린 눈으로 그녀를 내려다보았습니다.

"슬픔과 절망에서 나오는," 내가 대답했습니다. "엄청난 힘이지요."

내 말에 그는 처음에는 웃다가 곧 인상을 찌푸렸습니다. 그는 발로 의자를 당겨 와 내 옆에 앉아서는, 시중드는 여인에게는 물러가라고 지시한 후, 잔뜩 낮춘 목소리로 말했습니다.

"선생님, 이런 촌뜨기들과 얽혀 제 동생의 고생이 이만저만이 아닙니다. 선생님 도움이 조금 필요하겠군요. 선생님은 평판이 좋고 앞으로 벌 돈도 많으니, 알아서 잘 처신하리라 믿습니다. 여기서 본 것들은, 보기만 하고 입에 올려선 안 될니다."

나는 환자의 숨소리를 들으며 대답을 피했습니다.

"제 말 듣고 계십니까, 선생님?"

"나리." 내가 말했습니다. "제 직업은 환자의 비밀을 항상 보호합니다." 내가 보고 들은 것을 생각하면 마음이 불편했기 때문에 내 대답은 조심스러웠습니다.

그녀의 호흡을 듣기가 어려워져서, 나는 조심스럽게 맥박과 심장 박동을 들어 보았습니다. 숨은 붙어 있었지만, 그 이상은 아니었습니다. 자리에 앉으려고 주위를 둘러보니, 두 형제가 가만히 나를 지켜보고 있었습니다.

*

추위가 견딜 수 없이 지독해서 글을 쓰기가 몹시 어렵습니다. 혹시 발각되어 빛이 완전히 들어오지 않는 지하 교도소로 끌려갈까 두려우니 이야기를 짧게 줄입니다. 내 기억엔 어떠한 혼란도, 누락도 없습니다. 모든 것이 자세하게 생각나서 두 형제와 나눈 대화 한 마디 한 마디 모두 똑같이 옮길 수 있습니다.

그녀는 일주일을 더 버텼습니다. 끝이 다가올 때, 나는 그녀 입술에 귀를 가까이 대고 그녀가 말하는 몇 마디를 이해할 수 있었습니다. 자신이 어디에 있는지 물어 내가 대답했고, 내가 누구인지 물어 그것도 대답해 주었습니다. 그녀의 성을 물었지만, 대답을 들을 수 없었습니다. 베개 위에서 힘 없이 고개를 저은 그녀는 소년이 그랬듯이 비밀을 지키고 죽었습니다.

두 형제에게 그녀가 급속도로 나빠지고 있어 밤을 넘기지 못할 것 같다고 말하기 전에는, 나는 그녀에게 질문할 기회가 전혀 없었습니다. 그때까지 그녀와 나를 비롯한 아무도 그녀의 의식과 대화할 수 없었지만, 제가 침상 곁을 지킬 때마다 형제 중 한 명이 침대 머리맡 커튼 뒤에서 질투하듯 앉아 있었습니다. 그런데 끝이 다가오자, 그들은 내가 그녀와 무슨 대화를 하든 별로 신경 쓰지 않았습니다. 마치―그런 생각이 스쳤습니다―나도 곧 죽을 사람인 것처럼요.

내가 늘 보아 왔던 것은 동생(난 이렇게 불렀습니다)이 그냥 평민도 아닌 평민 소년과 칼을 겨루었다는 사실을 두 형제 모두 굉장히 수치스럽게 생각하는 모습이었습니다. 그들 마음속에는 오로지 이 일이 얼마나 큰 가문의 수치이며 말도 안 되는 일인지에 대한 생각만이 영향을 끼치는 것 같았습니다. 제가 동생과 눈이 마주칠 때마다, 그들의 표정은 내가 소년에게 들어서 알고 있는 이야기 때문에 그들이 나를 깊이 멸시하고 있다는 점을 상기시켰습니다. 동생은 형보다 더 예의 바르고 반드러웠지만, 나는 이것을 알고 있었습니다. 또한 내가 형의 마음의 짐이라는 것을 눈치챘습니다.

내 환자는 자정이 되기 두 시간 전에 죽었습니다. 시계로 보면 내가 처음에 그녀를 본 순간과 거의 똑같은 시간이었습니다. 그녀의 고독하고 젊은 고개가 한쪽으로 툭 떨어졌을 때 나는 그녀와 단둘이 남아 있었습니다. 그녀가 겪어야 했던 이 세상의 모든 억압과 슬픔이 끝나는 순간이었습니다.

두 형제는 아래층 방에서 기다리고 있었는데 빨리 나가고 싶어 초조한 기색이었습니다. 내가 혼자 침상 옆에 앉아 있을 때, 그들이 채찍으로 자신들의 장화를 때리거나, 이리저리 왔다 갔다 하는 소리가 들려왔습니다.

"결국 죽었나?" 내가 들어가자 형이 물었습니다.

"죽었습니다." 내가 말했습니다.

"축하한다, 내 동생." 그가 돌아서며 한 말이었습니다.

그는 돈을 준다고 말했으나, 나는 차일피일 미루며 받지 않고 있었습니다. 그는 이제 내게 금화 한 룰로*를 주려고 했습니다. 그가 건네주었으나, 탁자에 올려놓고 왔습니다. 그 상황을 고려해 봤을 때, 나는 아무런 대가를 받지 않는 게 좋다고 생각했습니다.

"이해해 주시기 바랍니다." 내가 말했습니다. "상황이 이렇게 되어서 받을 수가 없습니다."

---

* '두루마기'라는 뜻. 종이로 금화 20~50개 정도를 둘둘 말거나 혹은 원통에 담아 놓은 것을 룰로라고 불렀다.

그들은 서로 눈빛을 교환했으나, 내가 고개 숙여 인사하자 그들도 고개를 숙였고, 서로 아무 말 없이 헤어졌습니다.

*

나는 지치고, 지치고, 또 지치고, 불행에 지쳤습니다. 내 굽은 손으로 쓴 글은 읽을 수도 없습니다.

이른 아침, 겉봉에 내 이름이 적힌 금화 한 롤로가 문밖에 놓여 있었습니다. 나는 어떻게 해야 할지 처음부터 고민했지만, 그날 나는 개인적으로 장관에게 편지를 쓰기로 결심했습니다. 내가 불려 가 보살핀 두 환자의 상태와 내가 간 장소 그리고 거기에서 있었던 모든 상황에 관해 쓰기로 했습니다. 나는 법정의 위력과 귀족의 면책특권이 어떤 것인지 알고 있었으므로 이 일이 전혀 공론화되지 않을 수 있다는 점 또한 알고 있었습니다. 하지만 나 자신의 양심에 자유롭고 싶었습니다. 나는 이 문제를 극비에 부치고 아내에게도 말하지 않았습니다. 이것 또한 편지에 쓰려고 마음먹었습니다. 나는 내가 마주할 위험에 대해서는 아무 염려도 없었습니다. 그러나 내가 알고 있는 정보를 다른 사람이 알게 됨으로써 그 사람이 위험에 처하게 될지도 모른다는 사실은 의식했습니다.

나는 그날 신경 쓸 일이 아주 많았기 때문에 그날 밤 편지를 완성할 수 없었습니다. 다음 날 아침 나는 평소보다 훨씬 일찍 일어나 편지를 완성했습니다. 그날은 그해의 마지막 날이었습니다. 막 완성된 편지가 내 앞에 놓였을 때, 한 부인이 나를 만나고 싶어 기다리고 있다는 소식을 들었습니다.

*

내가 시작한 이 일을 수행할 능력이 점점 사라지는 것 같습니다. 이곳은 너무 춥고, 어둡고, 내 몸을 무감각하게 만듭니다. 나를 짓누르는 암울함이 무섭습니다.

부인은 젊고, 다정하고, 미인이었지만 오래 살 것 같진 않았습니다. 그녀는 크게 동요한 상태였는데, 자신이 에브레몽드 후작 부인이라고 소개했습니다. 나는 소년이 두 형제 중 형을 부르던 작위의 이름과 스카프에 수놓아졌던 머리글자를 연관 지어, 내가 아주 최근에 에브레몽드라는 귀족을 만났다는 결론에 쉽게 도달했습니다.

내 기억은 아직 정확하지만, 대화에서 나눈 단어들을 옮겨 적을 수 없습니다. 나는 예전보다 더 철저하게 감시당하고 있어 언제 누가 보고 있을지 모릅니다. 잔인한 이야기의 전말과 남편의 역할 그리고 내가 한 일들을 그녀는 어느 정도 의심하고 있었고, 어느 정도는 새로 알게 되었습니다. 그녀는 그 여자가 죽었는지는 몰랐습니다. 그녀가 크게 상심하여 말하길, 자신은 은밀하게 같은 여자로서 연민을 보여 주고 싶은 희망이 있었다고 했습니다. 그리고 또 다른 희망은 오랫동안 사람들을 고통받게 한 자신의 가문이 천벌을 피하는 것이라고 했습니다.

그녀는 그 여자의 여동생이 살아 있다고 믿을 타당한 이유가 있었고, 그녀의 가장 큰 꿈은 그 여동생을 돕는 일이었습니다. 나는 여동생이 있다고 확인해 줄 수 있었으나 다른 건 아무것도 몰랐습니다. 여동생의 이름과 거처를 내가 알려 줄 수 있으리라는 희망으로 비밀리에 나를 찾아왔지만, 나는 오늘날까지 이름과 거처 모두 알지 못합니다.

*

이 종이들이 나를 위험에 빠트립니다. 어제는 경고와 함께 한 장이 압수되었습니다. 나는 오늘 기록을 끝내야만 합니다.

후작 부인은 선하고 동정심으로 가득 찬 여인이었으나 결혼 생활이 행복하지 않았습니다. 어떻게 행복할 수 있겠습니까? 남편의 동생은 그녀를 불신하고 싫어했습니다. 그는 자신의 영향력으로 그녀에게 대적했습니다. 그녀는 그도 남편도 두려워했습니다. 내가 그녀를 문으로 배웅했을 때 마차 안에는 아이가 한 명 있었습니다. 두세 살쯤 되어 보이는 예쁜 남자아이였습니다

"저 아이를 위해서라도, 선생님," 아이를 가리키며 그녀는 눈물을 흘리며 말했습니다. "전 작은 보상이라도 할 수 있다

면 제가 할 수 있는 모든 것을 하겠어요. 그렇게 하지 않으면 아이가 가문의 유산을 물려받더라도 잘 살 수 없을 거예요. 제게는 이 일에 대해 순수한 속죄가 이루어지지 않으면 제 아이가 그 책임을 지게 되리라는 예감이 있어요. 제가 가지고 있는 것은 얼마 없지만—고작 보석 몇 개가 전부예요—여동생을 찾을 수 있다면, 죽은 어머니에 대한 연민과 애통함과 함께 이 상처받은 가족에게 전하는 걸 제 아이 인생의 첫 과업으로 삼도록 할 거예요."

그녀는 아이에게 입 맞추고 어루만지며 말했습니다. "이건 사랑하는 널 위한 거란다. 엄마와 약속을 지킬 거지, 샤를?" 아이는 씩씩하게 대답했습니다. "네!" 나는 그녀의 손에 키스했고, 그녀는 아이를 품에 안고 어루만지며 떠났습니다. 그 후 다시는 그녀를 보지 못했습니다.

그녀는 내가 이미 알고 있다고 생각하고 자신의 남편의 이름을 말했으나, 나는 내 편지에 그 이름을 덧붙이지 않았습니다. 나는 내 편지를 봉인하고, 내 손이 아닌 다른 방법을 믿을 수 없어 내가 직접 그날 배달했습니다.

그날 밤, 그해의 마지막 날, 9시경에 검은 옷을 입는 한 남자가 대문 앞에서 초인종을 울렸습니다. 그가 날 만나야 한다고 해서 내 청년 하인 에르네스트 드파르주를 따라 위층으로 올라왔습니다. 나와 아내가 앉아 있던 방에 하인이 들어왔을 때―오 나의 아내, 내 마음속 사랑! 나의 젊고 아름다운 영국인 아내!―대문 앞에서 기다려야 했을 남자가 조용히 드파르주 뒤에 서 있는 것을 보았습니다.

"생토노레가의 위급한 환자입니다." 그 남자가 말했습니다. 오래 걸리지 않을 거라고 했고, 마차가 기다리고 있었습니다.

마차는 날 이곳으로, 내 무덤으로 날 데리고 왔습니다. 내가 집에서 완전히 나왔을 때, 그들은 뒤에서 검은 천을 내 입에 단단히 물리고, 양팔도 허리에 고정해 묶었습니다. 건너편의 어두운 길모퉁이에서 두 형제가 나오더니, 손짓 한 번으로 날 확인했습니다. 후작은 주머니에서 내가 쓴 편지를 꺼내 나에게 보여 주고, 손에 든 등불로 태워 버린 후 재를 발로 짓뭉갰습니다. 한 마디 말도 하지 않았습니다. 나는 여기로 끌려왔고, 산 채로 무덤에 갇혔습니다.

하느님이 두 형제 중 한 명에게라도 그 차가운 마음에 자비를 불어넣어, 기나긴 끔찍한 세월 동안 내가 사랑하는 아내에게 소식을 전하도록 허락해 줬더라면―그저 죽었는지 살았는지 한 마디만 전할 수 있어도―나는 하느님이 그들을 완전히 저버린 게 아니라고 생각했을 겁니다. 그러나 나는 이제 피로 그어진 십자가의 치명적인 저주로 그들이 하느님의 자비를 잃어버렸다고 믿습니다. 나, 불행한 죄수 알렉상드르 마네트는, 1767년 마지막 이 밤에 견딜 수 없는 고통 속에서, 언젠가 이 모든 것의 책임을 묻게 될 그날에 그들과 그들의 후손, 그 핏줄의 마지막 한 명까지 고발하는 바입니다. 나는 그들을 천국과 이 땅에 고발합니다.

서류가 모두 읽히자 무시무시한 함성이 울려 퍼졌다. 피라는 말 외에 아무것도 들리지 않는 맹렬한 굶주림이었다. 이 시대의 가장 복수심에 들끓는 열정을 불러일으키는 이 이야기를 들으며 고개 숙이지 않는 자는 프랑스 전역에 아무도 없었다.

이 법정과 이 함성 속에서는 왜 드파르주가 다른 바스티유의 비망록과 이 서류를 함께 공개하지 않고 기회를 노리며 보관하고 있었는지 설명할 필요가 없었다. 피고의 혐오스러운 가문의 이름이 오랫동안 생탕투안의 저주를 받아 죽음의 기록부에 새겨져 있었다는 것도 보여 줄 필요가 없었다. 그날 그곳에서 그런 맹렬한 비난에 대항해 미덕과 선행이 자신을 살릴 거라고 생각하는 사람은 아무도 없었다.

파멸을 맞은 피고에게 더욱더 불운했던 것은 고발자가 널리 알려진 시민이자, 피고의 절친한 친구이며, 아내의 아버지였다는 사실이었다. 민중의 광기 어린 갈망 중 하나는 미심쩍은 고대의 공중 미덕*을 답습하고 민중의 제단•에 자신을 희생하여 제물로 바치는 것이었다. 그래서 의장이 (자신의 머리가 달아날까 두려워) 공화국의 선량한 의사는 불쾌한 귀족의 피를 뿌리 뽑음으로 공익에 이바지하고, 딸을 과부로 만들고 아이를 고아로 만듦으로 신성한 빛과 기쁨을 느끼게 될 거라 믿어 의심치 않는다고 선언하자, 거센 흥분과 끓어오르는 애국심으로 넘치는 장내에서 인간적인 연민은 흔적도 찾아볼 수 없었다.

"주위에 영향력이 크다고 했나, 저 의사가?" 드파르주 부인이 복수의 여신에게 미소 지으며 중얼거렸다. "이제 그를 구해 봐요, 의사 선생님. 구해 보라고!"

배심원들이 표결할 때마다 함성이 일었다. 표결에 이어 표결. 함성에 이어 함성.

만장일치였다. 혈통도 본심도 귀족이며, 공화국의 적, 악명 높은 민중의 억압자, 콩시에르주리로 돌려보내 스물네 시간 안에 처형하라!

---

* 로마 초대 집정관 루시우스 유니우스 브루투스가 타르퀴니우스 왕에게 반란을 일으켜 로마 공화국을 세우는 데 일조했으나 두 아들이 왕을 복귀시키려는 음모에 가담하자 사형시킨 일화를 암시한다.
• 바스티유가 함락되고 그 폐허에 첫 혁명의 제단이 세워진 후 프랑스 곳곳에 제단이 세워졌다.

제11장
황혼

사형선고를 받은 무고한 남자의 가엾은 아내는 선고가 내려지자 치명적인 타격을 입은 듯 쓰러졌다. 그러나 그녀는 아무 신음도 내지 않았다. 그녀 내면의 강한 목소리는 그의 불행을 증폭시키지 않고 지탱해 줄 수 있는 사람은 이 세상에 그녀뿐이라고 말하며, 그녀를 극도의 충격에서도 일으켜 세웠다.

문밖에서 일어난 대중의 시위에 참여하려는 판사들 때문에 법정은 휴정했다. 법정에서 사람이 쏟아져 나가는 거센 소음과 여러 줄기의 움직임이 미처 다 멎지 않았을 때, 루시는 사랑과 위로만 가득한 얼굴로 일어나 남편을 향해 두 팔을 뻗었다.

"남편을 한 번만 만져 보게 해 주세요! 한 번만 안아 볼 수만 있다면! 오, 선량한 시민이여, 저희를 불쌍히 여겨 주세요!"

장내에는 간수 한 명과 어젯밤 다네이를 체포한 사내 네 명 중 두 명 그리고 바사드가 남아 있었다. 사람들은 구경거리를 보러 모두 거리에 나가 버린 후였다. 바사드가 나머지 사람들에게 제안했다. "그를 한 번만 안아 보게 해 줍시다. 잠깐이면 되는데." 그들은 침묵으로 묵인하고 그녀가 방청석을 지나 연단으로 갈 수 있게 도와주었다. 피고석에서 그는 몸을 뻗어 그곳에 있는 그녀를 두 팔로 감쌀 수 있었다.

"잘 가요, 내 영혼의 사랑. 내 사랑을 향한 마지막 인사를 보내요. 걱정이 없는 그곳에서 우린 다시 만날 거예요!"

품에 그녀를 껴안고 남편이 하는 말이었다.

"견딜 수 있어요, 찰스. 하늘의 가호가 있는걸요. 나 때문에 아파하지 말아요. 우리 아이에게도 마지막 인사를 보내줘요."

"당신을 통해서 보낼게요. 당신을 통해서 아이에게 입 맞춰요. 당신을 통해서 아이와 작별 인사를 나눠요."

"여보, 안 돼요! 잠깐만 기다려요!" 그는 눈물을 흘리며 그녀에게서 떨어졌다. "오래 떨어져 있지 않을 거예요. 곧 내 마음이 무너질 것 같지만, 살아 있는 동안 내가 할 수 있는 모든 걸 할 거예요. 내가 떠나가도 하느님이 그녀를 위한 친구를 보내 주시길, 내게도 그러셨듯이."

그녀의 아버지가 그녀를 따라왔다. 그는 두 사람 앞에서 무릎을 꿇었지만, 다네이가 손을 뻗어 만류하며 외쳤다.

"아닙니다, 아닙니다! 이러시면 안 돼요, 이러시면, 우리에게 무릎을 꿇으시면 어떡합니까! 우리는 이제 예전에 당신이 어떻게 고통 받았는지 압니다. 제 혈통이 의심스러웠을 때, 결국 알게 되었을 때, 당신이 어떤 심정이었는지 이제는 알아요. 사랑하는 그녀를 위해, 어쩔 수 없는 반감과 갈등하고 극복한 당신을 우리도 이제 알아요. 진심으로, 우리의 모든 사랑과 도리를 담아 감사드립니다. 하느님이 함께하시길!"

대답할 수 없는 그녀의 아버지는 백발을 잡아 뜯으며 고통스러운 비명을 지를 뿐이었다.

"다른 방법이 없었습니다." 죄수가 말했다. "모든 일이 어쩔 수 없이 그렇게 된 거예요. 제 치명적인 존재가 당신 가까이에 다가간 건 제 가여운 어머니의 약속을 지키려는 헛된 몸부림이었습니다. 이런 악한 핏줄에서 선한 것이 나올 리가 없죠. 행복한 결말은 불행한 시작에서 비롯될 수 없는 것이니까요. 마음의 위로를 얻고 절 용서해 주시길 바랍니다. 하느님의 축복이 당신과 함께하길!"

그녀는 끌려 나가는 그를 잡은 손을 놓았다. 그녀는 기도를 하듯 두 손을 모으고 격려를 담은 환한 미소로 그의 뒷모습을 배웅했다. 그가 죄수들이 드나드는 문밖으로 사라진 후 돌아선 그녀는 아버지의 가슴에 사랑스러운 머리를 기대고 뭔가 말하려 했지만, 그대로 아버지의 발치에 쓰러졌다.

그때, 어두운 구석에서 꼼짝하지 않고 있던 시드니 카턴이 다가와 그녀를 안았다. 그곳엔 그녀의 아버지와 로리 씨밖에 없었다. 그녀의 몸을 일으키고 머리를 받치는 그의 팔이 떨렸다. 그에게 느껴지는 감정은 동정심만이 아니었다……. 그의 얼굴은 자부심으로 상기되어 있었다.

"제가 마차로 안고 갈까요? 가벼워서 안은 줄도 모르겠습니다."

그는 가볍게 그녀를 안아 들고 문으로 나가 조심스럽게 그녀를 마차 안에 누였다. 그녀의 아버지와 오랜 친구도 마차에 올라탔고, 그는 마부 옆에 자리를 잡고 앉았다.

그들은 건물 입구에 도착했다. 그가 몇 시간 전에 어둠 속에서 그녀의 발이 디딘 거리의 자갈을 찾아보던 바로 그곳이었다. 그는 다시 그녀를 안아 들고 계단을 올라 방으로 갔다. 그녀를 소파 위에 눕히자, 아이와 미스 프로스가 그녀를 보며 흐느꼈다.

"깨우지 마십시오." 그가 미스 프로스에게 부드러운 목소리로 말했다. "누워 있는 게 좋습니다. 의식이 돌아오게 하지 마세요. 정신이 들어도 다시 기절할 테니."

"카턴 삼촌, 카턴 삼촌!" 작은 루시가 뛰어올라 작은 팔을 그에게 두르며 울음을 터뜨렸다. "삼촌이 오셨으니 엄마를 도와서 아빠를 구해 주실 거죠! 엄마 좀 봐요, 카턴 삼촌! 엄마를 사랑하잖아요, 엄마가 저렇게 되었는데 어떡하

나요?"

그는 아이를 향해 몸을 숙이고, 환한 꽃송이 같은 아이의 뺨을 얼굴에 댔다. 그는 아이를 부드럽게 떼어 놓고, 의식이 없는 아이의 어머니를 바라보았다.

"삼촌이 가기 전에," 그가 잠시 망설였다. "엄마한테 뽀뽀하고 가도 될까?"

훗날 기억되길, 몸을 숙인 그의 입술이 그녀의 얼굴에 닿았을 때 그는 어떤 말을 작게 속삭였다고 한다. 그와 가장 가까이에 있었던 아이는 나중에 엄마 아빠에게 그리고 나중에 멋진 할머니가 되었을 때 그녀의 손자들에게 카턴 삼촌이 이렇게 말했다고 전해 주었다. "당신이 사랑하는 사람을 위하여."

그는 옆방으로 다시 들어가서, 그를 따라온 로리 씨와 그녀의 아버지를 향해 갑자기 돌아서며 그녀의 아버지에게 말했다.

"마네트 박사님, 박사님은 어제까지만 해도 아주 큰 영향력이 있었죠. 그러니 오늘 최소한 시도는 해 봅시다. 이곳의 판사들과 권력가들은 박사님의 업적을 인정하고 박사님께 아주 친절하죠, 그렇지 않습니까?"

"찰스에 관한 그 어떤 소식도 나한테는 비밀이 아니었죠. 나는 내가 그를 구할 수 있다는 강한 확신이 있었습니다. 그리고 그를 구했죠." 박사는 아주 천천히 그리고 힘겹게 대답했다.

"한 번 더 물어봐 주십시오. 지금부터 내일 오후까지 시간이 얼마 없지만, 그래도 시도는 해 주십시오."

"그럴 겁니다. 1분도 쉬지 않을 거요."

"좋습니다. 박사님같이 원기가 넘치시는 분들이 지금까지 많은 위대한 일을 이루어 왔죠……. 그러나," 미소와 한숨을 동시에 지으며 그가 덧붙였다. "이 정도로 위대한 일은 잘 모르겠습니다. 하지만 해 봅시다! 인생은 잘못 쓰면 별 가치가 없겠지만, 적어도 우리가 노력한 만큼의 가치는 있을 거라 생각합니다. 그렇지 않다면 우리 인생은 아무 쓸모 없겠죠."

"나는," 마네트 박사가 말했다. "지금 바로 검사와 의장에게 가 보겠소. 그리고 이름을 말할 수 없는 다른 사람들에게도 갈 거요. 편지도 쓸 거요……. 그런데 잠깐! 거리는 온통 축제 분위기라 어두워질 때까지 아무도 만날 수 없을 거 같은데."

"그러네요. 괜찮습니다! 어차피 암울한 희망이니, 밤까지 기다린다고 해서 더 암울해질 것도 없습니다. 그래도 서두르실 수 있으면 좋겠네요. 하지만 걱정 마세요! 전 아무것도 기대하지 않습니다. 무시무시한 권력가들은 언제쯤 만나시게 될까요, 마네트 박사님?"

"어두워지자마자 바로 만났으면 좋겠는데. 지금부터 한두 시간 이내요."

"4시 이후로 해가 질 겁니다. 한두 시간 더 기다려 보죠. 제가 9시에 로리 씨네로 가면, 그때까지 박사님이 하신 일을 로리 씨나 박사님이 알려 주시겠습니까?

"그렇게 하죠."

"성공하시길 바랍니다!"

밖으로 나서는 시드니를 로리 씨가 대문까지 따라 나왔다. 그가 시드니의 어깨를 건드리자 시드니가 돌아보았다.

"나는 희망이 없습니다." 로리 씨가 구슬프고 낮은 목소리로 속삭였다.

"저도 마찬가지입니다."

"만약 그들 중 누구라도, 아니 그들 모두라도 그를 구하려면—그들에게 너무 많이 바라는 거죠. 그의 목숨인들, 누구 목숨인들 상관이나 하겠습니까!—법정에서 그런 소동까지 있었는데 풀어 줄 것 같진 않아요."

"동감입니다. 그때 저는 도끼날이 떨어지는 소린 줄 알았습니다."

로리 씨가 문기둥에 팔을 기대고 그 위로 고개를 숙였다.

"낙심하지 마세요." 카턴이 다정하게 말했다. "슬퍼하지도 마십시오. 제가 마네트 박사님께 이 계획을 권해 드린 이유는, 훗날 그녀에게 위로가 될까 생각해서였습니다. 그렇게라도 하지 않으면, 그의 목숨이 노력도 없이 낭비되었다고 생각할 수도 있고, 그럼 그녀는 고통스럽겠죠."

"그래요, 그래요, 그래." 로리 씨가 눈가를 훔치며 말했다. "당신 말이 맞습니다. 하지만 그는 죽을 겁니다. 실제로는 희망이 없죠."

"그렇습니다. 그는 죽을 겁니다. 실제로는 희망이 없죠." 카턴이 그 말을 반복했다. 그리고 그는 결심한 듯한 발걸음으로 계단을 내려갔다.

제12장
어둠

시드니 카턴은 거리에 멈춰 섰다. 그는 어디로 갈지 아직 결정할 수 없었다. "텔슨 은행에 9시까지라." 그는 생각에 잠긴 얼굴로 말했다. "그사이에 사람들에게 내 모습을 많이 보일 수 있을까? 그럴 것 같아. 나같이 생긴 사람이 여기 있음을 널리 알리는 게 최선이지. 확실한 예방책이고, 필수적인 준비 과정이다. 하지만 생각, 생각, 생각! 잘 생각해 보자!"

그는 목표를 향한 발걸음을 멈추고, 벌써 어둠이 내리고 있는 거리를 한 번, 두 번 꺾어 걸어가며 앞으로 일어날 수 있는 일들을 마음속으로 추적해 보았다. 그리고 처음 떠올렸던 생각을 재차 확신했다. "그렇지." 그가 마침내 결심했다. "나 같은 놈이 있는 걸 그 사람들이 알아야 하지." 그는 생탕투안 쪽으로 고개를 돌렸다.

그날 드파르주는 법정에서 생탕투안 교외에 있는 술집 주인이라고 자신을 소개했다. 도시를 잘 아는 사람이라면 길을 물어보지 않아도 어렵지 않게 그의 가게를 찾을 수 있었다. 카턴은 이 상황을 확실히 알고 있었다. 그는 골목길에서 빠져나와 식당에서 식사를 하고 잠시 단잠을 잤다. 여러 해 만에 처음으로 그는 독한 술을 마시지 않았다. 묽은 포도주를 약간 입에 댄 것 외에는 어젯밤부터 아무것도 마시지 않았고, 지난밤에는 브랜디를 다시는 안 마실 사람처럼 로리 씨의 난롯불에 들이부었다.

그가 개운하게 잠에서 깨어 다시 거리로 나갔을 때는 벌써 7시였다. 생탕투안을 향해 가다가, 한 가게의 진열장에 있는 거울을 보며 아무렇게나 묶여 느슨한 스카프를 고쳐 매고 코트 깃을 바로 세웠다. 헝클어진 머리도 다듬은 그는 바로 드파르주의 가게로 향했고, 곧 안으로 들어갔다.

마침 가게에는 목소리가 거칠고 손가락을 가만히 놔두지 못하는 자크 3호 외에 다른 손님은 없었다. 배심원단에서 본 적이 있는 이 사내는 작은 계산대 앞에 서서 드파르주 부부와 대화하며 술을 마시고 있었다. 복수의 여신도 마치 가게 단골처럼 대화를 거들었다.

카턴이 걸어 들어가서 자리를 잡고 작은 잔으로 포도주를 주문하자(아주 그저 그런 프랑스어로), 처음에 무심코 흘 긋거리던 드파르주 부인은 곧 그를 자세히 보고, 더 자세히 보다가, 결국 가까이 다가가 주문을 다시 확인하는 척 말을 걸었다.

그는 했던 말을 되풀이했다.

"영국 사람?" 드파르주 부인이 흥미롭다는 듯이 검은 눈썹을 치켜올리며 물었다.

프랑스어 단어 소리 하나하나가 자신에게 생소하다는 듯 그녀를 쳐다보던 그는, 조금 전 주문했을 때처럼 외국 억양을 잔뜩 섞으며 대답했다. "네, 부인, 그렇죠. 전 영국 사람입니다!"

드파르주 부인은 포도주를 가지러 다시 계산대로 돌아갔다. 그는 쟈코뱅* 잡지를 하나 집어 들고 수수께끼 같은 프랑스어와 씨름하느라 여념 없는 척하다가, 그녀가 이렇게 말하는 걸 들었다. "진짜야, 에브레몽드와 똑같이 생겼다니까!"

드파르주가 그에게 포도주를 건네며 "안녕하십니까"라고 인사했다.

"뭐라고요?"

"안녕하십니까."

"오! 안녕하십니까, 시민." 그가 잔을 채웠다. "아, 포도주가 좋네요. 공화국을 위해 건배입니다."

드파르주가 계산대로 돌아와서 말했다. "확실히, 약간 닮았군." 드파르주 부인이 근엄하게 대꾸했다. "많이 닮았다니까요." 쟈크 3호가 평온한 표정으로 말했다. "부인, 그 사람

---

* 프랑스혁명 당시 만들어진 정파.

생각만 너무 많이 하는 거 아닙니까." 정 많은 복수의 여신이 웃으며 덧붙였다. "정말 그렇죠! 내일 다시 그 얼굴을 볼 생각에 설레고 있잖아요!"

카턴은 한껏 몰두한 표정으로 글자와 선을 따라 천천히 집게손가락을 움직이며 잡지를 읽는 척했다. 그들은 가까이 모여 계산대에 팔을 얹고 낮은 목소리로 이야기하고 있었다. 잠시 침묵이 흐르는 동안 그들은 쟈코뱅 편집자에게 지대한 관심을 보이는 카턴을 바라보다가, 곧 다시 대화를 이었다.

"부인 말이 맞아요." 쟈크 3호가 말했다. "왜 여기서 멈춥니까? 엄청난 탄력이 붙었는데, 왜 멈춰요?"

"자, 자." 드파르주가 설득했다. "하지만 사람은 어딘가에서 멈출 줄도 알아야 해. 결국, 그게 어디냐가 문제겠지?"

"멸종시키고 멈춰야죠." 드파르주 부인이 말했다.

"훌륭한 생각입니다!" 쟈크 3호가 캘캘거렸다. 복수의 여신도 역시 환호했다.

"멸종시킨다는 건 좋은 정책이야, 여보." 드파르주는 마음이 편치 않아 보였다. "대체로, 난 반대할 생각은 없어. 하지만 박사님은 그동안 너무 고생하셨어. 당신도 봤지. 그 종이를 읽을 때 박사님의 얼굴을 잘 봤잖아."

"그 면상 잘 봤죠!" 부인의 목소리에는 분노와 경멸이 묻어 있었다. "맞아요. 아주 잘 봤어요. 공화국의 진실한 친구의 표정은 아니었죠. 표정 관리 좀 하시지!"

"그래서 보긴 봤잖아, 여보." 드파르주가 변명하듯 말했다. "박사님 딸도 어찌나 비통해하던지, 박사님이 그 모습에 더 고통스러웠을 거야!"

"그 딸도 봤어요." 부인이 말했다. "맞아요, 확실히 봤죠. 여러 번에 걸쳐서요. 오늘도 봤고, 다른 날에도 봤어요. 법정에서도 봤고, 교도소 옆 거리에서도 봤어요. 내가 손가락만 까딱하면⋯⋯!" 그녀가 손가락을 올리는 것 같다가(잡지에 눈을 고정하고 있던 카턴은 그렇게 느꼈다) 곧 도끼날이 떨어지듯 손가락이 앞에 놓은 장부에 털썩 떨어지는 소리가 들렸다.

"시민 여인이 역시 최고라니까!" 배심원으로 섰던 자가 캘캘거렸다.

"대장은 천사야!" 복수의 여신이 그녀를 얼싸안으며 말했다.

"그리고 당신은," 남편을 지목하는 그의 아내는 인정사정 없어 보였다. "만약 당신에게 결정권이 있었다면—다행히도 아니지만—벌써 그자를 풀어 줬겠죠."

"아니야!" 드파르주가 항의했다. "그게 이 잔을 드는 것만큼 쉬운 일이었더라도 절대 살려 둘 순 없지. 하지만 거기서 끝내겠어. 우리는 이제 여기서 멈추는 게 좋을 것 같아."

"잘 들어요, 자크." 드파르주 부인이 분노하며 말했다. "그리고 복수의 여신, 당신도 잘 들어요. 둘 다 잘 들어 봐요! 난 이 폭정과 억압을 일삼던 가문을 아주 오래전에 내 명단에 기록해 놨어요. 언젠가 파괴해 버리고 멸종시키기 위해서요. 사실인지 아닌지 내 남편에게 물어봐요."

"사실이야." 물어보기도 전에 드파르주가 수긍했다.

"위대한 혁명의 날들이 막 시작되고 바스티유가 무너졌을 때, 저이가 오늘 읽힌 그 종이를 찾아 집으로 들고 오죠. 한밤중에 가게를 마감하고 정돈한 후, 우리는 바로 여기서 그 종이를 읽어요. 이 등불 아래서요. 사실인지 아닌지 남편에게 물어봐요."

"사실이야." 드파르주가 수긍했다

"그날 밤, 종이에 쓰인 글을 다 읽고, 등불은 다 타 버리고, 덧문과 쇠창살 사이로 날이 밝아 오는 게 보일 때, 나는 남편한테 털어놓고 싶은 비밀이 있다고 말하죠. 맞는지 남편에게 물어봐요."

"사실이야." 드파르주가 한 번 더 수긍했다.

"난 저이에게 내 비밀을 털어놓아요. 지금처럼 두 손으로 내 가슴을 탕탕 치면서, 이렇게 말해요. '여보, 난 해안가 어부들 사이에서 자랐어요. 바스티유에서 찾은 종이에 쓰인 것처럼 에브레몽드 형제가 해친 가족은 바로 나의 가족이에요. 여보, 칼에 찔려 죽은 소년의 누나는 바로 나의 언니이고, 그 남편은 언니의 남편이고, 태어나지도 못하고 죽은 아기는 그들의 아이예요. 소년은 바로 나의 오빠고, 아버지는 나의 아버지이고, 죽은 사람들은 모두 나의 죽은 가족들이라고요. 그들의 책임을 물을 사람은 바로 나예요!' 사실인지 아닌지 남편에게 물어봐요."

"사실이야." 드파르주가 다시 한번 동의했다.

"그럼 멈추라는 말은 바람이나 불한테나 해요." 부인이 대꾸했다. "내게 멈추라는 말은 하지 마요."

그녀의 이야기를 듣고 있던 두 관중은 그녀가 가진 분노의 치명적인 실체에서 소름 돋는 짜릿한 쾌감을 느끼며—카턴은 그녀를 보지 않아도 분노로 얼마나 창백하게 질렸는지 알 수 있었다—그리고 매우 감탄하면서 칭찬했다. 드파르주는 그 속에서 약한 소수였다. 마음씨 고운 후작 부인에 대해 몇 마디 해 봤지만, 조금 전에 아내가 했던 말만 다시 돌아올 뿐이었다. "멈추라는 말은 바람이나 불한테나 해요, 나에게 말고!"

손님들이 들어와 그들은 뿔뿔이 흩어졌다. 영국 손님은 마신 술을 계산하고, 당황한 척 동전들을 세어 보고, 이방인답게 국립 궁전으로 가는 길을 물었다. 드파르주 부인이 그를 문까지 배웅하면서 그의 팔에 자신의 팔을 얹어 길을 가리키며 설명해 주었다. 그때 영국 손님은 그녀의 팔을 잡아 비틀고 허리에 깊게 칼을 꽂아도 좋겠다는 생각도 없지 않았다.

그러나 그는 제 갈 길을 갔고, 곧 교도소 담장의 그림자 속으로 사라졌다. 약속한 시간이 되자, 그는 그림자 속에서 나와 로리 씨의 방에서 다시 그 모습을 드러냈다. 다정한 노신사는 안절부절못하며 방을 이리저리 걷고 있었다. 그는 조금 전까지 루시와 함께 있었는데, 약속을 지키기 위해 잠깐 혼자 두고 왔다고 했다. 그녀의 아버지는 4시 전에 은행에서 나간 뒤로 보이지 않았다. 루시는 그의 개입으로 찰스를 구할 수 있을 거란 희미한 희망을 붙들고 있었지만, 정말 작고 희미한 희망이었다. 마네트 박사가 자리를 비운 지 벌써 다섯 시간이 지나고 있었다. 그는 어디에 있는 걸까?

로리 씨는 10시까지 기다렸다. 그러나 마네트 박사는 돌아오지 않았고, 루시를 더는 혼자 두는 게 내키지 않았던 그는 그녀에게 갔다가 자정에 다시 돌아오는 것으로 합의를 보았다. 그동안 카턴은 난롯불 앞에 앉아 마네트 박사를 기다렸다.

그는 기다리고, 또 기다리는 동안 시계 종이 열두 번 치는 소리를 들었다. 마네트 박사는 아직도 돌아오지 않았다. 로리 씨가 돌아왔지만 박사의 소식은 전혀 듣지 못했다고 말했다. 박사는 어디에 있는 걸까?

그들은 이 문제에 대해 토론했다. 그가 오랫동안 자리를 비운 것을 희미한 희망과 연관 짓기 시작하며 온갖 추측도 난무하기 시작할 때쯤, 그들은 그가 계단으로 올라오는 소리를 들었다. 이어 그가 방으로 들어오자마자, 그들은 모든 것이 끝났다는 걸 알았다.

그가 정말 누군가에게 갔었는지, 아니면 내내 거리를 헤매고 다녔는지는 결코 알 수 없었다. 표정이 모든 것을 말해 주었기 때문에, 그들을 가만히 바라보는 그에게 아무것도 묻지 않았다.

"못 찾겠습니다." 그가 말했다. "꼭 있어야 하는데요. 어디 있죠?"

그의 머리와 맨목덜미가 드러나 있었다. 초조하고 무력한 눈빛으로 주변을 둘러보던 그는 코트를 벗어 그대로 바닥에 떨어뜨렸다.

"제 벤치가 어디 있죠? 있을 만한 곳을 모두 가 봤는데도 없어요. 그들이 내 일감을 어디로 치워 버린 거죠? 시간이 없어요. 구두를 만들어야 하는데."

그들은 서로를 바라보며 마음이 무너지는 걸 느꼈다.

"어서요, 어서!" 비참한 칭얼거림이었다. "제발 일하게 해 줘요. 일감을 주세요."

돌아오는 대답이 없자, 그는 떼쓰는 아이처럼 자신의 머리를 잡아 뜯으며 발을 굴렀다.

"보잘것없고 가련한 노인네를 괴롭히시면 안 돼요." 지독하고 참담하게 울부짖으며 그가 애원했다. "제발 일감을 주세요! 오늘 밤 구두를 다 못 만들면 우리는 어떻게 되나요?"

끝, 모든 게 끝이었다!

그의 정신이 돌아온다거나, 그와 이성적인 대화를 나눈다는 건 확실히 바랄 수 없는 일이었기에 그들은 사전에 합의라도 한 듯, 그를 달래서 난롯가에 앉히고, 그의 어깨에 한 손씩 올리고 곧바로 일감이 올 거라고 약속해 주었다. 그는 의자에 푹 주저앉아 붉게 타들어 가는 장작을 물끄러미 바라보며 눈물을 흘렸다. 그가 다락에서 지내던 그때 이후로 일어난 모든 일이 한순간의 상상이나 꿈이었던 것처럼, 로리 씨는 그가 드파르주가 돌봐 주던 그때의 모습으로 다시 작게 움츠러드는 것을 보았다.

눈앞의 충격적이고 황폐한 광경에 그들은 두렵고 고통스러웠지만, 감정에 빠져 있을 시간이 없었다. 이제 마지막 희망마저 잃어 의지할 곳 없이 홀로 남겨진 그의 딸은 두 사람 모두에게 중대한 문제였다. 또다시 사전에 합의라도 한 듯, 그들은 같은 표정과 같은 생각으로 서로를 마주 보았다.

"마지막 기회도 사라졌습니다. 처음부터 큰 기대는 없었지만요. 네, 박사님은 그녀에게 데려다줍시다. 잠깐 가시기 전에 제 이야기를 들어 주시겠습니까? 제가 왜 이런 조건을 요구하는지 묻지 마시고, 제가 왜 이런 약속을 요구하는지도 묻지 마십시오. 나름대로 이유가 있습니다, 좋은 이유가요.”

“그럴 거라 의심치 않습니다.” 로리 씨가 말했다. “말해 보세요.”

그들 사이에 놓인 의자에 앉은 사람은 단조롭게 몸을 앞뒤로 흔들며 신음을 내고 있었다. 이야기를 나누던 그들의 목소리와 말투는 병상의 환자를 지켜보며 밤을 지새우는 사람들 같았다.

카턴은 몸을 굽혀 자신의 발치에 감겨 있다시피 했던 코트를 집어 들었다. 그러자 마네트 박사가 하루 해야 할 일들을 적어 넣어 둔 작은 상자가 바닥에 떨어졌다. 카턴은 그것을 집어 들었다가 안에서 작게 접힌 종이 한 장을 발견했다. “한번 열어 볼까요!” 그가 말했다. 로리 씨가 동의하듯 고개를 끄덕였다. 종이를 열어 보더니 그가 외쳤다. “오, 하느님, 감사합니다!”

“뭡니까?” 로리 씨가 초조하게 물었다.

“잠시만요! 이건 나중에 말씀드리겠습니다! 우선,” 그가 코트 안에 손을 넣어 다른 종이를 한 장 꺼냈다. “이건 제가 이 도시를 벗어날 수 있게 해 주는 증명서입니다. 여기 보세요. 여기 적혀 있죠. 시드니 카턴, 영국 사람?"

로리 씨가 진지한 표정으로 손 위의 서류를 내려다보았다.

"내일까지 그걸 저 대신 보관해 주셨으면 합니다. 기억하시겠지만 전 내일 찰스를 보러 갈 텐데, 교도소에 들고 가지 않는 게 좋을 것 같아서요."

"왜 좋지 않습니까?"

"글쎄요, 그냥 안 그러고 싶습니다. 자, 이제 마네트 박사님이 들고 계셨던 이 종이를 보세요. 비슷한 증명서입니다. 언제든 그와 그의 딸, 손녀가 관문을 통과할 수 있도록 해 주는 서류죠. 보이십니까?"

"그렇군요!"

"박사님은 어제 악에 맞선 최후의 그리고 최선의 예방책으로 이걸 확보하신 것 같습니다. 날짜가 언제로 되어 있나요? 하지만 상관없죠. 너무 오래 들여다보지 마십시오. 제 서류와 선생님 서류를 함께 잘 보관해 주시길 바랍니다. 자, 여기 보세요! 전 지난 한두 시간 전까지만 해도 박사님이 이런 서류를 가지고 계셨거나, 가지고 오실 것을 믿어 의심치 않았습니다. 이 서류는 회수되기 전까지 유효합니다. 하지만 곧 회수될 수도 있고, 곧 회수될 만한 이유도 있습니다."

"그들이 혹시 지금 위험에 빠졌습니까?"

"그들은 지금 엄청난 위험에 빠져 있습니다. 드파르주 부인이 그들을 고발할 겁니다. 그녀 입으로 말하는 걸 제가 들었죠. 오늘 밤에 그 여자가 하는 이야기를 들었는데, 상황이 정말 심상치 않습니다. 전 시간을 낭비하지 않고 바로 첩자를 만났습니다. 제 예상을 확인해 주더군요. 그가 알기로는, 교도소 담장 벽 밑에 사는 톱장이가 드파르주 부인의 하수인이랍니다. 드파르주 부인의 지시하에, '여자'가 죄수에게 신호를 보내고 표시를 남기는 걸 증언하려고 연습 중이라고 했습니다." 그는 일부러 루시의 이름을 말하지 않았다. "그걸 이용해 '여자'에게 죄수와 모의했다고 누명을 씌우려 한다는 건 쉽게 예측할 수 있습니다. 그리고 그녀의 아이, 아버지까지도 말입니다. 톱장이는 그 두 사람도 그곳에서 그녀와 함께 있는 것을 봤다고 하니까요. 너무 겁먹지 마십시오. 당신이 그들을 모두 구할 겁니다."

"세상에, 그래야 할 텐데요, 카턴. 하지만 어떻게?"

"어떻게 할지 제가 말씀드리겠습니다. 선생님께 달린 일입니다. 그리고 선생님보다 더 적임자는 없지요. 내일이 지나기 전까지는 새로운 고발이 없을 겁니다. 아마 이틀, 사흘은 지나야 할 겁니다. 일주일 정도 걸릴 가능성이 더 크죠. 아시다시피 기요틴에 처형될 죄수를 애도하거나 동정하는 행위는 사형에 처할 만한 중죄입니다. 그녀와 그녀의 아버지는 분명히 이 죄목에 해당되고, 드파르주 부인은(그 원한이 말도 못할 정도로 집요합니다) 그 죄목을 덧붙여서 누가 봐도 확실하게 죄인으로 만들어 버릴 겁니다. 제 말 잘 듣고 계십니까?"

"정말 잘 듣고 있습니다. 확신 넘치는 당신 이야기를 듣다 보니, 한순간 잊어버리고 있었네요." 노신사는 마네트 박사가 앉은 의자의 등받이를 건드리며 말했다. "이 문제까지 말입니다."

"선생님은 재력이 있으니, 최대한 빠르고 좋은 방법을 동원해서 해안가로 가실 수 있을 겁니다. 이미 며칠 전부터 영국으로 돌아갈 준비를 하고 계셨죠. 내일 이른 아침에 말을 준비하셔서, 오후 2시부터 출발할 수 있도록 해야 합니다."

"그렇게 하겠소!"

카턴의 확신과 열정에 고무된 로리 씨도 젊음의 불길이 옮겨붙은 것처럼 민첩해 보였다.

"선생님은 정말 훌륭한 분입니다. 우리가 의지할 만한 사람은 선생님밖에 없다고 혹시 말씀드렸나요? 오늘 밤, 그녀에게 그녀의 아이와 아버지도 관련된 위험에 처했다고 알려 주세요. 잘 생각해 보셔야 합니다. 남편의 머리가 눕는 곳에 기쁜 마음으로 자신의 예쁜 머리도 누이겠다고 하면 곤란하니까요." 그는 잠시 말을 더듬다가, 다시 말을 이었다. "그녀의 아이와 아버지를 위해, 바로 그 시각에 함께 파리를 떠나야 할 필요성을 강조해야 합니다. 그녀에게 남편이 마지막으로 마련해 놓은 비상책이라고 전해 주세요. 그녀가 믿거나 바라는 것보다 훨씬 더 많은 것이 여기에 달렸다고 말하세요. 그녀의 아버지는, 지금처럼 안타까운 상태에서도, 그녀의 말을 듣겠죠, 아닙니까?"

"분명 그럴 겁니다."

"저도 그렇게 생각했습니다. 조용하게, 꾸준하게 이 모든 것을 안뜰에 준비해 주십시오. 마차에 선생님 자리도 마련하시고요. 제가 오면 절 바로 태워서, 곧장 떠나면 됩니다."

"어떤 상황이라도 당신이 올 때까지 기다려야 합니까?"

"제 증명서를 가지고 계시니, 제 자리를 지키셔야죠. 제 자리만 채워지면, 다른 건 걱정 마시고 그냥 영국으로 출발하면 됩니다!"

"아니, 그럼," 로리 씨가 카턴의 열성적이고 믿음직스러운 손을 감싸 쥐며 말했다. "이 모든 일이 노인 한 명에 달린 게 아니라, 내 옆에 열정적인 젊은이도 같이 있는 것이군요."

"그렇게 되도록 하늘이 도우실 겁니다! 무슨 일이 있어도 지금 저와 서로 맹세한 경로를 절대 바꾸지 않겠다고 엄숙하게 약속해 주십시오."

"무슨 일이 있어도 바꾸지 않을 거요, 카턴."

"그 말을 꼭 내일 기억해 주십시오. 경로를 바꾼다면, 혹은 늦어진다면—무슨 이유로든—아무도 살릴 수 없고, 결국 더 많은 사람이 희생될 겁니다."

"기억할 겁니다. 내가 맡은 일에 충실할 거요."

"저도 그럴 겁니다. 그럼, 안녕히 계시길!"

진지하고 진심 어린 미소를 지어 보이며 이 말을 했지만 그리고 노인의 손을 자신의 입술에 대기도 했지만, 카턴은 그때 헤어지지 않았다. 그는 로리 씨를 도와 꺼져 가는 불씨 앞에서 앞뒤로 흔들거리던 마네트 박사를 함께 일으켜 세워 겉옷과 모자를 씌운 후, 박사가 울먹이며 찾던 벤치와 일감을 찾아주겠다고 달래어 밖으로 데리고 나왔다. 카턴은 박사를 보호하듯 한쪽에 서서 박사의 집 안뜰까지 함께 걸었다. 그곳에는 고통받고 있는 마음 하나가—카턴이 황량한 마음을 드러냈을 시절에 그토록 행복해 보였던—지독한 밤을 내다보고 있었다. 카턴은 안뜰로 들어가 그녀의 방에 켜진 불빛을 보며 잠시 혼자 서 있었다. 떠나려고 돌아서기 전, 그는 긴 한숨 같은 축복과 작별 인사를 그곳으로 흘려보냈다.

제13장
쉰둘

콩시에르주리의 검은 교도소에서, 그날 사형선고를 받은 자들이 자신들의 운명을 기다리고 있었다. 그들은 1년의 주 수만큼이나 많았다. 이들 쉰두 명은 그날 오후 도시에 일렁이는 생명의 물결을 넘어 끝없는 영원의 바다로 흘러갈 예정이었다. 그들이 감방에서 나가기도 전에 새로운 죄수들이 들어왔다. 그들의 피가 어제 흘려진 피로 흘러들기도 전에, 내일 흘릴 피와 섞일 것들도 이미 구분되어 있었다.

서른여섯 사람이 불렸다. 자신의 재력으로도 목숨을 살 수 없었던 일흔 살 징세 도급인부터 가난과 배경이 그녀를 구해 주지 않은 스무 살 여자 재봉사까지 있었다. 인간의 악덕과 방치에서 비롯된 육체적 질병은 온갖 다양한 희생자를 만들어 냈다. 형언할 수 없는 고통, 견딜 수 없는 압제, 무자비한 차가움 또한 희생자를 구분하지 않고 덮쳤다.

혼자 감방에 앉아 있던 찰스 다네이는 재판소에서 돌아온 순간부터 기분 좋은 망상에 기대 버티려고 하지 않았다. 재판소에서 들었던 이야기의 문장 하나하나가 모두 그에게 유죄를 선언하고 있었다. 이제 그를 구할 수 있는 개인적 영향이 없다는 것도 완벽하게 받아들였다. 그에게 유죄를 내린 것은 수백만 명의 사람이었다. 그 어떤 군대도 막을 수 없었다.

그럼에도, 사랑하는 아내의 얼굴이 떠오르자 마음을 가라앉히고 생각하기가 힘들었다. 그가 삶에 내린 뿌리는 아주 튼튼해서, 그것을 느슨하게 하는 일은 몹시 힘들었다. 한쪽에서 조금씩 노력해서 풀어놓으면, 다른 쪽에서는 더 세게 붙들었다. 그가 온 힘을 모아 붙드는 그 손을 떼어 놓으려 하면 수긍하는 듯하다가, 다시 꽉 그러쥐었다. 그의 모든 생각 속에 조급함도 있었다. 그의 심장은 뜨겁고 격렬하게 뛰며 체념을 거부했다. 체념에 대한 생각이 들 때면, 뒤에 남겨질 그의 아내와 아이가 자신의 이기심을 탓하며 항의하는 것처럼 느껴졌다.

그러나 이 모든 것도 처음에만 그랬다. 오래 지나지 않아, 그가 마주해야 할 운명에 어떤 불명예스러운 것도 없다는 생각 그리고 수많은 사람이 그와 같은 부당한 길을 걸었고 매일 단호한 발걸음으로 그 길을 걷는다는 생각이 들어 위로가 되었다. 이어 떠오르는 생각은, 사랑하는 사람들이 미래에 누릴 마음의 평화는 자신의 의연한 용기에 달려 있다는 것이었다. 그렇게 그는 조금씩 마음을 안정시키고 좀 더 행복한 생각으로 위로를 얻을 수 있었다.

선고를 받은 날, 어둠이 깊어지기 전 그는 마지막 길까지 걸어온 것을 알았다. 등불과 필기도구를 사도 된다는 허락이 있었기에 그는 교도소의 소등 시간까지 앉아서 글을 썼다.

그는 루시에게 긴 편지를 썼다. 그녀 아버지의 투옥 생활에 대해 전혀 몰랐다고 썼다. 그가 말해 주기 전까지 전혀 모르는 사실이었고, 오늘 법정에서 글이 읽히기 전까지 아버지와 삼촌이 저지른 악행에 대해서 그녀만큼 무지했다는 말이었다. 이미 그녀에게 자신의 이름을 숨기는 것이 그녀의 아버지가 결혼에 요구한 단 하나의 조건—이제는 모두 이해할 수 있었다—이었기에 결혼하는 날 아침에도 그 약속을 여전히 지키고 있었다고 말한 적이 있었다. 그는 그녀에게 서면으로 간청했다. 아버지를 위해서라도 아버지가 그동안 종이의 존재를 잊고 있었는지, 혹은 오래전 어느 일요일, 정원의 플라타너스 아래에서 나누었던 탑에 관한 이야기로 다시 생각이 난 건지 (잠시 동안 혹은 그날 이후로 계속) 절대 아버지께 캐묻지 말아 달라고. 그가 종이에 관한 확실한 기억을 가지고 있었더라도, 바스티유가 함락된 후에 많은 죄수의 비망록이 세상에 드러나고 유명해졌지만, 그 속에 마네트 박사의 글은 없었기 때문에 자신의 글은 당연히 바스티유와 함께 사라졌으리라고 믿었던 것이 분명했다. 그리고 그녀의 아버지를—이런 말은 불필요한 걸 안다고 덧붙였지만—위로해 달라고 부탁했다. 그녀의 아버지가 한 일 중에 자책할 만한 일은 전혀 없고, 오히려 그들 부부를 위해 자신의 과거를 잊어버리려 했다는 사실을 그녀가 알고 있는 모든 애틋한 수단으로 그에게 상기시켜 달라고 했다. 그는 자신의 마지막 감사와 사랑, 축복을 간직해 주길 바라며, 슬픔을 극복하고 그녀의 아버지와 그들의 소중한 아이에게 헌신해 주길 바란다고 쓰고, 그 옆에는 언젠가 그들이 천국에서 만날 것이라고 썼다.

그녀의 아버지에게 쓴 편지도 비슷한 내용이었다. 그러나 그는 아내와 아이를 그녀의 아버지께 맡기며 잘 부탁하겠노라는 말을 특별히 무척이나 강조했다. 이 일로 그녀의 아버지가 다시 어둡고 위험한 과거를 떠올리며 우울에 빠지더라도, 이 책임 때문에라도 일어나 주길 바라는 마음이었다.

로리 씨에게는 이들 모두를 부탁하고 세속적인 사항들을 설명했다. 그 뒤로 그들의 우정에 대한 감사한 마음과 애틋한 마음을 전하는 문장을 여러 줄 덧붙여 쓰고 마무리했다. 그리고 그는 모든 일을 마쳤다. 카턴을 생각해 본 적은 없었다. 그의 마음은 다른 사람들로 꽉 차 있어서 카턴에 대한 생각은 단 한 번도 머릿속에 떠오르지 않았다.

등불이 꺼지기 전에 모든 편지를 마무리할 수 있는 시간이 있었다. 마침내 그는 짚 더미 침대에 누워 이제 이 세상과도 마지막이구나 하고 생각했다.

그러나 세상은 그가 잠든 중에 다시 찾아와 환하게 빛나는 모습을 드러냈다. 자유롭고 행복한 그는 다시 소호의 옛집에 있었다(실제 자기 집과는 매우 다르게 보였지만). 이유는 모르지만 조건 없이 석방되어 그는 가벼워진 마음으로 다시 루시를 만났고, 그녀는 이 모든 게 꿈이고 그가 교도소에 갔었던 적이 없다고 말했다. 그리고 그는 다시 깊이 잠들었고, 다시 꿈을 꾸었을 때 그 속에서 죽었다가 되살아나 있었다. 그러나 그에겐 조금도 달라진 모습이 없었다. 그리고 다시 깊게 잠들었다 깼을 때는 아침이었다. 잠시 그는 자신이 어디에 있는지, 무슨 일이 있었는지 알 수 없었다. 그러나 곧 머리에 생각이 스쳤다. "오늘은 내가 죽는 날이구나!"

그는 머리 쉰두 개가 떨어지게 될 날이 밝아 오길 기다리며 시간을 보냈다. 그는 의연한 영웅같이 끝을 맞이하길 바랐으므로 마음을 침착하게 가다듬었지만, 잠 못 이루는 생각 속에 떠오르는 새로운 계획은 자신조차 통제하기 어려웠다.

곧 자신의 목숨을 앗아 갈 구조물을 그는 한 번도 본 적이 없었다. 바닥에서 얼마나 높은지, 계단은 몇 개인지, 자신의 머리는 어떻게 다뤄질 것인지, 자기를 다루는 손에는 핏자국이 가득할지, 얼굴은 어디로 돌아보게 될지, 자기가 첫 번째가 될지, 마지막이 될지, 이런 비슷한 생각들이 그의 의지와는 다르게 수없이 머릿속을 헤집고 또 헤집었다. 그의 의식 속에 두려움은 없었으므로 두려움과 연관된 생각은 아니었다. 다만 때가 오면 어떻게 해야 할지 궁금하게 만드는 기이하고 끈덕진 욕망에서 비롯된 생각들이었다. 목숨을 앗아 갈 찰나의 순간에 전혀 어울리지 않게 거대한 이 욕망은 그의 영혼 안에 있는 다른 영혼의 궁금증 같았다.

그가 이리저리 거니는 동안 시간은 흘러 시계가 그가 다시는 보지 못할 시간을 가리켰다. 9시가 영원히 사라지고, 10시가 영원히 사라지고, 11시가 영원히 사라지고, 이제 12시가 지나가고 있었다. 기이하고 불편한 생각에 당혹스러워하며 씨름하던 그도 이제 평정을 찾았다. 사랑하는 사람들의 이름을 되뇌며 그는 이리저리 거닐었다. 가장 힘들었던 고통은 이제 끝났다. 자신을 방해하는 망상에서 벗어나 이리저리 거닐며, 그저 자신과 그들을 위해 기도할 뿐이었다.

12시도 영원히 사라졌다.

그는 마지막 시간이 3시라고 알고 있었다. 사형수 호송 마차의 묵직한 바퀴가 덜컹거리며 거리를 굴러오는 소리가 들려왔기 때문에, 그는 아마 조금 일찍 불려 나가게 될 거라고 생각했다. 그래서 그는 2시를 마지막 시간이라 마음먹고 그

전까지 자신을 다독이며 용기를 불어넣기로 그리고 그 이후엔 다른 사람을 다독이고 용기를 불어넣기로 마음먹었다.

가슴 위로 팔짱을 낀 채 이리저리 거닐던 그는 이제 라포르스 교도소에서 걸음으로 폭을 재던 그 남자가 아니었다. 1시가 영원히 사라지는 소리가 들려왔지만, 놀랄 것도 없었다. 침착함을 되찾음에 하느님께 감사드리던 그는 생각했다. "이제 한 시간 남았군." 그리고 뒤돌아 다시 이리저리 거닐었다.

문밖에서 돌이 깔린 복도를 걸어오는 발걸음 소리가 들려왔다. 다네이는 멈춰 섰다.

자물쇠로 들어간 열쇠가 돌려졌다. 문이 열리기도 전에, 혹은 문이 열리면서, 한 남자가 나직이 영어로 이렇게 말했다. "그는 여기서 날 본 적이 없습니다. 제가 그를 피해서 다녔어요. 혼자 들어가십시오. 가까운 곳에서 기다리겠습니다. 서두르십시오!"

문이 재빨리 열렸다가 닫쳤고, 그를 마주 보고 선 남자는 의연하고 환하게 미소 지으며 조용히 하라는 듯 손가락 하나를 입에 댔다. 시드니 카턴이었다.

그 모습이 왠지 환하고 특별해 보여 죄수는 처음에 자신이 상상한 유령이라고 의심했다. 그러나 카턴이 입을 열었고, 그 목소리는 카턴의 것이었다. 카턴이 죄수의 손을 잡았을 때, 그 손길 또한 카턴의 것이었다.

"이 땅 위 모든 사람 중 내가 올 거라고는 꿈에도 생각 못 했겠죠?" 그가 말했다.

"당신이라고는 믿을 수가 없었습니다. 지금도 못 믿겠어요. 혹시 당신도," 그는 갑자기 걱정스러운 마음이 들었다. "여기 갇혔습니까?"

"아닙니다. 어쩌다 이곳 간수 한 명에게 힘을 쓸 수 있었습니다. 그래서 이렇게 당신 앞에 설 수 있었죠. 그녀가 절 보냈습니다. 당신의 아내 말입니다, 다네이."

죄수가 카턴의 손을 꽉 잡았다.

"그녀가 부탁을 전해 달라고 했습니다."

"무슨 부탁이요?"

"가장 간절하고, 절박하고, 중요한 부탁입니다. 당신이 잘 기억하는 그 사랑스럽고 더없이 구슬픈 목소리로 당신에게 전해 달라고 했습니다."

죄수는 고개를 약간 옆으로 돌렸다.

"왜 이 부탁을 전하는지, 무슨 뜻인지 내게 물어볼 시간은 없습니다. 대답할 시간도 없고요. 그저 내 말을 들어야 합니다. 지금 신고 있는 장화를 벗고 내 걸 신으세요."

죄수 뒤로, 벽에 맞닿은 의자가 하나 있었다. 카턴은 번개처럼 재빠르게 그를 떠밀어 의자에 앉히고 맨발로 그 앞에

섰다.

"내 장화를 신어요. 손으로 잡고, 얼른 신어요. 빨리!"

"카턴, 여기서 탈출할 수 없어요. 그건 불가능합니다. 나랑 같이 죽게 될 거예요. 미친 짓입니다."

"내가 당신한테 탈출하라고 하면 그건 미친 짓이겠죠. 그런데 그렇게 하자던가요? 저 문밖으로 나가라고 하면 그때 미친 짓이라고 말하고 이 안에 있으면 됩니다. 얼른 내 스카프를 매고, 내 코트를 입어요. 그러는 동안 머리 리본은 빼드리죠. 내 머리처럼 이렇게 헝클어 봐요!"

초자연적으로 보일 만큼 훌륭한 민첩성 그리고 놀라운 의지와 추진력으로 카턴은 그를 변장시켰다. 죄수는 어린아이같이 카턴의 손에 자신을 맡겼다.

"카턴! 아니, 카턴! 이건 미친 짓이에요. 절대 성공할 수 없습니다. 불가능해요. 탈옥은 여러 번 시도되었지만, 항상 실패했어요. 부탁이니 내 쓸쓸한 죽음에 당신 목숨까지 버리진 마세요."

"다네이, 내가 저 문으로 나가라고 합니까? 내가 그렇게 물으면 그때 싫다고 하세요. 탁자 위에 펜, 잉크 종이가 있습니다. 글을 못 쓸 정도로 손이 떨립니까?"

"당신이 오기 전까지는 괜찮았습니다."

"그럼 다시 진정시키고, 내가 부르는 대로 받아쓰세요. 어서요, 다네이, 어서!"

혼란스러운 머리를 손으로 짚으며 다네이가 탁자 옆에 앉았다. 카턴은 자신의 가슴에 오른손을 얹은 채 그 옆에 가까이 섰다.

"내가 말하는 그대로 쓰세요."

"누구에게 쓰는 편지입니까?"

"아무에게도 아닙니다." 카턴은 여전히 손을 가슴에 대고 있었다.

"날짜도 적습니까?"

"아니요."

질문할 때마다 죄수가 카턴을 올려다보았다. 그 앞에 서서 손을 여전히 가슴에 얹은 채 카턴이 내려다보았다.

"당신이 만약," 카턴이 편지에 쓸 말을 불러 주었다. "우리가 옛날에 나눴던 말들을 기억한다면, 이 편지를 보고 바로 무슨 뜻인지 알 겁니다. 당신은 기억할 겁니다. 나는 알아요. 당신은 이런 걸 잊을 사람이 아니니까요."

카턴은 가슴에서 손으로 뭔가를 잡고 꺼내고 있었다. 급히 부르는 대로 따라 적던 죄수가 잠시 올려다보다가 그것을 보고 써 내려가던 손을 멈췄다.

"'잊을 사람이 아니니까요'까지 썼습니까?" 카턴이 물었다.

"썼습니다. 손에 든 건 무기입니까?"

"아니요. 난 무기가 없습니다."

"그럼 손에 들고 있는 건 뭡니까?"

"바로 알게 될 겁니다. 얼른 쓰세요. 얼마 안 남았습니다." 카턴이 다시 불러 주었다. "당신에게 그걸 증명해 보일 시간이 와서 감사할 따름입니다. 내가 하는 일엔 후회도 슬픔도 없습니다." 편지를 쓰고 있는 사람에게서 눈을 떼지 않은 채, 카턴이 편지를 불러 주며 손을 천천히 다네이의 얼굴 가까이로 옮겼다.

다네이의 손에서 놓친 펜이 탁자 위로 떨어졌다. 다네이는 멍하게 카턴을 바라보았다.

"이제 무슨 냄새죠?" 다네이가 물었다.

"냄새요?"

"제가 뭔가 들이마신 것 같은데요?"

"나는 전혀 모르겠습니다. 여기 그런 게 있을 리가요. 얼른 펜을 들고 쓰세요. 어서, 어서요!"

기억이 망가지고 감각이 혼란스러워진 듯한 죄수는 다시 집중하려고 노력했다. 다네이가 흐려진 눈으로 카턴을 보며 숨소리가 거칠어졌을 때, 카턴—다시 가슴팍에 손을 넣고 있던—은 다네이를 계속 바라보고 있었다.

"어서, 어서요!"

죄수가 다시 한번 종이 위로 고개를 숙였다.

"이렇게 하지 않았다면," 카턴의 손이 다시 코트 안쪽에서 나오고 있었다. "나는 이 기회를 잡지 못했을 겁니다. 이렇게 하지 않았다면," 손은 죄수의 얼굴을 덮었다. "나는 앞으로 더 잃을 게 많았을 겁니다. 이렇게 하지 않았다면……." 카턴은 펜을 보았다. 글자는 점점 알아볼 수 없는 기호가 되어갔다.

카턴의 손은 이제 코트 안쪽으로 들어가지 않았다. 죄수가 책망하는 듯한 눈길로 벌떡 일어났지만, 카턴이 손으로 그의 코를 단단히 막고 왼팔로는 그의 허리를 감싸 안고 있었다. 잠시 다네이는 자신을 위해 목숨을 바치러 온 남자에게 힘없이 반항했지만, 1분 안에 의식을 잃고 바닥에 뻗어버렸다.

재빠르게, 하지만 자신의 마음처럼 성실한 손으로, 카턴은 죄수가 벗어 놓은 옷을 입고 자신의 머리를 빗어 죄수가 그랬던 것처럼 묶어 리본을 매었다. 그리고 조심스럽게 누군가를 부르자 첩자가 모습을 드러냈다.

"여기, 들어오시오! 빨리! 여기 보이시오?" 카턴은 의식을 잃고 쓰러진 사람 옆에 한쪽 무릎을 꿇고 앉아 편지를 품 안에 넣어 주었다. 그가 첩자를 올려다보며 말했다. "많이 위험할 거 같소?"

"카턴 씨." 첩자가 소심하게 손가락을 튕기며 말했다. "이런 일은 위험하지 않습니다. 당신이 끝까지 약속만 잘 지켜 주신다면요."

"날 너무 무서워 마시오. 죽을 때까지 약속은 지킬 테니."

"그래야죠, 카턴 씨. 쉰두 명만 딱 맞으면 됩니다. 당신이 그렇게 입고 딱 맞춰 줬으니, 난 겁날 게 없습니다."

"겁먹지 마시오! 난 이제 당신을 해칠 수도 없을 거고, 다른 사람들도 곧 여기서 멀리 떨어진 곳으로 갈 테니까. 하느님이 지켜 주시길! 자, 이제 사람을 불러서 날 마차로 데리고 가시오."

"당신을 말입니까?" 첩자가 불안한 듯 말했다.

"저 사람 말이오. 나랑 옷을 바꿔 입은 저 남자. 나를 데리고 온 문으로 다시 나가는 거요."

"당연하죠."

"당신이 날 데리고 왔을 때 난 연약하고 졸도 직전이었는데, 당신이 나갈 때쯤 졸도해 버린 거요. 작별하는 아픔을 견딜 수가 없었다고 해 두죠. 이런 일은 여기서 비일비재하니까. 이제 당신 목숨은 당신 손에 달렸소. 어서! 도움을 요청해요."

"날 배신하지 않겠다고 맹세합니까?" 마지막으로 머뭇거리며 첩자가 떨리는 목소리로 물었다.

"아니, 당신!" 카턴이 발을 쿵쿵 구르며 대꾸했다. "내가 벌써 끝까지 가겠다고 엄숙하게 맹세했잖소, 그런데 지금 소중한 시간을 낭비하는 거요? 그럼 당신이 직접 이자를 아까 우리가 들어온 안뜰로 데리고 나가서, 직접 마차에 태우고, 직접 로리 씨에게 넘겨주면서 각성제 말고 바람만 쐬어 주라고 하고, 또 간밤에 내가 한 말과 나와 한 약속을 잊지 말고 빨리 떠나라고 말하란 말이야!"

첩자가 물러갔고, 카턴은 탁자 앞에 앉아 이마를 손으로 괴었다. 바로 다시 돌아온 첩자는 사내 두 명과 함께였다.

"무슨 일이야?" 그중 한 명이 쓰러진 남자를 살펴보며 말했다. "친구가 성녀 기요틴 복권에 당첨되어 배가 아파 쓰러졌나?"

"선량한 애국 시민이군." 다른 한 명이 말했다. "귀족이 꽝이 나왔다고 해도 저 정도로 속상해하진 않을 텐데."

그들은 의식이 없는 남자를 일으켰다. 그리고 문 앞으로 가지고 온 들것에 그를 눕히고, 다시 몸을 굽혀 들것을 옮기면서 나갔다.

"시간이 얼마 없소, 에브레몽드." 첩자가 경고하듯 말했다.

"잘 압니다." 카턴이 대답했다. "내 친구를 조심히 데려가 주시오. 부탁하오. 이제 혼자 있고 싶소."

"거기들, 이제 가자." 바사드가 말했다. "조심히 운반해, 얼른 가자!"

문이 닫히고, 카턴은 홀로 남겨졌다. 혹시 의심을 받을까, 경보가 울릴까 온 힘을 짜내어 귀 기울였지만 들리지 않았다. 열쇠가 열리는 소리, 문이 쾅 닫히는 소리, 멀리 복도를 저벅저벅 걸어가는 소리뿐, 긴급 상황처럼 누가 소리치거나 뛰는 소리는 들려오지 않았다. 잠시 안도의 숨을 쉰 후, 그는 다시 탁자에 앉아서 시계가 2시를 칠 때까지 귀를 기울였다.

어떤 소리가 들려오기 시작했지만, 그는 소리의 의미를 이미 알고 있었기에 두렵지 않았다. 몇 개의 문이 연달아 열리고 마침내 그의 문도 열렸다. 손에 명단을 든 간수가 방을 들여다보고 "따라와라, 에브레몽드!"라고 말했다. 그는 멀리 있는 넓고 컴컴한 방으로 따라갔다. 어두운 겨울 하늘이 드리운 바깥의 그림자와 방 안의 그림자 속에서, 그는 팔이 묶이려고 이곳에 끌려온 사람들을 그저 흐릿하게 구분할 수 있었다. 어떤 사람은 서 있었고, 어떤 사람은 앉아 있었다. 어떤 사람들은 초조하게 움직이며 울고 있었지만, 그런 사람은 몇 없었다. 대다수가 침묵 속에 가만히 서서 바닥만 보고 있었다.

그가 어두운 구석의 벽 앞에 서 있는 동안 쉰두 명을 채우기 위한 사람들이 끌려왔는데, 그중 한 남자가 지나다가 멈추고 마치 그를 알아본 것처럼 껴안았다. 그는 발각될 것만 같은 큰 두려움으로 전율했지만, 남자는 그냥 지나갔다. 몇 분 지나지 않아 몸집이 가냘픈 소녀 같은 젊은 여자가 그가 지켜보는 가운데 의자에서 일어났다. 예쁘지만 핏기라고는 찾아볼 수 없는 야윈 얼굴에 크고 선한 눈을 동그랗게 뜬 그녀가 그에게 다가와 말을 걸었다.

"시민 에브레몽드." 그녀가 차가운 손으로 그를 건드리며 말했다. "라 포르스에서 당신과 같이 있었던 가난한 어린 재봉사예요."

그가 대답을 우물거렸다. "맞아요. 당신 죄목이 뭐였는지 기억이 잘······?"

"모반이요. 제가 결백한 건 하느님이 아시지만요. 가능이나 할까요? 저처럼 가난하고 힘없는 재봉사와 모반을 꾀하는 것이?"

그렇게 말하는 그녀의 쓸쓸한 미소가 마음이 아파 그의 눈에도 눈물이 고였다.

"저는 죽는 건 두렵지 않아요, 시민 에브레몽드. 하지만 전 아무것도 안 했어요. 우리같이 가난한 이들에게 그렇게 선행을 베풀 공화국을 위해 제 죽음으로 도움이 된다면 죽을 수도 있어요. 하지만 어떻게 그렇게 될지 모르겠어요, 시민 에브레몽드. 저같이 가난하고 작고 힘없는 사람이 말이에요!"

그의 마음은 이 가여운 소녀로 인해 부드럽고 따뜻해졌다. 이 세상 마지막으로 그의 마음에 부드러운 온기를 전하는 사람이었다.

"석방되었다고 들었어요, 시민 에브레몽드. 정말인가요?"

"그랬었죠, 하지만 다시 체포되어 사형선고를 받았어요."

"시민 에브레몽드, 만약 제가 당신과 같이 마차를 타게 되면 그 손을 잡아도 될까요? 전 두렵진 않지만, 그저 작고 힘이 없는 사람이라서요. 그렇게 해 주시면 제게 힘이 될 거예요."

그의 얼굴을 바라보는 선한 두 눈 속에 갑작스러운 의심과 뒤이어 놀라움이 스쳤다. 그는 재봉일로 거칠고 야윈 그녀의 손가락을 그의 입술에 가져다 댔다.

"그를 위해 대신 죽는 거예요?" 그녀가 속삭였다.

"그리고 그의 아내와 아이를 위해서요. 쉿! 그래요."

"오, 당신의 용감한 손을 잡아도 될까요, 낯선 분이시여!"

"쉿! 그럼요, 가여운 자매여. 마지막까지 잡아요."

교도소 위로 떨어지고 있는 어두운 그림자는, 이른 오후 같은 시각 파리를 벗어나 관문에서 검문을 받기 위해 군중과 기다리는 마차 한 대 위에도 똑같이 떨어지고 있었다.

"누굽니까? 안에 탄 사람은? 서류를 보여 주시오!"

서류가 건네지고, 읽혔다.

"알렉상드르 마네트. 의사. 프랑스인. 이자가 누구요?"

여기 이 사람입니다. 힘없고, 알아들을 수 없을 말을 중얼거리고, 혼이 나가 버린 노인이오.

"시민 의사께서 정신이 나간 모양이죠? 혁명의 열기를 못 견디셨나?"

너무 힘들어하셨습니다.

"하! 많은 사람이 그렇죠. 루시. 그의 딸. 프랑스인. 어디 있습니까?"

여기 있습니다.

"과연 그렇군요. 루시. 남편이 에브레몽드 아닙니까?"

맞습니다.

"하! 에브레몽드는 오늘 다른 볼일이 있죠. 루시. 그녀의 딸. 영국인. 이 아이입니까?"

이 아이뿐입니다.

"뽀뽀해 다오, 에브레몽드의 딸아. 자, 너는 이제 선한 공화당원에게 뽀뽀한 거다. 너희 가족 중에서는 처음이지! 기억하거라! 시드니 카턴. 변호사. 영국인. 누굽니까?"

그는 여기, 마차 구석에 누워 있습니다.

"영국 변호사가 졸도하셨나 봅니다?"

맑은 공기를 쐬면 나아질 겁니다. 몸이 약해서, 공화국의 눈에 벗어난 친구와의 이별을 견디지 못했습니다.

"그게 다입니까? 그거 별일 아니네요! 공화국의 눈에 벗어난 친구들이 한두 명이 아니라 다들 그 작은 단두대 구멍에 머리를 들이대고 있죠. 자비스 로리. 은행원. 영국인. 누굽니까?"

"접니다. 저밖에 안 남았으니 당연하죠."

앞서 모든 질문에 대답한 사람은 자비스 로리다. 마차에서 내려 문을 붙잡은 채 서서 한 무리의 공무원들에게 대답한 것도 자비스 로리다. 그들은 느긋하게 마차 주위를 한 바퀴 돌아보고, 느긋하게 마부석으로 올라와 지붕에 어떤 짐이 올려져 있나 확인한다. 시골 마을 사람들이 주위를 어슬렁거리다가, 마차 문으로 점점 다가와 못 참겠다는 듯 안을 들여다본다. 어머니가 안고 있던 작은 아이가 짧은 팔을 뻗어 본다. 기요틴의 이슬이 될 귀족의 아내를 한 번 만져 보려고.

"서류 여기 있습니다, 자비스 로리. 확인하고 서명했습니다."

"그럼 가도 됩니까, 시민?"

"가도 됩니다. 기수는 통과하시오! 좋은 여행 되시길!"

"감사합니다, 시민 여러분. 첫 관문을 통과했군!"

이 말을 한 사람도 역시 자비스 로리다. 그는 두 손을 맞잡은 채 위를 올려다본다. 마차는 두려움으로, 흐느낌으로,

의식이 없는 여행자의 거친 숨소리로 채워진다.

"너무 느리게 가는 거 아니에요? 더 빨리 가도록 말을 몰수는 없나요?" 노인을 안고 있는 루시가 묻는다.

"애야, 그러면 우리가 도망가는 것처럼 보일 게다. 우리를의심할지도 모르니 너무 빨리 가게 할 수는 없어."

"뒤에, 뒤에 누가 쫓아오고 있는지 봐요!"

"길에 아무도 없단다, 애야. 아직까지 따라오는 자는 없어."

집 두 채, 세 채가 우리를 스쳐 지나가는구나. 외로운 농장, 폐허가 된 건물, 염색 공장, 가죽 공장, 다른 비슷한 건물이 드넓게 펼쳐진 벌판과 앙상한 가로수가 늘어선 길가로보인다. 우리가 가는 길은 거칠고 울퉁불퉁하고 양옆은 두텁게 쌓인 부드러운 진흙이야. 가끔, 길에 있는 돌에 흔들리고 덜컹거리다가 마차 바퀴가 길가의 진창에서 구르기도 한다. 바퀴가 습지나 고랑에 빠지기도 하지. 불안함의 고통이너무 커서 우리는 무섭고 초조해 그냥 마차에서 뛰쳐나와내달리고—숨고 싶지만—멈추지는 않는다.

벌판으로 나와, 다시 외로운 농장, 폐허가 된 건물, 염색공장, 가죽 공장, 다른 비슷한 건물 사이로 오두막 두세 채와 앙상한 나무들이 서 있는 대로를 지나간다. 마부들이 우리를 속이고 다른 길로 되돌아가는 걸까? 여기는 우리가 지나친 곳이 아닌가? 세상에, 아니구나. 마을이 보인다. 뒤를 봐요, 뒤를 봐요, 누가 우리를 쫓아오는지! 쉿! 역참이다.

느긋하게, 우리 말 네 마리를 끌어내는구나. 느긋하게, 말이 풀려난 마차가 작은 거리에 세워진다. 다시는 움직이지 않을 것만 같아. 느긋하게, 새로운 말들이 한 마리씩 모습을 드러낸다. 느긋하게, 새 기수가 와서 채찍 끈에 침을 묻혀 놓는다. 느긋하게, 일을 마친 기수들이 돈을 세지만, 셈을 못해 돈이 마음에 들지 않는 모양이다. 그러는 동안 우리의 과적된 마음은 세상에서 태어난 말 중에 가장 빠른 말이 가장 빠르게 달리는 것보다 더 빠르게 뛰고 있다.

마침내 새 기수가 안장에 올라타고, 예전 기수를 남겨 놓고 떠난다. 우리는 마을을 지나고, 언덕을 오르고, 다시 내려가고, 낮은 습지를 지나간다. 갑자기, 기수들이 빠른 몸짓으로 말을 주고받더니 말고삐를 잡아당겨, 말이 거의 주저앉을 듯 급히 멈춘다. 누가 따라오는가?

"여! 마차에 탄 사람은 대답하시오!"

"무슨 일입니까?" 창문을 내다보며 로리 씨가 묻는다.

"몇 명이라 하던가요?"

"무슨 말인지 모르겠습니다."

"조금 전 역참에서요. 오늘 기요틴에 몇 명이 간답니까?"

"쉰둘이요."

"내가 그랬다니까요! 대단한 숫자입니다! 여기 계신 시민이 마흔둘이라길래. 죽을 만한 머리가 열 개나 더 있군요. 기요틴이 참 일을 잘합니다. 맘에 들어요. 가자. 이랴!"

밤의 어둠이 내린다. 그는 좀 더 움직인다. 정신이 돌아오고, 하는 말을 알아들을 수 있다. 아직 그들이 함께 있다고 생각하고 그의 이름을 부르며 묻는다. 손에 든 게 무엇인지. 오, 자비로운 하느님, 저희를 가엾게 여겨 도와주소서! 조심해요, 뒤를 봐요, 누가 우릴 따라오는지.

바람이 우리를 따라오고, 구름이 우리와 날아가고, 달이 우리 뒤로 떨어진다. 거친 밤의 모든 것이 우리를 따라오지만, 그 외엔 아무도 우리를 따라오지 않는다.

제14장
뜨개질이 끝나다

쉰두 명이 그들의 운명을 기다리고 있던 바로 그 시각, 드파르주 부인은 복수의 여신과 혁명의 배심원 자크 3호와 함께 사악하고 불길한 회의를 하고 있었다. 관료들과 회의 중인 곳은 그녀의 술집이 아닌, 한때 도로 수리공이었던 톱장이의 오두막이었다. 톱장이는 회의에 참여하지 않고 조금 떨어진 곳에 머물렀다. 그는 외곽의 위성처럼 묻지 않으면 말할 수 없었고, 청하지 않으면 의견을 내놓을 수 없었다.

"그렇지만," 자크 3호가 말했다. "드파르주가 훌륭한 공화당원인 건 의심할 여지가 없잖습니까? 안 그래요?"

"프랑스 전역에," 말 많은 복수의 여신이 날카로운 목소리로 말했다. "그보다 더 훌륭한 당원은 없어요."

"조용히 해 봐요, 복수의 여신." 드파르주 부인이 얼굴을 약간 찌푸리며 손을 부관의 입술에 댔다. "내 말을 들어 봐요. 우리 시민 남편은 훌륭한 공화당원이고 용감한 남자예요. 공화국의 인정을 받을 만하고, 이미 신뢰도 얻었죠. 하지만 남편도 약점이 있고, 그 박사 앞에서는 한없이 약해지고 망설인다니까요."

"그것참 안된 일입니다." 믿을 수 없다는 듯 고개를 저으며 자크 3호가 말했다. 목소리가 걸걸한 그는 잔인한 손가락을 굶주린 입에 대고 있었죠. "훌륭한 시민의 자세가 아니에요. 안타깝네요."

"들어 봐요." 부인이 말했다. "나는 이 박사라는 사람은 전혀 관심 없어요. 머리가 날아가든 붙어 있든 어느 쪽이든 상관없고 내 알 바 아니에요. 하지만 에브레몽드 가족은 멸종되어야 하고, 아내와 아이도 자기 남편과 아버지를 따라가야 해요."

"머리를 잘라 놓으면 예쁠 것 같긴 합니다." 자크 3호가 말했다. "금발에 눈이 푸른 머리가 떨어지는 걸 봤는데, 삼손이 들고 있으니 참 볼만했죠." 잔인한 괴물답게 그는 미식가처럼 말했다.

드파르주 부인이 눈을 내리깔고 잠시 생각에 잠겼다.

"아이도," 자크 3호가 말을 곱씹으며 즐기듯 말을 이었다. "금발에 푸른 눈이죠. 아이가 올라가는 건 보기 힘든데, 정말 장관일 거요!"

"한마디로," 짧은 사색에서 빠져나온 드파르주 부인이 말했다. "이 일에 관해서는 남편을 믿을 수 없어요. 지난밤 이후로 생각해 보니, 그에게 내 계획의 자세한 부분을 털어놓으면 안 될 것 같아요. 또 일을 미루다가는 그들이 도망치도록 미리 귀띔할지도 모르니까요."

"그럴 순 없죠." 자크 3호가 말했다. "아무도 도망가게 할 수 없어요. 지금 반도 모자라는데. 하루에 일흔두 명씩은 죽여야죠."

"한마디로," 드파르주 부인이 말을 이었다. "남편은 내가 이 가족을 끝장내 버리고 싶어하는 걸 이해할 수 없고, 나는 그에게 박사에 대한 어떤 감정이라도 남아 있는 걸 이해할 수 없어요. 그래서 내가 알아서 행동하려 해요. 여기로 와 봐요, 작은 시민."

목숨이 두려워 그녀를 존경하고 또 복종하던 톱장이가 빨간 모자를 손에 쥔 채 앞으로 나왔다.

"작은 시민, 그녀가 보내던 신호 말이에요." 드파르주 부인이 엄격하게 말했다. "죄수에게 보내던 신호요. 바로 오늘 그것에 대해 증언할 준비가 되었죠?"

"네, 네, 그렇고말고요!" 톱장이가 외쳤다. "눈이 오나 비가 오나 매일 그곳에 서서 신호를 보냈죠. 2시부터 4시까지요. 가끔 아이와 함께 오기도 하고, 혼자 오기도 했어요. 제가 잘 알죠. 제 눈으로 봤으니까요."

톱장이는 자신이 본 적도 없는 온갖 다양한 신호 중 몇 가지를 우발적으로 흉내 내는 듯, 말하면서 갖가지 몸짓을 했다.

"확실한 모반입니다." 자크 3호가 말했다. "더 볼 것도 없어요!"

"배심원단은 틀림없겠죠?" 드파르주 부인이 물었다. 그녀의 두 눈이 어두운 미소와 함께 그를 향했다.

"친애하는 시민 여인, 나라를 사랑하는 배심원단을 믿어 보세요. 배심원 모두를 대신해서 말합니다."

"자, 어디 봅시다." 드파르주 부인이 다시 생각에 잠기며 물었다. "고민되네요! 남편을 봐서라도 박사를 살려 줄까요? 난 상관없어요. 살려 둘까요?"

"그도 머리가 하나 달려 있죠." 자크 3호가 낮은 목소리로 말했다. "우리는 머리가 충분하지 않아요. 살려 두면 서운할 것 같습니다, 저는."

"내가 그녀를 봤을 때 박사도 같이 신호를 보내고 있었어요." 드파르주 부인이 주장했다. "두 사람이 있었는데 한 사람만 봤다고 할 수 없고, 여기 작은 시민에게 모든 걸 맡기고 내 입을 다물고 있을 순 없죠. 나도 괜찮은 증인이니까요."

복수의 여신과 자크 3호는 열을 내며 서로 앞다투어 그녀가 얼마나 훌륭하고 존경스러운 증인인지 칭송했다. 질 수 없었던 작은 시민은 그녀가 하늘에서 내려온 증인이라고 선언했다.

"박사가 호시탐탐 기회를 엿볼지도 몰라요." 드파르주 부인이 말했다. "그래요, 살려 둘 수 없어요! 당신, 3시에 일이 있다고 했죠, 오늘 처형을 구경하러 갈 거고요. 당신 말이에요."

질문은 톱장이를 향하고 있었다. 그는 재빠르게 구경하러 가겠노라고 대답하고, 그 기회를 놓치지 않고 자신이 얼마나 열렬한 공화당원이며, 오후에 국민 이발사를 구경하면서 담배 태우는 재미를 놓치게 된다면 세상에서 가장 슬픈 공화당원이 될 거라고 덧붙였다. 그는 매시간 자신의 안전에 대한 작고 개인적인 두려움으로 떨고 있는 건 아닌가 의심을 살 정도로(그를 바라보던 드파르주 부인의 검은 두 눈에는 경멸이 담겨 있긴 했다) 과장하며 열변을 토했다.

"나도," 드파르주 부인이 말했다. "같은 장소에서 같은 볼일이 있죠. 볼일이 끝나면―오늘 밤 8시쯤에―내게 오세요. 내 구역인 생탕투안에서 그들을 고발합시다."

톱장이는 시민 여인을 모시게 되어 자랑스럽고 황송하다고 말했다. 그녀가 쳐다보자 그는 당황하며 작은 강아지처럼 시선을 피했다. 그는 목재가 쌓인 곳으로 물러나서 톱 손잡이 속에 혼란스러운 마음을 숨겼다.

드파르주 부인은 배심원과 복수의 여신을 문 가까이로 부르더니 자신의 계획을 자세히 설명했다.

"그녀는 지금 남편이 죽는 순간을 기다리며 집에 있을 거예요. 슬프고 비통하겠죠. 공화국의 정의를 비난하고 싶을 거예요. 적과 내통하고 싶은 마음이 굴뚝같겠죠. 그래서 내가 그녀를 만나러 갈 거예요."

"정말 훌륭하십니다! 정말로 존경스러워요!" 자크 3호가 감탄했다.

"아, 나의 소중한 사람!" 복수의 여신이 드파르주 부인을 껴안으며 외쳤다.

"내 뜨개질거리를 가지고 가요." 드파르주 부인이 부관의 손에 그것을 쥐어 주며 말했다. "내가 늘 앉는 곳에 미리 준비해 주고요. 늘 앉는 곳에 자리를 잡아 놓아요. 오늘은 평소보다 사람이 몰릴 테니 지금 바로 가세요."

"기꺼이 우리 대장 말씀을 따르겠어요." 복수의 여신이 부인의 뺨에 입 맞추며 재빠르게 말했다. "늦지 않을 거죠?"

"시작하기 전에 도착할 거예요."

"사형수 호송 마차가 오기 전에 꼭 와야 해요, 대장!" 이미 거리로 나가고 있는 부인의 등에 대고 복수의 여신이 외쳤다. "호송 마차가 오기 전에요!"

알아들었다는 듯이 그리고 늦지 않을 테니 염려 말라는 듯이 드파르주 부인이 가볍게 손을 흔들었다. 그녀는 진창길을 지나 교도소 벽 모퉁이를 돌아갔다. 복수의 여신과 배심원은 그녀가 걸어가는 모습을 보며 그녀의 우아한 모습과 훌륭한 도덕적 자질을 칭찬하느라 여념이 없었다.

당시 무시무시한 시간의 손아귀에 뒤틀어진 여인들이 많았지만, 지금 길을 걸어가는 이 무자비한 여인보다 더 끔찍한 여인은 없었다. 그녀의 강인하고 두려움을 모르는 성격과 날카로운 감각과 준비성 그리고 굳센 의지는 그녀를 단호하고 맹렬한 사람으로 만들었을 뿐 아니라 다른 사람들이 본능적으로 그러한 특징을 인지하게 하여 더욱 아름다워 보이게 했다. 어떤 상황에서든 요동치던 세월이 그녀를 추켜세워 줄 수 있었다. 그러나 어린 시절 지독하게 겪었던 불의와 계급에 박힌 뿌리 깊은 증오로 그녀는 어느새 암호랑이가 되어 있었다. 동정심 따위는 없었다. 설령 그런 미덕이 있었다 해도 지금은 단 한 조각도 남아 있지 않았다.

무고한 한 남자가 자신의 조상들이 지은 죄로 죽는다는 것은 그녀에게 아무것도 아니었다. 그녀의 눈에 보이는 건 그가 아니라 그의 조상들이었다. 그의 아내가 과부가 되고 그의 아이가 고아가 되는 것도 그녀에게는 아무것도 아니었다. 그건 오히려 부족한 처벌이었다. 그들은 그녀의 천적이자 먹이였으므로 애초부터 살아갈 권리가 없었다. 자신조차 동정하지 않는 그녀에게 호소하는 건 소용없는 일이었다. 이제까지 겪어 온 수많은 싸움에서 어느 날 그녀의 시신이 거리에 널리게 되더라도 그녀는 자신을 불쌍히 여기지 않았을 것이다. 그녀가 내일 단두대로 보내진다고 해도 자신을 그곳에 보낸 사람을 대신 죽이고 싶다는 맹렬한 욕망 외에는 아무런 약한 감정이 없을 여인이었다.

드파르주 부인은 투박한 드레스 안에 그런 마음을 지니고 있었다. 대충 걸쳤는데 묘하게도 꽤 드레스처럼 보였고, 투박한 빨간 모자 밑으로 보이는 검은 머리카락도 곱고 풍성했다. 그녀의 품 안에는 장전된 권총이, 허리춤에는 날카롭게 벼린 단검이 숨겨져 있었다. 그렇게 차려입은 그녀는 자신의 성품에 걸맞은 당당함으로 그리고 어린 시절 맨발과 맨다리로 해변의 갈색 모래밭을 뛰놀던 소녀의 자유로움으로, 거리를 따라 제 길을 걷고 있었다.

지금 이 순간, 마차는 그 여정의 끝을 향해 달려가고 있지만, 어젯밤 여정을 계획하면서 로리 씨는 미스 프로스를 태우기 어려울 것 같아 무척 고심했다. 단순히 마차의 과적을 피해야 할 문제가 아니라, 마차와 승객을 검문하는 시간을 최대한 줄이는 것이 관건이었다. 몇 초를 어디서 단축하는가에 그들의 탈출이 달려 있기 때문이었다. 결국 그는 고심 끝에, 도시를 자유롭게 떠날 수 있는 미스 프로스와 제리에게 당시 알려진 것 중에 가장 가벼운 바퀴를 단 마차를 타고 3시에 그곳을 떠나라고 제안했다. 짐이 없으니 빠르게 자신이 탄 마차를 따라잡을 테고, 혹시라도 따라잡으면 앞서 달려가 미리 말을 주문해 놓으면 지체하지 않고 위험한 밤 시간을 효율적으로 쓸 수 있을 거라는 생각이었다.

중요한 위급 상황에서 실질적인 도움이 될 수 있다는 희망에, 미스 프로스는 제안을 기쁘게 받아들였다. 그녀와 제리는 마차가 출발하는 걸 지켜보고, 솔로몬이 데려온 사람이 누구인지도 알게 되고는, 10여 분간 고문 같은 불안함에 시달리다가, 이제는 마차를 따라갈 준비를 마무리하고 있었다. 드파르주 부인이 거리를 따라 그들의 텅 빈 거처에 점점 다가오고 있던 바로 그 순간에도 그들은 마차에 대해 계속 의논했다.

"이제 어떡하죠, 크런처 씨." 흥분한 나머지 말하기도, 서 있기도, 움직이기도, 살아 있기도 힘든 미스 프로스가 말했다. "안뜰에서 계속 머무는 건 어떨까요? 오늘 여기서 이미 마차가 떠났으니 의심할지도 몰라요."

"제 생각엔," 크런처 씨가 말했다. "당신 생각이 맞는 것 같습니다. 어떻게 되든 미스 프로스 옆을 지킬게요."

"소중한 사람들에 대한 걱정과 희망으로 정신이 나가 버릴 거 같아요." 미스 프로스가 목놓아 울면서 말했다. "지금은 어떤 계획도 생각할 수가 없어요. 생각나는 계획이 있나요, 크런처 씨?"

"앞으로의 계획에 대해서는," 크런처 씨가 대답했다. "그럴 수 있을 것 같아요. 그런데 지금은 제 늙은 머리로 안 되겠네요. 미스 프로스, 이 위급한 상황에서 혹시 어떻게 될지 모르니 제 두 약속과 맹세를 기억해 주시겠습니까?"

"오, 세상에!" 미스 프로스가 계속 엉엉 울며 외쳤다. "훌륭한 사내답게 얼른 말하고 마음의 부담을 덜어 버려요."

"첫 번째로," 크런처 씨가 엄숙한 잿빛 얼굴과 떨리는 목소리로 말했다. "저 가여운 사람들이 무사히 빠져나간다면, 나는 앞으로 절대 그 일을 하지 않겠습니다, 절대!"

"그럼요, 크런처 씨." 미스 프로스가 대답했다. "그 일이 무슨 일이든 당신은 절대 하지 않을 거예요. 그러니 제게 자세히 말할 필요가 있다고 생각하지 마세요."

"네, 미스 프로스." 제리가 대답했다. "말하지 않겠습니다. 두 번째로, 우리의 가여운 사람들이 무사히 빠져나간다면, 전 제 아내가 구석에서 무릎 꿇는 일에 절대 간섭하지 않겠습니다, 절대로!"

"살림하다 보면 그럴 수도 있어요." 미스 프로스가 말했다. 그녀는 눈물을 닦으며 진정하려 애썼다. "크런처 부인이 모두 알아서 하시는 게 최고일 거라 믿어요, 오, 우리 가여운 사람들!"

"그리고 이 말까지 하겠습니다." 크런처 씨는 교회 연단에서 있는 것처럼 목소리를 높이며 말을 이었다. "지금 제가 말하는 걸 꼭 기억하셔서 직접 제 아내에게 전해 주셔야 합니다. 저는 구석에서 무릎 꿇는 일에 대한 생각이 바뀌었고, 아내가 지금도 어디선가 무릎 꿇고 있길 온 마음으로 바라고 있다고요."

"자, 자, 그래요! 저도 그러길 바라요, 크런처 씨." 염려로 마음이 혼란스러운 미스 프로스가 말했다. "그리고 그녀는 무릎을 꿇고 기대한 응답도 받을 거예요."

"두 번 다시," 크런처 씨가 더 엄숙하게, 더 천천히, 목소리를 더 높였다가 낮췄다가 하면서 말했다. "제 잘못된 말과 행동으로 저 가여운 사람들이 다치는 일이 생기면 안 됩니다. (어디에서나 가능하다면) 두 번 다시, 우리가 무릎을 못 꿇어서 저들이 위기에서 못 벗어나는 일이 생기면 안 돼요. 두 번 다시 말입니다, 미스 프로스, 두 번 다시 그런 일이 있으면 안된다고요, 두—번 다시!" 크런처 씨는 열변의 대미를 장식할 말을 찾았으나 이 말이 최선이었다.

그 순간에도 드파르주 부인의 발걸음은 점점 더 가까워지고 있었다.

"우리가 고국으로 돌아가면," 미스 프로스가 말했다. "당신의 강렬한 맹세를 내가 기억하고 이해하는 한 모두 부인께 전하겠어요. 이 끔찍한 시기를 당신이 진실하고 성실하게 헤쳐 나갔다고, 무슨 일이 있어도 제가 부인께 꼭 증언할 테니 날 믿고 안심해요. 자, 이제 어떻게 할지 생각해 봅시다. 믿음직스러운 크런처 씨, 생각해 봐요!"

그 순간에도 여전히 드파르주 부인의 발걸음은 점점 더 가까워지고 있었다.

"당신이 먼저 나가서," 미스 프로스가 말했다. "이곳에 오는 마차와 말을 막고, 다른 어떤 곳에서 절 기다려요, 그게 제일 좋지 않을까요?"

크런처 씨도 그게 제일 좋겠다고 했다.

"어디서 만날까요?" 미스 프로스가 물었다.

혼란스러웠던 크런처 씨는 템플바 말고는 아무 장소도 생각해 낼 수가 없었다. 슬프도다! 템플바는 수백 마일 떨어져 있었고, 드파르주 부인은 두말할 나위 없이 점점 가까워지고 있었다.

"성당 문 앞에서 만나요." 미스 프로스가 말했다. "두 첨탑 사이의 큰 문 근처*에서 만나면 혹시 너무 돌아가는 길인가요?"

"아닙니다, 미스 프로스." 크런처 씨가 말했다.

"그럼, 훌륭한 사내답게," 미스 프로스가 말했다. "지금 바로 역참으로 가서 경로를 바꾸자고 해요."

---

* 노트르담대성당의 서쪽 정문을 말한다.

"당신을 혼자 남겨 두고 가도 될지 모르겠네요." 크런처 씨가 망설이며 고개를 저었다. "무슨 일이 생길지 모르니까요."

"그야 모르지만," 미스 프로스가 대답했다. "제 걱정은 하지 마세요. 3시에 성당이나, 혹은 최대한 거기에서 가까운 곳으로 절 태우러 오세요. 그게 우리가 여기서 같이 나가는 것보다 나을 거예요. 확실해요. 자, 크런처 씨에게 하느님의 축복이 함께하길! 제 생각은 말고, 우리에게 달린 목숨들을 생각해요!"

이 말과 자신의 손을 붙잡은 두 손에서 느껴지는 애타는 듯한 간절함에 크런처 씨는 결심이 섰다. 그는 밝게 고개를 한두 번 끄덕이고 그녀 말대로 계획을 바꾸기 위해 곧바로 나갔다. 그리고 그녀는 혼자 남겨졌다.

고안해 낸 예방책이 실행되고 있다는 사실은 미스 프로스에게 큰 위안이었다. 길에서 특별히 눈길을 끌지 않도록 외모를 일부러 소박하게 꾸밀 필요가 없다는 것도 또 다른 위안이 되었다. 그녀는 시계를 보았고, 시계는 2시 20분을 가리켰다. 시간이 없다, 당장 준비해야 했다.

극도의 불안 속에서 그녀는 두려웠다. 텅 빈 방의 황량함이 그리고 열린 모든 방문 사이로 들여다보고 있는 상상 속 얼굴들이 두려워 미스 프로스는 찬물 한 대야를 떠서 빨갛게 부은 두 눈을 씻기 시작했다. 과열된 걱정에 사로잡힌 그녀는 한순간이라도 뚝뚝 떨어지는 물로 시야가 흐려지는 것을 견딜 수 없었다. 씻기를 연신 멈춰 가며 자신을 지켜보는 사람이 없나 둘러보던 그녀는 한순간 움찔하며 비명을 질렀다. 방 안에 누군가 서 있었다.

대야가 바닥에 떨어져 깨지고, 쏟아진 물이 드파르주 부인의 발치로 흘렀다. 비정상적으로 단호한 방법으로 많은 피를 흘려 온 그 발에 물이 닿았다.

드파르주 부인이 차가운 눈으로 그녀를 보며 말했다. "에브레몽드의 아내는 어딨죠?"

그때 미스 프로스의 머리에 번개같이 스친 건 문이 모두 활짝 열려 있어 그들이 도망간 걸 눈치챌지도 모른다는 생각이었다. 그녀는 우선 그 문을 모두 쾅 닫았다. 열려 있던 문 네 개를 모두 닫아 버리고, 루시가 머물던 방문 앞을 막아섰다.

드파르주 부인의 검은 눈은 그녀의 재빠른 움직임을 계속 따라가다 그녀가 멈춰 선 곳에 머물렀다. 미스 프로스에게 아름다운 구석은 없었다. 세월도 그녀의 거친 모습을 길들이거나 험상궂은 모습을 부드럽게 할 수 없었다. 나름대로 의지가 굳센 여인이었던 그녀는 드파르주 부인을 눈으로 샅샅이 재어 보고 있었다.

"그러는 당신은 악마 루시퍼의 아내 같은데." 미스 프로스가 거친 숨을 몰아쉬며 말했다. "그래도 날 어떻게 할 수는 없을 거야. 난 영국 여자거든."

드파르주 부인은 그녀를 경멸하듯 바라보았지만, 미스 프로스처럼 그녀도 둘 다 궁지에 몰렸다는 것을 알고 있었다. 그녀 앞에 서 있는 드세고, 거칠고, 강단 있는 여자는 옛날 로리 씨가 본 손이 억센 여자와 같은 사람이었다. 그녀는 미스 프로스가 그 가족의 헌신적인 친구라는 것을 아주 잘 알고 있었고, 미스 프로스도 드파르주 부인이 그 가족의 악에 받친 적이라는 것을 아주 잘 알고 있었다.

"저기에," 드파르주 부인의 손이 살짝 죽음의 장소 쪽을 가리켰다. "사람들이 내 자리와 뜨개질거리를 준비해 놓은 곳으로 가는 길에 일부러 들렀어요. 그녀 얼굴이나 보고 갈까 싶어서요."

"당신의 의도가 사악한 건 알겠어." 미스 프로스가 말했다. "당신은 그 의도로 왔을 거고, 난 그 의도를 막을 생각이야."

각자 자기의 언어로 말했기 때문에 서로의 말을 이해할 수 없었다. 두 사람은 서로를 경계하며 모습과 태도에서 알아들을 수 없는 외국어가 무슨 뜻인지 생각해 보려 집중했다.

"지금 와서 그녀를 숨겨 봐야 좋을 게 없어요." 드파르주 부인이 말했다. "훌륭한 애국 시민이라면 무슨 말인지 알겠죠. 그녀를 만나게 해 줘요. 내가 그녀를 보러 왔다고 말해요. 내 말 들려요?"

"만약 그 두 눈이 침대틀을 고치는 망치고," 미스 프로스가 대꾸했다. "내가 기둥 네 개 달린 고급 침대틀이라 해도 내 작은 조각 하나 못 건드릴 거야. 그래, 이 못된 외국 여자야."

드파르주 부인이 이런 관용적 표현을 세세하게 이해할 리 없었다. 그러나 그녀가 순순히 물러나지 않겠다고 한 것 정도는 알 수 있었다.

"멍청하고 돼지 같은 년!" 드파르주 부인이 얼굴을 찌푸리며 말했다. "네 대답 따위 필요 없어. 난 그녀를 만날 거야. 내가 보러 왔다고 말하든가, 아니면 내가 말할 테니 문 앞에서 썩 비켜!" 화난 드파르주 부인이 오른팔을 휘두르며 소리쳤다.

"나는," 미스 프로스가 말했다. "당신네 그 헛소리 같은 언어를 알아듣고 싶었던 적이 없었는데, 지금은 네가 진실을 의심하는지, 일부라도 믿지 않는지 알기 위해서라면 지금 입은 옷 빼고 다 줘 버리고 싶어."

그들은 잠시도 서로에게 눈을 떼지 않았다. 미스 프로스가 그녀를 본 이후로 자리에서 꼼짝하지 않던 드파르주 부인이 앞으로 한 걸음 내디뎠다.

"난 영국인이야." 미스 프로스가 말했다. "난 절박해. 내 안위는 2펜스만큼도 신경 쓰지 않아. 내가 널 여기 오래 끌고 있을수록 우리 아가씨에게 더 큰 희망이 있으니까. 내게 손가락만 대도 그 시커먼 머리카락을 다 뽑아 버릴 거야!"

두 눈을 빛내고 고개를 흔들며 단숨에 모든 문장을 빠르게 내뱉는 미스 프로스가 여기 서 있었다. 평생 누구를 때려 본 적이 없는 미스 프로스였다.

그러나 그녀의 용기는 감정적이었으므로 두 눈에는 주체할 수 없는 눈물이 고였다. 그런 용기를 이해할 수 없는 드파르주 부인의 눈에는 그것이 그저 약점으로 보였다. "하! 하!" 드파드주 부인이 웃었다. "그것밖에 안 되는 년 주제에! 내가 박사에게 말하지." 그리고 목소리를 높여 소리쳤다. "시민 의사! 에브레몽드의 아내! 에브레몽드의 아이! 이 불쌍한 바보 말고 그 누구라도 내게 대답해라!"

아마도 그녀의 말을 뒤이은 침묵이, 혹은 미스 프로스의 표정에 암시된 어떤 진실이, 아니면 그 둘과 상관없는 갑작스러운 걱정이 드파르주 부인에게 그들은 이미 여기 없다고 속삭였다. 그녀는 재빨리 세 개의 문을 열고 들여다보았다.

"방이 모두 어질러져 있어. 급하게 짐을 챙겼는지 이것저것 바닥에 떨어져 있지. 네 뒤의 방에도 아무도 없지! 어디 봐."

"절대 안 돼!" 질문을 완벽하게 이해한 미스 프로스가 말했다. 드파르주 부인도 대답을 완벽하게 이해했다.

"그들이 방에 없으면, 그들은 떠난 거야. 쫓아가면 잡아올 수 있어." 드파르주 부인이 혼잣말했다.

"그들이 방에 있는지 없는지 모르는 이상, 넌 어떻게 해야 할지 확신할 수 없을 거야." 미스 프로스도 혼잣말했다. "그리고 내가 막고 있는 이상 넌 알 수가 없겠지. 알든 모르든, 내가 붙잡고 있는 한 넌 여기를 떠날 수 없어."

"난 처음부터 길바닥에서 자랐지만, 아무도 날 막지 못했어. 널 갈가리 찢어 버리고 싶지만, 우선 그 문 앞에서 나와." 드파르주 부인이 말했다.

"우리는 외딴 안뜰에 있는 높은 건물의 꼭대기에 단둘이 남아 있어. 우리 소리가 들리진 않을 거야. 젖 먹던 힘까지 짜내어 널 여기 붙잡을 거고, 네가 여기 붙들린 1분 1초가 우리 아가씨에겐 천금보다 더 귀할 거야." 미스 프로스가 말했다.

드파르주 부인이 문으로 달려들었고, 미스 프로스는 그 순간 본능적으로 두 팔로 드파르주 부인의 허리를 감고 단단히 붙들었다. 드파르주 부인이 버둥대며 때리려 들었지만 소용없었다. 언제나 증오보다 강할 수밖에 없는 사랑의 강인한 끈기로, 미스 프로스는 몸싸움 중에 드파르주 부인을 단단히 붙잡아 바닥에서 들어 올리기까지 했다. 드파르주 부인의 두 팔이 허우적대며 미스 프로스의 얼굴을 잡아 뜯었지만, 미스 프로스는 머리를 숙이고 물에 빠진 여자가 붙잡는 것보다 더 끈질기게 드파르주 부인의 허리에 매달렸다.

곧 드파르주 부인의 손이 미스 프로스를 때리다 말고 자신의 허리춤을 더듬기 시작했다. "그건 내 팔 밑에 있어." 숨이 턱까지 차오른 미스 프로스가 말했다. "그걸 뽑을 수 없을 거야. 난 정말 다행히도 너보다 힘이 세니까. 우리 둘 중하나가 기절하거나 죽을 때까지 붙들고 있을 거다!"

그때 드파르주 부인의 손이 자신의 품을 향했다. 고개를 든 미스 프로스는 그것이 무엇인지 보고 손으로 쳐냈는데, 갑자기 불빛이 번쩍하더니 쾅 소리가 났고 그리고 혼자 서있었다. 연기에 눈이 먼 채로.

모든 일이 한순간에 일어났다. 연기는 끔찍한 침묵만 남기고, 숨이 끊긴 채 바닥에 널브러진 맹렬한 여인의 영혼처럼 공중으로 사라졌다.

처음에는 자신이 처한 상황이 끔찍하고 두려워, 미스 프로스는 시신을 최대한 멀찍이 돌아 아래층으로 달려가서 도움을 청하려 소리를 질렀으나 아무도 없었다. 다행히도 그녀는 자신의 행동이 어떤 결과를 초래할지 곧 깨닫고 다시 올라갔다. 문으로 다시 들어가기가 끔찍했지만, 그래도 그녀는 들어가서 모자와 다른 옷가지를 챙기기 위해 시신 가까이 가기도 했다. 미스 프로스는 집어 온 옷가지를 걸치고 나와 계단 앞에서 문을 닫고, 잠그고, 열쇠를 뽑았다. 그러고 나서 잠시 계단에 앉아 숨을 고르며 울다가, 다시 일어나 서둘러 떠났다.

길을 지나며 검문을 통과하기 어려울 수도 있었지만 운 좋게도 그녀의 모자에는 베일이 달려 있었다. 또 운 좋게도, 그녀의 외모가 워낙 특이해 모습이 단정치 못해도 다른 여자처럼 쉽게 두드러지지 않았다. 그녀는 두 가지 운이 모두 필요했다. 얼굴에는 손톱자국이 깊게 패 있고, 머리카락은 헝클어지고, (그녀가 떨리는 손으로 급히 매만진) 드레스는 사방으로 뜯기고 구겨져 있었다.

다리를 건너며 그녀는 문 열쇠를 강에 던져 버렸다. 호위 기사보다 몇 분 먼저 성당에 도착한 그녀는 기다리는 동안, 이미 그물에 열쇠가 걸린 건 아닌지, 열쇠가 확인된 건 아닌지, 문이 열리고 시신이 발견되는 건 아닌지, 그녀가 관문에서 걸리고 살인죄로 교도소에 보내지는 건 아닌지 등의 생각에 빠져 있었다. 생각이 그녀의 마음을 어지럽게 떠다니는 동안 호위 기사가 나타나 그녀를 마차에 태워 데려갔다.

"거리에서 소음이 들리나요?" 그녀가 물었다.

"늘 같은 소음이죠." 크런처 씨가 대답했다. 그는 질문하는 그녀의 모습에 놀란 듯했다.

"안 들려요." 미스 프로스가 말했다. "뭐라고요?"

크런처 씨가 했던 말을 다시 해도 소용없었다. 미스 프로스는 그의 말을 듣지 못했다. '그럼 고개를 끄덕여야겠다.' 놀란 크런처 씨가 생각했다. '어쨌든 그건 볼 수 있겠지.' 그리고 그녀는 볼 수 있었다.

"이제는 거리에서 소음이 들려오나요?" 미스 프로스가 바로 또다시 물었다.

크런처 씨가 또다시 고개를 끄덕였다.

"안 들려요."

"한 시간 만에 귀가 먹었다고요?" 몹시 심란해진 크런처 씨가 곰곰이 생각하며 말했다. "무슨 일이 있었던 거지?"

"내 생각엔," 미스 프로스가 말했다. "빛이 번쩍하고 쾅 소리가 났는데, 그 쾅 하는 소리가 내 평생 마지막으로 들을 소리였나 봐요."

"제정신이 아니군!" 더욱더 심란해진 크런처 씨가 말했다. "용기를 내려고 뭐라도 마신 걸까? 들어 보십시오! 저 끔찍한 마차 바퀴가 굴러가는 소리를! 들려요, 미스 프로스?"

"저는 정말," 그가 말하는 것을 보고 미스 프로스가 말했다. "아무것도 안 들려요. 오, 맙소사, 처음에 폭발하듯 쾅 소리가 들렸고, 그 뒤로 정적이 이어졌어요. 내가 앞으로 사는 동안 변하지도, 깨지지도 않을 것 같은 정적이었어요."

"목적지에 거의 도착한 저 끔찍한 마차가 굴러가는 소리가 안 들린다면," 크런처 씨가 어깨 너머로 흘깃 돌아보며 말했다. "미스 프로스는 이제 이 땅에서 어떤 소리도 더 듣지 못할 것 같아."

　그리고 그녀는 과연 더 듣지 못했다.

제15장
발소리가 영원히 사라지다

파리의 거리를 따라 죽음의 수레가 공허하고 잔인하게 덜컹거리며 굴러간다. 사형수 호송 마차 여섯 대가 기요틴 아가씨를 위해 그날의 포도주를 배달한다. 상상이 기록된 이래로 상상된 모든 탐욕스럽고 싫증을 모르는 괴물들이 하나로 합쳐져 실현된 것이 바로 기요틴이다. 프랑스의 풍요로운 토양과 기후에서 자라나는 그 어느 풀잎, 나뭇잎, 뿌리, 가지, 열매보다 이 공포가 더 확실하고 풍성하게 자라난다. 인간성을 짓뭉개 일그러뜨리면 인간은 비슷한 망치 아래에서도 똑같이 일그러진 모양으로 짓뭉개질 것이다. 탐욕과 압제의 씨앗을 다시 뿌리면 그 종류에 따라 똑같은 싹이 나와 열매를 맺을 것이다.

사형수 호송 마차 여섯 대가 길 위로 굴러간다. 시간이라는 강력한 마법사여, 이것을 다시 원래 모습으로 되돌려주시오. 그리하면 그것들은 절대군주의 마차, 봉건귀족의 장구, 화려한 창녀들의 옷장, 내 아버지의 집이 아닌 도적 소굴인 교회, 굶주린 수백만 농민의 오두막이 될 것이니! 아니다,

창조주의 명령에 따라 장엄히 행하는 위대한 마법사는 결코 그의 마법으로 변한 것을 되돌리지 않는다. "당신이 이런 모습으로 바뀐 게 신의 뜻이라면," 아라비아의 이야기 속 지혜로운 방관자들이 마법에 걸린 자들에게 말한다. "그대로 있으시오! 그러나 단순한 마술로 이런 모습이 되었다면, 원래 모습으로 돌아가시오!" 변할 수도 없고 희망도 없는 사형수 호송 마차는 그저 굴러간다.

여섯 마차의 엄숙한 바퀴가 거리의 군중 사이로 길고 구불구불한 고랑을 갈며 지나간다. 이랑을 밀어내는 듯 얼굴이 이쪽으로 저쪽으로 밀려 나가는 사이로 쟁기는 꾸준히 앞으로 나아간다. 집에 있는 사람들에게는 이미 익숙한 광경이라 그들은 창문으로 내다보지도 않는다. 손으로 뚝딱거리는 일을 하는 사람은 눈으로 호송 마차에 탄 얼굴을 좇지만 일손을 놓지 않는다. 여기저기에서 죄수를 보러 오는 손님들이 있다. 그러면 그는 학예사나 지정된 해설자처럼 손가락을 들어 이 마차 저 마차를 가리키며, 어제는 여기 누가 앉아 있었고 그 전날은 누가 앉아 있었는지 설명하는 것처럼 보인다.

호송 마차에 탄 사람 중 어떤 이는 마지막으로 지나는 길의 이런 것과 다른 모든 것을 무표정한 얼굴로 바라보고, 어떤 이는 인생과 사람에 미련이 남은 얼굴로 바라본다. 고개를 숙이고 앉은 어떤 이는 말없이 절망에 빠져 있다. 어떤 이는 자신의 모습을 의식하고 극장이나 그림을 관람하듯 쳐다보는 관중의 시선을 마주 본다. 몇몇은 눈을 감고 생각에 잠기거나, 흩어지는 생각을 한데 모으려 애쓴다. 단 한 사람, 미쳐 버린 불쌍한 남자가 공포에 취하고 망가져 노래하며 춤추려 한다. 이들 중 그 누구의 모습이나 몸짓도 사람들의 연민을 얻지 못한다.

잡다한 한 무리의 기병이 호송 마차를 나란히 호위하며 나아간다. 사람들이 종종 그들을 올려다보며 질문을 던지지만, 항상 같은 질문인 것 같다. 대답을 듣는 사람마다 세 번째 호송 마차로 달려가는 걸 보니. 그 호송차를 나란히 따라가는 기병이 한 남자를 몇 번이고 칼로 가리킨다. 모두 그가 누구인지 궁금하다. 호송 마차 뒤편에 서서 고개를 숙인 그 남자는 마차 옆쪽에 앉아 있는 소녀와 대화를 나눈다. 대단치 않아 보이는 소녀는 그의 손을 잡고 있다. 그는 주변의 광경을 궁금해하지도, 신경을 쓰지도 않고 그녀에게 말을 걸 뿐이다. 생토노레의 거리 여기저기서 그를 비난하는 고함이 들려온다. 그 소리에도 그는 고개를 흔들어 얼굴 위로 머리카락을 흩트리며 작은 미소를 지을 뿐이다. 두 팔이 묶인 그는 얼굴을 원하는 대로 만질 수 없다.

첩자 겸 교도소의 양은 교회 계단에 서서 호송 마차가 오기를 기다린다. 첫 번째 마차를 들여다봐도 그는 없다. 두 번째 마차를 들여다봐도 없다. 그는 벌써 혼잣말로 묻는다. "날 배신했나?" 그러나 세 번째 마차를 들여다본 그의 표정이 밝아진다.

"누가 에브레몽드요?" 그의 뒤에 있던 남자가 묻는다.

"저 사람이요. 뒤에 서 있소."

"저 소녀와 손잡고 있는 자?"

"네."

그러자 남자가 외친다. "타도, 에브레몽드! 귀족을 모조리 기요틴으로 보내라! 타도, 에브레몽드!"

"쉿, 쉿!" 첩자가 소심하게 만류한다.

"시민, 왜 그럽니까?"

"그는 어차피 대가를 치르게 될 거요. 5분 안에요. 그냥 편안히 가게 냅두쇼."

그러나 남자는 계속 외친다. "타도, 에브레몽드!" 에브레몽드의 얼굴은 잠시 남자를 향했다가, 첩자를 발견하고 물끄러미 쳐다본다. 그리고 다시 떠나간다.

시계가 3시를 알리는 종을 치고, 사람들 사이로 쟁기질한 고랑은 둥글게 돌아 처형장으로 들어가 그 끝을 맺는다. 좌우로 밀려진 이랑은 마지막 쟁기질이 끝나자 바로 그 뒤로 몰려와 무너져 고랑을 메운다.

모두가 기요틴을 향하기 때문이다. 부지런히 뜨개질 중인 여자들이 공공 정원에 놀러 온 듯 앞쪽 의자에 앉아 있다. 그중 제일 앞줄 의자에 복수의 여신이 서서, 자신의 친구를 찾으며 주위를 둘러본다.

"테레즈!" 찢어지는 목소리로 복수의 여신이 소리친다. "누가 테레즈를 못 봤나요? 테레즈 드파르주!"

"한 번도 빠진 적이 없었는데." 뜨개질 자매단의 한 명이 말한다.

"그런 적은 없어요. 오늘도 꼭 올 거예요." 복수의 여신이 심통이 나 외친다. "테레즈."

"더 크게 불러 봐요." 자매가 부추긴다.

좋다! 외쳐라, 복수여, 더 크게 외쳐라! 그래도 테레즈는 당신 소리를 듣지 못한다. 복수여, 더 큰 소리로 불러도, 여기저기 욕지거리를 덧붙여도, 테레즈를 데려올 수 없다. 다른 여인을 이곳저곳으로 보내 어디서 어슬렁거리고 있을 테레즈를 찾아보아라. 그들이 아무리 끔찍한 일들을 해 왔어도 테레즈를 찾으러 스스로 그 먼 곳까지 갈지는 모르겠지만!

"젠장!" 복수의 여신이 의자에서 발을 구르며 소리친다. "호송 마차가 왔잖아! 눈 깜박할 사이에 목이 날아갈 텐데, 그녀가 없어! 내가 손에 뜨개질감도 들고 빈 의자도 마련했는데. 정말 짜증 나, 실망이야!"

복수의 여신이 의자에서 내려와 울고 있을 때, 호송 마차는 짐을 풀어놓기 시작한다. 성녀 기요틴의 사제들이 옷을 차려입고 준비한다. 쿵! 머리가 들어 올려지고, 그 머리가 생각하고 말할 수 있을 때 눈길도 주지 않던 뜨개질 자매단이 하나, 하고 세어 본다.

　두 번째 호송 마차가 짐을 풀어놓고 떠나간다. 세 번째 마차가 다가온다. 쿵! 뜨개질 자매단은 부지런히 움직이는 손을 더듬지도, 멈추지도 않으면서 둘, 하고 세어 본다.

　에브레몽드라고 알려진 자가 내려오고, 재봉사도 그 뒤를 따라 끌려 내려온다. 그는 내리면서도 재봉사의 선한 손을 놓지 않고, 약속한 대로 꼭 붙잡고 있다. 그는 조심스럽게 재봉사를 돌려세워 계속 윙 올라갔다 쿵 떨어지는 기계를 등지게 하고, 재봉사는 그의 얼굴을 바라보며 고마워한다.

　"낯선 분, 당신이 아니었다면 저는 이렇게 침착할 수 없었을 거예요. 전 보잘것없고 마음도 약한 사람이니까요. 죽임 당한 예수님을 떠올리며 오늘 이곳에서 희망과 위로를 찾을 수 있을 거라는 생각도 못했을 거예요. 당신은 하늘이 내게 보내 주신 사람 같아요."

　"당신도 내게 그래요." 시드니 카턴이 말한다. "계속 날 봐요, 어린 아가씨. 다른 건 신경 쓰지 말아요."

　"당신 손을 잡고 있으면 다른 건 신경 쓰이지 않아요. 손이 떨어져도 괜찮을 거예요. 순식간에 끝난다면요."

"순식간에 끝날 거요. 걱정 말아요!"

두 사람은 빠르게 줄어드는 희생자 무리에 서 있지만, 마치 단둘이 남은 것처럼 대화한다. 눈과 눈을 맞추고, 목소리와 목소리를 맞추고, 손과 손을 맞잡고, 마음과 마음을 맞댄 채, 우주의 어머니에서 나온 두 아이는 서로 너무나 다르지만 어두운 이 길 위에서 하나가 되어 함께 집으로 향하고 어머니의 품으로 돌아간다.

"용감하고 자비로운 친구여, 마지막으로 하나만 물어봐도 될까요? 난 무식해서요, 어떤 것이 제 마음을 괴롭혀요. 아주 조금요."

"말해 보세요."

"제겐 유일한 친척이자 저처럼 고아인 사촌이 하나 있어요. 제가 정말 사랑하는 사촌이에요. 그녀는 저보다 다섯 살 어리고, 남쪽 지방의 농장에 살고 있어요. 가난이 우리를 갈라놓아 그녀는 내 운명에 대해 아무것도 몰라요—전 글을 쓸 줄 모르거든요—글을 쓸 줄 안다고 해도, 제가 어떻게 말하겠어요! 그저 지금 이대로가 나아요."

"그래요, 맞아요. 지금 이대로가 낫죠."

"오는 길에 제가 생각한 것은, 그리고 제게 이토록 용기를 주는 당신의 상냥하고 강인한 얼굴을 보며 지금도 생각하는 건, 바로 이거예요. 만약 공화국이 정말 가난한 사람에게 선행을 베푼다면, 그래서 그들이 덜 굶주리고 고생을 덜 한다면, 그녀는 오래 살겠죠. 아마 늙을 때까지 살 거예요.”

“그러고 나서요, 다정한 자매여?”

“당신이 생각하기에,” 많은 것을 참아 온 선한 두 눈에 눈물이 고이고, 조금 더 벌어진 입술은 파르르 떨린다. “신의 자비로 당신과 제가 머물게 되리라 믿는, 더 나은 곳에서 저는 그 아이를 오랜 시간 동안 기다리게 될까요?”

“그러진 않을 거예요, 어린 아가씨. 그곳에는 시간도 없고, 염려도 없으니까요.”

“정말 큰 위로가 되어요! 전 너무 무식해서요. 지금 입 맞춰도 되나요? 이제 시간이 되었나요?”

“네.”

그녀가 그의 입술에 입 맞추고, 그도 그녀의 입술에 입 맞춘다. 그들은 서로를 엄숙하게 축복한다. 그의 손을 놓아도, 그녀의 손은 떨리지 않는다. 선한 얼굴은 오직 달콤하고 환한 결심으로 가득하다. 그리고 그녀는 그보다 먼저 나가고……, 떠나간다. 뜨개질 자매단이 스물둘, 하고 세어 본다.

“예수께서 이르시되 나는 부활이요 생명이니 나를 믿는 자는 죽어도 살겠고 무릇 살아서 나를 믿는 자는 영원히 죽지 아니하리라.”

수많은 목소리의 웅성거림, 올려다보는 수많은 얼굴, 커다란 파도가 밀려오듯 수많은 발걸음이 가장자리로 몰려와 거대한 덩어리처럼 부풀어 오르는 군중, 이 모든 것이 한순간에 사라진다. 스물셋.

———————

그날 밤 도시에 있던 사람들은 그에 대해 말했다. 그 남자의 얼굴은 그들이 그곳에서 본 중 가장 평온했다고, 숭고한 선지자 같았다고, 많은 사람이 덧붙였다.

같은 도끼날에 죽임당한 사람 중 단연 눈에 띄던 사람—한 여인—이 있었는데, 조금 전 같은 단두대 발판에서 자신의 머릿속에 떠오르는 영감을 종이에 적게 해 달라고 요청했었다.* 만약 그가 그런 요청을 했다면 그리고 사람들 말처럼 미래를 내다볼 수 있었다면, 그는 이렇게 썼을 것이다.

나는 바사드, 클라이, 드파르주, 복수의 여신, 배심원, 판사, 옛날의 압제자를 파멸시키고 새로운 압제자로 부상한 수많은 사람이, 이 보복의 기구가 역사의 뒤안길로 사라지기도 전에 이 기구에 의해 스러지는 것을 본다. 나는 아름다운 도시와 훌륭한 사람들이 이 심연에서 솟아오르는 것을 보

———————

* 지롱드파의 저명인사 장 롤랑드의 아내였던 롤랑드 부인의 일화를 말한다. 단두대로 처형되기 전 필기도구를 요청했으나 거절당했다.

며, 그들이 앞으로 오랜 세월 동안 진정한 자유를 위해 분투하여, 승리와 패배를 통해 예전의 악에서 비롯된 이 시대의 악까지 스스로 조금씩 참회하며 스러지는 것을 본다.

나는 내 목숨을 바쳐 구한 그들의 삶이 내가 다시 보지 못할 영국에서 평화롭고, 유익하고, 풍성하고, 행복한 것을 본다. 나는 그녀의 품에 내 이름을 딴 아이가 안겨 있는 것을 본다. 그녀의 아버지는 늙고 허리가 굽었지만, 다시 정신이 돌아와 그의 진료실 안에 있는 모든 이에게 충실하며 평화롭게 살아가는 것을 본다. 나는 오랫동안 그들의 친구였던 선한 노인이 앞으로 10년 동안 자신이 가진 모든 것으로 그들의 삶을 풍요롭게 하고, 자신만의 보상을 위해 평온하게 하늘나라로 돌아가는 것을 본다.

나는 내가 그들의 마음속에 그리고 그들 자손 대대로의 마음속에 특별하게 자리 잡고 있음을 본다. 나는 매년 오늘이 돌아올 때면 나이 든 그녀가 나를 위해 흐느끼는 것을 본다. 나는 그녀와 그녀의 남편이 삶이 다해 이승의 마지막 침대에 서로의 곁에 나란히 누운 것을 본다. 나는 그들이 서로의 영혼을 존경하고 성스럽게 간직한 만큼, 내 영혼도 그들에게 그렇게 간직될 것을 알고 있다.

나는 그녀의 품에 안겨 있던 내 이름을 딴 아이가, 한때 내가 걸었던 길을 따라 삶의 높은 곳으로 부상하는 것을 본다. 나는 그가 많은 사건에서 승소하는 것을 보며, 그의 이름으로 내 이름도 빛나고, 내가 남긴 오점이 그로 인해 사라지는 것을 본다. 나는 존경받고 정의로운 판사 중에서도 단연 훌륭한 판사가 된 그를 보고, 내가 한때 알던 그 이마에 금발 머리, 내 이름을 딴 사내아이를 이곳에—오늘 흉측한 모습의 흔적조차 남지 않고 그때는 그저 아름다울 것이다*—데려오는 것을 본다. 그리고 그가 부드럽고 떨리는 목소리로 나의 이야기를 아이에게 말하는 것을 듣는다.

내가 한 일은 내가 이제까지 한 모든 일보다 훨씬, 훨씬 더 좋은 일이다. 그리고 내가 취할 휴식은 내가 이제까지 알아온 모든 것보다 훨씬, 훨씬 더 좋은 휴식이다.

---

* 기요틴이 설치되었던 혁명 광장은 훗날 콩코르드광장으로 개칭된다.

찰스 디킨스
Charles Dickens

1812년

2월 7일 포츠머스에서 태어났다. 경제적으로 여유롭지 못한 가정에서 자라, 학교 교육을 제대로 받지 못했다.

1817년 5세

채텀으로 이사한다. 몸이 허약했고, 스몰렛, 필딩, 세르반테스 등의 작품을 읽으며 시간을 보낸다.

1824년 12세

런던 캠든타운으로 이사하지만, 집이 파산한다. 이때부터 독립해서 친척이 경영하는 공장에서 일한다.

1825년 13세

빚을 못 갚아 수감됐던 아버지가 풀려난 후, 웰링턴 하우스 아카데미의 입학 허가를 받았으나 어머니의 강력한 반대에 부딪힌다. 결국 입학하지만, 이 시기에 정신적으로 깊은 상처를 받는다.

1826년 14세

〈더 브리티시 프레스〉에서 의회 담당자로 일한다.

1827년 15세

법률사무소에서 근무하며 기자의 꿈을 갖게 된다.

1828년 16세

〈더 모닝 헤럴드〉의 기자로 일한다.

1832년 20세

속기술을 배운 이후 법률사무소를 그만두고 법원 속기사가 된다. 이후 여러 잡지로부터 일을 제안 받는다. 〈트루 선〉의 의회 기자가 된다.

1833년 21세 ▰▰

'보즈boz'라는 필명으로 쓰기 시작한 글이 〈먼스리 매거진〉에 실린다. 이 사실에 매우 보람을 느껴 꾸준히 글을 쓰게 된다.

1834년 22세 ▰▰

〈더 모닝 크로니클〉의 기자가 된다.

1836년 24세 ▰▰

〈더 이브닝 크로니클〉 편집자의 딸인 캐서린 호가스와 결혼한다. 평생의 친구이자 이후 디킨스의 전기를 펴낸 존 포스터와 만난다.

기존에 썼던 글을 모아 《보즈의 스케치Sketches by Boz》를 출간해, 좋은 평가를 받는다.

1837년 25세 ▰▰

잡지 〈벤틀리스 미셀라니〉의 편집장으로 일하기 시작한다.

큰 아들 찰리가 태어난다. 이후 캐서린과 열 명의 자녀를 두게 되지만, 부인과 사이는 그리 좋지 않았다. 이 시기에 함께 산 처제 메리가 병으로 급사하고, 그 충격으로 집필 활동을 중단한다.

연재를 마친 첫 소설 《픽윅 클럽 여행기The Pickwick papers》이 출간된다. 픽윅, 터프먼, 윙클, 웰러 등 개성 넘치는 픽윅 클럽 회원들의 전원 여행을 유쾌하게 그려낸 작품.

〈벤틀리스 미셀라니〉에서 《올리버 트위스트Oliver Twist》 연재를 시작한다. 고아인 올리버 트위스트의 드라마틱한 인생을 바탕으로 당시 사회의 불합리와 부조리를 풍자한 작품.

1838년 26세
《올리버 트위스트》를 세 권으로
출간한다.

1839년 27세
《니컬러스 니클비Nicholas Nickleby》
를 완성한다. 아버지를 여읜 니콜
라스 니클비가 큰아버지 랠프의
소개로 학대와 체벌이 만연한 기
숙학교에서 일하게 되면서 전개되
는 드라마틱한 이야기.

1841년 29세
—《오래된 골동품 상점The old
curiosity shop》 연재를 마무리한다.
할아버지와 떠돌이 생활을 하는
어린 넬은 누구의 도움도 받지 못
하고 비참한 생활을 하다가, 결국
죽음을 맞게 된다는 비극.

—《바나비 러지Barnaby Rudge》를
완성한다. 1780년 실제 있었던 가
톨릭 반대 폭동을 배경으로, 혼란
의 시대에 휘말리는 바나비 러지
의 이야기.

1842년 30세
부인과 미국 여행을 떠난다.

여행기 《아메리칸 노트American
notes》를 펴낸다.

1843년 31세

《크리스마스 캐럴A Christmas carol》을 발표한다. 유령을 만나 자신의 과거, 현재, 미래를 통해 그간의 삶을 돌아보는 스크루지의 이야기. 이 작품의 성공으로 매해 '크리스마스 북'을 내놓는다.

1844년 32세

《마틴 처즐윗Martin Chuzzlewit》을 완성한다. 이기적인 사기꾼 마틴 처즐윗이 미국 여행 중 겪은 여러 일을 통해 성장한다는 내용.

《종소리The chimes》를 발표한다. 가난한 우편배달부 토비가 꿈을 통해 교훈을 얻고 돈에 대한 생각을 바꾼다는 이야기를 통해 부자들의 위선을 풍자한다.

1845년 33세

이탈리아를 여행한다.

'크리스마스 북'인 《난롯가의 귀뚜라미The cricket on the hearth》를 출간한다. 시골의 가난한 두 커플을 통해 소박한 사람들의 정과 진정한 행복을 이야기하는 작품.

1846년 34세

— 여행 에세이 《이탈리아의 초상 Pictures from Italy》을 출간한다.

— '크리스마스 북' 《인생의 전투The battle of life》를 완성한다. 엄마를 잃고 아버지와 동생을 돌보는 언니와 자신을 망가뜨려 언니의 행복을 바라는 동생을 그린 작품.

1948년 36세

— 《돔비와 아들Dombey and son》을 발표한다. 자신의 회사를 물려줄 아들이 없는 돔비가 결국엔 죽기 전에 딸과 화해하게 되는 과정을 통해, 아동 학대, 배신, 중매 결혼 등 사회문제를 다룬다.

— '크리스마스 북' 마지막 작품인 《유령의 선물The haunted man》을 출간한다. 여동생을 잃은 레드로에게 아픈 기억을 잊게 해주겠다고 유령이 제안하고 이를 받아들이면서 벌어지는 이야기.

1850년 38세

주간지 〈하우스홀드 워즈Household words〉를 창간한다.

《데이비드 코퍼필드David Copper-field》를 출간한다. 양아버지의 학대 속에서 소설가로 자라나는 데이피드 코퍼필드의 드라마틱한 인생 역정을 다채롭게 묘사한 작품.

1851년 39세

아버지가 사망한다. 그리고 8개월 후 어머니도 사망한다.

1853년 41세

《크리스마스 캐럴》과 《난롯가의 귀뚜라미》의 공개 낭독회를 갖는다.

《황폐한 집Bleak house》을 완성한다. 유산을 둘러싸고 끝없이 지속되는 소송과 그와 연관된 인물들의 비밀을 여러 시선으로 촘촘하게 엮어 당시 사회를 비판한 대작.

1854년 42세

《어려운 시절Hard times》을 발표한다. 공업 도시를 배경으로 그래드그라인드, 바운더비, 블랙풀 등 여러 계층의 인물을 통해 당시 노동 문제와 산업사회의 폐해, 잘못된 공교육의 현실을 보여준다.

1857년 45세

연극 〈얼어붙은 바다Frozen deep〉에 연출과 연기로 참여한다.

《작은 도릿Little Dorrit》을 완성한다. 채무자들이 가족과 함께 수감되는 마셜시 감옥에서 태어나고 자란 에이미 도릿은 바깥 세상에 나와 클레넘 부인에게 고용되고, 그의 아들 아서와 만나 새로운 인생을 살게 되는 과정을 그린다.

1858년 46세

연극으로 만난 엘렌 터넌과 사랑에 빠져 부인과 별거한다. 이때부터 집필보다는 대중 앞에서 공개 낭독회 여는 것에 열중한다.

1859년 47세

〈하우스홀드 워즈〉의 폐간을 앞두고 주간지 〈올 더 이어 라운드All the year round〉를 창간한다. 자선사업과 강연 등을 다수 진행한다.

《두 도시 이야기》를 발표한다.

1861년 49세

《위대한 유산Great expectations》을 완성한다. 익명의 사람으로부터 거대한 유산을 상속받은 가난한 핍이 조금씩 본래의 순수함을 잃고 세속적으로 변해가다 죽음을 앞두고 자신의 과오를 깨닫게 된다는 이야기.

1865년 53세

《서로의 친구Our mutual friend》를 완성한다. 약혼자 존 하몬의 죽음으로 유산을 상속받게 된 벨라, 그리고 이 사건에 얽힌 비밀과 사랑을 담은 작품.

1867년 55세

두 번째 미국 여행 중 여러 도시에
서 낭독회를 한다.

1868년 56세

마지막 낭독회 투어를 시작한다.

1869년 57세

갑작스런 병환으로 낭독회 투어
를 중지한다

1879년 58세

6월 9일 뇌졸중으로 사망한다. 웨
스트민스터 사원에 묻혔다.

《에드윈 드루드의 미스터리The
mystery of Edwin Drood》를 남긴다.
아버지들의 약속으로 정혼한 로
사와 에드윈에게 일어나는 미스
터리한 사건을 다룬 미완성 작품.

옮긴이 김소영

버클리 캘리포니아 대학교에서 미술사를 전공한 후 새크라멘토 캘리포니아
주립대학교 대학원에서 영어교육학 석사 학위를 받았다. 두 언어에 대한 열정
과 문학 역사 및 다양한 분야에 대한 관심이 번역으로 이어져 현재 프리랜서
번역가로 활동하고 있다.

허밍버드 클래식 M 05

두 도시 이야기 A Tale of Two Cities

2020년 12월 08일 초판 01쇄 발행
2024년 06월 15일 초판 07쇄 발행

지은이 찰스 디킨스   옮긴이 김소영

발행인 이규상
편집인 임현숙
펴낸곳 (주)백도씨
출판등록 제2012-000170호(2007년 6월 22일)
주소 03044 서울시 종로구 효자로7길 23, 3층(통의동 7-33)
전화 02 3443 0311(편집) 02 3012 0117(마케팅) 팩스 02 3012 3010
이메일 book@100doci.com(편집·원고 투고) valva@100doci.com(유통·사업 제휴)
블로그 blog.naver.com/h_bird 인스타그램 @100doci

ISBN 978-89-6833-285-2 04840
     978-89-6833-235-7 (세트)

허밍버드는 ㈜백도씨의 출판 브랜드입니다.